Straßnroibas

Für meine Mutter Rosel, die im November 2002 den Kampf gegen den Krebs endgültig verloren hat, die mir in ihrem Leben ihre Liebe gegeben hatte, auf dass ich diese meine Liebe an andere weitergeben konnte …

Für Martin B., der 1989 leider zu früh mit 35 Jahren den eigenen Weg des Stricks gewählt hatte, um dadurch die ewige Erleuchtung zu bekommen. Er hatte mich damals in den 70er-Jahren in die Dattelner Szene eingeführt; denn wer Martin kannte, kannte alle …

Für die Opfer des Tsunamis vom 26.12.2004 in Khao Lak, Phi Phi Island und Phuket, Thailand, die uns so viel Freude und Spaß, »Sanuk«, gebracht hatten; und in Galle, Unawatuna und Hikkaduwa an der Küste von Sri Lanka, wo wir vorher noch im gleichen Jahr 2004 diese Menschen mit den großen und offenen Herzen erlebt hatten …

Für die Opfer des Wirbelsturms »Katrina«, der New Orleans und halb Louisiana 2005 überschwemmte und alle diese bunten Menschen obdachlos gemacht und aus ihrer Gemeinschaft gerissen hatte …

Für Theo, Sigi, Rosi, Zisly, Jack Kerouac (†), Carola, alle Musiker von Charlie Brown, Dattelner Kanal, Söppel und Vogelfrei, alle Kriegsdienstverweigerer, Demonstranten und Heiden, Gabi S., die südfranzösischen Weinbauern und den »Bullayer Brautrock« von der Mosel, Jonna und alle Dänen und die, denen Dänen nahestehen, alle Griechen sowieso, die afghanische und persische Unabhängigkeit von allen politischen und religiösen Vergewaltigern, Laufi und Wilhelm, Jo & Babsi, Horst & Beate und alle Käferkotflügel, Norbert und die Gerechtigkeit fürs irische Volk, Michael und eine liebevolle Mafia, Petra J. und die Mayas von Yucatan, Zeljka & Giesbert, Sabine und die Überzeugung, dass in Marokko niemals der Whisky siegen wird, Uli und die karibischen Rum-Cocktails, Peter F. und die musikalische Ekstase, alle ACE-Abschleppwagen, Jölle & Helene, Astrid, Inge & Californian sun, Kathy, MaryAnn, Hajo & Astrid und alle lächelnden Thailänder, Jochen & Almut und alle lustigen Inder, Anneli, Peter B., Marianne und der Spirit von Taiwan, Petra L. und die großherzigen Menschen aus Sri Lanka, die unverwüstliche Natur der philippinischen Insel Palawan und alle heißen Quellen und Thermen dieser Erde …

Manfred Schloßer

Straßnroibas

Liebe – Länder – Leidenschaften

Erlebnisse aus aller Welt

Manfred Schloßer, geboren am 27.09.1951 in Selm, lebte danach in Datteln, Meschede, Dortmund und in den letzten 27 Jahren in Hagen. Berufe: Diplom-Sozialwissenschaftler, Diplom-Sozialarbeiter, Diplom-Sozialpädagoge. Er verdiente sein Geld bisher schon als Holzplatz-Arbeiter auf'm Pütt, Silo- und Dachstuhlbauen, in einer Sackfabrik, als Rock- und Jazz-Musiker an den Kongas, Percussion & Stimme, als Jongleur, als fallschirmjagender Soldat, als Zivildienstleistender in einer Altenwohnstätte und als Betreuer für behinderte Kinder, als Interviewer, in einer Hotelküche in St. Moritz, auf einem Camping-Platz in Oslo, als Leiter eines Abenteuerspielplatzes, Jugendzentrums-Leiter, Tutor einer attraktiven norwegischen Studentin, Jugendinformationszentrums-Leiter, Honorardozent an der Fachhochschule Dortmund im Fach »Methodik der Sozialarbeit«, Museumspädagoge und Museumstechniker, Hospitant im ASD = Allgemeiner Sozialer Dienst, dabei konzeptionelle Entwicklung einer Sozialhilfeberatung innerhalb des Jugendamtes, und schließlich als Behörden-Betreuer und Mitarbeiter einer kommunalen Betreuungsstelle. Er wohnt zurzeit zusammen mit seiner langjährigen Lebensgefährtin und seit 2007 auch Ehefrau Petra in Hagen.

Bibliografische Information der Deutschen Nationalbibliothek:
Die Deutsche Nationalbibliothek verzeichnet diese Publikation in der Deutschen Nationalbibliografie; detaillierte bibliografische Daten sind im Internet über
< http://dnb.d-nb.de > abrufbar.

© 2007 Manfred Schloßer
Satz, Umschlagdesign, Herstellung und Verlag: Books on Demand GmbH, Norderstedt
ISBN: 978-3-8334-8367-7

Inhalt

Einleitung

Der afghanische Soldat hielt mir seine geladene Kalaschnikow gegen die Brust und herrschte mich an: »Verschwinde!«, worauf ich mich schleunigst und bereitwillig in die Wüste am östlichen Stadtrand von Herat verkrümelte …

»Hier nix gutes Platz!«, behauptete der finster dreinblickende sizilianische Mafioso, als er durch das Seitenfenster in unser Auto schaute, dabei mit der einen Hand das lederne Holster seiner Knarre streichelte, während die andere Hand nervös auf dem Wagendach trommelte …

… nichts ist spannender als die Wahrheit!

Manche dieser Geschichten würde ich mir selber kaum glauben, wenn ich nicht selber dabei gewesen wäre …

»Liebe – Länder – Leidenschaften« sind die Themen meiner aufregendsten Erlebnisse, nicht nur aus meinen 50 Reisetagebüchern, sondern auch zufällig entstandener Storys zwischendurch oder Fiktionen: aus einer ursprünglichen Reisegeschichtensammlung wurde dieser autobiografische Roman »Straßnroibas«. Hier hat sich eine Vermengung aus Geschichten meiner Reisen durch vier Erdteile während der letzten vier Jahrzehnte (1970 – 2007) mit meinen tatsächlichen Vorlieben und Leidenschaften gebildet: meine Lieben, meine Frauen und Freundinnen genauso wie meine Leidenschaften zu Musik und Fußball, alles im Kontext der jeweiligen Kulturepochen mit ihren Schriftstellern, Musikern und Bands, Sportlern, Politikern und anderen Promis.

Eine bestimmende und besonders für die 70er- und 80er-Jahre durchgängige Thematik dieses Buches sind die modernen Straßnroibas: die Obrigkeit und Staatsgewalt, Polizei und menschenverachtende Bürokratie, wenn sie sich in Korruption und Ungerechtigkeit üben! Nun sollte dadurch aber nicht angenommen werden, ich hätte was gegen die Polizei: Nein, ich kenne sogar persönlich ein paar nette Polizisten. Um hier keine Namen zu nennen, sei hier nur auf die literarischen Beispiele von Brigadier de Gier in Amsterdam oder Commisario Brunetti in Venedig verwiesen. Ich habe halt nur was gegen Personen, die mir unberechtigterweise Schwierigkeiten machen, egal welchen Beruf sie haben. Außerdem wurden die meisten dieser Geschichten mit den so genannten »Bullen« schon vor über 20 Jahren geschrieben und dokumentieren das Zeitgefühl der damaligen Zeit innerhalb der aufmüpfigen Jugendrebellion.

Der Stil meiner »Schreibe« richtete sich ebenfalls nach dem jeweiligen Zeitgeschmack, da ich meine früheren Geschichten auch tatsächlich in den 70er- oder 80er-Jahren geschrieben habe.

Noch was in eigener Sache: Was das Bild von den Obrigkeiten im weitesten Sinne anbetrifft, das man sich nach der Lektüre meines Romans möglicherweise machen könnte, sei angemerkt, dass es sich dabei lediglich um ein literarisches Stilmittel handelt und dass der Verfasser seinen natürlichen Respekt vor den Behörden geradezu überwinden musste, um Akte des Anarchismus, wie sie hier teilweise beschrieben wurden, überhaupt schildern zu können. Die in diesem Roman beschriebenen Personen sind sinnlich erfassbare Menschen, die teilweise irgendwo existieren. Ihre Namen habe ich natürlich geändert, um das Mysterium ihrer Intimität nicht zu verletzen.

Hingewiesen sei noch auf die verschiedensten Illustrationen, die jeweils im direkten Zusammenhang zu den entsprechenden Erlebnissen gehören.

Oft hatte ich mich selber schon über Romane geärgert, die zwar ferne mir unbekannte topografische Orte erwähnen, diese dann aber leider nicht näher durch entsprechendes Kartenwerk beleuchten. Deshalb biete ich dem an Geografie interessierten Leser auch gerne als Illustrationen die beigefügten Detail- oder Erdteil-Landkarten, damit die vorliegenden Abenteuer mit dem berühmten »Finger auf der Landkarte« nachvollzogen werden können.

Ähnliches gilt übrigens auch für den kulturhistorischen Hintergrund. Ich habe deshalb meine »persönliche Bibliografie« am Ende des Romans hinzugefügt. Diese Sammlung aller im Roman vorkommenden Schriftsteller, Musiker und Bands, Sportler, Politiker und andere Promis sowie verschiedener Einrichtungen und Institutionen erscheint mir wegen der Aufteilungskriterien des jeweiligen Zeitgeschmacks besonders wertvoll und authentisch, da ich sie in die 50er-, 60er-, 70er-, 80er- oder 90er-Jahre und das neue Jahrtausend unterteilt habe.

Alle vorliegenden Geschichten unterliegen natürlich auch nicht dem Anspruch, die Wahrheit zu berichten, obwohl sie grundsätzlich alle auf wahren Begebenheiten beruhen. Ich habe mir einfach mal die schriftstellerische Freiheit genommen, die eine oder andere Geschichte satirisch zu sehen, andere oder mich selbst zu parodieren und die Übertreibung der Ironie zu benutzen. Sollte sich jemand trotz aller Vorsichtsmaßnahmen durch die vorliegende Buchstabenanhäufung wiedererkennen und dann auch noch auf den Fuß getreten fühlen, so steht das nicht in meiner Absicht. Er (oder: sie) möge doch dann bitte bei meinem Verlag Bescheid geben: ich werde dann unverzüglich von seinem (ihrem) Fuß runtergehen …

Hagen, im Juni 2007
Manfred Schloßer

1970: London's calling
oder: In den Klauen der Bullen von Soho

Es war vor langer Zeit, als die Rebellen der 68er-Generation noch Hochkonjunktur hatten: Auch wir Jungen wurden flügge und wollten es den heutigen Beat-Opas, aber damaligen Vorbildern von wilder Freiheit, nachahmen:

Raus auf die Straße!

In die große aufregende weite Welt …

Es war das Jahr 1970: Ich war 18 Jahre jung, aber damals noch lange nicht volljährig. Nach England wollten wir trampen – ins Swinging London einklinken. Wir: Carlos & ich. Wir waren mit allem ausgestattet, was man so braucht, um die Welt zu entdecken: Neugier, Jugend, Humor, und verstanden uns auf Anhieb prächtig: good vibrations trotz unserer optisch so offenkundigen Verschiedenheit. Carlos mit seinen fast 2 Metern Körpergröße und seinem blonden Lockenkopf ragte immer etwas aus der Menge heraus: Leicht für mich wiederzufinden, diese menschliche Giraffe. Auf jedem Open-Air-Festival konnte er unbesehen als Erkennungsfahne wehen. Dagegen bin ich doch auf den ersten Blick mit meinen dunkelblonden Haarfusseln und ebensolcher durchschnittlicher Körpergröße zwar drahtig-sportlich, aber unauffällig. Ähnlich an uns war der Sinn für Humor: manchmal subtil, mitunter derb: Durch ständiges Lächeln – Lachen – Gelächter werden wir wegen zwei Paar gut gestylter Lachfältchen um die Augen leicht wiederzuerkennen sein …

Überraschenderweise gaben mir meine Eltern sogar das Einständnis für diese Tramptour: Entweder waren sie dadurch schon abgehärtet, dass mein älterer Bruder Gerry seit seinem 16. Lebensjahr als Seemann die Erde umschwamm, oder es lag am allgemein erfolgreichen Aufruhr der Jugend als Folge der 68er-Rebellion.

Die Eltern von Carlos waren ebenfalls einverstanden. Jedoch durfte er nicht mit mir trampen, weil seine Eltern wegen meiner damaligen langen Haare unsere gemeinsame Tramptour untersagten.

Deshalb mussten wir einen Kunstgriff anwenden: Er gab vor, mit unserem kurzhaarigen Klassenkameraden Frank aus Lippramsdorf nach England zu trampen. So brachten die Eltern von Carlos ihn nach Lippramsdorf, um ihn dort für die Reise abzugeben, denn Franks ganze Familie war eingeweiht und spielte mit.

Zur gleichen Zeit wartete ich mit meinem Vater im Auto an einem Waldstück nahe Lippramsdorf, wo auch nach einiger Zeit – wie verabredet – Carlos mit Rucksack aus dem Walde trat und mit uns nach Datteln kam. Ich weiß wirklich nicht mehr, welch fantasievolle Erklärung ich meinem Vater dafür gegeben habe, dass wir Carlos ausgerechnet auf diese mysteriöse Weise abholten!?

Frisch und frei ging's los mit uns zwei unbedarften Reisenden: Wenn man so das erste Mal on the road ist, hat man natürlich nicht die Erfahrung eines alten Globetrotters, sondern tapert öfter völlig naiv in gefahrvolle Situationen …

… oder stolpert völlig überraschend in das 5 Tage lang dauernde Isle-of-Wight-Festival 1970, nur mit einer Umhängetasche voller Weißbrote bewaffnet, die nach der ersten Nacht als Kopfkissen missbraucht auch entsprechend aussahen: ein schräger Klumpen Brot im Taschenmantel.

Dabei rauschten Gruppen wie The Doors mit Jim Morrison, The Free, The Who, Chicago, Miles Davis oder Roger Chapmans Family an mir damaligem Musikbanausen leider fast völlig unbeachtet vorbei, weil ich nur Ohren für Fetziges hatte, das dann aber von Jimi Hendrix (3 Wochen vor seinem Tod), The Taste, Ten Years After, Jethro Tull und Emerson, Lake & Palmer auch voll befriedigt wurde. Ein Jahr nach der Regen- und Friedens-Schlammschlacht von Woodstock 1969, USA, versammelten sich beim »europäischen Woodstock«, dem Isle-of-Wight-Festival, eine halbe Million friedliebender junger Menschen unter fünf Tagen strahlendem Sonnenschein. Dort sah ich fünfzig verschiedene Rockgruppen: neben den oben genannten außerdem noch Moody Blues, Procol Harum, Supertramp, Sly & the Family Stone und Folk-Größen wie Donovan, Pentangle, Leonard Cohen, Joan Baez, Joni Mitchell, Melanie, Kris Kristofferson oder Richie Havens u. v. a. Von den fünf Tagen Festival kosteten die letzten drei Tage Eintritt, alles zusammen für drei englische Pfund, was in etwa 30,– DM entsprach: Das waren noch Preise …!?!

Tickets für das Isle-of-Wight-Festival 1970

Dermaßen begeistert, war es dann auch kein Wunder, dass ich später back in London ohne große Vorwarnung oder Gedanken in die »Last night in Soho« geriet …:

Carlos als begeisterter Spieler schleppte mich natürlich in die sündigen Quadratmeilen von Soho, wo wir dann in verschiedenen Spielhöllen auf unterschiedlichste Weise unsere Pennies loswurden: am simpelsten durch den einarmigen Banditen, der nur dann Geld ausspuckte, wenn vorne auf den drei laufenden Rollen drei gleiche Früchte nebeneinander stehen blieben. Vergleichbar mit der hiesigen »Goldenen 7«, bloß halt mit dem Arm zum Anwerfen eines neuen Spieles.

Dann gab es auch noch Spiele für Sixpences (damaliger Wert von ca. 25 Pf.), die das gleiche Größenformat wie deutsche Zweipfennigstücke haben. Deshalb hatte ich schon in Deutschland eine ganze Tüte Zweipfennigstücke gesammelt, die ich in meiner Hosentasche mit mir rumtrug. Als ich gerade irgend etwas anderes aus meiner Tasche herauszog, kam aus Versehen diese Tüte mit heraus, und viele kleine Zweipfennigstücke rollten durch den Spielsalon.

Ich fühlte mich ertappt, weil ich schon einige davon benutzt hatte.

Hilfesuchend sah ich mich nach Carlos um: erfolglos. Entweder hatte ich ihn schon vorher verloren, oder er hatte sich schnellstens verdrückt? Dasselbe wollte ich jetzt allerdings auch machen: versuchte mich unauffällig in Richtung Ausgang zu bewegen, um meine rollenden Zweipfennigstücke schmählich im Stich zu lassen. Aber die wollten wohl nicht ohne mich! Ein kleiner Junge, der das gesehen hatte, sprang hilfsbereit auf mich zu, um mir beim Münzenaufsammeln zu helfen. Verunsichert sammelte ich dann mit dem Jungen meine Münzen auf, aber niemand kümmerte sich weiter um uns.

Danach fand ich dann endlich das Weite und stand nachts allein in Soho! Wohin sollte ich mich wenden? Ich kannte mich total nicht aus und irrte kreuz und quer durch dieses neon schillernde Viertel der Prostituierten und Spielhöllen. Deshalb fragte ich einen englischen Bobby in einem Bullenwagen, der neben mir an einer Ampel hielt, nach der nächsten U-Bahn-Station. Als Antwort sprangen vier Bullen aus ihrem Bulli und umringten mich wortlos, um mir ohne Kommentar in den Taschen herumzuwühlen. Höflich, wie ich bin, fragte ich, ob ich ihnen beim Suchen irgendwie behilflich sein könne? »Was sie denn wohl suchen?« »Alles«, meinte der Gesprächigste von ihnen, »Drogen, Waffen usw.« In Bezug auf Drogen wollte ich sie beruhigen, da ich Nichtraucher bin. Tatsächlich war ich zu der Zeit in Sachen Drogen so unerfahren wie mit Mädchen: In Deutschland habe ich einmal mit Carlos zusammen Haschisch rauchen wollen, aber als Nichtraucher war mein Versuch kläglich gescheitert: Ich konnte noch nicht einmal einen Lungenzug mit ner Filterzigarette machen!

Langsam zogen sie mir alle Sachen einzeln aus den Hosentaschen: die Tüte mit den Zweipfennigstücken. »Ich bin Münzsammler«, murmelte ich entschuldigend.

Ein Päckchen Pariser mit dem bezeichnenden Namen »Londoner«, was ich ihnen erst umständlich erklären musste, wofür man so was braucht. Die hatte ich mir für alle Fälle – aber vergeblich – mitgenommen, nachdem mir Frank von seinen ersten erotischen Erlebnissen mit einer holländischen Indonesierin während seines Spanien-Urlaubes erzählte, wo Pariser eher knapp waren und deshalb zu Schwarzmarktpreisen gehandelt wurden.

Am meisten Angst hatte ich jedoch davor, was sie zu meinem Fallschirmkappmesser sagen würden, einem Messer mit herausspringender Klinge von ca. 20 cm Länge. Denn ich hatte von Frankreich-Urlaubern gehört, die wegen nem Messer mit feststehender Klinge in den Knast kamen; und das wollte ich nicht gerade in London zum ersten Male auskosten. Mir schwante schon Übles bei ihrer Hosentaschen-Grabbelei. Aber als wäre ein Wunder geschehen, und aus welchen Gründen auch immer (?): Jedenfalls schauten sie ausgerechnet nicht in die hintere rechte Hosentasche, ahnten nichts von meinem Messer und ließen mich verdutzt dort stehen.

Carlos traf ich dann Stunden später in unserer Herberge in Ealing Common wieder; und das Fallschirmkappmesser verlor ich irgendwann während der Rückreise …

Turning Point

Zuhause angekommen bastelte ich weiter an meinem Wendepunkt im Leben: Aus einem relativ braven, wenn auch reichlich wirren Gymnasiasten wurde in einem Jahr ein Kriegsdienstverweigerer (KDV) und politischer Aktivist.

Im Winter 1970/71 begann alles noch recht harmlos mit einem Happening, als wir zwei Wochen vor dem Recklinghäuser Beat-Festival kurz entschlossen eine Musikgruppe gründeten, um kostenlos die Gaststars von Golden Earring zu erleben. Wir nannten uns kurzerhand »Charly Brown«, übten ein bisschen das Stück »Hey Capello« von Heino zu entfremden, und ab ging's auf die Bretter, die die Welt bedeuteten. Das Ergebnis unseres chaotischen Sechsminutenauftrittes in der Recklinghäuser Vestlandhalle: Wir fünf Burschen wurden von 24 angetretenen Rockbands Publikumssieger und gewannen 150,– DM Preisgeld. Das würde immerhin einem Stundenlohn von 1500,– DM entsprechen. Selbst die Jury setzte uns auf Platz 17: wegen unserer überzeugenden schauspielerischen Leistung …!

Diese Art von Happening gefiel uns so sehr, dass wir gleich ein Jahr später Ähnliches noch mal versuchten: Als nun nur noch Dreimannkapelle stieg »Dattelner Kanal« auf die Bühne, dafür aber schwer bewaffnet mit Krücken und Krückstock (auf den aus dem Altersheim besorgten Rollstuhl mussten wir leider verzichten, weil er nicht ins Auto passte). Als Kapelle diente uns – mangels Musikern – ein Kassettenrekorder, zu dessen vorher aufgespielter Musik wir dann parodistisch mimten: Bei Words von den Bee Gees sank ich vor Carlos schwer gerührt auf die Knie, um schließlich beim abschließenden Rock-Klassiker »Judy in disguise« (damals intoniert von John Fred & his Playboyband) die Krücken von mir zu werfen …

Leider war das fürs Erste die letzte Beat-Show dieser Art: Wir hätten jederzeit einen neuen Gag auf Lager gehabt. So mussten wir noch sieben Jahre warten, bis wir acht Männer & eine Frau von der Gruppe Söppel mit unserem

Polit-Rock-Kabarett beim Vest-Rock das Zirkuszelt im Dattelner Süden erzittern ließen.

Aber zurück zu meinem Lebenswendepunkt: Ende der 60er-/Anfang der 70er-Jahre machte ich für einige Zeit in einem sozialistischen Gesprächs- und Diskutier-Club mit, von manchen auch als so genannter »Republikanischer Zirkel« betitelt. Da lasen wir Wilhelm Reich, diskutierten über Orgonen oder makrobiotische Ernährung. Nachdem wir uns bei der Lektüre von A. S. Neills »Summerhill« mit der antiautoritären Erziehung auseinandergesetzt hatten, stellten vier von uns in einer Begegnungsstätte vor dem KAB (Katholischer Arbeiterbund) in einer Zechensiedlung des Dattelner Südens A. S. Neills antiautoritäre Erziehung vor. Die dortigen Arbeiter verstanden von der antiautoritären Erziehung wahrscheinlich »nur Bahnhof«, aber ich lernte wenigstens über unsere Aktion Matthes kennen, der in dieser Zechensiedlung wohnte. Ja, so waren wir jungen Leute damals: von Tuten und Blasen keine Ahnung, aber mit großer missionarischer Begeisterung älteren gestandenen Menschen was über Erziehung erzählen wollen …!

Dann kamen die Zeiten in den 70er-Jahren, als wir die Bücher von Jack Kerouac, Hermann Hesse, Henry Miller, Lawrence Durrell, Charles Bukowski und später dann die von Carlos Castaneda verschlangen und versuchten, von allen ein bisschen zu leben …

1971 lernte ich erst als Oberprimaner die Freuden und Qualen der Liebe kennen (»Meine Jugend hat spät begonnen«, heißt dazu passend ein Roman von Henry Miller), als es bei Nicole und mir zum ersten Male richtig funkte: Sie war jung, total hübsch, lange dunkelblonde Haare, gut gebaute Figur und wunderschöne blaue Augen: Diese Augen waren wie Sterne, sie blitzten und strahlten, verfolgten mich in meinen Träumen: Sie war die Traumfrau und wurde meine erste Freundin, meine erste unvergessene Liebe …!: ein Sommer mit Nicole; allerdings im gleichen Jahr erfuhr ich auch den großen Schmerz des ersten Liebeskummers, weil sie mich verlassen hatte!

Doch bereits ein Jahr vorher, auf dem Isle-of-Wight-Festival 1970 zwischen Räucherstäbchen und 500.000 friedlichen Festivalbesuchern hatte ich während der romantischen Gesänge von Pentangle auch das erste Petting: Ann aus Leeds hieß die Glücksspenderin!

Damals direkt nach dem Abi wollte ich noch Volkswirtschaft studieren, um mich in die Freiwirtschaftslehre von Silvio Gesell zu vertiefen. Da gab's in der Schule den großen Knall. Unsere ganze Klasse hatte den unfähigen Mathe-Lehrer boykottiert und sollte komplett der Schule verwiesen werden. Das passierte natürlich nicht, weil man sich auf irgendeinen blöden Kompromiss einigte. Mich interessierte das sowieso alles gar nicht mehr, denn ich wollte zusammen mit Nicole weg, endlich lostrampen durch die Welt oder wenigstens bis nach Katmandu, Nepal …!

Aber irgendwie machte ich dann mithilfe einiger äußerst wagemutiger Klassenkameraden und Leidgenossen doch noch das Abi: in Form einer prähistorischen ABM-Maßnahme = Abiturbeschaffungsmaßnahme!

Aber: oh Schreck! Eine Woche nach dem Abi fand ich mich schon olivgrün eingekleidet in einer närrischen Fallschirmjägereinheit in Wildeshausen wieder: Verduzt über regelmäßiges Strammstehen, im Gelände rumrödeln und »Kleinkrieg spielen«, hatte ich erst mal meine Reisepläne in eine andere Richtung umzulenken! Das guckte ich mir allerdings nicht lange an, verweigerte den Kriegsdienst mit der Waffe und lernte dadurch endlich, mein Leben in die eigenen Hände zu nehmen.

Als Einzelkämpfer gegen militärische Institutionen und Pflichten, gegen schikanierende Uffze und Stuffze (= Unteroffiziere und Stabsunteroffiziere) lernt man schnell einzustecken, aber auch auszuteilen: kurz: Selbstbewusstsein durch eine fünfmonatige Militärstählung!

Und dann ging's los: Ich floss über vor Selbstvertrauen. Denn gerade war ich frisch als KDV anerkannt worden: staatlich anerkannter und geprüfter Friedensschauspieler.

Ich wechselte also endlich das Trikot der fallschirmjagenden Army-Hypochonder mit dem Eintritt in das zeitlose Blühen eines Freak-Lebens. Auch konnte ich endlich das Militärhaarnetz, diese lächerliche Oma-Verkleidung für Langhaarige, für immer abstreifen und die Zotteln frei wehen lassen …!

Meinen Wendepunkt erlebte ich dann unterwegs nach Dänemark, als ich auch gleichzeitig das so beeindruckende »Unterwegs« von Jack Kerouac las und lebte. Auffälligerweise begann der erste Satz in »Unterwegs« ungefähr folgendermaßen: »Nicht lange, nachdem meine Frau und ich uns getrennt hatten, …

begann der Teil meines Lebens, den man mein Leben auf den Straßen nennen könnte.« Und genau solches war mir gerade eine Woche selbst passiert, als das Ende meiner Beziehung zu Nicole mich aus wohligen Liebesgefühlen nahezu sprichwörtlich in die Freiheit warf, wo ich auf dem realistisch harten Pflaster der Straße landete: unterwegs: Dort wurde mir der Geruch von abenteuergeschwängertem Wind derartig in die Nase eintätowiert, dass er seitdem meine Lebenstriebe so stark betört wie die Leidenschaft der Lemminge für das Nacktbaden im Meer …!

Zum ersten Male im Leben verbrachte ich einen Geburtstag (den 20., was damals noch keine Volljährigkeit bedeutete) im Ausland: und zwar unter ausländischen Eingeborenen, den Jüten. Mit zwei von diesen blond blühenden Däninnen hütete ich für zwei Wochen, da deren Eltern beide auf Dienstreise waren, alleine das Haus und manches andere: meine dänische Brieffreundin Inger-Lise und ihre ältere Schwester Jytte, die zwei Jahre später meine Freundin werden sollte …

Jedenfalls verließ ich in Richtung Dänemark eines Tages um Mitternacht meine nicht wenig erstaunte Oma Selm, die damals wegen der urlaubsbedingten Abwesenheit meiner Eltern das Kindersitting übernommen hatte. Und das auch noch sehr knapp, weil meine Eltern nur drei Stunden später aus ihren Prag-oslava-tschechischen Ferien zurückkamen. Übrigens war auch die Großmutter von William Burroughs jr. die Absprungbasis zu seinem entscheidenden Lebensabschnitt.

Auf dem Weg nach Dänemark klopfte ich noch zu einer Stippvisite bei meinem Bruder Gerry in Hamburg an. Die Überraschung war groß auf beiden Seiten: Gerry & Betty lagen nackig im Zollbett, um Bettys Geburtstag zu feiern, und mich hatten sie am frühen Morgen bestimmt nicht als ersten Gast erwartet!

Viel Zeit blieb uns nicht mehr zum Feiern, da brachten sie mich von der Zollschule zum Bahnhof: Ich wollte mit dem Zug nach Dänemark einreisen, was mir am unverdächtigsten schien. Nach Hamburg war die nächste Station Flensburg: längerer Aufenthalt an der Grenze. Mein erster Kontakt mit filzenden Grenzern, was mir ab da zur unlieben Gewohnheit wurde. Meine praktische und gut verpackte Umhängetasche, die ich mir 1970 auf dem Londoner Flohmarkt »Portobello Road« erstanden hatte und die mir 1971 bei einer radikalen Autoknackung in Amsterdam bereits wieder gestohlen wurde, hatten sie mir total auseinandergenommen, wobei ich mich noch an eine herumfliegende Unterhose erinnere: Sommer – kurz – weiß. Sie wollten Auskunft über das »Woher?«, »Warum?« und »Wohin?« Erst einmal waren die dänischen Zöllner über meinen Bundeswehr-Ausweis verwundert, den ich wegen der dadurch auf den halben Preis reduzierten Bundesbahn-Tickets dabeihatte: weil dort nämlich was von »Jäger Kowalski« stand, während mein Personalausweis lautete: »Danny Thomas Kowalski«. Diese dürftige Übereinstimmung aufzuklären, kostete mich einiges Händeringen. Außerdem war ich zu dieser Zeit des Dänischen noch nicht mächtig, das ich erst 2 – 5 Jahre später lernte, und konnte natürlich deshalb auch nicht meinen Zielort Vejle, sprich: »Waile«, richtig aussprechen, sondern versuchte mich mit: »Fäjlje«, was des Grenzers Misstrauen über mein Wohin noch vergrößerte. Mich wunderte überhaupt, dass der Zöllner nicht das seltsame Holzkistchen untersuchte, in dem ich mein Haarshampoo dummerweise abgefüllt transportierte. Als ich das Shampoo dann später vor Ort benutzen wollte, war es übrigens schon vollkommen ins Holz eingezogen. Zu meiner größten Überraschung ließen sie jedoch nach all diesen Nachforschungen von mir ab, und es ging endlich weiter.

Dies war nur der Anfang einer ganzen Serie von Zoll-Happenings sondergleichen, denn ich schien damals in den 70er-Jahren eine magische Anziehungskraft für Grenzbeamte zu haben, mich & meine Papiere & mein Gepäck zu durchforsten. Grundsätzlich folgte bei meinem Anblick der Griff zum Verbrecheralbum, sobald ich aus dem Ausland zurück in die »geliebte BRD« kam. Auch meine Mitreisenden, die sonst nie was mit Grenzern oder Polizei zu tun hatten, wurden dann zur Zollkontrolle angehalten oder gar auf der Autobahn mit vorgehaltenem MG gestoppt: Ich könnte doch ein Terrorist sein? Mein Jahrgang 1951 galt in der RAF-Paranoia der 70er-Jahre per se als verdächtig! Dabei war ich doch nur ein harmloser Kriegsdienstverweigerer.

Manfred Schloßer, einer meiner besten Freunde, berichtete mir, dass er in exotischen Ländern oft Ärger mit dem Reisepass des »Herrn Schlober« hatte, weil das dort im Pass in Blockbuchstaben steht: »SCHLOßER«, und ein »ß« wurde außerhalb des deutschsprachigen Raumes nicht benutzt. Je weiter er von Deutschland entfernt war, umso schwieriger wurde es, die Verbindung zwischen »ß« und »ss« einem misstrauischen Zollbeamten zu erklären. Aus dieser Not heraus hatte er es sich sogar schon angewöhnt, seinen Namen einfach zu verleugnen und auf »Schlober« zu hören!

Weniger verleugnen oder überhören konnte ich jedoch die Grenz-Happenings, die man mit mir schon alle veranstaltete. Von all den Beispielen ragte sicherlich die Super-Filzung an der deutsch-dänischen Grenze vom 25.2.74 heraus. Wegen meiner Beziehung zu Inger-Lises Schwester Jytte hatte ich bestimmt schon ein Dutzend Grenzüberquerungen der Station Flensburg-Kupfermühle in beiden Richtungen mit allen möglichen Verkehrsmitteln absolviert: zu Fuß, getrampt mit anderen Autos, im eigenen Käfer oder mit dem Zug, und ich hatte mittlerweile einiges an Erfahrung vom günstigen Verhalten an Grenzen gelernt. Aber diesmal sollte es anders kommen!

Aus dem Auto, das mich beim Trampen mitgenommen hatte (»adieu, du schöner Lift!«) pickte mich ein Grenzpolizist – kein Zöllner wohlgemerkt! – sehr zielstrebig heraus, um mich alleine eine ganze Stunde lang zu durchwühlen, obwohl ich als einziges Gepäckstück nur eine kleine Umhängetasche mit mir trug! Diese Umhängetasche beschäftigte ihn dann alleine eine halbe Stunde lang: Er untersuchte den Belag meines Butterbrotes, blätterte intensiv in den Büchern und hielt sich längere Zeit an einem kleinen gehäkelten Beutel mit allerlei Krimskrams wie Amuletten und Totem-Tierchen auf. Danach betastete er in seinem »Filz-Separee« für Leibesvisitationen noch eine halbe Stunde jeden meiner zahlreichen Flicken an meiner Jeanshose, meinen Körper, wühlte mir in den Haaren, schaute in Ohren, Po und Genitalbereich und schien sichtlich enttäuscht über seine vergebliche Suche.

Jedenfalls ließ er mich mit heruntergelassener Badehose dort stehen und verschwand. Wenn der geahnt hätte, was er vielleicht geahnt hatte: »Hihihihihihi!« Er hätte nur das Innenfutter der Badehose befühlen müssen, um die dort versteckte Streichholzschachtel mit nem Rest von nem Joint und nem kleinem »Turnpiece« zu finden. Erleichtert zog ich mich wieder an und räumte meine Tasche wieder ein …!

Durch meine verlängerte Adoleszenz hatte ich die Freiheiten, solche Globetrotter-Eskapaden zu erleben: Denn ich lernte bis 1971 auf der »Penne«, wo ich nach dem Abitur dann zwar direkt zur Bundeswehr eingezogen wurde, aber dort den Kriegsdienst mit der Waffe verweigerte, worauf ich als anerkannter KDV danach 1971/72 den zivilen Ersatzdienst in einem Dattelner

Altenwohnheim absolvierte. Während dieser Zeit arbeitete ich auch einmal in einer Ferienfreizeit in Winterberg mit behinderten Kindern und ihren Müttern und kam dadurch erstmalig mit sozialer Arbeit in Kontakt. Daraufhin änderte ich deshalb meine Volkswirtschaftsstudiumspläne und wählte stattdessen das Studium der Sozialwissenschaften an der Ruhr-Uni Bochum, wo ich von 1972 bis 1977 studierte und mit dem Hochschul-Diplom abschloss.

Politisch waren die 70er-Jahre die große Zeit von Willy Brandt, der als Kanzler ab 1972 mit der ersten SPD-Regierung der BRD für frischen Wind sorgte, und nicht umsonst den Friedensnobelpreis bekam. Ich war ja selber seit Mitte der 60er-Jahre Juso. Auch als Zivildienstleistender (ZDL) trat ich bei ZDL-Streiks noch als aktiver Juso auf. Aber deren Politik der Anpassung bewegte mich ein Jahr später beim Beginn meines Sozialwissenschaftsstudiums an der »roten« Abteilung der Ruhr-Uni Bochum dazu, während einer konsequenten Woche 1973 aus SPD und katholischer Kirche auszutreten: Ein heidnischer Sponti war das Ergebnis!

Als ich dann später erfuhr, dass der Vatikan am 26.01.1999 nach 385 Jahren das Ritual zur Teufelsaustreibung überarbeitet und den Exorzisten strenge Auflagen gemacht hatte, war das wieder mal eine Bestätigung für mich, aus dieser weit verbreiteten Sekte ausgetreten zu sein …!

Damals engagierte ich mich eher für die FSU (Freisoziale Union), die die Freiwirtschaftslehre nach dem Vorbild von Silvio Gesell proklamierte, die u. a. für die Abschaffung des Zinses kämpfte, dem angeblichen Quell allen Übels …

Als junger Mensch hat man ja so manche spirrige Gedanken, zumal ich durch die links-sozialistische Politik-Landschaft an der Ruhr-Uni Bochum sowieso fern der Realität Utopien ohne Ende spann, mich aber auch immer gerne zu den undogmatischen Spontis zählte.

Begriffe wie »Wider das Establishment«, »Konsumterror« und deshalb »Konsumverzicht« geisterten als beliebte Schlagwörter und Alltagsphilosophien in der alternativen Szene herum, wo man ihnen mehr oder weniger erfolgreich hinterherhechelte oder nur -träumte …

In diese Zeit der beginnenden 70er-Jahre fielen auch verschiedene politische Aktionen, die ich hauptsächlich in Hannover miterlebte: Demos, Rot-Punkt-Aktionen, Hausbesetzungen, wogegen die Bullen schon damals mit Panzerwagen und Wasserwerfern vorgingen, als sie uns tränengasüberströmt auseinandertrieben.

Während meines zivilen Ersatzdienstes erlebte ich dort in Hannover auch meinen ersten richtigen Sex: Er wurde zwar ganz romantisch im Winter 1971/72 mit Lulu auf ausgebreiteten Laken und Matratzen zwischen den Werkbänken einer Hannoveraner Bildhauer-WG zelebriert, entpuppte sich allerdings als ein unbeholfenes Gehampel, weil es für Lulu genauso wie für mich »das erste Mal« war ...!

Aber mit den Jahren und Jahrzehnten wurde es besser und besser, denn im Bereich Sex macht tatsächlich »Übung den Meister«, zumal ich das Glück hatte, bereits im Sommer 1972 von der drei Jahre älteren verheirateten und deshalb reifen Paula in die Freuden des Sex eingeführt zu werden ...

»Ouzo-Killer«

Durch meine Besuche bei meiner dänischen Brieffreundin Inger-Lise lernte ich ihre rotblonde gertenschlanke Schwester Jytte kennen, und eines Tages begannen wir, uns zart zu lieben. Ich mochte diese schüchterne Art, lernte Dänisch, ließ mich von ihrer Sprache verzaubern, wobei das »Sch« von Dänen wie »S« ausgesprochen wird und z. B. Hubschrauber sich wie »Hubsrauber« anhört. Eine Liebe in einem anderen Land zu erleben ist etwas Faszinierendes: allein unter Fremden zu sein, durch die eine Person, die man liebt, verbunden mit den anderen, die man näher kennen und schätzen lernt, und die einen dann auch lernen, gerne zu haben …! Mit wachsender Liebe beschlossen Jytte und ich, einen Sommer lang für drei Monate durch Südeuropa zu trampen.

Diese Geschichte musste deshalb auch aus dem Englischen übersetzt werden, weil wir uns im ersten halben Jahr meiner Beziehung zu Jytte nur in Englisch unterhalten hatten, bevor sie danach in Deutschland wohnte und Deutsch sprach. Da wir nur Englisch miteinander sprachen, schrieben wir natürlich auch Englisch. Diese Zeit des Englisch-Sprechens und sogar schon Englisch-Denkens hat mir übrigens später sehr geholfen, mich im englischsprachigen Raum immer schnell und gut zurechtzufinden, obwohl ich auf dem Abi-Zeugnis eine Fünf in Englisch hatte.

In Südeuropa trieben wir uns damals schon einige Wochen erst in Jugoslawien, dann in Griechenland herum, wo wir nach Korfu trampten. Das bedeutete damals, durch Jugoslawien zu reisen. Nach dem Zerfall des Vielvölkerstaates in den 90er-Jahren hieße das heute: durch Slowenien, dann entlang der dalmatinischen Küste durch Kroatien, Bosnien-Herzegowina und Montenegro, danach um Albanien herum durch Serbien und Mazedonien nach Griechenland. Das hört sich recht mühselig an! War es auch: Wir brauchten schon einige Wochen, um dieses Programm per Autostopp zu absolvieren. In den Kriegs- und Krisenzeiten der 90er-Jahre wäre das überhaupt nicht möglich gewesen, und auch heute wäre es eine beschwerliche Reise durch die verschiedenen verfeindeten Staaten.

Der Zusammenbruch von Jugoslawien spiegelte sich auch sehr prägnant in deren Fußballnationalmannschaft wider: Verloren sie 1990 bei der Fußball-WM in Italien noch brav 1 : 4 gegen Deutschland, so wurden sie von der Fußball-Europameisterschaft 1992 in Schweden wegen der politischen Sanktionen gegen das serbische Terrorregime unter Milosevic kurzfristig ausgeschlossen, obwohl sie sich sportlich qualifiziert hatten. Das lustige Ergebnis dieser Sanktion ist allseits bekannt: Dänemark rückte nach, holte seine Fußballer aus dem Urlaub zurück und gewann völlig entspannt die Fußball-EURO im Endspiel mit 2 : 0 gegen Deutschland …!

Wir waren total begeistert von den Griechen als Menschen in ihrer Gastfreundschaft, Weltoffenheit, Klugheit und Lebensfreude, obwohl sie zu jener Zeit unter der allseits bemerkbaren Diktatur unter Papadopoulus sehr schwer zu leiden hatten. Glücklicherweise bekamen die Griechen dann später ihre wohlverdiente Demokratie.

Leider brach dann – wie es immer so ist – auch hier schon der letzte Abend unseres zweiwöchigen Aufenthaltes auf der Insel Korfu an.

Am nächsten Tag stand daraufhin folgende Tagebucheintragung zu lesen:

Ypsos (Korfu), Montag, der 13. August:

Was für eine Nacht vom letzten Abend bis zum Morgen des Aufbruches erlebten wir!!!

Auf dem Rückweg von unserem Abschieds-Souvlaki-Essen trafen wir Alain und Günther, zwei andere Mitbewohner auf unserem Zeltplatz. Zuerst tranken wir alle ganz normal und genüsslich einige Gläser Retzina. Dann aber begannen Jytte und die beiden Jungen mit Ouzotrinken, jenem griechischen Lakritz-Anis-Getränk, das ich nicht mochte, weil ich keine Lakritze mochte, im Gegensatz zu Jytte, die wie fast alle Skandinavier/innen ganz heiß auf Lakritze ist. Die Einheimischen dort erzählten, dass da im Ouzo etwas Opium mitgebrannt sei, was so anturne. Jedenfalls war es das erste Mal, dass ich Jytte »high« erlebte: der Beginn ihrer wilden Jugend als Freak?: neue Erlebnisse mit Matthes, Carlos und Achim erwartend, unseren drei Freunden zuhause in Datteln!

Opium, »das Brot der Berge«, gemischt mit ein bisschen Alkohol, ließ sie in einen fantastischen freien Rausch fahren: Es löste ihre Zunge und ließ ihre sämtlichen Verstandesbremsen verschwinden. Betrunkene Menschen und kleine Kinder sagen die Wahrheit: Und so handelte sie!

»I love you so much, Danny, I love you!«, murmelte sie immer wieder im Zelt, als wir uns wie entfesselt leidenschaftlich und hemmungslos liebten ...: in Englisch, Dänisch, Deutsch und wortlos, denn die Kommunikation der Liebe ist international.

Zurück zum torkeligen und chaotischen Vorabend: Der Weg von der Bar zu unserem Zelt war ein einziges Durcheinander! Zuerst wurden wir von zwei hilfreichen Personen zur Toilette begleitet, wo ich Jytte nur mächtig viel Krach drin machen hörte. Danach schleppte ich sie in einem langen und gewundenen Weg (»a long and winding road«) unter den Schultern fassend, bis ich das auch nicht mehr schaffte. Also schleppte ich sie die letzten 10 – 20 Meter ganz bequem auf meinen Schultern: der beckenmassierende Bundeswehr-Transportgriff. Ich stellte sie vor dem Zelt ab, um die Knöpfe am Zelteingang zu öffnen. Doch das hätte ich nicht tun sollen: Ich hätte sie doch besser gegen einen Olivenbaum lehnen sollen. Denn sie kippte sofort hintenüber auf das Zelt, nachdem ich sie losließ. Nach diesem unfreiwilligen Sit-in auf dem Zelt schaffte ich es irgendwie, sie dort hinein zu bugsieren. Schließlich lag sie: Endlich lag sie ...! Und sie schlief wie ein stocktoter Betonklotz: nicht einen Zentimeter zu bewegen, aber leider auf der Decke. So war es eine ziemliche Schwierigkeit, mich unter die Decke vorzuarbeiten: Hat jemals mal jemand versucht, eine Decke unter einem Betonklotz wegzuziehen!?

Die ganze Nacht über hatte ich deshalb große Schwierigkeiten zu schlafen, wogegen Jytte den Schlaf der Gerechten schlief! Die Arbeit mit der Decke und mein schmaler Schlafplatz ließen mich die halbe Nacht nicht schlafen, bis ich schließlich aufstand, um den Sonnenaufgang zu beobachten; aber natürlich war es noch viel zu früh und überall nur Dunkelheit. Dann begann zuerst der Chor von allen Hähnen der Umgebung, natürlich sofort gefolgt vom Chor aller Esel der Umgebung: Ich war immer noch wach.

Aber ich legte mich doch wieder hin. Als dann das erste Licht des Tages aufkam, war ich zu faul, um wieder aufzustehen ...

... und mit dem hereinbrechenden Morgen schlief ich endlich ein.

Nachdem wir aufgestanden waren, befand sich Jytte immer noch ein bisschen in ihrer Gestern-Abend-Stimmung: »besoffen«, sagte sie, aber es schienen die typischen Reaktionen eines »after-high« zu sein. Dann bauten wir in einem langen Kampf gegen die Materie das Zelt ab und packten das Gepäck zusammen, denn es war Reisetag. Langsam kam Jytte von ihrem ersten Ouzo-Opium-Trip runter!

Auf der Fähre von Kerkyra (= Korfu) nach Brindisi (Italien) war sie schon wieder klar. Nachdem wir bisher in Jugoslawien und Griechenland so viel Glück mit dem Trampen hatten, fragte Jytte: »Sag mal, Danny, hast du eigentlich schon mal in Italien getrampt?« »Nein, mine elskede Jytte, aber du scheinst mir beim Trampen Glück zu bringen. Mir fällt nämlich eine Story ein, die ich letztes Jahr beim Trampen in Südfrankreich erlebte, als ich mitten in der Öde ausgesetzt wurde …:

Während meines zivilen Ersatzdienstes hatte ich viel Zeit und Muße, so zu reisen, wie ich es mir damals idealerweise vorstellte: ohne bestimmtes Ziel zu trampen und immer dorthin zu fahren, wohin mich die jeweiligen ›Lifts‹ trieben! So gelangte ich über die holländische Nordseeküste und Belgien nach Paris und von dort aus unterwegs nach Süden: ›au sud!‹ Dabei hatte ich ständig den aktuellen Song von Hannes Wader auf den Lippen: ›Ich bin unterwegs nach Süden und will weiter bis ans Meer …‹

Im südfranzösischen Vienne, ca. 20 km südlich von Lyon, trampte ich eines Morgens an der National Nr. 7, der Landstraße zum Süden. Dort wurde ich von zwei komischen Vögeln mitgenommen, die eigentlich bei einer Tramperin hinter mir anhielten, diese aber nicht verstanden, weil sie Französisch sprach. Ich übersetzte, und es stellte sich heraus, dass sie woanders hin wollte; so nahmen sie halt mich mit: Zwei Düsseldorfer in einem alten ›Auto-Union‹, in dem der Beifahrersitz andersherum montiert war, sodass ich dem zweiten Düsseldorfer direkt in die breite feiste Visage schaute. Sonderlich sympathisch wurden mir die beiden eigentlich nie: Für sie hieß ihr Zweiwochen-Urlaub ›schön braun werden!‹: Das wollten sie in Llorett-del-Mar erledigen, einem bekannten ›deutschen‹ Badeort an der spanischen Costa Brava. Getreu meinem Vorsatz, dorthin mitzufahren, wo die mich mitnehmenden Autofahrer selbst hinfuhren, wäre ich mit den beiden sogar bis nach Llorett mitgefahren und hätte es vielleicht sogar versucht, von dort aus nach Torremolinos (in Südspanien) zu kommen, wo zur gleichen Zeit meine Dattelner Freunde Florian,

Dora, Frank & Corinna in einem Haus Urlaub machten, dessen Adresse samt Besuchseinladung sie mir vorher gegeben hatten. Aber ich war doch recht froh, dass es alles anders kam, denn im damaligen Spanien unter Francos faschistischer Herrschaft war's nicht einfach zu trampen. Dass es anders kam, entwickelte sich auf einer einsamen Strecke vor Sete, nachdem wir längst an Valence und Avignon und gerade an Nimes vorübergefahren waren (genau in dem Nimes, wo Lawrence Durrell lebte, dessen Alexandria-Quartett ich gerade gefesselt las): Jedenfalls sah ich, wie die beiden unruhig auf ihren Plätzen hin und her rutschten, wenn wir an Tramperinnen vorbeifuhren, die sie nicht mitnehmen konnten, weil die vier Plätze im Auto bereits besetzt waren durch die beiden selbst, ein Platz für Gepäck und einer für … mich.

Ich war also der Störfaktor, was sich ganz deutlich und in plumpester Art & Weise bestätigte, als wir an einer Kreuzung wieder mal an einer einsamen hübschen blonden langhaarigen Tramperin vorbeifuhren …«

»Oh, Danny, warum schaust du mich so gierig an?«, fragte Jytte dazwischen. Als Antwort nahm ich einen tiefen Schluck Retzina aus der mitgenommenen Zweiliterflasche, küsste sie wild & nass auf die Lippen und fuhr fort:

»Ohne dass die beiden vorher darüber gesprochen hatten, sagte plötzlich der eine Düsseldorfer: ›Wir haben beschlossen, von jetzt ab allein weiterzufahren, weil wir noch was geschäftlich zu erledigen haben.‹ Sprach es aus und hielt an, um mich aussteigen zu lassen. Auf meine überraschten Proteste hin, mich doch wenigstens bis zur nächsten Kreuzung mitzunehmen, meinte der andere Rheinländer: ›Nein, das ist jetzt genug, wir haben dich ja auch schließlich ein ganz schönes Stückchen mitgenommen.‹ Das stimmte zwar, aber die paar Kilometer bis zur nächsten Kreuzung hätten den Braten auch nicht mehr fett gemacht! Na ja, so stand ich da mitten in der Landschaft ›ausgesetzt‹ und wusste noch nicht einmal, wo ich war. In einer nahegelegenen Kneipe erkundigte ich mich erst mal anhand der Karte nach den örtlichen Begebenheiten und erfuhr, dass ich mich am Rande der Camargue befand und die Mittelmeerküste ca. 16 km entfernt war, wenn ich dem Feldweg schräg gegenüber folgen würde. Getreu meinem Vorsatz, dorthin mitzufahren, wohin man mich mitnahm, war ich dort jetzt angekommen (!) … und machte mich zu Fuß auf den Weg. Die Sonne ballerte, dass mir das Hirn im Schädel kochte, aber ich setzte meine müden Knochen samt Camping-Gepäck auf dem Rücken weiter in Bewegung. Zwar konnte ich mich glücklicherweise unterwegs reichlich durch die am Wegesrand wachsenden Weintrauben stärken, wenn sie auch meist zugestaubt waren, aber meine Schritte wurden zum Schluss immer kleiner und langsamer. Dann kam ich endlich ans Mittelmeer: Doch so hatte ich mir das Mittelmeer nicht vorgestellt: sumpfiges & brackiges Schlickwasser, igitt! Bis zur eigentlichen ›action‹, Palavas-les-Flots hieß der Ort, wo es auch einen schönen Sandstrand geben sollte, waren es noch mal so ca. 6 km zu wandern.

Palavas war nun schon von Weitem zu sehen; aber da eine Lagune dazwischen lag, konnte ich es nur durch einen großen Bogen erreichen. Mit den letzten Kräften schleppte ich mich zum dortigen Zeltplatz, ließ mich dort irgendwo in den Sand fallen und streckte alle Viere von mir, so geschafft war ich fürs Erste …!«

Diese Erzählung hatte meine Kehle derartig ausgetrocknet, dass ich schier in die Retzina-Flasche springen wollte, so dürstete mich. »Siehst du, Jytte, das wären wirkliche Strapazen beim Trampen, wir jedoch haben Glück, denn ich bin unter einem glücklichen Stern geboren. Verlass dich auf mich!«

Und wirklich: Auch in Italien klappte es gut mit dem Trampen, wir kamen noch am gleichen Tag zum herrlichen Golf von Manfredonia (!) am Sporn vom italienischen Stiefel, von wo aus wir über die Isole de Tremiti weiter nach Norden zogen …

In den 60er-Jahren hatte ich Brieffreundinnen in aller Welt, dafür in den 70er-Jahren lieber Reisen in alle Welt. Mit Jytte trampte ich drei Monate durch die Mittelmeerländer Jugoslawien, Griechenland und Italien, arbeitete mit ihr zusammen in einem Hotel in St. Moritz, und nach unserer Heimkehr blieben wir danach noch für ½ Jahr ein Paar in Datteln/Recklinghausen, bis Jytte unsere Liebe abhandenkam und sie wieder zurück nach Dänemark zog.

Trotzdem teile ich auch noch Jahrzehnte später die Meinung des Schlagers aus den 60er-Jahren: » Das Leben meint es gut mit Dänen und denen, denen Dänen nahestehn …«

Vom Goldenen Horn bis Afghanistan

– eine Reise durch den vorderen Orient –

Asien lockt

Die Zeit für einen neuen Kontinent war reif!

Während meiner Kindheit bereiste ich mit meinen reisefreudigen Eltern Götz & Marie schon halb Europa: dafür mein ewiger Dank an meine Erzeuger und Erwecker der Fernsucht!!!

Ich war nun 22 Jahre; und damals in den 70er-Jahren lockte uns junge Menschen der Orient, besonders Asien ab der Türkei und weiter ostwärts. Es sollte die erste große gemeinsame Reise mit einem noch größeren Freund sein: Harry! Meine Zeit mit Harry begann damals und wird wohl nie enden. Jedes neue Frühjahr, wenn die Natur sich wieder gegen den Winter auflehnt, rekelt sich die lange schlanke Gestalt mit der derben narbigen Gesichtshaut von Harry: Ich werde unruhig und schreibe oder telefoniere neue und wahnwitzige Pläne an diesen treuesten Freund mit den struppigen braunen Haaren: Harry aus Datteln.

Mit Harry 1974 nach Asien reisen: Wow! Nach einigen Wochen Tramptour über das Saarland, München, Österreich, durch Südeuropa, Jugoslawien, dalmatinische Küste, Auto-Put durch Kroatien, Serbien und Mazedonien gelangten wir nach Griechenland, wo wir von der griechischen Mittelmeerinsel Kreta mit der Fähre nach Rhodos wollten, das nahe der türkischen Küste liegt. Von dort aus wollten wir in die Südtürkei übersetzen, um die Asientour zu beginnen.

Aber die Zypern-Krise machte uns einen Strich durch die Rechnung! Wer erinnert sich nicht noch an die markante Persönlichkeit des orthodoxen Erzbischofs Makarios mit wehendem schwarzen Haar, von grauen Strähnen durchsetzt. Jedenfalls standen die Armeen von Griechenland und der Türkei in Kriegsbereitschaft. Wegen enormer Truppenbewegungen im ägäischen

Mittelmeer brauchten die Griechen fast alle ihre zivilen Fähren für militärische Zwecke, sodass wir froh sein konnten, überhaupt von der Insel Kreta weggekommen zu sein. Dafür brauchten wir auch mit einem alten Kahn drei Tage bis Thessaloniki, weil er jede Insel in der Ägäis anlief, an der wir dran längs schipperten. Wir fuhren nordwärts, wollten doch aber in die Türkei, trotz Krise, Krieg oder was – es war uns egal! Wenn es nur irgendwo noch eine geöffnete Grenze gab!? Und es gab sie tatsächlich: Mit dem Zug von Thessaloniki nach Istanbul war die einzige aktuelle Möglichkeit, von Griechenland in die Türkei zu kommen. Die nahmen wir auch wahr.

Durch das hügelige Bergland von Thrakien, dem europäischen Teil der Türkei, fuhren wir ein nach Istanbul, der Stadt am Goldenen Horn.

Entscheidung in Istanbul

Unser erster Eindruck waren wie Ameisen wimmelnde Massen von Menschen im Bahnhof Sirkeci. In der Nähe der alten Kirche Hagia Sophia mieteten wir uns ein Zimmer für eine Woche, in der ich mich entscheiden musste: »Fahre ich mit Harry zurück nach Deutschland, um im kühlen Schatten eines Laubbaumes einen kalten Schoppen Weißwein zu trinken, oder treibt es mich alleine ostwärts weiter?«

Hatte doch meine persische Brieffreundin Charlotte Bagheri in ihrem letzten Brief verheißungsvoll geklungen: »Merry me!« Worauf ich ihr zurückschrieb:

»Ich komme eh nach Asien, und dann sprechen wir darüber, wenn ich bei Dir vorbeischaue.«

Eine Woche Zeit in der quirligen Weltstadt Istanbul, dem Tor zum Orient: der Muezzin rief 5 x täglich die Gläubigen vom Minarett der Moschee zum Gebet, was im modernen Istanbul auch schon mittels Tonbandgerät und Lautsprecher geschah. In den Teehäusern (Cayhane) brodelte es in den Samowars und in den Wasserpfeifen (Nargile).

Überall gab es den Cay, stark gesüßt, aus kleinen Gläsern, und es klang türkische Musik. Es verlockten die leckeren türkischen Speisen, wie die Fleischspieße Sis-Kebap mit gegrillten Tomaten und Zwiebeln (dieses Gericht brachten die

Turkvölker aus Zentral-Asien mit); die Okra-Schoten; »dolma«, das Gefüllte; die Hackfleischröllchen »Börek«; oder aber die 40 verschiedenen Zubereitungsarten der Aubergine. Und hinterher ein starker Mokka im Kaffeehaus (kahve), dazu das ewige Klacken von Tavla (eine Art Backgammon).

Wir eroberten uns die bunte und vielschichtige Kultur von Istanbul, das noch bis 1453 n. Chr. als Hauptstadt des oströmischen Reiches Konstantinopel fungierte und viel früher im römischen Reich Byzanz hieß, zu Fuß und siehe da: Ein Riemen meiner Jesuslatschen riss – was nun? Aber welch Glück! – direkt auf der anderen Straßenseite stand gerade ein mobiler Schuster mit solch einem kistenähnlichen Fahrrad als Werkstatt und der »verarztete« meine Sandale fachmännisch und extrem günstig für nur wenige Lira und Kurus (umgerechnet war's nur ca. 0,50 DM).

Zuerst ließen wir uns von dem farbenprächtigen und riesigen mit blauen Mosaikmustern besetzten Kuppelbau der Sultan-Ahmet-Moschee (auch die »blaue Moschee« genannt) beeindrucken. Dafür zogen wir auch brav wie alle anderen unsere Schuhe am Eingang aus und tappten barfuß durchs kühlende Gotteshaus. Waren wir doch froh, als »Ungläubige« überhaupt mal in eine Moschee hineinzukommen, was sonst verboten ist.

Weiter ging's vorbei am Topkapi-Palast, wo wir eine aufregende Begegnung mit Geldschwarzhändlern hatten, die erst aufgeregt tuschelten, dann plötzlich ein warnender Schrei irgendwoher, und alles wieselte auffällig unauffällig in alle Richtungen davon.

Weiter und vorbei am Sirkeci-Bahnhof zum wimmelnden und quirlenden Leben der Galata-Brücke, die als Hauptverkehrsader Istanbuls und als Marktplatz zugleich fungierte.

Hier wie überall im Zentrum sah man die Lastenträger per Fuß Möbel oder andere schwere Gegenstände mit den Holzgestellen auf dem Rücken tragen, die wie ein 1/2 Meter tiefer Holz-Gabelstapler aussahen.

Dann das Viertel auf dem Berg um den Galata-Turm. Dort wohnten hauptsächlich ärmere Menschen: In den engen Gassen saßen alte Männer ruhig und gelassen und rauchten Haschisch auf der Straße. Aus diesem Milieu hatte uns auch ein türkischer Mann in den Puff geschleppt, wo man durch viel Schwülstiges und roten Samt und an käfigartigen Gittern vorbeiging, wohinter üppige Frauen lockten. Aber wir ließen es beim Betrachten. Überhaupt standen die

Türken ja anscheinend auf Üppigkeit: Im überdachten Basar strahlte viel Gold und funkelnder Schmuck.

Durch die Abdeckung des Basar war's dunkel wie in einer Höhle aus Tausendundeiner Nacht. Das Ladenlabyrinth hatte aber auch blinkendes, gehämmertes Kupfer und anatolische Teppiche in großer Auswahl zu bieten. Im »Pudding-Shop«(ein bekannter Hippie-Treff und Informations-Umschlagsplatz im Istanbul der 70er-Jahre) traf ich völlig unerwartet meine ehemalige Freundin Lulu aus Hannover wieder, lange blonde Haare und so aufgedreht wie eh und je. Seit zwei Jahren hatten wir nix mehr voneinander gehört, und da saß sie schon im Pudding-Shop, als wir dort aufkreuzten. Welch ein Zufall! Natürlich schloss sie sich uns an, hatte aber auch schon nach ein paar Stunden mit ihrem aufgedrehten Generve meine sonst so großzügige Geduld überstrapaziert: Ich erinnere mich noch mit Grauen daran, wie sie dieses süße Zeug, Halwa, wollte, und es kam nirgendwo ein Laden, der Halwa hatte. Da kam uns die rettende Idee, wie wir uns unauffällig von ihr trennen konnten: das türkische Bad »hamam«. Denn die öffentlichen Badehäuser waren nach Männern und Frauen getrennt, und trotzdem bedeuteten sie ein unverwechselbares Erlebnis, das man (frau) sich nicht entgehen lassen sollte. Man betrat solch ein architektonisch sehenswertes, meist kuppelartiges Gebäude, band sich ein Lendentuch um und kam in den von Kabinen umgebenen Baderaum, in dessen Mitte sich ein tischähnlicher, marmorierter Liegestein befand, auf dem man sich zum Schwitzen ausstreckte, und wo wir noch zusätzlich vom Bademeister »tellak« mit einer Ganzkörper-Massage malträtiert wurden, wobei er auch mal zwischendurch auf einem rumsprang und an den Gliedern zerrte. Gründlich gereinigt und erfrischt verließen wir das türkische Bad.

Die Entscheidung war gefallen: »Harry will zurück nach Deutschland. Und ich werde alleine weiter nach Teheran reisen.« Also brauchte ich ein persisches Visum. Die Botschaft des Iran lag im Stadtteil Taksim, einer etwas besseren Wohngegend von Istanbul, in der Nähe vom Stadtteil Besiktas, wo ja auch der oftmalige türkische Fußballmeister Besiktas Istanbul herkommt.

In diesem Zusammenhang fällt mir Galatarasay Istanbul ein, mit dem Jupp Derwall als Fußballtrainer vor Jahren große Erfolge feierte, der später sogar als erster türkischer Verein einen Europapokal holte: nämlich 2000 den UEFA-Cup! Oder gar Fenerbahce Istanbul, der große türkische Traditionsverein, der sogar schon mal im Weltpokalendspiel stand, und bei dem der deutsche

Torwart Toni Schumacher bis 1991 viele türkische Freunde gewann, und der mit Christoph Daum als Trainer 2005 die türkische Meisterschaft holte.

Harry und ich wollten 1974 aber dann wenigstens einmal zusammen unsere Füße auf asiatischen Boden setzen, am liebsten über die große neue Bosporus-Brücke von Europa nach Asien gehen. Deshalb gingen wir zu Fuß Richtung Brücke, man sah sie ja immer. Aber wir hatten offensichtlich die Entfernung vom Golden Horn (an der Galata-Brücke) bis zur Bosporus-Brücke unterschätzt: Wir kamen und kamen ihr einfach nicht näher, sie blieb immer in der Ferne.

Deshalb setzten wir lieber mit der Fähre von Kabatas nach Üsküdar über und waren schon nach einer 1/4 Stunde in Asien. Mit einer Ankara-Cola und einer Birinci-Zigarette feierte Harry diesen bedeutsamen Augenblick, als wir erstmals Europa verließen und asiatischen Boden betraten …

Derweil machte ich mich auf den Weg zum Postamt P.T.T., weil ich wenigstens einmal mit meiner damaligen Freundin Lydia telefonieren wollte, die zur selben Zeit ebenfalls in der Türkei, und zwar in Antalya an der türkischen Mittelmeerküste weilte, wo sie mit ihrer Mutter Urlaub machte. Sie sah damals wie eine indianische Squaw aus: mit ihren dunkelbraunen Augen, den langen gewellten, schwarzen Haaren und dem schmalen feingeschnittenen Gesicht.

Wenn ich sie schon aus zeitlichen Gründen nicht in Antalya besuchen konnte, wollte ich wenigstens mal mit ihr telefonieren. Ich konnte sie dort im Hotel nicht direkt anrufen, man musste mich mit ihr verbinden: aber es klappte, und ich hörte ihre Stimme nach 1 1/2 Monaten wieder, um zu erfahren, dass sie in zwei Tagen zurückfliegen würden. Das konnte ich nicht schaffen, bis dorthin so schnell zu reisen. Also: »güle güle, bis bald«, und ich begnügte mich mit einem süßen Cay im Gläschen, umgerührt mit Löffelchen, auf einem Tablettchen vor dem Postamt …

Durchs wilde Kurdistan

Nach einer Woche Istanbul reiste Harry zurück nach Deutschland, ich aber weiter nach Asien: Endlich ging es los! Vier Tage sollte die Zugfahrt von Istanbul nach Teheran dauern: 4 Tage und 3 Nächte in einem Abteil, und das alles für nur 26,00 DM (da mit Studentenermäßigung).

Für diese vier Tage kaufte ich mir dann reichlichst Reiseproviant ein: Früchte, einen Meter lange Fladenbrote »Ekmek« und Rosenmarmelade als Belag.

Von Istanbul, ab 1453 osmanische Hauptstadt, fuhr der Zug ostwärts über Ismit, dem antiken Nikomedeia; in der Nähe fuhren wir an Bursa vorbei, der ersten osmanischen Hauptstadt der Türkei zur Zeit von General Mustafa Kemal, auch Atatürk genannt, »der Vater der Türken«.

Rostrote Berge flogen vorbei, wechselten sich ab mit Kornfeldern in braungelben Pastelltönen, mit ockerfarbenen Steppenlandschaften und mit grünen Pappelreihen in den Flusstälern. Wir kamen von Ankara und fuhren durch die weite zentralanatolische Hochebene, folgten der alten Handelsstraße »Ulu Yol«, auf der jahrhundertelang Kamelkarawanen die Schätze des Fernen Ostens mühsam von China bis ans Mittelmeer brachten, auf der aber auch die Heere von Turkvölkern, die Seldschuken, einfielen, um Anatolien zu erobern. Weiter im Zickzack durchs anatolische Hochland über Kayseri, das römische Caesarea, wo wir nahe dem 3916 m hohen Kegel des erloschenen Vulkans Erciyes herfuhren, wo fantastische Mondlandschaften aus Tuffstein entstanden waren; Sivas, Malatya bis Tatvan, wo die Schienen am Van-See endeten.

Hier befanden wir uns schon in Kurdistan, und es war ein besonders eindrucksvolles Schauspiel, als wir bei Sonnenaufgang mit der Fähre über den Van-See schipperten, auf Deck lagen, und das wilde zerklüftete Bergland des Taurus-Gebirges mit dem 4434 m hohen Süphan-Berg links von uns in rostroten, aschgrauen und braungelben Pastelltönen erstrahlen sahen.

Aber nicht nur die eindrucksvollen Landschaften mit den teilweise reißenden Flüssen im anatolischen Hochland oder die kargen Gebirgszüge in Ostanatolien werden mir unvergesslich im Gedächtnis bleiben, sondern auch die Gesichter der Kurden und Türken: braune, alte, wettergegerbte, ewige Gesichter, mit schwarzen oder grauen Haaren, unrasierte stoppelige Kinne, gestriegelte und widerborstige Schnauzbärte, freundliche und misstrauische Augen. Mehr Männer als Frauen im öffentlichen Leben, wenn Frauen, dann meist mit Kopftuch und den landesüblichen Pluderhosen auf dem Lande oder auch mit moderner europäischer Kleidung in Istanbul.

Im Allgemeinen wurden wir bärtigen, langhaarigen und mit Ketten behangenen Reisenden auf dem Hippie-Track der 70er-Jahre (Istanbul – Teheran – Kabul – Lahore in Pakistan – Indien – Nepal oder Goa) von den

Einheimischen sehr freundschaftlich behandelt und gastfreundlich aufgenommen: »arkadas = Freund« war das Zauberwort; und der hippieske Vollbart zählte in der Türkei eher als ein gutes Zeichen für Alter und Weisheit: »Baba«. Abgerissene Kleidung war für die armen Kurden oder Türken in Anatolien eher ein gewohnter Anblick, als ein geschniegeltes Outfit es gewesen wäre …

In Kurdistan erlebte ich einmal aber auch einen Fall von temperamentvoller Aggression: Ein Kurde mit scharf geschnittener Hakennase machte sich im Zug in überheblicher Macho-Manier an eine blonde Mitreisende ran, wollte ihr bis ins Abteil folgen, wurde aber von ihr gestoppt, als sie die Abteil-Schiebetür blitzschnell schloss und ihm somit seinen Kopf zwischen die beiden Schiebetüren klemmte. Fluchen, ein Messer blitzte auf: Es hing Unheil in der Luft, aber seine Kameraden drängten ihn dann dort weg und beruhigten ihn.

Wir waren übrigens sechs Reisende in unserem Abteil und teilten uns die drei Nächte folgendermaßen auf:

je eine Nacht 1. Klasse schlafen = quer auf den Sitzen liegen,

2. Klasse schlafen hieß im Schlafsack auf dem Abteilboden liegen und

3. Klasse schlafen auf der metallenen Gepäckablage liegen: Das war eine der seltsamsten Nächte, die ich je erlebt habe! Man stelle sich vor, auf Stangen zu liegen, knapp unterhalb der Decke. Da blieb eh nur noch die Rücken- oder Bauchlage, aber schon das Wenden des Körpers war eine Tortur!

Ein Abend am Kaspischen Meer

Einige Wochen allein durch die weiten unwirtlichen Landschaften Kleinasiens und mit fremdartig-orientalischen Menschen lagen hinter mir, als ich eines Abends an meinem Zeltlager am Kaspischen Meer den Blues bekam: Zum ersten Male, seit ich nicht mehr mit Harry zusammen reiste, saß ich bei der untergehenden Sonne am Meer. Und zum ersten Male fühlte ich in mir das Gefühl eines Menschen, dieses Naturzufalles, der allein den vier Naturgewalten Wasser, Luft, Erde und dem Feuer der untergehenden Sonne gegenübersaß und ihnen nichts entgegenzuhalten hatte als das bisschen Mensch, das er war.

Vor mir Meer, unendlich weites Meer, und dahinter Russland, unendlich weites Russland, die Taiga: Wie schon Alexandra einst in ihrem schwermütigen Lied sang: »Sehnsucht heißt ein altes Lied der Taiga …«

Das gab mir ein zusätzliches Gefühl der Sehnsucht. Sehnsucht wonach?:

»Ja, wirklich: Sicherlich werde ich morgen wieder ›on the road‹ nach Osten weiterreisen. Afghanistan wartet auf mich.

Aber genauso sicherlich werde ich zurückkehren: Am 27. September ist mein 23. Geburtstag, vielleicht werde ich mir dazu ein Nachhausekommen schenken? Tatsächlich schenken, vor einigen Jahren hätte ich genau das Gegenteil gedacht; aber inzwischen habe ich gemerkt, dass ich kein Mensch bin, allein durch die Welt zu reisen.

Nicht allein! Zumindest jetzt nicht, wo es Menschen gibt in der heimatlichen Dattel(n)-Oase, die mir lieb sind und deren Nähe mir jetzt nach der Zeit des ›lonesome travellers‹ mehr und mehr bedeutet.«

Denn das, was einst Novalis sagte, war für mich zur Wirklichkeit geworden: »Wo gehen wir denn hin? Immer nachhause.«

Nach den tumultreichen Tagen in Teheran, wo gerade die Asien-Spiele 1974 stattfanden, danach das Kontrastprogramm der Ruhe und Beschaulichkeit in dem kleinen Ort Chalus am Kaspischen Meer, wo auch der Schah von Persien seine Sommerresidenz hatte. Von Teheran mit dem Bus nördlich durch das raue Elburs-Gebirge, hier zum Südufer des Kaspischen Meeres, wo ich mein Zelt aufschlug.

Vorher in Teheran der Kontrast zwischen Downtown, die Arme-Leute-Gegend um den Hauptbahnhof, wo ich auch mit den beiden Badenser Jungs Pit und Klaus ein Dreibettzimmer in einem preiswerten Studentenhotel für eine Woche bewohnte, und Uptown, hoch zum Elburs-Gebirge, die Gegend der Reichen: je höher, desto reicher. Meine Brieffreundin Charlotte wohnte auf halber Höhe in der Pasteur-Avenue, also eher obere Mittelschicht.

Charlotte war eine verrückte Type und hatte allen ihren Brieffreunden diese Briefe mit »Merry me!« geschickt, um die Reaktionen der Männer in aller Welt zu testen. Wir lachten viel und hatten die ganze Nacht Spaß gehabt, trampten zum Teheraner Hilton-Hotel, wo wir die halbe Nacht bei einem Teller Pommes frites und einem Glas Bier verbrachten, bis man uns schließlich aus dem Speisesaal herauskomplementierte, weil sie dort für das Frühstück decken wollten …

Charlotte war eine moderne Frau mit modernen Ansichten, Minirock oder

Jeans, gebildet, und auch ihre Freunde waren alles Studenten. Diese Szene wurde bestimmt besonders zurückgeworfen von der fundamentalistischen Revolution des Ajatollah Chomeini 1979, als dem Schah von Persien die »rote Karte« vom Iran gezeigt wurde und er mitsamt seinen amerikanischen Ideen ins Exil gehen musste …!

Von Charlotte hatte ich mir noch den viersprachigen Wälzer von Omar Chayyam geliehen, mit persischen Gedichten und Weisheiten, den ich ihr vor meiner Abreise nach Afghanistan nicht mehr zurückgeben konnte. Ich hinterließ ihr die Adresse meines Hotels, damit sie es sich dort selber abholen könne. Aber bei meiner Rückreise einige Wochen später, als ich wieder im gleichen Hotel Station machte, lag das Buch noch immer unabgeholt an der Rezeption. Und wenn es nicht gestorben ist, dann liegt es dort wohl noch immer …!?!

An die Heimat bekam ich zwei persische Botschaften mit, die erste noch zu Schahs Zeiten kritisch, und die andere sollte uns zum Nachdenken bringen.

Die erste lautete: »Komme ich nachhause, so soll ich publikmachen, was ich gesehen habe: dass nicht alles im Iran so ist, wie es scheint. Es gibt eine große Diskrepanz von Downtown mit seinen armen Arabervierteln und Slums gegenüber Teherans Uptown mit den Villen der Superreichen und der europäischen Schickeria, zwischen der armen bewusst unwissend gehaltenen Landbevölkerung einerseits und dem prachtvollen Kaiserreich mit der enormen Publicity, Propaganda, Imagepflege, wie die momentanen Asienspiele, oder Monumente, öffentliche Einrichtungen, großzügig angelegte Parks und Straßen andererseits: Alles Gold, was da so glänzt, gehört nur einem!«

Die zweite lautete: »Überbringe diese Botschaft an Europa: Asien erwacht!!! In 20 oder 30 Jahren vielleicht schon hat Asien Europa in seiner Entwicklung eingeholt. Und dann wird es Europa überflügeln, das alte lahme Europa; denn Asien ist jung und frisch und aufstrebend in seiner Entwicklung! Dann werdet ihr euch daran erinnern: Asien erwacht!«

Wie pervers diese beiden Botschaften inzwischen (2007) verwirklicht worden sind, wie sehr sich die Situation im Iran und in Afghanistan geändert hat, dass man diese beiden Staaten nur noch bedauern kann:

- Im Iran: erst das Chomeini-Regime, dann weitere Fundamentalisten stürzten dieses aufstrebende Land zurück ins »Mittelalter«.
- Und in Afghanistan: am 24.12.1979 der sowjetische Einmarsch, dann 1988/89 der Abzug der sowjetischen Truppen, wobei Afghanistan in

den 10 Jahren der Okkupation etwa 1 – 1,5 Millionen Tote zu beklagen hatte. Es folgte ein blutiger Bürgerkrieg bis etwa 1995, ehe die radikal-islamischen Taliban die Macht an sich gerissen hatten. Dann der Sturz der Taliban 2001 durch eine von den USA geführte westliche Allianz, um vergeblich an Osama bin Laden ranzukommen. Und danach das immer noch währende Nachkriegs-Chaos.

Ich jedenfalls trampte 1974 vom Kaspischen Meer aus weiter ostwärts bis nach Babolsar, wo ich dann in den Bus stieg, der mich über Gorgan nach Mashad brachte. Dort bekam ich die zweite Cholera-Schutzimpfung, die damals für Afghanistan vorgeschrieben war. Die erste Cholera-Impfung hatte ich eine Woche vorher in Teheran bekommen. Von Mashad ging's dann 3 ½ Stunden mit dem Bus weiter durch die unwirtliche Wüste nach Tagebad an der iranisch-afghanischen Grenze, wo mich ein neues Abenteuer erwartete.

Liebe auf Afghanisch

In diesem Sommer 1974 gelang mir erstmals der Absprung vom europäischen Festland; und einige Wochen allein durch die weiten unwirtlichen Landschaften Kleinasiens und mit den fremdartig-orientalischen Menschen hier lagen hinter mir. Aber ich wollte nach Afghanistan, ins Land des Lächelns, wo die meisten Afghanen irgendwie ziemlich verrückt waren:

An der iranisch-afghanischen Grenze im Gesundheitsamt erlebte ich bei der Überprüfung der internationalen Impfausweise ein außergewöhnliches Ereignis: Hinter dem Arzt am Schreibtisch stand ein verwegen aussehender Afghane, der in seiner Hand einen Brocken immer auf und ab hüpfen ließ. Einer der beiden Franzosen neben mir fragte ihn: »Haschisch?« Kommentarlos warf der Afghane seinen braunen Brocken dem Franzosen über ein paar Meter zu, und es entpuppte sich tatsächlich als Haschisch, sehr zur Freude des Franzosen. Und das ausgerechnet im Gesundheitsamt!!

An der Grenzstation wartete schon passenderweise ein Bus, der zur nächsten afghanischen Stadt, nämlich Herat, fahren sollte. Da ich in Persien schon afghanisches Geld gewechselt hatte, konnte ich mir sofort ein Ticket kaufen, im Gegensatz zu den beiden Franzosen, Jean-Francois und Pierre, die noch kein afghanisches Geld hatten und sich deshalb von mir Geld für die beiden Tickets liehen. Sie sagten, wir könnten ja zusammen bleiben, bis sie auch Geld gewechselt hätten, dann würden sie es mir zurückgeben, womit ich mich gerne einverstanden erklärte: die internationale Solidarität der Tramper untereinander! Allerdings fuhr der Bus leider nicht sofort los, sondern es dauerte noch rund vier Stunden, bis auch der letzte vorhandene Platz besetzt war und es dann endlich losgehen konnte. Das war vielleicht eine abenteuerliche Fahrt!: Die Sitze rumpelten lose auf dem Busboden herum, Fensterscheiben gab's überhaupt nicht mehr, und der Busfahrer guckte wie Marty Feldman, ein Auge nach links oben und das andere schielte nach rechts außen.

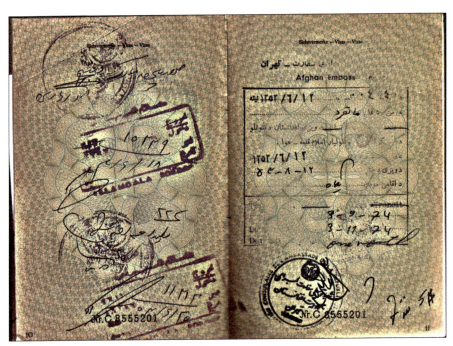

Stempel aus Afghanistan und Afghanistan-Visum

Als Erstes trafen wir einen liegen gebliebenen Bus in Gegenrichtung. Dessen Fahrgäste dachten sich, besser wieder zurück in die Stadt zu fahren, wo sie hergekommen waren, als dort in der Wüste zu vergammeln. Also stiegen sie in unseren bereits voll besetzten Bus mit ein, sodass alle Sitze doppelt besetzt waren bzw. auch viele neue Fahrgäste im Gang rumstanden. Als dann die Franzosen auch noch einen Riesenjoint ansteckten, der im ganzen Bus herumkreiste, und selbst der Busfahrer nicht abgeneigt war, seine beflügelte Fahrweise noch mit Cannabis zu toppen, brodelte die Stimmung im Bus geradezu über: Es wurde gesungen, geklatscht und getanzt, dass der ganze Bus wackelte! Der Bus fuhr nun durch die Wüste, und es wurde dunkel, aber der Bus hatte keine funktionierenden Scheinwerfer. Da kam es dem Busfahrer gerade recht, dass ihn ein PKW mit leuchtenden Scheinwerfern überholte, sodass er sich direkt hinter dem PKW anhängte. Der fuhr allerdings viel schneller, sodass zwar der Busfahrer das Letzte aus dem Bus herausholte, aber die leuchtenden Scheinwerfer verschwanden dennoch bald weit vor uns in der Wüste. Das war allerdings kein Grund für den Busfahrer, das Tempo zu drosseln. Er fuhr im Höchsttempo weiter, ohne irgendetwas zu erkennen, denn in der Dunkelheit hatte die unmarkierte Teerstraße dieselbe Farbe wie die umliegende Wüste angenommen! Dann passierte, was zu kommen drohte: Mit lautem Rumpeln kam unser Bus von der Straße ab und rauschte in den Wüstensand …! Wir kamen zum Stillstand, und erst war's auch ganz still im Bus. Doch dann brach ein Orkan an Stimmen, Rufen, Schreien, Beschwerden und Lamentieren los: Zwei andere Mitreisende wollten gar nicht mehr mit diesem Bus weiterfahren, obwohl eigentlich nix Schlimmes passiert war. Ich fragte sie, was sie denn stattdessen zu tun gedächten: »Wollt Ihr hier etwa siedeln!?«

Ich jedenfalls fuhr dann mit Jean-Francois und Pierre weiter nach Herat rein, zumal der Busfahrer jetzt etwas ernüchtert war und entsprechend langsamer fuhr. In Herat erlebte ich eine weitere Überraschung: Im Dunkeln sah und hörte man als einzigen Verkehr nur das Hufeklappern und die Glöckchen der Pferdedroschken mit Kerzenlichtern oben auf dem Kutscherbock durch die schlaglochübersäten unbefestigten Erdstraßen zockeln, sodass ich mich von der Stimmung her in einen alten Roman von Leo Tolstoi hineinversetzt fühlte …

Mit den beiden Franzosen nahm ich mir ein Dreibettzimmer in einem preiswerten Traveller-Hotel, wo wir in der Nähe des Einganges wohnten und nach den ersten Nächten einen Rüffel vom Hotelmanager bekamen, weil es aus unserem Zimmer immer dauernd aus allen Ritzen qualmte: In der Tat hatte ich von den beiden Franzosen rasch den Eindruck gewonnen, dass sie nur wegen der billigen Drogen nach Afghanistan gekommen waren, hatten sie sich doch schon nach einem Tag mit einer dicken Platte Schwarzer Afghane und einem Klumpen Opium versorgt …!! Deshalb wunderte ich mich auch nicht, dass ständig irgendeine Pfeife mit reinstem dunkelbraunen Haschisch in unserem Zimmer qualmte. Den ansonsten ja selber gerne dieser Rauchdroge nicht abholden Afghanen aus unserem Hotel war diese qualmende Angelegenheit insofern nicht geheuer, weil es nach wie vor für Fremde verboten ist, Haschisch zu besitzen oder zu konsumieren. Deshalb quartierten sie uns in einem schönen Zimmer ein, ganz weit weg vom Eingang, hinten durch den Hof, eine Treppe hoch, wo wir die einzigen Gäste und deshalb unter uns waren und nach Herzenslust qualmen konnten …

Allerdings betätigten sich die beiden Franzosen auch als Amateur-Naturheiler. Ich hatte mal wieder Durchfall, so wie mich auf dieser Reise nach jeder neuen Wassersorte »Montezumas Rache« ereilte: erst in Matala auf Kreta, dann in Istanbul, dann wieder in Teheran und jetzt in Herat, Afghanistan. Rasch diagnostizierte einer der beiden Franzosen: »Nimm das mal, das hilft!«, formte mir von seinem schwarzen klebrigen Batzen Opium ein kleines drageeförmiges Kügelchen und gab es mir. Ich schluckte es. Und tatsächlich half es: Ich merkte nix mehr von dem Durchfall; ich merkte jedoch auch sonst gar nix mehr! Etwa einen ganzen Tag drömmelte ich auf meinem Bett herum, hatte keine Schmerzen, keinen Hunger, gar nix. Meine kreativen Fingerchen malten derweil ein harmonisches halluzinogenes Bild in mein Tagebuch, wobei ich meinen Drogenrausch verarbeitete …

Kurz nachdem ich die beiden Franzosen zum letzten Male gesehen hatte, kam ich bei einem Spaziergang aus der Stadt Herat an einer Kaserne vorbei, wo mich ein afghanischer Soldat mit vorgehaltener Kalaschnikow anherrschte, ich solle weggehen, was ich dann auch gerne und schleunigst tat, lief weiter raus aus der Stadt und rein in die Wüste. Damals war Afghanistan ja noch selbstständig, denn die sowjetischen Truppen sind ja erst am 27.12.1979 zur Okkupation in Afghanistan einmarschiert.

Ich jedenfalls erlebte damals 1974 die Wüstenbewohner hautnah, aber friedlich:

Nach einiger Zeit Wüstenwanderung kam ich wieder an einen Ort menschlicher Siedlung, Wasser war vorhanden und der Wille zum Leben. Dieses Dorf lag gut getarnt in der Wüste, weil die Mauern und alle Häuser aus dem lehmfarbigen Sand wie auch die umgebende Wüste bestanden. Nur im Innern des Dorfes gab es eine farbliche Abwechslung: Die Moschee war mit weiß-blauen

Mosaik-Kacheln verziert. Dort auf einer steinernen Mosaikbank neben der Eingangspforte der Moschee ließ ich mich nieder, bis ein alter Afghane aus der gegenüberliegenden Hütte mit seinem Krückstock hierher humpelte. Erst dachte ich, es gäbe Ärger, weil ich als Nicht-Mohammedaner die Moschee mit meiner befleckten Anwesenheit beschmutzt hätte. Aber nichts dergleichen: Ich sollte nur etwas rücken, er wollte sich dort nur auf der Gebetsbank niederknien, um seine Suren gen Mekka und Allah zu murmeln. Derselbe Mann lud mich später sogar zum »Tschai« (= Tee) ein, den wir zusammen & andächtig in seiner Einraumhütte tranken.

Aber vielleicht war es auch der Lohn für diese meine Fußwanderung aus der Stadt heraus: das Lächeln einer jungen Afghanin, die sogar so kühn war, ihren Schleier heraufzuziehen, um mir mit entblößtem Haupte zuzuwinken. Zum ersten Male seit Langem wurde mir bewusst, was gerade in diesem Moment geschah, als diese Gruppe scherzender & Wasser holender Mädchen eben gerade bei mir stehen blieb!:

Im Orient heißt Liebe (bzw. bedeutet) für ein Mädchen nichts anderes als ein Teil in dem ewigen Zyklus »geboren werden, heiraten, Kinder bekommen, sterben!«.

So freut man sich über jede Aufweichung oder auch noch so kleine Unterbrechung dieser traditionellen Kette: Denn der Islam hat gesprochen!!!

Als ich dann später zurück in unser Zimmer in Herat kam, waren Jean-Francois und Pierre schon überraschend abgereist, ohne dass wir uns voneinander verabschieden konnten. Sie hatten allerdings großzügig das Zimmer für uns drei komplett bezahlt. Sie wollten weiter nach Mazar-Al-Sharif auf der Suche nach dem weltbekannten weißen Schimmelafghanen. Als Souvenir ließen sie mir offen auf meinem Bett liegend ein Stückchen von ihrem Schwarzen Afghanen zurück, wobei ich – als Nichtraucher – Mühe hatte, dieses »Piece« in meinen restlichen Tagen in Afghanistan im Tee oder Jogurt zerkrümelt zu konsumieren! Solch gefährliche Handelsgüter will man ja nicht unbedingt mit über eine Grenze nehmen, und erst recht nicht zum Iran, wo damals auch schon raue Sitten für Delinquenten herrschten.

Ich schaffte es also gerade mit dem letzten Morgentee vor meiner Heimreise, das Dope zu verkümmeln, mit dem Ergebnis, dass ich Afghanistan ungewollt im Dauerrausch erlebte: die Sandberge am Horizont der weiten Wüste haben sich für immer in meinem Gedächtnis als bunt wabernder Höhenzug eingeprägt …!

Ich habe getötet

Während des langen Rückweges von Afghanistan nach Deutschland fuhr ich in einem Zug zwischen Mashad und Teheran durch die nördliche Wüste von Persien. Dort erlebte ich dritter Klasse in einem Abteil mit all seiner Enge und Gedrängtheit eine iranische Großfamilie mit ihrer Gastfreundschaft. Zusammen mussten wir wegen eines entgleisten Zuges, der die einzigen Schienen aus der Verankerung gerissen hatte, deshalb einen mehrstündigen Aufenthalt in der sengenden Wüste verbringen, ohne zu wissen, warum wir hier überhaupt standen und wie lange …

Und dann wieder zurück in Teheran:

Wer hätte das gedacht, dass ich die beiden Badenser Jungs Pit und Klaus jemals noch mal wieder sehen würde, nachdem wir erst vier Tage im Zug von Istanbul nach Teheran in einem Zugabteil zusammen verbracht und danach auch noch ein Dreierzimmer in einem Jugendhotel in Teheran für eine Woche bewohnt hatten, bevor wir uns wegen verschiedener Wege trennten:

Mein Weg hatte mich nordwärts zum Kaspischen Meer, danach weiter ostwärts über Mashad nach Afghanistan geführt.

Pit und Klaus hatten von Teheran südöstlich durch die persische Wüste nach Pakistan gewollt, um dann von dort weiter nach Indien zu gelangen.

Deshalb hatten wir uns in Teheran Lebewohl gesagt.

Als ich dann ein paar Wochen später auf dem Rückweg von Afghanistan nach Deutschland wieder Zwischenstation in Teheran machte, verbrachte ich eine Nacht in einem preiswerten Traveller-Hotel auf der Dachterrasse. Am nächsten Morgen sollte wieder der viertägige Zug Teheran – Istanbul vom Hauptbahnhof losfahren, weshalb ich mich früh am Teheraner Bahnhof einfand.

Wen traf ich dort, als ich gerade in die Bahnhofshalle reinkam: Pit und Klaus! Das war ja ein freudiges und lautes Hallo!! Erst recht, als herauskam, dass die beiden im selben Zug wie ich die nächsten vier Tage von Teheran nach Istanbul reisen wollten: »Wenn das kein Zufall ist!?!«

Aber was war mit ihnen geschehen, dass wir uns überhaupt so schnell wiedertrafen? Was war mit ihren Indien-Reiseplänen?

Das war schnell erzählt, obwohl wir ja wieder vier Tage gemeinsame Zeit in einem Abteil vor uns hatten:

Als Erstes wären sie bei der Durchquerung der südiranischen Wüste fast verdurstet, als sie mit einem Bus zur pakistanischen Grenze fuhren, weil wegen der unwahrscheinlichen Hitze bald Trinkwasser und Nahrung alle waren.

Als sie dann, in Pakistan nur mit Mühe lebend angekommen, auch noch hörten, dass in ihrem Ziel Indien die Cholera wütete, gaben sie entmutigt ihre fernen Reiseziele auf und beschlossen, lieber gemütlich in Griechenland zu überwintern …!

Vier Tage später trennten wir uns in Istanbul endgültig, weil sie von dort aus nach Griechenland fuhren, während ich einen Bus von Istanbul über Bulgarien, Jugoslawien und Österreich nach München nahm.

Aber in diesem Zug von Teheran nach Istanbul während dieser vier Tage der Enge in einem Abteil erlebte ich Folgendes:

Noch liegt der Leichnam vor mir, zur Ermahnung an mein Selbst.

Ich fühle mich schuldig, obwohl kein Gesetz mir eine Schuld zusprechen würde oder könnte. Kein Gesetz würde mich bestrafen, im Gegenteil: Dieses mein Verbrechen ist eine solch allgemein übliche Handlung, dass sie von den meisten Menschen ohne viel Gedanken darüber begangen würde. Die meisten Menschen würden diese Tat sogar gutheißen und mit Beifall bedenken.

Denn es war (!) eine Spinne!! Dieses Insekt von solch einem Ausmaß, das es schon gefährlich aussehen ließ, krabbelte leider hier in Anatolien durch unser Zugabteil. Sicherlich wäre es, wenn nicht durch meine Hand, von einem anderen Abteilinsassen getötet worden. Aber ich hätte ja auch, statt der irrationalen Angsthatz zu verfallen, versuchen können, das Tier lebend aus dem Abteil zu retten!

Dieses soll keine Entschuldigung, sondern nur eine Beschreibung des Tatbestandes sein. Denn der bleibt bestehen: Ich habe wider die Natur und mich selbst gehandelt: getötet: und bin schuldig!

Die Bestrafung dieser Tat wird sein, dass die Schuld untilgbar auf mir lasten wird. Die Sühne: ein ewiges Schuldgefühl allen von Menschen verachteten Insekten gegenüber. Ihnen kann ich Gutes tun, ohne jemals einen Teil meiner Schuld zu tilgen!

Inzwischen haben bis ins neue Jahrtausend hunderte von Spinnen von diesem einen Spinnenopfer vor über 30 Jahren profitiert, die von mir aus meinen verschiedenen Wohnungen lebendig herausgebracht wurden! Besonders Parterrewohnungen mit offener Terrasse und gemütliche geschützte Keller scheinen die Spinnentiere wie magisch anzuziehen. Noch weiter ging mein

Freund Harry, der sich in seiner Dattelner Dachmansarde am Grünen Weg von Mücken belästigt fühlte und sich deshalb sogar Spinnen mit hoch in seine Wohnung nahm, damit die nützlichen Achtbeiner dort für ihn auf Mücken- jagd gehen sollten …!

Zoll- und Grenzprobleme

Noch auf dem Hinweg: Nachdem wir im türkischen Ostanatolien bei der Van- See-Fähr-Überquerung eine kleine internationale Musiksession mit Gitarre, Trommeln und Händeklatschen veranstaltet hatten, fuhren wir mit dem Zug von Van aus noch kurz durchs kurdische Gebirge bis zur türkisch-iranischen Grenze, bevor sich der Zug über Kapiköy im iranischen Kurdistan auf nach Täbris und Teheran machte.

An dieser Grenze hatten Pit und Klaus, die beiden badischen Mitreisen- den aus meinem Abteil, erhebliche Schwierigkeiten mit ihrem nicht mehr vorhandenen Tandem-Fahrrad. Sie wollten nämlich ursprünglich mit dem Tandem von Griechenland nach Indien radeln, bevor sie dann aber schon im hügeligen Bergland von Thrakien vor den weiteren Strapazen kapitulierten und das Tandem in Istanbul lieber wieder verkauften. Nun war das Fahrrad aber an der griechisch-türkischen Grenze in ihren Pass eingetragen worden, und jetzt war es nicht mehr da.

200 US-Dollar Zoll sollte sie das kosten, ein harter Schlag für ihre Reise- kasse. Aber selbst wenn sie das nicht gemacht hätten und umgedreht wären: Irgendwann hätten sie ja die Türkei mit diesem Pass wieder verlassen müssen. Also zahlten sie zähneknirschend.

Auf meinem Rückweg, nachdem ich durch den Iran und Afghanistan gereist war, fuhr ich die gleiche viertägige Zugreise wieder in umgekehrter Richtung, besorgte mir dann im Istanbuler Bahnhof Sirkeci von einem fliegenden Händ- ler ein Busticket nach München und brauchte dann noch ein Transit-Visum für Bulgarien, das ich in einer äußerst merkwürdigen Gegend am nordwest- lichen Stadtrand Istanbuls erwarb.

An der türkisch-bulgarischen Grenze bei Edirne pickten sich die türkischen Zöllner die ersten Reisegäste aus unserem Bus, die ihre Steuern nicht bezahlt hatten. Dann: »Allahs malladik, Türkei!«

Vor dem österreichisch-deutschen Grenzübergang bei Salzburg stiegen einige Türken auf einem Parkplatz wegen fehlender Aufenthaltsgenehmigung (bzw. Visum) freiwillig aus dem Bus, um sich über die »grüne Grenze« nach Deutschland durchzuschlagen.

So blieben am Schluss in unserem Bus neben mir noch 25 Türken, 25 Iraner, ein neuseeländischer Globetrotter und die vier schwarzhäutigen Musiker der südindischen Gruppe »The Golden Garudas« (= Adler), die uns die lange Busfahrt mit fremdöstlichen Klängen auf Sitar, Gitarre, Drums und Orgel versüßt hatten, zumal der Bus aufgrund von Motorschwierigkeiten sowieso schon einen Tag Verspätung hatte.

Da kam es an der deutschen Grenze bei Salzburg zum Zoll-»Orgasmus«: unser Bus – vollgestopft mit potenziellen Waffen- oder Drogen-Schmugglern – musste sich samt und sonders entleeren. Sechs Stunden lang wurde erst Mann für Mann, jeder einzeln samt Gepäck draußen vor dem Bus untersucht und danach noch der Bus durchkämmt. Das Ergebnis unseres sechsstündigen Grenzaufenthaltes: Ein Perser hatte eine Literflasche Whisky zu viel an Bord! Und das auch nur, weil er zu dumm war, diese Flasche einem anderen schnapslosen Mitreisenden vorübergehend anzuvertrauen. Denn alle Perser hatten zu viel Schnaps im bulgarischen Intershop in Sofia gekauft. Sie verteilten die verbotenen Flaschen an andere Mitreisende: Auch ich trug solch eine Leihflasche mit mir rum und lobte den Sprit bei einem unverfänglichen Grenzgespräch mit einem Zöllner, obwohl ich das Zeug nicht ausstehen konnte! Also eine Flasche Schnaps für sechs Stunden Suchen: tolles Ergebnis, was!?! Dabei konnte ich während der Wartezeit reihenweise bei schmuggelnden »Normalbürgern« beobachten, wie man ihnen eine Flasche nach der anderen aus dem Kofferraum fieselte: im Dutzend wohl billiger!? Die ertappten Gesichter bewegten sich am Rande eines Nervenzusammenbruchs …

Drei Jahrzehnte später

Und was blieb davon drei Jahrzehnte später? Was war aus diesen Staaten im vorderen Orient geworden, die ich vor über 30 Jahren so locker bereiste? Heutzutage wäre es als westlicher Individualreisender gar nicht mehr möglich, durch Länder wie Iran oder Afghanistan zu reisen oder gar zu trampen! Und wenn möglich, dann zumindest lebensgefährlich!

Die Türkei drängt ja mittlerweile in die EU. Aber in Europa schien dieses 2007 aus der durchaus begründeten Angst nicht durchsetzbar, weil man womöglich durch eine türkische EU-Erweiterung gleich auch noch den fundamentalistischen Islam mit »einkaufen« würde …

Der Iran bastelte gerade an der Atombombe und wurde deshalb von fast allen anderen Staaten boykottiert oder zumindest gemieden, musste sogar mit der befürchteten Angst leben, dass US-Präsident Bush nach dem Irak-Krieg einen zweiten US-Krieg in Nahost anzetteln würde …!?! Der Iran spielte ja auch bei der Fußball-WM 2006 in Deutschland mit, weshalb eigentlich der iranische Präsident Ahmadinedschad oder sein Vertreter zu einem Fußball-WM-Spiel des Irans nach Deutschland kommen wollte. Dort im Iran merkte man jedoch rechtzeitig, dass niemand aus der iranischen Politik in Deutschland willkommen war, zumindest nicht zu einer offiziellen politischen Begrüßung. So verzichtete man besser von Seiten der iranischen Politik auf einen solchen Besuch, obwohl doch sonst fast jeder aus »der Welt hier in Deutschland zu Gast bei Freunden« war …!

Und Afghanistan heute nach dem »Befreiungskrieg« der USA und ihrer Verbündeten von den Taliban im November/Dezember 2001 und dem folgenden Nachkriegs-Chaos:

1974 sah ich in der Nähe von Herat noch in die offenen unverhüllten Gesichter von jungen afghanischen Frauen. Dagegen hieß 2007 deren aktuelles meist verbreitetes Kleidungsstück die »Burkha«, ein Schleier, der den ganzen Kopf und Körper verhüllt, die Armen!!

Wenn man in den 70er-Jahren den Begriff »Masar-i-Scharif« fallen ließ, stand das als Synonym für schwarzen Schimmelafghanen, ein besonders edel gereiftes Stück Haschisch.

2007 dagegen befand sich bei Masar-i-Scharif, der Hauptstadt der nordafghanischen Provinz Balq, das Militär-Camp der rund 1000 deutschen Soldaten, die Afghanistan vor sich selber beschützen sollten …!

Die Lächelnde aus Kopenhagen

Nach all diesen Reisen durch heiße Länder von Südeuropa und Kleinasien wollte ich die Kühle, Ruhe, Relaxtheit und Weite Skandinaviens erfahren. Deshalb nutzte ich die Gelegenheit, mit den Eltern Götz und Marie und Schwesterchen Bär-Bel über Kopenhagen mit nach Schweden zu fahren, bevor ich auf den finnischen Aland-Inseln mit meinem dunkelhaarigen, aber etwas phlegmatischen Kumpel Frank zusammenstoßen wollte, um unsere gemeinsame Nordpolar-Tour zu beginnen.

Diese Geschichte jedenfalls spielte in Kopenhagen: Allein schaute ich mich einen ganzen Nachmittag auf dem Ströget (gesprochen Stroiel) um, der kilometerlangen Kopenhagener Kultur- und Einkaufsstraße:

– in einem Plattenladen hörte ich mir eine LP von Poul Dissing an, ein dänischer Protestsänger
– trommelte ein bisschen Rhythmusmusik mit einem Franzosen auf einem Stahlgeländer: Dafür sind die ja da!
– viele bunte Menschen
– wieder Musik
– dann das Kraftfeldspiel mitten auf der belebten Einkaufsstraße: geradeaus gehen, die Entgegenkommenden mit einem starken Blick zur Seite gehen lassen.
– auf einer Parkbank saß ich neben einem riesigen Kerl, der aussah wie Canned Heat, zog mir das Treiben & Machen der Menschen rein, bis sie mir auffiel:

das blonde Mädchen in Blau, das lächelte, an einer Ampel stand & lächelte, auf mich zu kam & lächelte, an mir vorbeiging & lächelte und weiterging & lächelte: unsterblich anziehendes Lächeln. Ich wollte aufstehen und sie nach dem & und dem & nach ihrem Glück fragen, vielleicht auch nur ein bisschen Dänisch sprechen, das sich ja mit deutschem Akzent auch für Dänen sehr sympathisch anhört. Auf jeden Fall wollte ich menschliche Wärme spüren. Ich konnte ihr aber nicht folgen und blieb sitzen; vielleicht hatte mich Canned Heat bereits in seinen Bann gezogen? Bis er dann seine Masse erhob und wortlos wegging, wortlos wie die ganze Zeit: Unsere Kommunikation hieß Schweigen!

Jetzt jedenfalls war der Bann aufgehoben, und bald ging auch ich weiter. Vielleicht eine halbe Stunde später sah ich sie wieder: genauso wie ich es mir in der Zwischenzeit gewünscht hatte: Das Lächeln war immer noch nicht erstorben. Dies geschah gerade, als ein junger Däne offen und frei lächelnd auf mich zukam, weil er irgendetwas mit mir vorhatte. Er warb für einen kostenlosen Persönlichkeitstest, wobei sich nach zwei bis drei Sätzen schnell herausstellte, dass ich wohl nicht dafür geeignet schien.

Also konnte ich dem »Lächeln« wieder nachgehen, sie war gerade in einem Bekleidungsgeschäft verschwunden, kam aber schnell wieder heraus. Noch bevor ich mich irgendwie einschalten konnte, trug sie ihr Lächeln schon ins nächste Bekleidungsgeschäft. Ich wollte sie erst mal zur Ruhe kommen lassen & folgte ihr mit Abstand, merkte dabei allerdings, dass sie im Vergleich zu ihrem glücklichen Lächeln eine merkwürdig zielstrebige Gangart draufhatte, sodass ich mich beinahe schon anstrengen musste, um neben ihr Schritt halten zu können und um …: Doch, wuuutsch, war sie wieder in einem Bekleidungsgeschäft verschwunden. Langsam schwante mir, dass vielleicht ihr Lächeln mit ihren Bekleidungskaufabsichten in Verbindung stehen könnte. Während dieses Boutiquen-Hin-&-Her drehten wir uns auf dem Ströget im Kreise, und plötzlich lächelte mich der Persönlichkeitstestwerber wieder an.

Während sie gerade wieder in einem Laden verschwand, fragte ich ihn, welches eigentlich die Hindernisse für meinen Test seien. Nach einigem Hin & Her in Dänisch stellte sich heraus, dass es wiederum doch kein Hindernis für mich als Deutschen gibt, da sie sogar Testbögen in Deutsch hätten. So schleppte mich dieser Typ von der »Scientific Church« in eine Seitengasse, und die nächsten zwei Stunden verbrachte ich mit Testbögenausfüllen und anschließender Persönlichkeitsanalyse.

Von ihr dagegen ist mir nur geblieben die Erinnerung an ihr glückliches Lächeln …!

In Finnland trampte ich dann zusammen mit Frank weiter nördlich und unterwegs lernten wir die Schwedin Benita und ihre finnische Cousine

Anna-Lisa kennen, die uns Fische schenkten. Denn wir fingen nicht einen einzigen Fisch in ganz Skandinavien!

Bei Rovaniemi überschritten wir beide zum ersten Mal den nördlichen Polarkreis. Danach trampten wir durch das Sumpfgebiet Lapplands hoch bis nach Tromsö im Norden Norwegens, machten sogar einen Abstecher zu den Lofoten. Aber trotz des Hochsommers hatten wir nördlich vom Polarkreis nachts Frost, Raureif auf dem Zelt und ewige Helligkeit.

Deshalb zog es uns auch in Norwegen mit Macht südwärts, der weit verzweigten von Fjorden zerrissenen Küste entlang: immer die Vision von südlicher Wärme vor Augen.

Im Gudbrandsdal erlebten wir dann endlich auch Wärme und Natur, kraxelten tagelang ein Bachbett flussaufwärts, pflückten wilde Beeren und stellten sogar Haferflocken fürs Müsli selber her.

Als wir wieder mal vergeblich unsere Angelhaken im Lagen-Fluss badeten, fiel mir dabei eine andere Story mit einer Angel ein: »Kennst du eigentlich schon die Geschichte von unserem idyllischen Zeltplatz inmitten eines Bullenmanövers?« Frank schüttelte den Kopf: »Nee, wann war dat denn?«

»Letzen Sommer war doch so eine Mondfinsternis. Und zu diesem Anlass trafen Harry, Matthes, Carlos und ich uns zu einer Feuerzangenbowlen-Zelt-Nacht am Kanal. Wir waren alle gut drauf, freuten uns auf dieses Himmelsereignis und fuhren mit meinem Käfer dorthin. Wir parkten wie immer in der verbotenen Zone an der Kanalböschung, die nur für Angler mit gültigem Angelschein frei war, ohne uns deshalb – wie immer – groß Gedanken zu machen.

Wir erfreuten uns an dieser kosmischen Rochade aus Mond- und Erdbewegung und an meiner ersten Feuerzangenbowle im Leben, sodass wir erfüllt und zufrieden in unsere Zelte neben dem Kanal krabbelten.

Am nächsten Morgen erwachte ich von einem enormen Getue und Getöse, was ich mir nach einigem Lauschen beim besten Willen nicht zusammenreimen konnte. Deshalb stieg ich schweren Herzens aus meiner warmen Schlaftüte, aus dem Zelt ins klare Morgenfrisch und traute meinen Augen kaum. Es war wie im Film: Überall krabbelten Bullen herum! Hier schuppten sie einen Wagen die Böschung herunter; lustigerweise direkt neben meinem blauen Käfer, als gäbe es sonst nirgendwo eine andere Kanalböschung. Dort hinten am Waldrand schleppten welche einen Stoffmenschen ins Gebüsch. Dann wurde es erst richtig dramatisch!:

Es kamen plötzlich von überall her Bullen: Bullen mit Hunden, die überall herumschnüffelten, eine ganze Meute Bullen im Überfallwagen, ein Polizeiboot kam über den Kanal mit Tauchern, ein paar Zivile von der Kripo, die uns nach einem Vermissten fragten. Da wir aber inzwischen kombiniert hatten: Hier läuft ein richtiges geplantes Bullenmanöver, wollten wir keine Spielverderber sein und schwiegen eisern. Da wir nicht zum »Singen« zu bewegen waren, wurden wir kurzerhand zur neutralen Zone erklärt. Das war uns ganz recht so, wir ließen unsere Klamotten unter Obhut von Polizeischutz zurück und spazierten 50 m weiter auf die Kanalbrücke und bestaunten von diesen Logenplätzen mit herrlichem Überblick das ganze Bullenmanöver.

Die Abteilung Kripo dieses Manövers war uns anscheinend besonders zugetan, denn sie warnten uns sogar vor ihren Kollegen von der Wasserschutzpolizei: Wir sollten besser die Zelte abbauen und die Angeln verstecken, da wir ohne Angelschein waren, und einfach so tun, als würden wir da nur so normal rumliegen.

Wie jeder Film mit schlechter Regie begann auch dieser uns auf die Dauer zu langweilen. Da nun auch der Reiz des Überraschenden vorüber war, trollten wir uns, und die Bullen ließen uns auch anstandslos ziehen. Sie störten sich noch nicht einmal an meinem verkehrswidrig geparkten Auto, obwohl es gar nicht so einfach war, an dem Abschleppauto vorbeizukommen, was sie für die Bergung des kurz vorher die Böschung heruntergekippten Autos organisiert hatten.

Da verstehe einer die Logik des Staates: Er macht kaputt, um zu reparieren. Warum dann erst kaputt machen …!?«

»Ja, ja, hier läuft auch nix mit Angeln«, meinte Frank. »Wenn wir uns schon keinen Alkohol im sauteuren Norwegen leisten können, dann kaufen wir uns wenigstens mal nen Fisch!« Gesagt, getan: Mit einer Forelle aus der Tiefkühltruhe eines Lebensmittelgeschäftes trampten wir weiter. Unglücklicherweise hatten wir aber totales Tramp-Glück, sodass wir direkt nach Oslo kamen, dort auf dem Camping-Platz aber jedes offene Feuer und Grillen verboten war. So schleppten wir die Forelle in den benachbarten Stadtwald, um sie uns dort über offenem Feuer zu grillen. Des Öfteren wurden wir von argwöhnischen

Einheimischen beäugt und kritisiert, die sich aber von unserem vorsichtshalber mitgebrachten Wasser zum eventuellen Löschen beruhigen ließen: Ja ja, die Norweger achten wenigstens auf ihre Wälder, auch wenn sie sonst immer so cool tun.

Zurück ging's über Schweden und Dänemark, wo ich nach längerer Zeit wieder mal mit meiner früheren dänischen Freundin Jytte zusammentraf …

Zurück in den deutschen Alltag, zu meinem Studium der Sozialwissenschaften und dem neuen politischen Wind in Deutschland: Erst durch das Entstehen der grün-alternativen Bewegung ab Mitte der 70er-Jahre wurde mein politisches Suchen auf eine tatsächliche politische Realität gepflanzt.

Die 70er-Jahre waren ja auch geprägt durch die Verirrungen der RAF-Ideologien. Ebenso erinnern wir uns noch mit Schrecken an den tragischen Anschlag auf die israelische Delegation während der Olympischen Sommerspiele 1972 in München.

Benvenuti a Sicilia

... wie wir von der Mafia geweckt wurden

Durch die Bekanntschaft Carlos' mit dem Dortmunder Eisverkäufer Francesco Cerutti kam die »Tetraeder-Travelling-Company« 1977 zu ihrer Jungfern-Fahrt: Carlos, Harry, Achim & ich sollten zwei geheimnisumwitterte Schmuggel-Fiats mit italienischen Nummernschildern nach Sizilien bringen, bei Spesen, freiem Aufenthalt in Ceruttis Haus in Pozallo und cash ausbezahlten Rückfahrt-Tickets.

Was mag nur im Kofferraum des schwarzen Flitzers gelegen haben, der nie aufging und in den glücklicherweise die verschiedenen Zöllner auch nicht reinschauen wollten? Hinterher wurde was von einem Haufen Nummernschilder gemunkelt, aber bei den Sizilianern weiß man ja nie so sicher. Jedenfalls wird mir jetzt noch ganz mulmig bei dem Gedanken, irgendwelche verbotene Fracht durch halb Europa über mehrere Grenzen geschleppt zu haben ...!

Nach drei Tagen kamen wir trotzdem wohlbehalten auf Sizilien an und mussten gleich in der ersten Stadt, Catania, am Fuße des Ätna, der gemütlich am Rauchen war wie immer, die Grenzen unserer ansonsten beachtlichen, aber nordischen Fahrkünste erkennen, als wir uns im absoluten Verkehrschaos von Catania aus den Augen verloren hatten.

Dummerweise hatten wir keinen Treffpunkt ausgemacht und irrten fast den ganzen Tag und die halbe Nacht paarweise in den beiden Autos an Siziliens Ostküste entlang, ohne uns zu treffen.

Unglücklicherweise hatten wir unsere Fahrbesatzungen kurz vorher etwas getauscht, sodass bei mir im schwarzen Fiat Achim, alle vier Schlafsäcke, die Papiere von Carlos, aber kein Bargeld war. Wir beide mussten dann wegen Mangel an Benzin irgendwo auf halber Strecke übernachten. Wir hatten zwar Benzingutscheine, aber die dazugehörige Bescheinigung hatte Carlos im anderen Auto, im blauen Fiat. Und da wir nur ausländische Reiseschecks mit uns führten, mussten wir bis zum nächsten Morgen warten, um an eine offene Bank, dadurch an Lire & dadurch an Sprit zu kommen. Dagegen befand sich im blauen Fiat eigentlich neben Carlos und Harry nur eine Flasche Whisky …

Wogegen Achim und ich es richtig kuschelig mit den vielen Schlafsäcken hatten!

Zum Zeitvertreib erzählten wir uns auf den ausgeklappten Liegesitzen gegenseitig Geschichten. »Kennst du eigentlich schon die Story vom holländischen Zoll diesen Januar?«, fragte ich meinen feingliedrigen Freund Achim mit den langen dunklen Haaren runter bis zum Po und der runden Nickelbrille à la John Lennon. »Nä, erzähl ma!«, war seine interessierte Antwort.

»Also, das war zum Anlass von Carlos' Geburtstag am 3. Januar 1977, als wir zu viert nach Holland düsten: Carlos, seine Freundin Carol, Harry und ich. Auf dem Rückweg in der Nähe von Eindhoven kamen wir zum deutschen Zollschlagbaum. Die Zöllner dort pflaumten uns gleich doof an: ›Na, wo habt ihr denn den Shit versteckt?‹ Ganz cool und großkotzig konterte Harry: ›Der Shit ist in der Radkappe! Wo denn sonst?‹ Das machte die Zöllner noch wütender; und emsig nahmen sie die Ente von Carlos auseinander. Und als Carlos sie dann auch noch vor dem Rücksitz warnte, dass der total schwierig wieder reinzubekommen sei, konnten sie natürlich nicht davon ablassen! Aber tatsächlich bekamen sie es auch wirklich nicht geregelt, den Rücksitz wieder einzubauen. Fluchend hantierten sie im Nieselregen herum, zumal sie natürlich überhaupt nix Verbotenes fanden, während wir vier uns unter dem schützenden Vordach des Zollhäuschens angrinsten …«

»Super, Danny, da fällt mir was Ähnliches zu ein, was ich letzten Sommer in London zusammen mit unserem Compadre Manolito erlebte«, entgegnete Achim. »Jo, das hört sich spannend an. Leg los!« »Nachts auf einem Autobahnparkplatz zwischen Catania und Syracusa auf Sizilien kuschelten wir uns in unseren Schlafsäcke zurecht und Achim wartete mit einer äußerst spannenden Geschichte über das königlich-britische Amtsgericht auf. Sie hörte sich an wie aus dem Mittelalter, aber er hatte sie erst ein Jahr vorher erlebt:

›Wir schreiben das Jahr Anno MCMLXXVI im Mond, geweiht dem Augustus, darin fehlt kein einziger an genau zwei Dutzend Sonnenaufgängen:

Im Royal Court nahe dem Covent Garden haben sich zu verantworten zwei germanische Wegelagerer, die unerlaubterweise beim Mitführen einer gefährlichen asiatischen Pflanze aus der Gattung der Hanfgewächse gestellt wurden, die zur Verwirrung des Geistes und mittels umstürzlerischem Gedankengut Heranwachsende zur Verführung derselbigen führt. Vorangegangen war die eigentliche Tat im nächtlichen Soho, einem Stadtteil der fleischlichen und seelischen Vergnügungen in der britischen Hauptstadt London einige Wochen vorher, als die beiden angeklagten germanischen Wegelagerer auf ihren Eroberungszügen durch die britischen und keltischen Inseln der Angeln, Waliser und gälisch-sprechenden Iren eine Rast in London einlegten.

Dabei gerieten sie offenbar in die Hände orientalischer oder westindischer Straßenhändler, die ihnen schwarzes afghanisches und rotes libanesisches Harz der bereits erwähnten asiatischen Hanfpflanze aufschwätzten. Durch das Inhalieren von Verbrennungsdämpfen dieses orientalischen Harzes etwas beschwingt, bewegten sich unsere germanischen Wandergesellen auffallend tanzend durch das mitternächtliche Soho, sodass sie von zwei verkleideten Schutzleuten zur näheren Inspizierung der Indizien zur nahegelegenen Wache geschleppt wurden. Dort kam es dann nach einigem Hin & Her zu der Verabredung mit dem königlich-britischen Amtsgericht zu oben genanntem Datum, ohne dass die gutgläubigen Schutzleute sie einen Obolus entrichten ließen oder gar als Pfand zur gesicherten Rückkehr sich ihrer Reisepapiere bemächtigten. Sie hätten diese ›Verabredung mit der Macht‹ auch mit einem leichten Achselzucken vergessen können, hielten aber ihr Versprechen als Ehrenmänner der Musikantengilde ein und erschienen pünktlich zum Ting.

Unterstützt von vielen gleich gekleideten etwas simpel dreinschauenden Schutzleuten spielte der ›Sir Judge‹ seine Rolle eines angeblich weisen gerechten würdigen Mannes recht gut, trotz seiner nagenden Unfruchtbarkeit, die er unter den wallenden Locken seiner puderverstaubten Perücke zu vertuschen versuchte.

Der Indo-Germane Shiva konnte sich bei diesem spätkapitalistischen Gesellschaftsspiel ohne Einsatzlimit in der Rolle des reumütigen Gesetzesbrechers das Lachen kaum verkneifen: dem anderen, dem Germano-Mexikaner Manolito, war leider trotz intensiver Durchleuchtung seines Reisegepäcks nichts nachzuweisen, er wurde aber von den Herren Gerichtsbarkeit geduldet, da sich seine Zunge recht nützlich für die Übersetzung der ganzen Affäre an seinen Genossen erwies.

Shiva verstellte sich nämlich derart, als wäre er der angelsächsischen Mundart nicht mächtig, sodass sein Genosse Manolito zur Übersetzung mit auf der Angeklagtenbank zugegen sein durfte. Bei jeder Frage des hohen Gerichts konnten sie darob mithilfe des hier unbekannten westfälischen Dialektes über eine möglichst diplomatisch günstige Antwort beratschlagen. Außerdem ahnte das hohe Gericht nicht im Geringsten, dass es von den beiden heimtückischen Spitzbuben auf das Hinterhältigste reingelegt wurde, da sie nur einen Bruchteil der Summe als ihr übrig gebliebenes Reiseguthaben vorzeigten, um als beinahe mittellos zu gelten und um so einer erwartet höheren Bestrafung zu entgehen. Man muss ihnen aber zugutehalten, dass sie ihre Rolle als heruntergekommene mittellose Landstreicher so gut zu spielen wussten, wie es die besten Darsteller eines Wandertheaters nicht besser hätten machen können. Wahrscheinlich war ihnen die Zeit, die sie sich auf den Landstraßen des Abendlandes sowie des vorderen Orients herumtrieben, sehr dienlich, um solcherart Schliche zu erlernen. Das hohe Gericht ahnte noch nicht einmal, wie sehr es selbst diesen heruntergekommenen Tagedieben nützlich war, dadurch, dass sie zu diesem vorher vereinbarten Termin zurück ins königliche London kommen sollten. Ohne diese terminliche Vereinbarung wären sie nie wieder nach London gekommen und hätten alle die erhabenen Abenteuer nicht erlebt, in die sie somit unfreiwilligerweise hereingerutscht sind, wie zum Beispiel unter anderem den Vortrag der Bänkelsänger mit den seltsam anmutenden Namen ›The Rolling Stones‹, ›Lynyrd Skynyrd‹, ›Hot Tuna‹ und ›Todd Rundgren‹ …!

Bei der königlich-britischen Gerichtsverhandlung tauchte von den vormals sichergestellten Indizien sonderbarerweise nur noch der schwärzliche afghanische Hanf wieder auf, der von erheblich minderer Qualität war, und bedeutete den einzig verbliebenen Anklagepunkt. Wogegen von dem qualitativ hochwertigen rötlichen Libanesen, der sie zum Tanze durch Soho gebracht hatte, überhaupt nicht mehr die Rede war. Da sie dieses Indiz zum letzten Male auf der Wache zu Gesichte bekamen, ist zu vermuten, dass auch den Wachtmeistern die hohe Qualität dieses harzigen Produktes nicht unbekannt war und sie es zur eigenen Verwendung in Gewahrsam behielten!?! Oder sollte gar der alte langmähnige Herr Richter …?!?

Vielleicht aus dieser zwielichtigen Ermittlungsweise heraus, vielleicht aber auch wegen ihres mittellosen Eindrucks bestrafte das hohe Gericht die beiden germanischen Angeklagten zu deren Entzücken mit der relativ niedrigen Summe von fünf englischen Pfund, was wiederum etwa 20 germanischen Talern entsprach, womit sie als normale Wanderer in London gerade eine mittelschlechte Abstiege hätten bezahlen können. Da sie aber durch ihre Beziehung zu einer Londoner Bande für eine Woche kostenlos in deren widerrechtlich besetztem Haus Obdach fanden, stellte sich die ganze Affäre im Nachhinein als Vorteil oder gar als Gewinn der beiden Tippelbrüder dar, denen man es sowieso sehr schwerlich glauben konnte, dass sie ehrliche Reue beim Schuldgeständnis empfanden. Ganz im Gegensatz zu einigen vorher im Gericht behandelten Affären, wobei heruntergekommene Stadtstreicher zu tief in den Ale-Schoppen geschaut haben, dann aber wenigstens dem hohen Gericht mit Respekt und zitternder Ehrerbietung als sichtbarem Zeichen ihres mit Schuld beladenen Gewissens entgegneten. Ganz im Gegensatz zu der Dreistigkeit der beiden Herumtreiber aus der Fremde huldigten die eingeborenen Gesetzesbrecher – meist Betrunkene aus den niederen Ständen, die auf der Straße aufgegriffen wurden – mit der ihnen zustehenden Furcht dem schweren Amt des Richters.

Denn die zechenden Edelmänner in ihren Schlössern und Burgen würden sicherlich schwerlich zur Bestrafung herangezogen, auch wenn es sich um dasselbe Delikt handelte. Hierbei und in diesem königlich-britischen Amtsgericht wurde die Strategie der herrschenden Klasse sehr deutlich, die ihr sehr nutzbar zur Niederhaltung und Disziplinierung der niederen Stände ist: ›Ich schwöre alles, was Sie hören möchten, Herr Richter!!!‹«

»Eine wirklich fein dazu passende Sprache sprichst du, edler Freund Achim«, kommentierte ich ihn und schlief dann auch wohlig ein.

Dagegen kämpften Carlos und Harry mittlerweile im nächtlichen und kalten Pozallo mit der Flasche Whisky: Da ohne Schlafsäcke, versuchten sich die beiden, mit dem Flascheninhalt warm zu halten. Entsprechend sahen sie auch aus, als wir sie am nächsten Morgen in ihrem Auto im Schatten eines Baumes neben einem weidenden Esel wiederfanden. Ihre verkaterten Gesichter sprachen Bände.

Da unser Autoschieber-Obermafioso Francesco Cerutti erst zwei Tage später erwartet wurde, konnten wir uns noch ein wenig auf Sizilien umsehen, wo es für Anfang Mai schon ungewohnt schön heiß war und wir sogar schon im Mittelmeer baden konnten. Die Vegetation hier war unwahrscheinlich fruchtbar: Vulkanasche, Sonne und durch das Meer bedingte Luftfeuchtigkeit, dazu immer eine angenehme Luftbrise.

Trotz dieser Fruchtbarkeit waren viele Häuser verlassen: entweder weil die Bewohner wegen der großen Arbeitslosigkeit bereits in Norditalien oder Mitteleuropa arbeiteten oder weil die Häuser wegen irgendwelcher prähistorischer Gespenstergeschichten von den abergläubischen Sizilianern als nicht mehr bewohnbar galten. So konnten wir die fantastische Villa Giunta ohne Widerstand besetzen; so wohnten viele Landkommunen oder Wohngemeinschaften zu Spottpreisen oder völlig umsonst in guten Häusern: Wahnsinn!!

Durch eine connection von unterwegs hatten wir die Adresse von Lorenzo, der malend in seinem Garten bei Comiso lebte. Genau das Comiso, wo später das italienische Pendant zu Mutlangen, ein Atomwaffenstützpunkt, errichtet werden sollte: Dieses Comiso war damals 1977 noch paradiesisch. Im Schutze der Nacht »erntete« Lorenzo zusammen mit Carlos und mir so viele Tüten mit riesigen saftigen Orangen in einem nahegelegenen Ort, sodass wir zwei Wochen später in Deutschland noch die südlichen Vitamine schlucken konnten.

Bei unserer Rückkehr zu Lorenzos Haus schliefen Harry und Achim schon.

Aber Carlos und ich wollten gerne am Meeresstrand erwachen und düsten ab durch die düstere Bergwelt Siziliens zur Küste, wo uns am nächsten Morgen das »Benvenuti a Sicilia«-Erlebnis erwartete.

Wir wachten in unserem Wagen allein an einem einsamen Sandstrand irgendwo zwischen Marina di Ragusa und Siemeri auf, geweckt von den heißen Morgenstrahlen der Sonne. Die machte uns aber gleichzeitig so träge, dass wir uns noch ein bisschen in den Schlafsäcken herumsuhlten. Als ich mich ein wenig von unseren bequemen Liegesitzen anhob, um eine Ameise zu beobachten, die sich gerade an unsere gestern gepflückten Kakteenableger ranmachte, fiel mein Blick auf ein anderes Auto.

Darin saßen drei Sizilianer, die uns an diesem einsamen Strand wohl schon eine geraume Zeit beobachtet hatten. Langsam anfahrend kamen sie auf uns zugerollt, sodass mir schon ganz unheimlich wurde. Aber kurz vor unserem Schmuggelauto bogen sie dann ab, und aufatmend sagte ich zu Carlos: »Ich bin eigentlich enttäuscht von Sizilien und seiner angeblichen Mafiakriminalität! Überhaupt nichts passiert hier.« Als hätten sie es gehört, hielten sie an, und aus dem geheimnisvollen Auto pellten sich drei Typen, denen man so einiges zutrauen konnte, weil sie nämlich jeder ein niedliches »Pusterohr« am Gürtel hängen hatten. Uns rutschte das Herz ein bisschen tiefer in den Schlafsack. Jetzt sind wir dran!

Auch mein freundlicher Willkommensgruß »Benvenuti a Sicilia« schien sie nicht auf uns anzutörnen. Sie stapften mit ihren dicken Sohlen nur näher, umkreisten uns, klopften aufs Autodach mit prüfenden Pranken, begutachteten uns und unser Gefährt hier & dort & Nummerschild, und einer von ihnen lehnte sich schon bedrohlich mit seinem kräftigen schwarzen Schnauzer zum Fenster herein: eine richtige Controletti-Truppe dieser einheimisch-folkloristischen Wirtschaftsorganisation »mafiosi sicilano«! Da man in solchen Situationen besser seinen heroisch-arischen Vaterlandsstolz gänzlich vergisst, verhielten wir uns auch betont kollegial und gaben bereitwillig Auskunft und ließen dabei einfließen, dass bei uns sowieso nichts abzuziehen war: »Weil wir armes Student, nix viel Geld und nächste Tage wieder zurück nach Allemania.« Carlos ließ dann noch wie nebenbei verlauten, dass wir einen Freund in Pozallo haben und wir dort erwartet werden, sodass sie uns nicht so einfach verschwinden lassen konnten. Einer von ihnen gab dann ihr abschließendes Resümee: »Hier nix gutes Platz!«, wobei wir ihm auch spontan zustimmten. Wahrscheinlich störten wir sie bei der Abwicklung ihrer Schmuggelaktionen mit den von Afrika kommenden Schiffen. Wir hatten auch in der Nacht vor der Küste einige Schiffe hin- und herkreuzen gesehen.

Na, jedenfalls ließen sie dann ihre »Pusterohre« stecken, nachdem sie sich beraten hatten, dass wir für morgens um 8.00 Uhr wohl kaum das richtige Objekt zum Auflockern sind und dass sie mit unserer Beute vielleicht noch nicht einmal ihr Frühstück bezahlen konnten. So zogen sie wieder ab; und wir frühstückten nun unsererseits: Wir bauten uns aus flachen Kieselsteinen einen Frühstückstisch im Sand auf und deckten darauf Orangen-Müsli & Tomatensalat aus unseren organisierten Beständen.

Dann erschien auf einmal eine zweite Controletti-Truppe am Strand: Ihr Wagen war bestückt mit drei noch wilder dreinschauenden Burschen. Zuerst düsten sie wie dull auf dem Strand auf & ab, und dann fuhren sie mit ihrer Karre sogar direkt über unseren Frühstückstisch.

Wir verließen deshalb sofort fluchtartig diesen mafiaverseuchten Strand und wechselten zu einem einige Kilometer weiter liegenden anderen Strand in der Nähe eines kleinen Dorfes: Sandstrand, knallende Sonne, grüne Wellen mit türkisblauem Meer dahinter, außer uns beiden nur zwei Kinder und deren Eltern zu sehen.

Idylle: Das kleine Dorf liegt ruhig und wie verlassen …

… allerdings, es scheint total ausgestorben zu sein: tote Fensterhöhlen: Die zivilisierte Nähe schaukelt uns also doch nur eine Illusion vor! Nix wie weg hier!

Auf dem Heimweg nach Pozallo erzählte ich Carlos dann zum Beruhigen eine andere Geschichte, in der auch eine Knarre vorkam: »Mit Pink Floyd ins neue Jahr: In den 70er-Jahren erlebte ich schon die seltsamsten Abenteuer und Konstellationen, doch die Jahreswende 1974/75 war eines der ungewöhnlichsten, besonders was das Ende betraf:

Mit meiner damaligen Flamme Pia hatte ich mich für den Silvester-Nachmittag im Recklinghäuser In-Schuppen ›Von 8 bis 8‹ verabredet, was dazu führte, dass ich meine sämtlichen anderen Silvester-Pläne über den Haufen schmiss: Ich traf Pia, blieb mit ihr zusammen, und wir verbrachten auch die weitere Nacht bis spät in den Neujahrsvormittag gemeinsam, ohne dass es da in irgendeiner Weise zu erotischen Exkursionen gekommen wäre.

Und das kam so: Zuerst weihte sie mich in ihre Silvester-Pläne ein, die ich, spontan wie ich damals war, gerne mitmachte, zumal sie mich auch gerne dabeigehabt hätte …

Ihre Freundin feierte in der Wohngemeinschaft ihres Freundes, wozu sie eingeladen war, und mich kurzerhand mit dazu einlud: Also fuhren wir nach Recklinghausen-Süd in die besagte WG, wo ich natürlich niemanden kannte. Das war schon ein merkwürdiges Völkchen da: so eine Mischung aus Revoluzzer und Rock-Existenzialisten!! Natürlich alle in Schwarz gekleidet, an den Wänden hingen linksradikale Plakate, unter dem Wohnzimmerfenster lag ein Gewehr (sie faselten auch was von Untergrund, illegal, politische Verfolgung etc., die alten Paranoiker!), und den ganzen Abend lief als Musik: entweder Frank Zappa oder die Brecht-Oper ›Der Aufstieg und Fall der Stadt Mahagonny‹, nix anderes, nur diese Mucke: ziemlich krus! Wa, eh!?

Gegen Mitternacht fuhren wir zusammen zum Flaesheimer Feuerwachturm, um von dieser exponierten Stelle aus das Recklinghäuser Silvester-Feuerwerk zu genießen: Günstigst angetörnt von halluzinogenen Pilzen in Pias und meinen Köpfen und mehreren Shit-Pfeifen von den Rock-Revoluzzern, die sie sich vorher zuhause ordentlich präpariert und mit Alu-Folie reisefertig gepackt hatten, sahen wir überall Wald und blickten kaum noch durch, wo eigentlich der Ausgang des Waldes war …!?!

Aber die Rock-Revoluzzer kannten sich aus und brachten uns sicher wieder nachhaus, zu ihrem Haus.

Dann plötzlich, um 3.00 Uhr morgens, sagten sie: ›So Leute, die Party ist jetzt aus, ihr könnt jetzt gehen …!‹ Das hatte uns ziemlich perplex gemacht, zumal man in diesen wilden 70er-Jahren eher die Gewohnheit hatte, dort auch zu schlafen, wo man gefeiert hatte. Aber bei den Rock-Revoluzzern herrschten eben andere Sitten: Pia und ich trollten uns mitten in der Winternacht raus auf die Straße und rein in meinen blauen VW-Käfer: Dort im Käfer berieten wir, was zu tun sei. Glücklicherweise hatte ich in dieser Nacht die Finger gänzlich vom Alkohol gelassen, sodass ich wenigstens fahren konnte.

Pia wollte nicht nachhause (weil sie noch bei ihren Eltern wohnte), aber sie hatte eine Idee: ›Wir fahren zu Pink Floyd!?!‹

Sie lotste mich also zum Recklinghäuser Norden, dort wo die Umgebung schon ziemlich bäuerlich ist. Und tatsächlich: Mitten in den Feldern gab es ein kleines von Bäumen umrandetes Tal, wo man sogar mit dem Auto runterfahren konnte. Und dort unten stand am Rande des Parkplatzes (Platz für ca. 1 Auto) ein riesiger Findling mit der angekündigten Aufschrift ›Pink Floyd‹! Da waren wir also bei ›Pink Floyd‹ angekommen.

Ich wollte das Auto auf dem kleinen Parkplatz noch in eine richtige Position stellen, als mir beim Rückwärtsrangieren das Missgeschick geschah, dass ich mit den Hinterreifen in den Graben rutschte und dort auch nicht mehr rauskam: Die Reifen hatten sich in der Matsche festgefahren …

Kein vor und kein zurück!: & das in der Neujahrsnacht!!

Glücklicherweise hatte ich eine Decke im Auto, in die wir uns einkuscheln konnten. Und zusätzlich glücklicherweise war es eine relativ milde Winternacht, sodass wir dort bis zum Hellwerden überleben konnten.

Vormittags machten wir uns dann zu Fuß auf den Weg in die Bauernschaft, um Hilfe zu holen: Am ersten Bauernhof war der Bauer schon in der Kirche, aber der halbwüchsige Sohn, der erst noch geweckt werden musste, konnte für nen Fünfer aushelfen; er schmiss den alten Trecker an, und mit der Abschleppkette aus Metallgliedern war es für den Traktor kein Problem, uns aus dem Matsch bei ›Pink Floyd‹ rauszuziehen …

Wir waren gerettet, die Sonne schien, und auch der Tag nach der unvergesslichen Nacht bei ›Pink Floyd‹ war somit ebenso gerettet …«

»Gute Story mit deinen Rockrevoluzzern, Danny«, meinte Carlos, »aber die wären mir auch sympathischer als unsere Strand-Mafiosi heute Morgen …«

Und dann tauchte auch schon Pozallo auf: »Benvenuto a Pozallo!«, denn heute weiß ich natürlich, dass »Benvenuti« eigentlich »Benvenuto« heißen müsste, und deshalb wahrscheinlich die Mafiosi am Strand so komisch geguckt hatten …

Ausgeflippt

Wieder begann ein neuer Lebensabschnitt für mich: Nach zehn Semestern Studium der Sozialwissenschaften konnte ich als Erster in unserer mächtig stolzen Bergarbeiter-Familie ein Diplom mit nachhause bringen. Aber auch der Ernst des eigenen Lebens – auf eigenen Beinen zu stehen – begann damals 1977 für mich. Das Studium mit all seinen langen Semesterferien und all seinen schönen Reisen in ferne Länder hatte meine Jugend verlängert: Nun galt es, den nächsten Schritt zu gehen.

Gegen Ende des Studiums schrieb ich meine erste Diplomarbeit (später in den 80er- und 90er-Jahren sollten noch zwei weitere folgen) mit dem Titel »Anthropologie der Praxis«, die ich teilweise wegen ihrer direkten Lebensnähe auch damals tatsächlich erlebte: Praxisrelevanz nennt das der Wissenschaftler.

In jener Zeit lernte ich die dunkelblonde Tina kennen: braune Augen, einen schlanken Körper mit Filmbeinen und eine Frohnatur wie sie im Buche steht …

Wir liebten uns wie Teenies: tranken, rauchten, stritten und liebten uns wieder. Große Reisen standen uns bevor, eine gemeinsame Wohnung in Dortmund, und aus der Teenie-Liebe wurde eine große Liebe von 1976 bis 1979. Aber erst einmal stand damals unsere Liebe im Zeichen von Spontaneität und grobem Unfug:

Unfug ist die Lust des Schelms, seinen lose sitzenden Schalk aus dem Nacken zu lassen. Doch von der Polizei gar »groben Unfug« bescheinigt zu bekommen, bedeutet schon eine Auszeichnung und bedarf sicherlich längerer Übung als einfach mal einen Scherz zu machen.

So geschah es eines Nachts in Datteln nach einem Meeting bei Achim, als ich mit meinem bereits voll besetzten Käfer noch die beiden fußwandernden Freunde Matthes und Doro mitnehmen wollte: Spontan ließ ich sie quasi als Galionsfiguren rechts und links auf den einladenden Kotflügeln Platz nehmen und nachhause reiten.

Im Schritttempo – und deshalb auch völlig ungefährlich – überquerten wir als solcherart eigentümliches Gefährt die Bundesstraße B 235, um dann wieder in die nächste Siedlung abzubiegen. Da es leider in dieser Nacht auch ein Schützenfest zu feiern gab, schwirrten verhältnismäßig viele Polizeiautos in der Gegend herum. Eines davon unterbrach unseren Umzug abrupt! Ich sah sie zwar im Rückspiegel kommen, konnte aber meine beiden Galionsfiguren nicht mehr rechtzeitig warnen, da meine Hupe nicht funktionierte. Immerhin staunten die beiden Polizisten nicht schlecht: ob unseres seltsamen Treibens.

Als sie dann auch noch feststellen mussten, dass bei mir als Fahrer nicht ein Tropfen Alkohol »im Spiel« war, verstanden sie die Welt nicht mehr. Wie konnte ein Mensch mit einigermaßen Verstand klaren Kopfes so etwas machen, ohne besoffen zu sein?: Er musste also wohl verrückt sein!

Unsere lustigen Bemerkungen ließen diese Schutzleute nur noch wütender werden, und sie hätten mich am liebsten gleich in die nächste geschlossene Anstalt gesteckt, wenn sie die Befugnis dazu gehabt hätten. In Ermangelung einer solchen wollten sie mich dann wenigstens wegen groben Unfugs anzeigen. Das empfand ich als große Ungerechtigkeit: Nur wegen son bisken Spontaneität. Dagegen wollte ich gerichtlich angehen, jedenfalls Angst machten sie mir mit ihrem laut-barschen Getue nicht.

»... Angst ist die Ursache für Spontaneitätsverlust, so dass zwischen Wunsch und Ausführung einer Tätigkeit eine Phase der Hemmung und des reflektiven Konfliktes liegt. Vermittels dieser ideologisch gefärbten Reflexion wird die Impulsivität durch die allgegenwärtige Macht der Verhältnisse schon im Keim erstickt. Nicht, dass ich damit für spontane Gewaltverbrechen plädieren möchte, aber immerhin lässt die Organisation unseres Polizeistaates (bzw. das Wissen um diese Organisation) Angst eher entstehen als Spontaneität.

Dazu als Hinweis: die oben erwähnte Anzeige wegen ›groben Unfugs‹ durch zwei Polizeibeamte.

Wenn man bei solch harmlosen Späßen schon aufpassen muss, dass man nicht deswegen in eine geschlossene Anstalt eingeliefert wird, ist es ein alarmierendes Zeichen für die Entfremdung unserer Mitmenschlichkeit. Wegen seiner besonderen Eigentümlichkeit geht Spontaneität sehr häufig mit außergewöhnlichem Verhalten einher, was durch sich schon sehr konfliktträchtig ist. Deswegen ist das Gefährliche an dem oben geschilderten Beispiel noch nicht einmal die Sanktion der Spontaneität, sondern das womöglich lebenslange Abtöten der Fähigkeit zur Spontaneität durch zum Beispiel solch eine selbst erlebte negative Erfahrung. Gerade nach solchen Erfahrungen sollte man nicht in Resignation verfallen und den Weg der Anpassung und Spontaneitätslosigkeit wählen, sondern den Anlass sich selbst als Zeichen geben: den Feldzug für mehr Spontaneität noch mehr intensivieren! Denn in der Spontaneität steckt Selbstverwirklichung und Wahrhaftigkeit.«[1]

Also ließ ich mich nicht unterbuttern: Kaum waren die anzeigengeilen Schutzleute um die Ecke verschwunden, ließ ich Doro und Matthes wieder aufsteigen, fuhr mit meinen beiden Galionsfiguren nicht nur weiter, nein!: Ich fuhr dann auch noch in meinem übermütigen »groben Unfug« durch eine Strecke, die für jede Durchfahrt gesperrt ist ...!

Was wurde dann aus der Anzeige?: Aus dem angedrohten »groben Unfug«, gegen den ich mit meiner Spontaneitätstheorie als Anwalt gerne gerichtlich-vorgegangen wäre, wurde dann in der tatsächlichen Anzeige: Tatbestand von nicht frei leuchtenden Sichtscheinwerfern (Anmerkung des Verfassers: durch die herunterbaumelnden Beinpaare). Gegen diesen lapidaren Anzeigengrund konnte und wollte ich dann natürlich auch nicht mehr Frau Justitia bemühen. So blieb uns noch als letzten Akt der Solidarität die Anzeigenkosten (DM 64,–) zu teilen und mit nem Zehner war jeder dabei, auf dem Express der Spontaneität …!

Damals zog es uns zu den beiden aufkeimenden Demokratien auf der iberischen Halbinsel: Spanien war 1977 nach über 40 Jahren Franco-Diktatur zu einer jungen Demokratie geworden, die vorsichtig ihre Fühler in die neu gewonnene Freiheit streckte. In Portugal sahen wir überall politische Plakate, womit die linken Demokraten nach dem erfolgreichen politischen Umbruch aus der Diktatur selbstbewusst alle Wände bepflasterten.

Nach mehreren Reisejahren mit männlichen Gefährten war dieses für mich die erste Reise nach vier Jahren, die ich wieder mit einer Frau unternahm: Tina: Dokumentation unserer Liebe.

Aber wir waren nicht die einzigen Dattelner, die in jenem Sommer nach Portugal fuhren: Ein Treck von drei Autos mit zehn Menschen walzte sich nach Süden.

Und noch ein Novum: Zum ersten Male in dieser Serie von Reisen sind wir mit einem eigenen Auto unterwegs, d. h. einem Auto, mit welchem wir die ganze Zeit zusammen waren und auch damit wieder zurückfahren wollten, falls die Technik uns keinen Strich durch die Rechnung machen sollte. Wir waren neben Tina und mir Frank und seine spätere Frau Biggy. Das Auto war sein alter Ford-P 4-Kombi, 1200er Badewanne, dessen Rückkehr uns wenige zugetraut hatten. Es zeigte sich auch einige Male, warum ich es eigentlich nicht mag, bei Reisen auf die Gnade eines technischen Vehikels angewiesen zu sein:

- bei einem Kabel-Schmorbrand im Wageninnern in Portugal
- bei einem platten Reifen in Südspanien
- bei einem Riss im Wasserkühlbehälter in Nordfrankreich, der uns fast in die Luft gejagt hätte. Wir schafften es dann doch noch, uns ins

nahegelegene Saarland zu retten, indem wir alle 20 km den Kühler wieder mit Wasser auffüllten!

Das sind genau die Beispiele, die ich meine, wenn ich bei Reisen als Zeit von relativer Freiheit lieber frei und mühsam zu Fuße latsche als unfrei und bequem das Auto bevorzuge.

Aber immerhin freute ich mich damals auch darauf, mal den ungeheuren Vorteil genießen zu können, den ein Auto bei ner Reise hat: Man kann überall anhalten, wo's gut aussieht. Wogegen Trampen, Zug, Schiff oder Flugzeug doch immerhin auch Unfreiheit bedeutet: nicht gerade immer dort anzukommen, wo's toll aussieht. Wir jedoch hatten die Freiheit, das Optimale spontan zu wählen!: Aber dass es auch anders laufen kann, hat mich zum »Ausflippen« gebracht!:!:

An der portugiesischen Westküste des Alentejo zwischen Lissabon und Lagos fanden wir nach einigem Herumkurven einen spitzenmäßigen Platz: Die Lagoa de Melides, solch einen schönen Ort habe ich lange nicht gesehen! Eine verträumte Lagune abseits von jeder Hektik: ein paar wild campende Zeltler über den weiten Sandstrand hingestreut, der geschützt vor dem manchmal recht rauen Atlantikwind in einer Bucht lag. Es gab einige Häuser, ein Geschäft und sogar eine öffentliche Dusche samt Trinkwasser: Für Essen, Trinken und Hygiene war gesorgt – was will man noch mehr!?!

Begeistert fuhren wir drauflos und blieben im Sand stecken: Mithilfe von anderen Campern kamen wir schließlich nach einiger Zeit und Mühe wieder raus. Denen war das auch schon passiert, und sie wollten sich aber das Erlebnis nicht entgehen lassen, Neuankömmlinge im Sand feststecken zu sehen, um sie dann wieder frei zu schaufeln. Das brachte meine drei Mitreisenden Tina, Frank & Biggy gegen diesen Platz auf. Trotz meiner heftigsten Proteste fuhren wir dort nach langem Diskussions-Hin-und-Her wieder weg:
  – wegen angeblich fehlender Hygiene (Tina & Biggy)
  – wegen Unzugänglichkeit (Frank),

obwohl wir dort über einen anderen Nebenausgang rausfuhren, der zwar etwas steil, dafür aber ohne Sand war: Und wir schafften es ja auch immerhin! Also hätten wir's auch wieder geschafft, wenn wir geblieben wären.

Einen wunderschönen Ort gefunden – und so schnell und überstürzt ihn wieder zu missen: das machte mich wütend und traurig zu gleich.

Deshalb kaufte ich mir beim nächsten Lebensmittelgeschäft eine Liter-Bottle »vino verde« und trank sie in den nächsten fünf Minuten leer: um zu vergessen!

Das Ergebnis: natürlich besoffen, mit einem absoluten Gefühl von Wurstigkeit: Denn was jetzt kommt, kann nur noch schlechter sein. Und das wurde es!

An der nächsten Zeltmöglichkeit, der Lagoa de St. Andre, gab es einen Privat-Camping-Platz – eine halbe Stunde Fußweg vom Meer entfernt – und ebenfalls einen wilden Zeltplatz, der allerdings nicht ganz so schön wie der vorher verschmähte erschien. Wie sich später herausstellte, lag der private Camping-Platz an einer faulig stinkenden Brackwasserlagune.

Jedenfalls zu diesem Platz fuhren Frank und Biggy, um ihn sich nur mal anzusehen. Allerdings meldeten sie uns alle vier auch gleich dort an, ohne Tina und mich zu fragen. Das machte mich trotz meiner Suff-Wurstigkeit ziemlich sauer. Denn an der Logoa de Melides haben wir einen mehrstündigen demokratischen (!) Diskussionskampf gehabt, ehe wir dort wegfuhren. Hier jedoch wurden Tina und ich noch nicht einmal gefragt, und schon waren wir angemeldet! Das wäre normalerweise schon ein starkes Stück gewesen, aber besoffen ließ es mich ausflippen!

Ich selbst stand absolut unsicher auf den Beinen, deshalb fiel auch das Zelt beim Aufbauen mehrmals wieder um. Beim gemeinsamen Abendessen warf ich mit allerlei Gegenständen um mich und laberte unkontrolliertes Zeug.

Hinterher erfuhr ich ein recht unterschiedliches Echo auf mein Verhalten: Für Frank & Biggy schien es recht lustig gewesen zu sein, besonders als ich mich rückwärts ins Zelt rollen wollte, dieses aber gleich mit runterriss!

Aber lustig wollte ich wirklich nicht sein!

Für Tina dagegen war's sehr traurig, weil ich sie sowohl psychisch als auch physisch verletzte: Ich bewarf sie mit Ausrüstungsgegenständen und traf sie sogar einmal mit einem Fingernagel ins Auge.

Auch das wollte ich nicht!: Körperliche Attacken waren unbeabsichtigt und Folge meiner Trunkenheit.

Außerdem war ich ihr gegenüber ungerecht, weil sie mehr als ein Drittel von meiner nach außen gerichteten Wut und Enttäuschung mitbekam, denn ein Drittel stand ihr wohl zu.

Im Nachhinein empfand ich es überhaupt nicht als gute Idee, in dieser Situation besoffen gewesen zu sein, denn bei Traurigkeit als Anlass wirkt starker Alkoholgenuss als negativer Katalysator.

Außerdem brach ich ein Versprechen, dass Tina und ich uns gemeinsam gaben: Uns nicht mehr absichtlich zu besaufen, denn das vermindert die Kontrolle und öffnet die psychische Tür für schlechte Effekte!!: Sorry, aber da war's doch der starken Stücke zu viel auf einmal für meinen kleinen Geist!

In derselbigen Nacht hatten wir noch einiges Zusätzliches an Ängsten auszustehen, weil eine Meute von wilden Hunden sich ausgerechnet neben und teilweise sogar auf unserem Zelte laut bellend, jaulend und knurrend stritten oder sich gar zu zerfleischen drohten – jedenfalls hörte es sich so an!:

Wie sich am nächsten Morgen herausstellte, zelteten wir unweit der Abfallgrube, um deren Produkte die Hunde des Nachts einen derartigen Zoff veranstalteten! Glücklicherweise wurden wir hinterher alle vier durch einen schönen und wilden Zeltplatz am Meer für mehrere Tage entschädigt …

… und belohnten uns und unsere weite Reise noch mit einem Abstecher nach Marokko, wo wir alle vier zum ersten Mal afrikanischen Boden unter die Füße bekamen.

Erfreuliches gab es außerdem in den 70er-Jahren aus der Welt des Fußballs zu berichten: Nachdem Deutschland die beste Fußballnationalmannschaft hatte, die je im Trikot mit dem Bundesadler spielte, als sie 1972 mit dem genialen Günter Netzer die Fußballeuropameisterschaft gewann und sogar noch obendrein 1974 unter der Regie von »Kaiser« Franz Beckenbauer und dem Kölner Wolfgang Overath Weltmeister wurde. Da wollte mein Verein, der 1. FC Köln, nicht zurückstehen und gewann in der Saison 1977/1978 unter Trainer Hennes Weisweiler das seltene »Double«: Deutsche Meisterschaft und Pokalsieger in einem Jahr, mit Heinz Flohe, Harald »Toni« Schumacher und dem jungen Bernd Schuster in einer Mannschaft.

Aber auch wir »jungen Wilden« aus Datteln übten uns fleißig im freizeitlichen Fußballspielen auf der Wiese hinter der Realschule: Wir hatten Spaß an der körperlichen Ertüchtigung und am Gemeinschaftsgefühl des Mannschafts-ballsports Fußball, denn wir spielten auch bei Wind und Wetter, Eis, Regen oder Schnee: Meine Freunde Harry, Carlos und Achim waren dabei, aber auch Matthes, Frank, Florian und viele andere. Wir hießen Kosmos Datteln, spielten regelmäßig miteinander oder auch auf richtigen Fußballplätzen gegen andere Freizeitmannschaften, jedenfalls so lange, bis uns missmutige Platz-warte verjagten. Wegen unserer vereinslosen Unorganisiertheit gehörten wir sozusagen zur ersten »bunten Liga« des nördlichen Ruhrgebietes. Und immer war ich der Torwart!

Originalton meines Freundes Harry vom 28.06.2006, dreißig Jahre später: *»Mit Dir jubele ich am Liebsten! Wir haben zusammen gelebt, erlebt und auf alle Fälle den Fußball zusammen gespielt. Du warst mein Torwart (für mich als Verteidiger das schützenswerteste Motiv meiner Fußballerwelt), und ich hatte gelernt, alle gegnerischen Spieler davon abzuhalten, meinen Torwart an der Aus-übung seiner Aufgabe zu hindern. Beschützerinstinkt war gefordert und ich sah, wenn ich meinen Teil machte, Dein Können, Deinen Anteil an der Aufgabe zu lösen. Danny! Du warst echt der beste Torwart, mit dem ich je zusammen gespielt habe. In meiner Horneburger Elf und der der Schulmannschaft waren die Keeper echt schlechter. Hinter der Realschule habe ich gemerkt, was einen guten Torwart ausmacht: Er muss seine Abwehr dirigieren können, ein gutes Stellungsspiel ha-ben, reaktionsschnell sein und selbstbewusst. Das machte riesig Laune, mit Dir zu spielen. Wenn ich sah, wie Du gesegelt bist, dachte ich mir jedes Mal, wenn der seinen Arsch einsetzt, Harry, musst, kannst du das auch! Die Spiele hinter der Realschule (und auch die gegen andere »Straßenmannschaften«) waren meine persönliche Fußball-Lieblingsphase. Im Verein vorher waren Disziplin und tak-tisches Verhalten das Hohelied gewesen. Später, als ich mit Euch spielte, stellte ich fest, dass Fußballspieler Individuen sind und nur gut funktionieren, wenn sie selbst ihren Beitrag zum Spiel festsetzen können.«*

Dem Lebensgefühl der 70er-Jahre entsprechend wurden die Haare immer länger und der Bart wuchs zum Vollbart, die Jeanskleidung bekam erst Glöck-chen, dann Fransen und Flicken; Stirnbänder und Federn waren angesagt; als fahrbaren Untersatz wählten viele die »Ente« von Citroen oder den R 4 von Renault, ich jedoch hatte drei VW-Käfer hintereinander, wovon ich dem ersten orange »Käfer« 1972 die Rücklehne der Hinterbank ausbaute, stattdessen eine große Schaumgummi-Matratze dort hineinlegte, um eine große und beliebte »Spiel- und Liegewiese« mit mir herumzukutschieren.

Uns begeisterte 1975 der Film »Einer flog über das Kuckucksnest« von Milos Forman mit Jack Nicholson in der Hauptrolle.

Musikalisch gab es in den 70er-Jahren nach der Auflösung der Beatles ein breites Spektrum verschiedenster Rockströmungen: Nachdem ich beim Isle-of-Wight-Festival 1970 die charismatischen Jim Morrison von den Doors und Jimi Hendrix noch quicklebendig & live erleben durfte, sind diese beiden Kultfiguren der Hippie-Generation leider recht rasch ihrem exzessiven Lebenswandel zum Opfer gefallen. Trotzdem gab es aber immer noch genügend Überlebende aus Rock, Pop, Blues und Jazz, für jeden etwas …

Da kamen uns selbst die Rolling Stones 1976 bei einem Festival im englischen Knebworth wie Rock-Opas vor.

Während sich andere an den teilweise obskuren Musikstilen der ABBA, Boney M., Village People, Sweet, Kiss oder gar Gary Glitter erfreuten, pflegten wir in unserer Dattelner Szene Mitte der 70er-Jahre eine merkwürdige Phase mit einer Vorliebe für Southern Rock, wo Gruppen wie Marshall Tucker Band, Lynyrd Skynard oder die Allman Brothers ihren Hillbilly-Rock aus den Bergen der US-amerikanische Südstaaten zelebrierten. So trampte ich 1977 sogar mit Carlos nach Hamburg, wo wir dort mit Harry, Achim und Frank zusammentrafen, um uns dort gemeinsam ein Konzert der Marshall Tucker Band in der ehrwürdigen Hamburger Musikhalle reinzuziehen: Und wir rauchten und tanzten und kotzten uns dazu in Ekstase …

Die große Amerika-Reise

Ein halbes Jahr durch Kalifornien, Mexiko und die Karibik

Wie viele Menschen träumten auch Tina und ich von großen langen Reisen auf
ferne Kontinente. Aber im Gegensatz zu vielen Menschen setzten wir unseren
Traum in die Wirklichkeit um. Unsere große Lebensreise stand vor uns: Ein
halbes Jahr lang durch Amerika reisen war geplant:
- Kalifornien, das gelobte Land
- Mexiko, faszinierend und fremd
- Karibik: der Traum vom Überwintern auf einer kleinen unbekannten
  Insel mit Kokospalmen, Sandstrand und türkisblauem Meer – welches
  verliebte Paar hat ihn noch nicht geträumt?

Das waren die Ideen und Traumziele. Aber viele Fragen schwirrten uns durch
den Kopf, als wir diese lange Reise begannen:
Was wird uns das Leben in der Fremde alles bringen, wenn wir ein halbes
Jahr durch Amerika unterwegs sein werden?
Solche und ähnliche Fragen schwirrten uns durch den Kopf, als wir diese
lange Reise begannen.

Wie uns Freddie Laker in die High Society einführte

Amerika ist ein Kontinent, den man heutzutage mit dem Flugzeug erreicht.
Damals waren Tina und ich davor noch niemals mit einem Flugzeug geflogen.
Aber dass Tinas und mein allererster Flug überhaupt auch gleichzeitig fast
unser letzter und dadurch unser Lebensende gewesen wäre, das hätten wir
uns auf keinen Fall träumen lassen! Und das kam so:
Ursprünglich wollten wir am 5. Oktober 1978 mit Freddie Lakers »Skytrain« vom Londoner Flughafen Gatwick nach Los Angeles fliegen. Dieser

Standby-Flug war mit seinen ca. 350,– DM äußerst preisgünstig, und wir kamen auch sofort am selbigen Tag ins Flugzeug hinein. Bei anderen Standby-Flügen hätten wir einige Tage warten müssen, selbst bei Laker musste man unter Umständen einige Tage Wartezeit in Kauf nehmen. Aber diese Linie nach Kalifornien hatte Laker erst kurz vorher eingerichtet, und so war diese Reisemöglichkeit noch relativ unbekannt.

Die DC 10 jedenfalls flog mit nur einem Drittel besetzt los. Aber leider hielt der Flieger nur bis etwa Mitte des Atlantiks durch. Es begann mit einigen Wolken-Rempeleien und turbulenten Erschütterungen, bevor uns der »Tanz der Lüfte« verunsicherte: Tina neben mir verkrampfte ängstlich ihre Hände in meinen Arm, war tränenüberströmt und einem Nervenzusammenbruch nahe. Ich versuchte sie – optimistisch wie ich immer bin – fleißig zu trösten, dass das wohl so sein müsse beim Fliegen, ohne dass ich überhaupt wusste, wie's denn eigentlich zu sein hätte beim Fliegen.

Das geschah alles während des »Bord«-Filmes, in dem Robert Redford als »downhill-racer« skifahrend Gangster und Skihaserln jagte. Als dann nach dem Film die Flugzeug-Rollläden wieder hochgezogen wurden, befand sich seltsamerweise die Sonne – im Gegensatz zu vor dem Film – auf der anderen Flugzeug-Seite. Nun kam allerdings doch größere Unruhe unter den Passagieren auf:

Was war geschehen?

Warum fliegen wir wieder zurück?

Nach allerlei Munkeleien und als die Gerüchteküche fast am Überkochen war, wurden wir Passagiere endlich – wenn auch nur zögernd – von der Bordbesatzung unterrichtet!: »Eine von den drei Turbinen ist ausgefallen.« Damit war's natürlich mit dem Weiterflug Essig, und den nächsten Morgen im sonnigen Kalifornien konnten wir uns auch abschminken.

Wir mussten umkehren!

Zurück ins herbstlich-trübe London und dabei auch noch um unser Leben fürchten!

Glücklicherweise wussten wir in diesem Moment überhaupt nichts über die Gefährlichkeit von DC 10-Flugzeugen!

Wie viel davon schon abgestürzt sind!?

Warum gerade Laker mit seinen Billigflügen diese Maschinen so günstig erstanden hat!?

… oder ähnliche »Scherze«?!?

Wir hielten das für ein ganz spezielles und individuelles Problem unseres Flugzeuges.

Nach endlos sich hinziehenden Stunden zwischen Hoffen und Bangen schafften wir's gerade noch mit Ach & Krach und einer linksschiefen Notlandung zu unserem Ausgangspunkt Gatwick zurück. Der Pilot musste bei der Landung kräftig gegenlenken, deshalb setzte die Maschine auch mit einem wilden Ruck wieder auf den sicheren Boden von Mutter Erde auf, was von den Passagieren mit prasselndem Beifall bedacht wurde.

Aber was nun?

Es war mittlerweile Nacht geworden, und Ratlosigkeit machte sich sowohl bei der Laker-Crew, aber noch mehr bei den Passagieren breit.

Zu früh wähnten wir uns schon unter Kaliforniens Sonne. Nun saßen wir wieder in Old England herum: mitten in der Nacht & ohne Gepäck (d. h. auch ohne Schlafsack).

Aber die Flugfirma ließ sich nicht lumpen. Schließlich stand der gute Ruf auf dem Spiel, und es durfte sich nichts Negatives rumsprechen! Und damit kam die große Wende: Unsere »goldene Laker-Serie« begann!

Zuerst wurden wir alle mit Bussen nach Brighton gefahren, einem berühmten und mondänem Kurort an der englischen Südküste. Unterwegs wurde uns ein umfangreiches Abendessen gereicht. In Brighton kaum im Hotel angekommen, servierte man uns Drinks nach Wunsch. Das Hotelzimmer erster Klasse überstieg bei Weitem unsere Fähigkeit, den gesamten Komfort auszunutzen. Nach unserem geheimen Wunsch war es dann tatsächlich mit Blick aufs Meer! Und es hatte die Größe einer ganzen Wohnung, nämlich Schlafzimmer, Wohnzimmer, Badezimmer, und bot an Schikanen einen Balkon mit Meeresblick an der Promenade, Farbfernseher, Telefon und telefonisches Wecken auf Wunsch, Lichtbedienung vom Bett aus, und im Badezimmer neben Wanne und Dusche natürlich ein Bidet!

Hinterher erfuhren wir, dass die bescheidene Unterkunft rund 160,– DM pro Nacht gekostet hätte. Natürlich wie alles Übrige auch auf Kosten von Sir Freddie Lakers Company!

Zusätzlich erlebten wir am nächsten Tag Brighton bei Sonnenschein sehr freundlich, allerdings in einer Umgebung von verkalkten englischen

Geldaristokraten à la St. Moritz. Diese Begegnung mit der High Society endete mit einem so reichhaltigen Lunch, dabei so viel Wein, wie wir wollten, dass wir gar nicht alles aufbekamen.

Dann der zweite Versuch mit demselben Flugzeug. Das war leicht daran zu erkennen, weil im Aschenbecher von Tinas nummeriertem Sitzplatz noch das Kaugummipapier lag, das sie dort am gestrigen Tag deponiert hatte.

Das war natürlich nicht sonderlich beruhigend, mit derselben Unglücksmaschine wieder in die unsicheren Lüfte zu steigen!

Aber wir wurden durch eine gute Aussicht belohnt; und Erinnerungen wurden in mir wach, denn wir flogen über die Isle of Wight (remember the »Isle-of-Wight-Festival« 1970!), über die Black Mountains von Wales und über den Südwesten Irlands (dort trampte ich 1976 mit Achim herum, den wir in einigen Tagen in Kalifornien wiedersehen werden). Dann ging's hoch über die Wolken, wo die ewige Sonne schien: Das weiße Wolkenfeld unter uns sah aus wie das ewige Eis- und Schneefeld von Grönland oder Alaska.

Und immer der Sonne hinterher: Neun Stunden Sonnenüberschuss gewannen wir ihr durch die Zeitverschiebung ab.

Kurze Zwischenlandung in Bangor (Maine): verregneter US-Nordosten. Gut, dass wir unseren ursprünglichen Plan, nach New York zu fliegen, um dann die USA auf dem Landweg zu durchqueren, gegen den viel besseren Plan eintauschten, direkt nach Kalifornien und damit direkt zur Sonne zu fliegen! Wegen des Regens sahen wir von den USA eigentlich kaum etwas, nur ein Stückchen Neufundland und Kanada, den Huron-See, einer der großen Seen, und abends die Lichter von Las Vegas und endlich L. A. in Southern California! Endlich im Land der Sonne, Palmen, Weintrauben, Blumen und beaches …!

It never rains in Southern California …

Allerdings zeigte sich auch Kalifornien nicht immer als Sonnenland. Nachdem wir dort schon gut sechs Wochen rumgereist und getrampt waren, begann es so langsam ab Mitte November auch dort, schon mal zu regnen:

»It never rains in Southern California …«

… sangen Tina & ich im Herbst 1978 den Song von Albert Hammond aus den südkalifornischen Lautsprechern gerne mit, weil wir unter der Sonne dachten, das stimmt schon so. Wir hätten uns das Ende der Zeile besser anhören sollen: »It never rains in Southern California, but if, it pause …« heißt nämlich: » … aber wenn, dann pisst es!«

Es regnete dann auch wie aus Eimern, schon zwei Tage lang, stürmte und hagelte es, warf unser Zelt um: Es wurde ungemütlich in Southern California. Deshalb aßen wir in einem nahegelegenen Restaurant. Danach regnete es immer noch so stark, dass wir einfach zwei Fremde fragten, die gerade vor dem Restaurant mit ihrem Auto wegfahren wollten, ob sie uns ein Stück mitnehmen könnten. Sie konnten, wollten uns sogar bis direkt vor unser Zelt bringen. Aber: oh Schreck! Das Zelt war weg! Keine Spur davon, nichts übrig gelassen! Die Ranger hatten es abgebaut, weil sie dachten, wir wären nicht mehr da, und wollten es so vor Diebstahl schützen. Alles sehr merkwürdig, jedenfalls schlug uns Douglas, der Fahrer des Autos, dann vor, einfach das Zelt dort zu lassen, weil wir doch nur pitschnass würden, wenn wir es aufbauten, und stattdessen lieber mit ihm und Carroll nachhause zu kommen. Das taten wir mit Freuden, wurden sogar noch mit Bier und Saft bewirtet, und schlugen dann unser Nachtlager auf einem Fell vor ihrem gemütlichen und brennenden Kamin auf. Das war herrlich weich und trocken, wir schliefen wohl. Trotz des Angebotes von Douglas und Carroll, ruhig noch wegen der Feuchtigkeit draußen die nächste Nacht auch bei ihnen zu verbringen, lehnten wir dankend ab: Das Zelt musste ja versorgt werden.

Das Wetter wurde dann sogar in Kalifornien so ungemütlich, dass wir weiter nach Mexiko zogen, wo wir zwei Monate lang kreuz und quer dieses faszinierende Land durchreisten.

Mexikanisches Chaos

Unsere erste Berührung mit Mexiko war eine indirekte. Während unserer mehrwöchigen Tour mit Achim, Corinna und deren qualmendem und spotzendem Oldsmobil durch den Südwesten der USA, also Kalifornien, Nevada, Utah und Arizona, wollten die beiden alleine einen Abstecher nach Mexiko machen. Aber diese Absicht wurde bereits jäh an der Grenze gestoppt. Entweder lag es an ihrem alten Auto mit kalifornischem Nummernschild oder an ihrem Hippie-Aussehen: Jedenfalls durften sie nicht rein! Sauer auf ganz Mexiko kamen sie zurück.

Nach ihrem Rückflug nach Europa versuchten Tina und ich es selbst, dann mit etwas mulmigem Gefühl im Bauch, nach Mexiko einzureisen, allerdings mit einem Greyhound-Bus. Der mexikanische Zöllner zwischen San Diego (USA) und Tijuana (Mexiko) schaute nur einmal kurz und faul in den Bus, winkte diesen weiter, und wir waren in Mexiko: schneller als erwartet.

Dort fuhren wir dann gleich weiter in die nächste Stadt Mexicali, wo uns das große Erwachen traf: Wir waren nämlich illegal nach Mexiko eingewandert, da ohne gültigen Einreisestempel.

Da man ja bei exotischen Bürokraten sowieso nie so recht weiß, wie man an ihnen dran ist, wollten wir's auf keinen Fall riskieren, einige Monate illegal eingewandert durch Mexiko zu reisen. Also der Stempel musste her: Nach einigem Fragen und Hin & Her und Anstellen und Drängeln und Rempeln hatten wir dann endlich den begehrten Stempel der Legalität: Es konnte losgehen.

Eine weitere wichtige topografische Landmarke überquerten wir kurz vor Mazatlan, als wir erstmalig tropischen Boden betraten. Denn dort geht der »Tropic of Cancer« her, der Wendekreis des Krebses, oder auch als nördlicher Wendekreis bekannt.

Je weiter wir in den Süden von Mexiko kamen, und damit je weiter wir uns vom verderblichen Einfluss der Gringo-Grenze entfernten, desto liebenswürdiger wurde die Mentalität der mexikanischen Eingeborenen. Besonders bemerkbar machte sich dieser freundlich und friedliche Zug in Oaxaca, der Hauptstadt des gleichnamigen Staates, überwiegend von Indios bewohnt, hier derer vom Stamme der Zatopeken und Mixteken.

Aber trotz der erwärmenden Liebenswürdigkeit der mexikanischen Indios kam immer wieder quasi als Kontrast das arrogante und großkotzige Benehmen der mexikanischen Beamten zum Vorschein, die meist übrigens spanischer Herkunft waren.

Schon der nette runde Maler in Mazatlan erklärte uns in Spanisch, dass in Mexiko zwar offiziell eine Demokratie herrscht, in Wirklichkeit aber Anarchie in den öffentlichen Ämtern dominiert, und zwar eine Anarchie des Chaos und der Korruption.

Bereits in der Hauptstadt Mexiko City traf uns der Schlag in der Hauptpost, wo wir postlagernde Briefe oder Päckchen erwarteten: Dort trafen wir an dem entsprechenden Schalter für »poste restante« eine kurzsichtige alte Oma vor, die kaum einen Brief zum richtigen Packen legte. Dabei sollten sie eigentlich nach Buchstaben geordnet sein. Bei jedem Packen fand man Namen mit den Anfangsbuchstaben quer durchs Alphabet. So wunderte es auch nicht, dass Tina durch Zufall noch zwei Briefe mehr bekam, weil ein anderer Briefe suchender Deutscher zufällig zwei von Tinas Briefen in seinem Stapel gesehen hatte. Leider hat sie deshalb allerdings auch nicht ihr Päckchen mit den beiden Taschenbüchern bekommen, obwohl es vielleicht dort irgendwo in irgendeinem falschen Stapel rumlag. Wie schade, so gerne hätten wir Thor Heyerdahls »Fatu hiva« gelesen, das uns Tinas Mutter geschickt hatte. Wie so vieles wird wohl auch dieses Päckchen in den Greifern der mexikanischen Post hängen geblieben sein!?!

Das Herbste passierte uns jedoch im Zug von Mexiko City nach Oaxaca, der ca. 15 Stunden durch die Nacht fuhr: Wir hatten uns »nur« ein Erste-Klasse-Ticket kaufen können, weil man uns sagte, im Erste-Klasse-Especial-Wagon mit den fest nummerierten Plätzen wäre nichts mehr frei. Dort hätte man nämlich einen nummerierten festen Sitzplatz bekommen.

Erst warteten wir am falschen Bahnsteigeingang, weil man uns mehrmals immer verschiedene falsche Auskünfte gab. Als wir es dann endlich merkten, war natürlich der einzige (!!) Erste-Klasse-Wagon schon übervoll und füllte sich immer mehr. Sie hatten mindestens dreimal so viele Fahrkarten erster Klasse verkauft, wie Plätze in dem Wagon waren. Es war nichts zu machen: Wir mussten stehen und richteten uns bereits geistig darauf ein, diese Nacht auf der staubigen Gepäckablage oben oder auf dem Boden zwischen zwei Sitzbankrückenlehnen zu verbringen, die allerdings lose und variabel verschiebbar im Wagon herumstanden und -rutschten!

Jedenfalls stand uns die schrecklichste Nacht unseres Lebens bevor! Dabei waren in der Ersten-Klasse-Especial noch nicht einmal die Hälfte der Plätze besetzt. Das machte mich sehr wütend, und wenn ich wütend bin, dann kommt eine reichliche Power aus mir raus: Und wenn ich mich nicht dermaßen in hausfriedensbrecherischer Manier in das privilegierte Abteil mit den leeren Plätzen gedrängt hätte, hätte es düster für uns in dieser Nacht ausgesehen. Schließlich bekamen wir dort noch zwei freie Plätze, brauchtes jeder nur umgerechnet 1,50 DM draufbezahlen und waren gerettet!

In dieser Nacht wurde ich fast zum Mexikaner-Mörder, weil ich von einem unsympathischen kleinen und fiesen Schaffner zweimal geweckt wurde, als ich mich gemütlich vor unseren Sitzen auf unseren Matratzen ausbreitete und dabei meine Beine einen halben Meter in den Gang streckte. Dabei ließ er andere Mexikaner schlafen, die genauso lagen wie ich, diese Sau! Ich hätte ihm so ins feiste Gesicht schlagen können!!

Wenn das der Benito Juarez gewusst hätte …!? Der gute alte Benito, zatopekischer Indianer, geboren in Oaxaca, erster Präsident Mexikos und Befreier von der französischen Herrschaft: Wenn der wüsste, was jetzt aus seiner hart erkämpften Demokratie gemacht wird …!?

Passend zu diesen chaotischen Zuständen in Mexikos Institutionen war unsere Begegnung mit Matthes hier in Oaxaca. Wir hatten uns vor einigen Monaten in Deutschland mit Harry und Matthes verabredet, mit ihnen zusammen das Weihnachtsfest in Mexiko zu feiern: Ort der Verabredung war Veracruz.

Es war gar nicht so einfach für uns, einen Busplatz von Oaxaca nach Veracruz zu bekommen. Denn um Weihnachten oder an anderen Feiertagen sind die Busse immer auf Tage im Voraus von den sehr reisefreudigen Mexikanern ausgebucht. Schließlich bekamen wir doch noch einen Platz für drei Tage später als geplant, aber nur, weil wir zwei von den drei letzten Sitzen hinten direkt über dem Motor nahmen. Und wen trafen wir an jenem Morgen am Busbahnhof von Oaxaca? Natürlich Matthes!

Und welchen Platz hatte Matthes für sich gebucht? Natürlich den dritten neben uns und letzten freien Platz im ganzen Bus!

Er war schon zwei Tage in Oaxaca, ohne dass wir ihn getroffen hatten, weil er sich nämlich fiebernd, kotzend und »durchfallend« in seinem Zelt rumwälzte: allein! Sein Reise-Compadre Harry war schon ein paar Wochen eher schwer erkrankt von Mexiko heimwärts geflogen.

So fuhren wir also zusammen mit Matthes nach Veracruz, dem Orte unseres verabredeten Treffpunktes. Schön, wieder mal mit einem deutschen Compadre zu reisen. Als Reiseproviant hatten wir gerne eine Avocado dabei, die wir mit dem Taschenmesser auf die mitgebrachten Tortillas schnitten, etwas Salz dazu: perfekt!

»Mann, ist das ne Hitze hier in Mexiko«, stöhnte Tina unterwegs im Bus,

Richtung Golf von Mexiko, »ich könnte glatt mal als Abkühlung ne kalte Dusche gebrauchen!« »Da fällt mir ne Story ein, die ich mal vor einigen Jahren beim Trampen erlebt habe. Da hat aber die Regendusche eher zur Erhitzung der Gemüter geführt …!« »Wie geht das denn, lieber Danny? Erzähl schon!«

»Nicht die Olympischen Sommerspiele zogen mich 1972 nach München, sondern die romantischen Fäden einer Sommerliebe.

Zwar interessierte ich mich schon immer sehr für Sport, aber es gab da so eine Phase des gesellschaftspolitisch begründeten Konsumverzichts, der sich bei mir nicht nur auf Materielles wie z. B. neue Kleidung etc. bezog, sondern auch die Ursache dafür war, dass ich eine Reihe von normalen Handlungen als bürgerlich verachtete: Fotos machen, TV gucken, damit natürlich auch keinen Fußball im TV sehen. So ist auch damals die angeblich beste deutsche Fußballnationalmannschaft als Europameisterschaftsgewinner 1972 spurlos an mir vorbeigerauscht, weil ich einfach kein TV schaute …!

1972 war mein Zivildienstjahr als Hausmeistergehilfe in einem Altenwohnheim, wo ich aber eigentlich meistens in der Großküche im Akkord spülte.

Mit Paula trampte ich mit Zelt und Schlafsäcken bewaffnet gen Süden: Wir wollten eigentlich nur im Raume Rheinland-Pfalz oder Baden-Württemberg ankommen und ein romantisches Zeltwochenende erleben, aber das Glück beim Trampen war uns über hold und wir wurden von einem Autofahrer mit schnellem Jaguar oder Porsche überraschend schnell nach München mitgenommen, sodass wir kurz vor München improvisieren mussten: Wir konnten ja schlecht mitten in München unser Zelt aufschlagen!

Also stiegen wir an der letzten Autobahnabfahrt vor München aus, die Garching hieß und noch ziemlich ländlich aussah. Dort wanderten wir rechts ins Grüne, wo wir dann unser Zelt bei hereinbrechender Dunkelheit gerade noch so auf einem Wiesenweg neben einer eingezäunten Wiese aufbauen konnten, bevor der große Regen kam, der Spielverderber für Tramper und Zeltler …

Wir hätten es uns ja in unseren Schlafsäcken gemütlich und romantisch machen können, wenn wir nicht plötzlich entdeckt hätten, dass es von unten heftig piekste: Längs unter dem Zeltboden lag Stacheldraht …! Wir hatten beim Zeltaufbau in der Dämmerung übersehen, dass auf dem Wiesenweg ein umgekippter Stacheldrahtzaun lag, auf dem wir unglücklicherweise unser Zelt aufgebaut hatten! Was tun? So konnte es nicht bleiben! Also zogen wir uns nackig aus, weil es ja total plästerte und wir natürlich keine Kleidung zum Wechseln dabeihatten, bauten das Zelt wieder ab und an einer anderen Stelle ohne stacheldrahtbewährter Fakirunterlage wieder auf …!

Jetzt mussten wir uns trocken rubbeln und wenn ein nackter Mann und eine nackte Frau, die sich auch noch mögen, sich aneinander rubbeln, dann kommt da natürlich raus, dass sie sich zum ersten Male liebten … und liebten …: Es war eine kurze und feuchte Nacht; und so wurde Paula zu meiner Geliebten für einen Sommer …!

Aber am nächsten Morgen schien die Sonne über die Garchinger Wiesen und uns zwei frisch Verliebten zog es in die nahe Großstadt München. In Garching gab's einen Bahnhof: S-Bahn, U-Bahn oder Regionalbahn? Ich weiß nicht mehr! Dort fanden wir nicht nur den Zug nach München, sondern trafen noch einen netten jungen Garchinger Typen, der uns zu einer mit ihm befreundeten WG in München mitnahm, wo wir sogar für eine Nacht unterschlüpfen konnten!: Das war supernett! Und so erlebten wir auch noch was von München in der sommerlich ausgelassenen Zeit der Post-Hippie-Ära der frühen 70er-Jahre: das WG-Leben von jungen Münchnern.

Wir besuchten dann alle zusammen den Englischen Garten und lungerten auf der sonnenbeschienenen Wiese herum, das Treiben der Bevölkerung zu beobachten und lustige Kommentare dazu abzugeben. Dabei kamen wir uns fast ein bisschen vor wie in dem von May Spils gedrehten Münchener Szene-Film »Zur Sache, Schätzchen« mit Uschi Glas und dem Schauspieler Werner Enke: »Alles total abgeschlafft und ausgebufft hier …!«

Zurück in der WG brachte einer der zahlreichen dort wohnenden oder zumindest ein- und ausgehenden jungen Typen für alle ein Eis mit. Normalerweise mag ich ja gar kein Eis, aber dieses dort schmeckte besonders gut. Darauf angesprochen meinte er, das schmeckt deshalb so gut, weil es in einer speziellen Eisdiele mit Sahne statt – wie sonst üblich – mit Milch hergestellt wurde.

Wir durften die Nacht über bei den netten WG-lern bleiben, zumal wir unsere total nasse Zeltausrüstung in einem Schließfach im Münchner Hauptbahnhof deponiert hatten. Wir bekamen eine Couch für die Nacht zugeteilt, wo es sehr eng war, uns aber deswegen sehr gelegen kam, konnten wir doch frisch verliebt eh nicht voneinander lassen; und wieder war's eine kurze, da liebesdurchflutete Nacht …!

Durch Paula erfuhr ich von dem Phänomen der »Amotromiripila«, was eine

Abkürzung für die »allmorgendliche trotz mit Riesen-Piss-Latte« ist: Diese führte sie sich dann auch sehr interessiert am Morgen auf der WG-Couch in sich ein. Die kamasutraerfahrene Paula hatte mich nicht nur in die verschiedensten sexuellen Stellungen eingeweiht, sondern brachte mir auch als erste Frau die Merkwürdigkeiten des Oral-Sex nahe, den so genannten 69er oder auch »Französisch« genannt ...«

Ich merkte, wie Tina unruhig auf ihrem Bus-Sitz hin- und herrutschte, wusste ich doch von ihr, dass Schwanzlutschen nicht unbedingt zu ihren Hobbys gehörte und ich sie deshalb mit meinen saftigen Beschreibungen etwas necken wollte. »Jetzt könnte mir der Bubi aus der Münchner WG auch mal grad ein Eis reichen«, meinte Tina als passenden Kommentar, weil sie dann doch lieber ein leckeres Eis lutschen wollte. Sie war ja damals mit 20 Jahren auch noch sehr jung, sodass sie z. B. in Kalifornien mit den dortigen strengen Gesetzen noch nicht einmal ein Bier in einer Kneipe bekommen hatte.

Kichernd beendete ich meine München-Story:

»Am nächsten Tag ging's heim, zurück ins Ruhrgebiet trampen: Ich erinnere mich noch an eine Nacht im Zelt neben der Autobahn-Raststätte Pforzheim, wobei das Zelt endlich über Nacht auch trocknete ...

Das war die Geschichte, wie ich mal unverhofft beim Trampen nach München kam! Und du, liebe Tina, solltest dir das nächste Eis besser für den nächsten Sommer in Deutschland aufheben.«

Denn Eis essen ließen wir in Mexiko wegen der befürchteten Magen- und Darmprobleme besser bleiben. Dafür ließen wir uns gerne die köstlichen frisch gepressten Fruchtsäfte schmecken, die es an jeder Ecke Mexikos in den so genannten »Saftläden« gab: fantastische Milchmixgetränke aus Papaya, Mango, Mamey oder Guayaba = Passionsfrucht, hmmm, lecker ...!

Am Golf von Mexiko in Veracruz angekommen konnten wir am nächsten Morgen auf der Plaza de Constitution, wenn auch mit leichter Erschütterung, eine christlich »gute Tat« tun:

Im weihnachtlich (24.12.78) »wilden Westen« wurde ein Kanadier mit Frau und zweijährigem Kind von Mexikanern nachts mit Pistolen ausgeraubt und sie hatten nichts mehr, als was sie am Körper hatten! Die Polizei tat natürlich auch nichts. Die drei konnten froh sein, dass sie ihr Leben bzw. körperliche Gesundheit behielten und nur ihr materielles Gut verloren hatten ...

So gaben wir ihnen so viel Geld, damit sie wenigstens nach Mexiko City kommen konnten, um dort eine nicht-geschlossene Botschaft oder eine American-Express-Bank aufzutun, denn Weihnachten war hier in Veracruz der »Arsch ab« mit öffentlicher Hilfe!

Weil das Gespensterhaus, unser Hotel, in dem wir wohnten, mit baufälligen Geländern, fünf Zentimeter großen Kakerlaken, verstopftem Klo, unheimlich hohen Zimmern, reichlich dreckig und wegen defekter Elektro-Anlagen uns nicht gerade zum behaglichen Wohnen einlud, verbrachten wir viel Zeit damit, in einem Straßencafé à la Paris am Zocallo bei tropischer Hitze im Schatten zu sitzen, zu lesen, zu schreiben, Spanisch zu lernen, Marimba-Musik zu lauschen, das Treiben der exotischen Menschen zu beobachten oder einfach zu relaxen! Das hatte ich gerade besonders nötig, da ich mir als weihnachtliche Bescherung eine goldene Kotz- und Durchfallserie gefangen hatte, wobei ich froh war, dass wir bei dieser enormen Nachfrage nach Unterkünften wegen der mexikanischen Feiertage überhaupt ein Zimmer in Veracruz bekommen hatten, um meinen von einer Darminfektion ausgelaugten laschen Körper ein bisschen ausstrecken zu können!

Sonst gab's hier eigentlich nicht viel zu machen, als ein bisschen am Hafen rumzugehen, der für den größten Hafen Mexikos recht mickrig aussah! Hier an der Golfküste wie auch an den Küstenstreifen um die anderen Ölhäfen wie Coatzacoalcos (»Kotz-KOTZ!«) oder bei Villahermosa und überhaupt am gesamten Golf von Mexiko war das Meereswasser schon reichlichst verschmutzt, obwohl sich das Unglück mit dem aufgebrochenen Bohrloch inmitten des Golfes erst ein halbes Jahr später ereignete. Überall buntschillernde Ölflächen auf dem Wasser! Und die mexikanischen Auto-, LKW- und Busfahrer taten ihr Übriges dazu, wenn sie mit ihren Fahrzeugen am Strand entlangfuhren.

Tja, überhaupt schien der Reichtum aus den »goldenen« Ölfunden Mexikos leider nicht das gemeine mexikanische Volk zu erreichen, sondern blieb an einigen wenigen Auserwählten hängen! Die allübliche Korruption tat das eine dazu, und im Übrigen hatte die Finanzoberschicht Mexikos ihre Lektion vom reichen, wenn auch verhasstem, kapitalistischen Gringo-Nachbarn USA gut gelernt!

Uns persönlich machte hier mehr die Hitze zu schaffen und uns ziemlich träge. Das muss man sich mal vorstellen: In einem der härtesten Winter überhaupt

1978/79 fror man sich zuhause in Deutschland den Arsch ab, während wir in Mexiko vor der Sonne in den Schatten flüchteten! Obwohl eigentlich Mexiko auch noch zur Nordhalbkugel gehört, liegt es halt zwischen den tropischen Wendekreisen.

Dann haben wir schließlich am 1. Weihnachtstag doch noch richtig einen draufgemacht: Kaum war ich genesen, wurden wir von Willi, dem Seemann aus Mülheim/Ruhr, der schon seit 22 Jahren nicht mehr in Deutschland lebte und mittlerweile seine Residenz in Costa Rica hatte, zum Saufen eingeladen: Bacardi-Rum und Fassbier, solange wie wir wollten …

Von da an ging es auch mit mir wieder bergauf!

Wir verlebten dann noch am Ende der Mexiko-Reise die schönste Zeit dort überhaupt: bei den Mayas auf der Halbinsel Yucatan. Dort speziell gefiel es uns besonders gut auf der mexikanischen Karibikinsel Isla Mujeres, wo wir zwei schöne relaxte Wochen verbrachten, die allerdings mit einer Salmonellen-vergiftung von Matthes und mir endeten, weshalb wir sogar im Militärkrankenhaus behandelt werden mussten. Darum fiel es uns auch umso leichter, Mexiko zu verlassen, um danach die karibischen Inseln zu erforschen, wo wir eh gerne bis zum deutschen Frühling überwintern wollten …

Es wurde Zeit für uns, weiter zu reisen: Die Inselwelt der Karibik lockte.

Überwintern in der Karibik

Von den 13 angesteuerten Karibikinseln gefielen Tina und mir am besten die beiden unbekannten St. Kitts und Nevis: Auf Letzterer haben wir auch nach viermonatigen Reisen endlich den Traum vom »Überwintern in der Karibik« wahrgemacht. Nach solch einer langen Reise erfährt man eine gewisse Reise-müdigkeit und nimmt nicht mehr alle tollen Eindrücke mit der gebührenden Würdigung wahr. So kam es uns sehr gelegen, als wir inmitten der Insel Nevis, im Dorf Fig Tree Village, ein Haus mit Garten fanden, dort ankamen und für fünf Wochen »überwinterten«.

Lange vor unserer Amerika-Reise hatte mich Tina immer auf die einsame karibische Insel vertröstet, wenn ich bei ihr nach interessanten neuen Sex-Stellungen anfragte. Als es dann mit der Karibikinsel so weit war, nämlich hier auf Nevis, kam es dann höchstens Mal zum Bumsen auf nem Stuhl …!

Es war fast wie im Paradies: exotische Früchte im Garten, Palmen an türkisblauen Karibikstränden, fröhliche und lebensfrohe Schwarze, einfaches zeitloses Leben und tropische Drinks zum Sonnenuntergang waren unsere Gewohnheit geworden, sodass wir uns – es war Februar und wieder mal affenheiß – auch über den europäischen Winter Gedanken machten. »Stell dir vor, Tina, wir flüchten hier vor der Hitze in den Schatten von Kokospalmen, und zuhause frieren se sich gerade den Arsch ab! Dabei fällt mir die Story ein, wo wir mitten im Winter im Schnee gezeltet haben … Kennst du die Geschichte von der kosmischen Walze eigentlich?« Tina in ihrem knappen blau geblümten Bikini rekelte sich in eine gemütliche Idealstellung in ihrer Hängematte, aufgespannt zwischen Mango- und Affenbrotbaum, schlürfte an ihrem Rum-Kokos-Drink und ermunterte mich: »Na los, Danny Kowalski, spuck sie schon aus, deine Schneestory. Vielleicht wird mir dadurch etwas kühler?«

»Na gut, also Zelten im Schnee: Dafür bekam ich 1965 noch den Schneestern. Aber damals wurde mir eine Strohunterlage gestiftet, sodass ich daran eher kuschelige Erinnerungen habe.

Dagegen ging es zehn Winter später ganz schön hart zur Sache. Mit meinen beiden Holy-Flip-Compadres Harry und Carlos fuhren wir zusammen mit meinem blauen VW-Käfer ins nahegelegene Sauerland. Dort stochten wir in der Landschaft herum, wo der Schnee noch frisch und unverbraucht erschien: Runter von der Sauerland-Linie an der Abfahrt Lüdenscheid-Nord, dann Richtung Altena den Berg hoch, landeten wir schließlich in einem Wald, wo kein anderer Mensch mehr längs kam …

Zuerst wollten wir in unserem jugendlichen Wahnwitz einen Iglu bauen, um in solch einer wärmeisolierten Halbkugel aus Schneeblöcken zu nächtigen. Glücklicherweise gaben wir dieses Vorhaben auf, nachdem wir ein kleines Iglu-Modell gebaut hatten, und merkten, dass dafür unsere Zeit noch nicht reif genug war. Später erfuhr ich dann durch meine Sister Bär-Bel, Völkerkundlerin und durch ein Jahr Forschungstätigkeit bei den kanadischen Inuit ausgewiesene Eskimo-Expertin, dass man Iglus auch nur aus altem festen Schnee bauen kann, nicht aber aus dem Neuschnee, den wir in den Wäldern des Sauerlands vorfanden.«

»Schlürf, hmm, das kühlt gut«, schwärmte Tina.

»Also weiter im Text. Statt des Iglus bauten wir zwei Zelte auf:

mein Tramper-Minizelt für unsere mitgebrachten Musikinstrumente;

und für uns drei ›Schneemenschen‹ in steinzeitlichen Fellen (Harry im Afghanenmantel; ich im Fohlenmantel aus Amsterdam, den ich fünf Jahre vorher beim Pokern von einem damaligen Mitschüler gewann; und Carlos in seinem Afghanen, den er sich 1974 selbst aus Afghanistan mitgebracht hat) gewärmt und gekleidet: die ›kosmische Walze‹, ein Zelt mit Glasfiberstangen und in der Form eines Halbzylinders! Die Liegeordnung im Zelt ergab sich folgendermaßen: Alle drei lagen wir mit den Köpfen zum geöffneten Zelteingang, also die schneebedeckten Baumzweige und den Sternenhimmel über uns. Harry lag in der Mitte, gewärmt rechts und links von Carlos und mir, da wir beide wiederum unsere Horizonte durch den mexikanischen Zauberpilz Teonanacatl (Psilocybin-Pilze) kosmisch erweitert und erwärmt hatten …

Denn dieses alte traditionelle Naturmittel wird von den mexikanischen Indianern aus spirituellen Gründen genommen, um zum besseren Einklang mit der Natur zu kommen: Und näher an und mit der Natur als wir drei war wohl in dieser Nacht kaum jemand in ganz Deutschland!

Wir hatten das glasfiberbewährte Schlafzelt auf einer abgerundeten Anhöhe aufgebaut, sodass unsere Körper konkav lagen und wir deshalb mit unseren Köpfen unsere eigenen Fußenden nicht mehr sahen. Denn die Füße lagen durch die konkav abgerundete Schlafunterlage verdeckt im nicht sichtbaren Zeltende. Dort unten am Zeltende lagerte sich mit der Zeit ein regelrechter Sumpf von verschiedenstem Krempel ab, wohin ab & zu mal einer von uns runtertauchen musste, um irgendetwas unserer Sachen dort zu holen. Da dieses alles zu dritt in einem kleinem Tramperzelt geschah, kann man sich das jeweilige Gedränge und erst recht das Durcheinander im Sumpf unserer Fußenden gut vorstellen …!

Anfangs war's auch recht toll und romantisch, philosophierend im Zelt zu liegen, durch ›Psilocybe mexicana‹ und die besondere Situation der weißen Schneelandschaft um uns mit der Natur im Einklang zu stehen. Aber im Laufe der Nacht wurde es leider wärmer: Es begann zu tauen: Aus der Schneelandschaft wurde eine realistische tröpfelnde Nasskälte, weil die Wärmeisolierung des Schnees langsam, aber bestimmt nachließ: Die nasse Kälte kroch ins Zelt …!

Diese Nacht blieb ich ohne Schlaf, nur damit beschäftigt, Harry zu wärmen und mit Carlos zu philosophieren. & siehe da: Am nächsten Morgen war auch das Iglu-Modell getaut! Und wir wären es auch, hätten wir uns am Abend zuvor für die eisige Halbkugel-Herberge entschlossen. Deshalb stand ich früh auf und hatte bei Morgengrauen und wabernden Nebelfetzen ein denkwürdiges Zusammentreffen mit dem Förster: Staatsgewalt trifft Freak! Zwar befanden wir uns in gegenseitiger Skepsis (der Förster als Vertreter von Gesetz & Ordnung trifft in seinem Revier nachts einen zotteligen Freak mit langen Haaren, Bart und Ketten: Das riecht nach Anarchie!), aber immerhin besaßen wir beide die Solidarität des naturverbundenen Morgenfreundes. So wünschten wir uns gegenseitig einen ebensolchen ›Guten …‹ und stapften freundlich gesinnt unserer Pfade.

Danach hatten wir drei es auf einmal recht eilig, packten beide Zelte mitsamt der Schlafsäcke und allem Krempel drinnen nass und knautschig in den Kofferraum des Käfers, und düsten los: Bald erfreuten wir uns an der innerlichen Wärme eines frischen heißen Kaffees. Und dann ab auf die Burg Altena: Ritterkrempel begucken!: mittelalterliches Sperrgut, Schrott, Gerümpel …«

»Schön, schön, Danny«, lächelnd schlürfte Tina an ihrem Kokosdrink. »Lass uns reingehen, gleich kommt wieder der allnachmittägliche tropische Regenguss.« Und tatsächlich: »Platsch, Platter, Platter«, pünktlich um 17.00 Uhr für eine halbe Stunde wurden die himmlischen Schleusen geöffnet: Es schüttete, was das Zeug hält: »cats & dogs, horses & elefants.« Und wusch …, da hörte der tropische Schauer schon wieder auf, und eine halbe Stunde später war wegen der großen Hitze kein Tropfen mehr zu sehen. Aber die tropische Pflanzenvielfalt dankte es: Wohl duftende Blüten wie Hibiskus, Orchideen, Bougainvillea oder exotische Früchte direkt von den Bäumen – wie Mango, Papaya, Kokosnuss und Guaven – waren unsere schmackhaften Wegbegleiter.

Trotz dieser paradiesischen Zustände war uns als entfremdete Abendländer auch mal nach Action.

So erlebten wir noch auf St. Kitts eine Saturday Night …

…. es war ein Tag, an dem wir so richtig einen draufmachen wollten, nachdem wir endlich nach langen Irrungen und Wirrungen über verschiedene Karibikinseln von Mexiko über Florida, Puerto Rico, St. Thomas (gehört zu den US-Jungferninseln, die die USA am 04.08.1916 für 25 Mill. US $ von Dänemark gekauft hatten), St. Marteen (NL) nach St. Kitts (selbstständig, früher

GB) unsere Ruhe in der Frigate-Bay von St. Kitts gefunden hatten: einsam, wild zeltend in einem Berghanggebüsch am Strand, weit außerhalb der Stadt, nur ein kleines Restaurant einen Kilometer von uns entfernt.

Es war abends »live Reggae« angekündigt! In der Hauptstadt Basseterre – mit der Größe eines kleinen englischen Dorfes – sollte in der »Royal Disco« eine Reggae-Band live spielen. Wir stimmten uns auf die Roots des Reggae gut ein, mit einheimischen St. Kitts-Ganja, das schleppten übrigens zwei einheimische Negerjungen in einem großen Sack auf dem Rücken von der unbesiedelten Südspitze St. Kitts am Strand entlang bei uns vorbei, tauschten von sich aus gerne ihr Kraut gegen Matthes' normale Zigaretten.

Dann trampten wir nach Basseterre mit einer älteren Negerin, die in Deutschland geboren wurde, dort die ersten zehn Lebensjahre verbrachte, dann bis zum 21. Lebensjahr in Dänemark lebte und Dänin ist, jetzt aber in St. Kitts verheiratet ist. Was man immer so für Leute in der Welt trifft!?

Aber es stellte sich heraus, dass dort in der »Royal Disco« in dieser Saturday Night überhaupt nichts »live« lief, sondern erst am Sonntagabend.

Na ja, gingen wir halt in die Kneipe »Avondale«, wo immerhin auch Reggae- & Calypso-Schallplatten gespielt wurden. Dort hatten wir einige der interessantesten Begegnungen auf dieser Insel: ein kanadischer Maler, der hier schon vier Monate lebte & malte und seine Gemälde an Touristen verkaufte. Er erzählte uns von dem »heißen« Gefängnis auf St. Kitts, das angeblich das schärfste in der ganzen Karibik sein sollte; über die Unmöglichkeit, hier Arbeit zu finden, was wir schon beim Trampen von einer Zuckerrohrarbeiterin erfahren hatten: Es gibt überhaupt nur ein bis drei Monate im Jahr Arbeit, zur Zuckerrohr-Erntezeit; und dann aber auch nur drei- bis viermal pro Woche mit einem Tagesverdienst von nur ca. 24,– DM, und dass überhaupt 80 % der Bevölkerung arbeitslos seien; und von den angeblich menschengroßen Affen, die in den Bergen hausten und Menschen angreifen sollten. Lustigerweise erzählte uns jeder, der hörte, wir zelten draußen am urwaldigen Berg, dass wir dort auf die Affen aufpassen sollten: die beißen!

Außer Tina hatte bisher noch keiner von uns dreien einen Affen gesehen: die kleinen Dinger, die statt zu beißen lieber rasend schnell flüchteten vor Angst!

Außerdem hatten wir die Gelegenheit, mit einigen Schwarzen zu reden, sofern wir sie mit ihrem karibischen Pigeon-English überhaupt verstanden.

Der schwarze Begleiter des kanadischen Malers war auch sehr interessant: Er wusste über alles in der Karibik Bescheid und vor allen Dingen verstand man auch sein Englisch. Außerdem meinte er auch, Mexiko zu kennen, weil er mal in Tijuana war, der mexikanisch-amerikanischen Grenzstadt. Doch da irrte er sich, denn Tijuana ist mehr von den USA als von Mexiko beeinflusst, obwohl es politisch zu Mexiko gehört. Jedenfalls wurde dieser Schwarze dann vom Wirt persönlich aus der Kneipe rausgeworfen, weil er immer Bier trank, aber nichts bezahlen konnte. Gleiches Schicksal erfuhr einem jungen homosexuellen Schwarzen, der mir die ganze Zeit im rasenden Tempo die Taschen voll laberte, bis ich ihm sagte, dass ich ihn gar nicht verstehe. Worauf er dann mit einem seltsam stockenden abgehackten Englisch antwortete, sodass ich endlich einmal was von dem verstand, was er mir die ganze Zeit schon erklären wollte: nämlich dass er schwul ist, und dass er eigentlich Weiße hasst, aber bei mir es wohl was anderes wäre, weshalb ich auch mit ihm rauskommen sollte, wozu ich aber gar keine Lust hatte, weil wir gerade auf den Geburtstag von Harrys Frau Doro am 28.01.79 in Deutschland anstoßen wollten, natürlich mit zahlreichen Rum-Mix-Getränken! Dann aber wurde dieser Schwarze ebenfalls gegangen bzw. er ging schon freiwillig, bekräftigte mir aber, dass wir beide mit guten Feelings auseinandergingen: »so far, so good.«

Als wir dann zufällig herausfanden, dass in der Nähe von unserem Strand Frigate-Bay (karibische Küste) gegenüber an der anderen Küstenseite im »Royal St. Kitts-Hotel« (Atlantik) eine Combo spielen sollte, machten wir uns zu Fuß auf den Weg. Die vier bis fünf Kilometer trabten wir locker durch die Nacht, die so sternenklar ist, wie man es sonst halt auch nur an freien Meeresküsten erlebt, am Mittelmeer in Südfrankreich, auf Sizilien oder auf Kreta, am mexikanischen Pazifik oder hier an der karibischen Atlantikseite, halt überall, wo die Luft noch einigermaßen sauber ist. Wir konnten viel mehr Sterne als bei uns zuhause in Deutschland sehen und erkannten später den Großen und sogar den Kleinen Wagen ganz glasklar! Weiter durch die karibische Tropennacht: Angekommen im »Royal St. Kitts-Hotel« erlebten wir eine Überraschung dekadentester Weise, die uns nur noch zum Staunen brachte: Auf der Suche nach der Musikband im ersten Stock verliefen wir uns in den weiten und unübersichtlichen Gängen und Treppen des riesigen Hotels und gerieten so zufällig in das Spielkasino: Was für ein Volk da herumlief (!):

schauderhaft, schlimmer als in amerikanischen Spielfilmen: maskenhafte Gesichter, süffisantes Lächeln, emsig damit beschäftigt, beim Roulette-Spielen oder »17 + 4« ihr Geld der Bank wieder zukommen zu lassen, das sie anderen Leuten irgendwie vorher aus der Tasche geschwindelt hatten, also Playboys, Erbschafter, Witwenbeschleicher, Manager und andere Wirtschaftskriminelle tummelten sich dort. Trotzdem: Langsam & unauffällig, aber sicher ist der Gewinn der Bank! Nach diesem Abstecher bei der Dekadenzia-Schickeria schlichen wir weiter durch die weiträumigen Gänge des Hotels, weil wir ja eigentlich nicht hierhin gehörten und jederzeit damit rechnen mussten, ertappt und ins Freie geworfen zu werden.

Dann fanden wir endlich die langersehnte Band »The Ogabaia-Band«, eigentlich ein trauriger Haufen musikalisch entfremdeter Schwarzer, denn sie spielten irgendwelche Touristen-Unterhaltungsstücke à la James Last, sämtlich mit einem Gefühl eines Besenstils. Erst als Tina dann energisch Reggae von der Band verlangte, hatte ich das Gefühl, dass sie diese, doch ihre Musik mit mehr Feeling spielten; vielleicht waren sie auch etwas davon motiviert worden, dass wir zu ihrer Reggae-Musik tanzten, was sonst niemand tat in dieser ach so müden Bar! Und dann folgte noch ein Reggae und noch einer, und wir hatten endlich unsere erste Reggae-live-Band erlebt, wenn auch eine reichlich müde. Matthes meinte, das käme ihm reichlich einstudiert vor, weshalb er sich auch lieber wieder den Rum-Getränken zuwandte.

… schließlich verließen wir diesen traurigen Ort des »Royal-St. Kitts-Hotels« und freuten uns auf unsere einfache und naturverbundene Unterkunft im Gebüsch an der anderen – der karibischen – Küstenseite dieser Insel.

Nachdem Matthes bereits heimgeflogen war, erlebten Tina und ich ja dann einen Monat später auf der nächsten Karibikinsel Nevis mal einen richtigen und grandiosen karibischen Konzertabend live: die zwölfköpfige Calypso-Rock-Formation »Grand Ash II. Express« aus St. Kitts und als Attraktion des Abends Reggae live aus Anguilla: »Bankie Banx!« Wir beide gehörten zu den wenigen Weißen unter hunderten von gut gelaunten und schweißglänzenden Schwarzen: Als rockt der »Papst im Kettenhemd«, so ging da die Post ab …!

Einen ziemlichen »Tanz« führten dann auch die Flughafenzöllner bei unserer Ankunft des Fluges von Barbados nach Luxemburg auf, als Tina und ich nach unserer halbjährigen Amerikatour wieder unsere Füße auf europäischen Boden setzten: Ende März 1979, trotzdem schon braun gebrannt, mit Stempeln aus Mexiko und einigen karibischen Inselstaaten versehen, wurden wir misstrauisch beäugt und aufs Gröbste ging man mit unseren mitgebrachten Souvenirs um: Meine Rhythmusinstrumente Steel-Drums, Rumba-Rasseln und die Bambustrommel wurden unsachgemäß misshandelt; sie pulten in Muscheln und Schneckenhäusern oder rissen selbst gefertigte Lederarbeiten auseinander, obwohl wir uns wohl gehütet hatten, aus solchen Ländern was Verbotenes mitzubringen: Wir waren ja nicht total bescheuert!

Ein Jahr vorher hatte ja am 01. Februar 1978 damals auch für mich der so genannte Ernst des Lebens begonnen, als ich als Leiter des Abenteuerspielplatzes in Meschede meine erste Stelle im Leben antrat. Dort konnte ich allerdings nur für sieben Monate arbeiten, weil sich schon nach sechs Wochen herausstellte, dass ich für diesen Modellversuch, für den es strenge Vergleichskriterien mit anderen ASPs gab, als Sozialwissenschaftler überqualifiziert war: Ich hätte Sozialarbeiter oder -pädagoge sein müssen.

So ergab sich nach dem Ende dieser ersten Berufstätigkeit plötzlich und unfreiwillig für mich die Gelegenheit, zusammen mit Tina unsere eben beschriebene große halbjährige Amerika-Reise 1978/79 zu unternehmen …

Nach dieser langen Reise zogen wir sogar zusammen in eine gemeinsame Wohnung in Dortmund-Dorstfeld, aber das war denn doch wohl zu viel Zweisamkeit für uns beide in den damaligen Zeiten von Landkommunen und Wohngemeinschaften. Nach vier Monaten nicht enden wollender Streitigkeiten war der gemeinsame Wohnversuch samt 3 ½-jähriger Beziehung leider beendet …

Aber so isset mal im Leben: »Lebbe geht weiter …!«
Da waren später dann schon eher die Sorgen berechtigt, was aus all den sanften Mayas im mexikanischen Yucatan geworden ist, die wir während unserer großen Amerikareise erleben konnten. Denn 2005 zerstörte der Wirbelsturm »Wilma« die Küstenregionen um Cancun, Cozumel und der Isla Mujeres …

Karte von AMERIKA und der KARIBIK

Der Einarmige und der Taucher

Nach den wilden Spät-Hippie-Zeiten der 70er-Jahre kamen die aufregenden 80er-Jahre: u. a. die Zeit der großen Friedens- und Anti-AKW-Bewegungen. Am 22.10.1983 kamen sogar 1.300.000 Menschen zu einer Großkundgebung der Friedensbewegung in Bonn: und ich in der Demo mittenmang dabei!

Während 1982 die politische Wende in der BRD kam, als nach Helmut »Schnauze« Schmidt der Beginn eines 16-jährigen politischen Absitzens durch Helmut »Birne« Kohl durchgestanden werden musste, trieb ich mich in jenen Zeiten mehr in der Grünen-Bewegung herum.

So führte mich ein neuer Lebensabschnitt ins bunte Jahrzehnt der 80er-Jahre nach Hagen, um dort sieben Jahre lang als Jugendzentrumsleiter auf einmal selber den Mann mit dem Schlüsselbund zu spielen, wenn ich abends durch die drei Stockwerke meines Jugendzentrums Hohenlimburg sauste, um die Freizeitaktivitäten der lokalen griechischen, türkischen und deutschen Jugendgangs einigermaßen friedlich unter einen Hut zu bekommen …

Beruflich habe ich durch meine langjährige Tätigkeit als Jugendarbeiter nicht nur die Regelmäßigkeit eines Arbeitnehmers, sondern dadurch auch viele nette Kollegen und Kolleginnen und Praktikantinnen kennen gelernt, mit denen ich teilweise sogar Reisen und Urlaube verbrachte.

Waren meine wilden 70er-Jahre durch lange Semesterferien geprägt, hatte ich mich in den 80er-Jahren für die nächsten 3 ½ Jahrzehnte an Tarifurlaube zu gewöhnen, also höchstens fünf Wochen am Stück Urlaub; und auf keinen Fall waren mehrmonatige Reisen mehr möglich!

Auch entwickelte sich dieses Jahrzehnt für mich als Beziehungsstabilisator, hatte ich doch mit drei verschiedenen Frauen jeweils Dreijahres-Beziehungen.

Zunächst gab es eine neue Liebe für mich: Lydia, die schwarzhaarige

Schönheit mit dem Temperament einer Zigeunerin, mit der ich gerne Jazz-Rock à la Raul de Souza oder Neil Larsen hörte. Sie war von allen meinen Freundinnen fortan diejenige, die meinem Vater am besten gefiel. Durch die damalige Studentin Lydia war ich auch rasch integriert in die Studentenszene um Lydia, um die kroatische Brünette Jana mit dem kleinen, aber wohl geformten Körper und um den großen tapsigen Zusselkopf Florian mit dem Kopf voller Esprit …

So schnell wir uns sympathisch fanden, so schnell beschlossen wir auch, eine gemeinsame Tour zu den griechischen Dodekanes-Inseln zu unternehmen, wo wir schließlich auch auf Kalymnos, Telentos und Kos fündig wurden.

Wir wählten die »Mörder-Route«: 2 ½ Tage Zugfahrt pro Weg mit dem Hellas-Express Dortmund–Athen, anschließend noch einen Tag Fähre über das ägäische Meer von Piräus nach Kalymnos, das nahe der türkischen Küste liegt.

Deshalb hatten wir auch unterwegs viel Zeit zum Fabulieren; und weil 1980 die Olympischen Sommerspiele in Moskau gerade durch den groß angelegten Olympia-Boykott der westlichen Staaten zum Politikum gemacht wurden und sich deshalb auch kaum ein Bundesdeutscher für dieses sonst so wichtige Sportereignis interessierte, fiel mir dazu nur dummes Zeug ein: »Stellt euch einen leichtathletischen modernen Spießruten-Fünfkampf vor, dessen Hauptrolle, sollte diese parodistische Story jemals verfilmt werden, Woody Allen wie auf die Haut zugeschnitten ist.

Also, der kleine drahtige Marathonläufer mit den zwei schwarzen Querstreifen und der Nr. 117 auf der Brust kam als Erster ins Oval des Leichtathletik-Stadions eingelaufen. Leichtfüßig und kaum ermüdet trabte er siegessicher seine letzte Runde und kam dann ins Ziel gerannt. Aber er hatte noch so viel Schwung, dass er noch weiter rannte. Erst als er im unfreundlichen Rund des Hammerwurf-Netzes eingefangen wurde, konnte er fürs Erste gestoppt werden. Da er aber noch genügend Kräfte zum Widerstand zu haben schien, konnte er nur durch die Armada der sechs Speerwerfer am Eingang des Hammerwurf-Ringes beruhigt werden. Der Stoß des Stabhochspringers mit seinem angespitzten Glasfiberstab durch die Maschen des Hammerwurf-Netzes in seine Seite gab ihm fast den Rest. Als dann schließlich noch der Starter dreimal mit seiner Startpistole auf ihn anlegte, brach er endlich zusammen!«

»Knallharter Stoff, Danny«, kommentierte Florian, wobei er wild mit den Händen gestikulierte und sich die langen Haare und seinen Bart raufte.

» … und die Moral von der Geschicht:

wag dich als einz'ger Marathonläufer ins Stadion nicht!«, entgegnete ich ihm trocken.

Weiter ging's dann durch die Ägäis.

… und da geschah es an jenem Tag im späten August 1980 auf dem griechischen Eiland Telentos, als das Wasser ausging. Was ich sowieso für ein Ding der Unmöglichkeit hielt, dass nämlich tagein, tagaus süßes Trinkwasser aus allen Rohren von Hahn, Dusche & Klo sprudelte, trat plötzlich, aber nicht unerwartet ein: trockene Hähne!

Entweder waren die Quellen versiegt, was nach diesem heißen Sommer kein Wunder wäre, oder die Trinkwasservorräte waren schlicht aufgebraucht?

Zwar brauchten die zwanzig auch über den Winter hier wohnenden Inselbewohner nicht so viel Wasser, aber den Sommer über waren doch wohl immer einige Griechen mehr und auch ein paar anspruchslose ausländische Besucher hier auf dieser kleinen Insel Telentos bei Kalymnos, die sich an dem Trinkwasser zu schaffen machten.

Jedenfalls gingen Jana, Florian, Lydia & ich schwimmen: an den Strand zurück, der für mich der berühmt-berüchtigte Tatort war, zu dem sich mein verletzter Ellenbogen zurück stahl: zwar nicht heimlich, aber maskiert unter der Unkenntlichkeit eines Verbandes.

Was war geschehen?: Derselbe Strand war es auch vor zwei Tagen, der mir eine klaffende Fleischwunde besorgte, als ich noch halb trunken vom morgendlichen Retzina nach einem Mittagsschläfchen in der Sonne aufwachte, direkt ins Meer stürzte, abkühlende Bahnen Kraul- und Rückenschwimmen spurtete, um dann schließlich einen Uferfelsen ansteuerte, worauf ich meinen Pelz trocknen wollte. Doch kaum setzte ich einen Fuß auf diesen Felsen, ließ er mich unhöflich und gar nicht griechisch gastfreundlich auf seinem glitschigen Algengelumpe ausrutschen: Wie von einem gut durchtrainierten Judoka lag ich blitzschnell waagrecht gefällt, aber leider nicht auf einer Matte!

Meine Unterlage war härtestes Vulkangestein: Das Ergebnis: Der rechte Ellenbogen – sowieso schon geflickt und abgenutzt wie eine Hippie-Jeans – platzte auf wie eine überreife Feige. »Oh, ihr leckeren Früchte der südlichen Gefilde, verzeiht mir diesen banalen Vergleich!«

Klaffend sickerte der rote Saft meines Herzens aus jenem Spalt: Dank Lydias, Veras und Meerwassers desinfizierende Hilfen wurde der gröbste Dreck des Algengezumpels aus der Wunde entfernt.

Aber anscheinend hatte sich das Innere meines Ellenbogengewebes schon die eine oder andere Alge quasi als Griechenland-Souvenir gegrapscht: Jedenfalls war der Ellenbogen rot und dick angeschwollen wie eine Pflaume. Der Arm war steif und fühlte sich so schwer angeschlagen an wie frisch gegen Pocken geimpft.

Der gemeinsame Bootstrip am nächsten Tage nach Kalymnos gab mir die Gelegenheit, den dort ortsansässigen Chirurgen in der Klinik aufzusuchen, denn auf Telentos gab es weder Straßen noch elektrisches Licht, geschweige denn einen Arzt!

Der Chirurg von Kalymnos drückte dann kurz entschlossen seinen neugierigen Zeigefinger in meinen kleinen Hautluftballon: Desinfektion, Pflaster, Diagnose und Rezeptausstellung bemühten ihn noch keine Minute; und es war zu unserer allgemeinen Verwunderung sogar gratis!

Bei der Pharmazie gegenüber gab es dann ob des Rezeptes fragende Gesichter: Erst durch telefonische Rückfrage beim Arzt konnte sein Geschreibsel entcodiert werden. Anscheinend gibt es eine internationale und solidarische Vereinbarung über unleserliche Ärzteklauen …?!

Nach dieser Aufklärung klappte es dann mit Pillen, Salbe und nach eigener Nachfrage auch noch nem extra Verband dazu: Der hatte allerdings die Anschmiegsamkeit eines Stachelschweins und erinnerte mich eher an Monier-Eisen, die sonst üblicherweise als Stahlmatten zur besseren Haltbarkeit in Beton mit eingelassen werden.

Mit der Salbe und diesem Streckverband beschäftigte sich meistens Florian, weil ich selbst die Wunde mangels Gelenkigkeit nicht sehen konnte. Nach solch einer Verbandspanzerung war dann meine Rechte erst recht steif und hing nahezu unnütz an meinem Körper herunter.

Zurückgekehrt an den Tatort mit einer weißen quergestreiften Binde – gekleidet wie ein deplatzierter Ordner auf einer Kinderparty – ballerte die Sonnengöttin Lorenzia wie immer unerbittlich ihre heißen ultravioletten Strahlen. Das hält auf die Dauer auch der geduldigste Lazarett-Einarmige nicht aus;

und ich stürzte ins kühlende Meeres-Geplansche: Durch Liften des rechten Armes gelang es mir sogar, in der Rückenlage zu schwimmen. Mit der freien Linken die Balance haltend und wie ein verbundenes U-Boot-Ausguckrohr die steife Rechte in den Himmel streckend, durchpflügte ich die Ägäis ...

So tat das wohl auch ein anderes »U-Boot«, denn plötzlich wie aus dem Nichts knallte ich mit Kopf und Schulter gegen was Festes: Ein Felsen konnte es nicht schon wieder sein, dazu war es wiederum nicht fest genug. Seekühe oder dergleichen sind in diesen Gewässern auch nicht an der Tagesordnung. Schließlich entpuppte es sich als ein menschliches gelb-bebadehostes U-Boot in Form eines Schnorcheltauchers, der mir auf dieser nahezu unbelebten Kreuzung des Meeres in die volle Breitseite rammte. Zwar schwammen wir beide ohne Führerschein und in der Waagrechten, hatten aber ansonsten außer unserer Gattung keine gemeinsamen Interessen: Während er sich Gesicht zuunterst mehr mit der Flora und Fauna des Meeresbodens beschäftigte, hatte ich nur Augen für die Unendlichkeit des Firmaments über mir, wohin auch steif- und starrsinnig meine bezeichnende Rechte deutete.

Dieser an sich folgenlose Zusammenstoß zwischen dem Einarmigen und dem Taucher schreckte mich eigentlich erst dann zu diesen Fantastereien auf, als ich diesen Schnorchelmenschen mit seiner knallig gelben Badehose aus dem Wasser flossen sah: Er war nämlich mit einer geladenen Harpune bewaffnet, die mit ihrem spitzen Dreizack jedem Poseidon zur Ehre gereicht hätte!

Dieses Besteck hätte mir also wirklich nicht recht gut in der Seite oder in einem anderen Hautfetzen gestanden:

Erstens fühlte ich mich schon lädiert genug, und zweitens ging mir langsam der Verband aus.

Als ich dann auch noch miterlebte, wie die mit der Harpune geschossenen Opfer behandelt wurden, war ich doch recht froh, nicht ein solches geworden zu sein: nämlich Tintenfische, auch als Polypen, Oktopus oder Kraken bekannt. Diese glitschigen Vielarmer wurden nämlich eine halbe Stunde pro Stück weich geschlagen: klatsch – gulp, klatsch – gulp ...!

Immer druff mit dem Arm-Gezumpel aufs Gefels, bis des Polypen Leben weich und magenfreundlich geschlagen war: und zwar alles auf jenem Vielzweckfelsen, der mir unlängst erst zum einarmigen Verhängnis wurde!

Diese Vision – erst vom Gelbbehosten harpuniert und dann auch noch auf dem Felsen weich und schmiegsam geschlagen zu werden, bis die rote Suppe nur so spritzt – ließ mich diesen harmlosen Unterwasser-Zusammenstoß mit ganz anderen Augen sehen: noch mal Glück gehabt!

Zur weltlichen Inkarnation desselbigen Glückes: Zurückgekehrt in den Ort Telentos floss auch das Trinkwasser wieder …

Show me the way to the next whisky-bar ...

Meine Freundin Lydia hatte ja ein ganz unverkrampftes offenes Verhältnis zu allem, was mit Sex zu tun hatte. So betrachtete sie zum Beispiel fasziniert die hübschen Damen in ihren Schaufenstern, die im Amsterdamer Rotlicht-Milieu ihre Dienste in aufreizenden Dessous anboten, als wir dort mal zusammen mit Achim und Corinna während eines Holland-Kurzurlaubes durchwanderten. So wunderte es mich auch nicht besonders, als mich Lydia eines Abends damit überraschte, dass sie mir eine komplette Dessous-Garnitur in weißer Spitze und mit allem Drum und Dran vorführte: enger kleiner Tanga-Slip, Strumpf-halter um ihre Wespentaille, Strapse, woran weiße Seidenstrümpfe geklippst waren, und einen delikaten Büstenheber, sodass mich ihre Nippel keck und neugierig aus dieser geilen Kollektion anblinzelten. Diese weiße Garnierung ihrer rassigen Figur harmonierte hervorragend mit Lydias langen schwarzen Haaren. Zwar war ich dadurch aufs Höchste erregt, aber ich muss gestehen, dass ich mit meinem Background des Konsumverzichts aus den 70er-Jahren leider noch gar nicht so viel mit Dessous anfangen konnte. Deshalb warf Lydia damals bei mir ihre »Perlen vor die Sau« ...! Ich pellte sie zwar aus ihrer auf-regenden Verkleidung, nur um sie dann wie gewohnt splitternackt zu lieben. Ich brauchte dann noch zehn Jahre länger und die Schulung der 80er-Jahre mit ihren aufregenden Veränderungen, um ab Beginn der 90er-Jahre genießen zu können, wenn mich dann mal meine spätere Freundin mit solch knappen und durchsichtigen Spitzentextilien verführte ...! Jedenfalls 1981 lockte Lydia und mich Afrika, der Schwarze Kontinent: In Marokko reisten wir nur in öffent-lichen Bussen – zusammen mit der einheimischen Bevölkerung: Immer waren wir die einzigen Europäer zwischen allen möglichen afrikanischen Schattie-rungen: schwarze Berber aus dem Süden, braunhäutige Araber aus den Städ-ten, hellhäutige und manchmal sogar rothaarige Rif-Berber: alte, junge, ewige Gesichter, Frauen mit & ohne Schleier, Männer mit Fezen oder mit Dschelabas (Kapuzenmäntel), Geruch, Gestank, Gepäck, Gefieder, Tabak oder Kif ...

Die Busse waren genauso alt und schlecht wie die Straßen: Für die Straße von Fes in Mittel-Marokko bis Oujda knapp an der algerischen Grenze brauchten wir acht Stunden für nur 265 km: Rütteln, Stöhnen, Hitze, und der Diesel fuhr nur auf drei Pötten: Motorfürze!

Dabei beugte sich der Busfahrer beim Ausspucken (»was der wohl so alles im Munde mit sich rumführte!?«) immer waagrecht aus dem Fenster, was dem Bus jedes Mal durch den nachziehenden Arm eine ruckartige Linksdrehung gab, die er aber – Allah sei Dank! – mit halsbrecherischen Ausweichmanövern wieder auffing.

Während dieser relativ kurzen Strecke von 265 km sahen wir ein Marokko der Gegensätze: morgens in Fes in der fruchtbaren Gebirgslandschaft noch leicht regennass; am Nordost-Stadtrand sah es aus wie nach einem Erdbeben: Auf mehreren hundert Metern waren fast alle Häuser eingefallen bzw. teilweise eingestürzt. Danach verließen wir die fruchtbare Zone und kamen ins trockene Gebiet von Ost-Marokko, wobei wir zweimal sogar Kuh-Kadaver herumliegen sahen!: Die Landschaft war karg und staubig und sehr heiß!

Dabei lag auf den Bergen am Südhorizont noch Schnee, und nur ca. 40 km von Marrakesch hatte es im Mai sogar noch Skisaison!

»Bei den schneebedeckten Bergen da hinten fällt mir eine lustige Geschichte ein, die ich mal vor sechs Jahren in Österreich erlebte, als ich mit Achim oben auf dem Stubaier Gletscher mit Skiern Fangen spielte. Hab ich dir die schon mal erzählt, Lydia?«

»Ne, haste nicht, mit Ski-Geschichten haste mich bisher jedenfalls verschont. Aber bei der flirrenden Hitze hier will ich mal ne Ausnahme machen. Also, lass den Gletscher in die Sahara gleiten, Danny.«

»Tja, wie gesagt: Stubaier Gletscher, Winter 1975, mit 25 Leuten ein Haus gemietet, hauptsächlich um ne Gruppe von Objekt-Designern aus Krefeld, von denen ich ein Jahr vorher einen beim Zigeuner-Festival in St. Marie-de-la-mar kennen gelernt habe.

Herrliches Schnee- und Sonnenwetter; wir waren gut drauf. So beschlossen Achim und ich, am letzten Tag auf Skiern Fangen zu spielen. Gesagt – getan, ab ging die Post, meist in rasender Schussfahrt. Achim war's gerade und jagte mir hinterher. Ich sah ihn schon aus den Augenwinkeln näher kommen und hatte mir deshalb überlegt: Kurz bevor er mich anschlägt, bieg ich rechts von der Piste in den Tiefschnee ab.

Doch das hätte ich besser bleiben lassen! Denn die Folgen waren phänomenal: Zwar fing Achim mich tatsächlich nicht mehr, aber dafür machte ich sofort einen Salto vorwärts. Der Tiefschnee stoppte nämlich abrupt meine Skier, wogegen mein Körper wegen des Trägheitsgesetzes weiter nach vorn katapultiert wurde: das Ergebnis: eine riesige Schneewolke, erschreckte Gesichter, aber glücklicherweise weiter nix passiert! Alle Knochen waren noch dran und heile. Doch als ich dann meine Ski-Ausrüstung wieder zusammensuchte, stellte ich mit großer Überraschung fest, dass beim rechten Ski vorn ca. 30 cm fehlten!: Die steckten noch im Schnee! Mit solch einem abgebrochenen zackeligen Ski erntete man natürlich jede Menge Heiterkeitserfolge …«

»Die hast du dir aber auch ehrlich verdient«, konterte Lydia.

Wir wurden inzwischen weiter vom Bus über die wichtigste Ost-West-Straßenverbindung Nordafrikas gerüttelt, die für unsere Verhältnisse einem schlecht gepflegten schlaglochübersäten Feldweg glich. Dann bogen wir kurz vor Oujda Richtung Norden ab, nach Saidia am Mittelmeer, nahe der algerischen Grenze, wo es sofort wieder sehr fruchtbar war: viel Grün, Palmen, Flüsse, Frösche, Wolken, Wind & Meer …

… es war an jenem Tag, als wir umsonst um 5.00 Uhr morgens aufgestanden waren, weil wir auf eine Fehlinformation eines Marokkaners reinfielen! Der freundliche junge Maroc hatte sich durch Dauerkiffen das halbe Hirn weggeraucht, sodass seine Informationen vom Vorabend schlicht und einfach aus seiner blühenden Fantasie entstanden waren, nicht jedoch mit der Wirklichkeit eines Busfahrplanes übereinstimmten!

Eigentlich freuten wir uns darauf, im Bus von Nador nach Al Hoceima den verlorenen Schlaf ein wenig dösend nachzuholen, aber es sollte anders kommen!

Nach einigem Hin & Her und Umplanen kamen wir dann doch noch recht früh in Nador an, mussten aber leider feststellen, dass der Morgenbus nach Al Hoceima schon weg war und der nächste erst abends losfuhr.

Also nutzten wir den Tag in Nador damit, einen kleinen Ausflug in die nahe gelegene spanische Enklave Melilla zu unternehmen. Allerdings bedeutete dieses, über die Grenze hin und zurück mit viel Passformalitäten, hauptsächlich viel Aktion um eigentlich gar nichts, wie sich in »Spanien« dann & dort herausstellte …!

Als wir dann am Spätnachmittag zu unserer Bus-Station in Nador zurückkamen, saß da so ein besoffener Typ auf der Wartebank und hielt uns so davon ab, uns neben ihn zu setzen. Es sah nämlich so aus, als würde er jeden Moment hintenüberkippen. Nach einiger Zeit schaute ich wegen unserem dort deponierten Gepäck noch mal in die Station; und wirklich: Mittlerweile war er hintenübergekippt und lag auf der Bank. Das war übrigens das einzige Mal in ganz Marokko, dass wir einen Betrunkenen sahen. In dieser Hinsicht halten sich die Kerle ziemlich an den Koran, zumal sie sich ja ersatzweise mit massenweise Kif über Mohammeds Alkoholverbot hinwegtrösten.
　　Dann kam endlich der Bus. Wir setzten uns auf unsere angegebenen nummerierten Sitze, die zwei von einer Dreierbank innehatten, und freuten uns auf die Weiterreise.
　　Und dann setzte sich ausgerechnet dieser besoffene Typ auf den dritten leeren Sitz neben mich. Von da an war natürlich nicht mehr an den leisesten Schlummer zu denken, dermaßen beschäftigte der uns. Erst einmal sorgte er in den verbliebenen restlichen Minuten vor der Abfahrt noch mal für reichlich Turbulenzen im Bus. Mir gab er eine noch völlig volle Flasche Whisky billigster und übelster Sorte zur Aufbewahrung, Marke Double-V. Den hatte er sich wahrscheinlich bei einem Tagesausflug in der internationalen Freihandelszone von Mellila samt seines beträchtlichen Vollrausches erstanden!
　　Wo sollte das noch hinführen? Andere schickte er mit Geld los, ihm noch Zigaretten für die Fahrt zu besorgen, und er selbst wankte noch mal los, um sich mit einer Wasserflasche und einem großen Glas (!) für unterwegs einzudecken. Deponierte alles samt seiner zerschlissenen Lederjacke und wankte noch mal los. Da wünschte ich ihm, er möge doch vielleicht den Bus verpassen: Ich schämte mich selbst meines egoistischen Wunsches, aber das noch Kommende schien mein schon angeknackstes Nervenkostüm bei Weitem zu übersteigen …!

Aber er schaffte es natürlich noch locker bis zur Abfahrt des Busses, wieder an Bord zu sein, und hatte inzwischen das große Glas gegen ein etwas kleineres handlicheres umgetauscht. Begleitet von undeutlichem arabischen Gebrabbel in meine Richtung machte er sich auch gleich rührig ans Werk: Hing seine Jacke vor sich auf, deponierte das Glas dort in eine Jackentasche, füllte einen kräftigen Schluck Whisky ab und mischte seinen Drink randvoll, aber gekonnt mit seiner 1 ½ Literflasche Wasser, sodass ich schon fürchtete, von der wild schwingenden Flasche gleich beim ersten Male durchnässt zu werden.

Und schlürf: Wer hätte das gedacht!?: Mit einem kurzen, aber gezielten Schluck verschwand der Glasinhalt in dem Manne! Das schien er wirklich nicht zum ersten Male gemacht zu haben!?! Rasch wiederholte er diesen Vorgang, alles unter mächtigem Schwanken des Autobusses – und verschwendete anfangs nur hier & da einige Tropfen.

Das nächste gut gemischte Glas bot er erst mir an, aber ich hasse Whisky aller Art! Wenn er doch wenigstens eine andere Schnapssorte geführt hätte! Dann bot er es Lydia an, aber wir lehnten beide dankend ab.

Der Marokkaner kam mittlerweile mächtig in Schwung. Zwischendurch steckte er sich immer wieder eine Zigarette an, deren herbe Dämpfe er uns natürlich reichlichst zukommen ließ. Nun beplemperte er sich schon ziemlich bei der Mischung seiner Hart-Drinks, schloss auch die Flasche schon gar nicht mehr, die er überschwappend zwischen sich und mir abstellte. Da ich keine Lust hatte, von seinem Whisky vollgesaut zu werden, weil ich nämlich allein schon den Geruch von Whisky abstoßend finde, nahm ich ihm kurzerhand die Flasche weg, schraubte sie zu und legte sie auf die Gepäckablage.

Dabei bemerkte ich gar nicht, dass der Bus angehalten hatte: von einer Polizeistreife gestoppt. Die sahen natürlich sofort die Flasche in meiner Hand und fragten, wem die gehöre. Mit einem kommentarlosen Blick auf den besoffenen Marokkaner neben mir nahmen sie die Bottle mit.

Der Marokkaner stürzte dann natürlich sofort laut schreiend und gestikulierend hinterher. Dass der Typ Schwierigkeiten mit der Polizei bekommen sollte, hatte ich eigentlich auch wieder nicht gewollt, obwohl ich schon meinte, dass er wohl genug getrunken hätte.

Lydia mit ihrer sozialen Ader meinte zwar, dass er bestimmt irgendeinen Grund hatte, sich zu besaufen. Derer Gründe an sozialen Missständen gab es in Marokko ja zuhauf! Auch ihr Einwand, dass wir seinen persönlichen Hintergrund gar nicht checken könnten – Arbeitslosigkeit? Obdachlos? Oder weiß der Geier? –, konnte mich nicht davon abbringen, dass mich dieser Typ eindeutig und reichlichst genervt hatte.

… nach langem Hin & Her bekam er jedenfalls seine Flasche zurück; und weiter ging die Fahrt. Vom überraschend guten Ausgang dieses Zwischenspiels mit den Zollpolizisten motiviert heizte er sich jetzt natürlich erst recht fröhlich & beschwingt & wild um sich spritzend & spotzend mit seinem Fusel ein!

Auch die peinlich berührten, ihn belächelnden oder gar beschimpfenden anderen marokkanischen Fahrgäste konnten ihn nicht davon abhalten, fröhlich – wenn auch immer unsicherer – weiterzuzechen. Da der Bus sich inzwischen rauf ins Rif-Gebirge schaukelte und serpentinte, behielt ich den Marokkaner bei seinen Aktionen immer scharf im Blick, weil er irgendwann bestimmt mit der Göbelei anfangen würde. Ich hätte ihn dann nämlich zum gegebenen Moment mit einem gezielten Schultercheck in den Mittelgang des Busses kotzen lassen.

Aber so weit kam es nicht mehr: Das Ganze war doch wohl alles zu viel für ihn, und er entschlief auf sanften Whiskywolken. Nachdem er vergeblich sein müdes & abgefülltes Haupt auf meine rechte Schulter zu betten sich bemühte, pendelte er schließlich schwerelos mit seinem Kopf im Rhythmus des schaukelnden Busses: mal nach vorne pendelnd, wobei er seine vollgesiffte Lederjacke samt eines noch vollen Glases Whisky, sein Hartgeld und seine Zigaretten zu Boden riss, mal fast waagrecht über den Mittelgang hängend, wobei er appetitlich seinen eigenen Nasenschnodder runterschluckte.

Der Busschaffner nahm ihm jetzt kurzerhand die Flasche ab und verschenkte sie großzügig an einen anderen Fahrgast, bediente sich selbst aus der Wasserflasche, richtete den Typen etwas in die Vertikale und sammelte im Groben dessen Habseligkeiten auf, um sie ihm in den Schoß zu legen.

Der war sichtlich erfreut über die erhaltene Hilfe, zündete sich noch mal eine letzte Zigarette an und schlief darüber auch schnell wieder ein, wobei er sich rasch noch ein Brandzeichen in seine Jacke glühte. Als er dann noch mal alles zu Boden gleiten ließ, hatten einige mitleidige Mitreisende ein Einsehen und nahmen ihn mit in den hinteren Busteil in ihre Obhut.

Dort tobte er noch ein Weilchen rum, schien sich dann aber zu beruhigen, bis er wohl seine sich nahende Heimat witterte und laut gestikulierend durch den Bus geisterte. Die ihn Betreuenden fingen ihn dann wieder ein und trugen ihn schließlich beim nächsten Dorf behutsam aus dem Bus.

Plötzlich jedoch schien er sich der noch nicht ganz geleerten Flasche Whisky zu erinnern, und man hörte ein wildes lautes Schreien und Gezeter draußen vor dem Bus.

Und siehe da: Das uns so vertraute Gesicht tauchte vorne im Buseingang wieder auf, gerade als der Bus anfuhr. Das schien den marokkanischen Typen aber überhaupt nicht sonderlich zu stören, und er schleifte noch einige Meter an der Bustür hängend hinterher, bis man ihn wohl endgültig abgeschüttelt hatte: Der arme Kerl, ob er wohl noch den Weg bis zur nächsten Whisky-Bar geschafft hatte …?

Wir fanden schließlich in Al Hoceima am Mittelmeer einen Ort in Marokko, wo wir uns dann doch noch für 2 ½ Wochen urlaubsmäßig erholen konnten. Dort hatten wir auch gute und interessante Kontakte zu Einheimischen, sodass wir sowohl zu einem Abend bei einer arabischen Familie zuhause eingeladen wurden als auch ein gemeinsames Picknick mit einem Berber-Bruderpaar erlebten. Der eine von beiden hatte ein Restaurant, wo wir im Mai 1981 auch vom Tod Bob Marleys erfuhren, den wir am 13.06.1980 noch live in Dortmund bewundern konnten.

Das neue Jahrzehnt stand aber auch musikalisch unter anderen Vorzeichen als die vorherigen: Aus England kam erst Punk, dann New Wave; die Talking Heads, Simple Minds, Prince, Lloyd Cole und Sade verbreiteten neue erfrischende Musikkultur; in Italien sorgte die Rockerin Gianna Nannini für Furore; aus der Karibik wurde der Reggae durch Bob Marley, Peter Tosh und Jimmy Cliff populär; in Deutschland hatte die Neue Deutsche Welle Hochkonjunktur.

Meine eigenen Musikgruppen hießen 1979 Söppel in Datteln und zwischen 1980 bis 1987 die Jazz-Combo Vogelfrei in Hagen, zu der ich die Kongas und Percussions mit den Händen bearbeitete.

Doch zurück nach Marokko 1981: Einen lustigen Abschied hatten wir mit einem marokkanischen Zöllner bei unserer Ausreise auf dem Flughafen von

Tanger. Vorher hatten Lydia und ich in all den Wochen unserer Marokko-Rundreise schon auf verschiedenste Linkereien mit Drogen aufpassen müssen. Und dann am Flughafen fischte man sich aus der Reihe der Wartenden natürlich ausgerechnet mich heraus, führte mich in einen extra Raum, wo der Kerl mich von oben bis unten bekrabbelte. Das kitzelte wirklich, aber er lachte sich einen. Dann fragte er mich kichernd nach »Haschisch?« oder »Money?«, worauf ich ihm meinen letzten marokkanischen Centime zeigte: Das wiederum erntete bei ihm enormes Gelächter. Gemeinsam lachend verließen wir seinen Kontrollraum. So etwas Menschliches konnte es also auch bei der Zollbehörde noch geben …!

Sex and Drugs und Pilze oben drauf

– Mit dem ACE-Abschleppwagen durch Deutschland –

Eines Frühlings Mitte der 80er-Jahre hatten mein Freund Harry und ich in Anlehnung an die »on the road«-Geschichten von Jack Kerouac die Vision:

»Wir werden mit meinem Passat-Kombi quer durch Deutschland brettern, von Ort zu Ort düsen, und niemand wird uns aufhalten können bis auf das Auto selbst, durch eine Panne …! Aber dann werde ich den ACE anrufen; und dann will ich Leistung sehen: Die sollen uns von Ort zu Ort schleppen …

… oder sich sonst was einfallen lassen! Wir wollen es machen, und wir werden es machen!!«

Und dann waren wir unterwegs, on the road von Bückeburg nach Kassel, immer die B 83 an der Weser flussaufwärts entlang der »Deutschen Märchenstraße«, durchfuhren die schönen Weserstädtchen Schaumburg, Hameln, Höxter und Hannoversch-Münden. Wir waren unterwegs, die Sonne schien warm mit ihren ersten Frühlingsstrahlen, und wir hatten uns viel zu erzählen, war doch ein ganzer Winter aufzuarbeiten.

»Harry, habe ich dir eigentlich die wahnwitzige Story von den Räuschetürmen schon erzählt?« »Nein, Danny, aber das Thema hört sich interessant an! Dann leg mal los!«, erwiderte Harry gespannt.

»Während der Gomera-Reise im Winter 1986 mit meiner damaligen Freundin Roswitha hörten wir eines abends mit Doppelkopfhörern vom Walkman die sanfte Musik von ›Everything But The Girl‹, wobei ich uns einen Marihuana-Joint baute.

Dabei fiel mir auf einmal die absolut schrille Satire von Chlodwig Poth ein: ›Die Vereinigung von Körper und Geist mit Richards Hilfe‹, wobei er in seinem Buch mithilfe von Richard Wagner-Musik und Marihuana die Gipfel der Liebe erlebte, indem er einen Turm von fünf verschiedenen Räuschen aufbaute, um eine Situation optimal so zu erleben, dass alle verschiedenen Rauschebenen gleichzeitig geschehen, dem so genannten Räuscheturm. Die ganzen Vorbereitungsphasen, um alleine die einzelnen Räuschestränge hinzubekommen, waren wirklich in seinem Buch zum Schießen grotesk beschrieben:

– Er wollte sich mit seiner Freundin lieben.
– Das sollte in Italien an einem Sandstrand geschehen.
– Dazu bei Vollmond, und natürlich musste es eine trockene und laue Nacht sein.
– Sie wollten sich beide vorher mit Marihuana antörnen.
– Dabei sollten beide mit zwei Kopfhörern gleichzeitig Tristan und Isolde von Richard Wagner hören.

Na, jedenfalls war das rein technische Problem für ihn schon schwierig genug, an seinen Recorder (Walkman gab's wohl damals noch nicht!?) über einen Adapter zwei Kopfhörer anzuschließen, die zudem auch noch mit ordentlichen Metern Verlängerungskabeln ausgestattet waren, damit man sich beim Lieben nicht darin verhedderte. Und natürlich musste alles ziemlich fest und stabil sein, damit es nicht bei der ersten Bewegung unterbrochen wurde, um den Räuscheturm nicht zu frustrieren.

Ein anderes Problem für ihn war das Marihuana, weil er es nämlich extra für dieses Ereignis gebunkert hatte, es dann aber eines Tages vorher rauchte, als er sich über seine Freundin so ärgerte, dass er dies durchs Kiffen kompensierte. Dann wiederum war plötzlich seine Marihuana-Quelle versiegt.

Aber irgendwie hatte er doch noch alle Utensilien und Faktoren zusammengetragen und damit ein lustiges Buch voll bekommen! So viel ich mich noch erinnerte, hatte er es schließlich doch noch mit viel Mühen und Umständen geschafft, zusammen mit seiner Freundin den Räuscheturm zu erleben! Bei so viel Vorbereitung sollte es ihnen eigentlich vergönnt gewesen sein …!

All das fiel mir an dem besagten Abend auf Gomera ein, als ich gerade einen Joint baute. Und geraucht, getan, schritten Roswitha und ich sofort zur Tat. In Ermangelung von groß angelegten Vorbereitungen klappte es natürlich nicht alles so prächtig wie in der literarischen Vorlage von Chlodwig Poth, aber grotesk war's teilweise doch schon:

– stoned waren wir ja schon mal und dementsprechend sexbereit

- auf den Sandstrand verzichteten wir großzügig und nahmen mit unserem breiten Apartment-Bett vorlieb
- bei den Kopfhörern und Kabeln begannen schon die technischen Schwierigkeiten: Mein Kopfhörer saß nicht so fest am Kopf und rutschte deshalb ab & zu mal runter, was die Musik leiser werden oder ganz verschwinden ließ (als Musik hatte Roswitha passenderweise ihre »LOVE«-Kassette eingelegt). Aber dieses technische Problem ließ sich mit einem schnellen Handgriff wieder beheben.
- Dagegen ließen wir lieber das Zimmerlicht an, obwohl es draußen fast Vollmond war, weil nämlich zu befürchten war, dass sich einer von uns beiden oder gar beide von den ziemlich kurzen Kopfhörer-Kabeln bei einer Drehung strangulieren oder gar sich sonst was abwürgen würde …

Nun gut, es wäre sicherlich alles geschmeidig und harmonisch zum Höhepunkt gekommen, wenn mir nicht in meinem bekifften Kopf eine neue Steigerung des Räuscheturmes in Form einer anderen geilen Stellung eingefallen wäre: Ich wollte unsere Liebes-Party partout auf unserem Schlafzimmer-Hocker krönen!

Damit begann der groteskeste Teil unseres Räuscheturmes: Hocker leer räumen und stellungsgünstig postieren war noch einfach; mich darauf zu setzen war ebenso noch eine einfache Übung. Aber als sich dann Roswitha auch noch auf mich setzen wollte, und alle technischen Geräte wie Walkman, zwei Kopfhörer und zwei Kabel einigermaßen gerichtet waren, hatte sich inzwischen wegen der ganzen technischen Vorbereitungen meine Erektion in ein Gummimännchen verwandelt. Durch das ganze Geknete und Gehoppele, um ihn wieder steif zu bekommen, fiel dann natürlich auch noch der Walkman runter, riss das Kabel von Roswithas Kopfhörer raus, und eine Batterie aus dem Walkman kollerte auf dem Boden herum. Nachdem Roswitha die Technik wieder funktionabel gemacht hatte, war meine Erektion natürlich völlig zum Teufel. Aber glücklicherweise löste Roswitha mit zärtlichen Fingern, Lippen und ihrer Zunge dieses Problem recht schnell, und wir konnten einen zweiten Anlauf wagen: Der hätte auch fast geklappt! Wir saßen schon anthropologisch optimal ineinander verhakt auf dem Hocker, als der Walkman – um der ganzen Angelegenheit einen satirischen Höhepunkt zu geben – von so viel orgiastischer Begeisterung getrieben nicht nachstehen wollte: Und mit einem lauten Poltern krachte er zum zweiten Mal auf meinen Fußknöchel, um danach auf den Fußboden zu bumsen! Die gleiche Bescherung noch einmal: Wieder kullerten Batterien, Kopfhörer und Walkman lustig durcheinander. Als ich dieses Mal alles Technische wieder gerichtet hatte, war bei mir natürlich auch alles Menschliche wieder ganz und gar nicht mehr gerichtet!

Daher gab ich dann schon mal die Sache mit dem Stuhl ganz auf, und wir versuchten es auf die ganz traditionelle Weise im Bett liegend: Nachdem Roswitha meinen Penis wieder in die gewünschte Stellung und Schwellung gebracht hatte, hätte es endlich erfolgreich abgeschlossen werden können! Aber Pustekuchen: Gerade als wir nach diesem endlosen Vorspiel aus Erotik und Technik zu einem wohlverdienten orgiastischen Koitus ansetzen wollten, fing die Kassette gerade beim A-cappella-Stück »Only You!« an zu eiern!

Jetzt war ich es aber doch tatsächlich und endgültig leid mit der Technik: Räuscheturm hin – Räuscheturm her, ich riss uns die Kopfhörer von den Köpfen und besorgte es uns endlich – ohne Musik und doppelten Boden! – aus reiner sexueller Erregung …!«

Zurück in Deutschland: In Höxter gab es schnuckelige Fachwerkhäuschen auf der Märchenstraße zu sehen, die Sonne schien, und die Mädchen führten luftige Kleidung spazieren. Es gab viel zu gucken, bis mein persönliches Märchen begann: Krach! Schepper! Wumm! Und ich in die Barrikaden fuhr! Zu viel geguckt von der blonden Höxteranerin, die mich entfernt an meine norwegische Kommilitonin Ann-Kathrin erinnerte, für die ich gerade ein halbes Jahr lang den Tutor mimte.

Nun riefen wir aber mal verstärkt den ACE an, denn vorne rechts war der Passat so zerdätscht, dass wir damit nicht mehr weiterfahren konnten. Und siehe da: Das Unmögliche verwirklichte sich! Man wollte uns jemand schicken! In der Stunde der Wartezeit mitten in Höxter erlebten wir eine weitere Überraschung: Die blonde Lady von vorhin kam noch mal daher. Dieses Mal sprach ich sie an und erzählte ihr, dass sie der Grund für den Unfall war, weil ich mich zu lange nach ihr umgedreht hatte, bis ich es scheppern ließ …

Das fand sie wirklich spaßig, und wir kamen ins Gespräch: Dabei bemerkte ich rasch, dass sie diesen eigenartigen, mir so vertrauten Akzent im Deutschen spricht, der aus Hubschrauber »Huubsrauber« macht, was sich irgendwie niedlich anhört. Kurz: Sie war Dänin und hieß Byrthe, »og vi snakkeret lidt dansk«. Eine schöne Überraschung war, dass diese Byrthe gerade mit dem Zug nach Kassel fahren wollte.

Aber die größte Überraschung bereitete uns der ACE: Er schickte uns einen Abschlepp-LKW, der meinen Passat auf die Ladefläche zog und uns dann tatsächlich nach Kassel zu unserem Freund Matthes bringen wollte!!!:

Also wurde es tatsächlich zur Wirklichkeit: »Mit dem ACE durch Deutschland!«

Wir taten dann einfach so, als wenn Byrthe schon die ganze Zeit bei uns gewesen war. Der ACE-Fahrer meinte nur dazu, dass wir allerdings nicht zu viert bei ihm vorne sitzen könnten. Deshalb erklärte ich mich dazu bereit, oben auf der Ladefläche in meinem Auto das Weserbergland zu bestaunen. Byrthe kam mit zu mir hoch, um noch ein wenig Dänisch zu snakken. Der ACE-Driver meinte allerdings, wir sollten uns ducken, weil es eigentlich verboten ist, jemand oben auf der Ladefläche zu transportieren. Derweil schaute sich Harry stellvertretend für uns alle neben dem ACE-Fahrer all die schönen Ortschaften, Landschaften und Weserschönheiten auf Fahrrädern an und summte dabei den bezeichnenden Django Edwards-Klassiker »If I was a bicycle-seat ...«: Harry träumte davon, der Fahrradsitz zu sein, wo drauf dieser stramme gelb umhüllte Mädchenpopo rumrutschte ...

Byrthe und ich dagegen kamen ins Erzählen und waren es bald leid, uns immer zu ducken. Deshalb schlug ich den Rücksitz zurück und bereitete uns eine bequeme Doppelliege aus Schlafsäcken und Decken. Byrthe entpuppte sich nicht nur als eine sympathische witzige Erzählerin, da sie als Ex-Stewardess natürlich viel herumgekommen war, sondern sie sah auch sehr toll aus und war von unkompliziertem Wesen. Früher hatte sie als Stewardess bei der skandinavischen Airline SAS gearbeitet, was für sie und ihre damaligen Kolleginnen bezeichnenderweise als Abkürzung für »Sex After Service« stand ...!

Als sie hörte, dass wir sowohl Wein als auch Marihuana an Bord meines Passats transportierten, schlug sie vor, es damit zu versuchen.

Ich öffnete die Flasche, und wir konnten uns sogar im Auto betrinken, da ich ja mittlerweile einen eigenen Fahrer für mich arbeiten ließ. Danach schlug sie vor, ich sollte mal was bauen, während sie selbst schöne Musik an der Bordanlage aussuchte. Danach waren wir so stoned, dass sich – die Sonne und das Ruckeln der Landstraße taten ihr Übriges – rasch unsere

Lippen fanden, und die Zungen eine erotische Unterhaltung begannen. Wir wurden mit der Zeit immer wilder, geiler und ausgelassener, wälzten uns eng umschlungen zwischen Rucksäcken, Reservekanister und Taschen herum: LOVE ON THE ROAD …! Bald hatten wir uns gegenseitig ganz ausgezogen und streichelten uns zur gegenseitigen Höchstlust, dass ich vor Anspannung kaum noch den Samen in meinem Penis lassen konnte, als ich ihn warm, zuckend und bereit zwischen ihren schönen großen Brüsten barg. Dabei streichelte ich abwechselnd ihre Rundungen: die wahnsinnig erotische Konkavrundung ihrer engen Taille, die schönen weichen Brüste und ihr runder Po: Das gefiel uns beiden wohl. Sie liebte es, meinen linken Schenkel bis zum Knie zwischen ihren Schenkeln herumrutschen zu lassen: Immer wilder wurden ihre kreisenden Bewegungen des gesamten Unterleibes, begleitet von heftigem Atmen. Währenddessen umschlang ich mit meinem anderen Bein ihren auf- und abrutschenden Po, drückte sie eng an mich und versuchte, meiner sich immer mehr steigernden Lust Herr zu werden. Inzwischen war ihre Muschi richtig glitschig, saftig und nass geworden, und ihre Gleitbewegungen besorgten's ihr so toll, dass sie ihr erlösendes Orgasmus-Stöhnen laut und entspannt laufen ließ: Eine längere Zeit ließ sie ihre Wellen glücklich durch ihren Körper zucken und wabern, dass es nur so eine Freude war, sie zu spüren.

Dann ließ sie mich in sie rein, und es war schön, und es kam mir sehr schnell, und ich biss, knubbelte und knutschte ihr in die Schultern, als ich mich endlich mit großer Lust in ihr entladen durfte: Toll war das für mich und sie und für uns!!

Dann alberten wir wieder ein bisschen herum, schmusten, küssten und entspannten uns mit Wein und Herumkollern. Ab und zu lugte mal einer von uns ins sonnenüberflutete Weserbergland: auch schön.

Aber direkt vor mir war's noch viel schöner: Rasch bekam ich bei Byrthes Anblick mit ihren tollen Rundungen und herrlichem Busen wieder einen enormen Steifen, den auch sie mit sichtlichem Interesse sah, berührte, streichelte und kräftig zwischen ihre Brüste presste, was sie wohl sehr liebte. Danach umspielte sie ihn mit ihrer Zunge, dass meine Eichel nur so vor Freude hüpfte. Als sie ihn erst mit dem ganzen Mund umschloss und wunderschöne Lutsch- und Sauggefühle verursachte, mochte ich gar vor Lust zerspringen, so zärtlich, weich und geil fühlte sich das an. Herrlich aneinandergelehnt hielt ich ihre weichen Brüste wohl umspannt, während sie mit ihrem zärtlichen Mund meinen ganzen Unterleib in Aufruhr versetzte.

Danach setzte sie sich reitend auf mich, was mir auch sehr gut gefiel: Ich konnte dabei ihre Brüste vor mir hüpfen sehen oder gar saugen, wenn sie sich zu mir herunterbeugte. Es war wunderschön, zwei herrliche Frauenbrüste zu umspielen, während sie sich auf mir reitend die Klitoris an meiner Schambehaarung lüstern rieb.

Da ich beim zweiten Mal nie so ungeduldig bin, kann ich das Liebesspiel manchmal recht lange ausdehnen.

So spielten wir munter weiter: Dieses Mal lag Byrthe unter mir, hatte jedoch ihre Beine über meine Schultern gelegt, sodass ich mit meinem ganzen Körper dagegen lag und wunderschön tief in sie tauchen konnte. Aber es war zwischendurch auch ganz toll, einfach innezuhalten und das schöne Bild vor mir zu betrachten: Diese schöne Frau mit ihrem lieblichen Busen, dem geilen Hüft-Taillen-Schwung und die Muschi mit der Schambehaarung, die sich mit der meinen inzwischen saftig verflochten hatte. Ich spielte mit ihren Brustwarzen, die sich immer wieder verhärteten, und umfasste ihre Brüste mit beiden Händen fest, was sie sehr gerne hatte, denn sie drückte meine Hände mit ihren ganz fest auf ihre Brüste. Dann machte sie dieses wunderschöne krabbelnde tastende Spiel mit ihrer Hand an meinen Hoden, was mich wiederum zum geilen Stöhnen brachte, während ich ihn tiefer und kreisender in sie schob …!

Dann waren wir noch einmal ganz eng umschlungen und ineinander verkrallt und knutschten und beglückten uns mit Zungen und Fingern, die suchten und fanden und spielten in Po-Ritzen und am feucht-nassen Kitzler und …

… und da glitt sie von mir und drehte sich kommentarlos um: oh, welch schönes Spiel! Das machte in dieser Situation besonders viel Spaß, sie von hinten in die heiße Muschi zu stoßen, selber wohl gebettet auf ihrem weichen Po, den sie dabei kreisen ließ und: aaahhh! Diese Reibung an der Eichel durch den neuen Winkel in ihr brachte noch einmal eine Luststeigerung: Und da war es mir gekommen, und ich stieß & stieß & stieß immer tiefer & stöhnte & schrie …, und sie hatte es auch gerne. Und völlig durchnässt fiel ich entleert und glücklich auf meine nackte Dänin, und wir knutschten noch ein wenig, bevor wir uns von der Sonne trocknen ließen.

Bald war auch die zweistündige Tour mit dem ACE nach Kassel beendet.

Byrthe und ich waren bereits wieder angekleidet, als unser Auto vor Matthes' Haus vom Abschleppwagen heruntergelassen wurde. Wir verabschiedeten uns vom ACE-Mann und von Byrthe, die und unsere tolle Reise oben auf dem Abschleppwagen ich wohl nie vergessen werde: »Har det godt og farewell!« Als Harry und ich dann endlich wieder mal mit Matthes zusammen waren, unserem gemeinsamen Freund aus der Dattel(n)-Oase, machten wir wild entschlossen abends und nachts Kassel unsicher …

Tagsüber hörten wir plötzlich und unvorbereitet in der Kasseler Fußgängerzone die bekannten Klänge von: »If you come to San Francisco, be sure that you wear flowers in your hair …« Wir kamen näher und staunten nicht schlecht, auf einer Bühne umsonst und draußen den guten alten Scott McKenzie live zu erleben!! Danach spazierten wir noch entspannter in dem nahegelegenen und weitläufigen Park der Wilhelmshöhe herum. Matthes war natürlich auch gespannt zu hören, was es Neues aus der Dattel(n)-Oase gibt. So gaben Harry und ich ihm in abwechselndem Erzählrhythmus unser letztes Pilzerlebnis zum Besten:

»Im letzten Oktober, noch sonnig und klar, machten wir beide zusammen mit Carlos einen Ausflug zum Flaesheimer Feuerwachturm: Der dortige Mischwald strahlte uns mit Farbschattierungen in Gold, Rot, Grün und Braun an, mimte den Indian Summer auf Westfälisch. Wir hatten zur Steigerung des Selbsterlebens einen Stechapfel-Tee genossen. Der Stechapfel ist eines der ältesten bekannten Nachtschattengewächse mit berauschender Wirkung. Das Alkaloid dieser Pflanze, Datura Stramonium, setzt sich aus zwei anderen Alkaloiden zusammen, dem Atropin (auch von der Tollkirsche bekannt) und dem Hyoscyamin (z. B. Bilsenkraut). Wenn in der germanischen Edda von »Äpfeln der Hesperiden« oder in antiken Mythen von »Äpfeln der Göttin Iduna« berichtet wird, meinten die Überlieferer nichts anderes als den Stechapfel, dessen Wirkung in ewiger Jugend, Unsterblichkeit und dem Zustand der Göttlichkeit bestand …«, schwärmte der zukünftige Historiker Harry.

»Wie seid ihr denn überhaupt an das Stechapfel-Gebräu rangekommen?«, fragte Matthes interessiert.

»Ja, das war so: Wir hatten den Tipp bekommen, dass das Alkaloid der Datura Stramonium in Asthma-Zigaretten frei wird«, sinnierte ich in der Erinnerung:

»Aber es war gar nicht so einfach, da ranzukommen, weil Asthma-Zigaretten nämlich rezeptpflichtig sind. Die kann man nicht so einfach in der Apotheke kaufen. Ein Dattelner Apotheker meinte sogar bei meiner ersten unschuldigen Nachfrage hämisch, manche würden's sogar mit Bananenschalen versuchen. Das kannte ich ja noch gar nicht und fragte ihn danach, worauf er mich verärgert zur Tür hinaus wies. Aber dieser Misserfolg reizte meine bekannte terrierhafte Hartnäckigkeit. Deshalb dachte ich mir für die nächste Apotheke, eine Waltroper, vorher vorsichtshalber eine rührselige Geschichte aus: Ich brauche diese Asthma-Zigaretten für meine Freundin, die Asthma hat und trotzdem raucht. Deshalb will ich ihr mit diesen Asthma-Zigaretten was Gutes tun: Wenn sie schon raucht, soll sie wenigstens was Gesundes rauchen! Das rührte die ältere Apothekerin aus Waltrop zwar, sie wollte mir und meiner armen Freundin auch gerne helfen, sie hätte diese Asthma-Zigaretten allerdings nicht vorrätig und müsste sie erst bestellen. ›Schluck‹, dachte ich, ›das scheint ja gar nicht so einfach, an diese Dinger ranzukommen!‹, sagte aber zu ihr: ›Dann bestellen Sie sie mir doch bitte.‹ Gesagt, getan, eine Woche später konnte ich mir ›Dr. Brosigs Asthma-Zigaretten‹ in der besagten Waltroper Apotheke abholen, und sie wollte noch nicht einmal ein Rezept dafür von mir haben …!

Man konnte sie auch einfach rauchen, sie schmeckten aber nach nix Besonderem, außer dass man einen trockenen Mund davon bekam. Kein Wunder, das macht das Atropin darin, das wird auch bei Epileptikern eingesetzt, um den Speichelfluss einzudämmen.

Als Tee gekocht ergaben die Asthma-Zigaretten ein fettiges, dunkelgrünes Getränk, das zwar einen sensationell üblen und bitteren Geschmack hatte, was man allerdings mit einigen Löffeln Zucker und raschem Hinunterstürzen des Gebräus kompensieren konnte …!«

»Und wie wirkt das dann?«, fragte Matthes, mittlerweile ganz Ohr. Harry erinnerte sich, als wäre es gerade erst geschehen:

»Schon kurze Zeit später setzte die Wirkung ein, wir begannen › … in das Loch neben dem Apfelbaum einzudringen‹ (die entsprechende kaukasische Volkssage lässt die Heldin in ebendiesem Gang unter der Erde verschwinden und dort märchenhafte Dinge erleben …). Auch bei uns war es recht seltsam, als wir an unserem Zielort angelangt waren, recht steifbeinig aus dem Auto stiegen, uns gegenseitig fragend anschauten und einmündig berichteten, dass wir allesamt einen vollkommen ausgedörrten furztrockenen Mund hatten. Gut, dass wir an etwas zu trinken gedacht hatten!: Eine Flasche Weißwein und eine Thermosflasche voller Grog gehörten anfangs zu unserer Begleitung, bis der verrückte Danny bei einem seiner dynamischen Schlenker durch die Botanik ein Sportgerät auf einem Trimmpfad entdeckte, das einer Affenschaukel ähnelte, sich, spontan und sportlich wie er ist, an diesem Gerät entlanghangelte, weiter taumelnd vor Lebens- und Stechapfel-Glück zwischen zwei Stützposten hindurchturnte, bis – Peng! Spotz! – die Thermoskanne in seinem Umhängebeutel implodierte, und wir hatten nur noch Weißwein übrig!«

»Sorry, das tut mir jetzt noch leid, besonders wenn ich an unsere trockenen Mäuler denke«, warf ich in die Unterhaltung ein, bevor Harry fortfuhr:

»Es ging weiter, natürlich querwaldein. Optisch war ein einziges Gewabber zu Gange. Wir sahen ungefähr das, was sonst die impressionistischen Maler gesehen haben müssen, alles verschwommen und konturlos. Aber irgendwie hübsch, wie wir uns gegenseitig bescheinigten! Um einigermaßen wieder ne klare Birne zu bekommen, rauchten wir erst einmal eine Tüte, was natürlich genau das Gegenteil heraufbeschwor.

Und dann kam der Feuerwehrwachturm! Immens hoch!! Steile Leiter mit Auffangringen, die jedoch erst in zehn Metern Höhe begannen. Mir wird schon auf dem Fahrrad schwindelig. Danny wagte sich als Erster hoch, dann folgte Carlos sofort hinterher. Was blieb mir also übrig: kollektives Schwindel-Abstreif-Gefühl (und das auf Stechapfel und Shit)! Oben auf der Plattform, die gefühlte mehrere hundert Meter hoch gewesen sein musste, eine Umgatterung, niedrig wie für Gartenzwerge! Ich legte mich vorsichtshalber flach auf die Plattform: wegen Windstoßgefahr und so ...«

»Ja, das war geil«, erinnerte ich mich gerne. »Ich fühlte mich wie Jack Kerouac in seinem Roman ›Gammler, Zen und hohe Berge‹, wo sein Romanheld den Sommer über auf einem Feuerwehrwachturm lebte, um die Waldbrände in der nordamerikanischen Landschaft zu kontrollieren. Jedenfalls wir drei oben auf dem Flaesheimer Feuerwehrwachturm, die herrlichste Naturlandschaft der Haardt in alle Richtungen unter uns liegend, ein strammer Höhenwind wehte uns um die erhitzten Nasen, aber wir hatten noch nicht genug: Wir wollten die Statik des Turmes erproben. Carlos und ich schaukelten das Ding tatsächlich, indem wir uns diagonal in zwei Ecken gegenüberstanden, hielten uns am Geländer fest und schaukelten und schaukelten ... Wir fanden das total geil, nur Harry guckte etwas grün im Gesicht und begann den vorzeitigen Abstieg.«

»Ja, wirklich«, entgegnete Harry, »ich hatte nix Eiligeres zu tun als runterzusteigen, zittrig, fast abgleitend schlang ich meine Finger fest um jede Leitersprosse. Unten angekommen dankte ich allen Göttern!

Danach ging's zu dritt wieder durch den Wald. Als wir dann auf einer Seite den Dachsberg erklommen, stießen wir auf die ersten Pilze: Speckpilze. Da weder Carlos noch ich Pilze auseinanderhalten konnten …«

»Halt, halt, dann übernehme ich den Teil mit den Pilzen jetzt, ich bin schließlich Experte. Schon von Kind an. Als alte Camper-Familie haben wir natürlich auch immer Pilze gesammelt, gebrutzelt und verzehrt, schon seit den 50er-Jahren. Wir sahen auf jeden Fall plötzlich Pilze über Pilze, weite Felder von Pilzen, und zwar Kremplinge ohne Ende, im Volksmund auch als Speckpilze bekannt, genauer auch Kahler Krempling oder Paxillius invollutus genannt. Ich meinte, dass es eine Schande sei, sie nicht mitzunehmen! Deshalb zog ich meine rote Regenjacke aus, band den Kopfeinschlupf zusammen und drehte diesen nach unten, sodass wir ein sackähnliches Gebilde wie in etwa die Tuaregs mit ihren Wassersäcken aus Ziegenleder zur Verfügung hatten, wo wir die ganze Pilzpracht fleißig reinlegten, bis der Pilzsack übervoll gestopft war …«

»Das muss man sich mal vorstellen«, fiel mir Harry eifrig ins Wort, »alle drei auf Stechapfel, voll gekifft durch einen Joint, den Inhalt einer Flasche Weißwein im Schädel – und nur einer ist in die Geheimnisse der Esspilze eingeweiht. Aber man muss flexibel bleiben! Wir sammelten und sammelten und sammelten, bis dass die Dunkelheit hereinbrach. Da hatten wir ca. fünf Kilo erstklassiger Speckpilze im Sack. Es war wirklich ein pilzgünstiger Herbst! Abends wurde es neblig-feucht-modrig, deshalb brachen wir auf und fuhren heim zu Danny.

Dessen Eltern reisten mal wieder in der Weltgeschichte herum, also brauchten wir uns im Haus keinen Zwang anzutun. Seine Schwester Bär-Bel lag faul auf dem Sofa herum und war hoch erfreut über das in Aussicht stehende Pilzessen. Sie schien auch keinerlei Skrupel in Hinblick auf die Essbarkeit zu besitzen und half fleißig mit beim Putzen der Pilze. Und dann gab's Pilze: gekocht, gebraten und paniert, als Suppe und fest, mit Speck und mit Zwiebeln und mit Rührei. Allerlei dieweil …!

Spät abends wankte ich total gesättigt nachhause, der Magen lag wie ein Stein in meinem Leib. Des Nachts erwachte ich von unbeschreiblichen

Bauchschmerzen, der Magen- und Darmtrakt blähte sich unter knalligen Explosionen. Ich musste kotzen und hatte Durchfall, und ich krümmte mich vor Schmerzen! Morgens rief ich ahnungsvoll Carlos an, ihm war ebenso …! Dann ein Telefonat mit Danny: Er kam gerade aus dem Garten und fühlte sich pudelwohl, his sister Bär-Bel ebenso …!

Seltsam: Carlos und ich hatten alle Anzeichen einer Pilzvergiftung und die Kowalskis lebten fröhlich in den Tag hinein. Wer soll das verstehen?«

Ich versuchte zu erklären: »Zwei Möglichkeiten gibt es, lieber Harry:
1) Bär-Bel und ich sind von Kind auf daran gewöhnt, diese Kremplinge (oder auch echter Reizker genannt) im Kreise unserer Familie zu verzehren: Nahezu jedes Jahr und in der Pilzzeit besonders häufig gab's bei uns Kremplinge in allen Zubereitungsarten, während bei euch und bei Carlos in Sachen Pilze Diaspora herrschte!
2) Ich hatte schon vorher einige Male diesen atropinhaltigen Tee genossen, ihr beiden aber noch nicht, und Bär-Bel trank an diesem Tag gar nichts davon, sodass Ihr beiden vielleicht vom Stechapfel-Gebräu etwas vergiftet wart …?«

Anzumerken bleibt noch, dass bis in die 80er-Jahre der Kahle Krempling als Speisepilz auf den Märkten feilgeboten wurde, bis es dann auf einmal hieß, diese Pilze höchstens noch einmal pro Woche zu verspeisen. Dann wurde auch das eingeschränkt, sodass man sie nur noch einmal pro Saison essen sollte. Schließlich sollte man die Finger ganz von den Kremplingen lassen. Heute werden sie als stark giftig eingestuft, bei empfindlichen Menschen sogar tödlich …!

»Da habt ihr beiden damals ja noch mal Glück gehabt, dass ihr dem unverdienten frühen Pilztod noch mal von der Schippe gesprungen seid …!«, meinte Matthes.

Am nächsten Morgen in Kassel wartete schon der ACE-Mann verabredungsgemäß mit seinem Abschleppwagen, um uns drei zum Zelten zu fahren. Er lud mein Auto hinten drauf und fragte nach meinen Wünschen: »Na ja, halt Zelten: Fahren Sie schon mal los, wir werden schon was finden!«

So fuhr er uns Richtung Osten ins Kurhessische: Nahe der DDR-Grenze im Naturpark Hoher Meißner fanden wir die ideale Wiese mit Blick über das ganze Tal, auf den Hohen Meißner und auf die DDR. Hier ließ er meinen defekten Boliden herunter, und wir bestellten ihn für den nächsten Tag gegen Mittag wieder zum Abholen.

Im nahegelegenen Bad Sooden-Allendorf aßen wir nicht im Thüringer Hof, sondern im Stern, dem ersten Restaurant am Platze, gut, lecker und reichhaltig Balkanesisch, um uns danach zu unserem Zelt zurückzuziehen.

Es wurde eine irre Nacht mit Vollmond, Lagerfeuer, Marihuana, etwas Wein, Haschisch und guter Musik aus dem Auto-Kassettenrecorder: Bei der Simple Minds-LP »Sister feeling call« mit ihren simplen rhythmischen Trommeln überkam uns auf unserer vollmondbeschienenen Lichtung das totale Indianer-Feeling: zwar moderne Stadt-Indianer, aber immerhin waren wir damals noch so jung, so etwas überhaupt zu machen (statt z. B. ne Woche Mallorca zu buchen!).

Sonne hatten wir auch so die ganze Zeit; und dann noch dieses irre Gefühl: Wir waren echt unheimlich gut drauf an diesem Abend im Kurhessischen.

In jener darauf folgenden Nacht sahen wir auf einmal nicht weit von uns eine Gruppe Rotwild. Da gingen mit uns im Rausch »die Gäule der Fantasie durch«; und das kam so: Wir hatten diese skurrile Vorstellung mit ein paar saftigen Ricken (hallo Lars Ricken!), bei denen es bei näherem Hinsehen recht sexy zu ging: Geweihträger tänzelten mit ihren schweren Läufen um die läufigen Hinterleiber der Ricken. Das ließen wir uns nicht zweimal sagen: Zwar standen wir eigentlich überhaupt nicht auf Sodomie, aber wir wollten uns diesen Film gerne näher ansehen: Dafür warfen wir uns unsere alten Fellmäntel über, stülpten uns die Elch- und Rentiergeweihe auf den Kopf und näherten uns langsam, aber aufgeregt der Rotwildgruppe. Die rot-samtigen Reh-Ladys schienen tatsächlich an uns interessiert, sie fühlten sich auch ungeheuer weich, flauschig und samtig an. Sie waren läufig und zu einigem bereit …: Die eine ließ mich sogar auf sie draufsteigen, aber als ich sie dabei im Überschwung der Begeisterung knutschen wollte, flog der ganze Schwindel auf: Als fanatische Vegetarierin muss sie wohl den Aas-Geschmack von totem Fleisch in meinem Mund geschmeckt haben? Vielleicht stand sie auch nicht auf die knoblauchgewürzte balkanesische Küche? Jedenfalls entwand sie sich mir geschickt, noch bevor ich irgendwas mit ihrem rubinroten bereiten Loch beginnen konnte.

Nun ja, da stand ich da mit meinem Rentiergeweih auf dem Kopf: gehörnt im doppelten Sinne, da sich meine Rotfellige inzwischen mit einem echten Hirsch paarte …

Am nächsten Tage kamen zwei Herren in einem Kombi mit einem Düsseldorfer Kennzeichen auf unsere Lichtung gefahren, taten fast so wie Zivil-Polizisten, waren aber die Pächter dieses Waldes, und meinten: »Ihr habt da aber was Schwieriges gemacht: nämlich Zelten auf unserem Grund und Boden! Das war nicht so gut, weil das Rotwild auf dieser Lichtung immer seine Hochzeitsnächte feiert!«

»Ach was!?«, dachte ich. Noch bevor wir aber über den Sex der Rehe weiter fachsimpeln konnten, kam auch schon unser treuer ACE-Fahrer und lud meinen Passat vor den staunenden Augen der Pächter auf seinen Abschleppwagen, und ab ging die Post mit dem ACE …!:

Unterwegs zurück nach Kassel, gab uns der ACE-Mann sogar noch die neuesten Reisetipps für die hessische Gegend, die wir durchfuhren, bevor wir Matthes in Kassel ablieferten. Am nächsten Tag brachte ich Harry dann vermittels des freundlichen ACE-Services nach Datteln, bevor ich dann von ihm zurück nach Hagen gebracht wurde, wo mich der ACE-Fahrer endgültig ablud:
»Eine schöne Deutschland-Tournee,
besorgte uns der ACE …!!!«

Und ich kam wieder zurück nach Hagen zu meiner Kirsten, die mich beziehungsmäßig immer mal wieder in ein Wechselbad der Gefühle schickte:
Denn während die Hagener Sängerin Nena gerade ihre »99 Luftballons« steigen ließ, hatte ich damals meine Zeit mit Kirsten, die gerne Ina Deter hörte: »Neue Männer braucht das Land.« Da war ich grad für Kirsten ihr erster von, wärmte doch meine erfrischende Liebe sie »wie ein Sonnenstudio« …

Ja, es gab zwar für mich immer mal wieder Abenteuer in aller Welt zu erleben, aber eigentlich definiert sich doch das wahre und wirkliche Leben im Alltag und Berufsleben. Fünfzehn Jahre lang hatte ich durch meine Kinder- und Jugendarbeit mehr als genug Kinder fremder Familien zu betreuen: Das reichte mir an Kinderwunsch für den Rest meines Lebens. In der gleichen Zeit hatte mir in meiner Freizeit meine alleinerziehende Freundin Kirsten mit ihrer Tochter auch noch genügend Kinder- und Babypflege besorgt, die dann zum Kakaokochen mitten in der Nacht oder zum Wechseln vollgeschissener Windeln führte: und das alles aus Liebe! So war dann auch mein Beitrag zur Empfängnisverhütung einfach, aber radikal: Sterilisation 1984! Von da ab war für jede Frau das Sexualerleben mit mir viel leichter und lockerer, da ohne Angst vor Schwangerschaft.

Passend zur frauenbewegten Zeit las ich die Bücher von Anja Meulenbelt und Erica Jong, aber auch als entspannende Hintergrundliteratur zu meinen Rechtsprüfungen innerhalb meines Sozialarbeitsstudium die Krimis des schwedischen Paares Sjöwall/Wahlöö, des Niederländers Jan-Willem van de Wetering, des Spaniers Manuel Vazquez Montalban, und schätzte seitdem das literarische Genre der anspruchsvollen Krimis, gab es doch bereits die Vorlage der klassischen literarischen Krimis aus der schwarzen Serie wie Raymond Chandlers Philip Marlowe oder Dashiell Hammett.

Zudem ergötzte ich mich an den Romanen von Tom Robbins, wie »Pana-roma«, »Buntspecht« oder »Sissy – Schicksalsjahre einer Tramperin«, der als »Even Cowgirls get the Blues« sogar verfilmt wurde, womit ich den Kreis zu diesem gerade »erlebten« literarischen Roadmovie wieder geschlossen habe …!

Tennis, Schläger & Kanonen

Wieder mal »on the road« mit Harry: Während unserer Reise 1985 zu unserem norwegischen Kumpel Osko schaffte der damals 17-jährige Boris Becker die Sportsensation, als er als erster Deutscher überhaupt das Tennisturnier von Wimbledon gewann!

Osko war eigentlich ein echter gebürtiger Dattelner, der durch seine norwegische Verwandtschaft schon seit Jahrzehnten in Norwegen wohnte. Er hatte eine dermaßen starke Überidentifikation für Norwegen durchgemacht, dass er sogar das umstrittene norwegische Walfangprogramm verteidigte …!

Wir fuhren über Hamburg, durch Dänemark bis Frederikshavn, von wo wir die Nachtfähre über das Kattegat zum schwedischen Göteborg gerade noch schafften. In Hamburg machten wir Station bei Harrys Bruder Frank, der dort damals mit Carlos zusammen wohnte. Dummerweise vergaßen wir in der Wohnung von Frank und Carlos, wo wir gerade das gewonnene Halbfinalspiel von Boris Becker miterlebten, unsere sämtlichen für Norwegen gebunkerten Alkoholvorräte! So mussten wir diese kurz vor der dänischen Grenze an der letzten »Alkohol-Tanke« vor Skandinavien wieder auffüllen: für jeden eine Flasche Rum und je eine Flasche Wein, halt so viel, wie es erlaubt war, durch den Zoll einzuführen; und noch zusätzlich eine Palette Dosenbier.

Bei der Zollkontrolle zeigte sich dann jedoch der schwedische Staat von seiner besten Seite: Sozialutopie a la Sjöwall/Wahlhöö: »Big brother is watching you« und hatte alles unter Kontrolle …! Volle zwei Stunden wurden wir untersucht, in Zollgarage Nr. 1 von vier Personen, mit allen Schikanen, wie nackig ausziehen oder die Wagentür-Verkleidung öffnen usw.

Aber diese speziellen schwedischen Zolldeppen suchten wohl nur nach Drogen, allerdings vergeblich, weil wir so was nicht mitführten. Dabei übersahen sie glatt, dass wir im Kofferraum 24 Dosen Bier zu viel dabeihatten, jedenfalls laut Einfuhrbestimmungen.

Harry erlebte die Controletti-Session allerdings schon ziemlich angesüppelt, weil er sich notgedrungenermaßen im »Kampftrinken« übte: In der Wartezeit vor Zollgarage Nr. 1 zog er sich eine Dose Bier nach der anderen rein, um die »Schmuggelware« zu verringern und um eventuell dadurch das Strafmaß zu verringern …! Er kam auf fünf Dosen, der Arme. Gut, dass ich an dem Tag nur der Fahrer war und deshalb nix zu trinken brauchte.

Während sich Harry die Wartezeit mit Kampftrinken verkürzte, fragte ich: »Hömma Harry, wo wir doch gerade hier in Göteborg mit der Fähre gelandet sind, kennste eigentlich schon die Story mit der Pag-Fähre?« »Nee, Pag-Fähre? Watt is datt denn?«

»Das war 1982, als ich mit Lydia, Jana und Florian im von Bruder Gerry geliehenen VW-Camping-Bully namens ›KOSMO‹ auf dem Balkan rumreiste: erst durch Österreich, Wien, dann Ungarn, Plattensee, wo abseits gelegene Dörfer so seltsame Namen wie Hüpfelgmüpf oder Ürgelmütz heißen, da die finnougrische Sprache eine der schwierigsten Sprachen der Welt ist, mit ihren 14 Fällen von Deklinationswut …, dann über Janas kroatischem Geburtsort Virovitica nahe der ungarischen Grenze, dann weiter durch Jugoslawien, erst bei den Plitvica Seen, dann Pirovac, Zadar und schließlich auf der Insel Pag rumreiste.« »Ah, Pivo-Pivo«, übersetzte Harry eifrig seine aktuelle Dose Bier in der Hand in fließendes Serbokroatisch, »also was war jetzt mit Pag?«

»Ja, Pag war für mich die Insel der Entscheidung, trennte ich mich doch im September 1982 nach einer dreijährigen, am Ende quälenden Beziehung von Lydia, wozu sicherlich auch meine kurze, aber heftige Affäre mit Jana beitrug, die dort an irgendeinem jugoslawischen Strand begann: ›Why don't we do it in the road …?‹

Natürlich wollte ich dann auch sofort nachhause; Lydia auch: Klar, wir wollten raus aus dieser abgekühlten Situation. Nur Jana und Florian wären gerne noch etwas länger auf der an sich schönen Insel Pag geblieben. Denn dort hatten wir doch einen idealen FKK-Campingplatz mit äußerst klarem Meerwasser gefunden, wo wir mit Taucherbrille und Schnorchel sehr gut die Fische und Meeresbotanik der Adria beobachten konnten; es gab einen richtigen Wald, sodass wir im Schatten unsere erhitzten Gemüter etwas abkühlen konnten; natürlich auch Pivo: Das jugoslawische Bier schmeckte zwar merkwürdig süß, aber es löschte trotzdem in den entscheidenden Momenten großer Emotions- und Hitzewallungen auch den größten Durst …!

Nach langem Hin & Her & Palavern entschlossen wir uns dann schließlich doch, an jenem entscheidenden Samstag, den 18.09.82, loszufahren: Am

Samstagnachmittag sprangen wir dann alle vier vom Strandsteg auf, um noch die Samstagabendfähre am nördlichen Insel-Ende mitzubekommen. Im Schnelldurchgang schafften wir es wirklich, alle Zeltutensilien abzubauen, einzuräumen, die Campinggebühren zu bezahlen und zum Fährhafen zu fahren.

Aber wir waren leider nicht die einzigen, die mit dieser Fähre fahren wollten: Eine lange Autoschlange wartete schon auf die Ankunft der Fähre zum dalmatinischen Festland. Der Fahrer vor uns meinte, die Höchstgrenze der unterzubringenden Kfz liege bei ca. 30 – 35, je nach Menge der Lkw & Anhänger, und davon hatte es einige vor uns: Also entweder er oder wir lägen direkt an der Grenze des Fassungsvermögens.

Dann kam die Klapperkiste von Fähre endlich. Bei ihrem Anblick glaubten wir nie & nimmer, dass wir da noch mit draufpassten. Aber welch ein Wunder: Ein Kfz nach dem anderen wurde auf die Fähre gequetscht. Bis wir endlich dran waren, stieg bei uns regelrecht die Spannung ins Unermessliche.

Aber leider lag dann doch die Grenze genau beim Pkw vor uns: Er war also der letzte, der sich noch mit auf die kleine Fähre quetschen konnte. Wir standen dann als einziges trauriges Gefährt mit unserem blauen ›KOSMO‹ auf dem Anleger und schauten der ablegenden Fähre sehnsüchtig und winkend nach.

Nun standen wir wenigstens als Erste für die Sechs-Uhr-Frühfähre vom nächsten Tag am Anlegesteg!

Aber das dauerte uns alles viel zu lange. So handelten wir schnell und stracks und begannen unsere nächtliche Irrfahrt zurück über die ganze Insel Pag zum südlichen Insel-Ende, über die dortige Brücke zum Festland, um dort eine nächtliche Odyssee entlang der weit geschwungenen dalmatinischen Küstenstraße zu fahren. So hatten wir statt der erhofften kurzen halbstündigen Fährverbindung von St. Novalja auf Pag nach Jablanac auf dem dalmatinischen Festland folgende nächtliche und deshalb auch sehr anstrengende Irrfahrt:
- 1 ½ Stunden nach Süden über ganz Pag
- dann noch auf dem Festland weiter nach Süden, bis kurz vor Zadar
- dann nach Osten
- und dann noch mal ca. zwei bis drei Stunden nach Norden an der wahnwitzigen jugoslawischen Küstenstraße entlang, das alles bei Nacht, sodass es zu diesem Originalzitat von Jana kam: ›Wir wollen erst eine Viertelstunde später ankommen, statt zu sterben!‹
- mitten in der Nacht waren wir dann endlich in Jablanac.

Karte der Insel Pag und des dalmatinischen Festlands

Wir hatten zwar keinen finanziellen Verlust, weil wir statt des Fährgeldes die Dinare in den Tank gesteckt hatten, dafür war ich aber wie ein Wahnsinniger einige Stunden durch die jugoslawische Nacht gebrettert: reichlichst Energie- & Kraftverschwendung!«

»So so, das war's also mit der Pag-Fähre. Gut, dass wir unsere Schweden-Fähre gestern Abend in Dänemark noch rechtzeitig erreicht haben«, meinte Harry, »und was wurde aus deiner heißen Liaison mit Jana?« »Ja, unser jugoslawisches Reisequartett …; erst trennte sich Jana nach zwei Monaten von mir, später dann auch von Florian und heute gehen wir alle vier unsere eigenen getrennten Wege …! Das waren Zeiten, was!? Erst hat man zwei Frauen auf einmal, um dann hinterher ganz alleine da zu stehen …!«

Zurück in Göteborg am schwedischen Zoll: nix, absolutely nix passierte!! Der Alkohol blieb von den Zöllnern unerwähnt, und mit einem Gute-Fahrt-Wunsch ließ man uns ziehen: Dieses Ergebnis war uns das Erlebnis echt wert!
So holten Harry & ich uns die vom schwedischen Zoll gestohlene Nachtruhe an einem waldigen und ruhigen Straßenrand Richtung Norwegen nach, in dem wir die Sitzbankrücklehnen runterkurbelten und ein wenig in unseren Schlafsäcken dösten.

Dann kamen wir endlich im südnorwegischen Städtchen Aas bei Osko an, der aber schon für die Weiterfahrt auf uns wartete, sodass wir dann von dort aus im Konvoi zum Gudbransdal aufbrachen:
   – Osko mit seiner Frau Berit und seinem Sohn Sigurd in ihrem Lada
   – Harry und ich in meinem Passat.

Schließlich schafften wir auch die letzte Etappe, und nach ca. 1600 km waren wir endlich in den beiden Hütten im Mysuseter Fjell innerhalb des Rondane-Nationalparks bei Otta angekommen, was auf halber Strecke zwischen Trondheim und Lillehammer liegt. Erst mussten wir mit Osko unsere mitgebrachten Alkoholvorräte leertrinken, dann konnten wir endlich schlafen, schlafen, schlafen …!

Am zweiten Tag waren wir dann im Nationalpark schon längst mit der Natur eins: Mit »Tennis, Schläger & Kanonen«, unser norwegischer Zyklus hatte seinen Namen gefunden, als Harry, Osko und ich bis in die späte Nacht, wobei es da in Norwegen immer noch taghell war, Sportturniere durchführten:

- Mit Oskos Luftgewehr ein Wettschießen: auf Steinchen, leere Bierdosen, Schafscheiße und schließlich der Höhepunkt: auf den kleinen roten Weindrehverschluss. Nicht Kratzer oder Dellen zählten, sondern nur der astreine Durchschuss mittendrin! Und ich wurde Schützenkönig, wobei sich sicherlich meine ehemalige Schießausbildung bei den Wildeshausender Fallschirmjägern bezahlt machte: zusammen mit der richtigen Dosierung Alkohol eine unangreifbare Festung: Als neuer Schützenkönig wählte ich Berit zu meiner Schützenkönigin für das Schützenfest am nächsten Abend.
- Dann der heiß umstrittene Badminton-Kampf, die »Mysuseter Open«: das alles natürlich unter dem frischen Einfluss von Boris Beckers Wimbledon-Turniersieg im Tennis. Harry wurde jedenfalls im Endspiel gegen mich Wimbledonsieger im »Mysuseter Open«!

Mit »Tennis, Schläger & Kanonen« wurden wir beide ein unschlagbares Team wie einst in den 60er-Jahren die beiden Schlingels in der gleichnamigen TV-Krimi-Serie: Kombiniert mit unserem alles überwältigenden Charme sollten die Norwegerinnen ruhig kommen!

Am nächsten Tag, am Tage des großen Schützenfestes, machten wir zunächst einen Ausflug in die Berge und standen dabei mitten im Hochsommer sogar auf einem Schneefeld. Um das Schützenfest abends gehörig feiern zu können, leisteten wir uns dann sogar ausnahmsweise eine ganze Kiste Bier für 200 Norwegische Kronen, was in etwa 65,– DM entsprach …! Erst ging auch alles gut. Berit wurde Kniffel-Königin. Aber Osko warf noch selbst gebrannten Wodka und Whisky in die Runde, und zu viel Alkohol ließ das Schützenfest nach einer langen hellen Nacht ca. um 07.00 Uhr morgens kippen: Ich war gerade zu Bett gegangen, als sich ein Drama anbahnte …!

Berit war ziemlich betrunken und meinte, sich etwas in Harry verliebt zu haben, und wollte deshalb mit ihm Liebe machen. Osko hatte vorher sogar beiden mächtig zugeredet, »es« miteinander zu treiben, weil man das in

Norwegen alles nicht so fanatisch eng sehen würde: und er & Berit schon gar nicht …!

Aber dann passierte ja noch nicht einmal was: Harry und Berit hatten nur miteinander geredet, saßen zwar dicht beieinander, hatten aber höchstens ein wenig gekuschelt.

Plötzlich stieg Osko der Alkohol mit Macht in die Birne, und er führte sein Drama auf …! Er wütete, schrie, klopfte und tobte um unsere Gesindehütte herum, wohin sich die verschreckten Harry und Berit zu mir zurückgezogen hatten: »Du bist durch, du bist durch, durch, durch – unten durch, Harry! Du kommst hier nicht lebend raus!!«

Und genauso plötzlich kam dieser dahingeworfene Mordgedanke ins Spiel, den wir ja alle durch die Thriller aus TV und Kino in- und auswendig kennen: Alkohol – Eifersucht – Unberechenbarkeit – Mordlust – Angst …

Nach kurzer Beratung packten Harry und ich unsere Sachen und wollten nur noch weg: ein besoffener Irrer jagte uns »Angst und Schrecken im Fjiell« ein!

Da er uns auch ausdrücklich rausgeworfen hatte, sahen wir keinerlei Anlass, diese dramatische Berggegend weiterhin als Aufenthalt zu wählen. Wir konnten allerdings nicht so einfach wegfahren, weil

a) Berit mit uns kam, und

b) der Schlüssel von der Schranke, hinter der mein Auto innerhalb des Nationalparks stand, sich im Haupthaus befand, in dem sich Osko inzwischen verrammelt hatte.

Da ich selber ja nicht der Grund für Oskos dramatischen Aufruhr war, versuchte ich es mit gutem und mehrmaligem Zureden oder gar Verabschieden, aber Osko öffnete weder die Tür vom Haupthaus noch sagte er überhaupt etwas.

So mussten wir mit dem Problem der Schranke selber fertigwerden:

1) umfahren ging nicht, da links und rechts tiefe Gräben das verhinderten.

2) Schloss knacken schafften wir nicht, da es zu groß war.

3) Wir versuchten die Pfähle umzulegen, was zwar klappte, aber nix nützte, weil wir dann trotzdem nicht über die Schranke hinwegfahren konnten.

4) Einen der beiden Pfähle zur Seite zu zerren, ging auch nicht, weil sie unten jeweils in riesige Betonklötze eingelassen waren.

5) Laut Berit hatte einen anderen Schlüssel nur der Nationalpark-Ranger, aber der war leider nicht aufzufinden.

So schien die einzige Lösung zu sein: Warten …!

Da hatte Harry seinen großen Auftritt: Er entdeckte, dass man die Schranke auseinandernehmen konnte! Und ich hatte das richtige Werkzeug dafür an Bord: einen Fünfzehner-Schlüssel und diverse Zangen.

Und es klappte tatsächlich: auseinandergeschraubt, durchgefahren und wieder zusammengeschraubt; das Hindernis hatten wir durch gute Teamarbeit überwunden!

Danach blieb uns nur noch das Problem »Berit«: Sie hatte zwar keine Angst vor Osko und brauchte wohl auch keine Angst vor ihm zu haben, aber sie saß noch immer in meinem Auto, und fuhr mit uns weg …

Aber dann hielt ich an und redete »Tacheles« mit Berit: »Schau Berit, wenn du jetzt mit uns abhaust, dann wird es für eure Beziehung total schlimm. Willst du das riskieren? Oder wollt ihr euch sowieso trennen? Wenn nicht, dann bleibst du besser hier, weil es so eh schon schlimm genug ist …« Sie überlegte kurz, dachte intensiv an ihren kleinen Sohn Sigurd, stieg aus dem Auto und rannte zurück …

… und wir düsten los: wieder mal völlig ohne Schlaf, dazu beide betrunken. Harry fuhr zuerst, da er der Dramen-Auslöser war; und beide waren wir sehr beklommen von dem Erlebten.

Wir fuhren und fuhren, bloß weg, erst Harry, später ich selber – bereits ernüchtert – ohne Essen, ohne Frühstück, ohne Zähneputzen, aufs Geratewohl nach Süden: durch's wunderschöne Gudbransdal, ohne jeden Sinn für diese Schönheit. Dann schlief Harry neben mir ein, und ich machte wieder einen auf »on the road«!:
- – fahren
- – an einer Fernfahrerraststätte ausgiebig waschen und Zähne putzen
- – fahren
- – bei Ann-Kathrins Eltern anrufen, aber sie war nicht da. Auf dem Rückweg wollten wir sowieso meine norwegische Kommilitonin Ann-Kathrin besuchen, die ihr Praktikum in einem Frauenhaus in Askim machte und

deshalb mit ihrem Sohn den Sommer über bei ihren Eltern im südnorwegischen Spydeberg wohnte. Für Ann-Kathrin war ich wegen meiner Dänisch-Kenntnisse übrigens ein halbes Jahr an der Fachhochschule Hagen ihr Tutor, da Dänisch und Norwegisch fast ähnliche Sprachen sind

- fahren
- später noch mal anrufen, weil wir ja viel eher als erwartet zurück nach Südnorwegen kamen: Ich erreichte sie, und sie hatte sogar frei an dem Tag: große Freude!
- weiterfahren
- anhalten, etwas essen, das wir morgens gekauft hatten
- fahren, fahren, weiter gen Süden
- vorbei an Lillehammer, wo später die Olympischen Winterspiele 1994 sein werden
- entlang des Laagen-Flusses
- am Mjösja-See entlang
- fahren – fahren – fahren, denn Norwegen ist verdammt lang!: Von Kirkenes im hohen Norden bis Oslo ist es genauso weit wie von Oslo nach Mailand!
- Bis kurz vor Hamar schaffte ich es dann gerade eben, dann musste auch ich endlich schlafen.

Irgendwann wachten wir beide auf: Den ganzen Tag schien die Sonne, wir fuhren durch die wunderschöne und friedliche Landschaft in Südnorwegen zwischen Lilleström und Askim, gute Musik aus dem Bordrecorder, und schon bald sollten wir bei Ann-Kathrin in Spydeberg sein und endlich entspannen: unsere Laune stieg langsam wieder bei der Aussicht auf ein paar ruhige, friedliche und relaxte Tage ohne Stress!

Und die bekamen wir dann auch. Wir erlebten die Gastfreundschaft einer »normalen« Familie:

- Ann-Kathrins Vater ist Pfarrer
- Ihr Bruder räumte für uns sein Zimmer
- Ihre Eltern verreisten übers Wochenende
- Wir konnten uns wie zuhause fühlen: »hyggelig« würde der Däne sagen
- Wohnten und frühstückten gemütlich und schliefen lange
- Spielten mit Ann-Kathrins sechsjährigem Sohn Badminton oder Fußball …

Als wir dann später wieder zurück in Deutschland waren, hatten wir uns wieder einigermaßen erholt von »Angst und Schrecken im Fjell«, hatten allerdings in neun Tagen ca. 3500 km abgerissen, was ja einem Schnitt von ca. 400 km/pro Tag entspricht, und das ist für norwegische Verhältnisse schon ganz schön gut, weil man dort aufgrund der Straßenverhältnisse vielleicht auf ein Tagespensum von nur ca. 500 km kommt …

Monate später, als Harry gerade bei mir zu Besuch in Hagen war, riefen wir in Norwegen an: Bei Osko und Berit war wieder alles in bester Ordnung, als wäre nie was geschehen. Zu seinem durchgeknallten Auftritt meinte Osko nur lakonisch: »Wer abhaut, hat verloren!«, der Arsch!!!

California Dreaming

Oder: Dem Tode gerade noch mal von der Schippe gesprungen

Trotz oder gerade wegen einer kurzen Liaison 1982/83 hatten meine blonde großherzige Kollegin Cora und ich uns lange Jahre so gerne, dass wir am liebsten auch mal zusammen in den Urlaub gefahren wären. Aber wir waren die einzigen hauptamtlichen Leiter in unserem Hagener Jugendzentrum, so-dass eine(r) den anderen immer vertreten musste: Urlaub zusammen machen war einfach nicht drin! Bis sich unsere beruflichen Wege trennten, womit wir endlich zusammen Urlaub machen konnten: 1986 war »California Dreaming« angesagt, und wir träumten dann fünf Wochen lang als zwei Freunde zusammen »Kalifornien« im September / Oktober 86 live in California, USA.

Erst erlebten wir eine Woche lang zu Fuß San Francisco, sicherlich eine der schönsten Städte der Welt: Wir fuhren über die Golden Gate Bridge; sahen das bekannte Haight-Ashbury-Viertel und im Greek-Theater von Berkeley live die beiden Musikgruppen »UB 40« und die »Fine Young Cannibals«.

Wir unternahmen eine Fährtour vorbei an Alcatraz bis hinüber nach Sausalito, wo wir die fantasiereichsten Hausboote bewunderten, unterwegs verletzte sich Cora allerdings so sehr, als ihr Fußnagel am großen Zeh durch eine Schwingtür weggeschnappt wurde, dass sie erst mal im Hospital notfallmäßig behandelte werden musste.

Weil Cora dann nicht mehr so gut laufen konnte, liehen wir uns einen blauen Ford Tempo Automatic bei »Budget« für nur 118,– $/Woche und bereisten für die nächsten drei Wochen das südliche Kalifornien:

Sacramento; Camping am Lake Tahoe; Schnee im Yosemite-Nationalpark; unser südlichster Punkt in San Diego; Surfer beobachten bei San Clemente, der kalifornischen Riviera; im strömenden Regen durch Los Angeles: West-Hollywood entpuppte sich als Penner-Zentrum; Santa Barbara; feierten meinen 35.Geburtstag am 27.09.86 in Carpenteria Beach: Es war erst mein zweiter Geburtstag im Ausland nach dem 27.09.71 in Dänemark; und schließlich Big

Sur, wo einst Jack Kerouac und Henry Miller gewohnt hatten: Dort besuchten wir die Henry Miller-Memorial Library, wo wir Emil White trafen, ein alter österreichischer Freund von Henry Miller, dem Miller auch seinen Roman »Big Sur und die Orangen des Hieronymus Bosch« widmete.

In Big Sur campten wir idyllisch unter den hohen Nadelbäumen des Redwood-Waldes, Sequoia Sempervirens, die bis zu 100 m hoch werden können, wo außer dem Rauschen der riesigen Bäume im Wind sonst eine Oase der Stille herrschte. Außer wenn sich morgens um 07.00 Uhr plötzlich der Boden unter dir bewegte …

… dann war zwar die Welt immer noch in Ordnung, aber die Tiere im Redwood-Wald machten solch einen Radau, als würde ihnen jemand die Federn vom lebendigen Leibe reißen: Steller Jay = Sternhäher, oder Mountain Blue Bird, hieß der Raudi. Dazu bombardierte uns der Wald mal wieder mit Eicheln, dass es nur so im Unterholz krachte und auf dem Boden aufbombte oder manchmal auch auf unser Zelt aufprallte.

Dann wurde ich geweckt, weil mich etwas leicht in die Seite stupste. »Was will denn Cora jetzt von mir?«, dachte ich. Aber sie schlief.

Dafür hob und senkte sich der Zeltboden, darunter hobelte und knabberte es verdächtig nach Erdhörnchen. Da hatte sich doch tatsächlich ein Erdhörnchen einen Gang unter unser Zelt gewühlt; und es war auch mit Schlägen von mir von oben kaum zur Ruhe zu bekommen. Kein Wunder, die tausende von Erd- und Eichhörnchen fühlten sich in diesem schönen Redwood-Wald mit dem durchfließenden Big Sur River wie die Herrscher der Natur! Überall flitzten sie herum. Einmal ließen wir aus Versehen unseren Frühstückstisch aus den Augen, weil wir am Waschhaus das Campinggeschirr spülen wollten. Als wir wiederkamen, war der reinste »Krieg der Tiere« zugange: Einige Sternhäher hüpften auf dem Holztisch herum und stritten sich um unser Brot und Käse: »Hack, hack, hack, schon war das halbe Frühstück weg!«

Aber gleichzeitig wurden sie von oben von einem Trupp Eichhörnchen mit Tannenzapfen bombardiert, weil diese wohl auch schon ein Auge auf unsere Leberwurst geworfen hatten. Ein wildes Durcheinander aus fliegenden blauen Federn, berstenden Zapfen, Hörnchen, Hähern und Frühstücksresten war das Ergebnis!

Als in Big Sur der berüchtigte Nebel aufstieg, fuhren wir runter zur Küste nach Carmel und erlebten dort im Point Lobos State Park lärmende Seelöwen, herumstreifende Pelikane und Kormorane und als Höhepunkt einen im Meerwasser schlafenden Seeotter, zwischen Schlingpflanzen verankert:

»Do you see the otter?«, fragte uns die Rangerin ganz aufgeregt, als sie ihn uns durch ihr Fernglas zeigte. Abgerundet wurde die Naturszenerie durch türkisfarbene Lagunen und schroffe Felsen, die die merkwürdigsten Farbformationen, Muster und Strukturen bildeten.

Das wirkliche Big Sur mit seinen wechselvollen Schönheiten konnten wir jedoch im Julia Pfeiffer Burns State Park genießen: raue Klippen, friedliche Strände, rauschende Wasserfälle und gewundene Bäche zwischen Eukalyptus- und Redwood-Bäumen. Und zum Sonnenuntergang erlebten wir im Big Sur Beach State Park einen wunderschönen Naturpark mit »natural bridges«, weißer Sandstrand zwischen umbrandeten Felsen: wild und romantisch, besonders bei im Westen über dem Horizont des Pazifiks untergehender Sonne …

Danach wollten wir uns was zum Grillen kaufen. Als wir dann unterwegs mit dem Leihwagen zum Shop fuhren, hätte uns fast jemand »getötet«! Es war schon dunkel; und uns kam in einer Linkskurve ein großer Trailer-Van entgegen. Ich wollte es kaum glauben, als die Hälfte dieses riesigen Fahrzeuges auf meiner Spur direkt auf mich zugeschossen kam. Im allerletzten Moment konnte ich das Steuerrad noch nach rechts reißen und war damit dem Tode gerade noch mal von der Schippe gesprungen.

»Wohl dem, der einen Handball-Torwart am Steuer hat! Reaktion ist alles!!«

Nachdem die konkrete Lebensgefahr durch den von der Fliehkraft außer Kontrolle geratenen Van gebannt war, musste ich mein Herz erst mal wieder beruhigen. Wir realisierten, dass wir mit knapper Not dem verhängnisvollen Auffahr-Crash entkommen waren, weil es an dieser Stelle der Küstenstraße von Big Sur rechts steil hoch ging und links ein schroffer Abgrund zur Steilküste runter noch weniger einladend war …!

Mit klopfendem Herzen kauften wir dann ein und grillten uns schließlich jeder einen Cheeseburger und Hamburger über der Glut unserer Campingplatz-Feuerstelle. Das war nach T-Bone-Steak und Hotdogs die dritte US-amerikanische Spezialität, die wir uns selber gegrillt hatten.

Immer wieder Feuer – Rauch – Qualm: Ein großer Teil meiner Kleidung roch schon ganz verräuchert nach all den vielen Camping-Grillabenden in Big Sur.

Als ich dann mit Cora nach dem Essen und bei einer gemütlichen ½ Gallone kalifornischen Chablis der Gebrüder Ernest & Julio Gallo am Lagerfeuer saß und wir noch mal unser gefährliches Abenteuer Revue passieren ließen, fiel mir eine ähnlich gefährliche Situation ein: »Sag mal, Cora, habe ich dir schon mal davon erzählt, wie es fast zu einem Doppelbegräbnis von Carlos und mir in der Toskana gekommen war …?« »Nee, Danny, da weiß ich nix von. Erzähl schon!«

»Also, das war 1984, als ich mit Carlos frisch in der Toskana angekommen war, in Viareggio an der Riviera-Küste auf einem Camping-Platz. Es begab sich alles am ersten Abend in Viareggio zwischen dem üppigen Abendmahl in der Strand-Trattoria mit zwei Flaschen Rotwein und dem wohl endgültigen ›Zu-Schlafsack-Gehen‹ etwa um 03.00 Uhr morgens …!

Alles hatte natürlich wieder mit übermäßig viel Alkohol zu tun oder auch mit ›demasiado corazon‹, wie der Spanier sagen würde: mit ›zu viel Herz‹! Denn nach den zwei Flaschen Wein beim Essen tranken wir an der Freiluft-Bar noch weiter jede Menge Gläser Wein. Bloß dass er damals vor zwei Jahren rot war und ›Chianti classico‹ hieß, statt wie jetzt hier in Kalifornien weißer trockener Chablis von Ernesto & Julio Gallo.

Jedenfalls dort an der Bar wäre Carlos fast unser erstes Opfer geworden: Die Sinne durch Alkohol getrübt schaute er öfter, als ihm guttat, nach den drei Italienerinnen am Nachbartisch, die uns auch immer wieder anlächelten. Er stand sogar auf, als zwei von ihnen den Tisch verließen, um hinters Haus zu gehen. Da stand so ein bärtiger Italiener rum, der eigentlich gar nicht zu den Signoras gehörte, sondern sie höchstens kannte. Jedenfalls der gab Carlos ein Zeichen; und Carlos ging zu ihm hin. Sofort wurde er von dem italienischen ›Bären‹ kräftig an den Oberarmen gepackt; und es entstand eine bedrohliche Situation: Man weiß ja nie, was diese fanatischen Macho-Typen für ein merkwürdiges Rache-Verhalten an den Tag legen könnten …!?

Aber glücklicherweise warf sich eine der lächelnden Italienerinnen dazwischen und rettete Carlos mit den treffenden Worten ›no capisco‹ das Leben oder zumindest vor einer Ration Prügel. Die Situation und Carlos waren noch einmal glimpflich davongekommen. Im Gegenteil dazu kam es in den nächsten Tagen sogar noch zu dem einen oder anderen stammelnden Gespräch mit der Lächelnden am Strand oder an der Bar, immer dann, wenn der ›Bär‹ gerade nicht dabei war. Carlos nannte sie ›das Land des Lächelns‹, zumal er ihren Namen vergaß. Aber alles war sehr schwierig, da Carlos kein Italienisch sprechen konnte, und fast alle Italienerinnen nur Italienisch sprachen, damit sie auch ja keinen Ausländer kennen lernen konnten …!?!?

Meine gefährliche Situation dagegen war mal wieder durch eigenen Übermut zu Stande gekommen. Als sich zur Nacht hin das Barleben auflöste, gingen wir noch mit unseren Instrumenten in den Wald, um die vorhandene Power in Musik umzusetzen. Schon auf dem Weg zum Wald hielt ein Auto an, und drei begeisterte Italiener stiegen aus, um für eine kurze Zeit eine Musiksession mit uns zu machen. Ich hatte ja dafür einen ganzen Sack voller Perkussions-Instrumente dabei. Dieser kurze Musik-Set hatte mich wohl so begeistert, dass ich danach schier jedes Auto anhalten wollte, um mit den Fahren Musik zu machen. Dazu stellte ich mich zweckmäßigerweise mitten auf diese Kreuzung im Wald. Als dann tatsächlich einer anhielt, war ich an diesem potenziellen Musikpartner so interessiert, dass ich für einen Moment den Rückraum hinter mir aus den Augen ließ …

… ssssstttttscht!!!: raste ein Auto knapp an mir vorbei, dass es den Musiksack auf meinem Rücken nur so wegschleuderte. Gut, dass ich gerade in diesem Moment nicht schwankte oder gar einen Ausfallschritt nach hinten gemacht hatte, sonst müsste diese Geschichte ein anderer schreiben …!

Der Mann aus dem von mir angehaltenen Auto war dann auch noch ein Uniformierter. Deshalb verließen wir mit den Worten ›al mare‹, also dass wir jetzt zum Meer gehen wollten, sofort diese Situation und flüchteten in den Wald hinein. Zusätzlich war nämlich auch noch der Zeltplatzwächter aufgetaucht, von uns ›der Gnom‹ genannt, der nämlich seit jener Nacht ein besonderes Auge auf uns beiden ›musici ambulanti‹ geworfen hatte. Später in der Nacht begleitete er uns dann auch noch persönlich bis zu unserem Zelt, um sich mit einem fragenden ›Finito?‹ ein letztes Mal nach unserer Rest-Power zu erkundigen.

Aber außer diesem nächtlichen Schrecken, von dem auch ich noch mal glimpflich davongekommen war, hatten sich allerdings meine Perkussionsinstrumente merklich reduziert: Durch den Aufprall an der Kreuzung waren drei davon kaputt gegangen und zwei fehlten ganz ….

Und mir persönlich ging es am nächsten Tag wegen meiner Kater-Kopfschmerzen und Übelkeit total grässlich, sodass ich nahezu einen ganzen Tag verlor. Ich trank viel ›Panna‹, also Mineralwasser, ging in den kühlen Schatten des Waldes, lag dort herum und musste einmal sogar das ganze Mineralwasser wieder auskotzen. Auf jeden Fall hatte ich bereits nach einem Tag meine Urlaubslektion für die Toskana gelernt:

– Weniger Vino, und nur gut dosiert!
– Vorsicht vor italienischen Autofahrern!
– Ein lebender Deutscher ist besser als eine matschige Verkehrsleiche …!«

»Ui, ui, ui! Mein Gott, Danny, was für eine Dramatik!«, warf Cora ein, »das war ja nur der erste Abend. Ich hoffe, das blieb nicht so die ganze Zeit mit euch?« »Nein, glücklicherweise haben wir dann ›il filo rosso‹ noch gefunden«, entgegnete ich ihr. »Den was?«, fragte Cora.

»›Il filo rosso‹ hieß damals für uns der ›rote Faden‹, und dem folgten wir auf unseren Wegen durch die Toskana:

– Wir tranken den guten roten Wein.
– Wir folgten zwischen Florenz und Siena der ›routa di Chianti classico‹.
– Wir machten Musik, die vom Herzen kam, und gewannen dadurch die Herzen der Menschen, als wir eine Musiksession mit Rocco, Musiklehrer für autistische Kinder, und seiner Gruppe aus Perugia machten: Behinderte und ihre Begleiter/innen, wie z. B. Barbara und ihre Schwester Christine.
– Wir hörten die schönen italienischen Lieder, die uns die beiden Schwestern bis spät in die Nacht sangen: von Angelo Branduardi, Lucio Dalla und Gianna Nannini, sodass Carlos und ich ganz andächtig lauschten, und es rührte uns das Herz und manches andere mehr …«

»Wie meinste das denn?«, fragte Cora. »Wenn du es genau wissen willst«, gestand ich, »die verrückte Barbara schleppte mich in das nahegelegene Waldstück, wo ich ein paar Tage vorher fast noch hopsgegangen wäre, und dann hatten wir den wildesten Sex mitten im Wald, uns dabei auf den Piniennadeln wälzend, den du dir vorstellen kannst, ab und zu erleuchtet durch die Scheinwerfer eines Autos, das durch den Wald bretterte …!«

»Aha, sehr interessant, Danny, und wie ging es dann mit euch weiter?«

»Ja, eigentlich wollte ich es bei dieser von Rotwein und Liederabend beseelten Liebesnacht als einmaligen Ausrutscher belassen, hatte ich doch damals noch meine glückliche Beziehung zu Kirsten in Hagen.

- Aber dann folgten wir wieder dem ›filo rosso‹ und landeten auf einem Fest der Roten, da wir einer Einladung unserer Zeltnachbarn folgten, der Künstlerfamilie Innocenti aus Perugia, es gäbe da nebenan ein Fest am Samstagabend von der kommunistischen Zeitung ›Unita‹.
- Wir kamen, feierten mit, tranken, aßen, es gab eine Livemusikkapelle und Tanz.
- Und natürlich kamen auch Barbara und Christine dort hin. Ich tat keinen einzigen eigenen Schritt, damit ich mein Vorhaben ja halten konnte, und blieb deshalb auch den ganzen Abend auf meinem Stuhl sitzen. Aber trotzdem kam es zum Sex mit Barbara: Sie blieb einfach bei mir, bis das ganze Fest sich aufgelöst hatte und alle verschwunden waren außer uns beiden. Sie setzte sich dann einfach rittlings auf mich, und wir bumsten auf dem Stuhl, wo ich saß …

Hinterher ging ich dann allein und etwas verwirrt in unser Zelt. Diese entspannte Verwirrtheit hielt noch einige Tage an. Und auch Carlos wollte nicht zurückstehen, als er dann später in Siena die so genannte »niedersächsische Variante« wählte, als er zusammen mit einer blonden Norddeutschen des Nachts in ein Freibad krabbelte, wo sie sich dann verlustierten. Es war ja Hochsommer, also schön warm draußen …«

»Ts, ts, ts, ihr macht ja Sachen, Danny! Aber trotz deiner amüsanten Story gehe ich jetzt ins Zelt, ich bin müde.« »Good night, sunny honey«, gab ich Cora noch mit auf den Weg und blieb noch eine Weile nachdenklich an der Glut unseres Grillfeuers sitzen.

Um Mitternacht hatte ich das Gefühl, wegen des gut ausgegangenen und verhinderten Crashs an der kalifornischen Küste für mich persönlich ein Fanal setzen zu müssen. So gab ich dem Feuer ein Opfer für das gerettete Leben: mein weißer mexikanischer Sonnenhut aus Mazatlan, den wir damals 1978 wegen Tinas Sonnenallergie in ihrem Gesicht gekauft hatten, war inzwischen zwar schon arg lappig geworden, tat mir hier in Kalifornien aber trotzdem als Sonnenschutz für meine Birne ein paar Mal gute Dienste. Den warf ich in die Glut; und er ging in Flammen auf: Aber schließlich begann für mich ein neues Leben, weil das alte schon fast verwirkt gewesen wäre …!

Apropos neues Leben: Nachdem ich seit der Bundeswehrzeit Anfang der 70er-Jahre fünfzehn Jahre lang einen Vollbart trug, rasierte ich mir den 1986 endlich ab, nachdem ich mir vorher schon beim Pogo-Tanzen mit den Punks deswegen recht deplatziert vor kam. Passend zur äußeren Renovierung strich ich zuerst meine damalige Wohnung auf Hagen-Emst komplett weiß, nachdem ich dort jahrelang in höhlenartigen Zimmern mit vollen Erdfarben wie Dunkelbraun, Beige, Rot oder gar Gelb gewohnt hatte. So kam dann schließlich auch die äußere Erscheinung dran: Der Hippie-Bart musste ab …!

Danach konnte ich dann auch endlich Cocktailpartys zu Vernissagen veranstalten, wobei ich kleine beleuchtete Themenausstellungen in einem Fach meines Vitrinenschranks installierte …

Das waren Zeiten …!

Schließlich noch zum Fußball in jener Zeit: nach dem letzten großen Erfolg mit der bisher letzten Deutschen Meisterschaft 1978 kam der 1. FC Köln 1986 sogar bis ins UEFA-Cup-Finale gegen Real Madrid.

Oder gar die deutsche Nationalmannschaft 1982 und 1986, die zweimal mit ihrem typischen Rumpelfußball jeweils erst im WM-Finale den Italienern um Torjäger Paolo Rossi 1982 und den argentinischen Gauchos um Diego »die Hand Gottes« Maradona 1986 unterlag, dafür aber endlich mal wieder 1990 in Italien Fußball-Weltmeister wurde, wobei sogar mein 1. FC Köln mit Pierre »Litti« Littbarski, Thomas »Icke« Häßler und dem Torhüter Bodo Illgner drei Spieler dazusteuerte. Das war sicherlich auch ein Verdienst des damaligen Trainers des 1. FC Köln, Christoph Daum, den die Kölner Vereinsführung allerdings auf mysteriöse Weise mitten während der Fußball-WM 1990 in Italien feuerte, womit sie auch für alle Zeiten sicherstellten, dass es dann nach 1990 mit dem FC Kölle leider wieder bergab ging …!

Burmesische Straßenräuber

Auf einer Gartenparty bei Harry in Wechte bei Tecklenburg im Sommer 1987 überlegten Carlos und ich, wohin unsere nächste große gemeinsame Reise gehen sollte. In den 70er-Jahren wollten wir ja beide zusammen mal die Welt umreisen, wozu es aber nie gekommen war. So war es dann immerhin wenigstens etwas, dass wir für fünf Wochen lang unseren Jahresurlaub zusammen in einem exotischen Reiseziel verbringen wollten …!

Die Fernziele wurden wie Tischtennisbälle über den Gartentisch hin- und hergeschmettert:

Carlos als Tai-Chi-Mann hatte Interesse an Taiwan.

Mich als alten Reggae-Fan zog es nach Jamaika.

So wurden wir uns rasch einig und fanden einen würdigen Kompromiss, der uns beiden zusagte: THAILAND! Denn dort sollte es Trauminseln mit Kokosnusspalmen geben, die schöner seien als die pazifischen Südseeinseln …!?

Demzufolge reisten wir dann im Februar 1988 durch Thailand, um dort allerlei Abenteuer zu erleben. Zum ersten Mal stieß ich auf den Begriff »burmesische Straßenräuber« in einem Traveller-Handbuch. Dort wurden die verschiedensten Gefahren während einer Thailand-Reise so anschaulich geschildert, als lauerten hinter jeder Ecke gefährliche Situationen, die es einem Fremden in diesem südostasiatischen Tropenland, erst recht wenn er sich dort zum ersten Male aufhielt, als Slalomfahrt zwischen den Tücken des Dschungels vorkam, wie z. B. Hundebisse, Infektionen beim Baden in Flussmündungen (deshalb war bald unser beliebtester »running gag« für besonders gefährliche Situationen in Thailand: Hundebisse in Flussmündungen!) oder eben besagte diebische Burmesen. Da wurde dem armen Traveller eine dermaßen große Portion Paranoia verabreicht, als hätte er im Vietnamkrieg zu überleben …! Dabei wollten wir nur ein bisschen Urlaub machen!

Also fuhren mein Freund Carlos und ich auf der Fahrt von Bangkok nach Süd-Thailand elf Stunden in einem bequemen Airconditioned-Reisebus durch die heiße Tropennacht nach Süden. Dort gab's ja einen emsigen Service im Bus, damit man ja keine Langeweile hatte: zur Begrüßung eine Hähnchenkeule, ein Donut und ein Sandwich, dann eine Cola, dazu Musik, dann ein thailändisches Video, wieder Musik, Kopfkissen & Decken zum Schlafen, dann wieder aufwecken, Erfrischungstücher, um Mitternacht an einer Raststation essen, so viel man wollte: alles im Fahrpreis inbegriffen.

Dann endlich schlafen: bequeme Sitze, weit auseinander, fast waagrecht liegend, die Musik wurde leiser ...

... mit der Hoffnung. dass der Fahrer nicht auch einschlief!

Rechts und links der Straße türmten sich die interessanten Felsenberge aus Kalksandstein wie einzelne merkwürdig geformte Hügel vor dem Mondlicht auf: mit Kugel- und Kegelformen, hingetupft wie ein göttliches Riesen-Murmelspiel.

Während in dem Bus die ahnungslosen Reisenden durch sülzige thailändische Liebesmusik in Sicherheit gewiegt wurden, lauerten schon draußen in den Bergen westlich der Straße die skrupellosen burmesischen Straßenräuber, arm geworden durch die Diktatur einer sozialistischen Fehlplanungswirtschaft.

Es gibt da eine Stelle in der thailändischen Topografie, wo Thailand nur ca. 13 km breit ist.

Kurz hinter Prachuap Khiri Khan kommt das burmesische Bergland, also heutzutage Myanmar, bis auf 13 km an den Golf von Thailand heran.

Dazwischen fuhr gerade unser Bus durch die Nacht gen Süden, »als der Busfahrer wegen eines Hindernisses auf der Straße anhielt: Es war ein umgekippter Anhänger. Der Busfahrer stieg aus, um die Situation zu eruieren, wurde dabei aber sofort von zwei mit roten Stirnbändern versehenen Burmesen niedergeschlagen. Weitere vier ganz in Schwarz gekleidete gedrungene Gestalten – natürlich rote Stirnbänder über pechschwarzen Haaren und wild dreinblickenden Schlitzaugen – drangen ins Businnere ein, jeder eine Kalaschnikow im Anschlag. Die verschiedenen Fahrgäste – uns eingeschlossen – rieben sich ungläubig die Augen:

Die mit nur 13 km schmalste Stelle auf dem thailändischen Festland befindet sich in der Nähe der Stadt Prachuap Khiri Khan

Das schien ein ernsthafter Überfall zu sein. Bisher war alles blitzschnell und lautlos vor sich gegangen, doch jetzt bellte der Erste der Burmesen kurze thailändische Befehle in dem uns bekannten Sing-Sang, worauf die Thais im Bus noch verstörter schauten. Zu uns paar Farangis (= weiße Fremde) rief er: ›Lobbeli, Lobbeli, Lobbeli!!!‹

Zuerst wussten wir gar nicht so recht, was Sache war, bis uns klar wurde, dass dieses ›Lobbeli‹ wohl das englische ›robbery‹ bedeuten könnte!? Denn viele Ostasiaten können das ›R‹ nicht aussprechen und sagen stattdessen ›L‹: also z. B. ›Leally, tomollow evening is Lockn Loll-dancing‹ (= really, tomorrow evening is rock 'n' roll dancing) oder auch ›falangi‹ statt ›farangi‹ für uns fremde Langnasen.

Als die Burmesen aufgeregter mit ihren Kalaschnikows herumfuchtelten, begannen auf einmal die Thais im Bus damit, sich zu entkleiden. Ungläubig starrten wir auf diesen Film: ›Die werden doch wohl hier im Bus keine Frauen vergewaltigen!?‹ Nein, tatsächlich, das hatten sie wirklich nicht vor, sie wollten nur alles – sämtlich alles!!: Die Koffer und Taschen hatten sie bereits aus dem Gepäckfach unten rausgestellt, das Gleiche geschah mit unseren Handgepäckstücken aus dem Businneren. Per Burmesen-Kette wanderte alles in den Straßengraben. Einer der Burmesen holte mehrere Leinensäcke, in denen er eilig alle Kleidungsstücke und Wertgegenstände der Bus-Passagiere stopfte, während draußen das besagte Gepäck in zwei Geländewagen japanischer Herkunft (wohl Suzukis?) diszipliniert und generalstabsmäßig verladen wurde. Notgedrungenerweise standen auch wir bald bar jeder Kleidungs- und Wertgegenstände dumm da: Machten doch die entschlossen dreinblickenden Gesichter der burmesischen Straßenräuber samt ihrer noch gewichtiger dreinschauenden Kalaschnikows mächtigen Eindruck auf uns und unser (Über-)Leben. In vielleicht fünf Minuten war der ganze Spuk vorbei, und die Burmesen düsten mit ihren Geländewagen über Feldwege durch den unübersichtlichen Dschungel ihrer heimischen Bergwelt die paar Kilometer bis zur grünen Grenze nach Burma. Zurück ließen sie ca. 15 Thais und 4 Falangis, alle notdürftig eingewickelt in die schottenrot-karierten Decken der Busgesellschaft: Es sah ziemlich blöd aus, wie riesige Blasskörper mit Langnasengesichtern und Blondköpfen in rotkarierten Decken herumstanden: wie Barbie-Puppen mit Stoffresten bekleidet.

Die Burmesen schienen für immer verschwunden zu sein (?), und die Buspassagiere schauten ratlos drein: ›Was jetzt?‹

Auch Carlos' Trick mit dem Elefanten hatte nicht geholfen. Wir hatten nämlich in dem Traveller-Handbuch gelesen, dass man Räubern bei einem Raubversuch einen Buddha entgegenhalten sollte: Das würde u. U. Eindruck auf sie machen. In Ermangelung eines Buddhas hatte Carlos es dann mit einem kleinem Elefanten-Glücksbringer versucht. Entweder verstanden sie seinen Wink nicht, oder sie wollten nicht …?!

Langsam löste sich die Anspannung im Businneren: Hatten wir anfangs eventuell noch in Lebensgefahr geschwebt, so war diese Gefahr nun jedenfalls gewichen: ›Erleichterung! Das nackte Leben ist uns geblieben. Bloß sonst ist alles weg!‹

Lautes Gejammer und Geschrei machten sich aufgeregt im Bus breit. Auch wir waren verzweifelt: ›Wie sollte es jetzt weitergehen?

Sollen wir etwa hier siedeln und im umliegenden Sumpf Reis anbauen?

Sollen wir mit unseren schottenrot-karierten Sarongs wie die in Orange gehüllten Mönche betteln gehen?

Oder war alles nur ein Trick, weil einer der anderen beiden Falangis einen Abenteuer-Urlaub im Dschungel gebucht hat und die fleißigen übereifrigen asiatischen Reiseveranstalter es wieder einmal viel zu gründlich und sprichwörtlich ernst gemeint haben!?!‹

Auf jeden Fall machte es sich jetzt bezahlt, dass wir unsere Rückreise-Flugtickets im Safe unseres Majestic-Hotels in Bangkok deponiert hatten und so wenigstens noch eine Heimreisechance nach Germany hatten! Wir brauchten uns nur irgendwie bis nach Bangkok durchzuschlagen, dafür hatten wir ja immerhin drei Wochen Zeit. Den Urlaub mit Ruhe und Erholung an Traumstränden konnten wir damit allerdings abhaken! Stattdessen würden zweifelhafte Abenteuer, Entsagungen von Nahrung und gewohnter Bequemlichkeit und eine Menge Unannehmlichkeiten auf uns lauern. Gerade kämpfte ich verzweifelt mit gefährlichen Hundebissen in noch gefährlicheren Flussmündungen, als …«

»Aufwachen, Danny, aufwachen! Es gibt Frühstück. Wir sind gleich in Surat Thani«, klang es wie Nachtigallen-Gesang mit der wohlvertrauten Stimme meines Freundes Carlos in meinem Ohr.

Ich sah mich um: Tatsächlich waren alle Fahrgäste in schottenrot karierte Decken der Busgesellschaft gewickelt, auch Carlos und ich!!! Vorsichtig schaute ich unter meiner Decke nach: Kleidung, praktische westliche Jeans, T-Shirt und Sandalen, da lag auch meine Tasche; es war hell geworden; wir fuhren, also ging's auch dem Busfahrer gut!

Alles war nur ein Traum!!! Das hatte man nun davon, wenn man zu viel in Traveller-Handbüchern schmökert und einem die Traum-Fantasie durchgeht …

In Surat Thani am Fährhafen warteten wir auf die Fähre nach Koh Samui, wo wir endlich den Strandurlaub unter Palmen genießen wollten, weswegen wir ja überhaupt im Februar aus dem kalten Europa geflüchtet waren.

Bei der Warterei erzählte mir Carlos eine wirklich aberwitzige Geschichte, die diesem Roman seinen Namen gab: »Straßnroibas!«

Bevor Carlos mit dem Erzählen loslegte, eine kurze Vorbemärkung, also ne Foorbemärkunk: »Dihse Gschichte isn Hamma!: ganns laichd zu lesn, wail nämmich allet so sted, wiwa so sprechn tun. Ej, hömma, genaichten Leser. Daafichma aufe Schnelle ehmten paa Wörtas in eigene Sache?«

Für diejenigen, die sich etwat schwer tun mit dieser Sprache, werde ich den ersten Satz in Hochdeutsch wiederholen und die Vorbemerkung bis zum eigentlichen Beginn der Geschichte so gestalten, dass ich langsam vom Hochdeutschen in unsere kohlenpöttische Alltagssprache, datt Ruhr-Deutsch, übergehe: is klaa, wa eh!: zum Angewöhnen, woll?

Vorbemerkung: »Diese Geschichte ist ein Hammer!: ganz leicht zu lesen, weil nämlich alles so steht, wie wir so normal so sprechen tun.

Abba trozzdem hat dihse Art zu schreihm irgendvie ganns tiefet Nihwo, wailse nämmich mitte Ohrn ließd: also rain opptisch sowieso. Abba kumma, du hörst au richtich, watte so ließd. Fastehn kannse sonne Sachn nämmich nur akustisch, allso wennse dich datt, watte lesn tus, mitte Ohrn forstells!: Hälzich dran, kommße klaa, Allta!?«

Unta Staßnroibas

– Ässey übba Annachismuss im Alltach –

»Zum allerletzten Male für die Unverbesserlichen: in Hochdeutsch heißt das: ›Unter Straßenräubern – Essay über Anarchismus im Alltag‹.

Getz gettet los mitti Schote: Faa ich so aines Nachds ma widda knübbelßdoond durche vasifften Straßn, alsi ersma n Wagn forne lings geänntat hab. Da fing den Zoff unn di willde Heddse durche Pampa an, mein lieben Scholli!

SoFord anne Äkke geiern di krabitzigen Bulln: uns hinnaher:! Wa klaa, wegn Faarasfluchd, wailli nämmich hoite Nammittach durchn geschicktes Übbaholsmannöwa zwai Segers mit ihre Märzedesse zum Kräsch gebrachd hab, datti Märzedes-Stärnkes nur soo floogen taten! Wa zwaa n Schaißfiehlin, wie di Bonsn so in Stücke zafäzzd wurdn, abba is ja schlieslig Kriech!, saidi ledsdens n Pannza durche Siehdlun hab mannöwriern sehn!! Un im Kriech is mitt Rechd unn Ordnunn alle, unn da kommdet aufn paa Menschn mer odda weniga aunni an, kapierßdat?!

Abba dafür musse ganns schön auffe ösigen Bulln aufpassn tun, gebongt?!?: Die machen getz nen wilden Lerri, waildi vonne Obermackas fomm Staahd kaine Piepn mer kriegn, denn im Kriech brauchn se allet für de Rüsdunn! Getz hamm di Bulln sich nämmich selbständich gemachd unn plündann dann hahmlose Passntn aus, dammitt se für den Schmacht von ihra Bruut watt zu baisn kaufn könn!?! Besondaß schaaf sinn di Schaihsbulln auf Wärlose, wie KaaDähVauler, Friegs, Opptachslose, Kinna, allde Loidte, Auslända, Zigoinas, Behinnatte unn alle, di nich mittm Em-Geh unnam Aam spaziern gehen tun: die versemmeln se dann! Da soll man nichn Annachisd wärn!?

Jänfalls fafolln uns di Bulln allso soFord mitt Brass, Karracho unn Höchsgeschwinnichkaid. Abba gegn sonn gewiewdn Rällisfaara wi mich hamm di vertorften Bulln nich di Spuur aina Schongs!!: kain Stuss!

Naach alln Regln vonne Kunnsd habbich se mit Schmackes nassgemachd. Am Ände vonne willde Hatz hamma di kolonen Bulln nämmich folgendawaise vaaaschd: Wir so kroiz un kwär durche Siedlun am stiften gehn; un di Bulln imma hinnerher. Schlieslich den alten Trick: Umme Ecke, unn dann soFord, Kapaaftich!, unsere Karre zwischn zwai paakende Autos verpieselt, Lichd aus, runna mitte Köppe unn stickum, so datt wa von hintn nich zu sehn waan!

Di blödn Heiopeis vonne Bulln saustn natürlich au mitt Karracho an uns fobbai: Härry unn ich am Aufadmenn dranne, derwail di ösigen Bulln imma noch di Siehdlun am Durchkämmen sinn! Wär ja au noch schöna, wenndi uns kriegn würn unn unns dann zu Klump hauen tätn. Alles Paletti, wa ej!?!

Ärsma machdn wa uns – Kapachel, Kapachel – nochn paa annachisdische Gedannkn zum Ainschlafn, abba nachdem wa uns n paa Djschoinds verkasematuckelt hamm, simma widda rattendüll unn zimmlich unnschlaakbaa: davon hammwa nen Fiehlin wi ne Mischunn aus Äll Kaapohne unn Robbinn Hutt. Dann machen wa die Biege, pesen widda los unn schlagn uns durche schrottigen faintlichn Linijen der ›Gaia des Straßnfakärs!‹, nämmich: di Tütenköppe vonne Bulln!!

Dihse Straßnroibas in grünna Unniform sinn trozz ihra dickn Ömmesse von Pannzas gegn uns paa Annachisdn schongsenlos: !

– Ärrschdens sinn wa di waidaus bessren Schpootla: nä ährlich!
– Zwaidens hamm wa gähnübba di unniformiertn Straßnroibas n paa unübbawindliche Waffen: Unsre Traute unn datt wa watt schnallen tun, watt Ambach is: Wir labern di prolligen Bulln doch mitt Kokolores unn unsam annachisdischen Gschwätz klatt anne Wannt! Un nich zu fagessn:
– Drittens (:) Wir könn fliihgn!!!
    Lassd uns ain foichtfrööliches unn rotziges Annachisdn-Lehm lehm inna Draddizion vom Michaill Bakunnihn, Andreaz Baada, Tschaalz Bukofski unn vom Kaaloss! (:) Unn imma kreftich Bullnpimml sammelln …!«

»Wow, Carlos, das ist ja starker Tobak, aber astreines Ruhr-Deutsch. Da fühlt man sich ja wie zuhause, wenn du das Ruhrgebiet hier in die Tropen holst …!«

Dann kam endlich die Fähre nach Koh Samui, sie sah aus wie das »Totenschiff« von B. Traven, und genauso sah auch die Belegschaft aus, die sich auf dem Kahn versammelte: die seltsamst verkleideten Freaks mit Tätowierungen, Ohrringen, Kopftüchern und bunten Gewändern, als suchte Hollywood eine Mannschaft Komparsen für einen Piratenfilm …

Aber glücklicherweise verlief sich diese erstaunliche Versammlung von Outsidern auf der schönsten Insel, die ich bisher in meinem Leben gesehen hatte: flächendeckend Kokospalmen, weiße Strände, warmes türkisblaues Wasser voller Korallengärten und bunter Fische rund um die Insel, freundliche Thais und jeden Abend leckeres Thai-Food, dazu immerzu die angenehm tropische Wärme. Wir fühlten uns dort auf Koh Samui im Golf von Siam sauwohl, bis wir die drei Girls aus Massachusetts wieder trafen: Da fühlten wir uns noch wohler! Sie brachten uns immerhin dazu, diesen paradiesischen Ort bereits nach einer Woche wieder zu verlassen, um eine andere noch tollere Stelle gemeinsam zu entdecken, die wir gar nicht auf der Rechnung hatten:

an der thailändischen Westküste, nämlich am andamanischen Meer: Phra Nang Place bei Krabi, inmitten der fantastischen Sandsteinfelsen, die man aus dem James Bond-Film »Der Mann mit dem goldenen Colt« kennt! Dort gab es keine Kfz., nur Boote, die einen dorthin brachten, Affen wohnten in den Felsen, und wir wohnten einige Wochen in einfachen Bambushütten. In dieser abgeschiedenen Idylle hatten wir das totale tropische Insel-Feeling, obwohl Phra Nang eigentlich auf dem Festland liegt, aber keine Straßenanbindung hat. Das war sicherlich der Höhepunkt unserer Thailand-Reise, zumal wir mit den drei Girls Amy, MaryLou und Miss Eve die idealen Reisegefährtinnen gefunden hatten … Auch als diese weiter zur philippinischen Insel Borocay gereist waren, hatten wir noch viel »Sanuk«! »Sanuk« ist thailändisch und heißt »Spaß«; italienische Form: »Sanuko«, da vier Italiener im Nachbar-Bungalow wohnten. Carlos und ich hatten viel Spaß in Phra Nang, und Spaß mögen alle Thailänder sehr! Ohne »Sanuk« geht in Thailand gar nix!!

Gleichzeitig tobten als Kontrastprogramm die Olympischen Winterspiele 1988 im fernen und kalten kanadischen Calgary. Damals machte sich ja die Marotte breit, dass weniger erfolgreiche Sportler auf einmal für andere Nationen starteten, um überhaupt an Olympischen Spielen teilnehmen zu können. Eine mittelschlechte deutsche Skiläuferin wurde z. B. auf einmal für die Niederlande bei den Olympischen Winterspielen angemeldet.

»Auch Carlos und ich hatten wieder mal Probleme mit unserem eigenen deutschen Bob-Verband, der uns kurzerhand suspendierte. Deshalb starteten wir für Thailand als Bob ›Sanuk II‹, auch die ›Rakete aus Krabi‹ genannt!« Überall waren wir gern gesehen!: »Fragt doch mal die Leute aus unserem Stammrestaurant ›Joy‹: Auch das heißt übrigens ›Sanuk‹ = Spaß!« Dieses Restaurant »Joy« lag unter Kokospalmen, hatte 20 Bambustische im weichen weißen Sand, worum jeweils vier Bambussessel drumgestellt waren, direkt am Strand der Andamanen See, das beste Thai-Food weit und breit, relaxte Musik, Kleidung und Umgangsformen und dazu ausgesprochen fröhliche und lebensbejahende Thais als Belegschaft.

Hier ein einfaches Beispiel: Wir waren es durch unsere drei Girls aus Massachusetts so gewohnt, mit netten Ladys an einem Tisch im Restaurant zu speisen, dass wir uns danach das System »escort« angewöhnt hatten. Das heißt, wir schauten uns die Bambustische unter den Strandpalmen im »Joy« an und wählten dann zielstrebig einen Tisch mit zwei netten allein reisenden Ladys, um diese dann zu fragen, ob an ihrem Tisch noch etwas frei sei …? Da wir als Musiker bei den diversen Beachpartys bereits einen positiven Bekanntheitsgrad erlangt hatten, waren wir auch immer gern gesehene »Tischbegleiter«, die für gute Gespräche und »Sanuk« sorgten …!

Nachdem wir z. B. an einem Abend die ersten beiden Schwedinnen unter den Tisch getrunken hatten, gab mir Carlos den Auftrag: »Heute bist du mal dran. Locke doch mal die beiden attraktiven Schwarzhaarigen dort hinten an unseren Tisch!« »Okay!«, ich stand auf und handelte in echter Philip-Marlowe-Manier, schnappte mir zwei Gläser, holte Eis und ging zu den Ladys: »Hey, ich sehe, wir trinken das Gleiche, warum sollen wir's nicht zusammen am gleichen Tisch machen?« Zeigte dabei auf unseren gemütlichen Tisch mit den Bambussesseln und dem wartenden Carlos. Sie nickten sich kurz verständigend zu, standen auf und kamen an unseren Tisch: zu »Sanuk II«. Es waren die beiden Schottinnen Lady Be und Miss Liz, und es wurde ein schöner Abend mit ihnen: Mekhong (= thailändischer Reisschnaps), Thai-Gras und natürlich »Sanuk II«!

»Sanuk II war der einzige Bob, der nur mit Badehosen und Helm bekleidet durch den Eiskanal flitzte, d. h. direkt auf dem Arsch! Dafür warfen wir in der Südkurve mit Eiswürfeln zu unseren treuesten Fans und Groupies.

Immerhin schafften wir so sogar bei den Olympischen Winterspielen im kanadischen Calgary den 24. und vorletzten Platz, also einen Platz besser als Monaco I, der Bob des Prinzen von Monaco …!«

Zwar ließ uns einige Jahre später der Kultfilm »Cool Runnings« von 1993 vor Lachen schier am Boden kringeln, als es ein Viererbob aus dem heißen Jamaika – mit cooler Reggaemusik untermalt – schaffte, doch noch an den Olympischen Winterspielen teilzunehmen, allerdings hatte man mir diese Idee geklaut, da ich zusammen mit Carlos bereits 1988 in Phra Nang Place bei Krabi den thailändischen Zweierbob »Sanuk II« erfand und taufte!

»Sanuk II« waren aber auch Carlos auf der Gitarre und ich an den Kongas oder Bongos: Alle liebten uns in Phra Nang bei jeder Beachparty und im »Joy«! Da fiel es besonders leicht, mit allen Schweden/innen Dänisch oder mit Italienern Spanisch zu reden, weil die Gefühle eh schon stimmten …!

Dschungeltrip in der Karibik

Es war im Januar 1989, als die blonde, schlanke und lebenslustige Cora und ich feststellten, dass wir beide noch vom Vorjahr jeder zwei Wochen Resturlaub übrig hatten. Was tun damit, um ihn sinnvoll anzulegen? Zumal unsere beiden jeweiligen Partner/in eh keine Zeit hatten, um mit uns den Urlaub zu verbringen. Also gingen wir zusammen ins Reisebüro, mit dem Ziel, dem Winter ein Schnippchen zu schlagen und irgendwohin in die Sonne zu fliegen. Raus kamen wir mit einer preisgünstigen Glücksreise in die Karibik, zur Dominikanischen Republik. Wir reisten wieder mal als Freunde in die Ferne.

Das System einer Glücksreise läuft so, dass sie sehr preiswert ist, weil man vorher nie weiß, wohin man dann vor Ort untergebracht wird. Dafür hat dann der Reiseveranstalter die größtmögliche Verschiebungskapazität mit seinen Urlaubsgästen und gibt somit entsprechend den günstigeren Reisepreis an seine Feriengäste weiter. Man sollte dann allerdings auch sehr gelassen sein, weil man solche Aspekte wie Reiseziel und Hotel erst bei der Ankunft erfährt.

Wir jedenfalls hatten totales Glück mit unserer Glücksreise: Nach der Landung in Puerto Plata stiegen wir in ein kleines Propellerflugzeug für –acht bis zehn Personen um und flogen damit die Küste entlang nach Osten auf die Halbinsel Samana, die über und über mit Kokosplantagen bedeckt ist und so an sich schon eine Augenweide ist. Auf einer Sandpiste unweit der Küste, aber von Dschungel umgeben wie in Lambarene bei Dr. Albert Schweitzer rumpelte unsere Maschine auf die Tropeninsel in der Nähe von Las Terrenas runter. Wir hatten dort das Glück, dass wir in der weitläufigen Anlage des »El Portillo Beach Clubs« in einem Apartment unter Kokospalmen eine Unterkunft zugewiesen bekamen: Das war eine Viersterneanlage, obwohl wir nur für drei Sterne gebucht hatten. Und obendrauf bekamen wir noch zum ersten Mal im Leben »all-inclusive« statt der gebuchten Halbpension. Also viermal Glück bei der Glücksreise!

Dann planten wir auch mal einen Dschungeltrip zu den Wasserfällen von El Limon. Trotz tropischer Regenfälle in den letzten vier Tagen vor dem Trip trafen sich elf Wagemutige an einem Montagmorgen um 09.00 Uhr vor dem El Portillo mit festen Schuhen, kurzer Hose, T-Shirt und entschlossenem Blick: Den würden wir auch noch brauchen! Zusammen mit dem Chauffeur und dem Dschungel-Führer Rafael quetschten Cora, ich und die anderen neun Aufrechten uns in einen Kleinbus; und ab ging die Fahrt vorbei an kleinen Feldern mit Ananas, Melonen, Kalebassen, Tabakpflanzen und Zuckerrohr nach El Limon. Dort stiegen wir aus und liefen noch ca. zehn Minuten den Rest des Weges bergan zu Fuß, wo wir dann bei ein paar Holzhütten in den Tropenwald abbogen. Inzwischen regnete es schon wieder. Na ja, aber in den nächsten vier Stunden hatten wir sowieso mehr mit der Flüssigkeit zu tun, die als Schweiß aus unseren Poren heraustropfte …! Denn es war feucht, es war tropisch schwül, und es war heiß! Der Dschungelpfad aber blieb überwiegend feucht, glatt, glitschig und matschig. Nach ein paar Minuten schlossen sich unserer Karawane ein halbes Dutzend junger schwarzer Mädels an, deren stützende Hände Cora und die beiden anderen Frauen unserer Gruppe gerne in Anspruch nahmen. Trotzdem sahen wir unten rum nach ½ Stunde schon ziemlich pampelig aus, nachdem wir zum ersten Mal einen Fluss knietief durchwatet hatten.

Aber es sollte noch schlimmer kommen, als nur die Turnschuhe völlig nass zu bekommen! Danach sackten wir bei jedem Schritt teilweise bis zu den Knöcheln in lehmig braunen Matsch und sahen bald aus wie die Sau! Bei dieser Aktion konnte man hervorragend seine Sauberkeitserziehung überdenken. Denn schnell kam es nicht mehr auf ein sauberes Ankommen, sondern auf ein heiles Ankommen an! Die Aussicht über das grüne Dach des Tropenwaldes war grandios, wenn wir auf den Höhen entlangwanderten, zumal inzwischen wieder strahlender Sonnenschein herrschte, aber auch entsprechende Hitze! Wir sahen Berge über Berge, mit Palmen oder anderen üppigen Grünpflanzen bedeckt: halt Urwald! Irgendwann hörten wir dann das Rauschen des Wasserfalles, und dann sahen wir sie auch bald von Weitem: die Kaskaden der beiden Wasserfälle, wovon der obere 90 m tief fiel. Das Ziel war nach zwei Stunden anstrengendster Dschungelwanderung erreicht. Wir wuschen unsere Füße und Hände; manche badeten sogar; oder wir stellten uns einfach unter den sprühenden Wassertropfen des großen Wasserfalles: endlich Erfrischung und ein bisschen Pause! Dort fand ich am Ufer des Kaskadenstausees einen Glimmerstein und überraschend versteinerte Muscheln und Austern. Cora war so erschöpft, dass sie sich neben mich auf die Uferböschung legte. »Liebe Cora. Hierhin durch den Dschungel zu wandern, hatte ja wenigstens ein lohnendes Ziel, nämlich den schönen Wasserfall hier. Aber ich hab's auch schon mal anders erlebt, dass das Ziel dann eher frustrierend war.« »Erzähl schon, Danny. Wann war das denn?«, fragte Cora interessiert. Ich hatte also einen kleinen Teil ihrer Lebensgeister wieder erweckt.

»Das war 1984, als ich mit Florian auf der Nachbarinsel von hier, nämlich auf Kuba, rumreiste und wir den ›Reinfall Karibik‹ erlebten. Wir wohnten ja in der Hauptstadt Havanna und machten von dort aus unsere verschiedenen Touren. Havanna, seine umliegenden Strände und auch das Touristenzentrum Varadero liegen ja alle an der Nordküste Kubas, also am Atlantik. Deshalb wollten Florian und ich auch unbedingt wenigstens einmal zur Südküste Kubas, um dort ein Bad in den Fluten der Karibik zu nehmen. Aber unser Ausflug zur Karibikküste entpuppte sich im wahrsten Sinne des Wortes als Reinfall.

Dabei fing alles so gut an: Wir schafften es sogar von selber, morgens um 06.45 Uhr aufzustehen. Wir fuhren, wie man uns geraten hatte, mit der städtischen Buslinie 174 los. Und durch das Empfehlungsschreiben der Dame von der Bahnhofsinformation vom Tage zuvor wurden wir vom Busfahrer in den Außenbezirken Havannas an der richtigen Station herausgelassen, wo ein Überlandbus nach Batabano an der Karibikküste fahren sollte. Dort warteten wir bereits eine Stunde; und es tat sich fast gar nix, außer dass ein Bus in eine andere Richtung fuhr; aber dafür drängelten sich dort wahre Volksmassen. Wir wollten unseren Plan, die Karibikküste zu besuchen, schon aufgeben, da kam doch noch der Bus nach Batabano. Und oh Wunder: Er nahm uns sogar noch mit, obwohl eigentlich schon alle Sitzplätze belegt waren! Nun gut: Standen wir halt die 1 ½ Stunden Busfahrt. Bei einem Ticketpreis von 0,25 DM will man ja auch nicht meckern! Dabei war die Entfernung der Kuba-Durchquerung von Nord nach Süd nur 60 km.

So fuhren wir mal wieder übers Land und sahen dabei manchmal riesige Tomatenfelder, dann Zuckerrohrplantagen oder Bananenwälder, Kokospalmenhaine oder einfach grünes Nutz- oder Brachland. In Batabano angekommen, stiegen wir aus dem Bus aus und irrten etwas in dem Ort herum: Wo war nur das Meer? Dort erfrischten wir uns aber immerhin mit einer leckeren Bananenmixmilch. Da sehr viele Kubaner freundlich und zuvorkommend waren, hatten wir auch in Batabano Glück, als uns ein freundlicher Busfahrer den Hinweis gab, mit einem anderen Bus nach Surgidero de Batabano zu fahren, wo ein Fährhafen und die Küste der Karibik liegen sollten. Dieser Fährhafen ging übrigens auch zur ›Isla del Juventud‹, die angeblich die berühmte ›Schatzinsel‹ von Robert Louis Stevenson gewesen sein soll …!?!

Nach Surgidero de Batabano wollten wir hin. Aber mit einem erfrischenden Bad in der Karibik wurde es nichts: überall Docks, Hafengelände und Schlickwasser, bis wir von einem Hafenarbeiter darauf hingewiesen wurden, dass es wohl weiter östlich einen Strand geben soll. Frohlockend machten wir uns auf den Weg. Das Meer, der Sandstrand kilometerbreit, keine Menschenseele, nur ein Vogelschwarm auf dem Strand, sonst völlig leer: ›Die reinste Idylle‹, dachten wir. Bis wir nach einigen 100 Metern immer mehr und mehr in den Sandstrand einsackten. Dann ging es plötzlich nicht mehr weiter, obwohl wir nur noch zehn Meter vom Meer entfernt waren!: Aber ein kleiner Bachlauf versperrte uns den Weg; und der Untergrund, auf dem wir gingen, wurde immer glitschiger. Im Anblick der nahen karibischen Küste sprang ich wild entschlossen über den Bach und sackte am anderen Ufer bis zu den Knien mitsamt den Schuhen, Socken und der halblangen Hose in den dortigen Modder ein! Florian konnte sich barfuß und mit hochgekrempelter Hose so gerade noch zurück retten, wogegen ich aber noch einmal über den Bach zurück springen musste: Prompt sackte ich noch einmal bis zu den Knien in den Modder ein! Ich sah aus wie ›die Sau‹ und war völlig bedient von der Karibik! Dreckig und stinkig wuschen wir dann erst mal alles an der Kaimauer und ließen es dort von der Sonne trocknen. Hinterher im Hotel in Havanna ging ich dann angezogen mit all den dreckigen Kleidungsstücken unter die heiße Dusche, um dort mit Seife und Schaum den modrigen Dreck und das Salz des Schlicks wieder herauszubekommen.

Aber vorher mussten wir ja erst mal zurück nach Havanna kommen. Aber dieses Mal hatten wir im Gegensatz zum chaotischen Hinweg mächtig Glück: Wir trampten; und unser erster Tramplift auf Kuba, ein leerer Reisebus nahm uns von Batabano bis kurz vor Havanna mit, von wo aus wir mit einem Linienbus gut weiterkamen. Und das Hervorragende an der Rückfahrt war, dass der Reisebus die Tour von der Karibik zur Golfküste eine andere Wegstrecke als der Linienbus vom Hinweg fuhr, wo wir an jeder Haltestelle anhielten. Der Reisebus fuhr zurück nahezu Luftlinie, nahm dabei total irre Abkürzungen über holprige Feldwege; trotzdem kamen wir gut und schnell an. Unterwegs hatten die Dörfer solch klingende Namen wie San Antonio de las Vegas, La Julia, San Felipe, Rancho Boyeros oder Santiago de las Vegas …«

»Igitt igitt, was für eine schmutzige Geschichte!?! Da haben wir's ja hier am Wasserfall richtig sauber!«, war Coras spontaner Kommentar. Ausgeruht verließen wir den erfrischenden Wasserfall von El Limon; und es ging wieder zurück durch den Dschungel: auch hier in nassen Schuhen und dreckigen Socken, aber den Stock fest in der Hand gepackt.

Besser in quatschigen verdreckten Schuhen als barfuß gehen, denn eines der einheimischen Mädels, die alle barfuß liefen, hatte sich bereits auf dem Hinweg eine Fußsohle blutig aufgerissen. Ich merkte nämlich, als ich mal auf dem kurzen Stück zwischen dem kleinen und dem großen Wasserfall barfuß ging, weil es wieder mal einen Fluss zu durchqueren gab, dass ich mit nackten Füßen überhaupt keinen richtigen Halt hatte, als es im Matsch bergab ging.

Auf dem Rückweg ging es insgesamt viel besser voran, weil niemand mehr darauf achtete, ob er oder sie irgendwelchen Matsch oder Modder an den Füßen oder Beinen mehr oder weniger abbekam. Trotzdem bin ich dann auf einem Dschungelpfad wie auf einer abschüssigen Rutschbahn ohne Steine oder sonstigen Halt doch noch ausgerutscht, und meine sämtlichen Kleidungsstücke kamen in Kontakt mit dem lehmigen Matsch.

Da war es für uns alle ein sehnsüchtig erwartetes Ziel, als endlich der Fluss wieder zu durchqueren war: Dieses Mal ging's gleich rein mit den Schuhen für die erste Vorwäsche. Dann schleppten wir uns mit müden Knochen und Gelenken die letzten Meter durch die Gärten und Eingeborenen-Hütten, vorbei an vereinzelten Büschen mit Kaffee und Bananen, Bäumen mit Papayas, Grapefruit, Orangen, Zitronen und Limonen. Dort am Weg wartete Rafael schon mit einer Schüssel geschälter Orangen. Den Saft pressten wir gleich mit den Zähnen aus: Hhmm, das erfrischte und tat gut! Dann trotteten wir die letzten zehn Minuten über den schmalen Fußpfad durch kleine Parzellen von Reisfeldern und Plantagen mit Kokospalmen, Kakao- und Brotbäumen bis zum wartenden Kleinbus, stiegen dort ein und fuhren zurück.

Allerdings mussten wir unterwegs wegen der nassen schlammigen Wege allesamt aus dem Kleinbus aussteigen und ihn dann auch noch einen Berg hochschieben!

Dschungeltrip
zum Wasserfall:
Das Ziel, der Weg
und das Ergebnis

Im Hotelrestaurant angekommen, setzten wir uns so dreckig wie wir waren an einen Tisch. Nach einem schnellen und erfrischenden Bier hatte ich solch einen Heißhunger wie schon seit 1 ½ Wochen nicht mehr, in denen wir ja auch vergleichsweise wenig körperliche Betätigung hatten! Dann erst ging's ins Zimmer, um uns zu reinigen: Der Körper freute sich auf die warme Dusche. Mit einer Nadel operierte ich mir auch endlich einen 1 cm langen Splitter aus der Hand. Die Schuhe brauchten ½ Stunde Wäsche und schafften es gerade, in den letzten zwei Tagen vor dem Rückflug wieder zu trocknen. Die Socken schmiss ich gleich weg. Die Jeansshorts hatte ich zwar eingeweicht, aber der lehmige Dschungelfleck am Po ging nie wieder weg. Dann warf ich endlich meinen Körper auf's Bett: müde & erschlagen, aber mit einem guten Gefühl …!

Nach diesem Karibikurlaub mit Cora kehrte ich heim nach Hagen zu meiner Julie, mit der ich dann beim Wiedersehen romantische Musik wie die von IT'S IMMATERIAL oder Paolo Conte hörte. Allerdings war unsere Beziehung nicht nur romantisch, sondern manchmal wegen ihrer Ambivalenz und Unentschlossenheit auch ganz schön anstrengend.

Dafür konnte ich wie früher bei Kirsten und ihrer Tochter auch bei Julie als alleinerziehende Mutter wegen ihrer kleinen Tochter auch noch zusätzliche Verantwortung lernen.

Außerdem erlernte ich in jener Zeit noch das Jonglieren mit Bällen, Keulen und Ringen, wozu ich passenderweise nach meinem dritten Diplom, erst SoWi, dann Sozialarbeit und schließlich Sozialpädagogik, nun auch endlich mit drei Diplomen jonglieren konnte …

Und auch mein 1. FC Köln hatte mal wieder einen kleinen Aufwind: Der FC errang 1989 und 1990 unter Christoph Daum sogar zwei deutsche Fußball-Vizemeisterschaften, aber danach gab es bei den Kölner »Geißböcken« leider gar nix mehr zu feiern …

Bike-napping in Goa

Oder: Vom Umgang mit der indischen Hafenpolizei

In den 70er-Jahren las ich mit Begeisterung »Siddharta« von Hermann Hesse, wie es viele romantische Jugendliche in jener Zeit erlebten.

Dann lernte ich 1973/74 sogar noch Yoga bei einem indischen Lehrer an der Ruhr-Uni Bochum, der uns auch in die Geheimnisse der guten Nahrung einweihte und uns Neti und Dhauti beibrachte.

Neti, die Nasenreinigung, bedeutete, dass man seine Nase in eine Schüssel Meersalzwasser tauchen sollte und dann jeweils durch ein Nasenloch das Wasser durch die Nase hoch in den Rachen und durch das andere Nasenloch das Wasser wieder rauslassen sollte. Das ist sicherlich sehr gesund, war mir aber so unangenehm im Kopf, dass das erste Mal Neti auch gleich mein letztes war.

Aber Dhauti, die Zungenreinigung, fand ich so toll, dass ich sie auch heute, 3 ½ Jahrzehnte später, immer noch mit Begeisterung durchführe. Mit einem einfachen Teelöffel streife ich mir damit meine Zungenoberfläche ab, drei Mal täglich zusammen mit dem Zähneputzen nach den Mahlzeiten. Dhauti gehört zu meinem regelmäßigen Hygieneprogramm und ohne würde mir was zum Wohlbefinden fehlen!

Da kann man sich vielleicht vorstellen, dass ich schon immer mal nach Indien reisen wollte.

Einmal, so ca. Mitte/Ende der 80er-Jahre, hätte es fast geklappt: Ich meldete mich für eine zweiwöchige Weiterbildungsreise nach Goa in Indien an, die mein Arbeitgeber zur aller Überraschung sogar bewilligte. Aber diese Weiterbildungsreise konnte mangels Teilnehmerzahl nie stattfinden, da die geforderte Mindestteilnehmerzahl von 16 Teilnehmern leider nur zur Hälfte erreicht wurde und deshalb die Weiterbildungsreise aus Kostengründen ganz ausfiel.

Dann lernte ich durch meine damalige Freundin Julie das Ehepaar Corinna & Achim kennen, die im selben Haus wie Julie zusammen mit ihrem Sohn Tim wohnten. Wir freundeten uns auch wegen vieler gemeinsamer Interessen rasch an. Dann stellte sich auch noch raus, dass Corinna & Achim schon seit vielen Jahren nach Goa reisten, weil sie dort auf Dauer ein Haus am Strand gepachtet hatten. Dieses Haus war sehr groß und hätte sogar für mich ein Extrazimmer. Durch diese Einladung kam ich dann doch noch mal nach Goa …

… Weihnachten in den Tropen 1990: Geschenke unter Palmen, Weihnachtsmann in roter Robe und weißem Bart und Weihnachtslieder von schwarzen südindischen Kindern (Goa war ja portugiesisch und daher gibt's dort noch viele Katholiken) in warmen tropischen Gefilden bei kurzer Hose und T-Shirt.

Und dann bekamen wir eine »schöne Bescherung«: Wir fuhren mit unseren zwei Motorrädern von Anjuna nach Panjun, der Hauptstadt von Goa, um dort für Tim eine Tauchermaske zu kaufen.

Dort begann der unangenehme Teil dieser Straßnroibas-Story, Marke Goa, der uns eine Woche beschäftigen sollte: ein regelrechtes Bike-napping!

Wir wollten unsere Bikes vor der Fähre abstellen und zu Fuß nach Panjun übersetzen. Zufällig war ein Bike-Abstellplatz vor der Polizei-Wache frei, wo wir die Bikes sicher parken wollten: DAS WAR UNSER FEHLER!!!

Vorher in Anjuna hatten wir noch einen Umweg über den Sportplatz gemacht, um einer Polizei-Kontrolle zu entgehen, die wie die Straßnroibas ein bisschen Bakschisch (= Trinkgeld) von Touristen nahmen, wenn sie diese ohne Motorrad-Helm erwischten.

Und jetzt in Panjun begaben wir uns auch noch freiwillig in die Höhle des indischen Löwen: welche Dummheit von uns!

Dabei luden uns die Hafenpolizisten sogar freundlich ein, an zwei besonders schönen freien Parkplätzen auf ihrem Hof zu parken. Danach baten sie uns in die Polizeiwache rein, um unsere Personalien zu überprüfen: Spätestens da wussten wir, dass wir einen großen Fehler gemacht hatten …

Denn sie bemängelten nicht nur die fehlenden Fahrzeugpapiere für die beiden Bikes, wovon die Papiere von Achims Bike beim Taxiunternehmer Ashok in Anjuna und die von meinem Bike beim Besitzer, dem Landlord in Mapusa weilten, sondern auch noch meinen deutschen Führerschein mit Foto von 1972, wo ich lange Haare und Bart hatte, außerdem viel jünger aussah. Ohne internationalen Führerschein dürfte ich hier nicht fahren, es sei denn, ich machte einen lokalen Goa-Führerschein beim R.T.O. (regional transport-office) in

Mapusa. Dafür bräuchte ich aber zunächst eine ärztliche Untersuchung und eine Blutabnahme für die Blutgruppenbestimmung, dann einige Lektionen in der Fahrpraxis und schließlich noch eine Prüfung: Das würde in Indien bedeuten, mehrere Etappen in Tages-Warteschlangen, jeweils inMenschenpulken zu verbringen, um eines nach dem anderen zu erreichen: nein danke!

Das Bike-Fahren in Goa schien zumindestens für mich in immer unerreichbarerer Ferne zu entschwinden!

Als Strafe sollten wir erst einmal bezahlen:
- jeweils 25,– Rupien (= 1,80 DM) für fehlende Bike-Papiere
- noch extra 125,– Rupien für Fahren ohne gültigen Führerschein.

Wir hätten es ja auch direkt bezahlt. Bis dato waren wir immer noch ruhig und freundlich, obwohl wir dieses linke hinterhältige Fallensteller-Bakschisch-Geschäft reichlich zum Kotzen fanden.

Aber dann legten sie unsere beiden gemieteten Bikes mit Schlossringen still, und wir durften wutentbrannt zu Fuß abziehen …!

Erst alle Papiere bringen, dann Strafe bezahlen, dann Bikes zurück, hieß die Devise des süffisant lächelnden Officers, der es sichtlich genoss, vor seinen Untergebenen damit anzugeben, dass er schreiben kann: Deshalb machte er auch gleich vier Protokolle mit vier Durchschriften: lächerlich!

Und alle indischen Beamten freuten sich natürlich insgeheim diebisch und unbändig, uns doofen Touris so richtig eine indische Lektion erteilt zu haben: Gambling, das Spiel – die Macht ausreizen; wer flippt als Erster aus und verliert sein Gesicht? Corinna machte von hinten (noch in Deutsch) einen Lauten, blieb aber erst mal noch gelassen.

Danach waren wir 1 ½ Tage ziemlich gebügelt, weil dieser unnötige Fehler für uns jede Menge »hussel« (= Probleme) bedeutete:
- Geld: mit dem Taxi zurück nach Anjuna; und am nächsten Tag mehrmals hierhin & dorthin mit dem Bike-Taxi vom Bike-Boy Dilip, der war wiederum der Bruder von Hannnoman, des Watchmans unseres Hauses. In Goa war es damals wegen der vielen Einbrüche angesagt, zum Schutze eines Hauses einen Watchman zu beschäftigen.
- Zeit: Achim verlor einen ganzen Arbeitstag Geschäfte machen (er arbeitete damals in der Textilbranche für das kleine indische Geschäft »Namasthe« in Hagen).

- Nerven: Stattdessen ärgerte er sich mit mehreren indischen Polizeibehörden rum!
- Und vor allem: »Bad vibrations!!!«

Achim fuhr mit Hannoman und zwei weiteren Biker-Boys zu Ashok, um dort die Papiere für das eine Bike, dann nach Mapusa zum Landlord, um dort die Papiere für das andere Bike zu holen. Mit allen Papieren und Bikes und Personen ging's weiter zur Hauptstadt Panjun, Hafenpolizeistation. Dort ließ man ihn aber total auflaufen, weil man ihn zum Bezahlen der Strafe ins Polizeihauptquartier auf der anderen Flussseite schickte. Also weiter, mit der Fähre über den Fluss Mandovi, doch dort im Polizeihauptquartier wurde der Wahnsinn erst zum Manifest: Erst war der Officer wegen einer Polizeikonferenz nicht da, dann war er zum Essen weg: drei Sunden Warten »for nothing«!

Als dann der Officer endlich kam, fehlte noch der Clerk, der die Receive (= Rechnung) ausstellen musste …

… nach langem Ringen mit seiner Geduld und Fassung, um dabei nicht auszudroppen und irgendjemand an die Gurgel zu gehen, hatte Achim schließlich unsere sich auf insgesamt 175,– Rupien (= ca. 12,50 DM) belaufende Strafe bezahlt, konnte dann endlich mit der Fähre zurück über den Mandovi-Fluss, nur um festzustellen, dass jetzt der Hafenpolizei-Officer essen gegangen war, als hätten sich die Officer just telefonisch abgesprochen, um den Touris so lange wie möglich Ärger zu machen …!?!

Natürlich war niemand anderes dazu berechtigt außer dem gerade speisenden Officer, wenigstens das eine der beiden Bikes auszulösen.

Die meinige Yamaha vom Landlord hätten wir eh nicht bekommen, weil der seit zwei Jahren keine Steuern mehr dafür bezahlt hatte: 60 Rupien/Jahr (= ca. 8,70 DM für beide Jahre zusammen): für uns eine lächerliche Summe! Und dafür der ganze Ärger!! Achim kam sichtlich gebügelt heim und musste sich erst einmal eines von den erfrischenden Kingfisher-Bieren aus Goa zischen … (die so buttrig wie Diebels Alt schmecken).

Achims Bike war schon mal da; und am nächsten Tag hatte er auch die Steuerquittung des Landlords für mein Bike: Wir bräuchten mein Bike dann nur noch abzuholen:
- zwei Tage stillgelegt
- zwei Tage Ärger, und

– zwei Tage Erfahrungen gesammelt im Umgang mit der Hafenpolizei …
… gedacht!

Denn der Hafen-Police-Officer nutzte jede Gelegenheit aus, um uns noch
mehr und noch länger Trouble zu machen. So dauerte es tatsächlich fünf
Tage, bis ich mit Achim von Panjun aus mit beiden Bikes wieder heimfahren
konnte.

Als Achim dann am verabredeten Platz kurz vor der Police-Station in Panjun
mit meinem Bike ankam, war das an sich schon die Sensation, weil ich nach
diesem fünftägigen Hin-und-Her-Trouble und -Stress eigentlich mit einer
erneuten Schikane von Seiten der indischen Polizei gerechnet hatte …!

Denn in der Zwischenzeit hatte der Landlord die Steuern für zwei Jahre für
das Bike nachgezahlt: Da war also nix zu machen! Aber der Police-Officer war
so sauer, dass er den Landlord persönlich vor sich sehen wollte, um ihn zur
Schnecke zu machen. Weil das nicht klappte, ließ er sich eine neue Schikane
einfallen: 250,– Rupien (ca 18,– DM) dafür, dass der Landlord mich mit dem
Bike fahren ließ, ohne meine Legitimation gesehen zu haben. Das wollte der
wiederum überhaupt nicht glauben und fuhr deshalb sogar persönlich mit
Achim nach Panjun, aber vergeblich …!

Zurück in Mapusa zahlte er's dann dort bei einem anderen Police-Officer (d. h.,
in Wirklichkeit hatte ich die Summe natürlich im Endeffekt zu zahlen!).

Wieder ein Tag im Eimer: dieses Mal mit in Mapusa rumhängen. Wir probierten dort dann wenigstens in einer Milchbar einen »Chicko-Milkshake«:
Doch diese Chicko-Frucht sieht von außen aus wie eine Kartoffel, von innen
wie ein Pfirsich, schmeckt im Nachgeschmack etwas nach Lebertran: Sie wird
sich nicht durchsetzen! Da schmeckte uns der Pineapple-Shake (= Ananas)
bei Hannoman bedeutend besser: süß-sauer-erfrischend-fruchtig!!

Wenn wir eh schon in Mapusa rumhängen mussten, konnte ich auch mal
ein bisschen auf dem Markt rumstöbern: Hier eine Musik-Kassette von Ravi
Shankar mit indischer Filmmusik, dort ein Seidenhemd und eine Seidenhose,
einen Kerzenhalter und eine Vase aus Messing für die Eltern, einen Kalender
bekam ich geschenkt, und zusammengebundene Jasminblüten an einem Band
für den guten Duft …

Als wir dann wieder rumhingen, erzählte ich meinen erschöpften

Indienmitreisenden zur Aufheiterung die Geschichte, wie ich mal 1975 in den Fängen der VOPOS gelandet war:

»Berlin, Berlin, wir fahren nach Berlin!!!: Noch lange vor diesem Schlachtruf, der seit 1985 die Fußballfans zum alljährlichen Pokalendspiel nach Berlin sehnt oder treibt, folgten wir (Frank, Matthes, Harry und ich) dem Ruf der damaligen Insel(Noch nicht)-Hauptstadt: An einem warmen Junitag im Jahre 1975 ging's mit Franks altem Simca nach Berlin …

Wir suchten eine kostenlose Bleibe für 3 Nächte, fragten deshalb in Kreuzberg, dem angesagten Szene-Stadtteil Berlins, und wurden zum Tommy-Weissbecker-Haus geschickt, das zu der Zeit ein besetztes Haus war (übrigens lange vor den später üblichen Hausbesetzungen im Berlin der 80er-Jahre): Dort fanden Trebe-Kids Unterkunft, also Kinder und Jugendliche ohne Wohnsitz. Dort durften auch wir umsonst & drinnen pennen …

In London war die Hausbesetzer-Szene übrigens schon eher als in Berlin aktiv: Dort wohnten wir mal für 1 Woche in einem so genannten ›squatted house‹ auf dem Rückweg von unserer Irland-Reise.

Zu unserem Berlin-Programm gehörte auch ein Besuch in Ost-Berlin: damals noch mit Tages-Visum, Zwangsumtausch, Untersuchungsverhör durch die VOPOS und Stacheldraht am Checkpoint Charlie geprägt. Wir wählten die Variante mit der U-Bahn-Station Friedrichstraße. Dort oben ausgestiegen in frischer Ostberliner Luft, machte sich sofort ein leutseliger Ossi an uns ran: so von wegen, er wüsste gute preiswerte Kneipen und Restaurants, wo wir uns für unser eh zwangsumgetauschtes Geld wenigstens satt essen und ordentlich trinken könnten …

Naiv und menschenfreundlich wie wir waren, trotteten wir dem Kerl hinterher: Und es ging auch gut ab: Wir aßen uns ordentlich und bürgerlich satt und tranken auch ordentlich Bier, mussten reichlich trinken, weil ja alles so billig war, damit wir überhaupt die Zwangsumtauschsumme ausgeben konnten, und wurden sogar hinterher von dem Kerl noch zu einer Runde eingeladen …

Aber als es dann zum Nachhauseweg kam, outete der Kerl sein wahres Anliegen: Er wollte gerne von uns 100,– DM Westgeld für seine 100,– DM Ostgeld umtauschen, die könnten wir ja dann auf dem Rückweg bei der Zollkontrolle wieder zurücktauschen. ›Ihr habt auch garantiert keine Probleme dabei, weil man ja eh gar kein Ostgeld ausführen darf, deshalb alleine müssten sie euch ja schon die 100,– DM Ost in 100,– DM West zurücktauschen …! Alles easy, alles schon öfter ohne Probleme abjewickelt!‹

Mir kam der Fatzke ja gleich von Anfang an verdächtig vor, aber das war dann doch die Höhe an unglaubwürdiger Dreistigkeit: Von mir bekam der keinen Pfennig umgetauscht!

Aber unser vertrauensseliger Frank (›Der Ossi ist doch so nett!‹) ließ sich zum Tausch von 100,– DM West in 100,– DM Ost erweichen, als einziger von uns allen!

Bei der Grenzkontrolle hatte er dann den Salat:

Erst nahmen sie ihm die 100,– DM Ost ab, da er sie tatsächlich nicht ausführen durfte, aber statt ihm, wie erhofft, dafür 100,– DM West zurückzutauschen, wurde er mächtig durch die Mangel gezogen: ›Wo ist das Geld her? Wie heißt der Mann?‹ Das wusste natürlich keiner von uns! ›Wo wohnt der? Das ist verboten!‹ ›Aha!‹

Die VOPOS steckten den armen Frank in ein Verhörzimmer und wollten ihm absolut seine naive Story nicht abnehmen, weshalb sie ihn immer weiter bedrängten.

Wir anderen (Matthes und ich, weil Harry erst gar nicht nach Ostberlin mitkam) warteten draußen vor dem Verhörzimmer auf Frank, bis uns plötzlich die VOPOS dort wegjagten. Wir wollten natürlich nicht ohne Frank weiter, aber sie gaben uns ungehalten und barsch die ›rote Karte‹: Zähneknirschend gingen wir schließlich ohne Frank weiter, weil man ja wusste, wie wenig diskussionsfreudig diese preußischen VOPOS waren …

Immerhin dachten wir, dem Frank kann ja wohl nicht viel passieren, außer dass natürlich die 100,– DM West eh weg sind!

Frustriert und ein wenig in Sorge um Frank standen wir dann in der U-Bahn-Station Friedrichstraße, noch auf DDR-Gebiet, und wollten unseren Frust am liebsten mit einer Flasche Alkohol ersäufen. Dort gab es einen Intershop-Kiosk, wo wir uns die billigste Flasche Fusel für 5,– DM West erwarben und diese direkt vor Ort an den Hals setzten. Doch da hatten wir nicht mit den VOPOS gerechnet, die ja bekannt dafür sind, dass sie gegen alles sind, was Spaß macht!!: Zusätzlich sahen wir ja auch noch sehr lustbetont aus: mit langen Haaren, Bärten, Ketten, halt die Hippie-Grundausstattung!

Ich hatte noch keinen Schluck von dem gerade erworbenen Kirschschnaps (eher ekelig, aber billig!) getrunken, da hieß es schon von einem VOPO: ›Hier wird nicht gesoffen!‹

Ich setzte die Flasche ab und schaute den Bahnsteig auf und ab, wer hier das große Wort führt?: Der VOPO fühlte sich wohl noch extra provoziert und befahl uns, direkt in die dort stehende U-Bahn einzusteigen. Wir schauten uns das Schild auf der U-Bahn an und sagten, dass das nicht unsere Richtung sei und wir auf die nächste U-Bahn in die entgegengesetzte Richtung warten würden.

›HIER WIRD NICHT DISKUTIERT!!!‹ hieß der unfreundliche Befehlston des VOPOS, und mit vorgehaltener Kalaschnikow befahl er uns, in die U-Bahn einzusteigen, die nach Norden fuhr, wogegen Kreuzberg im Süden der Friedrichstraße liegt …

Gegen Waffen helfen keine Argumente, und zum zweiten Mal an diesem Tag zogen wir gegen die VOPOS den Kürzeren, stiegen murrend in die falsche U-Bahn und waren wenigstens den Fängen der VOPOS entwichen …!

Da wir nicht noch einmal Ostberliner Boden betreten wollten, fuhren wir also mit der U-Bahn nach Norden, stiegen um in eine U-Bahn nach Westen, stiegen dort um in eine U-Bahn nach Süden und dort in eine U-Bahn nach Osten, bis wir endlich in Kreuzberg wieder ankamen.

Dafür hatten wir eine riesige unterirdische Stadtrundfahrt durch Westberlin gemacht. Als wir in Kreuzberg aus den U-Bahn-Schächten die Treppe hoch an die frische Luft tippelten, kam doch gerade von der anderen Seite (U-Bahn-Gleis der Gegenrichtung von der Friedrichstraße) unser armer geprellter Kumpel Frank die Treppe hochgeschlurft: Er hatte natürlich den kurzen Weg Friedrichstraße nach Kreuzberg gewählt und kam daher zeitgleich mit uns an und seufzte: ›Welch glückliches Timing, dass ich euch hier am Ausgang wiedergetroffen habe!‹ Erleichtert berichtete er, wie es ihm ergangen war, mit der Verhör-Folter, ohne Geld, und weil er noch ganz schön besoffen war – die vielen Biere und der Weinbrand, Güteklasse ‚Edel‘, waren noch nicht verdunstet –, war ihm ganz schön mulmig und er hatte keinen Plan, wo sein Auto, der Simca, stand oder wie er alleine unsere Herberge wiederfinden sollte. Anlass für seine Tauschaktion war übrigens echtes, durch den besagten Weinbrand gestärktes Mitgefühl für den armen, real existierenden, sozialistischen Bruder. So war wenigstens die Freude über unser Wiedertreffen groß, wenn auch das Erlebnis in den Fängen der VOPOS weniger schön war …«‹

Aber zurück in Goa war's für Achim wieder mal ein kaputter Tag: Er hing überall wartend wegen der Hafenpolizei herum. Auch der Landlord schimpfte: Fast ganz Goa lebt von den Touristen und ist zumindestens deshalb relativ wohlhabend. Und dann macht man denselben Touristen, die das Geld ins Land bringen, so viel Ärger! Recht hatte er in diesem Punkt, auch wenn er sonst ein Arsch war und auch noch aussah wie Mr. Spock persönlich …!

Vom Casino in der Nähe von Anjuna aus habe ich dann bei meinem Freund Florian zuhause in Hagen angerufen, der damals mit mir zusammen wohnte. Er sollte meinen internationalen Führerschein (wenn auch ungültig) raussuchen, um ihn dann Achims Schwester Birgit zu geben, die ein paar Tage später nach Goa kommen würde. Mit meinem ungültigen und Corinnas gültigen internationalen Führerschein, den sie gar nicht brauchte, bastelten wir uns einen neuen gültigen internationalen Führerschein für mich.

Damit konnte ich den Rest meines Aufenthaltes in Goa wieder ohne Angst vor der indischen Polizei Bike fahren.

Dabei schreckten wir auch nicht davor zurück, mit dem altbewährten Kartoffeldruck meinem Passfoto in Corinnas Führerschein einen Stempel zu versehen, um ihm die offizielle Legitimation zu verpassen …!

Nach fünf Tagen Kampf mit der indischen Hafenpolizei konnte ich endlich wieder mit meinem Bike durch die Palmenhaine von Goa juckeln …

Auf jeden Fall endete die Bike-Geschichte über den Umgang mit der Hafen-polizei von Goa am Morgen des 5.Tages (nach der Stilllegung meines Bikes) damit, dass der Police-Officer Achim ein Lob machte: Er wäre der erste Weiße, der »so« sein Bike wiederbekam: »so« hieße: »ohne Bakschisch«, denn »mit Bakschisch« wäre das Normale …!

Dafür tanzte Achim fünf Tage lang den Marsch durch die Institutionen und war um einige Erfahrungen reicher!

Halloween in Massachusetts,
New York und New Orleans

Dass ich im Herbst 1991 überhaupt dazu kam, mehrere original US-amerikanische Halloween-Feste mit zu feiern, hatte eine etwas längere und verworrene Vorgeschichte, die eigentlich eine Liebesgeschichte war, die zurückreichte bis zum Februar 1988.

Frankfurt

Damals wollte ich zusammen mit Carlos am Frankfurter Flughafen bei Egypt-Air zum Flug nach Bangkok über Kairo einchecken. Das Flugzeug hatte allerdings wegen eines Sandsturms in Ägypten Verspätung. So wurde uns ein Doppelzimmer im Sheraton-Hotel als Trost spendiert, wofür man auf dem freien Markt 395,– DM hätte zahlen müssen; und zusätzliches Essen für 70,– DM. So konnten wir wenigstens unseren treuen Freund Harry mit einer kostenfreien, aber exklusiven Übernachtungsmöglichkeit belohnen, der uns vorher mit einem geliehenen Mercedes-Benz zum Flughafen gebracht hatte.

Aber diese Nacht im Frankfurter Sheraton-Hotel entpuppte sich als wahre Tortur, mussten wir doch alle zwei Stunden am Check-In-Schalter von Egypt-Air aufkreuzen, weil die verspätete Flugmaschine ja inzwischen hätte eingetroffen sein können; sie kam und kam aber nicht, weil der Flug sage und schreibe 11 Stunden (!) Verspätung hatte. So pendelten Carlos und ich die ganze Nacht durch immer zwischen dem Sheraton und Egypt-Air-Schalter hin und her, sehr zum Verdruss unseres Freundes Harry! Anfangs waren seine Abschiedsumarmungen echt und begeistert, später kam nur noch ein müdes Winken, bis er uns gar nicht mehr wiedersehen wollte, hieß das doch für ihn, seine Nachtruhe schon wieder zu unterbrechen …

Jedenfalls fielen uns bereits am Frankfurter Flughafen zwei ausgesprochen aparte junge Frauen auf, die wir dann im Flugzeug wieder trafen, »and we had some snaps in the air …«

Bangkok

Erst das unfreundliche und mit 10 °C kalte Kairo; dann die tropische Verführung: Bangkok, heiß und stickig, 30 °C, die Stadt der Engel, die Megametropole mit den Millionen von Tuk-Tuks, überdachte motorisierte Dreiräder, aber auch vielen schönen buddhistischen Tempeln, die dort eine Oase der Ruhe bedeuteten. Wir waren angekommen im Land des Lächelns, alle Thais lächeln immer ständig, und wir fühlten uns sogar schon in Bangkok so wohl, dass wir dort gleich eine ganze Woche blieben. Mit dazu beigetragen hatte natürlich auch das leckere Essen: Thai-Food ist seitdem für mich das köstlichste Essen auf der Welt!! Wir schlenderten auch gerne durch Chinatown oder fuhren mit dem Boot durch die Klongs von Thonburi. Immer wieder lecker waren auch die frischen jungen Kokosnüsse, die es an jeder Ecke zu kaufen gab: mit viel Kokossaft und glibberigem Kokosfleisch. Für abends hatten wir uns da so ein Stammrestaurant ausgeguckt, wo wir immer zum Essen hin gingen, nicht weit von unserem Majestic Hotel: Wir saßen und speisten draußen vor dem Restaurant, direkt an einem vierspurigen Kreisverkehr, in dessen Insel mittendrin das riesige Demokratie-Monument stand. Dort war zwar viel zu gucken, aber auch so viel Straßenverkehr, dass ich mich in Deutschland nie und nimmer an solch eine Stelle zum Speisen hätte niedergelassen. Aber es hatte wohl so sein sollen! Denn genau aus diesem Restaurant kamen die beiden US-Girls aus dem Flugzeug mit noch einer dritten Lady herausspaziert. Vorher im Flugzeug meinte noch eins von den beiden Girls, wir würden uns schon wiedertreffen in den Straßen von Bangkok. Dazu unkte ich zu Carlos: »Bei dem Verkehrsgewühl hier in Bangkok müssten die beiden sich schon genau vor unser Tuk-Tuk werfen, um uns hier wiederzutreffen!« Aber das von uns kaum Geglaubte geschah: Wir trafen uns wieder! Amy und MaryLou aus Boston, dazu noch Miss Eve, waren dann für unsere letzten 1 ½ Tage in Bangkok unsere durchaus reizenden und hübsch anzusehenden Begleiterinnen. Zur Begrüßung machten wir erst einmal eine Flasche Mekhong-Whisky leer, der aber glücklicherweise nur so von den US-amerikanischen GIs genannt wurde und in Wirklichkeit ein leckerer brauner Reisschnaps ist! Danach töteten wir zu fünft noch 1 ½ von MaryLous mitgebrachten Flaschen Wodka mit Orangensaft. Sie arbeitete damals nämlich in einem Verkaufsladen bei den US-Militärs in Berlin und bekam deshalb alle Alkoholika preiswerter. Eine durchaus völkerverständigende Aktion,

– wenn zwei deutsche Männer
– mit drei US-Ladys
– 1 ½ Flaschen russischen Stoff saufen …!

Am nächsten Tag relaxten wir jedenfalls zu fünft am Third World-Pool unseres Majestic Hotels, wobei Carlos und ich bei unserer »Flying Marmorito Brothers-Show« im und unter Wasser ganz groß auftrumpften, was sicherlich ein unvergessenes Erlebnis für die drei New Engländerinnen war: Pyramide, Doppel-Turm, Todesspirale, Dreifach-Turm zusammen mit MaryLou, »Mosquito« zusammen mit Miss Eve, Sprung rückwärts mit halber Drehung hießen die Wasserfiguren, halt begnadete Körper …!

Koh Samui

Dann trennten wir uns in Bangkok, weil wir nach Koh Samui, die Girls dagegen nach Koh Samet oder Krabi wollten. Wenn wir uns damals verabredet hätten, wären wir vielleicht nie wiederzusammen gekommen. Aber so kam es zu einem unglaublichen Wahnsinns-Wiedersehen mit den Girls aus Boston. Und das war so: Carlos war schon beim Schnorcheln im Meer, während ich noch was zu erledigen hatte, nämlich eine Kokospalme mit bloßen Händen und Füßen zu besteigen, was sonst auf Koh Samui anscheinend nur noch die dressierten Affen machten. Mir war aufgefallen, dass es hier an keiner Bar Young Coconut zu kaufen und zu trinken gab, obwohl es doch so viele Kokospalmen hier hatte. Der Eigentümer unserer Bungalow-Anlage meinte dazu, dass wir gerne – und auch kostenlos – Kokosnüsse haben könnten, wir müssten sie uns nur selber von den Palmen runterholen. Das war die Herausforderung für mich, zumal ich schon seit meiner Kindheit immer sehr gerne kletterte. Es gab da sogar eine Geschichte aus dem Familienurlaub 1963 auf der schwedischen Schäreninsel Tjörn, als ich mit meinem Bruder Gerry um 25 Öre wettete, dass ich die hohe Lärche auf dem Campingplatz hochklettere und ganz laut rufe: »Ich bin ein Affe!« Diese Wette damals hatte ich mit links gewonnen!

Auch in Koh Samui liefen schon die Wetten, ob ich die Kokosnuss von der Palme hole oder nicht. Zu dem Zeitpunkt schaffte ich gerade erst eine halbe Palme. Die Technik war schon vorhanden, mit nackten Füßen und Händen die Palme zu erklettern, aber nach einer halben Palme verließ mich die Kraft, weiter bis zu den Kokosnüssen zu klettern. Da ich nur mit Badehose bekleidet war, schubberte ich mir eher das »Bauchfell« wund.

Und wen sah ich da an unserm Strand entlanggehen? Ne Lady, die Miss Eve ähnlich sah. Ich ging näher von meiner Übungspalme zum Strand: tatsächlich! Es waren die drei Girls: »He, Ladies from Boston, nice to meet you again!«

Die Freude über unser Wiedersehen war riesig, zumal die drei erst kurz vorher in Koh Samui angekommen waren, nur ihre Koffer in ihrem drei Kilometer entfernten Bungalow abgestellt hatten, um einen kleinen Strandspaziergang zu machen: quasi direkt zu uns – ohne großen Aufenthalt! Dazu muss noch gesagt werden, dass es auf Koh Samui bestimmt ein Dutzend verschiedener Strände gab und unser Bungalow am Chaweng Beach lag, der auch noch eine Länge von 6 km hatte: Da war es schon mehr als ein Zufall, uns wiederzutreffen …!

So war also meine generelle Klettervorliebe enorm wichtig dafür, dass es für mich überhaupt zum Halloween-Fest 1991 in Massachusetts, New York und New Orleans kam! Denn nur weil ich noch mit der Palmenkletterei und anschließender Wundversorgung des »Bauchfells« beschäftigt war, konnte ich die Girls überhaupt entdecken. Vom Wasser aus, speziell vom Schnorcheln, hätten wir sie nicht erkennen können, und wir hätten uns deshalb womöglich überhaupt nie wiedergetroffen …!?!

Dieses Wiedersehen feierten wir am Abend natürlich ausgiebigst. Wir trafen uns im Thai-Restaurant, was ein Restaurant im thailändischen Stil ist: auf Pfahlstelzen im ersten Stock, mit palmblattgeflochtenem Dach und zur Seite und zum Meer offen. Dauernd fiel das Licht wegen eines lokalen Power-Cuts aus, dazu verstummte natürlich auch die Rockmusik, aber bei Kerzenlicht war es eh romantischer. Und lauter gute Sachen gab's zum Essen: frische Fische, Garnelen, Krebse, Krabben, Tintenfische – alles à la Thai, d. h. mit Kokosmilch und scharfer Curry-Paste: sehr sehr lecker und very hot!! Dazu wieder reichlich Mekhong, der durch unsere wiedersehensfreudigen Kehlen floss, und dann noch das gute Thai-Gras von Amy, das so mächtig turnte, dass unsere Tischbesatzung das eine über das andere Mal von heftigsten Lachsalven erschüttert wurde! Richtiges Lachgas! Besonders Miss Eve entpuppte sich als der absolute Hammer: Sie erzählte die tollsten Sachen – zum Lachen!

Danach verabschiedeten Carlos und ich uns lieb und nett und machten uns auf den drei Kilometer langen Heimweg: wunderbar: nachts am Strand entlang, unter den Palmen herzugehen, bei warmem Tropenwetter – was gibt es Schöneres für einen Nachhauseweg!?

Am nächsten Tag zogen die drei Girls auch zu uns in unsere Bungalow-Anlage. Wenn es dann des Nachts klar ist, hatte es dort in den Tropen einen Wahnsinns-Sternenhimmel! So diskutierte ich mit MaryLou die mir bekannten Sternbilder: Großer Wagen, Kleiner Wagen, Polarstern, Reiter und Orion. Dagegen zeigte sie mir das »Kreuz des Südens«, das ich zum ersten Mal im Leben sah, so nah waren wir bereits am Äquator, dass der Polarstern mit seiner Sternbildkombination aus Großem und Kleinem Wagen auch nur noch knapp am nördlichen Horizont zu erkennen war.

Von den drei Girls war MaryLou die hübscheste und kleinste, sodass sie wohl von Anfang an für mich bestimmt war …? Wir nannten sie anfangs Tiger-Lilly wegen ihres schwarzen Kleids mit Tigerfellstreifen. Damals war sie 29 Jahre, hatte dunkelblonde Haare mit Pferdeschwanz, reiste viel in der Weltgeschichte herum, lebte 1988 in Berlin und war von Beruf Erzieherin.

Dagegen war die etwas jüngere Amy die Netteste von allen, die auch etwas Deutsch sprach, Fotografin von Beruf war und ebenfalls in Berlin wohnte.

Miss Eve war eine total lustige schwarzhaarige Lady aus Manhattan, die uns dauernd immer von ihrem geheimnisvollen Tower-House erzählte, einem Haus wie ein Turm an der New England-Küste, umtost von hoher Meeresbrandung …

Aber alle drei hatten auf jeden Fall einen guten Lebensstil: »to see the world and take it easy«: »fun & good vibrations …«

In der Zeit las ich Raymond Chandlers »Mord im Regen«, der mich in seinem Krimi mit einem Satz über die thailändische Königin Sirikit überraschte, als er am Ende der Story »Cherchez la femme«, in Englisch »Try the girl« schrieb:

»… er starb um zwei Uhr dreißig am selben Nachmittag. Sie hielt ihm einen seiner riesigen, schlaffen Finger, aber er konnte sie nicht mehr von der Königin von Siam unterscheiden.« Und dann prasselte der erste tropische Regenschauer auf uns nieder, während ich gerade den »Mord im Regen« las …

Krabi

Nach einer Woche verließen wir die Trauminsel Koh Samui, um mit der Fähre nach Surat Thani zum Festland überzusetzen, um dann quer über die thailändische Halbinsel rüber nach Krabi am andamanischen Meer zu fahren: neuen aufregenden Landschaften und Abenteuern entgegen. Von Krabi fuhren wir mit einem Longtail-Boat nach Pranang Place, einer traumhaften Bucht, von einer Kulisse hoher Sandsteinfelsen umgeben, wo sich ein wunderschöner Sandstrand reinschmiegte, dahinter ein Kokospalmenhain, in dessen Schatten die Bambus-Bungalows standen!

Dort überraschten uns die Girls mit einem kleinen Feuerwerk zum Chinesischen Neujahr. Danach zogen wir uns alle aus und schwammen nachts im warmen Meerwasser: wunderbar! Und wie schon auf Koh Samui sahen wir diese »Magic Sprinkle« im Wasser: Kleine phosphoreszierende Teilchen bildeten sich bei jeder Hand- und Fußbewegung im und unter Wasser: »Really magic!«

Wir revanchierten uns für das Feuerwerk mit einer Extra-Nachtvorstellung der »Flying Marmorito Brothers« in Höchstform: Die Girls aus Boston liebten das und machten begeistert mit, scheuten sich auch nicht davor, uns ihrerseits ihr Wasserballett vorzuführen: Ja, wir fünf Falangis aus dem Abendland waren schon ein umwerfender Haufen mit viel Humor und Gelächter: Und wir liebten uns dafür …!

Am nächsten Abend sangen uns die drei Girls was vor, und wenn fremde Frauen singen, dann beginnt mein Herz zu schmelzen, auch wenn es – wie in diesem Fall – ein frecher Rap von MaryLou war: Mir gefiel's! Bis wir alle anfingen zu rappen …!

Nachmittags saß ich meist lesend auf unserer Bambus-Terrasse: Uns gefiel der trockene Humor von Raymond Chandler mit seinen hanebüchenen Metaphern total, sodass wir die beiden mitgebrachten Chandler-Bücher deshalb als unsere »Schänder-Bibeln« bezeichneten; trotzdem brauchte ich für »Mord im Regen« nahezu drei Wochen: Aber es war halt auch zum Lesen meist viel zu heiß! Und ansonsten hatten wir mehr zu erleben als zu lesen …!

So kam dann auch mal am Nachmittag MaryLou, »my little sunshine«, mit einer Flasche Singha-Beer und zwei Gläsern vorbei: wie aufmerksam!

Als eine neue Variante am nächsten Nachmittag hielt ich eine Siesta in MaryLous Hängematte: Ihre Hammock war genau wie meine eigene auch aus Yucatan. Das Schläfchen wollte erst gar nicht so recht kommen, obwohl alles so paradiesisch ausschaute: Hängematte im Schatten einer tropischen Kokospalme, MaryLou brachte mir einen Tee und reichte mir ein Kokosnussplätzchen, und alles war easy und die Zeit spielte keine Rolle …! Aber der tägliche tropische Platzregen, der sonst eigentlich immer am Spätnachmittag kam, begoss mich ausgerechnet in der Zeit, als ich gerade in der Hängematte lag. Also legte ich mir meinen Sarong über, denn der Regen war warm und schnell zu Ende, und immer schien hinterher die Sonne wieder. Dann konnte ich doch noch schlafen, mit meinem Sarong – natürlich mit Bambusmuster – als Kopfkissen: Ja, es war schon eine gute Idee von den Girls, uns jeder einen Sarong zu kaufen: Man kann ihn für viele Zwecke benutzen: nachts zudecken, als Badetuch am Strand, als Lendenschurz umwickeln, als Fuß-, Schulter- oder Kopfbekleidung: 100 Arten, einen Sarong zu benutzen …! Heute, 19 Jahre später dient er mir als Tischdecke in meinem Büro auf der Arbeit.

Einen Nachmittag umschnorchelte ich mit MaryLou den »Gorilla«, einen vorgelagerten Sandsteinfelsen im Meer, wobei wir viele bunte Fische, Austern und Korallen erlebten: »Thank you very much, because that was not so bad, really, believe me!!«

Und dann wurde es abends so richtig ekstatisch: Unversehens stolperten wir in eine »Saturday Night Beach-Party!« Die Sonne war bereits dramatisch über dem Westhorizont der Andamanen See untergegangen, aber das »Kreuz des Südens« war noch nicht zu sehen. Ein Feuer wurde auf dem Beach entzündet, und ein paar Instrumente versuchten, sich zu finden. Als ich dann mit zwei Holzstäben rhythmisch auf die herumliegenden Bambusrohre einschlug, meinte einer, ich sollte mir doch die Kongas aus dem »Joy« holen. Das tat ich und ward danach »the King of the Beach«: Mano di Bongo, der magische Zauberer von afrikanischen Rhythmen und guter Stimmung: Auf jeden Fall wurde viel getanzt, die Gesichter strahlten, die Joints kreisten, die Palmen bogen sich und ich schlug mir im Laufe der Nacht die Hände wund … Besonders Amy war ganz happy: Dafür mochte sie mich besonders, weil sie diese Trommel- und Percussion-Musik so sehr liebte und weil solche ekstatischen Rhythmen aus meinem kleinen Körper herausströmten. Auch Carlos hatte sich – mangels eines Plektrums – natürlich Blasen von den Gitarrensaiten geschlagen. Am Ende der Beach-Party blieben Carlos, Amy, MaryLou und ich als Letzte der Beach-Party übrig. Es war schön, mit diesem guten Gefühl nach einer durchtrommelten und Freude bringenden Nacht mit den beiden Girls Arm in Arm nachhause zu den Bungalows zu kommen …

Aber wie immer kam auch damals der Zeitpunkt des Abschieds: Erst gaben wir am Nachmittag eine Abschluss-Show der »Flying Marmoritos Brothers & Sisters«, dann bekamen die Girls einen Jongleur-Auftritt von Carlos und mir geschenkt, wobei wir zum ersten Mal öffentlich das »Passing« vorführten, also zusammen mit sechs Bällen jonglieren, die man sich gegenüberstehend zuwirft. MaryLou schenkte mir zum Abschied eine sehr schöne Muschel: die rot gesprenkelte Kegelpyramiden-Schnecke, auf die schon alle anderen eifersüchtig waren. Dann zeigte sie mir auch noch die ersten drei Makkaken-Affen auf den Felsen, wovon dort angeblich 500 lebten, die aber sehr scheu waren und nicht nahe an Menschen rankamen.

Abends aßen wir im »Joy« und feierten zum letzten Mal mit den Girls mit dem besten Mekhong »Golden Cat«: »Two coke, one sprite, one small bottle of Mekhong, five glasses and much ice …!«, hieß der uns so geläufige Ritus für ein fröhliches Zechgelage, wobei ich derjenige war mit dem Mekhong auf Eiswürfel, darüber Sprite: hmmm, lecker! Jedes Mal, wenn ich heutzutage diesen tropischen Cocktail trinke, schmecke ich diese thailändischen Szenen unter Kokospalmen gleich mit …

In der letzten Nacht war es sehr zärtlich und schön zwischen MaryLou und mir auf unserer tropischen Veranda, als wir wild rumknutschten, uns an die Wäsche gingen und etwas Petting machten: »Believe me, I've fallen in love a little bit!«: »We had some fun, really, believe me!« Dieses Verliebtsein schien recht verheißungsvoll. Eine Woche später, am 28.02.1988, hatte MaryLou ihren 30. Geburtstag auf Boracay, Philippinen, ihrem nächsten Reiseziel: Dorthin schickte ich ihr gleich postlagernd eine Ansichtskarte.

Aber am Tage des Abschiedes hieß es dann wie in dem alten Hit aus den 60er-Jahren: »MaryLou bedauert, sie kann Sie ab heut' nicht mehr sehn …!« So ungefähr ging es mir auch, als Amy, MaryLou und Miss Eve zu ihrer philippinischen Trauminsel Boracay starteten, nachdem wir mit dem Longtail-Boat nach Krabi gefahren waren, einen letzten gemeinsamen Grass-Stick dabei rauchten und vor dem wartenden Mini-Bus standen: eine letzte zärtliche Umarmung, ein letzter Kuss, »Goodbye, little sunshine MaryLou, bye-bye, Amy and Miss Eve; es war schön mit euch! Auf Wiedersehen in Deutschland!« Winke, winke, winke …!

Nachdem wir von unseren drei Wochen in Thailand fast 2 ½ Wochen mit den Girls zusammen waren, und uns alle fünf gegenseitig gernhatten, bekamen Carlos und ich nach diesem Abschied einen richtigen »Girls-Kater«: »Abschied nehmen ist immer ein Stück sterben …«, meinte Carlos. So rannte ich damals einen Tag ziemlich unausgeglichen, ziellos, sinnlos und leer herum!

Hagen

Nach unserer Rückkehr nach Deutschland schickte ich noch mal ein kleines Brief-Päckchen mit einer selbst bespielten Audio-Kassette und Thailand-Fotos samt Liebesbrief für MaryLou nach Borocay, aber ihre Antwortkarte war dann doch recht nichts sagend. So dachte ich mir nach rund zwei Monaten Abstand: »Aha, war es wohl doch nur ein Urlaubsflirt!?«

Nichtsdestotrotz hatte mir diese Thailand-Reise so gut getan, dass ich zurück in Hagen sehr gut drauf war, und in solchen Situationen geschieht dann so was schon mal: Ich verliebte mich neu, in Julie, und auch sie gab mir dieses schöne glücksbringende Gefühl zurück …!

Umso größer war meine Überraschung, als ich nach der Rückkehr von Amy und MaryLou nach Berlin erfuhr, dass MaryLou mit mir zusammen sein und mich lieben wollte, weil doch für sie eigentlich alles klar gewesen sei. Leider hatte sie es mir nie so deutlich rüberkommen lassen, dass es für mich auch klar gewesen wäre …! So war sie natürlich todtraurig, als sie erfuhr, dass ich mich in den vergangenen zwei Monaten anderweitig verliebt hatte. Und ich wollte mich in dieser Situation nicht auf ein Hasardspiel einlassen, zwei Beziehungen gleichzeitig laufen zu lassen, mit dem Ergebnis, am Ende dann womöglich wieder ganz alleine dazustehen!?! So blieb ich Julie treu, auch als es während des Besuches von Amy und MaryLou in Münster bei Carlos zu einem gemeinsamen Wiedertreffen im thailändischen Restaurant »Sukhothai« in Dortmund kam: Wir hatten zwar beim Mekhong-Trinken »some fun« und die attraktive MaryLou im knappen Leder-Minirock erschien mir als verlockende Versuchung! Aber ich blieb hart und Julie treu. So verabschiedete ich mich in dieser Maien-Nacht 1988 in Dortmund für immer von MaryLou …

… dachte ich. Denn MaryLou zog dann nach einiger Zeit enttäuscht wieder zurück nach Massachusetts.

Carlos komponierte in seinem Musikstudio zu unserer steten Erinnerung den Hit: »Two Coke, one Sprite, one Mekhong, five glasses and much ice …!«

Trotz dreier gemeinsamer intensiver Toskana-Reisen in den nächsten Jahren, dazu Reisen nach Gomera, Kreta und in die Tiefen der emotionalen Abgründe einer Liebesbeziehung währte meine Beziehung mit der alleinerziehenden Mutter Julie dann doch nur 3 ¼ Jahre! Denn 1991 absolvierte ich das reinste Stolperjahr: erst im Frühling eine Meniskusoperation am rechten Knie nach einem Pressschlag beim Fußballspielen, dann im Sommer einen Oberschenkelbruch nach einem Fahrradunfall, wonach mir Julie am Tage der Krankenhausentlassung die Trennung eröffnete!: Na bravo, einen besseren Moment hätte sie sich dafür kaum aussuchen können! Ich war total down! Ich brauchte Monate, um aus diesem Tal von emotionalem Leiden und auf Krücken rumlaufen wieder hochzukommen! Aber u. a. mit der Hilfe von Carlos und Harry kam ich wieder auf die Beine, lernte wieder laufen, begann wieder zu arbeiten, feierte in großem Rahmen mit fast 30 Freunden meinen 40. Geburtstag am 27.09.1991 und hatte noch jede Menge Urlaub für dieses Jahr übrig.

Massachusetts

In jener Zeit fiel mir die längst vergessene Einladung der Girls aus Massachusetts wieder ein, und ich rief MaryLou an, um zu erfragen, ob ich immer noch zu Besuch kommen könne? Sie sagte: »Ja, du kannst gerne kommen, aber nur als Freund, denn ich habe jetzt selber einen boy-friend. Bitte versprich dir nichts von mir!« So nahm ich mir einen Monat Urlaub für meine USA-Reise im Oktober/November 1991 und kam dann nur als Freund zu Besuch nach Gloucester, bei Boston, Massachusetts.

Aber diese Freundschafts-Reise entpuppte sich als reinste Erfüllung der einstigen Verheißung, denn angekommen in Gloucester, »the capital of fish-heads«, ließ MaryLou nix anbrennen, besuchte mich gleich in der ersten Nacht auf der Besuchercouch und holte mich danach nächtelang unter die Heizdecke ihres Bettchens: Die Prophezeiung war eingetroffen!

Und das kam so: Ankunft mit Northwest in Boston, Airport Logan: Immigration, Zoll und durch. Hier war ich in Amerika: »Where are the girls?« Da war schon MaryLou: wie schön, eine glückliche Umarmung zum Wiedersehen nach 3 ½ Jahren. Draußen wartete Amy im VW-Rabbit, und ab ging's durch strahlenden Sonnenschein nach Gloucester: Der Indian Summer machte seinem Namen alle Ehre, denn wir fuhren durch ein fantastisches Farbenspiel der Bäume New Englands: Rot – Gelb – Orange – Braun – Grün in schillerndsten Farben von der Sonne angestrahlt. Den feinen Unterschied des Indian Summers zu unserem europäischen Herbstwald machen die vielen Laubbäume in New England.

Die nächste Überraschung war das Haus an der Küste, etwas außerhalb von Gloucester, in dem MaryLou und Amy wohnten: direkt am Meer, Balkon 10 m über dem Abgrund der Meeresbrandung. Von außen sah es aus wie ein Haus auf einem Turm: Aha, es war exakt das Tower-House, in dem Miss Eve früher wohnte …!

Und dann überraschte mich MaryLou: Nach einer kleinen Sause mit ner Flasche Chablis und einigen Tequila-Rapidos machte mir MaryLou mein Bett. Es sollte zwar in ihrem Zimmer sein, aber fünf Meter entfernt von ihrem Bett. Irgendwie kam sie aber nicht von mir los, wir küssten uns und waren zärtlich, wir hörten Willy de Ville von meinem tragbaren CD-Player, jeder mit einem Ohrstöpsel, aufeinanderliegend: Ich wurde immer überraschter! Ich mochte das zwar sehr, aber es sollte doch eigentlich gar nicht sein …!?! Im Gegensatz zu Thailand, wo wir beide frei waren und viel Raum und Zeit vorhanden war und trotzdem nix passierte, hier im Tower-House geschah es: Sie kam mit in mein Bettchen und wir liebten uns zum ersten Mal. Was für eine Überraschung, MaryLou! Danach schliefen wir den Rest der Nacht eng umschlungen auf ihrem Futon-Bett …

Am nächsten Tag kletterten wir in den Felsen um das Tower-House herum, hielten immer wieder inne, von plötzlicher Zärtlichkeit gepackt, und fragten uns, was mit uns geschehen war, wie es wohl weitergehen mochte …?

Amy meinte: »MaryLou lässt gerne alles auf sich zukommen.« Ich wiederum glaubte eher an die Weissagung, dass wir noch eine alte (Liebes-)Rechnung aus Thailand offen hatten, die irgendwann einmal in Erfüllung gehen musste, und sei es in 10 oder 20 Jahren: »Auf jeden Fall, little sunshine MaryLou, habe ich wieder die beiden Lichtsterne in deinen Augen gesehen! Und meiner Seele tut es gut, von deinen zärtlichen Gefühlen verwöhnt zu werden …«

Sie dagegen traute sich nicht, es ihrem Freund zu sagen, was mit ihr geschehen war. So war ich wieder mal an eine Frau geraten, die sich nicht so recht entscheiden kann, wie es auch schon bei Julie gewesen war.

Aber MaryLous Nicht-Entscheidung war im Prinzip wie eine Entscheidung, da sie alles so laufen ließ, wie es kam. Ich jedenfalls ließ meinen Gefühlen freien Lauf! Und meine Gefühle hier in Massachusetts waren die, überraschend auf eine heftige Love-Affair gestoßen zu sein, die ich nie und nimmer vorher erwartet hätte!

Als dann am Abend ihr Freund Jake überraschend aufkreuzte, schickte sie ihn wieder nachhause. So war dann der Weg für unsere weitere Affäre frei: Dieses Mal ging's direkt in MaryLous Bett. Als wir uns dann in der zweiten Nacht erneut liebten, hatte ich das Gefühl, mich nach Thailand ein zweites Mal in MaryLou zu verlieben …!

Am nächsten Tag erzählte mir Amy dann von MaryLous beabsichtigter Trennung von Jake, damit ich wüsste, wie die Sache mit mir da so reinpasste: »Aha, really interesting!«, aber die Trennung wurde doch nicht vollzogen, weil MaryLou lieber vor Entscheidungen floh.

So zum Beispiel hatte ich immer schon mal nach New Orleans gewollt, und dieser fünfwöchige Aufenthalt in den USA bot sich ja geradezu an, dieses Vorhaben in die Tat umzusetzen. Kurz entschlossen lud ich deshalb MaryLou dazu ein, mit mir für 1 – 2 Wochen nach New Orleans zu kommen. Das hörte sich sehr schmackhaft für sie an, aber letztlich konnte sie sich dann doch nicht zu einer Entscheidung durchringen. So begnügte sie sich mit »Lachen,

Liebe, Nächte«, um ein früheres Werk von Henry Miller zu zitieren: Es machte uns allerdings wirklich verdammt viel Spaß, die Nächte durchzulachen und -zulieben. Es gibt da diesen englischen Begriff »lust«, was so viel wie Begierde heißt, also auch nicht viel anderes als das deutsche Lust. Auch wenn Mary-Lou aufgrund ihrer Konfusionen und Spannungen wegen Jake und mir sich verbal äußerte, wir sollten langsam nicht mehr »miteinander schlafen«, in der Realität tat sie dann selbiges doch lieber und besser, auch wenn sie's nur aus »lust« mit mir trieb. Diese Lust hatte ich schließlich genauso, wenn ich meine Hände an ihrem kleinen wohl geformten Körper entlangstreicheln ließ, die mir inzwischen schon vertraute Konvex-Konkav-Kombination besonders betonte, wenn ich ihren wunderschönen runden Po an mich drückte, wenn ich merkte, wie sie es genoss, wenn sich unsere Körper aneinanderdrückten, die Hände und Fingerkuppen aufgeregter suchten …

… ja, sollte ich dann Nein sagen, weil sie meinte, sie könnte mich in Zukunft vielleicht verletzen, weil »there's nothing beyond it, because its only lust«. O. k., ich musste halt aufpassen, dass ich mich gefühlsmäßig nicht zu sehr fallen ließ, weil ich diesen sicherlich vermeintlichen Nur-Urlaubsflirt nicht in mein normales Leben transformieren konnte. Aber es tat mir dort im Tower-House so verdammt gut, und wenn es auch nur »lust« war!?! Es war einfach die konsequente Fortführung der thailändischen »Prophezeiung« zur faktischen Realisierung in Massachusetts!: Und das wusste, fühlte und liebte auch MaryLous Körper, denn der hatte meinen Körper sehr gerne um und in sich …!

Genauso erschien mir in den 60er-Jahren »Massachusetts«, der Schmusehit von den Bee Gees, als eine Botschaft aus einem verheißungsvollen Land! Und jetzt schmuste ich selber in Massachusetts …!

Als dann MaryLou an einem Morgen von ihrem Jake zurückkam, überraschte sie mich zum zweiten Mal: Zwar hatte sie ihm nix von uns erzählt, aber die Neuigkeit war die, dass sie Jake eröffnet hatte, für sich und von ihm weg mehr Zeit und Raum zu benötigen, was er auch alles akzeptierte, ohne misstrauisch zu werden, der Depp! Nun ja, von diesem Tag an war MaryLou fröhlicher, befreiter und offener, als ich sie je vorher erlebt hatte. Deshalb wunderte ich mich auch gar nicht darüber, dass sie nachts zärtlich wurde. Obwohl sie mir bzw. uns keine gemeinsame Zukunft als Beziehung anbieten konnte und wollte, sondern nur eine Freundschaft, und deshalb auch eigentlich meinte, am besten keine sexuelle Beziehung mehr fortführen zu können, um diese Freundschaft nicht zu gefährden, landeten wir trotzdem wieder auf ihrem Futon: Durstig nach Erotik und sexueller Erfüllung, die Gefühle und die Macht unserer Körper siegten über obskure Kopfverhaltensregeln! Und wieder das ewige Thema: Lachen – Liebe – Nächte …!

Danach verbrachten wir zusammen mit Amy einen Tag voller Ausgelassenheit und Fröhlichkeit in der typischen New England-Szenerie mit all den vielen Apfelplantagen in und um Essex und Ipswich: Auch John Irvings Roman »Gottes Werk und Teufels Beitrag« spielte ja größtenteils in den Apfelplantagen von New England. John Irving hatte ja nicht nur den Roman »Hotel New Hampshire« verfasst, er wurde auch geboren in Exeter, New Hampshire, dem Nachbarstaat von Massachusetts.

Mit einem warmen Apfel-Cidre und Apple-Donut gestärkt, kamen wir dann wieder an die Küste, sahen Kraniche ziehen, fuhren entlang von sumpfigen Salzwasserüberschwemmungen und entdeckten an der Crane-Beach das Haus, in dem der Film »Die Hexen von Eastwick« mit Jack Nicholson gedreht worden war.

Wir führten unsere neuen Smart Scarfs aus, lustige farbenfrohe Schals aus Polarvlies mit Drähten darin, die man in alle Richtungen und Stellungen um den Kopf oder Hals verbiegen kann. Die Smart Scarfs waren übrigens eine Erfindung von Jake, die anfangs von Amy und MaryLou selber zusammengenäht wurden. Um meterweise Polarvlies zu kaufen, fuhr ich einen Tag zusammen mit MaryLou nach Lawrence zum Merrimack-River, wo nicht nur das Zentrum der New England-Textilindustrie lag, sondern auch eine starke Kolonie der Franco-Kanadier siedelte, liegt doch auch die Stadt Lowell am Merrimack-River, der Geburtsort meines literarischen Idols Jack Kerouac (»On the road«), nur 30 Meilen von Boston entfernt, im Nordosten von Massachusetts.

Auf jeden Fall hatten wir jede Menge Spaß und MaryLou und ich waren uns auch in der folgenden Nacht wieder so nah und warm wie lange nicht.

Besonders nachdem sie inzwischen ihre Meinung geändert hatte und nun doch mit Amy und mir zusammen nach New York fahren wollte: »Because girls just want to have fun …!«, wie Cyndi Lauper so schön sang.

O. k., und ich akzeptierte inzwischen ihre Wechsellaunigkeiten, hatte doch sogar Mahatma Gandhi mal innerhalb von einer Woche zwei völlig verschiedene politische Meinungen vertreten. Darauf angesprochen meinte Gandhi: »Ich habe halt in der letzten Woche was Neues dazugelernt!« Und so schien es auch mit MaryLou zu gehen. Und wie fühlte ich mich bei diesem gefühlsmäßigen »Wellenreiten«?: Ich genoss die schönen Stunden, dachte nicht an morgen oder Sorgen! Ich lebte im »Hier & Jetzt«, was wir Abendländler leider viel zu selten machen! Ich genoss die überraschenden Wunder der nächtlichen Gefühle, der Zärtlichkeiten und sammelte Kraft in meinem Akku für den kommenden Winter in Germany. Ich fühlte mich großartig, und schloss mich Cyndi Lauper an mit: »… and probably also boys just want to have fun …!«

Die letzten Tage im Oktober waren in Gloucester an der Küste von stürmischem Wind und hohen Wellen begleitet, die aber auch mit der Klarheit bei unseren Gefühlen einherkamen. Als der Sturm an den Fenstern dieses exponierten Tower-Houses rüttelte, mit dem Haus zu spielen schien, als er durch die undichten Fensterritzen drang und auch durch die Wohnung wehte, dann fanden die Körper von MaryLou und mir noch lieber, schneller und wärmer in der Nacht zueinander und wollten nicht mehr voneinander lassen, besonders seit Ken die ¼ Unze Pot mitgebracht hatte und wir quasi »on dope« scherzten, lachten, liebten, Nächte …

Aber wie es dann immer so kommen musste, kam auch dieses Mal der Tag, an dem es wieder hieß: »MaryLou bedauert, sie kann Sie ab heut' nicht mehr sehn …!« Was früher oder später nach einer einwöchigen, für mich sehr schönen Love-Affair abzusehen war, das konnte MaryLou, nämlich ihr Liebes-Doppelleben mit Jake und mir, nicht mehr so weiterleben. Deshalb kam diese Eröffnung eines Nachts für mich zwar überraschend, aber nicht unerwartet. Obwohl ich mich ja bereits innerlich darauf vorbereitet hatte, kam die Eröffnung über das notwendige Ende unserer sexuellen Liebesbeziehung für mich so überraschend, dass ich wirklich weinte: Tränen der schnellen Liebe und Tränen über ein überraschendes Ende! Es war kein Schmerz; die Tränen kamen einfach so aus meinen Augen geflossen, weil ich in diesem Moment so offen wie selten war …

Ich als Mann kann mich ansonsten auch nur an zwei andere tränenreiche dramatische Situationen wegen anderer Frauen erinnern:

- 1971 nach der Beendigung der »ersten Liebe« im Leben mit Nicole, und
- 1991 im Sommer des damaligen Jahres, als ich alleine im Holzhaus in Hagen-Eilpe nach der Beendigung der Beziehung mit Julie meine ganz persönlichen Schmerzverarbeitungstränen fließen ließ: für meine Gesundung und psychische Restaurierung.

Da es ein Novum war, dass ich in Gegenwart einer Frau weinte, war ich eigentlich ganz froh, so offen und frei gewesen zu sein, dass die Tränen fließen konnten. Wir sprachen dann noch sehr lange bis morgens um 05.00 Uhr früh über unsere Gefühle und beschlossen, mit einem »Long good-bye« zu beginnen: Und wirklich, diese letzte gemeinsam verbrachte Nacht hatte es in sich! Mit erstaunlicher Intensität, die teilweise von MaryLou und teilweise vom Marihuana stammte, liebten wir uns unendlich lange und in den verschiedensten Stellungen, so als wäre es die letzte sexuelle Tat überhaupt …!?!? Es war für mich wirklich der beste Sex seit Langem! Wir genossen unsere Körper noch einmal zum Abschiednehmen …

… bevor ich dann am nächsten Morgen mit meinen Reiseplänen begann: Der »Desperado der Gefühle« wollte als »Lonesome Traveller« nach New Orleans reisen! Nur wusste ich noch nicht genau, wie. Sollte ich die Herausforderung annehmen, um mir mit einem Leihwagen die amerikanische Traumversion zu leisten, die ganze Strecke selbst fahrend zu erschließen? Das hörte sich theoretisch gut an, konnte aber auf die Dauer ganz schön langweilig werden, ca. 2000 km allein mit dem Auto zu fahren.
- Also dann vielleicht mit dem Zug?
- Oder doch fliegen?

Auf jeden Fall hatte ich die plötzliche Idee, vor meiner Reise nach New Orleans Amy zu einem Kurztrip von 2 – 3 Tagen nach New York einzuladen. Sie dachte darüber nach, und allein das machte MaryLou total eifersüchtig, mit dem Ergebnis, dass die beiden Girls sich den halben Tag stritten. Dazu meinte Amy: »She wants the penny and the cake!« Dieses englische Sprichwort wollte sagen: »Sie will halt alles haben!« MaryLou vermutete wohl, diesen Spaß zu verpassen, den Amy und ich unternehmen wollten. Dabei hätte sie sich doch nur dazu entscheiden zu brauchen mitzukommen. Niemand hatte ihr den Rat gegeben, sich alleine zuhause oder mit Jake zu langweilen!

Trotz ihrer unausstehlichen Stimmung, die mir wie die eines kleinen verwöhnten Mädchens vorkam, fuhren wir zu dritt, MaryLou als Pilotin mit entsprechend rauer Fahrweise, nach Concord zum »Walden Pond«. Dort an diesem ruhigen See hatte Henry David Thoreau 1845 zwei Jahre alleine in einer Hütte gewohnt, »Walden« geschrieben, und auch dort in Concord seine lebenslange Freundschaft zum Schriftsteller Ralph Waldo Emerson begonnen.

Auf jeden Fall: Das war gerade der richtige ruhige entspannte Ort, um zwei streitende Frauen zu beobachten: »Great!!«

Auf dem Rückweg machten wir einen kurzen Besuch bei MaryLous Mutter in Lexington. Das wäre dann die Person in dem alten Schlager, die dem Ex-Lover zu sagen hätte: »MaryLou bedauert, sie kann Sie ab heut' nicht mehr sehn …!«

Nachdem die beiden Girls sich eigentlich am »Walden Pond« schon ausgequatscht hatten, ging der Streit – zurück in Gloucester – nonverbal weiter: Amy und ich wollten zu einer Halloween-Party mit Tanz und Livemusik, zogen uns dafür um und schminkten uns mit Kajal etc. Erst schmollte Mary-Lou, doch plötzlich stand sie auf und schmiss sich in ein attraktives Dancing-Outfit, dass ich sie glatt hätte wieder küssen können. Erst brachten wir uns jeder mit einem »Grappa Julia« in Stimmung, dann ging's zum »St. Peter's Club«, wo ich am 25.10.1991 zum ersten Mal im Leben eine Halloween-Party erlebte: Die Life-Gruppe »Fly Amero Band« mit Saxofon brachte sich und uns in gute Stimmung. Wir tanzten, hatten Freude aneinander, und die Budweiser-Biere und Bacardi-Seven ups taten ihr Übriges dazu. Das war das erste Mal überhaupt, dass die Girls hier in Gloucester mal tanzen waren. Dann gab es bei dieser Halloween-Party noch einen Verkleidungswettbewerb: »Poseidon« gewann im Endkampf gegen das »Schwein«: ein Segen!

Am nächsten Morgen konkretisierte ich dann meine New Orleans-Reisepläne, wobei mir MaryLou als guter Travel-Agent half. Sicherlich war es auch in ihrem eigenen Interesse, mich nach New Orleans loszuwerden, da ihr durch meine Abwesenheit ihre eigene Konfusion geringer erscheinen mochte. Nach einigem telefonischen Hin & Her bekam ich schließlich mit ihrer Hilfe für 437,– $ eine Flugverbindung Boston – Memphis – New Orleans und zurück.

Meine Abreise war erst für eine Woche später terminiert, und der Aufenthalt in New Orleans sollte zwei Wochen dauern, sodass ich pünktlich drei Tage vor meiner Rückreise nach Deutschland wieder in Massachusetts sein würde.

»Liebe MaryLou, das hast du alles perfekt hinbekommen, denn ich habe
- genügend Zeit, um das Ticket mit der Post nach Gloucester geschickt zu bekommen.
- reichlich Gelegenheit, Halloween in New York zu verbringen.
- und schließlich eine gute Zeit, um New Orleans intensiv erleben zu können.«

Es war gut für mich, endlich über meine nähere Zukunft Klarheit zu haben. Aber auch für MaryLou schien meine Entscheidung eine Wohltat zu sein: Sie konnte wieder aufatmen, brauchte sie doch keine eigene Entscheidung zu treffen.

New York, New York

Es war gar nicht so einfach, nach New York zu kommen, wenn drei verschiedene Menschen mit drei verschiedenen Interessen dasselbe machen wollten. Nach langem Hin & Her wollten wir zu dritt nach New York reisen, mussten dabei aber drei wichtige Termine beachten:
- Donnerstagmorgen: Amys Termin beim Arbeitsamt
- Samstagabend: MaryLous Familienparty
- Sonntagmittag: mein Abflug von Boston nach New Orleans.

Und natürlich: wie hinkommen?

Mit dem Flugzeug? Mit dem Zug? Mit MaryLous Auto?

Das Geld spielte ausnahmsweise keine Rolle: Beide Girls waren von mir eingeladen, zumal wir umsonst mitten in Manhattan in Walter's Loft wohnen konnten, einem schwulen Cousin von MaryLou, der gerade mit seinem Freund Tom, dem Tänzer, in Atlantic City weilte …

Zwar wiegte zwischen Plan und Ausführung auch noch ein dreimaliges Hin und Her, dass ich an diesem Donnerstagmorgen meine Tasche dreimal ein- und wieder auspackte, aber ich war ja glücklicherweise nicht festgelegt:
- MaryLou: »Wir fahren nicht, da zu viel Stress in zwei Tagen.«

- Ich: »Wir fahren!«
- Dann kam Amy erfolgreich mit einem Scheck vom Arbeitsamt heim und entschied: »Wir sind heute Abend in der Bar ›Bad‹ in New York City!«

So bretterten wir schließlich nach New York mit MaryLous 10 Jahre altem VW-Rabbit, der schon über 200.000 km weghatte, durch Massachusetts und Connecticut. Kaum verließen wir Massachusetts, stoppte der Sturmregen, der uns bis dahin begleitet hatte; und in Connecticut schien bereits wieder die Sonne. Es wurde Zeit für mich, mit den Vögeln nach Süden zu ziehen.

Das Öllämpchen im Auto leuchtete ebenfalls, und zwar unentwegt, wodurch wir erst bemerkten, dass nahezu kein Öl mehr im Motor war. Die Girls berichteten zwar eifrig, dass der letzte Ölwechsel erst drei Monate her war und dass der Tankwart beim Öl-Scheck »Alles o. k.!« meinte. An einer Tankstelle schluckte dann allerdings der Motor gut und gerne einen ganzen Liter Motoröl, ohne dass man was am Öl-Messstab erkennen konnte. Erst nach dem zweiten Liter Öl zeigte der Ölstab endlich eine Reaktion, indem er irgendwas zwischen Minimum und Maximum angab; also war's eh höchste Eisenbahn mit dem Ölnachfüllen …!!

Dann New York, New York: In sechs Stunden durch die Nacht schafften wir die ca. 400 km lange Strecke von Gloucester nach Manhattan, wo im Stadtteil Chelsea das Loft von Walter lag. Es war ein gutes Timing, weil ich bei unserer Ankunft in der Dämmerung die imposante Skyline von Manhattan vor mir liegen sah! Dorthin fuhren wir entlang dem schwarzen Harlem: mit verriegelten Türen, weil die Girls wie fast alle US-Amerikaner seit »Fegefeuer der Eitelkeiten« von Tom Wolfe eine wahre Paranoia vor den Schwarzenvierteln hatten. Sie sind halt richtige WASPs: »white anglo-saxon protestants«; und sie wollten sich auf gar keinen Fall meinem Wunsch anschließen, da mal reinzufahren. So sah ich nur von Weitem die abgewrackten Straßen von Harlem mit teilweise leer stehenden Häuserruinen und qualmenden Feuern zwischen den tristen Hochhäusern.

Aber wir kamen natürlich heile nach Manhattan. Angekommen in Chelsea bekamen wir den Wohnungsschlüssel zum über und über schwarz gehaltenen Loft von Walter, natürlich auch mit drei Schlüsseln und schweren meterlangen Metallriegeln gesichert wie der Schatz von Fort Knox: Die spinnen, die Amis …!

Und es war die Halloween-Nacht! Nach einigen Bieren, Gläsern Chardonnay-Wein und Pot-Sticks zum Relaxen gingen wir zur Halloween-Parade: Da hatten wir wirklich viel Spaß, denn das war so was wie eine Mischung aus Rosenmontagsumzug in Köln und Karneval in Trinidad, mit ihren Steelband-LKWs, da ja in New York City eine farbenfrohe Völkermixtur aus weißen, schwarzen, gelben und braunen Menschen lebten. Wir waren gerade dafür im richtigen Stadtteil gelandet: Chelsea grenzt an Greenwich Village und Soho an. In diesen Stadtteilen lief die Action ab, die Manhattan oder New York City so bunt und attraktiv machte: All die Künstler, Wohngemeinschaften, Kneipen, Ateliers, Schwule und Freaks wohnten und arbeiteten dort zusammen. In der Transvestiten-Bar »Lox« wurden wir von »Jesus« bedient, Bart und lange dunkle Haare, nur mit einem weißen Lendenschurz und Turnschuhen bekleidet, dafür aber über und über mit Blut beschmiert …!

Abends dann noch ein Halloween-Besuch bei Amys Freundin Betty: Wir kamen mit einem ausgehöhlten echten Kürbis mit Kerze drin, die durch Augen, Nase und Mund schien. Ich durfte, da es für mich das erste Mal war, das Fleisch des Kürbisses auskratzen. Mit bloßen Händen glitschte ich in dieser saftigen Fruchthöhle herum: Das war so 'ne Art interkontinentaler sexueller Akt …!

Und dann unser Essen im »ZigZag«: Am meisten davon blieben mir die Toiletten in Erinnerung, die über und über mit Spiegeln besetzt waren! Ich schaute nach rechts und sah hundert Dannys; ich schaute nach links und sah hundert Dannys; ich schaute geradeaus und sah vor und hinter mir eine ganze Armada von Dannys: eine Invasion!

Nachts bunkerte MaryLou dann noch ihr Auto vorsichtshalber in einem sicheren Parkhaus: Diese 33,– $ für 3 Tage und 2 Nächte waren das einzige an Miete, was wir Downtown in Manhattan zu zahlen brauchten.

Das Empire State Building bei Nacht war mit blauen und gelben Scheinwerfern beleuchtet wirklich großartig anzusehen!

Die nächsten 1 ½ Tage verbrachten wir mit »fun – fun – fun«! Wir liefen viel in Manhattan herum: Central Park, wo der aktuelle Spielfilm »König der Fischer« mit Robin Williams in der Hauptrolle spielte; zwischendurch

U-Bahn fahren; dann Soho, Greenwich Village, Chelsea: »I really liked it!«, weil es dort alles viel weitflächiger und gemütlicher war, als man so meint. Das Manhattan aus unserer Vorstellung mit all den riesigen Hochhäusern gibt es natürlich auch: Uptown, aber nur ein kleines Stückchen Manhattan zwischen Broadway und Central Park. Um mit den Beatles zu sprechen: »Look at all these lovely people, look, where they all are going through …!« Ich liebte diese Mixtur aus Schwarzen, Hispanics, Japanern, Chinesen und Weißen in New York City sehr.

New York mit all den großartigen Namen: die fünf Hauptstadtteile Manhattan, Bronx, Queens, Brooklyn und Staten Island, die mir das Historische aus all den Büchern und Filmen vermittelten, indem ich jetzt hier war: »just now and live«, wo all die Künstler, Musiker, Schriftsteller, Schauspieler und Sportler agierten:

- Brooklyn (und Long Island): die Kindheit von Henry Miller; oder »Letzte Ausfahrt Brooklyn« von Hubert Selby
- Harlem/Bronx: Harlem Globetrotters; Harlem Gospel Singers; »Fegefeuer der Eitelkeiten« von Tom Wolfe; Ed Coffin und Grave Digger, die beiden schwarzen Polizisten aus den Chester Himes-Krimis
- Manhattan: Woody Allen's »Stadtneurotiker«
- Greenwich Village: Allen Ginsberg; Velvet Underground mit Lou Reed, John Cale und Nico, featuring Andy Warhol
- Central Park: wo John Lennon wohnte und 1980 ermordet wurde; im selben Haus wurde 1968 Roman Polanskis »Rosemary's Baby« mit Mia Farrow gedreht
- Times Square: der gleichnamige Film von 1980
- Broadway: die großen Theater; Metropoliten Opera; die Disco »Club 23«; einen Tag nach unserer Abreise, am 03.11.1991, ging dort der New York-Marathon vorbei: Wir sahen schon die aufgebaute Tribüne und die Fernsehkameras dafür
- »New York, New York« von Frank Sinatra
- Empire State Building
- Freiheitsstatue
- World Trade Center, das später am 11.09.2001 von zwei entführten Flugzeugen mit islamistischen Terroristen in Selbstmordattentaten zerstört wurde

- Die berühmte Skyline von Manhattan: Da sah man nicht mehr dahinter die 24 US-$, die Peter Minuit, ein deutscher Kaufmann aus Wesel, 1626 den Indianern damals für Manhattan bezahlt hatte
- Die New York Giants, eine berühmte American Football-Mannschaft
- Madison Square Garden: große Sporthalle, berühmte Boxkämpfe usw.
- Flushing Meadows, Forest Hills: Grand Slam-Turnier im Tennis
- Cosmos New York: oftmaliger US-Soccer-Meister, damals mit Pelé und Franz Beckenbauer.

… und natürlich mit MaryLou und Amy, als die für mich besten Führerinnen durch solch eine Metropole, in die ich mich allein niemals reingetraut hätte …!

New Orleans

Amy brachte mich von Gloucester nach Boston, Logan Airport: easy living, easy going, easy travelling in den USA. Alles war gut organisiert, und alles kostete gutes Geld: So war ich mit dieser Reise in meiner speziellen Situation gut aufgehoben. Ich wollte ja auch mit meinem gebrochenen Bein mit der Titanschraube im Oberschenkel keinen Abenteuerurlaub, sondern was leicht zu Händelndes. Nur drei Monate, nachdem ich aus dem Krankenhaus entlassen worden und danach noch sechs Wochen auf Krücken gegangen war, reise ich jetzt alleine in die Südstaaten: New Orleans liegt in etwa auf dem Breitengrad von Bombay, Hongkong, den kanarischen Inseln, aber südlicher als Southern California. Mein Bein hatte ja auch die erste Liebesprobe mit Bravour bestanden: MaryLou war mit mir und meinem Bein sehr zufrieden, sowohl nachts als auch tagsüber …!

Dann also mit dem Flieger von Boston nach Memphis, Tennessee: in die Elvis-Stadt als kurzer Zwischenstopp. Es gab als Frühstück um 14.00 Uhr nachmittags »some snaps in the air«: Bacardi-Lemon und Erdnüsse; aber ich war das späte Frühstücken durch die beiden Girls ja schon gewohnt, die meistens erst nachmittags oder abends zum ersten Mal am Tag was aßen!
In Memphis war es schon sehr heiß. Der Mississippi schlängelte sich durch die grünen Wälder Tennessees. Selbst im Flugzeug wurde es heißer und heißer.

Und da plötzlich, aber nicht unerwartet tauchten die vielen verschlungenen Arme der Mississippi-Mündung in den Golf von Mexiko und die Sümpfe »down by law« auf, alles vergoldet von der im Westen untergehenden Sonne. Eine riesige grüne Sumpflandschaft und mittendrin: New Orleans und ich mitten drin im »Big Easy« (= »der große Leichtsinn«, ein Film mit Dennis Quaid, Ellen Barkin und den Neville Brothers).

Su, Anthropologin und die Schwester von Amy, hatte mir den Tipp gegeben, mich in New Orleans in das Frenchmen Hotel einzuquartieren. Das tat ich auch; und das war auch ein Hauptgewinn für meinen zweiwöchigen Aufenthalt in New Orleans. So lebte ich dort knapp außerhalb des French Quarters in der Frenchmen Street; und das war noch viel wichtiger! Sonst hätte es mich vielleicht mitten ins French Quarter, an die Bourbon Street verschlagen, die mir als eine Mischung aus St. Pauli und Havanna erschien. Gut, dass ich gerade eine erfolgreiche Liebes-Therapie in Massachusetts hinter mir hatte, sodass mich all die Verlockungen der Bourbon Street mit »Girls – Girls – Girls«, ganz nackt oder halb nackt, Orgien, Girls & Boys, Sex & Kabarett, französisch oder normal (?), Sex-Shops und Zubehör aller Art nicht verlockten, obwohl ich ein allein reisender Mann war!

Was mich allerdings sehr lockte, war das musikalische Nachtleben in New Orleans und da speziell in der Frenchmen Street: Dort verschlug mich doch gleich der erste Abend in die drei verschiedenen interessanten Orte:
– Praline Connection = Cajun- & Creole-Restaurant: Dort bekam ich nicht nur so sehr leckeres local-food, dass es zu meinem Stamm-Restaurant wurde, sondern von einem schwarzen Kellner die Information, dass Charmaine Neville, eine Schwester der Neville Brothers, die auch schon öfters auf deren CDs mitgesungen hat, in einem Club ein paar Blöcke weiter in der Frenchmen Street zu singen pflegte.
– Snug Harbour hieß der Club. Und tatsächlich sollte sie ein paar Tage später dort samt Begleitband auftreten. Deshalb hatte ich dann auch vor, die Neville Sister live zu erleben. Denn vom »Ticket-Master« hatte ich erfahren, dass die Neville Brothers erst Halloween in New Orleans gespielt hatten und deshalb auch in den nächsten Wochen dort nicht mehr auftraten. Das Gleiche galt für Willy de Ville.

– Im Café Istanbul, nur ein paar Häuser von meinem Hotel entfernt, spielte eine fetzige Live-Band namens Ice Nine eine Musikmischung aus Neville Brothers, Little Feat und Lynyrd Skynyrd, sodass ich dazu stundenlang tanzen konnte: on dope + on Bacardi-Lemon …! Ich unterhielt mich ein wenig mit Santiago, dem puertoricanischen Percussionisten von Ice Nine, den ich übrigens in der nächsten Nacht bei einer Jazz-Jam-Session im Café Brasil wiedertraf, wobei er mir dann sogar einen Drink ausgab. Er spielte übrigens parallel in vier verschiedenen Musikgruppen, u. a. sollte ich ihn dann ein paar Tage später bei einem Auftritt, ebenfalls im Café Brasil, mit einer Latin-Gruppe wiedertreffen.

Bei der Musik-Session im Café Istanbul handelte es sich um ein Solidaritätskonzert für die politische Bewegung NO DUKES bzw. STOP DUKES: »Junge Menschen gegen Hass und Rassismus«, weil sich der republikanische Politiker David Duke mit neo-faschistischen Parolen bei den Gouverneurswahlen in Louisiana am 16.11.1991 wählen lassen wollte. So kam ich durch meine erste Live-Musikveranstaltung in New Orleans gleich auch noch mitten in verschiedene Aktivitäten wie Demos, Kundgebungen und Solidaritätsveranstaltungen eines total bunten Südstaaten-Wahlkampfes …!

Da ich die Einladung zur Kundgebung in der Tulane University bekommen hatte, machte ich mich brav wie ein alter 68er auf den Weg. Unterwegs hatte mir ein Grieche in ner Gyros-Bude erzählt, wie ich da günstig mit dem »Street-Car« hinkomme, so ner Art Straßenbahn, sodass ich kein Taxi brauchte. Es war nämlich ungefähr ½ Stunde Fahrt raus zum Campus der Tulane University. Aber es war auch ganz interessant für mich, mal aus dem French Quarter rauszukommen und was anderes von New Orleans zu sehen. Während ich mit dem »Street-Car« fuhr, war es dunkel geworden. Und ich wusste überhaupt nicht, wo ich aussteigen sollte. Glücklicherweise stieg ein Student mit dem Tulane-University-Sweater ein, der auch zu dieser Kundgebung wollte. Und der zeigte mir dann, wo's langging. Zuerst einmal war ich überrascht, wie riesig und großzügig der Campus der Tulane University angelegt war: überall Wiesen und Plätze dazwischen, und keine Hochhäuser wie an der Ruhr-Universität Bochum. Dabei sagte mir der Tulane-Student, dass es sich hierbei nur um eine mittlere Universität handele. Dann kamen wir zum Platz der Kundgebung: eine kleinere Menschenmenge von vielleicht 300 Menschen um ein Podest;

Büchertische; und jeder bekam eine Kerze in die Hand gedrückt. Ich stellte mich auf die Wiese mit all den wissensdurstigen Girls und Boys. Es gab auch ein paar Bärte darunter: vielleicht Dozenten aus den 68ern? Die Studentinnen sahen durch die Bank alle langhaarig aus: nahezu keine kurz gestylte Lady! Ich kam mir vor wie früher in den 70ern, als alle Mädels lange Haare hatten und ich auch darauf abfuhr. Dann kamen all die politischen Reden gegen David Duke, den smarten, aber rassistischen Kandidaten der Republikaner für die Louisiana-Gouverneurswahlen am 16.11.1991. Alle – selbst ein junger Republikaner – stimmten dafür, lieber den Demokraten Edwin Edwards zu wählen. Der wäre zwar auch nicht »das Gelbe vom Ei«, aber jede nicht genutzte Stimme wäre eine Stimme für Duke, das ehemalige Ku-Klux-Klan-Mitglied. Als der religiöse Redner Father Clingenpeel dran war, zündeten alle ihre Kerzen an, die dann den Rest der Veranstaltung die Dunkelheit erleuchteten. Von allen Rednern hatten mir am besten gefallen: die emotional und trotzdem rational auftretende Professorin Rebecca Mark und der schwarze Senator von Louisiana, Marc Morial. Überrascht war ich wieder davon, dass ich den Reden gut folgen konnte und fast alles verstand, zumindestens erahnen konnte. Mein passives Hör-Englisch befand sich damals auf der Höhe meiner Fähigkeiten, da ich einen Monat nur Englisch sprach, englische Zeitungen und Bücher las: kein Wunder!

Ansonsten bedeutete New Orleans neben der allgegenwärtigen Jazz-Musik natürlich die Stadt am Mississippi, der Riese unter den Flüssen mit seinen beschaulichen Schaufelraddampfern, aber auch großen Frachtschiffen. Vom Ufer des Mississippi waren es nur ein paar Schritte zum »Vieux Carré«, dem so genannten French Quarter, wo ich beim Spaziergang durch die Sonne der Südstaaten gleich einen aufschlussreichen Eindruck bekam: relaxte Menschen mit den unterschiedlichsten Hautfärbungen zwischen ganz Schwarzen, Kaffeebraunen, nur leicht gemischten Milchkaffee-Schönheiten bis zu Cajuns, wettergegerbten Sumpfbewohnern; dazu Palmen, Bananenstauden, Gewürze und Südfrüchte auf dem French Market …

Abends war ich dann nach dem Essen im Praline Connection immer in Sachen Musik unterwegs: Meist erlebte ich bis zu zwölf verschiedene Live-Musikgruppen aller Couleur pro Nacht, da die verschiedenen Clubs keinen Eintritt nahmen und nur durch die Drinks verdienten. So streifte ich mit meiner roten Liebes-Voodoo-Puppe, die ich mir im Voodoo-Museum erstanden hatte, in der Hosentasche durch die Clubs auf der Suche nach irgendeiner fetzigen Latin- oder Soulgruppe und natürlich: »cherchez la femme« …!

Dann kam der Abend, an dem ich auf den Spuren der Neville Brothers wandelte: Durch den früheren Bassisten der Hagener Rockband Extrabreit bekam ich Bekanntschaft mit der Musik der Neville Brothers. Sie sind seitdem eine meiner Lieblingsgruppen geworden. Meine Reise nach New Orleans hatte sicherlich auch ein bisschen mit den Neville Brothers zu tun, weil sie aus New Orleans kommen; und natürlich mit dem unvergleichlichen Willy de Ville, der zu der Zeit auch in New Orleans wohnte. Da aber die Neville Brothers bereits an Halloween in New Orleans gespielt hatten, als ich gerade mit MaryLou und Amy in New York City feierte, würden sie während meines New Orleans-Aufenthaltes genauso wenig wie Willy de Ville dort live spielen. Ich hätte mir Patti Labelle oder die »Psychedelic Furs« live anschauen können, aber mein musikalischer Höhepunkt in den USA war dann: Charmaine Neville, die Schwester der Neville Brothers, mit ihrer Band, die vier Stunden lang im Snug Harbour spielten: great! Charmaine hatte eine gute Power und ne gute Show, hatte lange Dreadlocks bis über den Po hinaus, sie sang und bediente die Percussion nebenher. Ihre Band bestand aus Saxofon, Piano, Bass, Drums und Percussion, vier Schwarze und zwei Weiße. Von der Körpersprache her hatte mir natürlich am besten der schwarze Percussionist Gerald gefallen: Sein Körper lächelte. Hinterher hatte ich mich noch ein wenig mit ihm unterhalten und war sogar einmal mit ihm in seinem Auto um den Block gefahren: Was für ein Gerümpel der da drin hatte!?: Wie bei Hempels aufm Hof! Die Musik von Charmaine Neville gefiel mir so gut, dass ich zwei Musikkassetten der Band kaufte: Eine für mich und eine schenkte ich Janet aus L. A., California, die zufällig neben mir saß. Wir hatten uns den ganzen Abend über total gut unterhalten, vielleicht weil sie genauso wie ich vom Sternzeichen auch eine Waage ist? »We really got a little bit attracted each other!« Das merkten wohl auch ihre Kolleginnen, mit denen sie für zwei Tage auf einem Kongress in New Orleans weilte. So erlebte ich dann zum ersten Mal, wie eine Frau mit mir kämpfte, um ihre Kollegin oder gar Freundin (?) vor mir zu retten. Wenn ich stoned bin, dann verliere ich meine sonstige Schüchternheit und kann äußerst charmant sein, damals sogar in Englisch. Janet jedenfalls lobte mein Sprachvermögen und war wegen all meiner Reisen ganz aus dem Häuschen. Und sie sah auch sehr gut aus, die dunkelhaarige Janet mit ihrer knackigen drallen Figur. Auf jeden Fall wollte ihre Kollegin mich am liebsten in die Wüste schicken, damit dieses Geflirte aufhörte. Vielleicht war sie auch eifersüchtig? Jedenfalls packte sie mich richtig und wollte mich aus Janets Gesichtskreis wegschleppen. Die jedoch lächelte nur amüsiert darüber …

… ja, ja, die Frauen!

Im Gegensatz zum Café Brazil, wo ich später in der Nacht noch zur Reggae-Band »Plantation Posse« tanzte, wurde während des Charmaine Neville-Konzertes fast nur geguckt und kaum getanzt. Als ich es am Schluss des Konzertes kaum noch aushielt und dann zwischen den ruhig sitzenden Stuhl- und Tischgruppen herumtanzte, gab es erst Beifall, denn Tanzen konnte ich ja immer schon sehr gut, dann muckten welche auf, weil ihre Sicht störte. Mit dem Ergebnis, dass plötzlich zehn bis zwanzig Menschen aufstanden und ebenfalls anfingen zu tanzen …!

In einer anderen Nacht streifte ich durch die Bourbon-Street, wo auch all die anderen suchenden Menschen eine große Spannung ausströmten, oder lag es am Pot-Stick oder sonst was: Jedenfalls wurde ich auf einmal unmerklich, aber magnetisch von einem dieser Tabledance-Clubs mit Nacktänzerinnen angezogen. Der Mann in mir, das Tier im Mann trieb mich da rein, oder wie Amy schlicht zu sagen pflegte: »All men are dogs!« Es gab ja mehrere von diesen Sex-Clubs. Also nicht lange überlegen, rein da ins »Papa Joe's«, zumal es so einfach war: kein Eintritt, der einen vielleicht noch hätte zaudern lassen können. Nur einen Drink musste man bestellen. Und dort tanzten dann die Mädels zu heißer Musik. Ich wurde direkt an ihr »Arbeitspodest« geführt, saß einem Girl Auge zu Brustwarze gegenüber. Sie rekelte sich und machte eindeutige Bewegungen mit dem ganzen Körper, zog sich langsam aus, bis nur noch ein winziges Stückchen Stoff ihre Muschi bedeckte. Sie schaffte sich innerhalb von zwei Musikstücken die Kleider vom Leibe und tanzte ein wenig nackt. Die Girls hatten die verschiedensten Drehs. Da es für mich das erste Mal im Leben war, dass ich damals im Alter von 40 Jahren in solch einer Tabledance-Show war, blieb mir das erste Girl natürlich als unvergessenes Erlebnis in Erinnerung: Sie bekam dann hinterher auch brav als Trinkgeld einen Dollarschein in den Slip gesteckt; sie wollte das so.

Die Zweite war dunkelhaarig und hatte unwahrscheinlich große, aber feste Titten: wahrscheinlich mit Silikon gefüllt? Trotzdem war sie eine Augenweide, wenn sie selber ihre großen Brüste durchwalkte oder um einen bis zur Decke reichenden Stahlstab knetete.

Die Dritte hatte meterlange Beine und machte mehr auf Athletin.

Danach kam noch die »Französin«, die auch bei den geilsten Stellungen ihren schwarzen Hut aufbehielt, z. B. spreizte sie direkt vor einem Typen ihre Beine so weit auseinander, dass ihm fast die Augen aus dem Kopf zu fallen drohten.

Außerdem gab es im Rückraum noch so eine Art Käfig, wo sich auch immer mal ein Girl nackig gebärdete. Zusätzlich gab es noch einen Individual-Service, d. h., ein Tischchen wurde zu irgendjemandem geschleppt, der es wünschte, und das Girl seiner Wahl tanzte direkt vor seinen Augen, nur für ihn. Dabei tat sich eine üppige Blondine hervor, die wohl immer gern gerufen wurde. Und irgendwo in einer Ecke über der Theke lag auch noch ein nacktes Girl und rekelte sich, was man aber nur durch den Deckenspiegel sehen konnte. Sozusagen als Empfang sprang einem ein nackter Arsch ins Gesicht. Ich schätzte, dass ich so etwa ein halbes Dutzend nackter Girls gesehen hatte, teilweise drei bis vier auf einmal, war umringt von nacktem Fleisch: zwar appetitlich anzusehen, aber auf die Dauer langweilig, weil das Sensationelle vom Anfang rasch verflogen war, und danach war es zur kalten Routine geworden.

Dagegen gefiel es mir schon bedeutend besser, hinterher im Café Brazil zu entfesselnder warmer Musik von Santiago's Latin-Combo »Acoustic Swiftness« die dortigen angezogenen Girls tanzen zu sehen: schwarze wie weiße, schwarzhaarige wie blonde bewegten sich in ihren engen Klamotten aufreizend zur Salsa- oder Rumba-Musik, dass mir schon vom Zusehen ganz anders wurde. Vorsichtshalber tanzte ich dann lieber selber, was das Zeug hielt.

Einmal traute ich mich etwas näher an die beiden dunklen Girls ran, die immer mit Santiago während seiner Pausen zusammen saßen; und sie mochten es anscheinend, jedenfalls lächelten sie und tanzten dann mit mir zusammen.

Dann hatte ich noch eine interessante Unterhaltung mit einem Australier, der mich zuerst für einen »local« hielt, weil ich Santiago einen Drink brachte und ganz bekannt tat, obwohl ich erst einige Tage in New Orleans war, wogegen der Aussie schon seit zwei Wochen hier war:
Er wollte zurück nach New York, wo er mit einigen anderen ein Theaterstück über Jack Kerouac »Off Road« machen wollte. Dann überlegte er sogar, das Stück lieber in Berlin aufzuführen, weil die Deutschen anscheinend dem Spirit von Kerouac eher nachhingen als die Amis. Im Übrigen empfand er die

amerikanischen Girls als sehr cool und zugeknöpft, wahrscheinlich von einer allgemeinen Paranoia befallen.

Tja, bis auf mein äußerst wärmendes Erlebnis mit MaryLou und Amy konnte ich ihm da wohl zustimmen. Aber einerseits hatte ich das längst verdiente Glück in Massachusetts gehabt, andererseits bin ich ja eh schüchtern und wusste damals auch noch gar nix von anderen US-Girls …!

Wie man es sicherlich nicht machen sollte in einer amerikanischen Großstadt? Einen Abend sah ich einen weißen Mann, der wie ein betrunkener Tourist aussah, also kein Penner-Outfit hatte, auf dem Bürgersteig halb sitzend, halb liegend schlafen: Es war schon dunkel, und die Frenchmen Street war nicht gerade die bevölkertste. Dieser Typ lud geradezu dazu ein, ihn auszurauben. Ich hatte mir da lieber Amys Überlebenstaktik zu eigen gemacht: »Bist du in einer unsicheren Gegend, gehe stracks, direkt und zügig in deine Richtung. Unsicherheit lädt zum Straßenraub ein, und Straßnroibas‹ gibt's überall!«

Da ich den ganzen Abend Drinks mit Salz zu mir nahm, hatte ich am nächsten Tag auch keinen Kater und kam gut aus dem Bett, um an der Demonstration gegen David Duke teilzunehmen: »March against Duke!« Sie sollte um 12.00 Uhr am Museum im City Park beginnen. Dorthin musste ich mit dem Bus fahren. Ich war deshalb etwas zu früh dort, weil ich nicht so genau wusste › wie weit ich überhaupt fahren musste. So hatte ich immerhin noch Zeit und Gelegenheit, mir erst den City Park um das »Museum of New Arts« anzuschauen, mit all seinen Ulmen, Dattelpalmen und Seen. Und dann waren natürlich die Vorbereitungen für die Demo sehr interessant.

All das bunte Treiben und Einüben von Sprechchören:

»Nazis, Racist, we say no
David Duke has got to go!

Pueblo Unido
Jamas sera vencido!

Gay, straight, black, white
Same struggle, same fight!

Hey Hey, Ho Ho
Nazi Duke has got to go!«

MARCH AGAINST DUKE !

SATURDAY NOVEMBER 9

ASSEMBLE 12 NOON

AT THE MUSEUM AT CITY PARK, NEW ORLEANS

UNITE AGAINST NAZISM !

JOBS AND PEOPLE'S NEEDS YES! -

RACISM NO !

* DUKE'S CAMPAIGN AGAINST WELFARE RECIPIENTS IS A RACIST SCHEME TO SCAPEGOAT THE BLACK COMMUNITY FOR HARD TIMES.

* HIS NEXT TARGETS ARE THE UNIONS, AND POOR AND WORKING PEOPLE OF EVERY RACE, NATIONALITY, AND RELIGION.

* DON'T WAIT FOR ELECTION DAY. VOTING IS NOT ENOUGH.
THE PEOPLE UNITED MUST BE SEEN AND HEARD FROM NOW!

* LET THE WORLD KNOW: WE WON'T TOLERATE NAZISM, RACISM, ANTI-SEMITISM, AND ATTACKS ON WOMEN, AND LESBIANS AND GAYS.

* WE NEED YOUR HELP! FOR MORE INFORMATION, OR TO HELP US BUILD THE NOV 9TH MARCH AND RALLY, CONTACT:

PEOPLE UNITED AGAINST DUKE AND RACISM
P.O. BOX 51236, NEW ORLEANS, LA 7015 PHONE: 504-945-5676, 504-363-1145

Demonstration gegen den ultrarechten Politiker David Duke
am 09.11.1991 in New Orleans

Glücklicherweise schien die Sonne wieder; es konnte losgehen! Auch die Kalifornierin Janet hatte mir ja zugestimmt, dass es eine äußerst intensive Art
und Weise sei, während des Urlaubes Menschen und ihre Gewohnheiten
kennen zu lernen, indem man an ihren politischen Aktionen teilnimmt.

Eigentlich war ich ja trotz meines jahrzehntelangen politischen Engagements
kein alter Demo-Hase, da ich in meinem gesamten Leben vielleicht nur an
einem Dutzend verschiedener Demos teilgenommen hatte. Davon waren allerdings allein drei im Jahre 1991:

- Im Januar 1991: die Friedensdemo gegen den Golf-Krieg, gerade nachdem ich frisch aus Goa zurückgekommen war.
- Die zentrale ÖTV-Demo in Dortmund zur Verbesserung der sozialen
  Dienste.
- Und dann im November 1991 in New Orleans: »March against Duke!«

Diese Demo hier in New Orleans tat mir wirklich gut! Es gefiel mir, mich zusammen mit all den schönen schwarzen, braunen und gelben Männern, Frauen
und Kindern zu engagieren. Manche machten Musik bei der Demo; manche
waren mit weißen Gesichtern geschminkt; manche schrien die Sprechgesänge
und manche schienen bereit, mehr Aggressionen auszubreiten, besonders immer dann, wenn Bullen auftauchten. Ich war in der Rolle des teilnehmenden
Beobachters und klatschte und schrie mit. Aber auch diese Demo schaffte
mich und zeigte mir meine Grenzen: Ungefähr drei Stunden war ich dabei,
wovon wir zwei Stunden liefen. Eigentlich nicht viel, aber mein operiertes Bein
wurde müder und müder: Entweder lag es an den nächtelangen Tanzorgien
oder aber Demonstrieren gehörte zu den Grenzen, die ich zu akzeptieren hatte,
als damals 40-Jähriger!?

Und was machte ich sonst so in New Orleans?
- Ich unternahm eine »Swamp-Tour« durch die Sümpfe Louisianas: Alligatoren anschauen. Hinterher hatte ich mir ein Cajun-Gericht mit Alligator bestellt: Mit ner scharfen Sauce bekommt man eigentlich alles
  runter!
- Mit nem Leihwagen war ich rüber zum Nachbarstaat Mississippi gefahren, einem der anderen Südstaaten: Da bekam ich's doch fast mit
  der Angst zu tun, als ich durchs ländliche Mississippi fuhr und an die

Schlussszene aus dem Film »Easy Rider« dachte, als die Hippie-Biker von Männern der konservativen Südstaaten-Landbevölkerung mit Ge-wehrschüssen empfangen wurden. Denn schon immer war die Bevöl-kerung des so genannten »Bibel-Gürtels« ein Born von US-amerika-nischen Fundamentalisten.

Am TV meines Hotelzimmers beschäftigte ich mich mit den für uns Europäer obskuren Regeln der NFL, der National Football Legue, feuerte die heimischen »New Orleans Saints« an, die damals eine gute Phase hatten, und schaute mir deren Heimspielarena an: die futuristisch anmutende Beton-Halbkugel des »Super Dome«, der 2005 noch mal zur traurigen Berühmtheit wurde, als nach dem Wirbelsturm »Katrina« fast ganz New Orleans unter Wasser stand, und dort in einem Massenlager die Obdachlosen unterkamen, die nicht rechtzeitig aus New Orleans flüchten konnten oder wollten.

Back home

Zurück in Massachusetts hatten wir – Amy, MaryLou und ich – an meinem letzten Abend in den USA zu dritt wieder mal viel Spaß, als wir zuerst ein Paar Drinks in Boston hatten:
  – im Irish-Pub;
  – im »Legal Sea Foods«, wo ich die erste und letzte Auster in meinem Leben aß: Schlabber, Schlabber, das brauchte ich für die Zukunft nicht mehr;
  – nachts im Streetcafé-Pub;
  – zum Thai-Restaurant mussten wir uns wieder mal ne Flasche Wein sel-ber mitbringen: Das war so ein System in den USA für die Restaurants, die keine eigene Alkohol-Lizenz hatten.

Und dann »zuhause« im Tower House angekommen, überraschte mich Ma-ryLou wieder mal mit Zärtlichkeiten und einer geladenen Stimmung voller Sinnlichkeit und Erotik, dass es mich geradezu – trunken und stoned – in himmlische Sphären abgleiten ließ: straighter Sex, den beide wollten, ohne Einschränkungen, als wäre es das letzte Mal im Leben! Ja, es war unsere letzte gemeinsame Nacht. Und weil es so schön war und wir lange keine oder gar nie mehr eine gemeinsame Nacht haben würden, schliefen wir nicht zusammen gleich ein, nein, nein: Wir liebten uns noch einmal – bis zur Erschöpfung. Es musste ja dieses Mal etwas länger oder gar für immer anhalten. Auch wenn es nur »lust«, Begierde oder »some fun« war: »MaryLou, es war schön mit dir in diesem Monat! Und dieser zärtliche Abschied ist nun wieder ein Versprechen für die Zukunft unserer Freundschaft, die Kontinente und Jahre überdauerte: Und das ist doch mehr, als man sonst vielleicht aus dem Urlaub mitbringt!?«

Zur Belohnung erlebten Amy, MaryLou und ich an meinem Abreisetag nach Old Germany wunderschönes Wetter: »Cajun Summer« nannten es die Girls mir zu Ehren, wegen meiner sonnigen Heimkehr aus Louisiana. Und aus der Zeitung erfuhr ich, dass David Duke die Wahl in Louisiana verloren hatte: So war mein dortiges politisches Engagement auch noch belohnt worden! Und in Massachusetts waren die Seehunde zurückgekommen …!

Und wie ging's mit mir weiter? Geheilt an Leib und Seele kehrte ich aus New Orleans und Massachusetts zurück: den lebensfreudigen Musikern aus Louisiana und der liebesfreudigen MaryLou sei Dank …!

Musikalisch waren ja schon vor meiner New Orleans-Reise 1991 die Neville Brothers und Willy de Ville meine Lieblingsgruppen, die wie auch der unvergleichliche Dr. John alle in New Orleans leben. So war es für Harry und mich ein besonderes Plaisir, die New Orleans-Revue live in Köln am 12.07.1992 erleben zu können: Willy de Ville, Dr. John und die Wild Magnolias mit ihren farbenfreudigen üppigen Federpüscheln am ganzen Körper ließen uns unter der heißen Sommersonne Kölns einen Hauch von »Mardi Grass« erahnen …

Das machte damals unheimlich Spaß und vertrieb sämtliche Alltagssorgen.

Außerdem gefielen mir in den 90er-Jahren aus der Musikszene noch Van Morrison und Ricky Martin, der den Champagner-Fußball der Franzosen bei der Fußball-WM 1998 musikalisch mit Samba-Musik unterlegte, als endlich der Stern für meinen damaligen Lieblingsfußballer Zinédine Zidane aufging …!

Literarisch gefielen mir in den 90ern weiterhin die Romane von John Irving aus New England, wie »Zirkuskind« oder »Owen Meany«, wobei John Irving im letzteren Werk einige Themen aus der »Blechtrommel« von Günter Grass verwendete: Die Initialen O. M. standen für Owen Meany genauso wie für Oskar Matzerath.

Super auch T. C. Boyles Roman »Grün ist die Hoffnung«!

Schließlich eröffnete sich für mich mit Ard/Junges »Ekel von Datteln« das weite Feld der Ruhri-Krimis, direkt gefolgt von Jacques Berndorfs Eifel-Krimis und Jürgen Kehrers Wilsberg-Krimis aus Münster ….

Wogegen Nick Hornby mit »Fever Pitch« als schreibender Fußball- und Arsenal London-Fan so gewaltig auf sich aufmerksam machte, dass dieser Roman sogar verfilmt wurde.

Aber dann, noch viel später, vierzehn Jahre nach meiner Heimkehr aus New Orleans und Massachusetts, da waren dann auf einmal die Sorgen berechtigt, was aus all den prächtigen Menschen und Musikern aus New Orleans geworden war, als im August 2005 durch den Hurrikan »Katrina« erst der Golf von Mexico fast kochte, dann fast ganz New Orleans und halb Louisiana überschwemmt wurden und ca. 1500 Menschen ums Leben kamen …?

Tückisches Dengue-Fieber in Taiwan

1992 war ich zusammen mit meiner damaligen blondgelockten Freundin Marina, wieder mal mit Cora und deren damaligem Freund Florian für fünf Wochen unterwegs auf der Insel Taiwan, früher Formosa, die Schöne genannt. Mit zwei blonden Frauen unterwegs unter Millionen von schwarzhaarigen Chinesen/innen: Das alleine sorgte schon für Aufsehen.

Aber ich muss gestehen: Es klappte nicht mit Marina, sodass ich mich noch mitten während der Taiwan-Reise zu einer Beziehungstrennung durchringen musste.

Genau wie 1986 nach der Trennung von Kirsten, mit der ich vorher drei Jahre lang eine Beziehung hatte, erlebte ich, dass es bei der nächsten Freundin danach noch zu früh für eine erneute Beziehung war und ich mich dann während des Urlaubes in Gomera von der neuen Freundin Roswitha trennen musste.

So wiederholte es sich in Taiwan ähnlich: Nach der dreijährigen Beziehung mit Julie von 1988 bis 1991 dachte ich, durch meine erotische Exkursion in Massachusetts mit MaryLou geheilt zu sein. Aber die nächste Beziehung nach der mit Julie kam anscheinend wieder zu früh, denn nach einem halben Jahr mit Marina, dieses Mal unter der engen Erfahrung einer Fernreise, musste ich mich leider wieder mal im Urlaub trennen …!

Aber noch am Anfang der Taiwan-Rundreise wollten wir von Kaoshiung nach Kenting, der südlichsten Stadt Taiwans. Selbst mein Bruder Gerry erlebte bereits in den 60er-Jahren als Seemann Kaoshiung, die zweitgrößte Stadt und größte Hafenstadt Taiwans. Vom Bahnhof Kaoshiung fuhren wir mit der Eisenbahn gen Osten bis zur Endstation Pingtung. Der südliche Teil der Insel Taiwan liegt ja in den Tropen, sodass es in Pingtung noch viel heißer wurde als in unserer vorigen Station Tainan, die schöne Stadt der hundert Tempel. In Pingtung stiegen wir am Busbahnhof in einen Bus und fuhren durch

Palmenhaine weiter nach Hengchun, sahen unterwegs am Osthorizont hohe Gebirgsketten, durch die wir Wochen später auch noch reisen würden. Dort in Hengchun bekamen wir Kontakt zu einem jungen Paar aus der Hauptstadt Taipeh, das genau wie wir nach Kenting wollte. Die beiden sprachen zwar kein Englisch, waren aber liebenswürdig und hilfsbereit und nannten sich mit englischen Namen Andy und Cindy.

In Hengchun bemerkte ich schon erste ungewöhnliche Schwächegefühle an mir. Dort in Hengchun sah ich auch einen orange gewandeten Mönch mit Reisstroh-Hut, der interessiert auf Marinas rotem Mini-Röckchen schaute. Lustigerweise hatte der Mönch einen richtigen modernen Traveller-Rucksack. Und dann sah ich überraschenderweise am Busbahnhof einen chinesischen Langhaar-Freak auf dem Boden hocken und dösen, der plötzlich wild gestikulierend nach imaginären Geistern schnappte.

Mir war allerdings inzwischen alles egal: Ich wollte bloß noch ein Bett, um meine geschwächten Knochen endlich auszuruhen!

Schließlich waren wir endlich im Küstenort Kenting angekommen und hatten dafür die Insel Taiwan einmal von Nord nach Süd durchreist. Ich war nur noch fertig! Glücklicherweise hatten wir mit Andys Hilfe ein Zimmer in einer Pension in einer ruhigen Seitenstraße bekommen.

An diesem verlängerten Wochenende wurde in Taiwan der Geburtstag der Göttin der Mildtätigkeit Kuan-Yin gefeiert, eine der populärsten religiösen Gottheiten in Taiwan, Japan und Korea. Außerdem ist sie die Schutzpatronin Taiwans. Und alle jungen Leute kamen genau an dem Wochenende zusammen, als wir ausgerechnet in Kenting waren, um zu feiern, aber auch die Preise hochzutreiben. Tausende von Bussen mit jungen Leuten aus der Hauptstadt Taipeh kamen am Freitag/Samstag/Sonntag; und ganz Kenting steckte im Stau.

Das war dann ungefähr so wie Ostern oder Pfingsten im holländischen Domburg, wo auch immer eine ganze Menge junger Leute hinkommen. Dazu müsste man sich vorstellen, dass Domburg das einzige Seebad in den Niederlanden wäre, wo dann alle hinmüssten!

Außerdem lieben es ja die Chinesen, dicht gedrängt zu leben und zu feiern. Einzelne Menschen gelten als einsam und bemitleidenswert!

Das ganze Land befand sich deshalb im Ausnahmezustand, um dort das traditionelle Fest in einem schönen tropischen Küstenort zu feiern. Deshalb waren auch alle Hotels belegt, und wir waren froh, dass wir für nur 700 NT $ (= 700 neue Taiwan-$, entsprach ca. 50,– DM) ein Zimmer bekommen haben und nicht die erwartete Festtagssteigerung von 800 NT $ über 1200 NT $ bis zu 2000 NT $ erleiden mussten.

Als ich dann schlapp das Zimmer erreichte, wollte ich nur noch liegen, maß aber vorher noch mein Fieber und hatte auch gleich welches vorzuweisen.

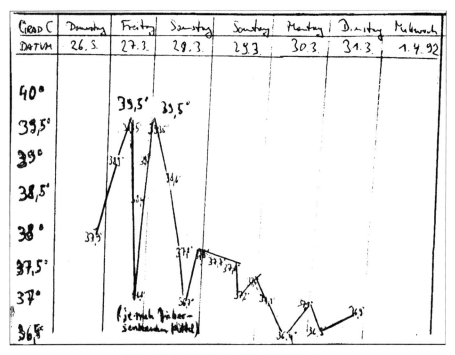

Meine Fiebertabelle der Woche in Kenting

Als dann am nächsten Tag mein Fieber erst auf 38,9 °C, dann sogar auf 39,35 °C anstieg, hatte ich meine zweithöchste Fiebertemperatur überhaupt als Erwachsener erreicht, nach den 39,4 °C, die ich mal auf der mexikanischen Karibikinsel Isla Mujeres wegen einer Salmonellenvergiftung hatte. Da mir der Grund und die Diagnose meiner Krankheit in Taiwan völlig schleierhaft war, bat ich deshalb Florian, mir in Kenting einen Arzt zu holen. Doch das nächste Krankenhaus war 9 km weit entfernt in Hengchun. Aber ich fühlte mich überhaupt nicht transportfähig. Dann kamen Andy & Cindy als Krankenbesuch, brachten mir zwei Bananen mit und kochten mir dann eine chinesische Heilsuppe aus Ingwer und braunem Kandiszucker: Die war heiß, scharf, süß und lecker! Erst ließ sie mich einschlafen, dann wie »ein Teufel« schwitzen. Danach ging's mir sichtlich wohler. Ich schleppte mich zwar überall nur so hin; und alles war anstrengend, aber ich konnte dann wenigstens auch mal kurz am Spätnachmittag zum Strand, um mal wenigstens meine Füße ins Wasser zu halten. Florian hatte sofort am ersten Abend im Meer gebadet, Marina ab dem nächsten Tag dann auch täglich. Mir dagegen war eher elendig: Kopf- und Halsschmerzen, Husten, Schnupfen, Schüttelfrost, unterschiedlich hohes Fieber und eine enorme Schlappheit. Dazu kam nach einem Tag noch Durchfall.

Wir rätselten, was ich mir denn da wohl eingefangen haben könnte?

In der Not fiel mir der Scharlach von Harry ein, den er hatte, während er mein USA-Tagebuch von 1991 las, das er mir vor Kurzem mit der Post zurückschickte. Er wollte es zwar desinfizieren lassen, aber ich wusste nicht, ob er es dann tatsächlich auch gemacht hatte. Von uns vieren hier in Taiwan wusste allerdings niemand etwas über Scharlachsymptome.

Dann fiel mir auch noch Harrys »Touristica« von 1978 im mexikanischen Zihuantanejo ein, die ihn krank und elendig kreuz und quer über alle möglichen Flughäfen interkontinental heim zu einem deutschen Arzt trieb. Zuhause im winterlich kühlen Europa angekommen war er wieder von alleine gesund geworden, mit dem zusätzlichen Ergebnis, dass seine ganze »Kohle« für all die überraschenden Spontan-Linienflüge heim nach Deutschland draufgegangen war …!

Am letzten Abend von Andy und Cindy in Kenting, da die beiden nur zwei Nächte von den Feiertagen dort blieben, luden wir alle zusammen die beiden zum Essen ein. Dafür gingen wir ins Peking-Hotel-Restaurant: Dort genossen wir eine richtig schöne chinesische Tafel mit Fisch, Geflügel, Fleisch, Gemüse, Tofu, Suppe, Früchte, Bier für die Gesunden, und chinesischen Tee für mich. Es war sehr lecker und das Auge hatte bei diesem Mahl auch was zum Gucken!

Während ich sonst während meiner Krankheit immer im Hotelzimmer rumdrömmelte und auf Besserung meines Körpergefühls hoffte, trieben sich die anderen drei so herum. Einmal hatten sie sich zusammen jeder ein Zehn-gangfahrrad geliehen und fuhren damit zum Kenting-Nationalpark, der zwar nur vier Kilometer von Kenting entfernt war, dafür ging's aber wohl straight bergauf, und das bei tropischer Mittagshitze!

Dann erlebten wir auch das große »Pai-Pai« durch die Kenting-Road! Da wurde uns überraschend noch was geboten: »Pai-Pai« entpuppte sich als eine farbenprächtige religiöse Prozession mit rituellen Kampfhandlungen, Knall-fröschen, die an jedem Geschäft von den »Kampfhähnen« abgefackelt wurden, damit sie den Geschäftsinhabern Glück und Fruchtbarkeit bringen sollten. Dafür gab es auch Opfertische vor den Geschäften auf der Straße mit Obst, Getränken und Räucherstäbchen. Jedenfalls erzählte uns das Andy vorher so. Und von Cindy bekam ich noch als Abschiedsgeschenk eine blaue Base-ballkappe als Kopfschutz: »Thank you, Lady!« Da ich meine gelbe Kappe in Deutschland vergessen hatte, konnte ich die blaue Kappe jetzt gut gegen die Tropensonne gebrauchen.

Wir saßen gerade noch am Frühstückstisch draußen am Straßenrand, als wir auch schon den Lärm hörten. Dann sahen wir einen buntgeschmückten Lastwagen und dann die wild zappelnden Männer und Jugendlichen, alle natürlich stark schwitzend. Außerdem gab es noch zwei riesig große Puppen, worunter natürlich Menschen steckten: eine große weiße und eine kleine schwarze Puppe. Männer auf den LKWs und mit kleinen Ziehwägelchen trommelten sich die Seele aus dem Leib, dazu der Lärm von Zimbeln, Laut-sprechern mit Musik, die Knallfrösche auf der Straße und die sich gegen-seitig laut anfeuernden Kampfparteien: äußerst interessant und farbenfroh, diese Geschichte! Das ließ meine Lebensgeister wieder für kurze Zeit höher steigen.

Am Abend fanden wir uns in Caesar's Park-Hotelbar wieder, wo ich eine erfrischende Young Coconut trank, wir dabei aber mit einer weniger erfri-schenden hawaiianischen Live-Band konfrontiert wurden. Am Strand erlebten wir dafür aber, wie ein junger Chinese ein kleines Feuerwerk entfachte. Und siehe da: Als hätte die Göttin das Gebet erhört, am nächsten Morgen hatten wir dann sogar für eine Stunde einen erfrischenden Tropenschauer: pras-sel – prassel – prassel! Danach schien aber wieder brav die Sonne, wie ich dieses gewöhnliche tropische Wechselspiel aus anderen tropischen Gefilden dieser Erde kennen gelernt hatte: Nevis (Karibik), Dominikanische Republik, Thailand …

Während dieser Krankheitsphase wurde ich von »Schwestel Malina« mit kalten Wadenwickeln unterstützt. Einmal hatte ich so was wie akustische Halluzinationen: »Es war dunkel im Zimmer; und ich hörte helle Glöckchen bimmeln, so als würden draußen vor dem Fenster auf einer kühlen saftigen Alm Ziegen weiden und bei jeder Kopfbewegung mit ihren Halsglöckchen bimmeln …!« Aber es stellte sich heraus, dass der Luftzug von der Air-Kondition die Glasröhrchen des Deckenlüsters aneinanderticken ließ und somit das Bimmeln verursachte.

»Es war schon immer etwas teurer, einen besonderen Geschmack zu haben …«, hieß es mal bei irgendeiner Zigarettenreklame. Und Taiwan war doch ziemlich teuer, zumindest für ein Dritte-Welt-Land: so teuer wie daheim in Deutschland allemal! Und dazu musste man auch noch die feucht-heißen Leiden der Tropen auf sich nehmen …!?! So, oder so ungefähr musste sich Marina eines Morgens vorgekommen sein, als sie wieder in der stehenden Hitze unseres Hotelzimmers aufwachte, nassgeschwitzt und im eigenen Sud gesotten, und dazu dann auch noch einen kranken Freund daneben stöhnend. »Ich kann nicht mehr! Ich will nachhause!«, kam das Kind aus ihr raus.

Allerdings hatte ich's ihr auch tagelang nicht sehr einfach gemacht: nur beschäftigt mit meinem fiebrigen Ergehen war ich ungeduldig, gereizt, empfindlich: also alles andere als ein angenehmer Reisegefährte. Das weiß ich im Nachhinein auch. Aber wenn man krank ist, dann überwiegt der Egozentrismus vor dem Sozialempfinden. »Sorry, Marina!«

Aber glücklicherweise wurde das Gefühlsgewitter erst mal wieder bereinigt, wenn ich auch im Nachhinein sagen muss, dass dieses ebenfalls bereits Symptome und Gründe für die baldige Trennung waren.

Auf jeden Fall versuchte ich, jeden Tag eine Young Coconut zu schlürfen: Mmhhh!!! Das war immer lecker, erfrischend und ist soooo gesund!!

Cora hatte ebenfalls gesundheitliche Probleme: Nach dem ersten gruseligen City-Hopper-Flug von Düsseldorf nach Amsterdam, als sie wegen der Luftlöcher ganz grün im Gesicht war, hatte sie noch mehrere Tage ein leichtes

Kreislaufschwächegefühl, bedingt durch das übergangslose Eintauchen in die Tropen.

Dagegen war ihr Freund Florian der ruhende Pol von uns vieren. Er ist ja auch Waage. Er war immer freundlich und ausgeglichen: selbst als er sich bei einer Radtour ganz mörderisch beide Handrücken verbrannte, klagte er nie!

Was Cora und Florian allerdings so beziehungsintern zu verarbeiten hatten, wusste ich natürlich nicht. Allerdings merkte man was beim Uno-Spielen: Da neckten sie sich gar unaufhörlich …!

Am ersten Genesungstag, an dem das Fieber verschwand, hatte ich nach vier Tagen ohne Alkohol, ohne abendlichen Zigarillogenuss und ohne Sex zum ersten Mal wieder ein Glas Bier vom Fass beim Dim-Sung-Stand getrunken, das mich kreislaufmäßig dermaßen nach hinten warf, dass ich sofort heim ins Bett wanken musste.

Dafür schmeckte mir mit neuem gesundem Appetit am nächsten Morgen dann dort mein erstes Dim-Sung-Frühstück im Leben total lecker: Es waren genau die gefüllten Teigbällchen, die in übereinandergestapelten runden Körbchen gedünstet wurden, die der Dim-Sung-Bäcker am Abend vorher zubereitet hatte …

Dann kam die letzte Nacht in Kenting. Ich war zwar damals in Taiwan bereits zum sechsten Mal in den Tropen, aber noch nie so spät im Jahr wie wir dort in Taiwan im April. Deshalb hatte ich die Tropen auch noch nie so heiß erlebt. So war unsere letzte Nacht in Kenting wahrscheinlich auch die letzte heiße Nacht für länger. Am nächsten Tag sollte es nämlich nach Norden weitergehen, wo es 4 °C kälter sein sollte, also nur noch 26 °C warm. Im Gegensatz zum Alkohol floss deshalb bei uns nur das Mineralwasser in hellen Strömen. In der letzten Nacht in Kenting war ich mit Marina am Strand, wo hordenweise junge Chinesen rumspielten: mit sich und mit Fackeln, bengalischem Feuer, anderen Knallern und Feuerwerkskörpern, am Strand und im Wasser, mit und ohne Taschenlampen. Aber von den ungefähr 100 Jugendlichen hatte nicht einer einen Ghetto-Blaster mit sich: also wenigstens keinerlei Musiklärm!

Früh ins Bett – früh aufstehen – Frühstück im Gong-House. Dann kam die Weiterreise mit den folgenden drei Etappen:

- Busfahrt von Kenting nach Heng Shun
- Dann weiter von Heng Shun nach Feng Kang
- Und schließlich von Feng Kang zu unserem Tagesziel: Taitung.

Da ich mir am letzten Tag am Strand von Kenting noch einen Sonnenbrand an Schultern, Rücken und Füßen geholt hatte, tat mir natürlich bei jeder Umsteigeaktion jeder Meter Rucksack auf dem Rücken weh. Dafür wurden wir entschädigt durch eine wunderschöne Busfahrt durch das Gebirge, durch Teefelder und entlang der teilweise mit Steilküste versehenen Ostküste …

… und so ging es weiter und weiter durch Taiwan:
- nach Taitung verließen wir die sturmumtoste Pazifikküste, um durch die Marmorschlucht ins Gebirge zu reisen, wo ich mich dann letztlich von Marina trennte.
- Von dort reisten wir weiter zum Sun-Moon-See.
- Weiter ging's zur Westküste zum religiösen Wallfahrtsort Taichung, wo wir viele Tempel und religiöse Umzüge erlebten, teilweise mit blutigen Selbstgeißelungen in Trance der Beteiligten.
- Und schließlich gelangten wir zur Hauptstadt Taipeh. Immer noch zu viert zusammen, obwohl das mit einem frisch getrennten Paar sicherlich kein so einfaches Reisen war!

In Taipeh gab es allerdings auch diverse Unruhen. Zuerst nachts das Erdbeben. Ich wachte auf und dachte: »Was hüpft denn Marina um diese Zeit und dann auch noch so lange auf dem Bett herum?« Aber niemand hüpfte. Dafür wackelte das ganze Hotelzimmer und das komplette 11-stöckige Gebäude dermaßen, dass ich das Gefühl hatte, unser Bett hätte Gummibeine und schwabbelte so vor sich her …! Glücklicherweise war's ein gutartiges Beben: Es hörte ohne bei uns Schaden zu verursachen rasch wieder auf und kam auch nicht wieder!
Dagegen standen wegen der bevorstehenden Präsidentschaftswahlen Unruhen ins Haus. Florian wurde eines Morgens in unserem Hotel interviewt:
- »Was wissen Sie über die Demos?
- Wie verhält sich die Polizei in Deutschland bei Demos?«

Und das alles bei laufender Kamera: vielleicht kommt er ja sogar ins Fernsehen?

Im Taiwan-TV sah ich übrigens mächtig viel Turbulenzen in der Innenstadt von Taipeh: Polizeiaufgebote mit Schildern und grün gewandete junge Studenten als Demonstranten mit gelben Stirnbändern.

Wir selber waren in der Nähe der Post an verschiedenen Regierungsgebäuden neben dem Polizeipräsidium und dem Rundfunkgebäude vorbeigekommen, wo eine Gruppe grüner Demonstranten mit gelben Stirnbändern Spruchbänder an die Balustraden hängten, während unterhalb noch mehr von ihnen rumstanden. Dann kamen Bullen und wollten sie daran hindern, die Spruchbänder aufzuhängen. Dann sahen wir plötzlich stacheldrahtbewährte Straßensperren, gepanzerte Polizeibusse, Polizisten mit Helmen und Schildern. Eine ganze Einheit Staatsgewalt stand kampfbereit in voller Montur hinter den Stacheldrahtwällen. Aber insgesamt ging das alles noch demokratisch und gesittet zu. Allerdings sollten für den nächsten Tag Gewaltaktionen geplant sein: ausgerechnet an dem Tag, wenn wir mit dem Bus zum Flughafen wollten, um heimzufliegen.

Ja, dieses Heimfliegen löste bei mir Freude und Unruhe aus:
Freude auf zuhause, meine Familie, meine Freunde Harry und Carlos,

Aber auch Unruhe: übermorgen das endgültige »Lebewohl!« von Marina.

Dann würde ich wieder der »Lonesome Wolf«, der durch Hagen-Wehringhausen streifen wird.

Aber ich fühlte mich auch wieder ein bisschen stärker und gesetzter durch diese Ostasien-Tour …!

Am letzten Tag in Taipeh kamen wir dann tatsächlich noch in die Demo der Grünbehemdeten mit den gelben Stirnbändern. Ein riesiger Auflauf mit Transparenten und Lautsprecherwagen, Fußgängern, Rollerfahrern und Autos wälzte sich durch die Innenstadt am Bahnhof entlang.

Für unsere Verhältnisse keine Sensation, aber für taiwanesische Verhältnisse eher sensationell, dass solche massiven oppositionellen politischen Kundgebungen überhaupt zugelassen wurden, da doch jahrzehntelang die strukturelle Gewalt der Staatsmacht alles Oppositionelle unterdrückte, um den einen »reinen« national-chinesischen (im Gegensatz zum kommunistischen) Staatsgedanken mit Gedeih und Verderb durchzusetzen.

Aber trotzdem lief die Demo ruhig und friedlich ohne Ausstreitungen ab, obwohl die Polizei ein Mordsaufgebot stellte und damit geradezu eine Gegengewalt provozierte. Jedenfalls bei uns in Deutschland würden die Demonstranten geradezu übernervös, wenn neben der Demo eine lange Reihe Bullen mit Helm, Schild und Knüppel entlangrennen würde …!

Dazu Wasserwerfer, Motorradpolizei sowieso, überall mit Stacheldraht bewehrte Straßensperren, sämtliche Fußgängerbrücken mit Stacheldraht gesperrt und besetzt, an strategisch wichtigen Punkten mit Holzknüppeln bewaffnete wartende Polizei-Truppen: und das alles in der innersten Innenstadt bei der größten und dichtesten Rushhour!! Trotzdem herrschte bei der Bevölkerung eher Sympathie für die Demonstranten oder zumindest neutrale Neugierde. Ich sah niemanden, der auf die Demonstranten zu schimpfen schien, wie das ja bei uns »gang und gäbe« ist.

Florian hatte gehört, dass diese Demos drei Tage lang liefen, also gestern am Ostersonntag, heute am Ostermontag, und für den morgigen Dienstag könnte es unter Umständen wegen der erwarteten Extremisten zu Gewaltmaßnahmen bei diesen bisher eher ruhigen Ostermärschen kommen …!?

Chinesisch – die Sprache des »Zentralen Volkes«

Bei dieser einmonatigen Reise durch die Republic of China, das ist die Insel Taiwan, auch als Nationalchina oder von den Portugiesen Formosa genannt, lernte ich nicht nur die äußerst interessante chinesische Kultur und die freundlichen chinesischen Menschen kennen, sondern auch ein bisschen Chinesisch. Relativ selten konnten wir uns in Englisch verständigen, manchmal mit Gesten und Mimik, was durchaus lustige Ergebnisse brachte.

So lernten wir in dieser Zeit so ungefähr dreißig bis vierzig chinesische Begriffe und kamen damit schon ein bisschen besser als ganz ohne Chinesisch klar. Oft waren Wörter oder Begriffe Kombinationen zweier Zeichen, deren Bedeutung den Gedanken erläuterten, den sie vorstellten.

Zum Beispiel bedeutet die Kombination der beiden Zeichen von »Berg« und »See« = Landschaft, weil für die Chinesen ein See zwischen Bergen, womöglich noch mit etwas Nebel geheimnisvoll umhüllt, die Ausgeburt von Landschaft bedeutet.

*Oder ein anderes Beispiel: das Zeichen mit der Bedeutung »Zentral«
(sprich »Joong«) wird durch eine Schachtel, die von einer vertikalen Linie
zweigeteilt wird, dargestellt. Diesem Zeichen füge man eine Umgrenzung
mit Mündungen (steht für Bevölkerung und sprich »Gwo«) hinzu, die von
Speeren beschützt sind (steht für Verteidigung), und daher die Bedeutung
»Land« tragend bzw. »Nation« – und schon hat man das chinesische Wort
für China, wörtlich »Zentrales Volk«.*

Wie angenehm ruhig war es dagegen in unserem Viertel mit den engen Gassen der Zünfte. Leider für unsere Rückreisepläne zu ruhig, da wir dringend
ein Taxi für die Fahrt zum Flughafen benötigten. Denn wegen der zentralen
politischen Riesendemonstration fielen alle Buslinien aus. Wir wollten heim,
dafür brauchten wir nur noch den Flughafen erreichen: aber wie!?

Da geschah das Unglaubliche: Wir standen schon eine geraume Zeit an der Straße
und winkten nach einem Taxi. Hunderte fuhren vorbei, aber keines hielt.

Plötzlich hielt ein Privatwagen: Mike Chen. Aus reiner chinesischer Freundlichkeit fuhr er uns zum Flughafen: Eine Stunde durchs Großstadtgewühl! So
was Nettes kann man sich in Deutschland kaum vorstellen …!

Denn wir standen dumm da und hätten an diesem Tag vielleicht nie ein Taxi
bekommen. Da kam die Rettung in Form des freundlichen, hilfsbereiten Mike
Chen, der uns mal so eben »for nothing« den »Taxi-Driver« machte …

Wir schafften es dann dadurch, doch noch rechtzeitig den Flieger nach
Deutschland zu bekommen: dank Mike Chen!!

Aber was war denn nun eigentlich mit meiner Fieberkrankheit?

Was hatte ich mir denn da wohl in Taiwan eingefangen?

Die Antwort erfuhr ich erst vier Jahre später in Thailand, als ich wieder Mal
im Fieberwahn lag …

Khao Lak, Süd-Thailand, 1996:

… plötzlich in der Nacht wachte ich frierend auf: Schüttelfrost, 37,5 °C
Fieber. Erst mit drei Zudecken wurde es besser, der Schüttelfrost ging weg,
aber merkwürdige Fieberträume kamen. Ich lag verschwitzt in den Sarongs,
nachdem das Fieber auf 38,8 °C anstieg. »Hoffentlich habe ich mir auf Koh
Chang keine Malaria eingefangen …!«, dachte ich mir, aber ich glaubte eigentlich nicht.

Viel eher schien es sich wieder mal um Dengue-Fieber zu handeln, das wie aus dem Nichts kam und genauso wieder verschwand. Dengue-Fieber hatte ich »gerne« alle zwei Jahre in den Tropen:

- 1992 in Kenting (Süd-Taiwan) für vier Tage
- 1994 in Khao Lak (Thailand) für zwei Tage
- 1996 wieder in Khao Lak für zwei Tage.

»Die Viruskrankheit Denguefieber kommt überall in Thailand und Malaysia vor, vor allem an den Küsten. Sie wird durch die Aedes aegypti-Mücke übertragen, die an ihren schwarz-weiß gebänderten Beinen zu erkennen ist. Sie sticht während des ganzen Tages. Die Inkubationszeit beträgt bis zu einer Woche. Dann kommt es zu plötzlichen Fieberanfällen, Kopf- und Muskelschmerzen, nach 3 – 5 Tagen kann sich ein Hautausschlag über den ganzen Körper ausbreiten. Nach 1 – 2 Wochen klingen die Krankheitssymptome ab. Nur ein zweiter Anfall kann zu Komplikationen führen.« (aus Stefan Loose – Thailand Der Süden, S. 20, 1998)

Da ich keinen Hautausschlag bekam, dafür aber Durchfall dazu, konnte es, musste es aber nicht das tückische Dengue-Fieber gewesen sein. Dafür wurden heftig die Reiseapotheke und die einheimischen Mittel bemüht: warme Cola, weißer Reis, heißer Kamillentee von Hanno, Metifex gegen Durchfall, Aspirin zur Fiebersenkung, Ingwerwurzeln in Scheiben und als Krümel und Kokosnussmilch von La Muang. Nach zwei Tagen ging erst das Fieber, dann die Schwäche und schließlich auch der Durchfall weg: ein Segen!

Dafür hatte es dann allerdings Moni beim Schwimmen im Meer erwischt: Eine Feuerqualle am rechten Arm verursachte Brandblasen und Hitzepöckchen. Sie bekam erst Essig aus dem Nang Thong-Restaurant auf den verbrannten Arm, danach von Hanno noch eine Salbe. Es hatte dann doch noch geholfen.

Aber in dieser einen Woche hatten wir doch ziemliches Pech mit den sonst so angenehmen tropischen Gefilden, die uns meist so gut gefielen, die aber durchaus auch tückisch sein konnten …

Die Kricket-Piraten von Colombo

Neue Liebe – neues Glück. Nachdem ich über zwanzig Jahre nach einer Lebensgefährtin gesucht hatte, die zu mir passte, fand ich sie 1992 in Moni. Erst erlebten wir eine musikalische Reise durch die Karibik im Sommer 1992 im Kulturzentrum Bahnhof Bochum-Langendreer, als uns das Programm »Heimatklänge« durch die tropischen Musikrichtungen von Reggae, Ska und Latin-Music führte, später reisten wir dann selber zusammen durch die exotischen Länder der Tropen wie Sri Lanka, gar fünfmal nach Thailand, zu den Philippinen, Malediven, Mauritius und zur Dominikanischen Republik.

Das wusste ich damals natürlich noch nicht, aber jetzt, 15 Jahre später, ist es beruhigende Gewissheit geworden: Moni, die Frau an meiner Seite, meine Lebensgefährtin und ab 2007 auch meine Ehefrau, mit der ich zusammen lebe und die zu mir steht, so wie ich bin …!

So machten wir 1993 unsere erste gemeinsame Tropenreise: nach Sri Lanka, ins »Land des Lächelns«. Für Moni war es der erste Aufenthalt überhaupt in tropischen Breitengraden.

Unser Domizil für drei Wochen war das »Wadduwa Holiday Resort« an der Westküste von Sri Lanka. Der kleine Fischerort Wadduwa befindet sich 32 km südlich von Colombo. Mit dem Kleinbus fuhren wir vom Flughafen, der nördlich von Colombo liegt, die endlose Negombo-Road entlang bis nach Colombo: Haus an Haus, Hütte an Hütte, Dorf an Dorf reihten sich an der Hauptstraße entlang, dagegen saftiges Tropengrün im Hintergrund, Kokospalmen en masse, durch das für Samstagfrüh um 07.00 Uhr schon erstaunlich pulsierende Leben quetschte, wand und drängte sich unser Busfahrer. Linksverkehr und dann auch noch ein unüberschaubares Gewusel von Radfahrern, Autos, Bussen, Lastwagen, Motorrädern, Karrenwagen, Tuk-Tuks, Fußgängern und Kühen: Alles dies ließ mich rasch davon Abstand nehmen, jemals selber dort durch die Hauptverkehrsader von Sri Lanka zu lenken. Die Menschen hier wie überall in Süd- und Ostasien waren emsig, besorgten, trugen, redeten und handelten dieses und jenes: dunkelbraune Gesichter der Singhalesen, die einst vor 2000 Jahren aus Nordindien hierhergekommen waren, und wenige feingliedrige Tamilen, die im 19. Jahrhundert von den Engländern wegen des Teeanbaus in den Bergen Sri Lankas vom Gebiet des heutigen südindischen Bundesstaates Tamil Nadu hierhin rübergeholt wurden. Das sollte angeblich der Ursprung für die bürgerkriegsähnlichen Auseinandersetzungen seit 1983 zwischen der singhalesischen Mehrheit und den Tamil Tigers aus dem Nordosten gewesen sein, wobei alleine zwischen Januar und März 1993 zweihundert Guerillas der Tamil Tigers starben. Diese Äußerungen stammen von Captain Pereira, dem christlich-singhalesischen Generalmanager und Leiter des Wadduwa Holiday Resorts. Sein Name Pereira hat ja einen portugiesischen Stamm, genauso wie der Name der Hauptstadt Colombo.

Dort in Colombo sahen wir etwas Außergewöhnliches: Es war ja schon sehr heiß am Vormittag; und der Verkehr staute sich – wegen eines Fahrradrennens! Wir sahen Dagobas (= singhalesische Stupas), einen hinduistischen Tempel mit Ganesh-Figuren (Ganesh ist ein elefantenköpfiger Halbgott), Moscheen, christliche Kirchen und Kreuze, und Straßenszenen wie in Indien, mit heiligen Kühen mitten auf der Straße. Und dann schimmerte zum ersten Mal das Meer durch die Palmen. Und an der alten Bahnlinie, wo mehrmals täglich klapprige Züge von Colombo nach Galle runter in den Süden Sri Lankas tuckern, dicht an dicht gedrängte ärmliche Palmhütten: Slums? Dafür aber mit wunderschönem Blick auf den Palmenstrand des indischen Ozeans: Leider können sie sich in den Hütten dafür nix kaufen …!

Für uns dagegen öffnete sich in Wadduwa rechts von der Hauptstraße ein Sandweg, führte durch ein paar Gärten, über die neuen und die alten Gleise der Bahnlinie, und vor uns lag das Wadduwa Holiday Resort, unser Heim für die nächsten drei Wochen: am Palmenstrand gelegen, mit einer Wiese und Palmenhainen drum herum, Hibiskus und blühenden Gummibäumen mit weißen, rosa oder roten Blüten, wovon wir jeden Tag ein frisches Sträußchen ins Zimmer bekamen. Zur Begrüßung gab es ein tropisches Willkommens-Fruchtmixgetränk, und dann wurden wir auf unser Zimmer Nr. 120 entlassen, was genau, wie es sich Moni vorher visualisiert hatte, im letzten Bungalow lag, also am nächsten zum Meer und am weitesten von der Hauptstrasse und der Bahnlinie entfernt. Neben uns beiden gab es nur noch 7 andere Touristen, ab unserem 2.Tag dort nur noch 5, nach einer ½ Woche nur noch 3 andere

Touristen, und schließlich in unserer letzten Woche dort waren wir die beiden einzigen Fremden! Bei 6 Bungalows mit 26 Zimmern hatten wir uns zwar schon was Kleineres vorgestellt, aber dass es dann so familiär würde, hätten wir vorher nie gedacht. Außer uns 5 Deutschen gab es so ca. 30 – 40 Hotelangestellte, die teilweise als Hotelfachschüler hier erst ausgebildet wurden und alle Waisen oder zu mindestens Halbwaisen von den Opfern des Bürgerkrieges waren: Da hatte sich Captain Pereira auf jeden Fall eine sinnvolle soziale Geschichte ausgedacht. Ansonsten gab es natürlich auch ab und zu einheimische Gäste aus Colombo in unserer Hotelanlage, die sich zu Klassentreffen, Hochzeiten oder Partys trafen.

Es war sehr heiß im März/April dort: 6° 35 Minuten nördlicher Breite, also fast am Äquator – heiß und schwül, vor dem beginnenden Monsun! Man gewöhnt sich zwar an alles, aber in der Zwischenzeit, bis man sich gewöhnt hat, war es schon sehr anstrengend: gut, dass das Meer von Westen her für eine nahezu ständige Brise sorgte: So konnten wir es wenigstens im Schatten aushalten, obwohl wir auch dort trotz sun-blocker mit Lichtschutzfaktor 20 von einem Sonnenbrand bedroht waren. Wir brauchten viel Flüssigkeit: Wasser, Soda, Säfte, Cola, Sprite, Bier in Form des einheimischen »Three Coins Lager«, weil es Wein eh nicht gab, und abends einen Arrak (= Palmschnaps) als »Verteiler« nach dem Essen. Das Meer war oft keine Abkühlung, da es badewannenmäßig warm war. Nachts stand die Luft trotz Ventilator; und die Mücken machten sich durch das löchrige Moskitonetz ein Festmahl aus unserem Touri-Blut. Mann und Frau lagen nackig auf dem Bett, alle Türen und Fenster weit geöffnet, hoffend auf die leichte Abkühlung gegen Morgen, als wir uns dann mit einem dünnen Laken bedecken konnten. Da beide Türen unseres Zimmers vorne und hinten offen standen, kam es schon mal vor, dass ein Hund nachts durch unser Zimmer spazierte. Glücklicherweise ließ sich so was der 1 m lange Bindenwaran nicht einfallen, der öfters durch unsere Bungalow-Anlage tapste, um dann die Mauerwand des Nachbarbungalows hochzuklettern und sich danach dort im Dach zu verkrümeln.

Moni reagierte auf die klimatischen Ungelegenheiten teils mit Stöhnen, Kreislaufbeschwerden und geheimen Tropenfluchtplänen. Ich reagierte mit Faulheit, langsamen Bewegungen, Plan- und Zukunftslosigkeit, schicksalhafte Ergebenheit in diese Situation: der orientalische Fatalismus des Auf-sich-zukommen-Lassen …! Glücklicherweise wurden wir immer wieder durch die drei übrigen Gäste, eine Aachener Familie, zum Planen von Exkursionen oder durch eigene Aktivitäten wie Baden im Meer an unsere eigentliche europäische Gesinnung erinnert: teleologisch, d. h. zielgerichtet zu handeln, sonst hätte uns glatt der Identitätsverlust gedroht …! Zur Erinnerung bedenke man das zynische Verhalten der englischen Kolonialbeamten in den Tropen, die sich nur durch besinnungslosen Alkoholismus zwar am Leben, aber ziel- und inhaltslos »über Wasser« halten konnten! Dazu passte gut das Zitat vom Romanhelden Jack Flowers in »Saint Jack« von Paul Theroux, das in Singapore spielte, also auch voll in den heißen Tropen, und zwar genau bei einer Feuerbestattung: »*Es gab nichts Schlimmeres, dachte ich, als eine Einäscherung an einem heißen Tag in den Tropen. Sie war ebenso unangemessen wie ein Mann, der in einem brennenden Haus seine Pfeife pafft.*«

So heiß und ausweglos hatten wir es dort in den Tropen getroffen: gut, dass wir nix weiter vorhatten, als uns zu erholen.

Nach einigen Tagen entdeckte Moni eine gefährliche Rötung meiner Kopfhaut unter den schütter gewordenen Haaren: Was sollte ich da schon machen: Kappe ab, Kappe auf!?! Ah ha, das Mückenschutzmittel Zedan auf die haarige Kopfhaut schmieren, denn Sonnenmilch in die Haare zu schmieren war mir nicht so angenehm vorstellbar.

Und dann die Verdauung: Während sich Moni an einem Soda festhielt, das den bezeichnenden Namen »Elefant Brand« hatte, versuchte ich es mit dem braunen Arrak, zusammen mit Sprite und Eiswürfeln. Das schmeckte ganz gut, war aber eine der Sünden, die man als Tourist in den Tropen besser sein lässt, da das Wasser der Eiswürfel unbekannter Herkunft war. Das Ergebnis kam auch glatt am nächsten Tag als durchfallähnliche Verdauung zum Tageslicht. Aber es war alles nicht so schlimm. Bis dahin ertrugen wir alle schwülen tropischen Unannehmlichkeiten noch mit einem Lächeln. Wie ein altes singhalesisches Sprichwort lautet:

»Wenn du auf die Welt kommst, weinst du, und alle lächeln.
Lebe so, dass alle weinen, wenn du die Welt wieder verlässt,
und das Lächeln dein ist …!«

Mit den drei anderen Touristen aus unserem Hotel, der Aachener Familie, und mit unserem singhalesischen Führer Sumith, der sehr nett war und fließend Deutsch und Englisch sprach, machten wir zusammen zwei Touren durch Sri Lanka, die jeweils zwei Tage dauerten, also mit jeweils einer

Übernachtung in einem auswärtigen Hotel. So lernten wir die Schönheiten und Sehenswürdigkeiten der Natur und Kultur Sri Lankas kennen: Eine Nacht verbrachten wir in der alten Königsstadt Kandy, mit herrlichem Blick über den Kandy-See, erlebten dort eine farbenprächtige Tanzvorführung der berühmten »Kandy-Tänzer« inklusive Feuerlauf, also mit nackten Füßen über glühende Glut laufen; und besichtigten dort natürlich den berühmten »Zahntempel«, der ein buddhistisches Heiligtum und gleichzeitig Wallfahrtsort ist, weil dort in einem Schrein ein Zahn von Buddha aufgehoben wird. Wir sahen natürlich auch den schönen botanischen Garten von Peradeniya bei Kandy, wobei wir eine interessante Begegnung mit einer Gruppe orange gekleideter junger Mönche hatten. Aber auch die wahnsinnige Hitze auf der Felsenburg von Sigiriya und der Höhlentempel von Dambulla mit seinen frechen kleinen Hutaffen, einer Makakenart, blieben uns für immer in bleibender Erinnerung. Der erste Stopp war bei einer Ananas-Plantage, wo wir neben Ananas auch Cashew-Nüsse, Mango-Bäume, Kaffeebäume, Papaya, Jackfruit, Warula, was kleines Obst ist und uns wie eine Mischung aus Kiwi und Pflaume schmeckte, Avocado und den schönen Yellow Bird (Bienenfresser) sahen.

Einer der Höhepunkte dieser Touren war der Besuch des Elefanten-Waisenhaus von Pinnawella: Ellen, die Tochter der Aachener, durfte einem Elefantenbaby die Morgenmilch mit der Flasche geben. Das kleinste Elefantenbaby war vier Monate alt und hatte noch struppige schwarze Haare auf dem Kopf. Diese Elefantenkinder sollten alle im Dschungel gefunden sein, wo sie ausgesetzt oder von der Mutter nicht angenommen waren. Hier in Pinnawella lebten sie dann und sollten später als Arbeitselefanten ausgebildet werden. Sie sahen teilweise sehr niedlich aus, ließen sich über ihre struppigen Haare streicheln und trompeteten aber schon ganz schön laut rum. Als die Elefanten dann alle frei rumliefen, um vom Mahout zum Baden an den Fluss getrieben zu werden, hatte ich schon Mühe, dass nicht plötzlich solch ein einjähriger »halbstarker« Elefant einen Ausfallschritt auf mich zu machte und mir platte Füße besorgte.

Danach planschten sie dann alle freudig im Fluss herum, weil die Elefantenhaut viel Wasser braucht. Eine riesige ca. 4 m hohe 30-jährige Elefantenkuh führte die Herde beeindruckend an.

Trotz des frühen Morgens war's dort schon wieder sehr heiß, sodass ich mich am liebsten auch mit in den Fluss geworfen hätte. Während Ellen auf einem

Elefanten ritt, beobachteten wir derweil einen wunderschönen blau-türkisen Eisvogel, den »Kingfisher«.

Weiter unterwegs machten wir einen Stopp, um eine »Thambili« (= King Coconut) zu trinken: sehr lecker, erfrischend und gesund! Wir sahen einen Mann mit Stachelschweinen an der Leine, der Geld für Fotos davon haben wollte, oder Äffchen an der Leine oder Äffchen auf der Hand. Wir aßen Cashew-Nüsse und erfreuten uns an der lieblichen Berglandschaft vor Kandy mit den teilweise bewässerten Reisfeldern, die im saftigsten Grün erstrahlten. In den Reisfeldern sahen wir Wasserbüffel stehen und auf ihnen die weißen Kuhreiher, an einem Baum hingen fliegende Hunde und an einer Raststation erlebten wir einen angebundenen schwarzen Lippenbären, Affen, Pfauen, Rehe und verschiedene Sittiche. Wir sahen unterwegs wunderschöne riesige Bambushaine und Baumwollbäume mit weißen Baumwollbällchen. Wir trafen einen Mann, der eine Kobra um den Hals hängen hatte. Wir übernahmen sie aber nicht um einen unserer Hälse, sondern ließen sie lieber im Körbchen auf das Kommando seiner Flöte tanzen …

Bei der zweiten Zweitagestour mit Sumith kamen wir in das bergige Hochland von Sri Lanka mit seinen Wasserfällen und Teeplantagen, sahen von Weitem Adams Peak in den Himmel ragen, übernachteten in Nuwara Eliya, besuchten Horten Plains, die Edelsteinstadt Ratnapura, und staunten an Worlds End über die unendliche Weite des grünen Dschungels der Südspitze von Sri Lanka. In Hakgalla bei Nuwara Eliya hatte ich einen der Höhepunkte unserer dortigen Tierbeobachtungen: Dort am Hanoman-Felsen (Hanoman = hinduistischer Halbgott in Affengestalt) neben dem botanischen Garten trafen wir eine Gruppe von wild lebenden Hulmans (= Bärenaffen). Erst sahen wir nur eine Bewegung in den dicht beblätterten Bäumen, doch plötzlich sahen wir sie: frei und wild, ca. 1 m groß, erst einer, dann zwei, dann drei und noch ein Baby, hangelten sie sich neugierig durch die Bäume, mit ihren weißen buschigen Kragen. Mit dem Fernglas konnten wir sie deutlich sehen: Wir waren begeistert. Als wir dann gerade gehen wollten, schrie uns einer was aus dem dichten Buschwerk hinterher: »Hu Hu Hu Hu Huuu-Huuuhh!« Ich antwortete mit: »Hu Hu Hu Huuuhh!« Das ergab ein aufschlussreiches kurzes Wortgefecht zwischen uns beiden, das ich nie vergessen werde …!

So erlebten wir auf unseren Touren mit Sumith Sri Lanka wirklich sehr intensiv und lernten so auch die Anmut und den unverwechselbaren Liebreiz der singhalesischen Menschen von Sri Lanka kennen und schätzen.

Als dann die drei Aachener nachhause gefahren waren, blieben wir beiden ja als einzige fremde Touristen in unserem Hotel über. Auch da machten wir dann noch verschiedene Tages- und Halbtagestouren mit Sumith, der uns sehr ans Herz gewachsen war und uns deshalb später dann sogar nachhause zu seiner Familie in Panadura einlud.

Von diesen Touren ist mir besonders die eine unvergesslich geblieben, als wir in den Süden zum Schnorcheln nach Hikkaduwa fuhren und dort am Riff viele schöne Korallen und Tropenfische abwechselnd mit Monis Tauchermaske sahen, weil ich damals noch keine eigene Maske hatte. Auf dem Hinweg stoppten wir an der Schildkrötenfarm von Kosgoda. Das war wirklich was ganz Tolles. Mit dem Eintritt für die »Victor Hasselblad Turtle Hatchery« von 50 Rupien (= ca. 2,– DM) retteten wir 100 Schildkröten-Eier. Diese Einrichtung war nämlich vom WWF gefördert, also vom World Wildlife Found, das sind die mit dem Panda im Emblem. Dorthin brachten einheimische Singhalesen gegen eine geringe Bezahlung gefundene Schildkröten-Eier. Oder erwachsene Schildkröten kamen selber, um ihre tischtennisballgroßen ca. 100 Eier auf einmal während der Nacht in ein vorher dafür von ihnen selber mit ihren Hinterflossen ausgehobenes Loch im Sand des Strandes zu legen. In der Nacht vor unserem Besuch war wohl eine 300 Jahre alte Leder-Schildkröte dort an Land gekommen, um ihre Eier zu verbuddeln.

Der gefährlichste Moment für die frisch geschlüpften Schildkröten-Babys ist immer der, wenn sie alle zum Strand torkeln, um sich ins Meerwasser zu stürzen. Da werden sie dann normalerweise von Vögeln und später dann im Meerwasser von Raubfischen bedroht, weshalb auch nur sehr wenige von den kleinen Turtles zu großen Schildkröten werden. Moni hatte eine weiße dreijährige Albinoschildkröte und ich eine fünf Jahre alte und schon 20 kg schwere Wasserschildkröte aufnehmen dürfen. Dort auf der Schildkrötenfarm wurden in verschiedenen Bassins Schildkröten-Babys gesammelt, die ein, zwei oder drei Tage alt waren.

Der Höhepunkt unseres Besuches war, als wir dann von den drei Tage alten Schildis jeder eine aus dem Bassin in die Hand bekamen, um sie sicher bis zum Meeresstrand zu begleiten. Sie fühlten sich gut an und passten prima in eine Handfläche. Dort kurz vor dem Meer setzten wir sie ab. Trotz großer

Brandung krabbelten sie zielstrebig und ihrem Instinkt folgend ins Meer und schwammen sofort los. »Bye-bye, leb wohl, kleine turtle«, konnte ich nur zum Abschied sagen, »den Rest müsst ihr selber erledigen …!«

Nach dieser ereignisreichen und anstrengenden Tour in den Süden von Sri Lanka kamen wir erfüllt zurück in unsere Hotelanlage, wo wir uns so wohl fühlten, dass wir bereits in der Dämmerung beim Baden im abseits gelegenen Pool mit badewannenwarmem Wasser erst entspannt rumplanschten und dann unbemerkt in wohligster Umarmung Liebe machen konnten: Die verführerischen Düfte der abendlichen Tropenblüten, die weiche Abendluft und das umschmeichelnde warme Wasser ergänzten diese erotische Situation in harmonischer Abrundung …!

Aber auch die schönste Reise geht einmal zu Ende. So kam dann auch für uns die Zeit des Abschiednehmens. Einen Abend kurz vor unserer Abreise erlebten wir noch einmal einen richtigen mehrstündigen Monsun-Sturm, sodass wir mit Schirmen zum Restaurant gingen und dort sogar zum ersten Mal drinnen speisten. Draußen bogen sich die Palmen; Palmwedel flogen herum; ein Palmwedel krachte auf unser Bungalow und zerschmetterte dabei eine Dachpfanne; zwei von den 3 m hohen Agavenblüten-Stängeln brachen ab: Solch einen tropischen Regensturm hatte ich vorher noch nie erlebt.

Am nächsten Tag hieß es dann von Sumith Abschied nehmen, wozu wir nach Sumiths Wohnort fuhren: Panadura war ein Einheimischen-Städtchen ohne jeden Tourismus. Entsprechend sahen dort auch die Geschäfte aus. Die Straßen und ihre Gullys waren richtig schmutzig. Und wir beiden einzigen Fremden wurden total angestaunt. Wir hatten uns im »Kataragama Kovilla«-Hindutempel verabredet, wo wir dann auch Sumith trafen, der dann später noch seine Frau und seine beiden süßen Kinder dazuholte: den dreijährigen Sohn und die 1 ½-jährige Tochter im zitronengelben Kleidchen. Alle hatten sie diese typischen Sumith-Gesichter mit den weit abstehenden Ohren und den lieblichen Äffchen-Gesichtern: zum Knubbeln! Sie brachten zum Opfern Früchte, Wasser, Öl für die Kerzen, Dochte und Räucherstäbchen mit, weil dort wie jeden Freitag eine religiöse Andacht auch für Buddhisten wie Sumith oder Andersgläubige wie wir abgehalten wurde. So standen draußen vor dem Hindutempel auch ein paar kleine Buddhastatuen unter einem riesigen Bodhi-Baum. Unter solch einem hatte Buddha ja einst seine Erleuchtung.

Eine weißbärtige Saddhu-Gestalt erzählte mit dort, dass dieser Bo-Baum wie alle anderen heiligen Bo-Bäume im Lande vom Samen des originalen Bo-Baumes in Indien stammen sollte, unter dem Buddha vor 2500 Jahren seine Erleuchtung hatte. Anschließend führte er mich im Tempel zwischen den praktizierenden Andächtigen und Betenden hindurch und erklärte mir mit diesem schwer verständlichen Englisch, eine Art abgehackter Gibbelei, deren sich viele Singhalesen in Sri Lanka bedienen, die verschiedensten hinduistischen Götter und Heiligen: Vishnu, Shiva, Krishna und Ganesh verstand ich so gerade, weil ich diese Namen selber schon mal gehört hatte, aber alle anderen Namen konnte ich in seinem brabbelnden Redefluss nicht ausmachen, außer dass der eine Gott »Power«, also Kraft, und ein anderer Gott »Benefit«, also Gnade, für den persönlichen Gebrauch oder fürs Business zu geben scheint, manche gegeneinander kämpfen und andere wieder in verschiedenen Gestalten auftauchen. Der Begriff Kataragama fiel ebenfalls, was wohl ein bekannter religiöser Wallfahrtsort im Süden Sri Lankas sein sollte, und dessen Namen dieser Tempel ja auch trug: vielleicht so eine Art Filiale? Na ja, jedenfalls hatten wir somit hier auch einfach mal einen Alltags-Tempel gesehen, ohne jede museale oder touristische Attraktion. Da konnten wir uns dann auch mal in Ruhe hinsetzen und uns in die ruhige meditative Atmosphäre versenken. Dann gab uns Sumith noch was von den frisch gesegneten Bananen zu essen und lud uns hinterher zu sich nachhause ein bzw. war es das Haus seiner Schwiegermutter, wo er zusammen mit seiner Frau und seinen zwei kleinen Kindern einen Raum bewohnte, der auch gleichzeitig die Küche für das ganze Haus war, und worin ein Bettgestell stand, worauf alle vier nebeneinander quer schliefen: mit den Beinen über den Bettrand raushängend. Außer Sumith und seiner Familie wohnten in diesem kleinen Haus mit dem vom Sturm löchrigen Dach noch Schwiegermutter, Schwiegervater, Schwager und noch ein paar Neffen und Verwandte seiner Frau: alles in allem auf engstem Raum viele Menschen, sparsam und ärmlich, aber relativ sauber: Kinderaugen schauten aus der Dunkelheit uns beiden Fremden staunend an, die sich in diese Gasse verirrt hatten. Wir wurden sogar noch mit Keksen, Kaffee und Obst bewirtet. Ich gab dann dazu meine beiden letzten Zigarillos für Sumith und seinen Schwiegervater, die dazugehörige Zigarillo-Blechkiste bekam Sumiths Sohn. Das war schon extrem und eindrucksvoll für uns »verwöhnte« und »reiche« Europäer, denn so ärmlich hätten wir uns Sumiths

Verhältnisse trotz seiner Schilderungen nicht vorgestellt …: »That's the real life here in Sri Lanka!«: die Kehrseite des »Paradieses«! Nie merkten wir ihm das an, dem kleinen gebildeten und emsigen Singhalesen, der sich gewandt in Englisch und gebrochen in Deutsch verständigen konnte, dass er unter solchen Verhältnissen lebt. Aber er wollte nicht den Mut verlieren, auch wenn ab Mai die Touristensaison vorbei sein würde und er deshalb kein Geld mehr verdienen konnte: weder zum Leben noch um die monatlichen 6000 Rupien Schulden abzubezahlen. Vielleicht müsste er deshalb auch in der Zukunft mal ins Gefängnis: So rau waren dort die Sitten! Aber er wollte weiter an seinem Traum arbeiten, ein kleines Kaffeehaus mit Gebäck, deutschem Kaffee und deutscher Rockmusik für die Touristen einzurichten. Falls es ihm gelingen würde, wollte ich ihm ein Päckchen mit deutschem Kaffee und einen Deutschrock-Sampler als Starthilfe schicken. Erst mal schenkten wir ihm zum Abschied ein schönes Trinkgeld und hofften für ihn, dass es klappen würde mit dem Kaffee-Haus: »Viel Glück dabei! And good-bye, Sumith!« Dann brachte er uns noch mit einem Tuk-Tuk nachhause, oder besser »Three-Wheeler«, wie diese Fahrzeuge in Sri Lanka heißen. Das war Monis erste Fahrt mit solch einem überdachten dreirädrigen Motorroller. Da es bereits dunkel geworden war, sahen wir auch kaum noch was, besonders auf den unbeleuchteten Landstraßen. Das hasste ich auch schon damals in Indien: im Dunkeln mit dem Motorrad über unbeleuchtete Landstraßen zu fahren!

Und so geschah es uns in Sri Lanka: quietschende Tuk-Tuk-Bremsen; die letzte Sekunde drohte, denn es schwebte für einen Moment ein wahrscheinlich vom gegorenen Palmwein trunkener Radfahrer waagrecht durch die Luft, da fing sich dieser verdächtig schaukelnde Radfahrer wieder an den Straßenrand: Es war glücklicherweise nix passiert!

Dann am nächsten Morgen hieß es Abschied nehmen von all den schönen Dingen, die wir lange nicht mehr sehen, schmecken oder fühlen würden: Thambili, Mango, frisch gepresste Tropensäfte, ein letztes Bad im Meer, bye-bye Eisvogel, Yellow-eared Bulbuls und Grackles *(Eulabes ptilogenys)*, eine endemische Starenart und all ihr putzigen Streifenhörnchen, der warme Wind vom Indischen Ozean und bye-bye all ihr lieben Menschen hier …!

Tatsächlich bekamen wie einige Monate später einen Brief von Sumith aus dem Gefängnis, wo er wegen seiner Schulden einsaß. Deshalb spendeten wir einige Male per Brief an seine Frau etwas Geld für Milch und Baby-Nahrung für die beiden kleinen Sumiths …

Dann die abenteuerliche Rückreise: Unsere Airline »Air Lanka« warb mit »a taste of paradise«, aber nur das Lächeln der Stewardessen versprach das Paradies, dagegen brachte uns die chaotische Organisation in die Hölle, oder zumindest ins Fegefeuer. Nach 48 Stunden ohne Bett landeten Moni und ich statt zuhause in Hagen völlig erschlagen in einem Bett des Sheraton-Hotels Frankfurt, übrigens dasselbe Hotel, wo ich vor fünf Jahren schon einmal eine der merkwürdigsten Nächte meines Lebens zusammen mit Carlos und Harry auf Kosten der Air Egypt verbrachte (»Sandstorm in Cairo«). Dieses Mal bezahlten die 249,– DM Übernachtung und natürlich ein extra üppiges Frühstück die Air Lanka. Ich musste das Geld per Kredit-Card erst einmal vorstrecken, bekam es allerdings hinterher samt aller unserer Forderungen wegen unseres ungewöhnlichen Rückweges von der Air Lanka wieder zurück, inklusive des Gegenwertes für den extra Urlaubstag, den wir beide wegen der verspäteten Heimkunft benötigten.

… und das kam so: Pünktlich wurden wir um Mitternacht von unserem Hotel abgeholt; Nachtfahrt durch Colombo; pünktlich am Flughafen. Dort waren wir sogar die ersten unserer Busgruppe, da wir nur leichtes Gepäck in Form unserer Rucksackkoffer hatten. Aber bei der Sicherheitskontrolle fiel meine Machete im Koffer durch die Durchleuchtung auf. Die Machete hatte ich mir auf dem Markt in Panadura gekauft, um damit selbstständig Kokosnüsse öffnen zu können. Erst als ich den Zöllnern vorschwärmte, wie lecker die Thambilis immer waren, die ich mit dieser Machete täglich öffnete, ließen sie uns überhaupt durch, aber nur mit dem abgenommenen Versprechen, die Machete auf keinen Fall mit in die Flugzeugkabine zu nehmen. Nach diesem Hin & Her mit der Machete am Sicherheits-Scheck waren wir schließlich die letzten von unserer Gruppe am Scheck-In-Schalter. Vielleicht wäre uns das nun Folgende ohne die Machete gar nicht erst geschehen …!?! Das Gleiche passierte übrigens 15 anderen aus unserer Gruppe ebenfalls, denn die ersten unserer Gruppe kamen noch mit. Aber wir hatten doch alle ein rückversichertes Ticket mit O. k., was normalerweise zum Rücktransport reichen sollte …!?

Allerdings fiel es der Air Lanka plötzlich einfach ein, statt uns 17 Wartenden die einheimische Kricket-Nationalmannschaft auf unseren gebuchten und rückversicherten Plätzen fliegen zu lassen. Damit war die Maschine voll! Wir warteten stundenlang draußen, ohne dass man uns überhaupt mitteilte, warum es nicht weiterging. Wir waren total sauer! Zwar sahen wir die 17 jungen, ausgesprochen großen singhalesischen Männer, die sonst eher klein und schlank sind, wie selbstverständlich in Ausgehuniform mit uniformen Krawatten an uns vorbei durch den Check-in-Schalter gehen, aber wir dachten uns erst mal nix Schlimmes dabei. Als wir dann verspätet doch noch den Grund erfuhren, warum wir eine ganze Nacht im Ungewissen und ohne Wasser und Essen dort dumm vor dem Check-in-Schalter standen, wuchs mein Hass auf Kricket ins Unendliche, zumal mir dieses undurchsichtige Spiel schon immer suspekt war.

Dann fragte man uns plötzlich am Morgen: »Möchte jemand vielleicht nach London fliegen?« Da zögerten wir nicht lange und dachten: »Besser erst mal nach Europa kommen, als noch länger im unfreundlichen Chaos von Colombo bleiben!« Also leitete man uns nach einer ganzen Nacht ohne Schlaf, Essen und Trinken, dafür aber mit viel Bangen, nach London um. Abflug: 09.00 Uhr morgens endlich, wenn auch ins falsche Land! Man gab uns vor dem Abflug aus Colombo dann ein Frühstück aus, was so beschissen schmeckte, dass Moni sogar drauf verzichtete. Mir trieb's auch nur der Hunger rein! In London kamen wir dann nach einem Zwischenstopp in Dubai, Vereinigte Arabische Emirate, mit nur ½-stündiger Verspätung an. Deshalb blieben uns auch nur 25 Minuten, um den Anschlussflug nach Frankfurt zu erreichen. Da wir auf dem Flughafen London-Heathrow noch mit dem Transferbus von einem Ende zum anderen fahren mussten, schafften wir nur unter größten sportlichen Anstrengungen gerade noch die Frankfurt-Maschine. Ich spurtete wie ein »junger Gott mit Marschgepäck«, merkte dabei weder Knie noch Oberschenkel und erreichte als Erster der Nachzügler den Flieger. Moni war die Zweite: Silbermedaille! Bravo! Insgesamt schafften das überhaupt nur fünf Personen unseres »Air Lanka-Betrogenen-Dezernats«! Unser Gepäck dagegen nicht, das blieb wohl noch in Heathrow. Es erreichte uns dann einige Tage später in einer großen Pappkiste mit der Post, geöffnet, durchwühlt und beraubt!!!

Na ja, in Frankfurt kamen wir dann mit neunstündiger Verspätung an, aber ohne Koffer, seit 48 Stunden nicht mehr geschlafen, und keine Zugverbindung mehr nach Hagen um 23.00 Uhr nachts.

Also ab ins Sheraton: Dort lag ich dann im Viersterne-Bett und konnte nach nur drei Stunden Schlaf noch nicht einmal weiterschlafen …! Aufregung? Zeitumstellung? Ungewohnter Luxus? Überdrehtheit? Oder immer noch der Ärger über die unverschämten Kricket-Piraten von Colombo …?

Und wie ging es dann weiter in Sri Lanka?

Unser kleines Erlebnis war ja nur ein Pups gegenüber den danach folgenden unvorstellbaren Leiden der Bevölkerung in Sri Lanka. Denn nachdem wir dort im März/April 1993 eine relativ friedvolle Phase erlebten, schockte die Ermordung des damaligen Präsidenten Ranasinghe Premadasa Anfang Mai 1993 die kleine Insel im Indischen Ozean zutiefst, zumal bei diesem Bombenanschlag eines Selbstmordattentäters auf einer Maikundgebung in Colombo noch 17 weitere unbeteiligte Menschen starben. Und drei Jahre später starben am 18.07.1996 alleine an einem Tag 1400 Soldaten bei dem bis dahin schwersten Angriff von Tamilrebellen gegen die Regierungstruppen!

Im Februar/März 2004 besuchte ich zusammen mit Moni Sri Lanka ein zweites Mal. Dieses Mal fanden wir an der Südküste ein schönes familiäres Plätzchen mit nur zwölf Zimmern in zwei Gebäuden im Maria Teresa Beach Palace in Dalawella, in der Nähe von Galle, Unawatuna. Wir freundeten uns im Laufe der Wochen mit dem Hotelier und späteren Politiker Amarisiri, Susila, Samantha und Koch Suda so gut an, dass sie uns zum Abschied als Überraschungsessen ein riesige Portion Jumbo-Prawns (= Riesengarnelen) ausgaben. Schön für uns, aber auch schön für sie, sparten wir doch die aufgehobenen Rupien für unsere geplante letzte Mahlzeit in Sri Lanka ein und konnten das Geld stattdessen als Trinkgeld unter die Angestellten aufteilen, die es sich wirklich verdient hatten: Die warme und menschliche Freundlichkeit und guten Gespräche über Land und Leute mit Susila, außergewöhnlich leckeres singhalesisches Essen mit viel Kokosnussmilch und scharfem Curry von Koch Suda oder die unermüdliche Aufmerksamkeit des roomboys Samantha.

So war es auch Samantha, der uns einen wahnsinnig schönen Moment der Natur bescherte, den wir sonst nur aus Filmen kannten: erst Naturwunder, dann Drama!! Er weckte uns um 07.00 Uhr morgens und führte uns zum Strand, wo direkt neben dem Maria Teresa eine riesige alte Wasserschildkröte mit ca. einem Meter Panzerlänge, die auf 250 Jahre geschätzt wurde, auf dem

Strand zur Eiablage gekommen war. Sie grub gerade ihr fünftes Loch, weil ihr anscheinend die ersten vier Löcher zur Eiablage nicht gefallen hatten. Bei der fünften Grabung buddelte sie mit ihren Hinterflossen ein tiefes Loch und legte dort bestimmt 100 tischtennisballgroße weiße Eier ab. Eigentlich sollten es sogar ca. 300 Eier sein.

Eigentlich sollte die Schildkröte aber auch nachts bei Vollmond kommen und morgens schon wieder zurück im Meer sein. Diese »turtle« war also wohl etwas desorientiert. Nur deshalb konnte es auch zu diesem Drama kommen. Denn da sie bei Tageslicht ihre Eier legte, was uns erst freute, weil wir es beobachten konnten, lockte sie damit auch die einheimischen Eierdiebe und turtle-Killer an …

Erst wurde uns gesagt, die Männer würden die Eier an geheimen Orten vergraben, damit die Schildkröten-Babys nach 45 Tagen in Ruhe schlüpfen könnten. Aber dann stellte sich heraus, dass einige von diesen Männern nur da waren, um die Eier zu stehlen, um sie zu essen. Obwohl die Polizei dreimal angerufen wurde, waren die Eierdiebe schon weg, als die Polizei endlich kam. Amarasiri gab bei der Polizei ein Protokoll auf, damit die dort bekannten Eierdiebe gejagt würden, um sie mit Gefängnis zu bestrafen. Wenigstens hatte unsere Anwesenheit dazu beigetragen, dass nicht noch auch die Schildkröte getötet wurde, sondern sie mithilfe der Männer ins Meer geschleppt wurde, weil sie so erschöpft durch die Eiablage war, dass sie das nicht mehr allein geschafft hätte …!

Allerdings erwischte es Sri Lanka bei der Jahrhundertkatastrophe am 26.12.2004 viel schlimmer, als durch ein Seebeben vor Sumatra eine riesige Tsunami-Welle 230.000 Menschen mit in den Tod riss: die meisten auf der indonesischen Insel Sumatra; aber auch noch 30.000 Menschen auf Sri Lanka, auch dort im Süden, wo wir bei unserem Aufenthalt im Winter 2004, nur ein ¾ Jahr vorher, noch so viele gute und liebe Menschen im Maria Teresa Beach Palace in Dalawella kennen gelernt hatten. In den Nachbarorten Galle, Unawatuna und Hikkaduwa war alles zerstört worden. Ja, wegen der Flutopfer in Südost-Asien fühlten wir uns sehr betroffen. In Sri Lanka hatten wir Bekannte und Freunde lieb gewonnen, deren Existenzen zerstört wurden. Zumindest diese lieben Menschen in Sri Lanka waren mit dem Leben davongekommen, wie wir per Internet erfuhren! Wie entsetzt wir über diese unvorstellbare

Gewalt der Natur waren: Und immer traf es wieder die Ärmsten!: So blieb uns nur zu spenden!

Tsunami! »...wann immer es sich aus dem Meer erhob und über das Land kam, brachte es Tod und Zerstörung. Seinen Namen verdankte es japanischen Fischern, die auf hoher See nichts von seinem Schrecken mitbekamen, um bei ihrer Rückkehr ihr Dorf verwüstet und die Angehörigen tot vorzufinden. Sie hatten ein Wort für das Ungeheuer gefunden, das wörtlich übersetzt ›Welle im Hafen‹ bedeutet: ›Tsu‹ für Hafen, ›Nami‹ für Welle.«[2]

Immerhin hörten wir von den wilden Tieren im Yala-Nationalpark wie z. B. die Elefantenherde, die wir noch im gleichen Jahr mit großer Freude erleben konnten, dass die sich alle ihrem Instinkt folgend selber auf höhere Gebiete vor dem Tsunami gerettet hatten!

Im Gegensatz dazu die eher »instinktlosen« Menschen, die sich nach dem Tsunami noch in einem Bürgerkrieg selber zerstörten. Denn Sri Lanka kam auch politisch weiterhin nicht zur Ruhe: Besonders perfide, dass Anfang August 2006 in der umkämpften Stadt Muttur 17 Tsunami-Helfer der »Aktion gegen den Hunger« (ACF) hingerichtet wurden![3]

Am 16.10.06 wurden bei einem der bisher schwersten Selbstmordanschläge in Sri Lanka mehr als 100 Menschen getötet und weitere 150 Menschen verletzt.[4]

Auch in Touristenorten kam es zu mehreren Selbstmordanschlägen: erstmals seit fast zehn Jahren hatten tamilische Rebellen auf Sri Lanka wieder ein Ziel in einer Touristenhochburg angegriffen, als am Stadtrand von Galle erst am 18.10.06 mindestens 17 Menschen und am 06.01.2007 in Hikkaduwa 15 Personen getötet wurden.[5]

Damit fielen diesem blutigen Bürgerkrieg in Sri Lanka 2006 allein 3700 Menschen und insgesamt mehr als 70.000 Menschen seit 1972 zum Opfer ...!

Glückliche Zeiten in Khao Lak

Nach unserer schönen Tropenreise ein Jahr zuvor nach Sri Lanka wollten Moni & ich 1994 ein anderes Traumreiseland zusammen entdecken: Thailand! Sechs Jahre nach den »Burmesischen Straßenräubern« wieder Mal nach Thailand, ins Land des Lächelns, von Mehkong und Sanuk …

Mit der niederländischen »Martinair« starteten wir von Amsterdam mit nur zwei gebuchten Charter-Flugtickets zur südthailändischen Insel Phuket.

Dort blieben wir zum Angewöhnen drei Nächte am Kata Noi-Beach: War zwar ganz nett da, aber schon relativ touristisch und für thailändische Verhältnisse auch teurer als in anderen Gegenden. Wir verließen die an sich schönsten Strände der ehemaligen »Perle von Thailand« (Phukets Landkarte ist wie eine tropfende Perle geformt) doch ganz gerne, weil wir trotz der Schönheit der ganzen Insel nie die Ruhe fanden, die wir suchten: Nachts knatterten Motorräder an unserem »Hotel Kata Noi Riviera« vorbei, sodass ich sogar Ohrenstöpsel zum Schlafen brauchte.

Also verließen wir den Kata Noi-Beach, um uns nach neuen Ufern aufzumachen, die sich Khao Lak nannten: 2 ½ Stunden mit dem Bus nördlich von Phuket, auf dem thailändischen Festland, aber an der Andamanen Küste. Unterwegs nach Phuket Town sahen wir sogar einen Baby-Elefanten, der die Straße entlangtrottete, außerdem den wunderschönen Wat Chalong (Wat = buddhistische Tempel in Thailand) und Wasserbüffel am Wegesrand.

Von Phuket Town, Busterminal, fuhren wir 2 ½ Stunden in einem einfachen, aber sehr überfüllten Bus ohne Komfort, der an jeder Ecke hielt, und in dem außer uns beiden nur noch eine andere Touri-Frau (Falangi) saß, sonst nur Thais, dicht gedrängt, oft zu dritt auf Zweierbänken. Dafür kostete das Busticket aber auch nur 30 Baht, also ca. 2,– DM.

Irgendwann stand dann links am Straßenrand (Thailand hat Linksverkehr) zwischen Dschungel und Küste ein großes weißes Schild mit schwarzer Schrift und folgender Aufschrift:

––––––––––––

<- HERE

––––––––––––

In Chrissies Backpacker-Reiseführer (den mit der Jeanshose als Umschlag) hatte ich mir vorher in Hagen die Seiten kopiert: »HERE« stand am Khao Lak-Restaurant. Aber als wir dort in Wirklichkeit ankamen, hatte das geschlossen! Dort hätte man laut diesem Insider-Reiseführer für eines der weit entfernten Strände in einem der wenigen Bungalow-Resorts buchen können …

Jetzt war's jedenfalls geschlossen!: Was tun??

Also gingen wir halt den Schildern nach, trotz der 32 °C im Schatten, trotz unseres sämtlichen Gepäcks auf dem Rücken latschten wir einen langen Weg durch eine Kautschukplantage. Und dann sahen wir die Küste, sahen ein paar Bambus-Bungalows des »Nang Thong Bay-Resorts«, die eigentlich während der Saison immer ausgebucht sein sollten, weil's dort so schön und so preiswert war. Aber wir hatten Glück!: Wir bekamen ein einfaches, aber schönes Bambus-Bungalow auf Stelzen für uns allein, mit Blick zum Meer, im Schatten unter Kokospalmen und einem Papaya-Baum, für nur 17,– DM pro Nacht, mit eigener Veranda, luftig in der Nacht wegen der aus Rattan geflochtenen Wände, trotzdem einigen Komfort: Fan (= Ventilator), eigenes Bad mit Dusche und WC. Was wollte man damals mehr …! Das war unser Bungalow Nr. 1! Am ersten Abend sang ich deshalb dort Moni den alten Söppel-Hit von 1979 vor:

»Wir sind die Nr. 1,

Ich – Du – Er – Sie – Es – Wir,

sind die Nr. 1,

heute Abend hier …!«

Und da die Thais im Nang Thong auch noch ausgesprochen nett und freundlich waren, das Essen dort sehr gut, die Strände leer und alles noch nicht so touristisch wie auf Phuket daherkam, waren wir endlich in unserem persönlichen Paradies angekommen, in Khao Lak!

Zehn Jahre vor der Tsunami-Welle am 26.12.2004 war ich also zum ersten Mal mit Moni im südthailändischen Khao Lak, was damals noch als Geheimtipp galt. Wer hätte das von uns beiden vor Reiseantritt im kalten europäischen Winter 1994 gedacht, dass Khao Lak in den 90er-Jahren so was wie eine zweite Heimat für uns werden sollte …!?

Ein freundliches »Sawadee-Khap« (bzw. »Sawadee-Khaa« für die Frau), verbunden mit dem »Wai« (die Hände vor der Brust zum Gruße falten), öffnet in Thailand viele Türen. So fühlten wir uns auch gleich heimisch im »Nang Thong Bay-Resort« in Khao Lak mit all den lächelnden Thailänderinnen, zumal sie ja auch einen schönen und preiswerten Bungalow mit Blick aufs Meer für uns hatten. Rasch änderten wir unsere Pläne, eventuell die letzten Tage vor unserer Rückreise noch in Phuket zu verbringen, indem wir beschlossen, bis zum letzten Tag in Khao Lak zu bleiben, um notfalls mit dem Taxi zum Flughafen zu fahren, koste es, was es wolle, um ja nicht mehr eine Nacht in Phuket verbringen zu müssen! In der Zwischenzeit hatte es sich allerdings herausgestellt, dass die ein- bis zweistündige Taxifahrt für ca. 21,– DM/pro Person (bei mehr als zwei Personen entsprechend preiswerter) uns sogar weitaus preisgünstiger kommen würde als jede andere Phuket-Übernachtungsunternehmung, vom zusätzlichen Stress ganz abgesehen!

Die Bungalow-Anlage des Nang Thong Bay-Resort lag unter Kokospalmen und Papaya-Bäumen, dazwischen Hibiskus- und Orchideenblüten, und lud mit dem hindurchgurgelnden Bach und seinen Brückchen zum Verweilen und Ruhegenießen ein. Die 600-m-Fußwanderung zur Hauptstraße zahlte sich in Ruheeinheiten aus: Dort konnte man – im Gegensatz zu den knatternden Mopeds von Phuket – in der Nacht auch ohne Ohrenstöpsel schlafen. Und dort in Khao Lak schmeckte das thailändische Essen immer hervorragend, besonders die von uns bevorzugten Meerestiere wie Shrimps, Garnelen, Haifisch-Steak:

- sowohl auf der offenen Terrasse des Nang Thong-Restaurants
- als auch in der Garküche am Strand bei La Muang, die familienanschlussmäßig sogar gleich unsere Namen gelernt hatte
- und schließlich im »Noi«, was auch der Name der thailändischen Frau des deutschen Aussteigers Gerd aus Dorsten ist. Dort schmeckte das Thai-Curry sehr lecker. Aber noch schöner war die gemütliche Atmosphäre mit thailändischem Flair. Die dortigen Bungalows waren auch entsprechend im thailändischen Tempelstil gebaut worden.

Wir liebten die kilometerlangen Spaziergänge am Sandstrand entlang. Einmal wurden wir dabei von Thais sogar zum Maekhong-Trinken eingeladen; und auf dem Rückweg wollten sie gar ein Foto mit uns beim Sonnenuntergang machen. Bei den Strandwanderungen genossen wir immer das satte Grün des Dschungels im Osten und das weite andamanische Meer im Westen, sammelten Muscheln am weißen Sandstrand, schlenderten durchs warme Meer und hatten trotz Januar 32 °C im Schatten. Dazu jeden Abend als Farb-TV-Ersatz das Programm in Supercolor auf allen Sendern: der Sonnenuntergang im westlichen Meereshorizont!!!

Danach kamen die tropischen Geräusche noch besser zum Tragen:
- das Meeresrauschen
- das Zirpen der Zikaden
- das Geschrei des Riesengeckos: rrrrrrrrrrrr, rrrrrrrrrrrr, ge - cko, ge - cko, ge - cko, ge - cko, ge - cko, ge - cko, ge - ckooooouuuaaa …
- dazu das angenehme Klirren der Eiswürfel im Maekhong-Glas.

Dabei draußen leicht bekleidet Thai-food essen: Das alles war höchste Lebensqualität!!!

Das Unterwasserleben am Korallenriff zu beobachten, machte uns großen Spaß. Wir dachten vorher, dass das Schnorcheln in der Kata Noi-Bucht auf Phuket schon das Größte hier in Thailand gewesen wäre. Das war jedenfalls schon toller, als 1988 am Riff von Koh Samui oder am »Gorillafelsen« von Pranang bei Krabi zu schnorcheln. Aber in Phuket waren nur jede Menge bunte verschiedene Tropenfische zu beobachten, die anscheinend durch den dort herrschenden Touristenrummel an Menschen gewöhnt waren. Dagegen gab es in Khao Lak zwar genauso viele verschiedene Fische zu sehen, aber immer nur ein paar einzelne von jeder Sorte. Ab und zu auch mal einen Fischschwarm, besonders am Riff-Ende. Aber dafür sahen wir zum ersten Mal beim Schnorcheln in »freier Wildbahn« Langusten: mit ihren langen antennenartigen Fühlern. Dazu einmal eine blaue Meeresraupe, die im Wasser schwebenden Feuerfische und eine kleine Seeschlange! Aber auf jeden Fall sahen wir so viele verschiedene bunte Korallen wie lange nicht: Trichterkorallen, weiße, orangefarbene, blaue, lilafarbige, glatte, fingerförmige, noppige und fransige Korallen: eine fantastische Unterwasserwelt, besonders beim Lichte des Sonnenscheins …!

Da uns Khao Lak 1994 so gut gefallen hatte, reisten wir 1995 gleich wieder dorthin! Immer noch waren die lieben Thais so freundlich: Joi, Shing, Porn, die lustigen Reinigungsfrauen, und erst recht La Muang, der wir Fotos vom vergangenen Jahr mitbrachten. Sie versorgte uns täglich wieder mit frischen Kokosnüssen. »Soorn maphrao«, heißt »zwei Kokosnüsse« und hieß unser täglicher Wunsch in ihrer kleinen Garküche am Strand: Erst tranken wir die köstliche und kühle Kokosnussflüssigkeit mit dem Strohhalm aus, dann öffnete La Muang mit einem gezielten Schlag ihrer Machete die faserige Kokosnuss, damit wir das schlabberige Fruchtfleisch der jungen Kokosnüsse mit nem Löffel auskratzen konnten. Bei den freundlichen Damen vom Nang Thong war es ein »Sawadee Khaa«, bei La Muang war es dagegen ein überschäumender Empfang mit strahlendem Gesicht, Freude, Lachen und Händedrücken: Sie wusste sogar noch unsere Namen vom Jahr zuvor! Und schenkte uns noch einen Bund von den kleinen köstlichen Bananen obendrauf. Aber auch bei ihr gab es Neues: elektrisches Licht, nachdem wir 1994 noch abends bei Kerzenschein bei ihr gegessen hatten; dazu natürlich einen Ghettoblaster mit Thai-Pop und Simon & Garfunkel-Musik; ein paar weiße Plastikstühle zusätzlich zu den alten Holzbänken; und als letzten Schrei sogar eine Speisekarte – zwar noch mit Hand geschrieben – aber immerhin …!

Der hellblonde Peter aus Idar-Oberstein hatte jetzt einen Info-Kiosk mit Getränkeverkauf. Wir hatten ihn schon im Jahr zuvor immer dort am Strand rumhängen sehen und ihn »Schwätzer« getauft, aber er entpuppte sich dann doch als ganz nett. Über seinen Kiosk kamen wir an Infos für einen Tauchkursus: »scuba-diving« oder PADI, wie er es nannte. In Hagen hatte ich beim Arzt vorher eine spezielle Tauchbefähigungs-Untersuchung gemacht und mir die Tauchbefähigung bescheinigen lassen. Der viertägige Tauchkurs mit Theorie, Praxis und Prüfung beim »Sea Dragon Dive Center« in Khao Lak würde uns für den »Open water diver«-Tauchschein ca. 380,– DM kosten, was für thailändische Verhältnisse sehr viel Geld ist, was sich aber im Nachhinein als relativ preisgünstig erwies, nachdem wir in späteren Jahren die Preise an verschiedenen Tauchbasen dieser Erde verglichen hatten.

Ansonsten hatten der Monsun und seine Unwetter einiges am Strand verändert: Böschungen waren abgetragen, Bäume entwurzelt und umgekippt, Flussmündungen geändert und neue Einschnitte ins Land geschaffen: Hier mussten urtümliche Gewalten getobt haben!

Das Meer war auch welliger und unruhiger, sodass wir beim Schnorcheln wegen des vielen aufgewirbelten Sandes oft kaum was durch die Taucherbrille sehen konnten. Nur an geschützten Stellen sahen wir verschieden Fische: blaue, gelbe, gestreifte, kleine, einzelne und Schwarmfische, Seegurken und Korallen.

Aber das Essen im Nang Thong Restaurant war immer noch so gut wie 1994: die Prawns (= Garnelen), Fried Noodles oder Fried Rice, Chicken, Coconut-Soup: alles würzig und lecker: hhhmmm! Köstlich!!! Und für Moni gab's jeden Morgen zum Frühstück schon frische Ananas, frische Papayas und frischen Ananassaft!

Die wenigen Liegestühle und Sonnenschirme am Strand hatten wohl mächtig unter den Monsunstürmen gelitten und ihre besten Tage bereits hinter sich. Aber das machte es auch so sympathisch hier: die Vergänglichkeit im Einklang mit der Natur!

Die staubige Straße durch die Kautschukplantage wurde allerdings endlich asphaltiert. Nebenan baute man immer noch an ein paar Bungalows, ohne dass da viel los zu sein schien. Der Gecko vom Bungalow Nr. 1 konnte jetzt schon achtmal hintereinander »Geck - o!« rufen. 1994 schaffte er nur siebenmal! Dafür gab es irgendwo links von uns einen Gecko, der es sogar neunmal schaffte: bravo!! Ansonsten ging die Sonne immer noch im Westen unter und im Osten wieder auf. Und andere tropische Gäste aus der Welt der Fauna besuchten uns:

- Eine Flugechse landete auf der Palme neben unserem Bambusbungalow.
- Eine riesige 6 – 7 cm lange Sonnenanbeterin krabbelte abends auf dem Tisch neben uns im Restaurant.
- Andere erzählten was von einem Lori: so ne Art nachtaktives, fülliges, knopfäugiges Faultier: Lemur? Maki? Oder was?
- Ich sah immerhin ein Palm-Squirrel, ein tropisches Hörnchen.
- Jeden Morgen besuchte uns der Eisvogel beim Frühstück nebenan im Fluss: Wenn der »Kingfisher«, wie der Eisvogel hier genannt wird, minutenlang auf einem Ast meditierte, war er immer ein erfreulicher Anblick, besonders da sein Gefieder so bläulich in der Sonne glitzerte.
- Einmal fanden wir die Reste eines von Geckos angefressenen Kadavers eines »atacus atlas«, des größten Schmetterlings der Erde mit einer

Spannweite von mindestens 10 cm, wie wir später mal feststellten, als wir einen beim Laichen an einem Schild oben beim kleinen Shop an der Hauptstraße beobachten konnten.

- Hanno & Anna aus Bad Salzuflen wohnten in einem Holzbungalow neben einem Tümpel, wo sie schon zwei Warane und eine 1 ½ m lange Schlange gesehen hatten. Wie es schien, würden wir noch einiges zu entdecken haben …!?!
- Tatsächlich sahen wir später dann auch schon mal einen Waran am Tümpel oder wie sich ne grüne Giftschlange durch die Wiese der Bungalowanlage schlängelte, um sich dann in einer Kokospalme zu verstecken.

Wir lasen und faulenzten viel in den Liegestühlen am Strand und erholten uns dabei vom Arbeitsstress im kalten deutschen Winter. Abends beim leckeren Thai-Food tranken wir gerne den Maekhong, einen braunen Reisschnaps, mit und ohne Eiswürfel, mit oder ohne Sprite.

In solch einer lauen Tropennacht auf dem Heimweg zu unserem Bungalow, leicht bekleidet, vom Maekhong beschwingt und von exotischen Blütendüften betört, trieb es Moni und mich auch einmal im Schutze der Dunkelheit am Strand zu einem flotten Liebesspiel auf einer einsamen Holzbank sitzend …

In dem kleinen Kramladen oben an der Hauptstraße gab es neben Maekhong, Saft und Seife auf einmal sogar Sonnenmilch, was ein Jahr zuvor noch eine absolute Rarität gewesen war. Wir besuchten Gerd und Noi in der schönsten Bungalow-Anlage von Khao Lak, die zusammen mit ihren zwei Söhnen dort in den Holzhäusern im thailändischen Stil wohnten. Gerd war 1988 quasi der Pionier von Khao Lak, weil er als Erster hier was aus dem Dschungel gestampft hatte. Anfangs wurde er noch von den Einheimischen verlacht, später folgten sie seinem Beispiel selber. Aber trotzdem verliefen sich 1995 die nur sechs kleinen Bungalowanlagen samt ihrer Touristen auf der Länge des 6 km langen Strandes. Wir waren Gerd alle dafür dankbar, dass er diese Pionierarbeit in Khao Lak überhaupt angepackt hatte.

Leider erfuhren wir später durch Hanno & Anna, dass Gerd in Bangkok unter mysteriösen Umständen zu Tode gekommen war: Unfall oder Mord? Warum auch immer? Da blickte anscheinend niemand so richtig durch, was es da in Thailand für dunkle Machenschaften in der Geschäftswelt gab …!?!

Wir beide dagegen, Moni & ich, stiegen in andere dunkle Welten hinab: Wir machten nämlich am 06.02.1995 unseren »OPEN WATER DIVER«. Danach waren wir also Taucher mit Zertifikat, bestandener Prüfung und Logbuch, innerhalb von vier Tagen …

Das hört sich so einfach an und sieht immer so leicht und schwerelos im TV aus! Aber um dort hinzukommen, dahinter steckte harte Arbeit. Erst hieß es nur: vier Tage lang von 09.00 bis 17.00 Uhr, das wäre ja noch gegangen, halt »vier Arbeitstage«. Aber die Realität war viel anstrengender und erschöpfender: vom 2. bis zum 4. Tag jeweils um 06.30 Uhr aufstehen, um in aller Eile um 07.30 Uhr die ruhigere Morgenebbe zum Tauchen bzw. für Bootsausfahrten zum Riff zu nutzen. Denn wir hatten einen denkbar unglücklichen Start für den praktischen Teil unseres Tauchkursus: Bei der Nachmittagsflut hatten wir mit für dortige Verhältnisse unüblich hohem Wellengang und entsprechenden Brechern zu kämpfen, um überhaupt ins Meerwasser zu kommen, an einer Stelle, wo sonst nur immer ruhiges Planschwasser vorherrschte.

Dort hatten wir in der Vergangenheit schon öfter Tauchschüler wie die Seeotter herumdümpeln gesehen. Wir jedoch erwischten die drei höchsten Wellen, die unser dänischer Tauchlehrer Thomas Thursholt je bei einer Lektion hier in Khao Lak erlebt hatte! Und das ausgerechnet beim allerersten Tauchgang …!

Kaum hatten wir die ersten Atemzüge unter Wasser gemacht, was angeblich das Tollste sein sollte, was man jemals im Wasser erleben könne, fielen schon drei Brecher über uns her und schleuderten uns wie wehrloses Strandgut über Felsen und raues Muschelgeröll auf den Strand.

Die Bilanz nach dem ersten abgebrochenen Tauchgang:

- Die Schweizerin Gisela musste mit gestauchtem Steißbein den Tauchkursus abbrechen.
- Moni hatte ein blutendes Bein.
- Gisela und ich jeweils Schürfwunden am Po.
- Moni und sogar der Schweizer Dive-Master Peter hatten jeweils ihre Masken samt Schnorchel verloren; und das Meer gab sie auch nicht wieder her!
- Und alle hatten einen Schreck wegbekommen: Das war wirklich kein guter Start!

236

Aber das war halt echtes Tiefseetauchen, im Gegensatz dazu, wenn man seine ersten Übungen gemütlich in einem Pool absolviert hätte, wie es die meisten Tauchschüler normalerweise machen …

So mussten wir den ersten Tag mit Theorie beenden. Und das war der anstrengende zweite Aspekt des Kurses: Nach dem Unterricht mussten wir noch Lernen, Lernen, Lernen, meist bis 23.00 Uhr nachts, um all die schwierigen Begriffe aus der Physik wie Auftrieb, Dichte, Druck und später Tauchtabellen reinzupauken. Jeden Tag mussten wir Tests machen, die wir mit mindestens 80 % richtig bestehen mussten, bevor wir überhaupt zur theoretischen Abschlussprüfung zugelassen wurden. Moni musste z. B. das »Modul 3« noch direkt vor der Abschlussprüfung wiederholen, weil sie beim ersten Mal nur 70 % richtig hatte. Dafür schaffte sie dann die 50 Fragen bei der Abschlussprüfung mit 100 %: bravo! Ich selber übrigens auch sicher mit 94 %.

Moni freute sich auch über die Geste der Tauchschule, ihr eine neue Tauchermaske und einen neuen Schnorchel zu schenken, trauerte sie doch besonders über den erst neu gekauften 30-DM-Schnorchel: Das Meer hatte sich von ihrer Ausrüstung Werte von insgesamt 70,– DM genommen.

Insgesamt hatten wir jedoch auch großes Glück mit der Zusammenstellung unserer Tauchgruppe, die vom Dänen Thomas in Deutsch geführt wurde. Wir hätten ja auch in die andere Gruppe mit dem Briten Ian kommen können, der dort den Kurs in Englisch absolvierte, obwohl alle seine vier Teilnehmer Deutsche waren.

Unsere Gruppe war etwas internationaler:

- Thomas, der dänische Dive-Instructor, war eine Perle von Ruhe und Geduld: ein toller starker Typ, und so süß! Mit ihm konnte ich zum ersten Mal seit langer Zeit wieder mal Dänisch reden.
- Peter, der Schweizer Dive-Master, was eine Vorstufe zum Tauchlehrer ist, war ebenso ruhig und geduldig.
- Christian, ein weiterer Schweizer aus Winterthur, der leider auf seine Freundin und Tauch-Buddy Gisela nach ihrer Verstauchung am ersten Tag verzichten musste.
- Roberto aus Heidelberg, Mensch, Journalist und Fußreflexzonen-Masseur, mit dem besonders Moni hinterher viele interessante und intensive Gespräche führen konnte.
- Der blonde Peter aus Idar-Oberstein, der »Schwätzer«, der zwar sehr

nett und hilfsbereit war, sich aber unter Wasser jedoch als ziemlicher Hektiker entpuppte. Er ist Pfälzer und lebte mit der Thai-Frau Porn hier in Khao Lak zusammen; und sie betrieben den Kiosk »Stone Talking« am Strand.

– Und Moni & ich selber.

Und dann kam endlich der große Moment, weshalb wir uns diesen Stress überhaupt angetan hatten: Abtauchen über dem Riff Khao Nayak, von Insidern »Jurassic Park« genannt. Aber auch das war alles gar nicht so einfach: Wir gingen erst mal zur Sicherheit auf Sandgrund 7 ½ m tief. Der Sand war dann allerdings nach einiger Zeit von sieben Personen so aufgewühlt, dass man kaum noch was sah. Dabei war es schon mühevoll genug gewesen, überhaupt da runterzukommen:

– Druckausgleich machen, und zwar jeden einzelnen Meter tiefer, d. h. Nase zukneifen und Druck von innen auf die Nase ausüben.
– Luft aus der Tarierweste lassen.
– Gleichmäßig durch den Lungenautomaten (= das Mundstück) atmen, der durch die ausströmenden Bläschen einen Heidenlärm unter Wasser verursachte.
– Dann knieten wir uns alle zwischen den verschiedenen Übungen frierend auf den Meeresboden. Wenn man sich dort unter Wasser nicht bewegte, ist es auch in tropischen Gewässern in sieben Metern Tiefe affenkalt, besonders nach einer Stunde unter Wasser. So lange dauerten immer die Tauchgänge, vollgestopft mit Übungen:
– Austarieren.
– Im Buddhasitz frei schweben, jeweils nur mit der Atmung regulieren.
– Tarierweste und Bleigurt sowohl unter Wasser als auch an der Wasseroberfläche auszuziehen und wieder anziehen.
– Eine geflutete Tauchermaske unter Wasser frei blasen, d. h. die Tauchermaske unter Wasser ausziehen, wieder anziehen und dann innen frei von Wasser blasen.
– Lungenautomat unter Wasser vom Mund entfernen, ihn wiedersuchen, aufsetzen und weiteratmen.
– Mit Kompass unter Wasser eine Richtung anpeilen, hinschwimmen, zurück anpeilen und zurückfinden.

- Mit dem Octopus (= zweites Mundstück) seinem »ohne Luft fingierten« Tauch-Buddy (= Tauchpartner) Luft geben.
- Notaufstieg mit dem Buddy zusammen, dabei abwechselnd durch ein Mundstück einatmen.
- Kontrollierter Notaufstieg ohne Luft, dabei ständig ausatmen und dabei nur kleine Luftbläschen bilden.

Denn die wichtigste Grundregel unter Wasser ist: »Immer atmen, man darf nie die Luft anhalten!« Es war ein weiter beschwerlicher Weg, bis wir endlich frei und unbeschwert durch die Fischschwärme tauchen durften. Moni stand zweimal kurz vor der Aufgabe:
- Nach dem schlechten Start hatte sie überhaupt Angst, runterzutauchen.
- Ausgerechnet am letzten Tag schluckte sie beim »Maske unter Wasser abnehmen« so viel Wasser, dass sie dachte zu ertrinken! Doch der gute Thomas »verführte« sie ganz geschickt etwas später dazu, ohne dass sie es merkte, erst zum Oberflächenschnorcheln, dann mit Lungenautomat, dann noch mal nur einen Meter Tiefe ausprobieren, und dann war sie auf einmal schon 4 ½ m tief: didaktisch ausgezeichnet gemacht, sehr geduldig und einfühlsam von Thomas! So hatte auch Moni letztlich noch das Tauchen gelernt …!

Aber auch ich hatte meine Probleme:
- Maske ausblasen
- Austarieren: nur mit Atmen hoch- und runterzuschweben
- Buddhasitz
- Kontrollierter Notaufstieg.

Für diese Übungen brauchte ich jeweils mehrere Anläufe, bis es endlich klappte. Aber ich hatte niemals Panik, immer Selbstvertrauen und Mut, weshalb das Tauchenlernen auch Spaß machte, wenn man mal vom Frieren unter Wasser absah. Aber wenn wir dann als Ausgleich durch das farbenfrohe Korallenriff tauchten, über uns einen Trompetenfischschwarm, Tintenfische und Langusten beobachteten, dann war es Belohnung genug für all die Mühen, als wir uns durch die vielen Notfallsituations-Übungen unter Wasser quälen mussten.

»Taucher brauchen saubere Luft«, heißt die Eselsbrücke für das Abchecken der Ausrüstung oben an Bord des Bootes, wechselseitig mit seinem Buddy:

Tauchlogbuch der thailändischen Tauchschule »Sea Dragon Dive Center« in Khao Lak von 1995

- »Taucher« wie T für Tarierweste aufblasen
- »brauchen« wie B für Bleigurt: Sitzt er richtig?
- »saubere« wie S für Schnallen. Alle fest?
- »Luft« wie L für Luft: Pressluftflasche geöffnet? Durch Lungenautomat einatmen, genügend Druck auf dem »Finimeter« (= Druckmesser)
- »O.-k.-Zeichen« machen = hochgehaltenen Daumen und Zeigefinger zum Kreis schließen.

Und dann ging's ins Wasser:
- Erst nach hinten schauen: Ist das Wasser frei?
- Dann mit einer Rolle rückwärts über die Bordwand ins Wasser purzeln, dabei den Lungenautomat bereits im Mund haben, mit der linken Hand die Konsole (Finimeter, Tiefenmesser, Kompass) vor die Brust halten und mit der rechten Hand die Maske festhalten.

Irgendwann am letzten Tag unseres Tauchkurses unter Wasser kam Thomas zu jedem einzelnen und schüttelte jedem die Hand: Wir hatten bestanden und waren jetzt »open water diver«, d. h., wir durften von da ab überall auf der Welt mit unserem Ausweis eine Tauchausrüstung leihen und tauchen …!: »Herzlichen Glückwunsch!« »Og mange tak, kaere Thomas!«

Das schrecklichste Erlebnis für uns beim Tauchen war sicherlich unser Start, wo wir von drei mannshohen Wellen hintereinander erst gegen die Felsen, dann auf den Strand gespült wurden!: Da lagen wir dann hilflos wie Schildkröten, die auf dem Rücken ihrer Panzer gelandet waren und nur mit ihren kurzen Beinchen strampeln können. Wir mit Bleigurt, der schweren Pressluftflasche auf dem Rücken und den unhandlichen Flossen an den Füßen konnten nicht vor und zurück. Die Wellen schleuderten unsere Schenkel gnadenlos über den Muschelkies und zogen uns mit dem Sog wieder zurück ins Meer. Ich konnte meinem Buddy Moni nicht helfen, die noch weiter drin im Meer dümpelte, weil ich selber hilflos war! Ich stemmte mich zwar mit den Flossen in den Treibsand am Strand, kam aber auch rückwärts nicht weiter. So mussten wir schließlich beide jeweils durch zwei Helfer geborgen werden.

Aber glücklicherweise gab es auch lustige Erlebnisse: Beispielsweise konnte sich Moni 7 ½ m unter Wasser kaum halten vor Lachen, als ich gerade den Buddhasitz übte. Denn statt einen Meter über dem Meeresgrund mit gekreuzten Beinen zu schweben, entglitt ich wie der Hl. Geist immer höher schwebend im Schneidersitz so weit nach oben, dass mich Thomas an den Flossen wieder runterziehen musste.

Und natürlich hatte das durch und durch US-amerikanische Programm von PADI, nämlich »fun, fun, fun!«, insofern Recht, als wir tatsächlich mit Spaß neue Freunde gewannen: mit Roberto, Christian und Gisela aßen wir hinterher in der Garküche von La Muang endlich wieder die schärfsten thailändischen Gerichte, denen wir uns wegen der Blähungen vor den Tauchgängen besser enthalten hatten, wie z. B. die berühmt-berüchtigte »Tom Yam-Suppe«. Immer wieder freuten wir uns über ein Treffen mit Thomas und Inge, seine ebenso nette dänische Freundin; und die beiden Peters waren ja auch sehr nett und hilfsbereit …

So entspannt und toll fanden wir den Urlaub 1995 in Khao Lak, dass wir mit Freuden 1996 gleich wiederkamen. Hanno und Anna trafen wir dort in Khao

Lak schon im dritten Jahr wieder: Sie wohnten normalerweise in Bad Salzuflen, arbeiteten aber acht Monate im Jahr auf Juist in einem Hotel. Doch sonst waren diese beiden äußerst netten Menschen sehr verschieden:

- Hanno war damals schon 58 Jahre, manchmal lauter und direkt, aber ehrlich
- Anna zwanzig Jahre jünger, immer fein und korrekt
- Beide unkompliziert, flexibel und ungeheuer ausdauernd durch Jogging am Strand und lange Spaziergänge.

Wir hatten uns in den ersten Tagen in Khao Lak ein wenig angefreundet und beschlossen, eine gemeinsame Mehr-Tagestour zur Insel Koh Chang nahe der burmesischen Grenze zu unternehmen, wofür wir 3 – 4 Tage einplanten. Sehr früh starteten wir von Khao Lak ohne Frühstück, gingen hoch zur Straße und fuhren mit dem Bus nach Takua Pa. Dort machten wir beim Warten auf den Anschlussbus nach Ranong ein wenig Shopping am Bus-Markt, wobei ich mir einen einfachen schwarz-roten Sarong und eine Musikkassette mit Thai-Musik erstand. Weiter ging es mit dem angenehmen Air-Condition-Bus nach Ranong, der Grenzstadt zu Burma, oder besser: Myanmar, an der thailändischen Westküste.

In Ranong düsten wir vom Busbahnhof mit vier Motorrad-Taxis zu dem Hotel, wo wir eigentlich hin wollten: zum teuersten Hotel am Platz mit heißen Schwefelquellen und Swimmingpool. Aber die Zimmer dort waren muffig und für 50,– DM/pro Nacht einfach zu schlecht. Deshalb wechselten wir kurz entschlossen zu Fuß ins nahegelegene Spa-Inn-Hotel, dessen Zimmer auch nicht gut waren, dafür aber auch nur 22,– DM/Nacht kosteten; und wir wollten ja nur eine Nacht drin schlafen. Danach auf in die Innenstadt von Ranong: Im dortigen J & T Food-Restaurant sollte es Infos über Koh Chang geben. Nach langem Suchen fanden wir es, bekamen dort eine kopierte Landkarte mit Erklärungen in thailändischer Schrift, worauf aber alles Wichtige über Ranong wie Hafen, Markt und Bus-Bahnhof zu finden war. Sie riefen sogar auf Koh Chang an, bekamen zwar keine Verbindung, beruhigten uns aber insofern, als man dort immer was zum Übernachten bekäme. So konnten wir uns dann dem gemütlichen Teil des Stadtbummels durch Ranong hingeben: Ich kaufte mir eine Blumengirlande zum Umhängen für unterwegs, wie es hier in Thailand üblich ist. Außerdem erstand ich mir noch einen wunderschönen türkisen Sarong mit Paradiesvögeln für nur umgerechnet 4,20 DM. Wir sahen während des ganzen Tages in der Stadt Ranong außer uns nur drei andere »Langnasen« (= Fremde wie wir, oder auch: »Falangis«), die wir auch prompt am nächsten Morgen auf dem Boot nach Koh Chang wiedertrafen. Entsprechend freundlich waren deshalb auch die Ranong-Thais mit uns Fremden: Wir hatten viel Spaß (= Sanuk) mit den Kindern am Kino, in Geschäften und an den Garküchen am Straßenrand, wo wir uns Teigbällchen zum Essen auf die Hand kauften: hhhmmm, lecker! Überall lächelnde und freundliche Gesichter: Die Falangis waren dort anscheinend noch nicht zur Plage für die Einheimischen geworden …!?! Nachdem wir die ganze Stadt kreuz und quer abgelatscht hatten, kamen wir am Stadtrand zu einer buddhistischen Tempelanlage, wo wir etwas Ruhe auftankten. Ich kam dort mit einigen jungen Mönchen ins Gespräch, die sich dann sogar gerne von mir fotografieren ließen. Danach fanden wir ein Restaurant, wo das Essen sehr lecker war: Dort saßen wir natürlich als einzige Langnasen unter lauter Thais. Danach heimwärts zum Hotel Spa-Inn am Stadtrand, wozu wir mit einem Songthaew fuhren (ein bunt bemaltes Sammeltaxi mit offener Ladefläche und doppelter Sitzreihe hinten) mit einem lustigen Fahrer, der mit seiner roten Baskenmütze aussah wie der jüngere Bruder von Che Guevara. In unserer Hotelbar wollten wir uns eigentlich noch einen Schlummertrunk genehmigen, aber dort gab's noch nicht einmal Maekhong zu trinken. Dafür aber Live-Musik von jungen Thai-Frauen in Abendrobe, die jeweils nach ihrem Lied zu einem Tisch mit alleinstehenden Thai-Herren gingen, denen dort ein Butterbrot schmierten und sich dabei unterhielten: merkwürdige Animation!

Am nächsten Morgen ging's wieder früh raus, ohne Frühstück, erst zum Markt mit einem Songthaew, dort stiegen wir um in ein anderes zur Hafengegend. Die Fahrer dieser klapprigen Fahrzeuge konnten fast nie Englisch verstehen und meist auch kein Thai lesen, als wir ihnen die entsprechenden Schriftzeichen hinhielten, nickten aber immer eifrig (»Wer will schon sein Gesicht verlieren!?«) und wussten nicht immer, wo es langging. Deshalb fuhren sie kreuz und quer durch die Stadt, nahmen immer mal wieder andere Fahrgäste auf und ließen wieder welche aussteigen. Wir quetschten uns auch zur Not in ein volles Songthaew, Gepäck auf dem Dach, und dann mussten wir halt draußen am Songthaew hängen: wie im Film! Dafür kostete die Mitfahrt auch nur 5 Baht (= 0,30 DM), egal wie lange die Mitfahrt dauerte!

Schließlich kamen wir in die Hafengegend, fanden sogar den richtigen Abzweig für die »Fähre« nach Koh Chang, ohne überhaupt irgendwo Wasser zu sehen. Da kamen auch schon die »Abfänger«. Wir nahmen die Lady mit dem Moped, die uns zum »Cashewnut-Resort« auf Koh Chang bringen sollte, das wir schon aus dem Reiseführer kannten. Freundlich lud sie unser Gepäck ungesichert hinten aufs Moped und fuhr los. Erst rannte ich noch neben ihr her, aber wir waren in den Tropen, und ich bin nicht Abebe Bikila. Sie verschwand um eine Kurve und damit unser Gepäck ebenso. Als ich sie beim nächsten Mal wieder sah: »Oh Schreck!« Sie stand dort mit dem Moped; und unser Gepäck lag in der einzigen Pfütze weit und breit: Es war auch noch ausgerechnet meine schöne bunte Stofftasche aus Indien. Sie lächelte; und ich »verlor beinahe mein Gesicht« (das täte man in Thailand, wenn man seine Wut nach außen ließe), weil alles nass und schmutzig geworden war. Aber ich konnte mich gerade noch beherrschen: »Na ja, was soll's! Das Leben geht weiter.« Am Hafen bemühte sie sich, alles wieder sauber zu bekommen; und die Sonne trocknete die Nässe sowieso bald weg. Ich war wieder beruhigt; und mein Gesicht war immer noch an der gleichen Stelle und nicht »verloren gegangen«; und später konnte ich den Schmutz auch wieder rausbekommen.

Die »Fähre« nach Koh Chang entpuppte sich dann allerdings nur als ein Longtail-Boot ohne Sonnenschutz, das wir an einem schlickigen Anleger besteigen sollten. Wir schafften es durch die Matsche aufs Boot zu kommen, wo wir zusammen mit den drei anderen Falangis losfuhren.

Hier beginnt die Geschichte, wie wir zu den Schwuchteln von Koh Chang kamen! Auf ging's: ca. eine Stunde Bootsfahrt entlang der burmesischen Grenze und Inselwelt, wobei wir viele burmesische Fischer mit ihren alten abgewrackten Booten sahen. Da unser Boot auch keinerlei Spritzschutz hatte, war ich und unser Gepäck schon wieder zur Hälfte nass geworden, als wir endlich den Inselstrand von Koh Chang anfuhren. Mit noch nassen Beinen stiegen wir aus, um festzustellen, dass im Cashewnut-Resort nur noch ein freier Bungalow war, wir aber alle zusammen vier Bungalows brauchten. Die drei anderen Falangis blieben dort. Doch wir vier luden unser Gepäck wieder ins Boot und fuhren zu einer anderen Stelle der Insel, wo es noch drei andere

Bungalow-Ressorts geben sollte: Dort am Ende des langen Beaches warteten Hanno und ich mit unserem Gepäck, während Anna und Moni die drei Bungalow-Anlagen checkten:

a) die erste, »Koh Chang Resort«, nur in der Not.
b) In der zweiten war alles belegt.
c) Die dritte wurde von einer jungen Dänin gemanagt: Sie hatten aber nur äußerst einfache Bungalows ohne WC, dafür eine Gemeinschaftsküche und Duschen und Toiletten als Gemeinschaftsanlage draußen. Da es auf der Insel abends nur für zwei Stunden Strom vom Generator gab, würde das ein Problem für »Nachtgänger«.

Also entschieden wir uns für die Version a) »zur Not«: schimmelige Wände und fleckige Matratzen, undefinierbares Bettzeug, aber wunderschöne Bungalows auf Felsen gebaut, alle mit Veranda und Blick aufs Meer. Unsere beiden sogar »mit Bad« und für 150 Baht (= ca. 10,– DM) recht preiswert: »O. k., versuchen wir unser Glück auf Koh Chang …!«

Erste Enttäuschung: schlechte Bade- und Schnorchelmöglichkeiten, trübes verunreinigtes Meerwasser, daher jede Menge Seegurken und Unmengen von Seeigeln mit riesig großen Stacheln: Solch große Seeigel hatte ich vorher noch nirgendwo auf der Erde gesehen! Die grasten sogar auf freiem Meeresgrund und nicht wie sonst üblich, nur in Felsspalten. So konnten wir beim Schnorcheln zwischen den schwarzen Stacheln der Seeigel deren orangefarbiges Saugorgan und darum angeordnet drei blaue Augen zum ersten Mal im Leben sehen: wohl das Gesicht!?! Auf jeden Fall hatte ich richtig Angst, zwischen den Seeigeln durchzuschwimmen und -zuschnorcheln. Hanno und Anna wagten sich erst gar nicht ins Meerwasser.

Zweite Enttäuschung: Es gab wenig Auswahl zum Essen und Trinken. Abends bekamen wir noch nicht einmal Trinkwasser in unserem Bungalow-Ressort! Dann aßen wir vorsichtshalber was Unkompliziertes ohne Fleisch, da ja wegen ohne Strom die Lebensmittel auch ohne Kühlung auskommen mussten. Jedoch lagen Monis gebratene Nudeln mit Gemüse und mein gebratener Reis mit Gemüse uns so schwer im Magen, dass wir schon am helllichten Tag als »Verteiler« einen Maekhong brauchten …!

Dritte Enttäuschung: Die Typen, die unser Bungalow-Ressort leiteten, waren alles schlampige und unzuverlässige Gestalten. Wir hatten ja nix dagegen, dass von den vier Männern dort ein Zwillingspaar offensichtlich Transvestiten waren, die sich auch so benahmen und kleideten, und jeweils mit ihren schwulen Partnern zusammenhingen, und ein »Kawumm« (ein exotisches Rauchgerät zum Marihuanakiffen) nach dem anderen rauchten. Ich rauchte früher ja auch schon mal gerne was, aber doch nicht dauernd und ununterbrochen und vor allem nicht schon tagsüber bei solch einer Tropenhitze. Aber bei dieser Bande verging mir die Lust aufs Rauchen gehörig! Als wir in deren Restaurant mittags aßen, stand das gebrauchte Geschirr vom Morgen noch auf den Tischen herum bzw. flog durch den Wind auf der Terrasse herum. Diese Typen kümmerten sich um rein gar nix, erst recht nicht darum, als wir uns nach einem Rücktransfer nach Ranong erkundigten. Denn inzwischen stand es für uns alle vier fest, dass wir am nächsten Tag wieder zurück nach Ranong wollten. Falls wir es schaffen sollten!?! Wir waren ja von den Longtail-Booten abhängig, denn wir befanden uns auf einer Insel!

Trotz des schönen Sonnenuntergangs und des schönen Abendlichtes über den entfernten burmesischen Inseln und trotz der Ruhe und Abgeschiedenheit ohne Kfz-Verkehr wollten wir diesem »Kifferparadies« den Rücken kehren. Auch beim benachbarten Bungalow-Ressort der Dänen wurde zur Reggae-Musik gekifft. Aber auch bei den Dänen gab es für uns kein Essen, weil es ja eine Gemeinschaftsküche gab und man dort wegen des abgezählten Essens nicht auf Fremde eingestellt war. Schließlich bekamen wir in der dritten und letzten Bungalow-Anlage noch was Ordentliches zu essen und zu trinken.

Außerdem sogar noch die wichtige und erleichternde Information, dass es am nächsten Morgen um 08.00 Uhr ein Boot zurück nach Ranong gäbe! Wir müssten uns dafür nur pünktlich am Strand unseres Koh Chang-Resorts hinstellen. Dort im Restaurant des dritten Ressorts trafen wir einen netten hessischen Traveller, der schon seit 10 Monaten in Thailand lebte und der überhaupt kein Bungalow auf der ganzen Insel Koh Chang gefunden hatte. Er schlief dann halt im Langhaus zusammen mit den Einheimischen: sehr vorbildlich!

Hanno und der Hesse tranken Chang-Bier (»Chang« ist thailändisch und heißt Elefant); und ich mixte mir was mit dem glücklicherweise selbst mitgebrachten Maekhong. Aber ohne Eiswürfel, wovon mir Moni wegen deren zweifelhafter Herkunft sicherheitshalber abriet!

Durch die dunkle Nacht ging's am Meer entlang unter einem wahnsinns-klaren Sternenhimmel, »bewaffnet« mit Bambusstock und Taschenlampe, vorbei an vielen Einsiedlerkrebsen, die in ihren »Häusern« unterwegs waren, zurück zu unserer Bungalow-Anlage: wie gehabt: Kiffen und gleichmütige desinteressierte Gesichter der Angestellten, die um Toleranz baten, dazu auch hier Reggae-Musik aus dem Ghetto-Blaster, solange der nahegelegene Genera-tor bluckerte. Da wir am nächsten Tag früh um 07.00 Uhr raus wollten, ging's für uns vier auch früh ins Bett. Von rechts laute Reggae-Musik, von links laute »Arien«, bis plötzlich um 22.30 Uhr das Licht ausging und die Reggae-Musik stoppte. »Aha«, dachte ich, »der Generator ist aus!« Jetzt röhrten nur noch die »Arien« durch die Nacht: Batterien und Toleranz!! Im »Paradies« musste auch ich wieder mit Ohrenstöpseln in Form von Hör-Stop schlafen, was ich noch nicht einmal zuhause in der Großstadt Hagen brauchte.

Am nächsten Morgen Abschied vom »Kifferparadies«. Für die Leute dort auf der Insel Koh Chang mag das toll gewesen sein: einfach zu leben; sie hat-ten ihre Ruhe; keine Polizei; und Kiffen war überall o. k., wie 1988 auf Koh Samui und in Krabi.

Unser Boot kam überraschend pünktlich, war aber, nachdem es schließlich alle drei Strände auf Koh Chang angelaufen hatte, mit über 20 Personen ziem-lich voll. Glücklicherweise hatte es Seitenspritzschutz und eine Abdeckplane für das Gepäck. Wenn aber die Thais nicht zwei Schirme vor uns ne Kiste gelegt hätten, die wir schließlich auch benutzen mussten, als wir auf dem of-fenen Meer zwischen Koh Chang, Burma und dem thailändischen Festland über die Wellenberge hüpften, wären wir völlig nass geworden. So wurden wir nur zur Hälfte nass! Trotzdem schaffte ich unterwegs auf dem Boot, eine Serie burmesischer Fischer zu fotografieren.

In Ranong mussten wir dann noch recht abenteuerlich eine 2 – 3 m hohe Hafenkaimauer vom Boot aus überwinden. Dort legte das Boot an; und selbst Moni schaffte es »mit Bammel«, dort hochzukrabbeln, weil alles, Männer, Frauen, Kinder, Gepäck, Taschen und Schirme, dort hochgehievt werden musste …!

Nach langem Hin & Her in Ranong saßen wir schließlich wieder in einem klapprigen Lokal-Bus, mit einmal Umsteigen in Takua Pa, und zuckelten in einer fünfstündigen Busreise wieder zurück. Da freuten wir uns auf die Ruhe und den Komfort des Nang Thong Resorts in Khao Lak …!

Einen anderen Tag machten wir eine vierstündige Strandwanderung zu den See-Zigeunern. Wir liefen von Khao Lak nördlich am Strand entlang bis zum zweiten Fluss. Danach merkten wir abends und am nächsten Tag unsere mittelalten Knochen recht schaffen; und ich besonders meine Knie. Sonst hatten wir ja an körperlicher Ertüchtigung hier nur das Schwimmen und Schnorcheln und ab und zu mal Tauchen gehabt, zudem hatte ich die »Fünf Tibeter« morgens vor dem ersten Bad wieder begonnen.

Apropos Körperlichkeit: Vor ein paar Tagen in Ranong geschah mir ein Novum in Thailand. Morgens in der Hafenkneipe in Ranong musste ich zum ersten Mal seit fünf Jahren wieder mal »indisch scheißen«: in der Hocke, ohne Klopapier, dafür mit Wasser und der »unreinen Linken«: es ging noch, als es sein musste …!

Bei den See-Zigeunern am Strand war es wieder ganz lustig: Ich hatte Fotos vom Vorjahr mitgebracht. Aber die beiden, die ich damals fotografierte, waren nicht da. Sie waren aber offensichtlich gut bekannt. Deshalb schenkte ich ihnen die Fotos und bat sie mit Gesten, sie den beiden zu geben. Die Verständigung klappte irgendwie, obwohl sie natürlich kein Englisch sprachen und ich kein Thai konnte. Dann zeigten sie mir ihre frisch gefangenen Langusten, die bunt glänzten. Davon durfte ich dann auch Fotos machen. Mit guter Stimmung verließen wir sie. Im Jahr davor hatten mich die See-Zigeuner ja sogar zum Essen eingeladen, was ich damals glücklicherweise abwiegeln konnte. Dieses Jahr, als wir auf dem Rückweg wieder bei ihnen vorbeikamen, luden sie mich dazu ein, mit ihnen im Gebüsch ein »Kawumm« zu rauchen. Deren Kawumm war ein 30 – 40 cm langes Bambusrohr von ca. 3 cm Durchmesser mit drei Öffnungen, einer zum Stopfen von Marihuana, einer am Rohreingang zum Einatmen und eine, die beim Ziehen zuerst zugehalten und dann plötzlich geöffnet wurde. Durch die plötzliche Öffnung wurde der Rauch tiefer in die Lunge gezogen und vorher bereits durch die angesaugte Frischluft abgekühlt. Dadurch ergab sich die Wirkung, die der Name eindeutig verriet: Kawumm! Lächelnd dankend lehnte ich jedoch ab, wusste aber wohl ihre freundliche Einladung zu schätzen. Außerdem so mitten am Tag unter solch tropischer »Affenhitze« mochte ich es nicht, auch noch angetörnt durch die Gegend zu wanken!

Vor der Flussmündung bei den See-Zigeunern schaute ich noch in deren Müll, weil man da stets die schönsten Muscheln fand. Dieses Mal war aber nix zu finden. Dafür wurde ich landeinwärts fündig: Vier große Muscheln für unsere Muschelsammlung zuhaus fand ich dort, davon zwei ca. 10 cm lange Scorpionsschnecken (*Lambis scorpius*) mit tollen leuchtenden blauen und weißen Streifen. Und ein Prachtstück von einer Muschel: eine riesige ca. 20 cm große Stachelschnecke (*Chiroreus florifer*) mit vielen spitzen Zacken, was noch ein Transportproblem wurde, die eine rosa Innentasche hatte und noch völlig heil war, weshalb sie auch noch sehr geräuschintensiv war, wenn man sie ans Ohr legte. Allerdings roch sie ziemlich nach Gülle, lag sie doch halb im Wasser beim Abfall der See-Zigeuner. Nach einigen Bädern, z. B. mit »Nivea Duschgel for men«, sowie mehreren Behandlungen mit der LTU-Zahnbürste und dem Schweizer Offiziersmesser sahen dann die vier Muscheln schon ziemlich vorzeigbar aus. Ich weiß heute, dass wir damals diese Muscheln und Korallenstücke, die wir am Strand gefunden hatten, eigentlich gar nicht hätten mitnehmen dürfen …!

Allerdings weiß man auch wieder nicht, wie viel die Tsunami-Welle davon hätte übrig gelassen!?! Und Sand gab und gibt es dort am Strand eh genug …!

Wir liefen weiter bis zum zweiten Fluss, wo es wegen der Nähe zum Coral Cape schon viele interessante Korallenstücke am Strand gab.

Auf dem Rückweg machten wir Halt bei La Muang: Zur Begrüßung bekamen wir von ihr erst mal Tamarinden-Schoten geschenkt, die aber sehr sauer schmeckten. Dann tranken wir eine Kokosnuss und aßen einen gegrillten Pepper-Garlic-Fisch: sehr lecker und so nahrhaft, dass wir den ganzen restlichen Tag nix mehr zu essen brauchten. Aber trinken, trinken, trinken: der Knoblauch vom Fisch ließ grüßen! Müde und kaputt in den Knochen, aber voller Eindrücke kehrten wir zu unserem Bungalow zurück.

Auch im Winter 1997 kamen wir wieder nach Khao Lak zurück. Zum ersten Mal gab es einen Gabelflug, den wir nutzten: Hinweg von Düsseldorf nach Chiang Mai im Norden Thailands, Rückweg von Phuket im Süden Thailands zurück nach Düsseldorf. So erlebten wir die so genannte »Rose des Nordens«, nämlich die wunderschöne Stadt Chiang Mai mit seinem faszinierenden Nachtmarkt. Sie ist zwar die zweitgrößte Stadt Thailands, aber von solch provinzieller Gemütlichkeit und Übersichtlichkeit, dass wir alles Wichtige zu Fuß abgehen konnten. Nur zum Elefantencamp nahmen wir ein Tuk Tuk. Dort konnten wir mitten zwischen Elefanten herumlaufen, die trotz ihrer großen Füße so sorgfältig und vorsichtig waren, dass für mich das Sprichwort vom »Elefant im Porzellanladen« eine völlige Falschdarstellung der Elefanten-Umsichtigkeit aus unserer erlebten Wirklichkeit bedeutete …!

In Khao Lak erlebten wir noch einmal und zum letzten Mal ein paar entspannte Wochen: »Sanuk« im »Land des Lächelns«, die Ruhe und die Toleranz des Theravada-Buddhismus, die saftige tropische Vegetation und natürlich auch wieder die faszinierende Unterwasserwelt, wo wir wieder zwei kleine Abenteuer beim Tauchen erlebten. Bei einem Bootstagesausflug ins offene Meer bei der Mündung vor Tapla Mu hatten wir mit nur 5 m relativ schlechte Sicht, und ich verlor beim ausgiebigen Betrachten einer großen Meeresmuschel auf dem Meeresgrund die anderen aus unserer Tauchgruppe unter Wasser aus den Augen. Deshalb musste ich auftauchen und dort warten, bis unser Tauchführer, der Schweizer Peter, an einer anderen Stelle auftauchte. Zusammen tauchten wir wieder ab. Da ich dafür aber als Anfänger wegen des ständigen Druckausgleiches und Luft aus der Tarierweste lassen sehr lange brauchte, war Peter schon wieder verschwunden, als ich endlich auf dem Meeresgrund ankam. Was blieb mir anderes übrig!? Ich musste wieder auftauchen und auf Peter warten. Beim zweiten Mal ließ er sich dann mehr Zeit für mich und führte mich wieder mit unserer Tauchgruppe zusammen. Das war zwar nicht gefährlich an sich, aber ärgerlich, da unnötige Luftverschwendung aus den Pressluftflaschen für alle Beteiligten …!

Gefährlicher war da schon ein weiterer Tauchgang vor Khao Nayak (»Jurassic Park«), da es an jenem Tag eine starke Brandung hatte. Deshalb wurden wir durch die küstennahen Unterwassergänge gegurgelt und ob der tosenden Küstenbrandung zur Wasseroberfläche gedrückt, und das alles inmitten von Millionen von Luftbläschen. Hinterher beim Auftauchen herrschte ein solch starker Wellengang, dass wir mit unseren aufgeblasenen Tarierwesten zwar wie Korken auf den Wellen trieben, dafür aber unser Tauchboot überhaupt nicht mehr sahen …!

Ja, was erlebten wir alles in den vier Jahren von 1994 – 1997 in Khao Lak:
- ein chinesisches Neujahrsfest mit plötzlich ca. 1000 Chinesen am sonst so ruhigen Strand, wobei die chinesische Gemeinde aus dem nahegelegenen Thai Muang farbenfroh mit Knallern, Räucherwerk, Schreinen,

Drachenmasken, rituellen Selbstkasteiungen mit den Doppelzahn-schwertern und Opfergaben Kuan Yin huldigten, der Schutzpatronin der Fischer.

- ein Ausflug in die Bucht von Phrang Nga mit den bizarren Sandsteinin-seln, wovon die bekannteste die so genannte James Bond-Insel Koh Tapu (der Nagel) ist, weil dort der James Bond-Film »Der Mann mit dem goldenen Colt« gedreht wurde. Ebenfalls befindet sich in dieser Bucht das interessante Pfahlbautendorf der moslemischen Seezigeuner, Koh Pannyi.
- Besuch der Insel Kho Phi Phi mit dem weißesten Korallensandstrand von Thailand, wo später der Film »The Beach« mit Leonardo DiCaprio gedreht wurde und 2004 der Tsunami für erschreckende Verwüstung sorgte.
- Wir entdeckten bei Krabi die Idylle von Koh Poda, die eine kleine Insel und das »Hinterteil des Hühnchens« von »Chicken Island« ist, eine In-selformation, die ich bereits 1988 zusammen mit Carlos schon immer wegen ihrer Form mit Belustigung von Pranang aus gesehen hatte.

Joi, die Besitzerin des Nang Thong-Resorts, teilte uns dann schließlich 1997 mit, dass unsere beliebten Bambus-Bungalows abgerissen werden würden und stattdessen neue moderne Steinhäuser mit Air-Condition gebaut würden. Das wollten wir uns nicht »reintuen« und kamen deshalb auch nie wieder nach Khao Lak.

Im Jahre 2000 telefonierten wir noch einmal von der weiter südlich gele-genen thailändischen Insel Koh Lanta, wo wir in Bambus- und Holzbunga-lows wohnten, mit den angenehmen Menschen vom Nang Thong Resort in Khao Lak: Das war unser letzter Kontakt dorthin.

Umso erschreckender erreichten uns die Nachrichten von den furchtbaren Zerstörungen, die der Tsunami gerade in Khao Lak am 26.12.2004 anrich-tete.

Viele Menschen fanden den Tod; fast die gesamte Vegetation und die Bunga-low-Dörfer wurden zerstört! Khao Lak war völlig verwüstet und von Leichen übersät!!! In Thailand hatten wir Bekannte und Freunde lieb gewonnen, de-ren Existenzen zerstört wurden und hoffentlich nicht auch das Leben!?!: Wir freuten uns über jeden der lieben Menschen, die dort überlebt hatten, wie wir per Internet erfuhren! So ist auch gut vorstellbar, wie entsetzt und betroffen wir waren: über diese unvorstellbare Gewalt der Natur, die dieses einstige Urlaubsparadies zur Hölle gemacht hatte!!!

So war es auch bezeichnend, dass in Deutschland »Der Schwarm« von Frank Schätzing (Köln 2004) monatelang ganz oben auf der Bestseller-Liste stand, hatte er doch eine Tsunami-Welle als Fiktion in seinem realistischen und apokalyptischen Öko-Thriller, in dem die Natur »durchdreht«, bereits vor dem 26.12.2004 vorhergesagt …!

Khao Lak stand 1990 noch auf keiner touristischen Landkarte, bevor wir es für uns entdeckten, dort in vier Jahren 1994 bis 1997 unsere »glücklichen Zeiten in Khao Lak« erlebten, und es Weihnachten 2004 durch den Tsunami sein Inferno erleiden musste. Zwar hatte diese sympathische thailändische Küstenregion den Wiederaufbau innerhalb von nur zwei Jahren geschafft, hofft jetzt auf neue und alte Gäste, denen sogar der »rote Teppich« mit preiswertem Luxusurlaub ausgerollt wurde, aber wir jedenfalls können und wollen nicht mehr nach Khao Lak reisen, um dort wie früher entspannte Ferien zu verbringen …!

Karneval in der Karibik

Zum Karneval in der Karibik, den Moni und ich 1998 in der Dominikanischen Republik erlebten, fällt mir die Herkunft des offensichtlich lateinischen Begriffes »carne vale« ein: also »Fleisch, lebe wohl!« Nach dem närrischen Treiben der Karnevalszeit folgt ja abrupt am Aschermittwoch die Fastenzeit.

Diese alljährliche Massengeselligkeit unter den anonymen Masken und Verkleidungen zeigen die sonst so braven Bürger und Bürgerinnen in ungeahnten spaß-, sauf- und sexwütigen Verhaltensweisen, quasi als letzte demokratische Einrichtung. Denn ursprünglich stammt der Karneval ja von den römischen Saturnalien her (Saturn ist der Gott der Fruchtbarkeit), »*den dreitägigen Festen zur Erinnerung an das verlorene ›Goldene Zeitalter‹. Diese Feste, an denen die Herren mit ihren Sklaven gemeinsam den jungen Wein kosteten, öffneten dem Volke ein Ventil in der Form einer kurzfristigen Gleichheit. Sie setzten sich bis in unsere Tage als Karneval fort.*[6]« Die drei Tage Karneval im Jahr ermöglichen es den Menschen heutzutage, sich in relativ freizügiger und freiheitlicher Fantasie auszuleben. Das nenne ich deshalb demokratisch, weil sich jeder – im Gegensatz zum Alltag – so verkleiden kann und das darstellen kann, was er möchte: eine sonst unmögliche Gleichheit. Wenn in der Altweiberfassnacht die Närrinnen Polizisten küssen, dann ist das auch mehr als karnevalistische Freiheit, sondern schon Ironie.

Da sollte es niemanden wundern, dass es beim Karneval in der Karibik hoch herging!

Dagegen sieht meine eigene Karnevals-Vergangenheit eher harmlos aus:
- Am Rosenmontag 1971 in Recklinghausen »funkte« es zwischen Nicole und mir; und ich lernte meine erste »große Liebe« näher kennen …!
- Am so genannten »Tulpendienstag« fand immer in Olfen ein ausgelassener Karnevalsumzug statt, der uns Jugendliche gerne die sechs Kilometer Entfernung zwischen Datteln und Olfen überbrücken ließ.

- »Mardi Grass« in New Orleans, den »fetten Dienstag«, habe ich leider nie erlebt, aber nach meinem intensiven Aufenthalt dort in der Halloween-Zeit 1991 hätte ich gerne mal die musikalischen und menschlichen Exzesse während des Mardi Grass in New Orleans erlebt …!
- Während meiner Zeit als Jugendzentrumsleiter hatte ich mit meinen Mitarbeiterinnen natürlich immer Hochbereitschaft, um den feiernden und schunkelnden Jugendlichen in Hagen und Hohenlimburg etwas Besonderes bieten zu können. Neben den obligatorischen Verkleidungen und der Schminkerei erinnere ich mich noch gut an ein Konzert mit der Reggae-Gruppe »Geier Sturzflug« aus dem Ruhrgebiet, die Mitte der 80er-Jahre mit humorvollen deutschen Texten und ihrem »Bruttosozialprodukt« einen absoluten Hit landeten …!
- Ja, da staunt der geneigte Leser: Es gibt nicht nur die »Fünfte Jahreszeit« im Rheinland, wenn besonders am Rosenmontag die Jecken beim Schunkeln und Kamellefuttern in Kölle »Alaaf« und im Rest-Rheinland »Helau« brüllen, sondern auch im sonst als so dröge verschrienen Westfalen existiert eine ausgesprochen rege Karnevalskultur, wie die Umzüge in Recklinghausen, Olfen und nicht zuletzt Hagen beweisen. Hier in Hagen bekommen wir städtischen Mitarbeiter in alter Tradition jeweils am Rosenmontag einen halben Tag arbeitsfrei, um beim Hagener Karnevalsumzug kräftig »Hagau logohn« rufen zu können …!
- Bei meinem ersten Versuch für einen »Karneval in der Karibik« erlebte ich auf der kleinen Karibikinsel Nevis 1979 zusammen mit Tina während der Karnevalszeit nix besonders Aufregendes, da die Inselbewohner ihren eigenen Karneval lieber im Hochsommer feiern wollten …!

So war dann der Karnevalsumzug in der Stadt Samana auf der gleichnamigen Halbinsel im Nordosten der Dominikanischen Republik für uns einer der Höhepunkte des Karibikurlaubes 1998.

Allerdings begeisterte uns damals auch das »Whale-watching« sehr, als wir von einem kleinen Boot aus sehr nahe Buckelwale beobachten konnten: Bis es jedoch so weit war, dass wir »Las Ballenas de Samana« zu Gesicht bekamen, mussten wir allerdings noch einiges an Hektik und Organisation über uns ergehen lassen, weil der Start der Whale-Watching-Boote von der Insel Cayo

Levantado losging. Wir erstanden bei Bruno für je 30,– US $ pro Person Tickets und verabredeten uns mit ihm für den nächsten Tag am Bootssteg der Insel Cayo Levantado. Zuerst wurden wir dann in zwei Booten von Samana zur Insel Cayo Levantado transferiert, wo wir dann am Bootssteg Bruno trafen und direkt in das Walboot umsteigen konnten. Rettungswesten anlegen, und ab ging die Post. Unser Walboot war eine kleine unüberdachte »Nussschale« mit drei Sitzstegen, also Platz für sieben Walbeobachtungs-Passagiere, einen Bootsführer und eine deutschsprachige Wal-Führerin. Das kleine Boot preschte ab wie die Feuerwehr. Nach einer Viertelstunde waren wir bereits an der Warteposition, wo wir schon in der Ferne die ersten Wale sahen. Zum Schutz der Wale durften immer nur höchstens drei Boote auf einmal bei einer Walgruppe sein; die Boote mussten den Motor abgestellt haben; und die Entfernung zu den Walen durfte 50 m nicht unterschreiten und bei Walmüttern mit Babys musste die Mindestentfernung 80 m sein. Als wir dann dran waren, fuhren wir zu der Beobachtungszone, wo wir dann eine Gruppe von vier Buckelwalen eine halbe Stunde beobachten konnten, die in einem Riesenbogen durch die Bucht von Samana schwammen, dabei aber immer wieder zum Luftholen auftauchten, was die so genannten »Buckel« dieser 10 – 12 m langen Meeressäuger ausmachten. Als sie zum Luftholen auftauchten, gab's als Erstes immer eine Riesenfontäne von einigen Metern Höhe, das von einem tiefen dröhnenden Geräusch begleitet wurde, wenn sie ihre Atemorgane frei bliesen, ungefähr so, wie wir es nach dem Abtauchen auch mit unseren Schnorcheln machten. Manchmal sahen wir auch die Fluke beim Abtauchen; und einmal, wie einer dieser Meeresriesen seinen 10 Tonnen schweren Körper aus dem Wasser hochwuchtete. Ich hatte gleich einen ganzen Film mit 36 Aufnahmen von den Walen geschossen, was sonst eigentlich nie vorkam. Aber ich hatte auch sonst noch nie Wale gesehen: Das war schon ein tolles Erlebnis! Die Insel Hispaniola, wovon der Ostteil die Dominikanische Republik und der Westteil Haiti ist, hatte sich als ein Dorado für die verschiedensten Wale entwickelt: In der Saison von Dezember bis März befanden sich ca. 10.000 Wale um die gesamte Insel, davon 250 ständig in der Bucht von Samana. Einmal sah ich sogar einen Wal ein kleines Kunststück machen: ein Salto mit Schraube, also mit halber Drehung in der Luft.

Wir kehrten total beeindruckt zurück auf die Insel Cayo Levantado. Dort standen wir am Aussichtspunkt gegenüber der Pelikaninsel und konnten die

Wale sogar mit bloßem Auge aus der Entfernung in der Sonne blitzen sehen, wenn ihre glänzenden Leiber auftauchten. Noch besser ihre Fontänen, und noch besser mit meinem Fernglas, das mir die anderen Menschen dort am liebsten gegen Gebühr aus der Hand gerissen hätten …!

Und dann ging es für uns wieder mal ans Tauchen: Zusammen mit dem Düsseldorfer Christian buchten wir in der Tauchschule »Dive Samana« in Las Galeras einen Tauchgang, der für uns das erste Tauchen außerhalb von Thailand bedeutete. Auch nicht mit unserer Tauchorganisation PADI, sondern mit KDI, aber vor allem nicht mit unseren geliebten Tauchlehrern von der »Sea-Dragon-Tauchschule« in Khao Lak, nämlich dem Dänen Thomas oder dem Schweizer Peter! Dieses Mal war es ein deutscher Peter. Und wir hofften mit ihm, dass er es noch rechtzeitig schaffte, die komplette aus Deutschland per Luftfracht eingeflogene Tauchausrüstung aus dem Zoll in Santo Domingo loszueisen, was vor allem von der Höhe der Schmiergelder abhing. Peter schaffte es zwar, aber so knapp, dass wir die Tauchausrüstung teilweise noch aus den Kisten und der Originalverpackung rauspfriemeln mussten. Und dann: »Shocking!« Nicht wie angekündigt ein gemütlicher Tauchgang mit zwei anderen italienischen Tauchanfängern wie wir, sondern 14 Personen versammelten sich auf dem neuen, allerdings geräumigen und schneeweißen Boot namens »ADVENTURA« (Abenteuer): 5 Deutsche, 2 Italiener, 3 Franzosen, 3 Dominikaner und der schwarze Steuermann, d. h., 13 Taucher probierten 13 Sauerstoffflaschen, 13 Jackets, 13 Bleigurte, 13 Longjacks bzw. Shortys (= lang- und kurzbeinige Neopren-Anzüge für Taucher) an, was man normalerweise und zweckmäßigerweise einen Abend vorher macht, waren zum Boot zu transportieren und zu verstauen. Der Transport fand so statt, dass wir bis zum Bauch im Wasser standen, dabei balancierte ich meinen Rucksack mit u. a. Fotoapparat auf dem Kopf wie ein Vietnamkrieger sein Gewehr bei einer Flussdurchquerung …! Dazu natürlich noch privateigene 13 Paar Flossen, 13 Schnorchel und 13 Taucherbrillen, dazu ein Vier-Sprachen-Gewirr. Wie hieß es noch in dem alten Seemannslied:

»13 Mann – auf des toten Mannes Kist',

he he he, und ne Buddle voll Rum …!«

Da wir gerade keine Buddle Rum zur Hand hatten, fühlten wir uns zwischen den anderen sieben Tauchkönnern ziemlich klein und dadurch besonders aufgeregt! Und durch das Anlegen der warmen Tauchanzüge mit langen Armen und Beinen unter der heißen Tropensonne waren wir schon vorher nass geschwitzt wie in der Sauna. Dann ging es endlich los mit dem Boot. Dabei musste ich aufpassen, dass ich nicht gleich auf der Hinfahrt beim Durchqueren der Bucht von Cabo Cabron seekrank wurde.

Glücklicherweise sprangen dann zuerst die fünf erfahrenen Taucher an einem steilen Felsabhang mit der gewohnten Rolle rückwärts über die Bordwand, sodass Peter und sein Adjutant Christian bei uns Anfängergruppe blieben. Besonders Peter kümmerte sich intensiv um Moni, die ohne ihn gar nicht unter Wasser gekommen wäre, weil die Flaschen schwerer waren als die, die wir kannten, und deshalb ihr die ganze Tauchausrüstung immer nach unten rutschte. Moni hing dann wie ein Käfer auf dem Rücken strampelnd, weil die Bleigewichte falsch verteilt waren und auch noch die nagelneue Ausrüstung einen unberechenbaren und enormen Auftrieb hatte! Die Gewichte Nr. 3 und Nr. 4 wären auch besser vorne in den Taschen statt hinten verstaut gewesen. Durch dieses andere System und den noch ungewohnten Tauchcomputer an der Konsole war auch ich aufgeregt, schaffte aber immerhin normal den Abstieg, sogar den Druckausgleich ohne Probleme. So zog halt Peter Moni in die Tiefe und schwamm fast den ganzen Tauchgang Hand in Hand mit ihr, damit sie nicht wieder zurück auf den Rücken kugelte.

Nachdem ich bis zur ersten Riffkante in ca. 10 m Tiefe runter kam, war ich fasziniert von den vielen schönen bunten Korallen, wie z. B. die lila Fächerkorallen. An diesem Tauchplatz namens »Cabo Tibisi 1« sahen wir eigentlich wenige Fische, bis auf ein paar blaue Fische, einige grüne Trompetenfische, Falterfische und einige größere Barsche. Moni sah Kofferfische und ich Fischschwärme und Austernmuscheln. Aber faszinierend war die immer blauer werdende geheimnisvolle Unterwasserwelt, umso tiefer wir kamen. Erstmalig unter 10 m: wow! Dann weiter und tiefer: 12 – 13 – 14 – 15 – 16 – 17 – 18 – 19 m, und dann: die 20-m-Marke unterschritten. Ich hielt die ganze Zeit meinen Tauchcomputer mit dem Tiefenmesser in der freien linken Hand, um das Tiefengefühl mitzuerleben. Hinterher zeigte mein Tauchcomputer 22 m maximale Tiefe an. So, jetzt wussten wir, dass wir auch tiefer als 10 m tauchen können, wenn auch die Farbenvielfalt der Fische und Korallen bis zu 10 m Tiefe viel intensiver ist. Als wir tiefer tauchten, wurde alles blauer, allerdings auch stiller um uns herum, weil wir die Brandung nicht mehr hörten. Und beim Einatmen hörte ich auch keinen Ton mehr, erst beim Ausatmen gurgelte der Lungenautomat im Mund und sprudelte Bläschen nach oben. Durch die große Tiefe konnten wir nicht so lange wie sonst früher in Thailand unten bleiben, wo wir bei Tiefen zwischen 7 m und maximal 11 m meist bis zu einer Stunde unten bleiben konnten. Mir verblieben nur 26 Minuten unter Wasser. Und Moni, die als gelernte Atemtherapeutin besser und gleichmäßiger als ich atmen konnte, blieb sogar 39 Minuten unter Wasser. Hinterher korrigierte Peter dann auch mein Unterwasser-Verhalten: ich sollte beim nächsten Mal besser tarieren, was ich vor Aufregung völlig vergessen hatte. Dann würde ich auch nicht so »arbeiten« müssen und dadurch mehr Luft sparen. Außerdem sollte ich nicht so weit von ihm weg tauchen, weil er meine Fähigkeiten ja nicht kannte: Glücklicherweise gab es ja dieses Mal keine dramatischen Momente.

Die Krönung leistete sich allerdings das italienische Paar: Sie kümmerten sich nicht die Bohne um Anweisungen. Er tauchte sogar noch tiefer, als er nur noch 40 Bar Restluft hatte, obwohl man zur Sicherheit bei 50 Bar schon hochgehen sollte. So musste Peter Moni an Christian übergeben, die beiden Italiener vom Meeresboden »einfangen« und sie anschließend »hochjagen«! Hinterher schimpfte Peter über deren verantwortungsloses und gesundheitsgefährdendes Verhalten und meinte: »Wenn die noch mal mit ihm tauchen wollen, dann müssen sie erst einen Auffrischungskurs mitmachen!« Wir hatten es jedenfalls gut überstanden und waren stolz auf uns, sodass wir gleich für zwei Tage später »Wracktauchen« buchten.

Die Folgen nach dem Tauchen waren:
– Beide fühlten wir uns wie gerädert, hatten Muskelkater an den Schultern und Druck in den Knie- und Ellenbogengelenken, was wahrscheinlich auf die große Tauchtiefe und den entsprechend hohen Druck bei 22 m unter Wasser zurückzuführen war.
– Moni hatte etwas Ohrenprobleme, die aber wieder von selber weggingen.

Im Nachhinein fanden wir allerdings schade, dass Peter anscheinend nicht so auf Kleinigkeiten unter Wasser einging, wie z. B. uns seltene Fische oder farbenprächtige Nacktschnecken zu zeigen, und hinterher in der Tauchschule nicht mit uns durchging, was wir alles gesehen hatten. So waren wir es von unserer Tauchschule im thailändischen Khao Lak gewohnt und hatten es als normal vorausgesetzt. Allerdings hatten wir auch vergessen, danach zu fragen, sonst hätte er uns sicherlich auch alles Wissenswerte gesagt.

Immerhin war das Tauchen in der Dominikanischen Republik mit 35 US$ für einen Tauchgang doppelt so teuer wie in Thailand, wo wir dafür zwei Tauchgänge an einem ganzen Tag geboten bekamen …!

Unser zweiter Tauchgang fand am »Tulpendienstag« statt und war von der Teilnehmermenge her bedeutend kleiner als der erste: nur 8 Taucher, 1 Schnorchler und ein Bootsmann auf dem Boot, nur zwei Sprachen wurden gesprochen; und wir brauchten nur 1/4 Stunde zu der Stelle rauszufahren, wo das Wrack lag.

Dort erlebten wir den langweiligsten Tauchgang unserer kurzen Tauch-karriere: 19,5 m maximale Tiefe, 34 Minuten unter Wasser, Tarieren klappte im Großen und Ganzen auch einigermaßen; auch Moni konnte nach Neu-ordnung ihrer Bleigewichte allein tauchen. Das Wrack war ein 60 m langes ehemaliges Frachtschiff und für uns beide der absolute Langweiler. Denn vom angeblichen Fischreichtum, den man sonst in diesen Breiten um jedes Korallenriff hat, war um dieses Wrack herum kaum was zu sehen: nur drei Kugelfische, ein paar Doktorfische, Falterfische, Wimpelfische, Schnapper und eine große Meeresmuschel sahen wir beide; Peter sah einen Barrakuda; Lutz sah zwei Rochen und die beiden Amis sahen angeblich in einigen hun-dert Metern Entfernung einen Wal, obwohl die Sicht überhaupt nicht so weit reichte. Die arme Schnorchlerin: Ob die von oben überhaupt was von dem Wrack in 17 – 19 m Tiefe gesehen hat?

Zum ersten Mal während eines Tauchganges dachte ich: »Hoffentlich sind wir bald fertig hier unten!? Und endlich um das Wrack herum getaucht!« So langweilig war das!!!: fast keine Korallen, keine Pflanzen und fast keine Fische, weil das Wrack überwiegend auf Sandboden lag. Das Wrack hatte eher was Beklemmendes als Begeisterndes. Einmal machte Peter unter Wasser Zeichen, als würde er Wale hören …? Oben an Bord des Bootes hing er dann ein Unterwasser-Mikro über die Reling ins Wasser. Da hörten wir dann tat-sächlich den »Gesang der Wale«. Sie mussten kilometerweit entfernt gewesen sein, da wir sie trotz Fernglas nicht sahen. Dafür hörten wir sie umso besser: quiekend, zischend, brüllend oder sich akustisch röchelnd überschlagend, dazu das ständige Geglucker des Meerwassers. Dieser »Gesang der Wale« war eigentlich das Schönste an diesem ganzen Tauchgang. Hinterher mussten wir uns noch die »Manöverkritik« von Peter anhören, dass er mit uns am liebsten noch mal einen Übungstauchgang durchführen würde, damit wir einigermaßen Sicherheit bekämen. Zwar hatte er in diesem Punkt recht, dass es uns an regelmäßiger Erfahrung mangelte, aber die wollten wir uns ja gerade in seiner Tauchschule holen. Außerdem war er für uns mit seiner ruppigen Didaktik und oberflächlichen Sichtweise der »Kleinigkeiten« im Meer eher ein abschreckendes Beispiel für einen Tauchlehrer, besonders gegenüber »unseren« netten lieben Tauchlehrern in Thailand.

»O. k., jetzt wissen wir, was Wracktauchen ist! Fürs erste und letzte Mal! Das Gleiche gilt für Peters Tauchschule in Las Galeras!!«, dachten wir damals, ohne zu ahnen, dass es auch überhaupt unser letzter Tauchgang im Leben gewesen war …!

An einem anderen Tag wollten wir eigentlich den Playa Rincon besuchen, aber da der Fahrer für die kurze Strecke erst 500, dann 400 und schließlich 300 Pesos wollte, was immer noch 40,– DM waren, verzichteten wir und warfen unseren Plan über den Haufen. Kurz entschlossen ließen wir uns dann von einem preiswerteren Pick-up zur »Finca Grants« bringen, wo man vom Land aus Wale beobachten konnte. Wir hätten diese Tour auch als »Eco Whale-Watching« für 60 US $ pro Person buchen können, aber wir entschieden uns für die spontane individuelle Variante, organisierten uns die Tour selber und brauchten dann auch nur ca. 20,– DM pro Person zu zahlen, inkl. Eintritt, ein Getränk und der selbst organisierten Hin- und Rückfahrt. Dafür gab es »Eco Whale-Watching«, was die Beobachtung der Wale vom Land aus mit Ferngläsern meinte, und nicht vom Boot aus an die Wale ranfahren, was diese dadurch wiederum stören könnte.

Aber diese Investition hatte sich voll gelohnt:

Erst mal hatte die »Finca Grants« mit dem Wal-Aussichtspunkt ein Dach, also hatte Schatten, mit einem noch im Bau befindlichen Restaurant, mit Stühlen und kostenlosen Ferngläsern, Swimmingpool und Jacuzzi, einem Whirlpool mit warmem Wasser, Hängematten, tropischen Blumen und bizarren Felsen: ein schöner, ruhiger und sauberer Ort, wo wir vier Stunden verweilten.

Und zweitens sahen wir Wale: massenhaft, bestimmt insgesamt so ca.

fünfzig! Dabei sah ich auch zum ersten Mal einige Wale so richtig hoch aus dem Meerwasser springen, wenn es auch sehr weit weg war. Aber mit dem Fernglas sahen wir sie recht gut: Erst spritzten sie die Wasserfontänen hoch, dann wuchteten sie ihren riesigen schweren Körper hoch, und dann machte es: »Platsch!!!« Einmal sah ich auch, wie ein Wal fast mit seiner kompletten Breitseite vor uns aus dem Wasser sprang: Super! Das muss man sich mal vorstellen: 40 Tonnen schwere und 17 Meter lange Körper aus dem Wasser zu wuchten, was das physikalisch eigentlich an Dynamik bedeutet …!!!

Außerdem sah ich dort auch zum ersten Mal in meinem Leben Delfine frei im offenen Meer schwimmen. Zwar hüpften sie nicht so lustig hoch aus dem Wasser, wie man das schon mal von Delfin-Shows so kennt, aber immerhin sah ich dabei einmal drei Delfin-Flossen gleichzeitig aus dem Wasser und wieder zurück gleiten. Danach noch einmal ein oder zwei Delfine. Moni meinte, dass es sich wahrscheinlich um eine richtige Delfin-Schule gehandelt hatte. Zum Abschluss gönnten uns ein paar Buckelwale noch mal ein besonderes Erlebnis. Wir befanden uns ja am »Punto Ballendas«, sozusagen an der letzten Ecke der Bucht von Samana. Und beim Verlassen der Bucht von Samana begannen die Wale, immer und immer wieder mit ihren Fluken zu winken!

Und zum Abschied winkten sie nur mit den weißen Brustflossen: So etwas hatte ich vorher überhaupt noch nie gesehen: toll!

Hinterher waren wir auf der Finca Grants ganz für uns alleine; und ich badete im Pool und im Jacuzzi. Dann tranken wir uns noch etwas Rum mit Limone und fühlten uns sehr wohl dabei, einen halben Tag an einer Stelle verbracht zu haben, wo es hunderte von Walen im Meer gab.

Als wir dann schließlich gegen Abend gehen wollten, erlebten wir noch eine Überraschung am Ausgang: Das Tor war zu, das Schloss abgeschlossen, dafür kamen drei Hunde sofort auf uns zu gerannt, davon zwei riesige Rottweiler. Ich rief laut: »Perro, Perro!!«, was Hund bedeutet, aber glücklicherweise waren die Hunde wohl zahm und taten uns nix. Dann machten wir uns im Gebäude bemerkbar, weil dort ein Auto vorstand und TV-Geräusche aus dem Haus drangen. Dann kam ein blonder Jungspund aus dem Haus, der aus Chicago kam und angeblich wegen eines nicht näher bezeichneten »Accidents« hier gestrandet war …!? Der Blonde bot uns sogar an, uns die 6 km zur Hauptstraße zu fahren. Der lange Weg wäre zwar malerisch durch Sandsteinfelsen wie in der thailändischen Bucht von Phrang Nga gegangen, aber wir nahmen sein Angebot für diese Wanderersparnis dankbar an. Er ließ uns an der Hauptstraße raus, direkt gegenüber einem Gebäude, wo eine riesige Traube Männer rumhing und ein mordsmäßiges Spektakel veranstaltete: die lokale Hahnenkampfbahn! Leider hatten wir kaum Zeit, uns dort umzuschauen, weil fast sofort ein »Gua-Gua« bei uns am Straßenrand hielt. Das war ein Pick-Up, wo man für 10 Pesos (1,30 DM) hinten auf der Ladefläche zwischen Menschen und Fässern mitfahren konnte. Unterwegs wurde deshalb auch ständig angehalten, ausgestiegen, umgestiegen, be- und entladen; und wer anhalten wollte, klopfte auf das Dach des Fahrerhauses: Dieses Gua-Gua wird übrigens wie »Ga Ga« ausgesprochen und entpuppte sich als ein interessantes und kommunikatives »Sammeltaxi«! Wir fuhren vorbei an den Dörfern mit den lustig buntgestrichenen Häusern in Gelb, Grün und Blau und an den vielen farbigen Dorfbewohnern. Bei den Garküchen am Strand kehrten wir dann auch erstmals ein, um dort erfrischende Kokosmilch direkt aus einer Kokosnuss zu trinken und das gesunde nahrhafte Kokosnussfleisch zu essen. Aber ansonsten waren wir froh, dass wir in unserem Hotel was Gutes zu essen bekamen. Denn im Gegensatz zu den ganzen emsigen Asiaten, die wir in den letzten Jahren in Thailand, Sri Lanka und Taiwan kennen gelernt hatten, waren die schwarzen Karibik-Insulaner zwar ein extrem lustiges Völkchen, aber sonst nicht sonderlich am Service interessiert, besonders nicht an Essensdarreichungen: schon gar keine Leckereien, wie wir sie aus den südostasiatischen Garküchen kannten. Wenn es in der Karibik in irgendeinem Dorf überhaupt was zu essen gab, dann war das eher bescheiden!

Was mit Karneval zu tun hat, ist in Deutschland »am Aschermittwoch alles vorbei«. Die verschiedenen Inseln und Städte in der Karibik haben jedoch ihren eigenen Karnevalskalender:

- in St. Kitts zum Beispiel wurde im Hochsommer Karneval gefeiert, wenn alle Touristen weg und die Einheimischen wieder unter sich waren.
- Auf der Halbinsel Samana in der Dominikanischen Republik wurde der »Tag der Unabhängigkeit« am Freitag nach dem Aschermittwoch, der 27.02.1998 genutzt, der sowieso ein nationaler Feiertag ist, in der Stadt Samana das Ende der Karnevalszeit zu feiern. 1844 hatte an diesem Tag Duarte mit seinen Leuten die Dominikaner von der Macht der Haitianer befreit.

Der Tag begann mit einer riesigen Karawane schwarzer Dominikaner zum Strand: Sie feierten ihren Nationalfeiertag mit Musik und einem Strandpicknick. Dann ging's auch für uns los: Zusammen mit Christian und Claudia nahmen wir uns ein Pick-Up-Taxi nach Samana, der unterwegs für uns am Playa Puerto Luis anhielt, wo wir außer einer schönen Aussicht auf einen Strand unter uns auch in der Bucht von Samana einige Buckelwale beobachten konnten. Dann weiter zum Karnevalsfest nach Samana. Dort am Verkehrskreisel unterhalb des Hotels Cayacoa sahen wir einen großen Menschenauflauf: schwarze Gesichter in bunter Kleidung, vor allem Kinder mit Masken und verschiedenen Kostümen. Es war ein großartiges Gefühl, dort als »Gringo« unter all den feiernden Schwarzen durchzustromern: fast wie auf einem anderen Stern. Aber es herrschte eine gute Stimmung dort:

- Von einem Musik-LKW dröhnte Merengue-Musik über die Menge.
- Der Alkohol floss schon tagsüber in Strömen …!
- Wir hatten das Gefühl, das wäre das Wichtigste an der ganzen Angelegenheit: sich treffen, jede Menge Rum saufen und dazu Merengue tanzen.

Aber auch die vielen herausgeputzten Kinder prägten das Bild: Mädels in Kleidchen und mit Glasperlen-Zöpfen, Jungens in Verkleidungen als Teufel, Batman, flauschige Figuren oder in zottelige Zeitungspapierfetzen gehüllt.

Immer wieder hatten wir vor allem mit den schwarzen Dominikaner-Kindern gute Kommunikation: entweder redete ich für sie ganz überraschend Spanisch mit ihnen, oder über ihre Kostüme, oder ich fotografierte sie, oder manche von ihnen wollten auch gerne fotografiert werden. Einmal fragte ich drei Jungens, warum sie immer mit ihren Bällen oder Schweinsblasen am Bändel hauptsächlich auf Mädels einschlugen? »Fanga!«, war die Antwort. Vielleicht so eine Art Brauchtum!? Genauso wie beim Songkran-Fest, dem thailändischen Neujahr, wobei die Touristen aus alter Sitte üppig mit Wasser besprizt werden, so machten sich hier in Samana die jungen Schwarzen einen Spaß mit reichlichst Popoklatschen für alle Mädels und Frauen, die nicht rechtzeitig wegspringen konnten. Auch Monis Popo hatte das »Vergnügen«, von solch einer Schweinsblase am Bändel beklatscht zu werden.

Trotzdem bereuten wir es nicht, einen karibischen Karneval mal hautnah miterlebt zu haben. Überall brodelte es vor Lebensfreude, Tanzfreude,

Farbenfreude …! Und wir mittenmang dabei, manchmal machten wir ein paar Merengue-Schritte mit, was zur großen Überraschung der Einheimischen wohlwollend von ihnen registriert wurde. Denn den Merengue hatten wir ja in der Dominikanischen Republik als unseren neuen karibischen Musik- und Tanzstil kennen und lieben gelernt!

Als Höhepunkt des Festes bildeten sich dann einige Züge, Wagen, Karnevalsgruppen mit Musik, Hullahoop-Reifen und weiß-roten Kostümen zu einem Umzug durch die Stadt.

Als dann bei einbrechender Dunkelheit der Rum in Strömen zu fließen begann, machten wir uns vorsichtshalber »vom Acker«, da wir gewarnt wurden, dass diese Kombination aus sehr viel Rum, Dunkelheit und exzessiv feiernden Schwarzen eventuell für uns Weiße gefährlich werden könnte.

Wir nahmen uns für den Rückweg wieder einen Pick-Up, wo wir hinten auf der Ladefläche saßen und unterwegs sogar noch einmal an einem kleinen dörflichen Karnevalsfest in El Cacao vorbeikamen. Es war ein schöner und interessanter Tag mit sehr vielen menschlichen Begegnungen, den wir nicht missen mochten!

Dagegen ging's zuhause in Deutschland mit meinem 1. FC Köln – wie schon prognostiziert – sportlich bergab:

Der erste Abstieg aus der 1. Fußball-Bundesliga 1998 konnte erst mit dem Kulttrainer Ewald Lienen durch einen Wiederaufstieg 2000 wiedergutgemacht werden, aber leider nicht von Dauer, da weitere Abstiege auf den FC lauerten! Aber wie der Kölner so schön zu sagen pflegt:

»Et hätt noch immer jot jejange …!«

Dafür führte unser liebster Bäckerlehrling, Jürgen Klinsmann, die deutsche Fußballnationalmannschaft 1996 in England als Mannschaftskapitän überraschend zur Fußball-Europameisterschaft.

Für mich persönlich waren die 90er-Jahre ein Jahrzehnt der beruflichen Umorientierung. Anfangs versuchte ich als damaliger Leiter des Jugendinformations-Zentrums Hagen, mit meinen mittlerweile drei Diplomen als Fachhochschuldozent an der FHS Dortmund einen Fuß in die Uni-Tür zu bekommen. Aber nachdem ich dort drei Semester »Methodik der

Sozialarbeit« als Honorardozent gelehrt hatte, merkte ich rasch, dass diese zusätzliche Tätigkeit nur Mehrarbeit bedeutete, finanziell sich sowieso nicht lohnte und vor allem keine langfristige Perspektive für eine Dozententätigkeit ergab!

Nach der erfolgreichen Italienisch-Weiterbildungs-Sprachreise 1988 in die Toskana beließ ich es dann in den 90ern bei drei Weiterbildungsreisen nach Katalonien, wo ich 1990, 1992 und 1994 jeweils für zwei Wochen Spanisch lernte: Da hat man wenigstens was Eigenes für's Leben …!

Nach dem Jugend-Info-Zentrum arbeitete ich zwei Jahre als Museumspädagoge im Hagener Stadtmuseum, ohne dort menschlich glücklich zu werden. Nach längeren Zwistigkeiten mit der dortigen Chefin war ich froh, im Winter 1996 einigermaßen unbeschadet zurück ins Hagener Jugendamt kommen zu können, wo ich nach einer ½-jährigen Hospitation im Allgemeinen Sozialen Dienst schließlich in die Betreuungsstelle wechselte. Juristische Betreuung entwickelte sich aus dem früheren Vormundschaftswesen und gab und gibt mir bis heute als Sozialarbeiter eine berufliche Heimat, in der ich kompetente und gefragte Arbeit als Betreuer für psychisch kranke Menschen ableisten konnte.

Auch politisch tat sich 1998 was in Old Germany! Nach dem Mauerfall 1989 waren die 90er Jahre politisch vom Zusammenwachsen der beiden deutschen Staaten BRD und DDR geprägt: Gesamtdeutschland sorgte erst für Begeisterung, später für Enttäuschung und Resignation, da es mit Deutschland statt – wie erhofft aufwärts – leider immer weiter abwärts ging. Kein Wunder, dass 1998 endlich die Abwahl des skandalumwitterten Kanzlers Kohl den Boden frei machte für den vorrübergehenden Aufschwung durch die rot-grüne Regierung unter Gerhard Schröder, dem Ex-Juso-Chef, der zusammen mit dem früheren alternativen Sponti und Turnschuhminister Joschka Fischer von den GRÜNEN aufbrach, um Deutschland zu retten …

… aber da gab es nix mehr zu retten, denn die Zeiten hatten sich ein für alle Mal geändert! Früher gab es einfach den Ostblock gegen die NATO: fertig! Aber der politische Globus hatte sich durch den Kollaps des früheren »Warschauer Paktes« um 1990 seitdem eklatant verändert: Die westlichen Länder haben kein Monopol mehr auf den früheren Wohlstand, sie müssen seitdem den Kuchen mit boomenden Ländern wie China, Indien und den osteuropäischen Staaten teilen …!

Erdrutsch auf den Philippinen

Was hat uns im Winter 1999 nur dazu geritten, unsere letzte große Reise im alten Jahrtausend zur philippinischen Inselwelt zu unternehmen …!?
- Meine amerikanischen Freundinnen Amy und MaryLou schwärmten jahrelang von ihrer Trauminsel Boracay, Philippinen.
- Wir wollten nach all den vielen Thailand-Reisen und der bequemen Karibik-Tour im Vorjahr mal was Besonderes erleben.
- Besonders Moni schwebte etwas Naturbelassenes vor: Wir suchten und wir fanden Palawan, die philippinische Insel am chinesischen Meer.

Dabei ist Palawan topografisch eine Fortsetzung der indonesischen Insel Borneo, deren Name ja an sich mehr für wilden tropischen Regenwald steht, als relaxten Strandurlaub zu garantieren. Palawan liegt südwestlich von Manila und ist die fünftgrößte Insel der Philippinen. Dort sollte es neben viel unberührter Natur sogar noch Ur-Einwohner geben: Die Batak, eines der kleinsten Naturvölker der Erde, sind Seminomaden und leben zurückgezogen in einem gebirgigen Dschungelgebiet als Jäger und Sammler. 1982 gab es noch 650 Batak, wovon Ende der 90er-Jahre noch 250 ihren Überlebenskampf führten. Ihre Chancen, diesen Kampf zu gewinnen, sind sehr gering …!

Zusammen mit den Batak hatten wir nicht gekämpft, aber das, was wir dann auf Palawan vorfanden, war uns dann doch zu sehr naturbelassen:
- All die Erdrutsche als Folge von tagelangem Dauerregen im März, wo es doch eigentlich um diese Jahreszeit gar nicht regnen sollte.
- Das Meer war als Folge eines Taifuns im Winter aufgewühlt und voller Quallen, obwohl doch Palawan eigentlich außerhalb des Taifungürtels liegen sollte.
- Und wenn wir dann doch mal im tropischen Sonnenschein auf einer kleinen unbewohnten vorgelagerten Insel einen wunderschönen

Sandstrand unter Palmen fanden, wurden wir dort von einer hungrigen Invasion Sandflöhe attackiert.

Nachdem wir nach einer mächtig langen Anreise über Frankfurt, Hongkong und Manila in Palawans Hauptstadt Puerto Princesa ankamen, begann dann unser »Tropentraum mit Tücken«. Eigentlich wollten wir mit einem der schönen buntbemalten Jeepneys oder mit den typischen Auslegerbooten durch Palawan reisen, aber es kam alles anders!

Der Besuch des Jeepney-Bahnhofs in Puerto Princesa belehrte uns nämlich eines Besseren:
- Die dortigen Jeepneys verbreiteten das Flair eines Schrottplatzes.
- Man musste immer früh kommen, um sich einen Platz zu reservieren, fuhr aber immer erst dann ab, wenn das Jeepney vollbesetzt war.
- Da wir außerdem keinerlei brauchbare Informationen bekamen, wo und wann welches Jeepney wohin fuhr, waren wir erst mal bedient!

Da kam uns die Gelegenheit gerade recht, als wir erfuhren, dass der Schweizer Martin am nächsten Tag nach Port Barton zu seiner Bungalowanlage »Swissippini« wollte. Denn nach Port Barton an der Westküste Palawans wollten wir eigentlich auch als Erstes. Unser Reisetag war der 16.02.1999, das chinesische Neujahr, was den Beginn des »Jahres des Hasen« einläutete: Das war schon mal ein gutes Omen, da ich 1951 ebenfalls im »Jahr des Hasen« geboren war.
Am Anfang klappte dann auch alles wunderbar: Martin kam sogar eine Stunde eher als verabredet zu unserem Hotel, um uns abzuholen. Wir hatten uns schon aufgrund unserer Erfahrungen mit »Philippinisch time« eher auf eine stundenlange Verspätung eingestellt. Raus ging's mit dem »Van« aus der Hauptstadt Puerto Princesa, und kurze Zeit später befanden wir uns bereits auf einer rumpeligen schlaglochübersäten Schotterpiste, der wir 4 ½ Stunden lang folgten. »Wahnsinn!«, dachte ich, »das ist die Straße Nr. 1 auf Palawan. Die ist so schlecht, wie früher bei uns in Deutschland die unasphaltierten Feldwege waren, als noch Pferdewagen durch die Lande zogen …!«
Das zog sich und rumpelte Mensch und Maschine durcheinander. Plötzlich verstanden wir auch den hohen Preis für diesen »Extra-Ride«, denn nach 2 – 3 Jahren auf diesen »Straßen« waren diese Autos einfach hinüber!

Unterwegs machten wir kurz einen Stopp an einem Aussichtspunkt oberhalb der Honda-Bay, zum Pinkeln und für ein Foto. Dann weiter; und der nächste Stopp für Martins Frühstückspause, wobei er erst in sämtliche Kochtöpfe des kleinen Bretterhäuschens am Straßenrand schaute, bevor er sich von den verschiedenen unidentifizierbaren Gerichten für ein philippinisches Chicken-Frühstück entschied. Er lebte ja auch schon seit 1983 auf Palawan. Dann weiter durch St. Rafael bis San Jose, wo wir den letzten Stopp an der Hauptpiste einlegten, bevor es an der Abzweigung nach Port Barton ging. Da wurde es erst richtig abenteuerlich! Wir sahen öfters noch die letzten Erdrutsche bzw. deren kaum beseitigte Überreste nach dem Taifun vom Dezember 1998: senkrecht rechts und links am Straßenrand abgesägte Bäume, die über die Straße lagen, tiefe Rinnen in der Piste, wo es uns öfter auf die Wirbelsäule rumste, bergauf, bergrunter, durch den reinsten Dschungel!

Plötzlich eröffnete sich durch eine Lichtung in den Bergen der Blick auf die liebliche Bucht von Port Barton, der Herz und Auge wohltat. Wir waren endlich von der Schotter- und Schlaglochpiste erlöst! Und uns tat jeder Reisende leid, der diese Tortur sieben Stunden oder länger mit einem Jeepney durchhalten musste: mit Staub bedeckt von oben bis unten, nur durch ein Tuch atmend, durchgeschüttelt wie in einem »Shaker« und das obligatorische Huhn oder gar Schwein auf dem Schoß …

Zwar war die Reise mit dem »Swissippini«-Martin angenehm und äußerst informativ für uns Philippinen-Neulinge, aber wir wollten diese Tortur über diese Straße nach Möglichkeit nie mehr durchstehen, aber auf keinen Fall für die Rück- oder Weiterreise ein Jeepney wählen.

Wir bekamen dann auch ein schönes Bungalow im »Swissippini« in der zweiten Reihe mit seitlichem Blick zum Meer, von wo aus wir dann schon nach einer Nacht zum am schönsten gelegenen Bungalow Nr. 12 wechseln konnten, sodass wir ständig von unserer Terrasse zum Meer schauen konnten: eigentlich traumhaft!

Eine schöne palmenbewachsene Tropenbucht mit Sandstrand, dazu das Bungalow in der ersten Reihe direkt am Meer, Hängematte davor, nette philippinische Menschen, 30 °C Temperatur im Schatten, und nach einer Woche in den Tropen noch keinen Tropfen Regen, womit man allerdings in den Tropen eigentlich immer rechnen muss.

Alles hätte so schön und traumhaft sein können, wenn die Tropen nicht so ihre Tücken hätten:

- dass ich vier Tagen lang eine Erkältung mit mir rumschleppte, mit Schnupfen. Niesen, Husten, Halsschmerzen und Schlappheit, war sicherlich das Wenigste von allem.
- Auch dass ich mir hier in Port Barton im Dunkeln an einer heraussstehenden Baumwurzel einen Zeh gestaucht hatte, der ganz blau angelaufen war, hätte mir in Deutschland genauso geschehen können und gehörte eher in die Kategorie »eigene Dummheit«, obwohl ich in Deutschland eigentlich nachts nie draußen im Dunkeln mit Gummilatschen rumlaufe.
- Aber dass ich am ganzen Körper von Sandfliegen, den so genannten »Nik Niks«, zerstochen wurde, gehört schon eher in die Kategorie »tückische Tropen«! So musste ich dann aufpassen, dass sich die juckenden Bläschen nicht noch entzündeten.
- Aber der absolute Knaller, der geradezu einen Einschnitt unserer Reise bedeutete, passierte der armen unglücklichen Moni beim Schwimmen direkt vor unserem Bungalow im Meer: Die Arme einer der hochgiftigen »portugiesischen Galeeren«, eine Quallenart, die Nervengifte verteilt, kreuzten Monis Schwimmbahn. In Panik und an drei Stellen an den Oberschenkeln verbrannt stürzte sie aus dem Wasser. Sofort eilten wir in die Küche des Restaurants, um die schmerzenden Brandwunden mit Essig zu behandeln. Dummerweise hatte Moni einen der lilafarbigen Quallenarme auf dem Oberschenkel gelassen, weil sie dachte, der lila Streifen wäre bereits eine Reaktion auf die Verbrennung. Der Quallenarm wurde ihr dann sofort von Frazie mit den Fingern vom Oberschenkel entfernt und alles vorsichtig mit Essig betupft. Nach einem Tag sah diese Verbrennung 2. Grades aus wie ein eingearbeiteter Luftballon voller Wundwasser: Es juckte, brannte und schmerzte ihr, aber das Schlimmste war das hoffnungslose Gefühl, diesen Urlaub total vergeudet zu haben. Hier hatten wir zwar die schönsten optischen Bedingungen, aber Moni konnte im Meer weder baden noch schnorcheln. Denn vor Moni waren schon drei andere Verbrennungsfälle durch »portugiesische Galeeren« vorgekommen: die ganze Bucht war »verseucht«; und draußen vor den vorgelagerten Inseln hatte Walter, der Tauchlehrer des Ortes, ganze Quallenschwärme gesichtet!

Was nützte uns ein schöner Tropenurlaub, wenn wir nicht ins Meer konnten!?! Moni durfte in den ersten drei Tagen nach ihrer Verbrennung trotz intensivster Behandlung mit Kokosnuss-Sud, mit Teebaum-Öl, Hametum oder Soventol wegen der Entzündungsgefahr sowieso keine Berührung mit Salzwasser haben. Moni war es zum Heulen, am liebsten wäre sie wieder nachhause gefahren, so enttäuscht war sie von allem. Denn für sie war und ist auch jetzt, Jahre später, immer noch das Schwimmen und besonders das Schnorcheln im Meer eigentlich das Schönste bei einem Tropenurlaub!

Da tröstete auch kaum, dass fast alle Eingeborenen hier, meist an den Fußgelenken oder Armen und Händen, ebenfalls Narben von Quallenverbrennungen hatten, teilweise schon drei, fünf, acht oder zwölf Jahre alt!

… und dass Moni eigentlich Glück hatte, dass die Qualle sie nur an den Beinen berührte, nicht aber an den lebenswichtigen Körperteilen wie Gesicht, Hals oder Sonnengeflecht, wo es wegen des Nervengiftes zur Atemlähmung hätte kommen können. Das berichtete uns Walter. Außerdem war wohl deswegen schon einmal ein Kind in Port Barton gestorben.

Da Moni sich dermaßen von Schmerzen geplagt fühlte, war sie kaum zu trösten. Sie war dann eigentlich nur gebeutelt, vor allem, weil es auch noch im Urlaub geschah. Am liebsten wollten wir deshalb damals weg aus Palawan: vielleicht nach Thailand, oder wenigstens zu einer anderen philippinischen Insel.

Aber wir waren beide quasi »Gefangene« in Port Barton: beide absolut für eine Weiterreise nicht zu gebrauchen und eher gesundheitlich renovierungsbedürftig. Zudem lauerte hinter uns die stundenlange Hoppelpiste, und vor uns Richtung Norden oder Süden die offene südchinesische See mit rauen und hohen Wellen, wie uns Walter berichtete, die wegen der kleinen Auslegerboote für Seekrankheit und stundenlange Dauernässe sorgen würde …!

Notgezwungenerweise blieben wir so oder so erst mal in Part Barton! Demzufolge mussten wir das Beste daraus machen! Nach zwei Tagen Schmerzverarbeitung und erster Eingewöhnungsphase mit Kennenlernen der ersten einheimischen Menschen und Örtlichkeiten kamen wir zu dem weisen Entschluss: »Als wir uns vor dem Urlaub so gestresst und gebeutelt fühlten, da hofften wir, auf den Philippinen einen Ort zu finden, wo wir an einer Stelle bleiben würden, um uns zu erholen! Jetzt sind wir geradezu dazu gezwungen, hier zu bleiben. Als wollte das Schicksal sagen: ›Ihr bleibt jetzt hier!‹ Das musste über die Schmerzerfahrung gehen, dass wir hier bleiben: hier an dieser einen Stelle! Sonst wären wir wahrscheinlich den ganzen Urlaub von einer zur nächsten Stelle gereist, immer auf der Suche nach dem schönsten Platz auf Palawan! Aber da das Reisen auf Palawan absolut beschwerlich ist, hätten wir mit jedem neuen Reiseabschnitt neuen Stress gehabt. Jetzt müssen wir uns mit Part Barton arrangieren, als hätte es so sein sollen! Es ist ja auch ›not so bad‹ hier, halt nur ein ›Tropentraum mit Tücken‹. Sicherlich werden wir nie mehr im Leben nach Palawan kommen, weil das Reisen hier viel zu aufwändig ist, vielleicht auch nie mehr zu den Philippinen, obwohl die Menschen dort ausgesprochen nett sind!«

So lautete damals unsere Devise, und sie hat auch im neuen Jahrtausend noch Bestand, denn die Philippinen waren und werden nie mehr unser Reiseziel sein!

Erst recht nicht, nachdem eine muslimischen Terroristen-Gruppe, das so genannte Abu-Sayyaf-Kommando, 21 Personen, darunter auch drei Mitglieder der Göttinger Familie Wallert, am Ostersonntag 2000 von der malaysischen Taucherinsel Sipadan auf die südphilippinische Insel Jolo verschleppt hatte. Nach monatelangen Verhandlungen und Zahlung eines Millionen-Lösegeldes waren die Entführten nach und nach freigekommen. Offenbar spielte Libyen eine Schlüsselrolle bei den Vermittlungen mit den Entführern.

Am 27.08.2000 kam endlich die Nachricht: »Werner Wallert ist frei. Vier Monate hatte die Entführung des Göttinger Lehrers auf der philippinischen Insel Jolo angedauert. Der 57-Jährige wurde zusammen mit den letzten vier Geiseln auf freien Fuß gesetzt.«

Aber wir waren damals 1999 erst mal in Port Barton »gestrandet«! Es war unser damaliger Urlaub; und wir wollten das Beste daraus machen!
Gerade hier in Port Barton hatten wir die Freundlichkeit der Philippinos und Philippinas kennen und schätzen gelernt.

Das war genau das Gegenteil von all den Gefahren, vor denen man uns vor der Philippinen-Reise gewarnt hatte: Wir fühlten uns in Port Barton total sicher und wohl aufgehoben, jedenfalls, was die einheimischen Menschen betraf, im Gegensatz natürlich zu den Quallen und »Nik Niks«, diesen elenden Plagegeistern …!

An erster Stelle mochten wir besonders die Menschen vom Swissippini:

- Flora Martinez, die offizielle Inhaberin und getrennt lebende Ehefrau des Schweizers Martin, die uns besonders ans Herz gewachsen war.
- Dann natürlich auch Dolores, die Managerin.
- Die beiden kleinen netten Serviererinnen:
- Victoria, die immer jeden Nachmittag mit der Speisekarte durch die Bungalow-Anlage kam, um zu fragen, ob man abends einen Menü-Wunsch hätte,
- und Frazie, die zwar im 3. Monat schwanger war, der man davon aber überhaupt noch nix ansah: Sie war diejenige, die Moni den Quallenarm aus der Verbrennungswunde gezupft hat und alles sorgfältig mit Essig eingerieben hatte.
- Dagegen waren die drei Frauen vom Zimmerservice zwar lieb und nett, aber auch etwas schlampig: Sie kamen nur alle 2 – 3 Tage mal, und das auch nur nach besonderer Aufforderung. Dafür arbeiteten sie allerdings auch als Gärtnerinnen, also im Prinzip von morgens bis abends: erst morgens den Strand von angeschwemmten Algen sauber fegen, dann Zimmer säubern, dann heruntergefallene Palmwedel wegräumen, und schließlich am Nachmittag die vielen Pflanzen und Blumen gießen. Einmal schenkten sie uns auch mal ein paar leckere Sternäpfel: reif und saftig, vom Geschmack ähnlich wie Birnen.
- Dann gab es natürlich auch die fleißigen Köchinnen und Wäscherinnen, und die Männer, die vor den Bungalows den Zaun wieder aufbauten, den der letzte Taifun weggerissen hatte. Die arbeiteten allerdings langsam und sorgfältig wie Kunstschreiner, denn der Zaunwiederaufbau brauchte 2 1/2 Wochen.
- Am Tag, als der Tropenregen prasselte, hatten wir drei undichte Stellen im Bungalow, wo Kokosnüsse Löcher ins Dach geschlagen hatten: eine im Bad und zwei auf der Terrasse. Da kam der Dachdecker, und geschickt wie ein Äffchen kletterte er durchs Gebälk und reparierte erfolgreich und mit einfachen Mitteln das Dach: Er benutzte nur seine Machete, womit er Palmwedel schlug, um diese als geflochtene »Dachpfannen« in die Löcher des Palmdaches neu einzuarbeiten.

Unser Lieblingsrestaurant in Port Barton war das »Busero«, wo uns immer die freundliche Josie bediente, die bereits Oma von den 7 Monate alten Zwillingen

Lisa und Lester war. Obwohl das »El Busero« Josie's Ehemann Urs gehörte, einem anderen, aber grantigen Schweizer, saßen wir dort direkt am Strand am schönsten und es schmeckte auch immer total lecker: Beispielsweise aßen wir dort unsere ersten Langusten im Leben, und das alles zusammen, inkl. Essen und Trinken für zwei Personen für nur ca. 18,– DM.

Dagegen saß man zwar bei »Elsas« auch gut, aber alles dauerte unheimlich lange: Und sie hatten wenig Auswahl zu essen; und das hatten sie auch kaum da …!

Lecker waren auch die »Fish balls« bei Walter im Restaurant »Evergreen«; und seine Frau Lita war sehr nett. Aber da wir dort zwischen einem Generator und der einzigen Tankstelle am Ort an einer Straße und weg vom Meer total öde saßen und Walter außerdem oft brummig war, blieb es bei dem einzigen Besuch dort. An einem anderen Tag entdeckten wir das »Green View Resort«, wo wir in schöner Atmosphäre zwei junge Kokosnüsse tranken und aßen. Sie hatten dort einen schönen Garten mit tollen Blumen, einem Kalamansi-Baum und Orchideen, wo wir einen Nektarvogel sahen, der mit seinem gebogenen langen Schnabel an einer Blüte saugte.

Dann gab es natürlich noch den freundlichen Bootsmann Edi, der Monis Quallenwunde mit Kokospaste behandelte und uns zwei Kokosnüsse zum Trinken und Essen brachte. Mit ihm machten wir die Mangroven-Tour. Da wir nicht in der Dämmerung, sondern mitten am Tag durch die Mangroven fuhren, vergaßen wir, uns gegen Insekten einzureiben. Wir sahen dann zwar Affen und Schlangen im Mangrovenwald, uns trafen aber auch hunderte von Moskitos, die sich gierig unser frisches Touristenblut reinzogen …!

Und später verbrachten wir mit ihm und dem netten Captain Saldi einen ei-gentlich reizvollen Tag beim »Island-Hopping«, als wir mit ihrem kleinen Aus-leger-Boot an einem schönen sonnigen Tag mit ruhiger See drei vorgelagerte Inseln besuchten. Dabei hatten wir endlich mal klare Sicht zum Schnorcheln im Meer und sahen dann allerdings in aller Deutlichkeit all die verschiedenen Quallensorten: weiße, rote, durchsichtige, kleine, große, säckchenartige, harmlose und giftige Quallen. Wir mussten regelrecht Slalom durch bestimmt ein halbes Dutzend verschiedener Quallenarten schnorcheln. Das piekste und juckte alle Nase lang, sodass wir nicht gerade Spaß an diesem Schnorchelgang hatten! Da war das Picknick auf einer einsamen unbewohnten Insel schon schöner, wenn uns nicht am wunderschönen weißen Sandstrand unter Palmen die Überfälle der Sandflöhe den schönen Tag versaut hätten …!

Dann gingen wir häufig zu dem kleinen Geschäft von Dannie Buriol und Nora, um dort Wasser und Plätzchen zu kaufen. Einmal schenkte Dannie mir sogar ein extra Pröbchen Süßigkeiten, nämlich die leckeren »Hot cakes« mit Honig-Butter-Geschmack. Ein anderes Mal hatte er zur besonderen Attraktion für die Dorfkinder ein kleines Makaken-Äffchen an der Leine, das sich sogar schon mit seiner Katze angefreundet hatte und mit ihr spielte. Reisbauern hatten eine Affenfalle gebaut, weil die Affen im Reis räuberten. Aber die Affenmutter war entwischt, und nur das Affenjunge war in der Falle gewesen: So war Dannie zu dem putzigen kleinen Kerl gekommen.

Wir hatten ja in Port Barton eine überraschende Bekanntschaft gemacht, die uns wiederum die Bekanntschaft des halben Dorfes einbrachte: Das Hagener Rentnerpaar Gunter und Annie, die wir vorher nicht kannten, ist mit der heimischen Familie Ausan verwandt, weil ihr Sohn Martin die Ausan-Tochter Maria Fe geheiratet hatte. Frau Ausan selber führte ein Geschäft in Port Barton und kannte das Hagener Ehepaar Dr. Thorsten Kastner und seine philippinische Ehefrau MaryAnn aus Ilo Ilo. Den hatten wir vorher in Hagen mal angerufen, weil wir durch »Boy« Encela, einen anderen Philippino aus einem Asien-Geschäft in Hagen, den Tipp bekamen, uns wegen Infos für eine Philippinen-Reise an Dr. Kastner zu wenden. Der war auch sehr freundlich und gab uns den Tipp, uns in Port Barton an das Geschäft der Familie Ausan zu wenden. Dort tat man auch mit uns beiden Hagenern sehr bekannt, als wären wir dort schon längst erwartet gewesen. Allerdings wussten Gunter und Annie nix von uns und wir nix von ihnen. So war natürlich das Hallo groß, als wir uns fern der Hagener Heimat in einem abgelegenen philippinischen Ort erstmalig trafen und dann einiges zusammen unternahmen. Es stellte sich heraus, dass die beiden auch Kastner hießen und natürlich mit Dr. Kastner verwandt waren. So lernten wir auch noch aus dem großen Ausan-Clan viele andere Menschen in Port Barton kennen:

- Nancy, die andere Ausan-Tochter, aus dem Geschäft.
- Dante, der Ausan-Sohn, hatte das Restaurant »Dap Dap« in Sabang zusammen mit der Deutschen Mania, und das Boot »Navigator«, womit er manchmal von Sabang nach Port Barton kam.
- Außerdem die Friseuse und Nagelkosmetikerin »Baby« und zusätzlich die irgendwie auch Verwandten aus Elsas Restaurant, wo wir manchmal mit Gunter und Annie zusammen aßen.

Andere Touristen, die wir in Port Barton trafen, waren:
- die junge Engländerin Julia Andrews aus dem Londoner Norden, Stadtteil Anfield, Nachbarstadtteil von Islington, wo meine damalige Brieffreundin Ann herkam, die ich 1970 dort besuchte und mit deren Vater ich das Heimspiel von Arsenal London gegen Manchester United erlebte. Anfield ist bekannt durch das Stadion an der Anfield Road von den Tottenham Hotspurs, deren »Supporter« Juli natürlich war. Sie war übrigens die einzige Frau, die ich kennen gelernt habe, die Nick Hornbys »Fever Pitch« gelesen hatte.
- Juli war mit dem Kanadier Nathan zusammen. Beide arbeiteten sie in einem Unterrichtsprojekt in Hongkong. Wir trafen sie im »EI Dorado«, das ein US-Amerikaner italienischer Abstammung und ein ehemaliger Goldgräber aus Australien gemeinsam leiteten. Dort hingen Jackfruits im Garten; und wir tranken dort einen frisch gepressten Saft und ein St. Miguel-Bier zur Erfrischung nach unserer 6 ½ Stunden langen anstrengenden Wanderung zum Wasserfall. Juli war ganz begeistert, als ich ihr von meiner ersten Tramptour 1970 nach Swinging London und dem lsle-of-Wight-Festival erzählte. Sie meinte, dass sie auch lieber in den »Sixties« oder »Seventies« in London gewohnt hätte, statt jetzt in den harten rauen »90ern« …!
- Mit dem Österreicher Specki, der wegen seiner vielen Speckrollen so genannt wurde, hatte ich zwar anfangs sogar zusammen jongliert, er entpuppte sich dann aber als »Unsymp«! Besonders als seine vier Saufkumpels aus Salzburg schon morgens früh betrunken in die Bungalow-Anlage einfielen, dabei ausgerechnet die beiden Bungalows hinter uns belegten, und natürlich gleich in der ersten Nacht bis weit nach Mitternacht laut ihre Musik aufdrehten, lachten und lärmten, als wären sie die einzigen in der Anlage. Als ich mich dreimal und Moni einmal bei ihnen über ihr lautes Gebaren beschwerte, lachten sie uns nur aus, sodass ich so wütend wurde, aufstand und zur Managerin Dolores gehen wollte, um mich über die vier Österreicher zu beschweren.

Aber erst versuchte ich es noch einmal, im Guten mit ihnen persönlich zu reden, was aber gar nicht so einfach war. Der eine von ihnen, Christoph, lag nur dumpf besoffen und bekifft vor sich her lachend in seiner Hängematte;

Otto schwieg; der Dritte, ein blonder Typ, maulte nur: »Wir haben doch dafür bezahlt!«; sodass ich Glück hatte, dass wenigstens überhaupt einer von ihnen, nämlich der Vierte und langhaarige Große mit dem kanariengelben Hemd (Grrr!) einigermaßen ansprechbar war: Sie wollten jetzt leiser sein und am nächsten Tag umziehen.

Nichts davon geschah! Specki und seine Freunde lärmten danach jede Nacht, vorzugsweise zwischen 03.00 bis 05.00 Uhr morgens, vor Speckis Bungalow, was zwei Bungalows weiter von uns stand, sodass wir weitere drei Nächte nur mit Ohrenstöpsel überhaupt schlafen konnten.

Auf jeden Fall war ich in der ersten Nacht so wütend, dass ich stundenlang nicht schlafen konnte, weil ich verrückte Rachepläne schmiedete. Ich war fast so weit gewesen, mit meinem Wanderstock gegen die vier Kerle handgreiflich zu werden und auf sie einzudreschen! Welch überraschendes Gewaltpotenzial die in mir entwickelten: mit nem Knüppel und ner Wut im Bauch alleine gegen vier Mann, und das im Urlaub …!?!

Jedenfalls machte ich einen Luftsprung vor Freude, als ich hörte, dass diese vier tatsächlich nach vier Tagen weitergereist waren! Die vier Deppen wollten zum Campieren auf die einsame Insel »Exotica«: Hoffentlich werden sie dort von den Sandfliegen aufgefressen …!

Dann kam der große Regen: Vier Tage lang fielen über Port Barton fast ununterbrochen üppige tropische Regenfälle! Das Palmdach unseres Bungalows wurde undicht; und es tropfte rein in unser Bungalow, was zwar vom Dachdecker repariert werden konnte, aber trotzdem war bei Dauerfeuchtigkeit alles klamm, was aus Stoff oder Leder hergestellt war, und wurde kaum noch trocken. Wir saßen meist nur auf der Veranda, lasen, schrieben, starrten in die verhangene Tropenwelt und träumten von schönen sonnigen Thailand-Urlauben, tranken abends bei Kerzenlicht etwas Tanduay-Rum und machten danach schönen Sex à la Philippino: Das einzige kostenlose Vergnügen, das sie hier abends bei totaler Dunkelheit hatten …!

Wenn das Trinkwasser in Massen von oben kommt, wird überraschend die Wasserversorgung oberhalb des Ortes abgestellt, damit das Trinkwasser dort nicht verschlammt. Bei Josie im »El Busero« mussten sie abends Regenwasser aus Kübeln schöpfen, weil nix mehr aus der Leitung kam. In unserem Bungalow lief erst mal noch das Leitungswasser. »Aber wie lange noch?«, fragten wir uns. »Wahrscheinlich, bis der Tank leer ist!« Denn seit zwei Tagen hatten wir »Power Cut«, weil der Generator kaputt war. Wir hatten keinen Strom, kein Licht und keinen »Fan« (= Ventilator) mehr!

Außer dass uns dieser Dauerregen nicht in den Kram passte, weil er uns eine trübsinnige Stimmung wie in einem November in Deutschland brachte, wurde auf einmal unsere Rückreise zu einem einzigen Fragezeichen! Eigentlich wollten wir nach 2 ½ Wochen Port Barton am nächsten Tag mit einem Boot nach Sabang, was eine zweieinhalbstündige Bootstour über das offene südchinesische Meer bedeutet hätte, um dann zwei Tage später mit einem Auto nach Puerto Princesa zurückzukehren …! Aber was sollten wir in Sabang bei Dauerregen!? Wollten wir bei Dauerregen 2 ½ Stunden oder länger auf einem offenen Auslegerboot übers Meer schippern …!?

Wir hörten von der aus Sabang zurückgekehrten Flora, dass sie dort mit dem alten Rentnerehepaar Gunter und Annie und den anderen Bootsgästen wegen der hohen Wellen gar nicht am Kai anlegen konnten, sondern 50 m vom Ufer entfernt aus dem Boot ins Meer steigen mussten und abenteuerlich mit dem Gepäck über dem Kopf an Land kommen mussten. Das brauchten wir wirklich nicht!

Aber wenn das nicht, wie sahen die unbefestigten Pisten nach Puerto Princesa aus? Besonders das Teilstück von Port Barton nach San Jose? Wenn nicht nach Sabang, wann dann nach Puerto Princesa? Mit welchem Fahrzeug?: »Special Ride«? Wie teuer? Wo dann wohnen in Puerto Princesa? Fragen über Fragen, aber keine Antworten.

Erst einmal verzichteten wir auf den »Underground-River« in Sabang, der zwar der längste unterirdische Fluss der Welt sein sollte, aber Sabang im Regen sollte auch nicht gerade der Bringer sein. Wir wollten ebenso wenig 2 ½ Stunden nass und frierend auf einem kleinen Auslegerboot sitzen und uns dabei womöglich noch gar eine Erkältung fangen. Zumal wir gehört hatten, dass bei diesem Transfer von Sabang nach Port Barton sogar schon mal eines dieser kleinen Auslegerboote umgekippt war und die Bootsgäste dabei alle ihre Habseligkeiten außer ihrem nackten Leben verloren hatten …!

Also orderten wir dann doch lieber vom Swissippini aus über Funk einen »Special ride« mit einem vierradangetriebenen »Private Car« nach Puerta Princesa und eine Reservation im Casa Linda, wo wir schon auf der Hinreise gut und gerne gewohnt hatten. Beides wurde »confirmed«, also per Funk bestätigt. Aber abends vor der geplanten Abreise: Regen! Und kein Fahrzeug da! Morgens am geplanten Abreisetag: die ganze Nacht über tropischer Dauerregen! Und immer noch kein Auto da!

Also dachten wir: »Die Autos kommen auf der Piste nicht mehr durch nach Port Barton!« Denn einen Tag vorher war ein Auto mit Gästen fürs Swissippini erwartet worden, das nie ankam. Auch Josies Mann Urs, der mit einem LKW unterwegs war und von ihr erwartet wurde, funkte durch, dass er wegen der Unbefahrbarkeit der Schlammpiste nicht weiterkam …!

Für uns gab es inzwischen nur noch zwei Alternativen:
  - »Entweder schafft es ein Auto, nach Port Barton durchzukommen, dann können wir damit auch zurück nach Puerta Princesa fahren.
  - Oder falls nicht, müssen wir mit dem Boot übers offene Meer nach Sabang …!«

Da kein Auto gekommen war, bereiteten wir Edi und Saldi darauf vor, dass wir mit ihnen und mit ihrem Boot nach Sabang fahren würden, sobald es aufhören sollte zu regnen. Wir waren schon aufgeregt seit 06.00 Uhr früh wach und wollten gerade unsere Rucksäcke in große blaue Plastiksäcke regendicht verstauen, als plötzlich das große Abenteuer begann. Floras Cousin Sheeny hatte uns schon einen Tag vorher einen Funkverkehr mit Martin in der Inselhauptstadt Puerto Princesa zu Stande gebracht, was bei Dauerregen gar nicht so einfach war, da der Funk per Sonnenenergie funktionierte.

Sheeny erschien also an unserem Bungalow, wo wir ratlos im Regen standen, und berichtete uns, dass der Fahrer des bestellten Autos gerade angekommen war. Erleichtert gingen wir mit, erfuhren dann aber leider, dass er sein Auto fünf Kilometer vor Port Barton wegen eines Erdrutsches hatte stehen lassen, dort übernachtete und gerade in den letzten beiden Stunden zu Fuß gekommen war, um uns abzuholen. Für die Strecke dorthin arrangierte Sheeny ein »Local Private Jeepney« für uns, sodass wir angeblich nur ein paar Meter Transfer durch den Erdrutsch zum georderten Auto laufen brauchten: Der Preis von 3.800 Pesos (= ca. 190,– DM) würde sich dadurch nicht erhöhen. Der Fahrer erschien so zuversichtlich und in solch sauberer Kleidung, dass wir überhaupt nix argwöhnten und sofort zustimmten. So frühstückten wir noch im Swissippini zu Ende, als plötzlich Jürgen erschien, den wir am Abend vorher zusammen mit seiner Freundin Mala kennen gelernt hatten, als wir zusammen bei Josie im »El Busero« gespeist hatten. Sie hatten es sich inzwischen überlegt und wollten Palawan wegen des Dauerregens lieber wieder verlassen. Sie wollten mit uns zurück nach Puerto Princesa, egal wie! Dabei waren sie wirklich keine Weicheier, sondern welterfahrene Traveller, die u. a. auch schon durch Vietnam gereist waren. Uns kamen sie natürlich total gelegen, zumal unser privat gemietetes »Four-Wheel-Car« genau für einen Driver und vier Fahrgäste + Gepäck gedacht war: halb voll oder ganz voll für denselben Preis. So kamen wir alle auf ca. 50,– DM pro Person für die Tour, was zwar für dortige Verhältnisse eine Unsumme bedeutete, aber aufgrund der kommenden Abenteuer durchaus berechtigt erschien …! Zu viert machten wir uns dann in einem kleinen regennassen und zugigen halb offenen Jeep bei prasselndem Regen die 5 km bis zum Erdrutsch auf den Weg.

Vorher hatten wir uns bei den enttäuschten Bootsleuten Saldi und Edi verabschiedet, bei Victoria und Frazie, den lieben Mädels vom Swissippini, sogar mit Abschiedsumarmung, bei der gesamten Küchenbesatzung und beim unermüdlichen Sheeny: »Goodbye and thank you very much for all!« Natürlich hatten wir beim Auschecken dann auch ein ordentliches Trinkgeld in die »Tip-Box« für alle gesteckt.

Als wir dann am Erdrutsch in den Bergen vor Port Barton ankamen, erlebten wir »das wilde Palawan pur« …! Der »Landslide« (= Erdrutsch) war so groß, dass wir das gemietete Auto gar nicht sahen. Statt nur ein paar Meter weiter befand sich das Fahrzeug für uns unsichtbar hinter einer Kurve, ca. 50 m weit entfernt. Dazwischen dümpelte eine etwa acht Meter breite Matsch-Lawine, die sich links vom Berghang runter in erdfarbigen Ockertönen, als mit Steinen vermengter glitschiger Mahlstrom über die Piste rechts in den Abhang stürzte.

Beim Durchqueren des Erdrutsches sanken wir tief mit den Oberschenkeln bis zum Schritt in die Matsche. Dort verlor ich auch im Schlamm in einem Meter Tiefe eine meiner Gummisandalen. Da der Dauerregen immer noch anhielt, trug ich unter meinem aufgespannten Regenschirm Monis wertvolle Fotoausrüstung und unsere Rucksäcke mit den Wertsachen, sodass ich sowieso überhaupt keine Hand frei gehabt hätte, irgendwas aus dem Matsch wieder rauszuziehen. Moni krabbelte wie ein Wasserläufer auf allen vieren über die Schlammlawine, um sich leichter zu machen. Der gewiefte Fahrer, der uns in diese Bredouille gebracht hatte, schaffte nach und nach unsere beiden Kofferrucksäcke über den Erdrutsch. Alle waren wir heilfroh, lebendig durch diesen »Landslide« gekommen zu sein, zumal bei unserem unfreiwilligen »Moorbad« noch Steine und Geröll von oben nachfielen. Schließlich quotschten wir alle vier barfuß durch Schlamm und Geröll und waren danach total verschmutzt, aber glücklich, das Abenteuer lebend überstanden zu haben …! Danach wuschen wir uns in einer Pfütze am Straßenrand den lehmgelben Dreck von den Beinen und hofften, dass sich keine Hakenwürmer in unsere Füße gebohrt hatten. Moni hatte sich einen Zeh verstaucht, einen Zehennagel durchgebrochen und blutige Striemen an den Beinen. Ich hatte ca. zehn verschiedene Hautabschürfungen an den Knöcheln und Beinen davongetragen. Aber insgesamt waren wir froh, dass wir dieses »adventure« nicht allein zu zweit, sondern zu viert mit dem agilen jungen Paar Jürgen & Mala absolviert hatten, da die beiden uns als Gruppe hochgezogen und nach vorne gepeitscht hatten.

Aber als wir dann bei San Jose auf die Inselhauptstraße kamen und dachten: »So, jetzt haben wir das Schlimmste geschafft!«, wurden wir rasch eines Besseren belehrt, denn die eigentliche »Camel-Trophy-Tour« begann dort erst. Auf einer neu verlegten Sandstraße begann der schlimmste Streckenabschnitt: Die Sandpiste hatte sich in eine kilometerlange Schlammstrecke verwandelt. Reihenweise verreckten dort an einer Steigung die Jeepneys. Wir kamen dort auch nicht durch, obwohl unser Wagen mit Vierradantrieb das sicherlich geschafft hätte, aber andere altersschwache Jeepneys standen dort einfach im Weg: In beiden Fahrtrichtungen steckten dort ein Dutzend Autos, Busse, Jeepneys und LKWs wartend im Schlamm. Auch ein deutscher Motorradfahrer mit einer Geländemaschine versuchte es vergeblich. Er gab auf, ließ sein Motorrad dort liegen und ging zu Fuß zurück nach Roxas.

Schließlich mussten vor unseren Augen zwei Bulldozer eine neue »Straße« durch den Schlammhügel »bauen«: Erst drückten sie mit den schweren Schaufeln den Schlamm zur Seite, bauten sich dann eine schlammige Hohlgasse und zogen danach jedes der festsitzenden Fahrzeuge mit starken Metallketten einzeln aus dem Schlamm. Einen Jeepney sahen wir dabei, der schräg in den Schlamm auf »halb acht« abgerutscht war.

Ständig kamen und gingen Leute an uns vorbei, staksten durch den Regen; und ich redete mit einem philippinischer Soldaten, der uns noch ca. drei Stunden Wartezeit gab, bis wir dort rauskämen. Dieses Wühlen im Urschlamm weckte archaische Gefühle in uns: Solidarität mit den Menschen dort, die so etwas öfters erleben müssen! Das stundenlange Warten ließ uns Geduld in die schicksalhafte Situation üben. Da scherte es auch Moni wenig, sich zum Pinkeln einfach neben dem Hinterrad unseres Wagens zu kauern, gab es doch weit und breit keine Büsche, Häuser oder gar Toiletten!

Aber dann fasste sich unser »Driver« Eduard ein Herz, gab Gas und setzte sich bei immer noch strömendem Regen an die Spitze der Wagenkolonne. Er erklomm locker mit seinem Vierrad-Antrieb den schlammigen Hügel und schaffte es mit Geschick, viel Mühen und Schlingern durch die neue »Straße«, wobei er bis zu den Achsen im Schlamm fuhr. Der Wagen drohte mehrmals dabei umzukippen. Eduard sah zum Schluss kaum noch was, weil der Scheibenwischer nur noch den Schlamm auf der Frontscheibe verteilte. Schließlich brauchte er nur noch auf der anderen Seite den Schlammberg wieder runterzufahren. Für seine Leistung bekam er dann auch prasselnden Applaus von uns vieren!

Danach wurden wir den Rest der befestigten Hoppelpiste bis Puerto Princesa gut durchgerüttelt und geschüttelt, mit einer kurzen Pause in Maoyan, wo ich nach Philippino-Art in dem kleinen Straßenrestaurant die verschiedenen Deckel der Kochtöpfe selber liftete und mich für eine »Chicken-Soup« mit Reis entschied, die umgerechnet nur 1,– DM kostete, aber lecker war und neue Kraft gab. Ab der Honda-Bay schien dann auch wieder die Sonne.

In Puerto Princesa kamen wir dann nach acht Stunden für die 150 km »Camel-Trophy-Tour« müde und zerschlagen an und bezahlten Eduard gerne die verabredeten 50,– DM pro Person für diese Tortour! Wir bekamen im »Casa Linda« sogar unser Wunschzimmer und freuten uns, zurück in der Zivilisation mit ihren Annehmlichkeiten zu sein:

- Palawans Hauptstadt Puerto Princesa hatte damals 100.000 Einwohner und war nach 2 ½ Wochen Verkehrsruhe im Fischernest Port Barton mit seinen vielen Autos und Tricycles relativ laut, aber wir konnten z. B. mit dem Auto über glatte Asphaltstraßen rollen, statt uns stundenlang von eine Schlaglochpiste durchschütteln zu lassen.
- Wir konnten nicht nur ein gekühltes San Miguel-Bier trinken, sondern auch wieder Eiswürfel für ein Rum-Mixgetränk bekommen.

Auf dem Rückweg trieben wir uns im Millionenmoloch Manila sogar in der Dunkelheit in zwielichten Stadtteilen herum! Wir hatten keine Probleme damit und keine Angst mehr, hatten wir doch sogar Palawan heile überstanden: Wer sollte uns da noch was anhaben …!?

Aber die philippinische Natur kam auch später nicht zur Ruhe. 2006: Bei einem Erdrutsch gab es im Dorf Guinsaugan auf der Insel Leyte mehr als 1000 Tote und im Dezember am Fuße des Mayon-Vulkan (Insel Luzon) über 700 Tote …!

Das neue Jahrtausend

Nach sieben Jahren, in denen wir uns gründlich kennen und lieben gelernt hatten, zogen Moni und ich kurz vor dem Millennium, genauer ab Dezember 1999, in unsere erste gemeinsame Wohnung. Das brachte uns beiden nach jeweils zwanzig Jahren als Wohnungssingle neue Lebensqualitäten.

Ein neues Jahrtausend: Das erlebt man ja auch nicht alle Tage! Der Wechsel vom 31.12.1999 zum 01.01.2000 war ein weltweites Getöse an Feierlichkeiten rund um den Globus von nie erlebten Ausmaßen …!

Über Hagen sollte das geilste Feuerwerk aller Zeiten geprasselt sein. Wir waren dabei, ohne es zu sehen …! Wie ging denn das? Ganz einfach: Wir feierten die Millenniums-Party in der Hagener Stadthalle, zusammen mit einigen tausend anderer Rock-'n'-Roll-Fans, moderiert von Uschi Nerke, bekannt aus dem Beat-Club von Radio Bremen, in der Zeit von 1965 – 1972 die beste Musik-TV-Sendung, und WDR-II-Radioreporter Manni Breuckmann, übrigens auch ein Dattelner wie ich.

Als Musikgruppen heizten zunächst die Lennerockers ein, die lokalen Rockabilly-Heroen aus Hohenlimburg; danach zeigte Wanda Jackson, was sie noch zu röhren hatte.

Als dann schließlich die Comets loslegten, konnten wir es kaum glauben, dass Rock-'n'-Roll-Opas um die 70 Jahre noch solch eine Power haben können …!?! Das waren original die Männer, die in den 50er-Jahren als Bill Haley & the Comets mit »Rock around the clock« Musikgeschichte geschrieben hatten. Bill Haley lebte ja schon lange nicht mehr, aber die anderen, die Comets, waren dermaßen fesselnd, dass wir um Mitternacht auf das Millenniums-Feuerwerk verzichteten, um keine Sekunde von den Comets zu verpassen …!!!

Der Eintrittspreis für die ganze Millenniums-Party kostete übrigens nur coole 19,99 DM: Danke, Stadt Hagen!

Zwei Jahre später, am 01.01.2002, wurde dann ja in Deutschland und in halb Europa der Euro eingeführt, womit alles teurer wurde: Ja ja, der Teuro schaffte es sogar zum Wort des Jahres 2002!

Aber dass die Rolling Stones, eine andere greise Rock-Band aus den 60ern, für ihre Tournee 2006 pro Person 190,– Euro Eintrittsgeld haben wollten, das schlug dem Fass den Boden aus!

Koh Lanta, Thailand

Wir versuchten es doch noch einmal mit einer Reise ins geliebte Thailand, wohin wir kurz nach unserem Umzug im Januar 2000 losreisten, beide allerdings gesundheitlich ziemlich angeschlagen. Ich hatte eine Woche vor Reisebeginn eine meiner seltenen Grippeerkrankungen bekommen und war schon auf dem Wege der Besserung, als sich Moni einen Tag vor dem Abflug nach Thailand bei mir ansteckte. So musste Moni ihre Grippe auf Phuket in unserem Holzbungalow des Jungle-Beach-Resorts pflegen und war auch während unseres Aufenthaltes auf der südthailändischen Insel Koh Lanta mehr oder weniger gesundheitlich angeschlagen. So hatten wir dadurch natürlich auch nicht so einen tollen Thailandurlaub wie damals in den 90er-Jahren in Khao Lak. Trotzdem sind mir einige markante Erinnerungen geblieben.

Um von Phuket nach Koh Lanta zu kommen, mussten wir erst eine Fähre nach Phi Phi Island nehmen, um von dort mit einem anderen Boot nach Koh Lanta weiterzureisen. Normalerweise landete man dafür an einem Steg auf Phi Phi Island, stieg aus und in das nächste Boot wieder ein. Dieses Mal hatte sich die thailändische Fährgesellschaft jedoch etwas Besonderes einfallen lassen: Umsteigen auf offener See von der Fähre zum Boot! Nicht nur, dass die Fähre viel größer und höher als das Boot nach Koh Lanta war, sondern es herrschte auch noch ein beträchtlicher Seegang. Deshalb wurde das Umsteigen auf dem offenen Meer zu einem gefährlichen Abenteuer für Menschen und deren Gepäck. Moni schickte ich erst mal vor. Ihr wurde auch mit helfenden Händen von beiden Booten der Transfer einfach gemacht. Dann kam ich mit unseren beiden Kofferrucksäcken. Die konnte ich nicht einfach zum anderen Boot rüberwerfen, sondern musste sie jemand in die Hand geben, damit sie nicht ins Meer fielen. Das war aber nicht so einfach, weil das Boot wegen der hohen

Wellen mal unter, mal über mir schaukelte. Schließlich schaffte ich es doch, die beiden Gepäckstücke jeweils im richtigen Moment zu übergeben. Jetzt musste ich es nur noch selber heile schaffen, rüberzukommen. Das war etwas einfacher, aber auch nicht ungefährlich. Mit einem großen Spagat stand ich für einen gefährlich langen Moment mit jeweils einem Fuß auf den Bootsrändern der beiden schwankenden Boote, bis ich mich einfach von der Schwerkraft in den Gepäckhaufen des Zielbootes fallen ließ: geschafft!!!

In den »Dream Team Bungalows« auf Koh Lanta hatten wir wie früher in den 90er-Jahren eine einfache Bambushütte auf Stelzen mit Moskitonetz über dem Doppelbett. Neben dem Bett befand sich der Lichtschalter. Und neben diesem Lichtschalter hatte eine 10 cm große Spinne ihr Netz aufgespannt und lauerte dort Tag und Nacht auf potenzielle Opfer. Spinnen tot machen kommt für uns überhaupt nicht mehr in Betracht! Zum Einfangen und nach draußen Bringen saß sie zu ungünstig. Also dachten wir uns: »Besser wir sehen die Spinne dort. Dann wissen wir wenigstens, wo sie ist. Wenn wir sie jetzt versuchen einzufangen, haut sie uns womöglich noch ab, und wir wissen überhaupt nicht, wo sie sich rumtreibt …!?« Also ließen wir die Spinne dort lieber neben dem Lichtschalter sitzen.

Eines Nachts wachte ich in unserem Bungalow auf, weil ich ein knabberndes Geräusch von der Bambuswand hörte: »rab - rab - rab –rab …!« Mit der Taschenlampe schaute ich mir die Sache genauer an. Da befand sich doch im Zwischenraum zwischen der Innen- und Außenwand ein kleines Nagetier und machte sich an der Bambuswand zu schaffen: »rab - rab - rab - rab, mhhh, lecker geflochtener Bambus!« Das eifrige Tier ließ sich durch mich und meine Taschenlampe überhaupt nicht stören. Da gab ich dem rosa Schnäuzchen, das beim Knabbern in unser Schlafzimmer schaute, mit meinem Gummi-latschen gezielt und humorlos die trockene Rückhand. Whup! Weg war das rosa Schnäuzchen! Zumindest für diese Nacht. Am nächsten Tag berichtete ich dem Manager der »Dream Team Bungalowanlage« diese Story mit dem Palmhörnchen oder der Palmratte, oder was es immer für ein putziges Tierchen war: »Hallo, Mr. Manager. There was a small animal last night, which began to eat your bungalow number B 3!« Die Antwort des Managers darauf, dass ein Tier unsere Hütte auffraß, war sehr bezeichnend für Thailänder: »Hi-hihihihihihi!« Das war alles. Man will ja nicht gleich das Gesicht verlieren …!

Na ja, wie es weiterging mit dem Bungalow Nr. B 3, erfuhren wir nie, weil wir dann zu einem besseren Bungalow direkt am Strand umzogen: größer, luftiger, direkter Meerzugang und ohne Haustier …! Dafür hatten wir dann Sandflöhe auf Koh Rok, einer wunderschönen kleinen Insel mit Naturschutzpark südlich von Koh Lanta, wohin wir als Tagesausflug mit einem Schnellboot zum Schnorcheln fuhren. Leider fing sich Moni dabei auch noch eine unangenehme und schmerzhafte Blasenentzündung ein, die von »Schwester Uschi« mit deren Reise-Antibiotika behandelt wurde. Diese Uschi befand sich ebenfalls auf dem Schnellboot, war schon ein halbes Jahr unterwegs, von Beruf Krankenschwester und hatte glücklicherweise allerlei nützliche Arzneien in ihrem Reisegepäck. So konnten die Schmerzen von Moni erst gelindert und dann auch schließlich völlig beseitigt werden, damit wir auch noch weiterhin den »Urlaub mit Hindernissen« wenigstens ansatzweise genießen konnten. Wir mieteten uns auch mal ein Motorrad, um damit die staubige Piste von Koh Lanta einmal von Norden nach Süden abzufahren und das wenige zu entdecken, was es überhaupt zu entdecken gab.

Im Süden von Thailand leben ja überraschend viele Moslems. Sie stellen auf Koh Lanta den größten Bevölkerungsanteil. So waren wir sehr erstaunt, dass dort in den Dörfern und teilweise auch in den Restaurants viele islamische Thais lebten und arbeiteten und dass wir dort viele verschleierte Frauen und mehr Moscheen als buddhistische Tempel sahen. Das kam vom Einfluss des islamischen Nachbarstaates Malaysia. Allerdings waren diejenigen islamischen Thais, mit denen wir sprachen, recht locker und liberal, also absolut nicht mit dem fundamentalistischen Islam im Vorderen Orient oder Nordafrika zu vergleichen.

Jedenfalls nach dem Erdrutsch 1999 auf den Philippinen und diesem erneuten Reise-Reinfall 2000 in Thailand beschlossen wir, erst mal auf Tropenurlaube zu verzichten, weil wir anscheinend gesundheitlich dafür nicht mehr geeignet erschienen. Stattdessen ließen wir uns dann mal was anderes einfallen.

Kalabrien: 50. Geburtstag

So verbrachten wir dann mal zwei Urlaube in Kalabrien, ganz im Süden von Italien, sozusagen an der »Stiefelspitze«, wo ich am 27.09.2001 meinen 50. Geburtstag erlebte. So schloss sich der Kreis, da ich ja ganz am Anfang meiner abenteuerlichen Reisen, nämlich am 27.09.1971, meinen 20. Geburtstag ebenfalls im Ausland verbrachte, bei den freundlichen Jüten und Jütinnen in Dänemark. In Kalabrien genossen wir nicht nur das gute italienische Essen und Trinken, sondern auch das mediterrane Flair und von dort aus machten wir Ausflüge zum Ätna auf Sizilien und zu den Liparischen Inseln, also zu den aktiven Vulkaninseln Vulcano, Lipari und Stromboli ...

Dazu passte natürlich auch die neu entdeckte italienische Krimi-Literatur: Italo-Krimis von Andrea Camilleri auf Sizilien und Donna Leon in Venedig. Ansonsten waren meine literarischen Bestseller am Anfang des neuen Jahrtausend »Mister Aufziehvogel« von Haruki Murakami und »Schiffbruch mit Tiger« von Yann Martel. Musikalisch blieb ich dem leidenschaftlichen Latino-Pop treu und ließ mich am meisten von Shakira, Gloria Estefan und Nelly Furtado antörnen.

Für die neuen Reiseziele in den nächsten Jahren standen neben den beiden Kalabrien-Urlauben auch dreimal Schnorchelurlaub am Roten Meer in Ägypten, was zwar ganz einfach und bequem zu bereisen war, aber anscheinend auch nicht so ganz ungefährlich war, wie die kleine Attacke eines Blaupunkt-Stachelrochens auf Monis Fuß zeigte ...!

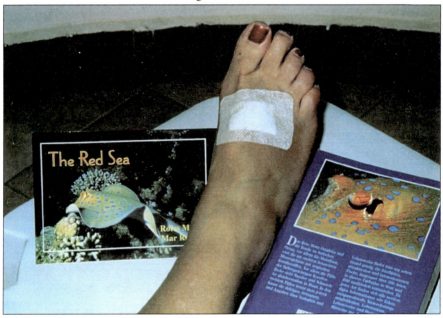

Der Blaupunkt-Stachelrochen und sein Opfer

Danach führte uns zwischen 2002 und 2006 unser Weg viermal zu griechischen Insel: Karpathos wurde unsere Lieblingsinsel im neuen Jahrtausend, wohin wir 2004 – 2005 – 2006 drei Jahre hintereinander reisten, aber 2002 ging es erst mal nach Kreta:

Kreta: griechisches Osterfest

Schon seit dem Film »Alexis Sorbas« mit Anthony Quinn in der Hauptrolle war ich von Griechenland angetörnt.

So folgten auch schon früh vor ca. 35 Jahren meine ersten Griechenland-Reisen, damals noch per Anhalter:
- 1973 mein erster Griechenlandaufenthalt, wo ich zusammen mit meiner dänischen Freundin Jytte nach Korfu trampte.
- 1974 erster Kreta-Aufenthalt zusammen mit Matthes: Wir schliefen mit den Hippies am Strand von Matala und durchwanderten die 16 km lange Samaria-Schlucht mit dem kompletten Marschgepäck auf dem Rücken, also Zelt, Schlafsack und was man so für eine mehrmonatige Tramptour alles braucht.
- Danach noch viele Griechenland-Reisen, insgesamt dreizehnmal, hauptsächlich mit »Αγαπι (Agapi)[7]« Moni, meiner »griechischen Seele«, die Griechisch spricht und noch viel öfter als ich in Griechenland war …

So wollten wir 2002 nach Paleochora im Südwesten Kretas. Dort war Moni schon mal 1979, als sie damals wild auf dem westlichen Strand gezeltet hatte. Dort steht jetzt ein Denkmal von zwei Travellern am Sandstrand, das die Hippies den Einheimischen in den 70er Jahren geschenkt hatten. Paleochora war in den 70er-Jahren ein Hippie-Ziel wie Matala, wo ich wiederum 1974 eine Woche lang mit Matthes am Strand geschlafen hatte. Aber wir wollten weniger nach Paleochora wegen unseren Erinnerungen, sondern eher, weil es dort noch ruhig, beschaulich und weniger touristisch sein sollte, und außerdem wegen der frühen Reisezeit im April/Mai besseres Wetter zu erwarten war, besonders die Wassertemperaturen würden im Mai eher mal ein Bad im Meer zulassen …!?! Außerdem war es jetzt mein dritter Kreta-Besuch, und ich war vorher noch nie in Paleochora.

Auch Sister Bär-Bel war ja schon mal in Paleochora und pries die Halbinsel-Lage des Ortes, wo es je nach Windrichtung mal an jenem, mal an diesem Strand gut auszuhalten war. Da dort überwiegend Westwind herrschte, wäre der schöne westliche Sandstrand wahrscheinlich eher ungemütlich. Deshalb wählten wir für unsere Unterkunft auch lieber den östlichen Ortsrand, wo es zwar Kieselstrand hatte, dafür aber windgeschützt war, und die Bungalows Loupasis schön zwischen Palmen und blühenden Blumen lagen, mit Blick auf das nur 50 m entfernte Meer.

Dann verbrachten wir auch einen Abend bei den Hippies: Das vegetarische Restaurant »Third Eye« mit seinem »OM«-Zeichen als Logo fiel uns schon seit Tagen auf. So wählten wir einen Abend ohne Westwind, um uns unter die ehemaligen Hippies zu mischen. Der griechische Inhaber Sideros mit Zopf hatte die vielen leckeren vegetarischen Gerichte von seinen Reisen nach Indien und Asien mitgebracht. So schmeckte uns das Kus-Kus und die mit Käse gefüllten Zucchini-Blüten trotz ohne Fleisch sehr delikat. Dazu leichten trockenen Weißwein, und das alte griechische Zeichen der Gastfreundschaft: Brot und Wasser ohne Ende. Denn Griechen stellen üblicherweise dem Gast die Kostbarkeit einer gefüllten Wasserkaraffe kostenlos hin. Im »Third Eye« bei den Hippies gab es standesgemäß als Gastfreundschaft kretischen Raki frei Haus: erst einmal so zur Begrüßung; und dann später ging Sideros noch mal mit einem Tablett voller Raki-Pinchen durch sein Lokal, um sie unters Volk zu bringen …! Interessant war für uns sicherlich auch die Atmosphäre: Bei Rockmusik und Räucherstäbchen fragten wir uns, wer von den alten Kämpen auch schon 1974 am Strand von Matala oder 1979 am Sandstrand von Paleochora, in Sichtweite des »Third Eyes«, gelegen hatte …!?!

Das orthodoxe Ostern wie das der Griechen ist meist später als unser Osterfest: So fiel das griechische Ostern 2002 auf den 05.Mai: »Kalo Pas'cha« heißt »frohe Ostern«. Es war griechischer Karfreitag auf Kreta. Wir hatten gerade im Restaurant »Kyma« lecker gegessen, als gegen 21.00 Uhr die Kirchenglocken von Paleochora schlugen. Wir sahen in der Dunkelheit eine Prozession mit vielen Kerzen, der wir uns anschlossen. Hunderte von schwarz gekleideten Griechen, Omis wie Mittelalte, Kinder und Jugendliche, folgten mit ihren brennenden Kerzen andächtig einem Baldachin einmal um den Ort, dann zurück zur Kirche, wo jeder sich vom mit Blumen geschmückten Baldachin

Blüten abnehmen durfte. Als Außenstehende nahmen wir uns nur die runtergefallenen Blüten, fühlten wir uns doch mehr als Zaungäste, die dort mitmachen durften … Moni als Protestantin war sichtlich gerührt; wogegen ich als früherer Katholik mit den Weihrauchdüften zu kämpfen hatte, die mir als Kind bei Fronleichnams-Prozessionen schwer zu schaffen gemacht hatten. Aber an diesem Abend in Paleochora konnte ich den Weihrauch mit ordentlich Raki im Balg gerade noch aushalten. Dagegen mag Moni diese schweren Düfte des Weihrauches eigentlich immer. Wir kamen jedenfalls an diesem Abend völlig überraschend zur Teilnahme an einem religiösen orthodoxen Ritus, wonach die einheimischen Griechen sich in Massen in die Bars und Kafeneions der zur autofrei-gesperrten Fußgängerzone ihrer umfunktionierten Freilichtbar niederließen, um vor dem Ostersamstag noch mal ordentlich zuzulangen, weil am Ostersamstag alle orthodoxen Griechen fasteten, und das taten selbst die Männer. Am Ostersamstag ging es dann den kleinen Zicklein und den Osterlämmchen reihenweise ans Leder bzw. ans Fellchen, damit die Griechen sich um Mitternacht nach der traditionellen Judasverbrennung über die Innereien der Lämmer hermachen konnten! Außer ein bisschen Knallerei der Kinder hatten wir allerdings vom Ostersamstag nicht viel Rituelles mitbekommen. So verpassten wir auch »das mit den Eiern«, wobei hart gekochte Hühnereier rot gefärbt wurden. Am Ostersonntag wurde dann von Loupasis, dem Besitzer unserer Bungalowanlage, eine große Tafel für das traditionelle familiäre Osteressen vor der Rezeption aufgetischt, wofür es schon Tage vorher Vorbereitungen gab. »Chronia Pola« hieß es dann von den Griechen, was direkt übersetzt »Viele Jahre« heißt, und was wir schon vom Neujahrsfest her kannten, als die Griechen in Deutschland auch »Chronia Pola!« riefen. Außerdem riefen viele »Christos Anesti«, also »Christus ist auferstanden«. Wir unternahmen eine individuelle Autowallfahrt durch die Berge der Südküste und kamen dabei auch von einem Kirchlein zum nächsten. Als wir dann von unserer Ostertour durch die Bergdörfer Anidri und Azigores zurückkamen, erlebten wir eine Osterüberraschung: Die Griechen waren schon nach ihrer familiären Osterfeier aus unserer Bungalowanlage wieder weggefahren, aber unser Bungalow duftete nach süßem Gebäck, das da für uns stand, samt zwei Gläser kretischen Weins und der besagten rot gefärbten Eier: »Chronia Pola!« Ein »Eigentor schossen« wir aber zu Ostern doch noch selber: Während unserer Auto-Wallfahrt durch die umliegenden Bergdörfer und Kirchlein trafen wir die nette holländische Familie aus unserem Nachbar-Bungalow, die uns den Tipp mit dem Restaurant auf dem naheliegenden Camping-Platz gab. Dort wollten wir eigentlich wegen des vorherigen Verzehrs der griechischen Osterplätzchen nur noch eine Kleinigkeit essen, schwenkten dann allerdings um, als die holländische Serviererin uns das Osterlamm vom Spieß anpries. Wir wollten zwar nur eine Portion, um uns die dann zu teilen, bekamen aber dann durch ein sprachliches Missverständnis jeder ein Lammgericht. Das war aber leider so dermaßen fett und unappetitlich, dass die Restaurant-Katze mehr von dem Lamm abbekam als wir beide zusammen …!!! Verteilermäßig kippten wir schon heftig im Restaurant jeder zwei Raki, ohne dass sich ein Wohlgefühl im Bauch einstellte. Deshalb tranken wir zuhause im Bungalow noch weiter mehrere Raki. Mit dem Ergebnis, dass uns beiden am nächsten Tag ganz übel war: erstens vom Lamm im Bauch; und zweitens vom vielen Raki …!!! Das war übrigens glücklicherweise das einzige Negativerlebnis mit griechischem Essen auf Kreta! Am Ostermontag gab es noch eine Prozession zum Friedhof, wo sich die alten Griechen und Griechinnen um 13.00 Uhr mit dem Dorfpopen trafen, der dieses Mal in Schwarz gewandet war, nachdem er am Karfreitag noch in Weiß auflief. Abends gab es dann noch Lichter auf dem Friedhof und die Kinder unserer griechischen Nachbarn lärmten bis spät in die Nacht … Nach so viel religiösen Riten wandten wir uns dann wieder ganz profanen Urlaubsfreuden zu: Baden in unserer Lieblingsbucht Grammenos, einem der schönsten Strände an der Südküste Kretas, die ein paar Kilometer westlich von Paleochora, Richtung Koundouras lag. In der warmen Frühlingssonne lagen wir dort schön geschützt zwischen Felsen und Wacholderwäldchen; und dort gab es einen schönen weichen Sandstrand bis ins Meer rein, wo wir auch schon trotz Anfang Mai und Wassertemperaturen zwischen 18 – 21 °C mehrmals im Meer gebadet hatten. Natürlich war das Schwimmen und Schnorcheln in den Lagunen von Elafounisi an der Westküste Kretas unübertroffen, wohin wir dann deshalb auch noch ein zweites Mal hinfuhren! Elafounisi hat zwar keine Palmen wie der Strand von Vai im Osten Kretas, aber verdient trotzdem seinen Namen als »Südseestrand Kretas« wegen seiner bezaubernden Lagunenlandschaft zu Recht, weil wir dort durch knietiefes relativ warmes Wasser wateten, um dann zu einer vorgelagerten Insel zu kommen, wo wir das Meerwasser in Türkisgrün leuchten sahen und Moni sogar lachsrote Sandstreifen am Strand sah, dazu das Wandern durch die Dünen und Muscheln und schöne flache Schnorchelbecken …

Hai-Alarm auf den Malediven

Im Oktober 2002 hatte Moni ihren 50. Geburtstag. Um diesen besonderen Ehrentag auch besonders zu feiern, wünschte sie sich, ihren Geburtstag auf einer Malediveninsel zu feiern. Gesagt – getan; geplant – gespart; gebucht – gereist … so kamen wir nach 36 Stunden auf den Beinen auf die tropische Malediveninsel Angaga im Süd-Ari-Atoll an, müde und zerschlagen, und fielen erst mal in einen unruhigen Schlaf …

Nach dem Aufwachen entpuppte sich Angaga als die Trauminsel schlechthin: eine runde »Spiegelei-Insel« mit Kokospalmen rundum und grell weißem und zusätzlich puderzucker-feinem Korallensandstrand. Wir hatten ein schönes weißes Steinbungalow, direkt am Strand, im Schatten einer Kokospalme, und eine Maledivenschaukel aus Holz auf unserer Terrasse. Dazu spannte ich mir noch meine echte Hängematte aus Yucatan auf: Es konnte gemütlich werden …!

Bereits beim zweiten Schnorchelgang am Vormittag des zweiten Urlaubstages hatten wir das Glück, unter Wasser eine Meeresschildkröte von etwa 40 cm Größe zu sehen: wahrscheinlich eine Karettschildkröte? Erst tauchte sie ab und äste danach auf dem Meeresgrund: Welch eine Freude für uns!

20. Oktober 2002: Monis 50. Geburtstag.
- Das erste Geschenk machte sie sich selber: diesen wunderschönen Urlaub auf den Malediven.
- Das zweite Geschenk bekam sie von mir zum Frühstück: einen Gutschein für eine Farbberatung bei einer Hagener Kosmetikerin auf Emst.
- Das dritte waren Geburtstagsglückwünsche von Haneef, dem Manager des Angaga Resorts, und von unseren Tischnachbarn im Restaurant am Abend.
- Das vierte Geschenk war ein Geschenk des Indischen Ozeans: Beim Geburtstagsschnorcheln trafen wir die Karettschildkröte wieder, wie sie

gerade beim Auftauchen war …! Wir beobachteten sie mehrere Minuten, da sie drei- bis viermal Luft holte. Sie verhielt sich ohne jede Panik, ließ mich sogar so nahe herankommen, dass ich von ihrem Kopf eine Portraitaufnahme machen und sie sogar auf dem Schild streicheln konnte. Zum ersten Mal schnorchelten wir mit einer Einwegunterwasserkamera, wobei ich vor lauter Begeisterung in einer Dreiviertelstunde einen 27er Film durchjagte.

Danach trafen wir dann beim Schnorcheln in der Lagune noch einen schönen Riffstreifen, wo jede Menge neue Korallen in allen Farben wuchsen: schön, dass sie nach »El Nino« wieder weiterwuchsen.
  – Das fünfte Geschenk war ein e-m@il vom »malediven.net«, die Moni per Internet alles Gute zum 50. Geburtstag wünschten: moderne Zeiten!
  – Das sechste Geschenk war ein speziell gedeckter Tisch im Restaurant beim Abendessen für uns beide, wo mit Blüten und Kokosnussblattstreifen stand:

HAPPY B'DAY
50

Und alles war zusätzlich um unsere Teller mit Blumen dekoriert: sehr nett! Danach gab Moni noch in der Bar mit Sessel direkt am Meer eine Runde Brandy für uns beide aus, wobei wir von einem Barmann aus Bangladesh bedient wurden. Vorher hatten wir schon einen indischen Koch kennen gelernt und mit einem Koch aus Sri Lanka gesprochen, während im Restaurant unser Waiter aus Gan kam, eine südmaledivische Insel südlich des Äquators.
  Zu Monis großer Freude lernte sie dann noch Peter B. und seine Frau Hedi vom Bungalow Nr. 101 kennen, mit dem sie sich schon im »Malediven-Net«, einem Internet-Forum, ausgetauscht hatte. Dort nannte er sich übrigens »Teufelchen«. Da hatten sich die beiden jede Menge zu erzählen, zumal die beiden Wiener auch sehr nett waren. So trafen wir uns täglich, um mit ihnen über Schnorcheln, Reisen, Reisekrankheiten und die Malediven zu reden. So kam es auch dazu, dass wir uns zu einem gemeinsamen Nachtschnorchelgang verabredeten. In der Tauchschule von Jochen Gommers liehen Peter B., Moni und ich uns je eine Unterwasser-Taschenlampe für je 17,– US $ pro Person und

Abend. Da es in den Tropen schon früh und schnell dämmert, ging es dann ab 18.30 Uhr rein ins Wasser. Hedi machte an Land Fotos und Peter B. unter Wasser. Ich zog mir meine grüne Regenjacke an, um unter Wasser nicht zu frieren: Das klappte auch!

Es war auch gar nicht so gefährlich, es war eher »easy«! Die Fische im Dunkeln zu sehen, die wir tagsüber nie sahen, war ein fantastisches Erlebnis: besser als Tauchen! Wir sahen dabei jede Menge Lobster und Strahlenfeuerfische, sodann Griffel-Seeigel, Kissen-Seeigel, einen Masken-Igelfisch und Moni sah sogar einen Rochen. Besonders schön war das Aufblühen der Strahlensterne in vielen Farben, die tagsüber nur lasch herumhingen, nachts aber erstrahlten. Es gab natürlich auch einige andere bunte Tropenfische zu sehen, die wir auch von tagsüber kannten: die gelb-schwarz längs gestreiften Süßlippen oder die langen Trompetenfische. Leider sahen wir auch quallenähnliche Säckchen. Und da es anfing zu pieksen, gingen wir wieder raus, aber trotzdem glücklich und froh gelaunt ob dieses seltenen Erlebnisses.

Beim zweiten Nachtschnorchelgang kam Hedi dann auch mit, wir sahen allerdings nix Neues außer haarigen Einsiedlerkrebse, die in ihren Häuschen herumwanderten. Dafür ging meine Unterwasserlampe bestimmt zehnmal aus: wahrscheinlich ein Wackelkontakt!? So kam ich dann jedenfalls nur mit Mühen und der Orientierung durch den Lichtschein der Lampen vom Anlegersteg wieder aus dem Wasser raus. Nach dem zweiten Nachtschnorcheln hatte ich ja dann auch diese juckenden Pöckchen auf der Haut bekommen. Die Blonde von der Tauchschule meinte, dass es sich dabei um nesselnde Meeresbewohner handelte, und zwar Plankton oder Nesseltierchen oder Fetzen von Nesselquallen, die im Wasser pieksten. Danach wussten wir's wenigstens, aber es juckte trotzdem! Ursprünglich wollte ich auf Angaga ja sogar tauchen und hatte mir dafür eine Tauchunbedenklichkeitsbescheinigung von meinem Arzt in Hagen ausstellen lassen, aber nachdem wir die Tauchschule auf Angaga erlebt hatten, nahm ich von dem Plan lieber wieder Abstand. Vor allem die schnippischen Blicke und der muffelige Leiter Jochen hatten mir die Lust aufs Tauchen vergällt. Aber auch so wollte ich lieber die Faulheit des Urlaubes genießen, statt mich wie sonst im beruflichen Alltag mit neuen Verbindlichkeiten zu belasten …!

Wir hatten auch so beim Schnorcheln unsere Freude und sahen unheimlich viele verschiedene und bunte Tropenfische: meine Lieblingsfische, die Wimpel- und Halfterfische, Nashornfische, schwarze und Kugelkopf-Papageienfische, blaue Vogelfische, Feilenfische, Barben, Putzer-Lippfische, Stülpmaul- und Streifenbanner-Lippfische, Gelbpunkt-Kofferfische, Sattel-spitzkopf-Kugelfische und Riesenkugelfische, Orient-Süßlippen, dunkelgrüne Trompetenfische in Schwärmen, einen großen Schwarm Hornhechte, Clowns- oder Anemonenfische, Clarks- und Malediven-Anemonenfische, jeweils in oder an ihrer Anemone, Dreibinden-Preußenfische, Gelbbauch-Demoiselle, Indischer Trauer-Chromis, Weißkehl- und Gelbklingen-Doktorfische, braune Segelflossen- und Blaustreifen-Doktorfische, Langmaul-Pinzettfische in Gelb (eine Schmetterlingsfisch-Sorte), grüne Riesendrückerfische und Leoparden-Drückerfische, Picasso-Drückerfische und Gelbschwanzdrücker, verschiedene Falter- und Kaiserfische, wie die gelben Dreipunkt-Kaiserfische, Pfauen- und Imperator-Kaiserfische, oder den schwarzen Pyramidenfalterfisch, Mondsi-chel- und Fähnchen-Falterfisch, Schwarzstreifen- und Halsband-Falterfisch, Gelbkopf- und Madagaskar-Falterfisch, Zickzack- und Winkel-Falterfisch, Masken-Igelfische und gepunktete Igelfische, Griffel-Seeigel, Pfauenaugen-Zackenbarsche, Goldband- und Mondsichel-Junker, rote und Schwarzbin-den-Soldatenfische oder Husarenfische wie die Großhornhusaren, dann noch große Schwärme von Indopazifik-Sergeanten, die wir auch als Zebrafische kannten, Neonfüsiliere und Schwarmfische in Blau, Grün oder Braun zwi-schen all den schönen bunten Weich- und Hartkorallen. Außerdem sahen wir beim Schnorcheln noch mal einen schlafenden Ammenhai von ca. 1 m Länge. So was hatten wir beim Tauchen vorher noch nie gesehen. Ansonsten sahen wir zum ersten Mal einen Steinfisch. Wir sahen Adler-Rochen mit 1 m Spannweite und Stachelrochen, 55 cm lange Blaustreifen-Schnapper als Schwärme, gelbe und braune Seesterne, 1 m lange Tunfische, springende Fi-sche und fliegende Fische, Blauflossen-Stachelmakrelen, die Riesenmörder-muschel Tridagna, eine Seeschlange, Rotfeuerfische und Strahlenfeuerfische, Dornenkronen, Riesenmuränen, Zebramuränen, Schneeflockenmuränen und Netzmuränen. Sicherlich war einer der Höhepunkte, als wir am siebenten Schnorcheltag einen ca. 1 1/2 Meter langen Weißspitzen-Riffhai am helllich-ten Nachmittag für gut eine Minute lang unter uns herschwimmen sahen, als er das Riff entlang patrouillierte …

Einmal entdecken Moni und ich am Außenriff hinter der südlichen Lagune einen kleinen etwa 1 m langen Weißspitzenhai, die ja an sich für Menschen ungefährlich sein sollen. Als er uns auch entdeckte, bog er in die flache Lagune ab. »Das ist die Gelegenheit«, dachte ich mir, »ein Unterwasserfoto vom Hai zu machen!« Deshalb schwamm ich parallel zu ihm am Außenriff entlang und wartete darauf, dass er auch wieder zum Außenriff zurück abbog. Dabei musste ich mich ganz schön sputen und enorme Flossenschläge machen, um ihm überhaupt einigermaßen in Sichtweite folgen zu können. Denn so ein Hai haut ab wie eine Rakete! Als er dann endlich in meine Richtung zurück zum Außenriff abbog, hatte ich ihn auf einmal frontal vor mir mit seinem breiten und bulligen Maul: Das war ganz schön unheimlich! Ich versuchte zwar, ein Unterwasserfoto vom Hai zu machen, aber als ich hinterher den entwickelten Film sah, war da auf dem Foto nur blaues Wasser weit und breit: Der Hai war einfach zu schnell für mich gewesen!

Die Kehrseite der Tropen, der »tückischen Tropen«: Zwar symbolisieren palmenbesäumte weiße Strände mit türkisblauem Meer die Tropenträume der westlichen Touristen, doch diese Tropen waren für uns immer wieder tückisch:

- Erst einmal war es dort total schwül, sodass wir Unmengen von Wasser wegsaufen mussten: Das war ja noch o. k.
- Aber die kleinen unsichtbaren »Quälgeister« machten uns westliche Touris das Leben schwer: Erst erwischte es Moni, dass sie am ganzen Körper juckende Nesselpöckchen hatte, danach mich auch.
- Zusätzlich hatte ich eine Raupe mit giftigen Flaumhärchen am Oberschenkel gehabt, wo ich am nächsten Tag einen bierdeckelgroßen juckenden Pockenfladen als Ausschlag bekam …
- Da wollten wir schon gar nicht mehr aus der Kühle des air-conditioned Bungalow raus, erst recht nicht in das erfrischende Meer mit all seinen Nesseltierchen …!!!

Aber es gab ja auch noch einiges oberhalb des Meeresspiegels zu bestaunen: allen vorweg die Inselflora mit den vielen Kokospalmen, der Inbegriff einer »Trauminsel«, dazu noch die Schraubenpalmen mit den typischen Luftwurzeln, Frangipani-Bäume mit den weißen Blüten, Flammenbäume mit den roten Blüten, Schönmalven, kleinblütige Ackerwinden und eine Art Banyan-Baum.

Dagegen war die Inselfauna eher dürftig bestückt: Ein paar Flughunde waren da schon die Sensation, dazu eine Katze, ein paar Ratten, zwei Reiher, mehrere Glanzkrähen, Seeschwalben, Stelzenvögel, Stelzentyrannen und kleinere Strandläufer, Geckos, riesige Ameisen, kleine Kakerlaken, wenige Mücken, Fruchtfliegen, Raupen, Falter und Springspinnen.

Die 250.000 sehr freundlichen Malediver waren zwar zu 100 % sunnitische Muslime, hatten aber allesamt – jedenfalls mit denen wir gesprochen hatten – mit jedweden fundamentalistischen islamischen Ideen nix am Hut! Aber ansonsten waren »die Malediven ein Paradies, aber nur für Touristen. Denn seit 28 Jahren regierte Staatschef Maumoon Abdul Gayoom den kleinen Inselstaat mit harter Hand. Wer opponierte, musste ins Gefängnis. Nach schweren Unruhen in der Hauptstadt Male im Jahr 2003 versprach Gayoom politische Reformen und richtete eine verfassungsgebende Versammlung ein. Aber am 14.05.06 verhaftete dann seine Polizei erneut rund 200 Leute, die sich zu einer friedlichen Demonstration zusammengefunden hatten. Die Regierungsgegner der ›Demokratischen Partei der Malediven‹ (MDP) klagten, dass Gayoom die politischen Reformen verzögerte und gleichzeitig versuchte, die Opposition zu zerschlagen. MDP-Chef Mohammed Nasheed saß seit Monaten im Hausarrest und wartete auf einen Prozess wegen Terrorismus und Landesverrat.«[8]

Aber die größte Gefahr für die Malediven kommt von außen: Noch liegen die 1200 Atolle der Malediven über dem Meeresspiegel, aber aufgrund der Erderwärmung und der damit verbundenen Abschmelzung der Pole wird es nur noch eine Frage der Zeit sein, bis die äußerst flachen Malediveninseln für immer im Meer verschwunden sein werden, zumal die höchste Erhebung der Malediven ganze 1,8 Meter über dem Meeresspiegel liegt.

Probeweise geschah das ja schon vorrübergehend nach dem Tsunami im Indischen Ozean am 26.12.2004, als viele Malediveninseln 1 – 2 m unter Wasser standen: Zwar gab es deswegen mit 73 Toten nicht so viele Todesopfer wie in Sri Lanka, Thailand oder Sumatra, aber trotzdem einen enormen Sachschaden!

Spurensuche

Die Frage nach dem Woher? Der ewige Kreislauf: Woher komme ich? Wohin gehe ich? Gerade im Anblick des Todes überkam mich natürlich diese philosophische Fragestellung besonders.

Der Tod meiner Mutter Marie am 12. November 2002 traf mich nicht unvorbereitet, war sie doch schon 75 Jahre alt und kämpfte 2 ½ Jahre gegen ihren Krebs im Körper. Sie verlor zwar den Kampf, aber glücklicherweise ohne Schmerzen. Denn es ist ja nicht der Tod das Schlimme im Leben, sondern die Schmerzen, die zum Tode führen. So bleibt es doch tröstlich, wie Epikur in seiner Philosophie des Glücks schon vor zweitausend Jahren so schön und treffend sagte: »Der Tod braucht uns nicht zu interessieren, weil er nicht ist, solange wir sind. Wir aber nicht mehr sind, sobald er einmal da ist.«

So danke ich meiner Mutter für all die Liebe, die sie mir im Leben gegeben hat, sodass ich deshalb fähig war und es noch bin, wiederum meine Liebe weiter zu verschenken …

Wurzeln eins – meine 50er-Jahre

So kam ich ab 2002 wieder näher zu meinen Ursprüngen, meinen Wurzeln:
- Mein Vater Götz ist Westfale, lernte in Selm Schaufensterdekorateur, kam aber durch die Kriegsgefangenschaft zum Bergbau.
- Meine Mutter Marie war eine Saarländerin: Loh ma loh, Saarbrücke, oh joo …

So bin und bleibe ich ½ Westfale, ½ Saarländer, habe von meinem Vater die bodenständige Zuverlässigkeit der Westfalen geerbt, die mich trotz aller

Fernreisen immer wieder gerne ins Ruhrgebiet zurückkehren lässt, meine Heimat, wo ich mein ganzes Leben gelebt habe: geboren am 27. September 1951 in Selm, verzogen 1953 nach Datteln bis 1978, über Meschede und Dortmund ab 1980 in Hagen; von meiner Mutter habe ich die gemütliche Lebensfreude der Saarländer mitbekommen, die ja selber eine Mischung aus Rheinländer und Franzosen sind. Nicht umsonst verbrachte ich häufig und gerne viele Sommer bei meiner Oma im Saargebiet in Saarlouis-Beaumarais, oh joo, loh ma loh …

1948 wurde auch mein älterer Bruder Gerry genau wie mein Vater und ich in Selm geboren, wogegen Sister Bär-Bel bereits 1959 in Datteln zur Welt kam.

Die 50er-Jahre waren unter der CDU-Politik von Konrad Adenauer und Wirtschaftsminister Ludwig Erhard gekennzeichnet vom wirtschaftlichen Aufbruch und Aufschwung nach dem Zweiten Weltkrieg: Die Zeit der Wunder in der jungen BRD begann: erst das Wirtschaftswunder, dann das Fräulein-Wunder, dazwischen 1954 das »Wunder von Bern«, als Deutschland völlig überraschend Fußball-Weltmeister wurde, mit 3 : 2 im Endspiel zu Bern, als die damals für unschlagbar gehaltenen Ungarn geschlagen wurden! Das entscheidende 3 : 2 für Deutschland schoss Helmut »Boss« Rahn von Rot-Weiß Essen, auch ein Ruhri wie wir: Toor, Tooooor, Toooooooooooooooooooor … ......!!!!!!!!!!

Das wurde übrigens in unserer Zechensiedlung, unsere Meister-Kolonie an der Zeche Emscher-Lippe, bei meinem Vater im Wohnzimmer als erste TV-Übertragung gefeiert, ohne dass ich als 2 ¾-jähriger Dötz da was von mitbekam. Meine ersten Erinnerungen an Fußball-TV-Bilder waren von 1958, als der spirrige schwarze Pelé und ein junger Uwe Seeler auf schwarz-weißen schwedischen Fußball-Feldern während der damaligen Weltmeisterschaft herumgeisterten. Zuhause auf dem Rasen in unserem Garten entpuppte ich mich im Spiel gegen meinen älteren Bruder als wuseliger Dribbler, wobei ich immer Berni Klodt sein wollte, der 1958 gerade mit Schalke 04 Deutscher Fußballmeister geworden war, übrigens die letzte Meisterschaft für Schalke 04.

In diesem Jahr 1958 hatte ich auch meine Einschulung als I-Männchen in der Josefs-Volksschule in Datteln-Hagem, und direkt nebenan 1959 die erste Heilige Kommunion in der St. Josefs-Kirche, wozu es ein hübsches 50er-Jahre-

Foto gibt, auf dem ich kleiner Bub, damals noch Katholik, zwischen meinen beiden Omas aus Selm und dem Saargebiet zu sehen bin.

In den 50er-Jahren bekam ich durch die ersten Camping-Touren mit meinen Eltern das spätere Reisefieber gleich eingeimpft: Ich erinnere mich an ein prasselndes Lagerfeuer Mitte der 50er-Jahre an der Tüllsfelder Talsperre in Niedersachsen, wobei frisch gesammelte Steinpilze und Pfifferlinge mit Speck und Zwiebeln in der Pfanne geschmurgelt wurden; so dann noch an windige Zeltplätze an der holländischen Nordsee- oder deutschen Ostseeküste, wo damals Gewitter und Regen in unser fragiles Zeltgerüst hinein wollten, aber nicht rein sollten, weil dort die kleine Schwester schon als Baby für zukünftige Reiseunternehmungen gestählt wurde …

Passend zur Lagerfeuerromantik verschlang ich in den 50er-Jahren die Abenteuerbücher von Karl May; und schon damals erwachte das Interesse für kriminelle Geheimnisse, als ich die Kinder-Krimis von Enid Blyton in Serie las.

In unserem Familienhaushalt nudelte von alten zerkratzten Schellack-Platten aus der Musiktruhe »der lachende Vagabund« von Fred Bertelmann oder der »Seemann« von Freddy Quinn, dagegen hatte ich damals in den 50er-Jahren noch nie was von Elvis oder Bill Haley gehört.

Von Onkel Edwin aus Wanne-Eickel hatte ich meine ersten Briefmarken geschenkt bekommen, den Grundstock für meine Briefmarkensammlung, die durch fleißiges Briefmarkenschenken der Neuausgaben durch meine Oma Selm bis zu ihrem Tode 1974 ständig vergrößert und unterstützt wurde. Diese damals erweckte Sammelleidenschaft weitete sich später auch auf das Sammeln von Münzen aus und dann auch auf alle anderen möglichen Sammelobjekte, wie Fußballbilder, Schallplatten, Bücher, Muscheln, Korallen, Elefanten, »Sandstrände im Glas«, Fotoalben, Karten und Reisetagebücher …

Roots two – Aufbruchstimmung in den 60er-Jahren

Immer wenn ich seit November 2002 zum Grab meiner verstorbenen Mutter in Datteln komme, um ihrer zu gedenken, kommen mir dann neue Gedanken über meine Wurzeln im Verhältnis zum jetzigen neuen Jahrtausend, liegt doch die lebenslustige Saarländerin in westfälischer Erde unter einem germanischen Findling aus Granit. Besonders nach meinen beiden Besuchen im Oktober und November 2005 im Saarland bei all den anderen Geschwistern und Verwandten meiner verstorbenen Mutter, die allesamt noch in Saarlouis leben. Sie haben alle ihren eigenen speziellen Charme der Saarländer, dem auch meine westfälische Lebensgefährtin Moni bei ihrem sechswöchigen Kuraufenthalt im Saarland rasch verfallen war: loh ma loh, Saarlouis, oh jo ...!

Die 60er-Jahre: Das waren 1967 in San Francisco »Der Sommer der Liebe«, während ich in der Tanzschule in Oer-Erkenschwick erste Berührungen mit zarteren Wesen hatte, nämlich meinen damaligen Tanzpartnerinnen.

Darauf folgten 1968 die Mai-Unruhen in Frankreich und in halb Europa Studentenrebellionen: Rudi Dutschke war in Berlin die Galionsfigur, während wir immerhin in Recklinghausen die ersten Schüler-Demos veranstalteten.
Ich war damals Juso; und Willy Brandt ging mit der SPD in eine Große Koalition, um erstmals mit der CDU zusammen zu regieren, währenddessen sich die Kontrahenten F. J. Strauß von der CDU und Herbert Wehner von der SPD wortreich in den Haaren lagen.

Ja, ja, die Haare, sie wurden auch bei mir länger, als 1968 mein schulischer Wechsel von der Realschule in Oer-Erkenschwick zum Aufbaugymnasium in Recklinghausen vonstattenging: Und überall hin begleitete mich mein Motorroller, eine weiße Vespa Super Sprint, mein ganzer Stolz, die es bergrunter mit Rückenwind und guten Bedingungen schon mal auf 80 km/h schaffte.

Die 60er-Jahre waren ja auch sehr zukunftsorientiert: 1969 setzte mit dem US-amerikanischen Astronauten Armstrong der erste Mensch seinen Fuß auf den Mond, man glaubte an die Zukunft, und das, was sie uns Gutes bringen würde: Die französische Sängerin France Gall besang den »Computer Nr. 3 der sucht für mich den richtigen boy ...«.

Ja, ja, die hübsche Norwegerin Wencke Myhre schwamm im Flower-Power-Kleidchen »im knallroten Gummiboot« und die zierliche schlanke France Gall mit dem kurzen Mini und den langen blonden Haaren machte uns pubertären Jungs verrückt. Aber erst durch die Tanzschule und Schmusehits der Bee Gees wie »Massachusetts« kam es bei mir zu engeren Berührungen zu Mädchen, den unbekannten Wesen. Und gar erst zum 18. Geburtstag der erste Zungenkuss, dass ich die arme Friseuse Gitti beim Knutschen gar nicht mehr aus den Umarmungen lassen wollte, so sehr hat mir die Erfüllung nach dem lange aufgestauten Verlangen gefallen: Meine Jugend hat spät begonnen ...!

Andere zukunftsweisende Momente, die die Aufbruchs-Atmosphäre der 60er-Jahre mit dem jetzigen neuen Jahrtausend verbanden:

- Der USA-Film »2001 – Odyssee im Weltraum« von 1968, Regie: Stanley Kubrick.
- Das Musikduo Zager & Evans besang 1969 »In the year 2525«.
- Ende der 60er-Jahre gab es eine Rock-'n'-Roll-Renaissance, in der u. a. auch die Beatles »Lady Madonna« besangen, Little Richard »Lucille« und Bill Haley & the Comets kamen noch einmal mit »Rock around the clock« groß raus. Bei der Millenniums-Feier erlebte ich dann diese Comets mit Rock 'n' Roll live.
- Schon 1968 kam Tommy James & the Shondells mit »Mony Mony« in die Hitparaden, und ich lebe jetzt mit meiner Moni zusammen ...
- 1968 wurde der geniale nordirische Fußballstar George Best »Europas Fußballer des Jahres«. Ich erlebte ihn live 1970 in London, wo er mit seiner Mannschaft Manchester United allerdings mit 0 : 4 gegen Arsenal London unterlag. Am 25.11.2005 verstarb der frühere Fußballstar und Lebemann 59-jährig; Originalzitat George Best: »Ich habe in meinem Leben sehr viel Geld für schöne Frauen, Autos und Alkohol ausgegeben, den Rest habe ich verprasst ...!«

Während meines Wechsels 1963 von der Volksschule zur Realschule begann die erste Fußball-Bundesligasaison. Es war der Schlusspunkt meiner fünfjährigen Schalke 04-Anhängerschaft: Schon damals als Junge hatten mich die ewigen Skandale um Schalke so sehr genervt, dass ich ab 1964 Fan des 1. FC Köln wurde, dem ich jetzt schon seit über vier Jahrzehnten die Treue halte, durch dick und auch durch dünn …! Im Gegensatz zum neuen Jahrtausend, wo man als Köln-Fan eher leiden muss, hatte der FC 1962 und 1964 zweimal die Deutsche Fußballmeisterschaft an den Rhein geholt, mit Idolen wie Hans Schäfer, Karl-Heinz Schnellinger und Wolfgang Overath, dem heutigen Präsidenten.

1966 gab es das legendäre »Wembley-Tor«, als dadurch England im Finale gegen Deutschland Fußball-Weltmeister wurde.
Während in England die Beatles und Rolling Stones musikalisch für Furore sorgten, hatten wir Jungens damals nur Fußball im Kopf: Wir spielten auf dem Aschenplatz von Eintracht Datteln jeden Tag, bis der liebe Gott abends das Tageslicht ausknipste. Ich spielte damals am liebsten Torwart und mein Idol hieß Milutin Soskic, der jugoslawische Torhüter des 1. FC Köln.

Vielleicht hatte ja meine damalige Lieblingssängerin Wencke Myhre ihren Einfluss dabei, als sie sang: »Er steht im Tor, im Tor, im Tor, und ich dahinter …«
Erst spielte ich mit den Jungens Fußball; dann trainierte ich im Schwimmverein mit Jungens und Mädeln gemeinsam; aber so richtig hatte mich erst die Tanzschule auf Musik und Mädchen angesetzt …

Und gleichzeitig riss in der Literatur für mich der spätere Nobelpreisträger Günter Grass mit seiner »Blechtrommel« viele Tabus durch seine offene und freizügige Sprache ein.

Und der Film »Easy Rider« von und mit Peter Fonda und Dennis Hopper drückte 1969 das Lebensgefühl einer ganzen Generation aus.

Meine Eltern reisten in jenen Jahren mit uns Kindern campingmäßig kreuz und quer durch Europa: Von Norwegen bis Spanien, von Jugoslawien bis Frankreich lernten wir fremde Kulturen, Sprachen und Nahrungsmittel kennen. Ich erinnere mich z. B. gerne an das Schützenfest im Sommer 1967 am italienischen Gardasee, als ich 15-jährig mit meinen Eltern und Schwesterchen Bär-Bel Urlaub in Lazise machte.

Zeltaufbauen 1967 in Lazise, Lago di Garda, Italien

Ich schlief allein im Zelt und beschäftigte mich mit
- Speerwerfen.
- Kotzen: nach dem Genuss von italienischer Eiscreme in schreienden Farben, was eine bleibende Erinnerung für mich blieb!

- Fußballübertragungen aus dem Radio: Damals gewann der 1. FC Köln sensationell 7 : 0 gegen Schalke 04!
- Selbstbefriedigung …

In dieser Situation schlug sich mein erster Akt von aggressiver Blasphemie nieder.

Blasphemie ist ja ein griechisches Fremdwort für Gotteslästerung, Läster- und Schmährede.

Bei einem italienischen Marktschausteller gewannen meine Eltern mehrere Heiligenfiguren aus weißem und blauem Gips und zusätzlich noch vergoldetes Kirchengeputte, quasi als Beigabe zu Vasen aus Murano-Glas.

Mein Vater, ein Schweizer Eidgenosse und ich hatten uns alle drei Gummifletschen besorgt, mit denen wir den Gipsköppen zu Leibe rücken wollten.

Der eidgenössische Schütze wollte jedoch erst ein kleines Feuerwerk mit Knallern vor den Gipsheiligen veranstalten. Seit Wilhelm Tell neigen die Schweizer anscheinend dazu, jeden einzelnen Schuss zu einem festlichen Fanal ausarten zu lassen …!?

Vielleicht hatte ich aber auch eher Glück, dass er nicht seine Armbrust rausholte, mir einen Probeapfel auf den Kopf legte, um einen Probeschuss bei mir zu versuchen, bevor es ernst würde mit auf die Heiligen zu schießen …!?

Danach ging es dann jedenfalls frisch und blasphemisch ans Werk: Abwechselnd wie bei unseren westfälischen Schützenfesten beschossen wir Gips und Putten, auf dass erst flogen Ohren, Nasen, Arme, bis die heil'gen Fetzen nur so tanzten! Erst als nur noch Gipsbrösel vom vergangenen Christen-Tand zeugten, ließen wir von unserem »teuflischen« Tagewerk ab und wandten uns anderen Dingen zu …

Da ja 2006 wieder eine Fußballweltmeisterschaft in Deutschland stattfand, fiel mir ein, wie ich mich mit meinem alten Kumpel Bodo aus der Realschule zur ersten Fußball-WM 1974 in der damaligen BRD verabredet hatte. Die Bekanntgabe, dass die WM 1974 bei uns in Deutschland stattfinden sollte, war Ende der 60er-Jahre. Damals waren wir richtige Fußball-Fans und fuhren sogar zusammen auf meiner Klasse 4-Vespa zu einem Bundesligaspiel von Datteln nach Duisburg. Die 80 km pro Strecke auf der Autobahn werden mir unvergesslich bleiben, da Bodo ein ganz schön dicker Klotz war: Mit diesem »Gepäck« hintendrauf schafften wir es bergauf nicht einmal, einen LKW zu überholen, sondern wurden immer langsamer und mussten nach minutenlanger Parallelfahrt neben dem LKW schließlich hinter ihm wieder einschwenken. Bei diesem Freitagabendspiel im Duisburger Wedau-Stadion verlor der 1. FC Köln knapp mit 2 : 3. Diese Bundesligaspiele damals waren aber noch so familiär, dass ich nach dem Spiel dem Kölner Nationalspieler Wolfgang Overath vor dem Einsteigen in den Mannschaftsbus tröstend auf die Schulter klopfen konnte. So etwas ist heutzutage in der Fußball-Bundesliga wohl kaum noch vorstellbar.

Jedenfalls verabredeten Bodo und ich uns Ende der 60er-Jahre für den ersten Samstag im Februar 1974, um 12.00 Uhr mittags, vor dem bekannten Dattelner Kaufhaus Dödelmeier, um dann unser weiteres Vorgehen für die Spiele während der 74er WM zu besprechen …

… Jahrelang hatte ich von Bodo nix mehr gehört. Trotzdem fand ich mich verabredungsgemäß am ersten Samstag im Februar 1974 um 12.00 Uhr mittags vor dem Dattelner Kaufhaus Dödelmeier ein. Und wen traf ich dort? Jede Menge Dattelner, aber keinen Bodo! Schließlich sprach mich Klaus an: »Auf wen wartest du denn hier, Danny?« Da ich hoffte, dass Klaus vielleicht Bodo kannte, erzählte ich ihm die ganze Geschichte mit unserer Verabredung. Und Klaus kannte Bodo tatsächlich: »Da kannste lange warten, Danny. Wusstest du denn nicht, dass Bodo schon tot ist!? Er ist doch in München vor einiger Zeit bei einem Motorradunfall ums Leben gekommen …!«

So traf ich keinen Bodo und sah natürlich auch kein einziges Fußball-WM-Spiel live, zumal sich meine Lebenseinstellung in der Zwischenzeit sowieso derartig verändert hatte, dass ich auch mit einem lebendigen Bodo wohl kein einziges WM-Spiel live gesehen hätte …!

Athen 1974 – 2004

Ein Jubiläum finde ich bemerkenswert: 30 Jahre Athen!: Wo doch im August 2004 die Olympischen Spiele in Athen losgingen, fiel mir ein, dass ich genau vor 30 Jahren zum ersten Mal in Athen war: Zusammen mit Matthes. In meinem alten Pass habe ich nachgeschaut: Trampend haben wir Anfang August 1974 die jugoslawisch-griechische Grenze überschritten, wonach wir dann noch drei Tage bis Athen brauchten, wo wir etwa am 07. oder 08.08.1974 eine Nacht unterhalb der Akropolis unter Zeitungsblättern in einem Gebüsch schliefen.

Wir hatten unsere Rucksäcke samt Zelt und Schlafsäcken im Bahnhofsschließfach deponiert und wollten die eine Nacht in Athen, bevor wir am nächsten Tag mit der Fähre von Piräus nach Kreta fahren wollten, im Vergnügungsviertel PLAKA durchmachen …

Um dort die lange Zeit zwischen Retsina und Souvláki zu überbrücken, erzählte ich Matthes die Geschichte, wie ich mal eine Bulleneskorte zum Krankenhaus bekam:
»Letzten Winter, wieder mal total aufgedreht und für jede spontane Aktion zu haben, bin ich in eine ziemlich unangenehme Situation mit den Bullen zwischen Waltrop und Datteln geschliddert. Und das kam so:
Achim aus Waltrop fuhr mit dem Manta seiner Eltern vor, und ich hatte Mühe, ihm mit meinem alten Käfer zu folgen. Trotzdem oder gerade deshalb packte mich das Rennfahrerblut. Als Achim fast in Datteln an einer roten Ampel halten musste, juckte mich dermaßen der Schalk im Nacken, dass ich rechts an ihm vorbeifuhr und auf den Fußgängerweg fuhr, der parallel zur B 235 verlief. Ich freute mich schon auf sein erstauntes Gesicht, wenn ich um einige Sekunden eher an unserem Szenetreff, dem Krug, vorfahren würde.
Aber oh Schreck! Am anderen Ende des Fußgängerweges standen, auch wegen einer roten Ampel haltend: die Bullen! Sie waren durch ein Gebüsch

(‚Leute, kauft gebrauchte Gebüsche!‹) verdeckt gewesen und deshalb vorher nicht auszumachen oder gar zu erahnen. Aber jetzt konnte ich den grün-weißen VW-Bully mit den so ›heißgeliebten Accessoires‹ ganz deutlich vor mir sehen, und sie hatten mich sicherlich auch schon erblickt. Also: was tun? Wegfahren hat keinen Zweck! Ich entschied mich in Sekundenschnelle für das einzig Richtige: cool bleiben, und zum Gegenangriff übergehen, bevor sie damit beginnen konnten. Mit unverminderter Geschwindigkeit sauste ich also auf dem Bürgersteig auf sie zu, hielt bei ihnen, riss die Fahrertür auf und rannte mit gehetztem Blick zum Fahrer der ›Bullenwanne‹. Bei diesen Aktionen mit der Dauer von vielleicht zehn Sekunden kramte ich fieberhaft in meiner Fantasie nach einer einigermaßen glaubwürdigen Geschichte, die ich ihnen auftischen konnte. Beim Fahrer angekommen kam dann Folgendes aus mir heraus: ›Schnell, schnell, wo ist hier das Krankenhaus? Ich habe erfahren, dass mein Freund dort drinnen ist!‹ Das war noch nicht mal gelogen, denn zu jener Zeit machte Carlos dort gerade sein Praktikum. Aber so leicht ließen sich die Bullen natürlich nicht abschütteln: Erst wiesen sie mich mal auf mein verkehrswidriges Verhalten hin, worauf ich ihnen sofort antwortete:

›Ich habe Sie von der Ampel dort hinten gesehen und dachte, Sie könnten mir wahrscheinlich am schnellsten helfen.‹ Auf ihre eigentliche Helferfunktion angesprochen fühlten sie sich natürlich etwas geschmeichelt und wurden erst mal zugänglicher: ›Okay, wir geleiten Sie zum Krankenhaus. Folgen Sie uns.‹ So kam ich zu dieser unfreiwilligen Bulleneskorte und konnte erst mal ein wenig Zeit gewinnen. Leider eskortierte mich Achim auch noch, und ich hoffte, dass er nicht durch dummes Einmischen alles kaputtmachte! Aber genau das tat er. Am Krankenhaus angekommen wollte ich sofort reinrennen, aber so leicht wollte man es mir nun auch wieder nicht machen. Erst überprüften die Bullen meine ›Papiere‹, und dann gesellte sich auch noch Achim in seiner direkten Art hinzu, leider im Moment völlig unpassend: ›Hey, was machst du denn für'n Scheiß? Watt is denn überhaupt los?‹ Mir blieb nichts anderes übrig, als meine Komödie weiterzuspielen, zumal die Bullen jetzt natürlich viel misstrauischer wurden. ›Der Carlos ist doch im Krankenhaus!‹ Das war dem Achim wohl klar, aber leider fehlte ihm jeder Zusammenhang zu dieser ganzen Aktion, und ihm kam nur ein erstauntes ›He?‹ heraus. Irgendwie blickten die Bullen wohl auch nicht durch. Jedenfalls gaben sie mir meine Papiere zurück, und ich rannte endlich zur Krankenhauspforte mit der

Hoffnung, dass sie jetzt meine Geschichte vom Carlos im Krankenhaus nicht bis aufs Letzte überprüfen würden.

Die Nachtschwester am Portal antwortete mir dann auch prompt auf meine Frage nach Carlos, dass der heute frei hätte und deshalb natürlich auch nicht da wäre. ›Schluck‹, dachte ich mir, ›wann hört denn dieser Wahnsinn endlich auf?!‹ Als ich dann aber vorsichtig durch die Pforte schielte, stellte ich mit großer Erleichterung fest, dass die Luft wieder rein war: Die Bullen waren weitergefahren, und für mich war's noch mal gut gegangen …«

»Ja, du hast Recht«, meinte Matthes schon etwas schläfrig um 03.00 Uhr in der Früh in Athen, »man muss denen echt das Aberwitzigste erzählen. Das schlucken die eher als irgendwelche normalen Ausflüchte.«

Langsam wurden jetzt auch in der PLAKA die Bürgersteige hochgeklappt! Der Bahnhof war während der Nacht verschlossen, also mussten wir improvisieren: Nach dem Modell der Pariser Clochards schnappten wir uns eine dicke griechische Zeitung und machten uns auf den Weg hoch zur Akropolis, zumal es eh eine laue Sommernacht war und wir ja nur mit unseren dünnen Hemdchen von tagsüber ausgerüstet waren. Unterwegs wollten wir Edel-Clochards noch wegen der Bequemlichkeit als Kopfkissen jeder ein Stuhlkissen von einer Taverne mitnehmen, wurden dabei aber vom Wirt erwischt, der uns gar die Polizei auf den Hals hetzen wollte. Wie ließen die Kissen zurück und machten einen kurzen Zwischenspurt, was uns dadurch wohl ziemlichen Ärger mit der griechischen Polizei erspart hatte …!?

Oben auf dem Berg thronte stolz die Akropolis, umgeben von Bäumen und Gebüschen, wo wir unser bescheidenes Nachtlager unter Zeitungspapier aufbauten: Zwischen Sportteil und Feuilleton lagen wir, und ließen Athens Götter- und Sternenwelt auf uns wirken …

… auch in jener Nacht 1974 war's warm genug im August in Athen!

Aber die August-Hitze in Griechenland bei der Olympiade 2004 in Athen würden die Damen und Herren Sportler in den folgenden Wochen auch noch bemerken …!

Ja, ja, der Matthes, der hat ja dann nach unserem Griechenland-Trip 1974 noch 15 Jahre gelebt: bis 1989. Ich erinnere mich noch genau an die Nachricht von seinem Selbstmord: Bei meiner Einweihungsfete in dem Haus im Eilper Wald in Hagen fragte Carlos mich, ob ich schon gehört hätte, dass sich Matthes aufgehängt hatte …!?!: damals in dem Moment: Shocking!!

Aber schon 15 Jahre vorher in Athen und auf Kreta hatte sich mit Matthes dort anscheinend eine bemerkbare Veränderung mit ihm vollzogen, die ich selber im täglichen wochenlangen Urlaubseinerlei nicht mitbekam. Als ich einen Monat später als Matthes von meinem einsamen Afghanistan-Ausflug zurückkam, fragte Harry mich, was ich denn im Urlaub mit Matthes gemacht hätte, der wäre ja so verändert gewesen …!?!: Das einzige, was mir damals dazu einfiel: ›Ich habe ihm mein Exemplar von Dostojewskis Schuld und Sühne zum Lesen gegeben, wo sich Matthes anscheinend mit dem bedauernswerten Helden Rodion Raskolnikoff identifizierte …!?!‹ «

»Na ja, ich denke die Prädisposition für Matthes' manisch-depressive Krankheit wäre früher oder später sowieso ausgebrochen, sodass ich nicht noch im Nachhinein meinen Dostojewski dafür verantwortlich zu machen brauche …!«

Stattdessen konnte ich von Matthes' zweiter Beerdigung berichten: Es war am 20.12.2002, als ich Matthes zum zweiten Mal beerdigt hatte …!

1974 hatte ich mal von Matthes den kleinen Kaktus ferrocactus wizlicensus geschenkt bekommen, der nicht nur meine älteste Pflanze mit 28 Jahren war, sondern der auch 8 Umzüge geduldig mitgemacht hatte. Allerdings fristete er die letzten Jahre auf der Fensterbank meines Büros. Ähnlich wie einst Oskar Matzerath aus der Blechtrommel, der mit drei Jahren beschloss, nicht mehr weiterzuwachsen, indem er sich die Kellertreppe in Danzig runterfallen ließ, und durch einen dadurch bedingten Gehirnschaden tatsächlich kaum mehr wuchs …, also ähnlich beschloss wohl auch mein Kaktus irgendwann mal, von mir erst später bemerkt, nicht mehr weiterzuwachsen: So hatte er sich schließlich nach gut 28 Jahren von anfangs 2 cm auf eine Größe von ca. 5 cm hochgehangelt. Dabei nannte ich ihn all die letzten Jahre »Matthes« nach seinem edlen Spender von 1974.

Im Winter 2002 bei einer Heizungsreparatur durch unseren Hausmeister in meinem Büro stürzte sich dieser Matthes lebensüberdrüssig in die Tiefe (obwohl ich ob des fehlenden Wachstums schon vorher an seiner Lebendigkeit überhaupt gezweifelt hatte), wo er dann da lag, zwischen Heizung, Hausmeister und Büromobiliar ..., bereits in seiner eigenen Erde.

Da wir mit unserem ganzen Amt 2 ½ Monate später sowieso in ein anderes Gebäude umziehen würden, wo ich ein Büro ohne Fensterbank haben sollte, war das am 20.12.2002 das Zeichen für Matthes, ein zweites Mal zu gehen ...!

Zurück zu den Olympischen Sommerspielen 2004 in Athen:

Mit der Leichtathletik fingen für mich die Olympischen Spiele erst richtig an: Das sah ich immer am liebsten, noch lieber als Fußball, wenn es »schneller – höher – weiter« ging: Das war abwechslungsreich und spannend!

Wie z. B. am 20.08.2004: Der 10.000 m-Lauf, wie da der Sieger Bekele nach 9.600 m auf einmal in der letzten Runde losspurtete, als wäre der Löwe persönlich hinter ihm her ...!

Aber auch die anderen schwarzen Läufer aus Äthiopien, Eritrea, Uganda oder Kenia, fantastisch, wie die liefen!! Selbst dem Fünften, Haile Gebrselassie, gehörte meine höchste Sympathie, wie er sich als zweimaliger Olympiasieger auch für seine jungen Landsleute aus Äthiopien auf Platz 1 und 2 mitgefreut hatte!

Vielleicht gefiel mir das Langlaufen »Mann gegen Mann«, aber trotzdem als Gruppe von Freunden zu laufen, deshalb so gut, weil wir ja damals in den 70er-Jahren ca. 5 Jahre selber die 8 km lange Cross-Strecke durch die Haard gelaufen sind: Start vom Gasthaus Jammertal, erst durch Wald, dann am Feld vorbei, dann wieder Wald (da wollte die »Pumpe« nach ca. 1,5 km eigentlich schon nicht mehr mitmachen), den inneren Schweinehund überwinden, auf den »Zweiten Wind« hoffen, schließlich die steile Sandbahn den Stimberg hoch, oben am Reckgerät beim Krafttraining etwas durchpusten, und dann mit dem »Dritten Wind« wieder zurück zum Ausgangspunkt laufen. Beim ersten Mal wollte ich nach 1,5 km meine Langlaufambitionen gleich wieder aufgeben, aber durch gutes Zureden der Sportskameraden um Florian bin ich weitergelaufen und habe es für die nächsten 5 Jahre nicht bereut: Wir sind jede Woche gelaufen, ob's stürmte, regnete oder Schnee lag, war egal, da wir nach ca. einem Kilometer sowieso vom Schwitzen nass waren.

Carlos ist mitgelaufen, auch Harry, Matthes, natürlich Frank und seine Biggy und meine damalige Freundin Tina waren dabei.

Das sah zwar nicht so dynamisch wie bei den äthiopischen Läufern aus, und erst recht nicht so anmutig wie die »olympische Wassergymnastik«, wie sie einst 1988 im Third-World-Pool in Vollendung demonstriert wurde, aber Spaß hat's gemacht!

Horst ist tot, kein Freispiel drin …

Anfang der 80er-Jahre gab es innerhalb des Punks und New Waves eine Musikgruppe aus Düsseldorf namens FEHLFARBEN, die mit ihrer bahnbrechenden LP »Monarchie und Alltag« 1980 große Erfolge bei Fans wie bei Kritikern einheimste. Eines der Stücke auf dieser LP hieß »Paul ist tot, kein Freispiel drin …«

Und genau so etwas geschah mir im richtigen Leben, bloß dass mein Paul halt Horst hieß. Und das kam so:

Schon zehn Jahre lang lief das bewährte System, meinen Freund Harry in Osnabrück zu besuchen, wenn ich Dienstreisen in der Nähe seiner Stadt zu erledigen hatte: meistens ins Ostwestfälische wie Minden, Rinteln, Preußisch Ströhen oder Rahden.

Das lief dann so ab, dass ich am Vorabend einer Dienstreise schon nach Osnabrück fuhr, mir einen schönen Abend mit Harry machte, bei ihm übernachtete und frühstückte, und dann das letzte kurze Stück Dienstreise ins Ostwestfälische beendete. Davon hatten dann alle was: Ich hatte die lange Dienstreisen-Tour nicht an einem Tag von Hagen aus hin & zurück zu bewältigen.

Dadurch war ich für die Betreuung meiner Betreuten ausgeruhter, der Straßenverkehr war entlasteter und die Gefahren dadurch verringert.

Harry und ich hatten zehn Jahre lang regelmäßig zweimal im Jahr einen garantierten Abend für uns, der auch noch großzügig gesponsert wurde, durch Zur-Verfügung-Stellen des Tagegeldes aus der Dienstreisenabrechnung für ein gemeinsames Essen & Trinken in Osnabrücker Lokalitäten, wie zum Schluss gerne mal die »Rehhakles-Platte« …

Das erste Mal aus diesem Zyklus führte mich sogar noch als städtischer Museumspädagoge 1995 zu einer Museumsausstellung nach Minden über die dortige lokale Handballerkultur, wo doch einst mit Herbert Lübking ein Weltklasse-Handballer bei Grün-Weiß Dankersen spielte …

Durch den Wechsel in die Betreuungsstelle der Stadt Hagen 1996 hatte ich mit einem Schlag sechs Betreute in Rinteln und Preußisch Ströhen, die ich regelmäßig im Rahmen meiner Betreuungtätigkeit zu besuchen hatte. Was ich dann auch mindestens zweimal jährlich tat. Anfangs hieß unser erster Sponsor Hermann aus Preußisch Ströhen, der sich meine Besuche aus seiner alten Heimatstadt Hagen gerne etwas aus seinem Vermögen kosten ließ, indem er mir über die Dienstreisen-Kostenabrechnung Kilometergeld und Tagegeld zur Verfügung stellte, damit ich vor Ort meiner Betreuungtätigkeit nachgehen konnte. Das war dann trotzdem immer noch ein langer Tag auf der Autobahn, wenn ich erst von Osnabrück nach Preußisch Ströhen fuhr, danach nach Rinteln, und dann erst nach Hagen zurück, dazwischen die Besuche bei den sechs Betreuten in zwei Pflegeheimen, was auch Gespräche mit Pflege- und Verwaltungspersonal bedeutete: Alleine die reine Fahrzeit betrug schon fünf Stunden, wenn ich Glück hatte und von Staus verschont blieb. So war es immer eine angenehme Entzerrung dieses langen Diensttages, schon am Nachmittag vorher privat zu Harry nach Osnabrück zu fahren und uns dem großzügigen Sponsoring von Hermann zu widmen …:

Labern, Labern, Labern, ein bisschen essen und trinken gehen, dabei wieder labern, labern, labern, was das Maul hält …: »Eh, Harry, in der letzten Zeit schreibe ich wieder mehr! Da habe ich letztens eine Story geschrieben, ich glaube, die kennst du noch gar nicht!? Die heißt: Wenn der Förster kommt …« »Ne, an eine mit Förster kann ich mich nicht erinnern, lass mal hören, Danny!«

»Also, das war zehn Jahre nach der ›Kosmischen Walze‹, das war die Story mit dem Zelten im Schnee, so ca. 1974/75, wir fuhren also wieder mal zum Zelten ins Sauerland, aber dieses Mal im Sommer, so ca. Mitte der 80er-Jahre.

Carlos und ich fuhren mit meinem weißen VW-Passat-Kombi, vollgepackt mit Musikinstrumenten und Zeltausrüstung, ins nahegelegene Sauerland, wo wir in den Bergen östlich von Lüdenscheid fündig wurden: ein einsamer Berg, mit kleiner Waldweg-Zufahrt, wo wir gerade noch durchpassten, gondelten wir bis zur Bergspitze mitten im Wald, ideal für unsere Bedürfnisse. Dabei kamen wir unterwegs an einer merkwürdigen Siedlung aus drei alten Bruchstein-Gebäuden vorbei, die sich an diesem Berghang am Waldesrand schmiegten, und fast sämtliche Bewohner saßen auf Stühlen und Sesseln vor ihren Häusern. Sie staunten natürlich Bauklötze, was da für zwei schräge Vögel mit ihrer Klapperkiste durch ihre Siedlung schlichen!

Weiter oben im Wald bogen wir in einen Waldweg ab, der eigentlich von Bäumen und Buschwerk verbarrikadiert war, aber für unsere Zwecke genau richtig erschien: Wir wollten nämlich dort übers Wochenende unsere Ruhe haben. Deshalb bauten wir die grüne Busch-Barrikade ab, fuhren mit dem Auto durch und bauten die Barrikade hinter uns wieder auf.

Danach fanden wir auf der Bergspitze einen idealen Zeltplatz auf einer offenen Lichtung mit hohem Gras. Dort wollten wir unser Zelt gerade aufbauen, als uns glücklicherweise noch rechtzeitig einfiel, dass wir gar nix zu essen dabeihatten! ›Mist!‹ Also alles wieder eingepackt, mit dem Auto zurück, die Barrikade abgebaut, mit dem Auto durch, Barrikade wieder aufgebaut, weitergefahren, an der komischen Siedlung mit den glotzenden Hinterwäldlern vorbei, den Berg runter, ins nächste Dorf, Brot gekauft, wieder zurück den Berg hoch, wieder an der Siedlung vorbei, wobei wir dieses Mal natürlich noch misstrauischer beäugt wurden, wieder den Berg hoch, Barrikade abgebaut, mit dem Auto durchgefahren, Barrikade wieder aufgebaut: Das klappte mittlerweile wie am Schnürchen!

Endlich kamen wir dann zu unserem eigentlichen Anliegen dort oben auf der Lichtung auf der Spitze des Berges: Wir bauten mein Dreipersonenzelt auf, räumten das Saxofon von Carlos und meine Perkussionsinstrumente aus dem Autokofferraum, um uns selber ein Freilichtkonzert zu geben. Zur besseren Ankurbelung unserer musikalisch kreativen Vibration teilten wir uns einen halben Mikrotrip mit LSD, also für jeden ein Viertel.

Und ab ging's mit der Mucke: Carlos ließ die Finger über sein Tenor-Sax in gewohnter Weise elegant gleiten, und ich schlug mit meinen Händen afrikanische und lateinamerikanische Rhythmen dazu.

Als die Lysergsäure in uns zu dampfen begann, machten wir mit unseren Musikinstrumenten Partnertausch: Ich übernahm das Saxofon und Carlos die Trommeln. Dabei muss gesagt werden, dass ich vorher in meinem Leben noch nie ein Geräusch, geschweige denn einen Ton, aus einem Saxofon herausbekommen hatte. Carlos zeigte mir jedoch den Trick dabei, dass man bei einer bestimmten Mundstellung mit den Zähnen des Oberkiefers von vorne gegen das hölzerne Mundstück drückt und so beim gleichzeitigen Blasen ins Horn eben die beliebten, erst Geräusche, später dann Töne herausbekommt, wenn die Geräusche klarer werden.

Eine feine Sache: Gut zehn Minuten flippte ich mit dem Saxofon total aus, weil ich's raushatte und eine Explosion von Geräuschkaskaden über die Waldlichtung versprühte, dass ich geradezu ½ Meter über dem Boden schwebte …, wie mir Carlos hinterher berichtete.

Wegen dieses kleinen etwa drei Zentimeter langen Holzmundstückes gehört das sonst nur aus Metall bestehende Saxofon ja interessanterweise zu den Holzblasinstrumenten. Weil ich bei meinem ekstatischen Free-Jazz-Solo das Holzmundstück dermaßen mit Spucke besabbert hatte, bekam ich dann anschließend das Holzmundstück von Carlos zur steten Erinnerung an diesen unvergessenen Moment des persönlichen musikalischen Durchbruches geschenkt, weil er dieses vollgesabberte Stück Holz sowieso nicht mehr gebrauchen konnte.

Danach hielten wir glücklich, erschöpft und ziemlich angetörnt inne: Wir hörten die Stille des Waldes; nur das Rauschen des Windes in den Zweigen der Bäume gab der Situation eine akustische Harmonie.

Plötzlich eine rhythmische Disharmonie in der Waldesstille: ›Rssssssch, … … …, Rssssssch, … … …., Rssssssch, … … ….., Rssssssch, … … ….., Rssssssch‹, senste es durch den Wald. Und dann stand auch schon der Förster vor uns. Das war ein Schreck, denn wir fühlten uns schwer ertappt! Auf seine Frage, was wir denn hier trieben, antworteten wir freundlich und wahrheitsgemäß: ›Wir wollten ein wenig Musik machen und haben uns deshalb hier tief in den Wald verzogen, wo wir niemanden stören.‹ ›Ja, ich habe euch schon von dort hinten vom Waldesrand aus gehört‹, meinte er trocken. Aber dann kam die überraschende und für uns glückliche Wende vom Grünberockten: ›Mich stört ihr hier nicht. Der Waldbesitzer aus Düsseldorf, der hier sein Jagdrevier hat, kommt dieses Wochenende eh nicht. Und ich bin ja hier nur der Förster. Wenn ihr also keinen Dreck und kein Feuer macht, könnt ihr hier ruhig zelten. Aber nehmt hinterher euren Müll mit!‹ Das versprachen wir hoch und heilig, waren wir doch immer noch recht angenehm überrascht von der für uns glücklichen Wendung der Situation. So grüßten wir uns zum Abschied wohlwollend und wünschten uns noch gegenseitig einen schönen Tag.

Den hatten wir auch noch weiterhin bei einem relaxten Abend mit Musik, Essen und Trinken, in angenehmer Natur.

Doch die Nacht war dafür umso schrecklicher: Sobald wir unsere müden Knochen zum Schlafen ins Zelt gelegt hatten, begann der Speed aus dem LSD-Trip in unseren Köpfen ein rastloses, noch stundenlanges Karussell zu fahren. Der Körper wollte endlich Ruhe, war es doch schon finstere Nacht im Wald geworden, jedoch im Kopf tanzten die Gedanken weiterhin Rock 'n' Roll. Aus Erfahrung mit früheren Trips wusste ich, dass die Wirkung meist so ca. acht Stunden anhält, besonders wenn die Droge mit Speed gemischt ist. Was blieb: durchhalten! Wieder aufstehen, wieder hinlegen, den wirren Gedanken einen positiven Background zu geben, um bloß nicht auch noch auf einen Horrortrip zu kommen …!

Und die Moral aus der Geschicht: Seitdem ging kein Trip mehr über meine Lippen in den Mund, in die Blutbahnen: Dieses Erlebnis war das Ende meines psychedelischen Zeitalters …!«

Aber es war noch nicht das Ende des großen Sponsorings.

… bis dann um Weihnachten 2003 Hermann plötzlich verstarb, somit kein Grund mehr für Betreuungsbesuche in Preußisch Ströhen vorhanden war. Doch trotz des jahrelangen großzügigen Sponsorings von Hermann blieb hinterher immer noch ein beträchtliches Erbe für seine beiden alten betagten Schwestern in Espelkamp übrig!

So ging dann in 2004 das Sponsoring fließend zu Horst in Rinteln über, und der gewohnte Zyklus konnte weiterlaufen, bis …

… am 03.02.2005 plötzlich und unerwartet Horst verstarb: Er war mein letzter Betreuter im Ostwestfälischen, da ich alle anderen Betreuten vorher schon an lokale Betreuer abgegeben hatte.

Und somit: »Horst ist tot, kein Freispiel drin …!«

Zusätzlich wurde mir selber in der Nacht vom 02./03.02.2005 auch noch mein Auto vor der Wohnung im Hagener Stadtgartenviertel geklaut (der schöne blaue Automatic-Passat, den mir mein Vater Götz erst ein Jahr vorher geschenkt hatte!), sodass ich an einem Tage das letzte Freispiel und den dazu benötigten fahrbaren Untersatz verlor!!: Wenn das kein Wink des Himmels war …!?

Der Auto-Klau ereignete sich ja eine Woche vor unserem Umzug von Hagen-Wehringhausen, wo wir nur mit knapper Not einer intriganten hinterhältigen alten Hexe von Vermieterin einigermaßen schadlos entkamen, zum dörflichen Hagen-Fley. Ab dem Februar 2005 fühlten Moni und ich uns hier in unserem kleinen Dorf Fley so richtig wohl. Gemeinsam erlebten wir bereits das zweite Jahrzehnt unserer Liebesbeziehung. Und die Beziehung mit Moni, der Frau meines Lebens und mittlerweile auch meine Ehefrau, währte mittlerweile länger, als ich mit allen anderen früheren Freundinnen zusammen liiert gewesen war …!!!

Genauso treu hielt ich es mit dem 1. FC Köln: Die »Geißböcke« stiegen 2000 auf, um 2002 wieder abzusteigen, stiegen 2003 dann wieder auf, um 2004 wieder abzusteigen, stiegen 2005 wieder auf, um 2006 wieder abzusteigen, und das trotz »Prinz Poldi« Lukas Podolski, und wenn sie nicht gestorben sind, dann steigen sie wieder auf …! So treu sind die FC-Fans, dass es auch trotz Niederlagenserien aus dem Stadion und den Szene-Kneipen klingt: »Mer stonn zo dir, FC Kölle.« Und erst recht im Abstiegskampf singt der Kölner mit den »Höhnern«: »Echte Fründe ston zesamme, su wie eine Jott un Pott.«[9]

Und die Kölner Fans aus der Südkurve des Müngersdorfer Stadions kreierten den neuen kölschen Hit seit Herbst 2004, und das in der Melodie von »Polonäse Blankenese«: »Erst steigen wir wieder ab,
dann steigen wir wieder auf,
dann steigen wir wieder ab,
dann steigen wir wieder auf,
das finden wir lustig, weil wir bescheuert sind.«

Und unsere deutsche Politik: Waren die sieben Jahre der politischen Ära der rot-grünen Regierung unter Gerhard Schröder von 1998 bis 2005 die sieben mageren Jahre, worauf danach die sieben fetten Jahre folgen sollten, oder waren das gar schon die sieben fetten Jahre, und die sieben mageren Jahre folgen erst jetzt noch …!?! Dafür hatten wir in Deutschland erstmals eine Frau am Ruder: Angie Merkel ist 2005 Kanzlerin geworden: Ob sie was richten kann? »Schau'n mer mal«, wie der Kaiser Franz Beckenbauer immer so schön sagt …!

Die Blaue Mauritius

Schon immer war es mein Traum als Globetrotter, auch einmal den Äquator zu überqueren: Das gelang Moni und mir zum ersten Mal 2005, als wir eine Reise zur tropischen afrikanischen Insel Mauritius im Indischen Ozean unternahmen. Auf der Südhalbkugel sahen wir auch wie erwartet nachts das Kreuz des Südens als Orientierungshilfe am südlichen Sternenhimmel und nicht mehr den Polarstern im Norden, wie wir es sonst gewohnt waren. Auch tagsüber erlebten wir eine geografische Überraschung: Die Mittagssonne steht dort im Norden!

Natürlich besuchten wir auch die berühmteste Mauritianerin: die Blaue Mauritius.

In den 50er-Jahren wurde ich durch den jüngsten Bruder meines Vaters Götz, durch meinen Patenonkel Edwin, zum Briefmarkensammeln gebracht.

Damals ahnte ich noch nicht, dass ich rund 45 Jahre später den Traum eines jeden Briefmarkensammlers wahrmachen würde, nämlich einer der weltberühmten Blauen Mauritius Auge in Auge gegenüberzustehen …

Als Kind hörte ich schon von der sagenumwobenen Blauen Mauritius, wobei Mauritius lange Jahre für mich der Inbegriff einer Briefmarke war, bevor ich irgendwann realisierte, dass es sich hierbei auch um eine Insel im Indischen Ozean handelte: eine schöne noch obendrein …!

Aber zurück zur Blauen Mauritius: davon gäbe es nach Angaben des Blue Penny Museum in Port Louis, Mauritius, nur noch 4 Stück auf der Welt:
»– eine besitzt die englische Königin,
– eine ist im britischen Museum in London ausgestellt,
– eine im Museum von Amsterdam, und
– eine wurde eigens von einem mauritianischen Konsortium für ca. 4 Mill. US-$ von einem japanischen Sammler gekauft, damit sie jetzt in

Port Louis, der Hauptstadt von Mauritius, im Blue Penny Museum ausgestellt werden kann.«

Dagegen vermeldete 2006 der »Michel«, Deutschlands führender Briefmarkenkatalog, dass es noch acht Blaue Mauritius gäbe, Wert á 635.000 Euro.

Während unseres Ausfluges mit einem lokalen Bus besuchten wir im Caudan Waterfront-Zentrum das Blue Penny Museum in Port Louis.
Jeder bekam einen Kopfhörer, woraus in deutscher Sprache die Welt der früheren Jahrhunderte auf Mauritius erklärt wurde:
- Einer der ersten Globen (1486 n. Chr.) war zu sehen, wo erstmals Afrika nicht mit der Antarktis zusammengewachsen war, dafür gab es auf diesem Globus noch kein Amerika.
- Alte Karten, die Moni als ehemalige Vermessungstechnikerin besonders interessierten.
- Alte Zeitungen und zeitgenössische Stiche der Stadtentwicklung von Port Louis.

Schließlich kamen wir zur Schatzkammer des Museums im Raum 7, der Briefmarkenabteilung, wo u. a. die indigoblaue Two Penny- und die zinnoberrote One Penny-Briefmarke von 1847 aus Mauritius mit dem Fehldruck »post office« statt richtig »Post paid« ausgestellt wurden: je als Nachdruck und wechselweise einmal pro Stunde (jeweils zur halben Stunde bis 20 vor) für 10 Minuten die beiden kostbaren Originale, damit sie nicht zu sehr durch Dauerbeleuchtung an Farbe verlieren sollten!

Da wir bis zur halben Stunde noch etwas Zeit hatten, erzählte ich Moni, in Erinnerung an die 50er-Jahre schwelgend, eine andere Geschichte aus den 50er-Jahren, das »Wunder von Adenau«:
»In den 50er-Jahren war es gleichwohl schwieriger, seine Verwandten mit dem Auto zu besuchen, als heute, vor allem, wenn sie im Saarland lebten (denn meine 2002 verstorbene Mutter Marie war Saarländerin und sorgte dafür, dass mein Blut ½ westfälisch und ½ saarländisch wurde) …
So fuhr man damals ins Saarland, das bis zum so genannten Tag X, am 06.07.1959, als französische Besatzungszone noch eigenes Geld und eigene

Briefmarken hatte, über richtige Grenzen. Bei der Volksabstimmung am 23.10.1955 mit der hohen Wahlbeteiligung von 96,72 % entschieden sich die Saarländer jedoch in einem eindeutigen Votum mit Zweidrittel-Mehrheit gegen das Saarstatut mit europäischer Ausrichtung und für die Wiederangliederung an die noch junge BRD.

Wir fuhren damals mangels Autobahnen entweder über die Eifel oder über den Hunsrück zum Saarland.

Mit dem ersten Familien-Pkw, einem schwarzen zweitaktigen DKW 700, fuhr mein Vater Götz also uns, seine Familie: Götz & Marie, Bruder Gerry und mich, dieses eine spezielle Mal 1957 über die Eifel zum Saarland.

Bei Adenau packte Götz auf einmal der Übermut: »Warum sollen wir nicht auch mal über den Nürburgring fahren?«: Gesagt, getan, rauf auf die Rennbahn …

Der Nürburgring war für den Privatverkehr gegen eine gewisse Gebühr freigegeben. Dort herrschte natürlich Einbahnstraßen-Verkehr. Mich erstaunte, dass so viele Steigungen das rasante Rennen bremsten, vor allen Dingen als unser DKW auf einmal anfing zu husten und zu spotzen und nicht mehr recht weiterwollte. Ein hilfreicher Isetta-Fahrer hielt an und diagnostizierte schnell, dass einer der beiden Zylindertöpfe des Zweitakters ausgefallen war. Da war guter Rat teuer: Auf einem Topf lief das Auto zwar, kam aber nicht die geringste Steigung hoch. Und Zurückfahren war verboten!: da Einbahnstraße.

Die Lage schien aussichtslos!: Als kleiner Bub stand ich heulend am Straßenrand und dachte: »Wir sind verloren!«

Der Isetta-Fahrer hielt bei einer erneuten Schleife noch mal an, wusste aber auch keinen Rat mehr.

Aber Götz war kreativ und super im Improvisieren bei schwierigen Fällen: Wir flüchteten vom Nürburgring!!!:

Und das ging so: Marie musste den Maschendrahtzaun der Umgrenzung runterdrücken. Götz fuhr mit Anlauf quer über die Straße über den Maschendrahtzaun, riss dabei das hintere Nummernschild ab, aber wir waren vom Ring erfolgreich geflüchtet. Dahinter hoppelten wir querfeldein mit dem DKW über ein unbebautes Feld bis zum nächsten Dorf, wo uns eine Reparaturwerkstätte helfen konnte. Wir waren gerettet und erlebten so neben dem »Wunder von Bern« das zweite Wunder der 50er-Jahre: das »Wunder von Adenau!«

Zurück auf Mauritius: Das also war die Blaue Mauritius (eine von vieren) und die noch seltenere Rote Mauritius, wovon es angeblich nur noch zwei Stück geben soll: Wow!

Aber auch hier ist der »Michel« 2006 anderer Meinung: »Davon gibt es noch 13 Stück!«

Aber eigentlich sehen sie mit ihrem König-Victoria-Kopf recht unscheinbar aus, im Gegensatz zu den farbenfrohen Philatelisten-Schätzen im Briefmarken-Museum mit bunten Fischen, Blumen, Tieren, Lokomotiven o. Ä. aus aller Welt!

Und dann sind die beiden, die Blaue und die Rote Mauritius, auch noch ohne Zacken! Aber immerhin war Mauritius bereits das vierte Land auf der Erde (nach England 1840, Schweiz und Brasilien 1843), das überhaupt Briefmarken drucken ließ.

Um noch einen weiteren Bogen zu meiner Kindheit zu schlagen, »lagen wir auch vor Madagaskar«, wie das alte Lied aus der »Mundorgel« in der Nachkriegszeit von uns Dötzen begeistert geschmettert wurde. Zwar liegt Mauritius noch rund 900 km östlich von Madagaskar, aber »wir lagen vor Madagaskar …«. Dafür hatten wir glücklicherweise die Pest nicht an Bord …!

Nach unserer Rückkehr fragten uns unsere Freunde Hanno & Anna nach unseren Eindrücken von Mauritius, weil sie immer wieder auf der Suche nach neuen lohnenswerten Reisezielen waren und inzwischen dabei sogar solche Länder wie Myanmar und Laos bereist hatten. Wir antworteten ihnen genauso ehrlich wie all den anderen Freunden, Kollegen und Bekannten, die begeistert fragten: »Wow, ihr wart auf Mauritius! Wie war's denn?«

»Wir halten Mauritius für eines der am meisten überschätzten Reiseziele! Das Attribut einer ›Trauminsel‹ konnten wir dort nur in unserer Imagination vorfinden: wie es sein könnte, wenn es dort nicht solch einen mörderischen Krach geben würde!

- Mauritius ist eine relativ reiche Insel, weshalb fast jeder ein Auto hat, und es deshalb viel Verkehr, garantierte Verkehrsstaus in der Hauptstadt Port Louis und entsprechenden Verkehrslärm gibt.
- Genauso wenig wie die Mosel dafür kann, dass alljährlich Busse voller

Kegelclubs aus dem Ruhrgebiet lärmend und kotzend über die Mosel-städtchen herfallen, genauso wenig konnte die Insel Mauritius etwas dafür, dass ausgerechnet eine zwölfköpfige Kickbox-Gruppe aus Paris, alles junge männliche Magrebiner, einen zweiwöchigen ›Kegelausflug‹ in unserem Hotel verbrachten …! Aber ärgerlich war das dann schon. Vor allem, da die französische Hotelleitung nichts gegen den damit ein-hergehenden Lärm der jungen Leute unternahm.

– Aber auch sonst herrschten touristische Umtriebe mit entsprechendem Krach nahezu an jeder schönen Ecke, außer vielleicht an irgendwelchen geheimen Promi-Häusern?: Diese schönen Trauminsel-Ecken sahen wir leider nicht …!

Obwohl wir uns natürlich die verschiedenen touristischen Highlights wie den Botanischen Garten von Pamplemousse, die Ile aux Cerfs, die siebenfarbige Erde von Chamarel, die Wasserfälle der Black-River-Schlucht, den Vulkankra-ter Trous aux Cerfs oder den Hindu-Tempel am Grand Bassin angeschaut hatten, standen für mich als Kontrapunkt für eine ›Trauminsel‹ doch eher die Insel Cayo Levantado vor Samana in der Dominikanischen Republik oder die thailändischen Inseln Koh Samui oder Koh Phi Phi, zumindestens so wie wir sie in den 80er- und 90er-Jahren erlebt hatten!«

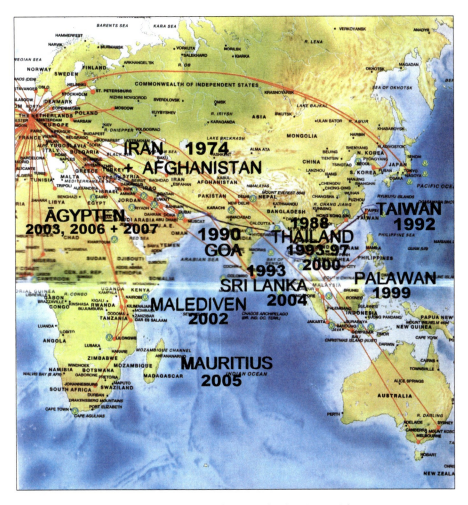

Karte von Asien und Afrika mit den bereisten Zielen

Die Dialektik der Erotik in den Fluten eines Thermalbades

»Mizu ni nagasu[10]« heißt das Thermalbaden in Japan, direkt übersetzt: »auf dem Wasser weggehen lassen« [10], und bedeutet im übertragenen Sinne: »die Sünden und Fehler vergessen« [10]. Das Thermalbaden wird in allen Teilen unserer Erde als die Basis für ein langes Leben angesehen, da es sowohl dem Körper als auch der Seele des Menschen guttut. Und nicht nur den Menschen:

Unvergessen wird mir der Anblick von Schneeaffen aus einem Dokumentarfilm bleiben. Diese lustigen Rotgesichtsmakaken suchen im Winter die heißen Quellen des Jigokudani Yean-Koen Nationalparks bei Nagano in den »japanischen Alpen« auf der Insel Honshu auf, um dort in Schnee und Kälte Wohlbehagen durch das Thermalbaden zu erlangen. Sie lieben es genau wie die einheimische Bevölkerung, in einem »Onsen«, also einer heißen Quelle, zu baden. Je kälter es draußen ist – und das Thermometer sinkt dort schon öfters auf minus 15 °C – , desto fröhlicher planschen die Affen im wärmenden Nass, während Dampfschwaden sie umnebeln und ein hübsches Schneehäubchen auf ihren Affenköpfen thront …

Gerne erinnere ich mich an Leo Koflers »Dialektik zwischen dem Dionysischen und dem Apollinischen« aus den 70er-Jahren, wobei Apollon als Gott des Lichtes, der Weisheit und der Klarheit für Vernunft, wogegen der lebenslustige Dionysos, der griechische Gott des Weines, für Ekstase und Irrationalität stand. Diese Kofler'sche Dialektik ist ganz eng mit meiner »Dialektik der Erotik« verknüpft, da Dionysos auch bei der Erotik immer seine Finger mit drin hat …: worin wohl!?

Wir schreiben das Jahr 2005: Da saß ich nun alleine in den Fluten des Thermalbades Bad Bellingen am Oberrhein, zwischen Freiburg und Basel; und ich wohnte zur gleichen Zeit in einem Ferienhäuschen aus Holz auf der FKK-Anlage »Dreiländereck« in Steinenstadt, dort wo Fuchs und Naturisten, Hase und Nudisten sich gute Nacht sagen …! Die »Dialektik der Erotik« offenbarte sich mir im dionysischen Flair des Thermalbades gegenüber dem apollinischen

Erleben der FKK-Anlage. In diesen Ausprägungen existieren ja auch zwei archaische Gegenpole:

- Das Paradies mit seiner Nacktheit des menschlichen Paares erscheint mir dermaßen unerotisch, dass es mir nach wie vor ein Rätsel bleibt, wie »es« Adam und Eva überhaupt gemacht haben konnten? Wie konnte da in dieser reinen prähistorischen Naturisten-Szene überhaupt Sex geschehen!? Vielleicht mit dem unerklärlichen Trick mit Apfel und Schlange …?!?
- Dagegen badeten nicht erst die alten Römer gerne in heißen Thermen, auch in vielen anderen alten Kulturen wurde gerne heiß gebadet. Tom Robbins hatte ja in seinem Roman »PanAroma«[11] gerade die lebensverlängernden Eigenschaften des Badens im heißen Wasser für seine beiden Romanhelden Alobar und Kudra herausgestellt: »Durch ein tägliches Bad in ca. 37,8 °C heißem Wasser wurde deren DNS getäuscht, als lägen sie in einem neoembryonalen Stadium und bekämen dadurch frische Hormone und Enzyme. Außerdem senkt es die Bluttemperatur, wodurch der Blutkörperkreislauf geschont wird und länger durchhält.«[11] Neben dem täglichen heißen Bad hatte Tom Robbins in seinem Roman noch drei weitere Tipps zur Langlebigkeit: »Richtig atmen, harmonisch ein- und ausatmen wie eine Schlange, nur so viel wie nötig atmen; gutes bewusstes Essen – und zwar immer in kleinen Mengen; und als letztes und wichtigstes Element: das Feuer des Sex!: Die DNS ist ja nur an der menschlichen Fortpflanzung interessiert, weshalb es bei den meisten Menschen auch nur ein paar Jahre intensiven sexuellen Verkehr zur Fortpflanzung gebe. Wenn man also ständig fortführende Sexualität macht, wird die DNS getäuscht, als wäre man immer noch in der Phase der Arterhaltung.«[11]

Ich persönlich hatte ja schon vorher Erlebnisse mit heißen Quellen: zweimal auf der Insel Taiwan und dreimal in verschiedenen Thermen in Deutschland. Auf jeden Fall erschien mir das doch sehr erregend zu sein, als mir heiße Sprudel um die Geschlechtsteile wirbelten. So schien es auch den meisten Frauen im Thermalbad zu gehen, die dort immer gerne stundenlang auf der Sprudelbank saßen …!

Zum Apollinischen: Ich wohnte im Sommer 2005 alleine im Ferienhäuschen meines Vaters in Steinenstadt auf dem FKK-Gelände »Dreiländer-Eck«.

Da waren sie alle: die Nackten, rein & klar wie Apollon, der griechische Gott der Klarheit und des Lichtes. Aber alle diese Nackten mit dem »Faltenwurf« ihrer Haut und der »Erdanziehung« ihrer Körperteile hatten so etwas Unerotisches an sich, dass ich mich immer noch frage, wie Adam damals im Paradies überhaupt »einen hochgekriegt hatte«, wo er & Eva doch von morgens bis abends nur nackig rumliefen …!?! Dafür hatte die Freikörperkultur im Jahre 2006 bereits ihr 100-jähriges Jubiläum: In den Anfängen musste die sich langsam entfaltende Freikörperkultur als Pendant zur kaiserlichen konservativen und auch prüden streng reglementierten Gesellschaft bilden. So waren Anhänger des FKK damals eher dem linken Spektrum der Gesellschaft zuzuordnen und dementsprechend Kritiker der etablierten Gesellschaft. So gehörte der berühmte Maler und Zeichner des Berliner »Miljöhs«, Heinrich Zille, genauso zu den FKK-Anhängern wie viele Künstler, Intellektuelle und Aussteiger. Aber auch Namen wie Karl Wilhelm Diefenbach oder der sozialistisch geprägte Adolf Koch hatten sich in den ersten Jahrzehnten des 20. Jahrhunderts um die Ideologie der Freikörperkultur, die praktische Durchführung der Nacktkultur und um freidenkende Personen verdient gemacht, die FKK einfach nur als Triebfeder der Licht- und Luftbewegung sahen.

Zum Dionysischen: Ganz anders verhielt es sich im öffentlichen Balinea-Thermalbad. Da waren sie dann alle:
- Die Üppigen, denen die Brüste fast aus dem Bikini fielen.
- Die schlanken Drahtigen mit den langen Beinen, Typ »Volleyballerinnen«.
- Die kaffeebraunen Französinnen, da ja Frankreich in Reichweite um die Ecke lag.
- Die »Granaten« mit Tangaslips.
- »Hingucker« wie zwei Rastafrauen.
- Oder der ganz normale »Alltag« im knappen Bikini,

wie sie einen Mann zur erotischen Raserei bringen konnten, in diesem bis zu 37,4 °C warmen Wasser …: besonders als ich auf der Sprudelliege lag und warme Sprudelbläschen meine erotischen Fantasien beflügelten …, oder ich saß auf der Sprudelbank, oder ich »ritt« auf dem starken Strahl aus dem Beckenboden, der mir die Hoden massierte; und nebenan an den zwei anderen harten Sprudelstrahlen wurden den anwesenden Damen die Muschis »weich gekocht«. Und überall sprudelte und blubberte es; und das Wasser schoss in festen Strahlen aus den Düsen an den Beckenwänden, wo sich weiche weibliche Körper ihre Brüste massieren und die Männer sich ihre Schwänze »beackern« ließen …

Und weil es so schön war, besuchte ich ein Jahr später 2006 das Balinea-Thermalbad in Bad Bellingen noch ein weiteres Mal, bei dieser Gelegenheit erlebte ich die erquickende Wärme der Therme zusammen mit meiner Moni. Denn das minerale Thermalwasser der Balinea-Therme hat genau die Funktion der Kohlensäure für das Sulfatmolekül, dass nur in dieser Symbiose das Sulfat über die Haut in den Körper eingeschleust wird. Dieses Heilwasser wirkt somit interaktiv therapeutisch und nachhaltig; dadurch wird die Alterung verlangsamt und gleichzeitig das Wohlgefühl gebessert.

Unter all den Fleischklöpsen, Fettklößen und Hängesäcken, die bereits so alt aussahen wie das Ziel der »Therme schlechthin«, nämlich durch das heiße Thermenwasser steinalt zu werden, unter all dieser fröhlich-selbstbewussten Vergänglichkeit des menschlichen Körpers fielen natürlich die paar wenigen jungen straffen Körper in dekorativ knappen und attraktiven Bademoden besonders auf! Schickt womöglich der Schutzpatron der Thermalbäder (ich nenne ihn jetzt als Arbeitshypothese mal einfach »Johannes, den Täufer«), … schickt er, damit die Kreisläufe der thermalbadenden Männer durch eine psychosomatische Verjüngungskur auch tatsächlich uralt werden können, … schickt er regelmäßig eine junge blonde französische Sexbombe aus dem Elsass ins Thermalbad, der der üppige Atombusen sowohl oben aus dem offenherzigen Ausschnitt als auch unten aus dem knappen Bikinioberteil zu hüpfen drohte …!?! Jedenfalls glotzten alle anwesenden Männer sie an, erst recht, als sie es mit ihrem französischen Begleiter fast auf den Sprudelliegen trieb. Oder wie sollte man das sonst nennen, wenn er sich mit dem Rücken auf die an sich schon aphrodisierende Sprudelliege bettete und die üppige Französin rücklings auf ihm lag, keiner wusste, was sie im undurchsichtigen weiß sprudelnden 35 °C warmen Thermalwasser mit sich anstellten, aber jeder konnte sich alles Mögliche vorstellen: vom knochenharten Ständer bei ihm bis zur glitschigen Bereitschaft bei ihr, zumal er sich auch gar nicht scheute, ihr von hinten an die beiden auf der Wasseroberfläche wogenden und schlagenden Argumente zu fassen …!?! Und das bei 35 °C Wassertemperatur, wo doch das heiße Thermalwasser durch die Französin eh schon zum Brodeln gebracht wurde …! Da fielen den anwesenden Herren, brave Schweizer, heißblütige Franzosen oder biedere Deutsche, fast die Augen aus den Höhlen. Auch mir wurde es ganz heiß und steif unten rum, da ich eh auf der Sprudelbank meine überreizten Hoden von unten mit starkem Wasserstrahl massieren ließ und dann auch noch zusätzlich vom Schutzpatron diese »französische Nummer« vorgeführt bekam. Da half nur weggucken, an was Technisches denken wie binomische Formeln oder Pleuelstangen – nein, das half auch nicht. Oder besser ab ins Kneipp-Becken, wo ich im eiskalten Wasser mit meinen Storchenbeinen stakste, um wieder auf Normaltemperatur zu kommen. Auch eine betuliche ältere Dame grinste wissend in die Männerrunde, ahnte sie doch deren Gedankengänge. Und sogar meine mitgereiste Gefährtin Moni blieb der ausladende »Balkon« der Französin nicht verborgen: Sie tippte auf Implantate …!

Heiß war es eh schon genug. Die Sonne brutzelte die Thermalgäste gar. Das Wasser im Außenbecken mit Strömungskanal und Sprudelanlagen hatte normalerweise 34 – 36 °C, heuer maximal bis zu 38 °C: Wahnsinn! Da brachte die blonde Gallierin das Wasser durch ihre bloße Anwesenheit noch zusätzlich zum Köcheln …!

Komplementär zum männlichen Lugen nach knappen Bikinis verhält sich die Situation aus der Sicht von Frauen wahrscheinlich so, dass da schlanke große Männer mit Waschbrettbäuchen und wohl proportioniertem Körperbau eher die weibliche Fantasie anregen würden. Aber ich bin ja nun mal ein Mann und sehe deshalb auch die Welt mit männlichen Augen.

Diese Thermalbadgeschichte hat auch eine persönliche historische Dimension innerhalb des dionysischen Elements. Aus der Serie »Reisen mit Harry« trieb es uns beide in den Jahren 1995 und 1997 zur Mosel, wo wir – wie mittelalte Männer halt so sind – im Bad Bertricher Thermalbad nur an »Wein, Weib & Thermal« dachten …! In dieser Zeit lebten wir zwar durchaus in der Wirklichkeit, aber manchmal konnten wir vor rauschhaftem Übermut nicht mehr Fiktion und Realität auseinanderhalten … Mehr davon in der Geschichte aus dem Jahre 2007, wenn es heißt: »Bullay 1977 – 2007: 30 Jahre ›Bullayer Brautrock‹ «.

Zur Dialektik: Da fällt es mir natürlich leicht, mich für das Anregende aus dem dionysischen Bereich zu entscheiden! Denn das erotisch Anregendste ist nun mal für mich nicht die natürliche Nacktheit, wie sie in einer FKK-Anlage zelebriert wird und wo man sie den ganzen Tag zur Genüge erleben kann. Nein, als das erotisch Aufregende erscheint mir doch eher das langsame Ausziehen der Kleidung, die Knappheit von Bikinis und geilen Tangas oder das Raffinierte von Dessous …!!!

Deutschland im Fußballfieber

Bei der Fußball-WM 2006 in Deutschland warst du wahrscheinlich auch im Fußballfieber wie ganz Deutschland und begeistert darüber, dass wir hier bei den deutschen Kickern auch endlich mal schönen erfrischenden Angriffsfußball erleben konnten und nicht wieder wie jahrzehntelang den elenden Rumpelfußball anschauen mussten …!?!

Trotz des Halbfinalausscheidens waren wir ja in Deutschland auch so total stolz, dass Teamchef Jürgen Klinsmann mit der deutschen Mannschaft überhaupt so weit gekommen war, am 08.07.06 sogar begeisternd Dritter wurde und eine nie für möglich gehaltene »südländische« Stimmung über Deutschland gebracht hatte …!

Es wurde gefeiert bis zum Umfallen! Die Stimmung war bestens! Bei den aktuellen Fußballmusik-Hits lagen sich die Kicker und Fußballfans, Frauen und Männer, Musiker und Politiker schunkelnd und hüpfend in den Armen, besonders wenn die Sportfreunde Stiller ihren Hit anstimmten: »54, 74, 90, 2006 (nach dem deutschen Ausscheiden im Halbfinale optimistisch auf 2010 geändert, der nächsten WM) …
    Ja, so stimmen wir alle ein:
    Mit dem Herzen in der Hand,
    und der Leidenschaft im Bein,
    werden wir Weltmeister sein …!«

Oder bei den lateinamerikanischen Rhythmen der »Love Generation« von Bob Sinclair feat. Goleo wurde mitgetanzt und mitgeswingt …!

Ganz in der Tradition der früheren Fußball-Musikklassiker:
    – »Forca« von Nelly Furtado: Die hübsche Kanadierin mit portugiesischen

Wurzeln begeisterte uns schon mit dem offiziellen Song der EURO 2004 in Portugal dermaßen, dass wir diesen rhythmischen Hit auch 2006 immer wieder gerne im Radio hörten! Ganz im Gegenteil dazu gewann bei der EURO 2004 in Portugal sensationell die griechische Mannschaft, zwar auch eine südeuropäische Mannschaft, aber mit dem defensivsten und zerstörerischsten Fußball, den ich je erlebt hatte: Mit ihrem deutschen Trainer Otto »Rehhakles« kämpften sie sich zweckorientiert und nüchtern mit 1 : 0-Siegen bis ins Endspiel und zum Gewinn der Europameisterschaft …!

– Bei dem Samba-Stück »La Copa De La Vida« des Puertoricaners Ricky Martin 1998 bei der Fußball-WM in Frankreich ging richtig die Post ab, als die Sambatrommeln des »Cancion Oficial de la Copa Mundial« die Beine zum Zucken brachten. Vielleicht lag es auch daran, dass der »Champagner-Fußball« der französischen Weltmeister 1998 um Zinedine »Zizou« Zidane, meinem langjährigen Lieblingsspieler, sogar über die brasilianischen Zauberer vom Zuckerhut triumphierten …!?
2006 drückte ich ja im Endspiel die Daumen für Frankreich: für Zinedine »Zizou« Zidane, meinen früheren Lieblingsspieler, der sich wieder zurück in mein Fußballherz gespielt hatte.

»Oh, mein Fußballheld Zizou,
ich wusste ja, du wolltest eigentlich nur deine Ruh',
aber konntest du nicht noch bis zum Spielende 10 Minuten länger warten,
dann hättest du können in Ruhe mit deiner Rente starten.
Aber so, mit deinem Kopfstoß einfach vom Platz zu fliegen,
das konnte ich nicht in meinen Kopfe kriegen,
dabei verstand ich dich bei dieser WM mit deinem »dicken Hals« ganz gut,
hatte ich doch mit meinem schmerzenden Nerv im Nacken auch nur begrenzten Mut …!
Sogar die Journalisten wählten dich bei dieser WM in der Rubrik »wertvollster Spieler« zum Sieger,
aber für mich bleibst du trotz allem immer das Idol unter den genialsten Fußballspielern,
so bist du halt unter denen auch noch ein Krieger …!«

Sehr treffend äußerte sich die schwedische Zeitung »Aftonbladet« am 10.07.06 zu Zidanes unverständlichem Kopfstoßausrutscher im WM-Endspiel, das ja sowieso Zidanes letztes Fußballspiel war: »Der letzte Trick des Zauberers Zidane bestand darin, sein Genie in reiner Form vorzuführen. Indem er es wegzauberte.«

Meine vorrübergehende Zuneigung zum sympathischen Brasilianer Ronaldinho entstammte noch vom 2005er »Confed-Cup« in Deutschland, wo allerdings auch Brasilien mit den ganzen jungen Spielern super spielte und die alten Kämpen zuhause schonte: Dort hätte der brasilianische Nationaltrainer sie besser 2006 auch gelassen, sonst hätten wir auch Ronaldinho vielleicht öfter jubeln sehen, denn lachen tut der nette Kerl ja immer, immer lachen, immer ein Lächeln auf dem Gesicht, auch wenn man ihm gerade die Beine unterm Arsch wegtritt …! Da hat er beim Dauerlachen ja fast so was Thailändisches an sich, die ja auch immer lachen, egal ob gerade einer einen Witz reißt oder gerade ein Tsunami übers Land rollt …!

– Seit 1996 bei der EURO in England grölten die Jungens von Three Lions lautstark und von jedem Fan zum Mitsingen geeignet den Fußballklassiker »Football's coming home«, weil sich ja England immer als das »Mutterland« des Fußballs fühlte, wohin dann 1996 natürlich der Fußball nachhause zurückkam …! Allerdings gewann dort in England eher das Teamwork der deutschen Nationalmannschaft um deren Kapitän Jürgen Klinsmann auf der britischen Insel die EURO 1996, als der heutige Nationalmannschafts-Manager Oliver Bierhoff plötzlich und unversehens mit dem ersten »Golden Goal« der Fußballgeschichte in der Verlängerung des Endspieles Deutschland zum dritten Mal zum Fußball-Europameister machte …

– 1990 besang Gianna Nannini gemeinsam mit Edoardo Bennato während der Fußball-WM in Italien in ihrem von Giorgio Moroder komponierten Cansone »Un estate Italiana« die »notte magice« (= die zauberhaften Nächte) der abendlichen Fußballmatches unter lauer mediterraner Luft: Vielleicht hören wir diesen Italo-Hit immer noch so gerne, weil diese WM beim Endspiel am 08.07.1990 für uns Deutsche mit dem dritten und vorerst letzten Gewinn einer Fußball-WM für Männer glücklich, aber verdient endete …!? Schon damals wurde Jürgen Klinsmann als Spieler Weltmeister; und Teamchef »Kaiser« Franz Beckenbauer lief nach dem gewonnenen Endspiel einsam und rastlos nach dem Schlusspfiff auf der leeren römischen Fußballwiese herum, während seine Jungens sich am Spielfeldrand von und mit den Fans abfeiern ließen.

Ich selber erlebte die WM ja auch in Italien, als ich auf einem internationalen Camping-Platz am Lago di Bolsena mitgefiebert und gefeiert hatte: beim »Public Viewing« auf der Großleinwand des Campingplatz-Restaurants zwischen lauter Niederländern, Iren, Italienern und Deutschen, wobei es auch damals schon eine entspannte friedliche und fröhliche Atmosphäre zwischen Pizza, Vino, Fußball und generationsübergreifenden Großfamilien zu erleben gab, wohin mich selbst meine damalige Freundin Julie mit ihrer Tochter begleitete, die sonst eigentlich mit Fußball nix am Hut hatte …!! Beim morgendlichen Einkauf fürs Frühstück im italienischen Campingplatz-Geschäft hatte ich schon das strahlende Gesicht der Wurst- und Käse-Verkäuferin auf meiner Seite, wenn ich mit meinem damaligen italienischen Lieblingsspieler und dem allseits beliebten Roberto Baggio meine Einkaufsbestellungen reimte auf Mortadella und Formaggio …!

So blieb die deutsch-italienische Freundschaft über Jahrzehnte erhalten: Nachdem Deutschland 1990 in den italienischen »notte magice« Fußball-WM geworden war, holte sich die italienische »Squadra Azzura« 16 Jahre später unter mediterraner Sommersonne den Fußball-WM-Titel 2006 in Deutschland, wenn auch glücklich im Elfmeterschießen gegen Frankreich. Damit legte die italienische Mannschaft eine der erstaunlichsten Fußballserien hin, indem sie seit 1970 alle 12 Jahre ein Fußball-WM-Endspiel erreichte: 1970 – 1982 – 1994 – 2006, wobei sie je zweimal Weltmeister wurde und zweimal von den Brasilianern im Endspiel geschlagen wurde.

Allerdings erlebte ich den Höhepunkt des WM-Endspieles 2006 in Berlin bereits bei der WM-Abschlussfeier vor dem eigentlichen Spielanpfiff, als die temperamentvolle kolumbianische Sängerin Shakira zusammen mit dem schwarzen Haitianer Wyclef Jean »Hips don't lie« sang und dabei von 500 Tänzern und Trommeln mitreißend begleitet wurde.

Den wirklich guten begeisternden Fußball zeigten bei der WM 2006 in Deutschland überraschend nur die jungen deutschen Kicker, die von Jürgen Klinsmann dermaßen positiv eingestellt wurden, dass wir alle noch Jahre später davon schwärmen würden. Zu Recht kam dann auch das größte Lob von unseren holländischen Nachbarn, die uns Deutsche und besonders die deutschen Fußballer eigentlich gar nicht leiden konnten, sondern eher stolz auf ihre eigenen Kicker waren: »Die deutschen Fußballer spielten so, wie wir gerne gespielt hätten …!«

Dies übertrug sich natürlich auch einen ganzen Monat auf die gute Party-Stimmung auf den Fan-Meilen und beim »Public Viewing« in unzähligen deutschen Städten: »Pop ist Fußball – Fußball ist Pop«, schrieb die westfälische Rundschau am 10.07.06 über den Empfang »der Weltmeister der Herzen« in Berlin, als der 3. Platz der deutschen Fußballnationalmannschaft vor einer ½ Millionen Menschen wie eine »Love-Parade« zelebriert wurde, die ja ebenfalls immer mit ähnlich zahlreichem und jungen Publikum ausgelassen in Berlin zwischen Siegessäule und Brandenburger Tor gefeiert wurde …

»Ne, wat wor dat en superjeile Zick«, hieß ein Lied der Kölner Gesangsgruppe Brings. Dem schloss sich auch die ausländische Presse unserer europäischen Nachbarländer positiv an. Der deutsche Grüne und 68er Daniel Cohn-Bendit erklärte den Franzosen Anfang Juli 2006 in der Zeitung »Le Parisien« das »WM-Phänomen Deutschland«: »Die Deutschen haben eine riesige Lust zu feiern. Wir erleben Patriotismus mit menschlichem Antlitz. Bilder junger Türken im Deutschlandtrikot beeindruckten. Statt rassistischer Angriffe auf ausländische Fans gebe es ein ›Woodstock des Sports‹. Dieser Patriotismus macht keine Angst. Die Deutschen sind gastfreundlich und multikulturell.«[12]

Auch die dänische Zeitung »Jyllands-Posten« berichtete über das veränderte Bild der Deutschen bei den Dänen: »Die WM konnte das nachhaltig ändern. Stärker als die überraschend risikoreiche Spielweise der deutschen Gastgeber hat dazu die unbeschwerte WM-Partystimmung in Deutschland beigetragen.«[12]

Der spanische Kolumnist resümierte in der »El Mundo«, »dass selbst die Engländer einsehen mussten, dass die Deutschen gar keine Unmenschen sind.«[12] »Dass Deutschland nach der Niederlage gegen Italien nicht in Missstimmung versank, ist für die Kommentatoren in Spanien ein Anzeichen für diese neue Einstellung. ... und dass Deutschland kaum wiederzuerkennen sei ...«[12]

Schließlich schwärmte ein italienischer TV-Journalist des Senders RAI 2 »vom ungewöhnlich schönen Deutschland ... Die ausgezeichnete Organisation fand ebenso ein Lob wie die Stimmung und die Partys, die die Deutschen veranstaltet haben ... Die Deutschen riskieren, fast sympathisch zu wirken!«[12]

30 Jahre »Bullayer Brautrock«

Bullay 1977 – 2007: Mit meinem alten Freund Harry aus Osnabrück feierte ich im Februar 2007 das Jubiläum dreißig Jahre Bullay. Denn im Februar 1977 entdeckten wir das kultige »Hotel Moselblick«; und unsere ewige Freundschaft befindet sich bereits im vierten Jahrzehnt ... ... and never got old!

Diese Mosel-Story hat natürlich auch noch eine historische Vorge-schichte ...

... wie alles anfing: unser Kennenlernen beim Zelten am Dattelner Kanal, als Matthes, Carlos, Harry und ich eine Mondfinsternis Pfingsten 1974 gebüh-rend mit einer Feuerzangenbowle feierten. Wir fuhren fröhlich und voller Vorfreude dorthin zur »Alten Fahrt«, dem mittlerweile renaturierten alten Ausweicharm des Dortmund-Ems-Kanals, bis kurz vor der Lippe-Brücke, mit meinem alten blauen Käfer. Dabei beobachtete Harry von der Rückbank mich als Fahrer erst skeptisch, dann immer mehr und mehr mitgerissen: » ...*Ohne einen Kommentar setzte der Fahrer den Wagen in Bewegung. Schlitternd kamen wir knapp durch einige Kurven, von denen jede angeschnitten wurde. Etwas Seltsames passierte: Dieser anarchistische Fahrstil gefiel mir, ich fühlte mich voll-kommen sicher. Ja, es machte mir sogar Spaß, den Fahrer zu beobachten. Wie er das Auto ausbrechen ließ und wieder abfing, währenddessen er die ganze Zeit erzählte und mit den Händen herumfuchtelte. Wieder fielen mir seine Augen auf. Im Rückspiegel sah ich sie glänzen und mitlachen ...*« (Originalzitat Harry, aus: » ... *wer andren eine Feder schenkt, Bd. 1«*)

So hatte unser beider Freundschaft natürlich auch immer mit Abenteuern unterwegs zu tun ...

Trampen oder zu Fuß, mit Schiff, Zug oder Autos durch die Gegend bret-tern, erleben, staunen, überschäumende Freude. Wir zogen aus vom größten Kanalknotenpunkt Europas, wo sich in Datteln der Rhein-Herne-Kanal mit dem Dortmund-Ems-Kanal am Schiffshebewerk Henrichenburg trifft, danach zweigt nach Osten der Datteln-Hamm-Kanal ab, und schließlich vergabeln sich am »Dattelner Meer« der Datteln-Wesel-Kanal nach Westen und die alte und neue Fahrt des Dortmund-Ems-Kanals nach Norden. So kamen wir immer wieder zum Wasser zurück: zu den Gestaden der europäischen Küsten oder den Ozeanen in Übersee, zu den zahlreichen Baggerseen im Ruhrgebiet oder Talsperren im Sauerland, zu den großen Wasserläufen unserer Erde wie dem großen alten Mississippi in Amerika, dem Nil, dem Wasserspender halb Afrikas, oder »Väterchen Rhein«, aber kein anderer Fluss hatte uns so emotional geprägt wie die liebliche Mosel mit ihren steilen Weinberghängen, wild mäandernden Schleifen und dem herben Charme ihrer Winzer.

Der Start zu unserer winterlichen Tramptour im Februar 1977 zur MOSEL-SAAR-RUWER-Region, zu meinen saarländischen Verwandten, machte erst mal einen fußballhistorischen Schlenker: Zwischen Oberhausen und Köln landeten – nein: strandeten – wir in Büttgen, der Heimat von Berti Vogts, unserem beliebtesten »Volks-Terrier«. Wegen Regen krochen wir nahe der Autobahnauffahrt in eine Art Erdhöhle, die wahrscheinlich von Kindern gebaut war. Dort peppten wir uns mit einem Joint für die weitere Tramptour auf. Station machten wir in Bonn-Pützchen in einer Wohnung voller »Kloster-Katzen«, benannt nach der katholischen Mädchenschule im putzigen Stadtteil Pützchen. Am Sonntag in der Früh fanden wir uns an der Autobahn Richtung Eifel wieder, wo uns ein sportwagenbestückter Lebemann auch gleich bis zum Nürburgring mitnahm. Dort wollte er ein paar Runden drehen – mit Jackie Stewart im Kopf. Unterwegs lud er uns jedoch in Altenahr zu einem einzigartigen Glas rotem Ahrwein ein: eine tolle Erfahrung, roten Ahrwein kennen gelernt zu haben, nur Eingeweihte konnten das bereits 1977 nachvollziehen!

Eigentlich wollten wir direkt an die Mosel, doch das Trampglück brachte uns über Trier direkt ins Saarland, wo wir bei Onkel Fred und Tante Lioba ein äußerst original Saarländer Quartier fanden. Sie waren herzlich & lebenslustig und ganz auf unserer Seite, obwohl wir als die langhaarigen Freaks aus der Großstadt total kontrastreich waren zum normalen Durchschnittssaarländer! Auf dem Rückweg brachte uns Onkel Fred sogar mit seinem Fahrrad zur Autobahnauffahrt, damit wir nicht die ganze Zeit unser Marschgepäck tragen mussten: War das nicht goldig!?

1977: On the road again …

Aber zwischendurch geschah ja noch allerlei Mystisches: wie wir z. B. bei herrlicher Februarsonne in Omas und Opas Garten mit nacktem Oberkörper Fußball spielten. Oder die Geschichte an der deutsch-französischen Grenze: Noch im Winter, und trotzdem schien die Sonne, tollten Harry und ich im Saarland über die »grüne« Grenze. Mein Opa wohnte in Saarlouis-Beaumarais, nur ein paar Kilometer von der französischen Grenze entfernt. Wir wanderten einfach mal ein bisschen über den Teufelsberg, die dortige Teufelsburg-Ruine, kletterten über Felsen, Schluchten, Wälder und Wiesen Richtung der vier Sendemasten des Senders Europa auf dem Sauberg und weiter durch einen Wald, bis wir auf einmal in dem kleinen französischen Ort Villing gelandet waren, ohne vorher bemerkt zu haben, dass wir überhaupt Deutschland verlassen hatten.

Interessanterweise schloss sich für mich 28 Jahre später dieser Kreis, als ich im November 2005 Moni in ihrer Kur in Berus besuchte und wir dabei eine Wanderung an den vier Sendemasten vorbei ins nahegelegene Lothringen unternahmen.

Damals 1977 jedoch tranken wir ein Bier in einer französischen Kneipe und schrieben von diesem »Auslandsurlaub« eine Ansichtskarte zu Harrys Bruder Frank. Auf unserem Rückweg freute sich der deutsche Grenzer in seinem einsamen Häuschen doch ehrlich, wegen seiner alltäglichen Langeweile endlich mal zwei solch »bunte Vögel« auseinandernehmen zu können, die da so munter zu Fuß dahergetrabt kamen. Erst untersuchte er unsere Umhängetaschen umständlich, wobei er sich lange und staunend mit meinem buntgehäkelten Totembeutel und seinen kleinen Plastiktierchen darin aufhielt, schier nicht glauben konnte, dass ein erwachsener Mann so etwas mit sich rumtragen konnte. Dann dachte er endlich, fündig geworden zu sein, als er das rostige Blechdöschen aufschraubte, das sich in einem speziellen Fach meiner Militär-Umhängetasche extra an einem Bändel befestigt befand. Aber die Enttäuschung war ihm auf dem Gesicht zu lesen, als er darin nur einen alten schmierigen Stofflappen fand: »Was ist das denn?«, war dann auch seine entsetzte Frage. »Das ist das Fernglasputztuch!«, war meine erfreute und routinierte Antwort, wohl wissend, dass ich gar kein Fernglas mit mir führte, aber der Fernglasputztuchbehälter gehörte halt zur Ausrüstung eines US-amerikanischen Frühstücksbeutels. Der Grenzer war so sauer darüber, weil er nix Verbotenes bei uns fand, dass er uns 20,– DM Bußgeld wegen illegalem

Einwandern aufbrummen wollte! Der Mann war wirklich zum Schießen! Wir hätten ja auch wieder locker »grün« um seinen Zoll-Kiosk herum über die Grenze zurückgehen können! Wir weigerten uns jedenfalls schlichtweg für fehlerhaft ausgeschilderte Grenzen auch noch was zu bezahlen, nur weil wir einen harmlosen Spaziergang gemacht hatten. Glücklicherweise konnten wir die Sache mit ihm so gütlich bequatschen, dass er von diesem Wahnwitz wieder Abstand ließ, besonders als er hörte, dass wir bei der in Beaumarais allseits bekannten Familie Lukas übernachteten. »Ja, warum habt ihr das denn nicht gleich gesagt? Schöne Grüße!« Auf dem Rückweg vom Saarland nach Westfalen hatten wir wieder solch ein großes Tramp-Glück, dass wir stracks hätten mit nach Kölle fahren können. Aber wir wollten ja unbedingt noch an die Mosel! Tante Lioba hatte mir Geld geschenkt, womit wir uns Tickets für ein Moselschiff kaufen wollten, um uns die Tour bis Koblenz moselabwärts zum höchsten Genuss werden zu lassen. Deshalb stiegen wir an der Eifelautobahn bei Wittlich aus unserem »lift« aus, liefen von dort die 10 km lange »Long and winding road« runter zur Mosel und kamen völlig zerschlagen in Zeltingen an. Dort gab's natürlich noch keine Mosel-Schifffahrt, weil es dafür im Februar noch zu früh war. Deshalb trösteten wir uns mit zwei Weinproben köstlichen »Zeltinger Himmelreichs« und setzten uns in den Bus moselabwärts bis Bullay. Als wir in Bullay ankamen, war es schon dunkel. Aber wir fanden trotzdem noch einen Unterschlupf: in einem alten Bahnwärterhäuschen ohne Türen direkt neben dem Eisenbahntunneleingang fanden wir auf Sandsäcken unser Nachtlager zusammen mit ein paar Mäuschen, die wohl schon eher dort gewohnt hatten. Vorher gingen wir in die Dorfkneipe Pegel. Dort wurde Skat gekloppt, wobei jedes Gespräch verstummte, als wir wilde Gesellen den Schankraum betraten. Dort wurden unsere Nasen vom Duft des köstlichen Schwenkbratens verführt, den wir uns aber finanziell nicht leisten konnten. Deshalb füllten wir uns zielstrebig mit »Bullayer Brautrock« ab, damit wir auch die Grauen und die Wintertemperaturen der Nacht überstehen konnten. Und das war auch gut so!: Es waren nicht die Temperaturen, weil es ja einen relativ milden Februar hatte, sondern die Eisenbahnzüge, die uns dieses »Hotel Moselblick« zu einem unvergessenen Erlebnis in Erinnerung behalten lassen werden …! Man hörte und fühlte es schon vorher aus der Ferne vibrieren; ein dumpfes Grollen; das Stellwerkhäuschen begann zu zittern; die Erde bebte; und dann kam das stählerne Ungetüm aus dem Tunnel geschossen, als würde es mitten durch unsere Schlafstatt sausen! Aber um dem Entsetzen noch die Krone aufzusetzen: Mit einem gellenden Pfiff, der mir immer noch in den Ohren hallt, verkündigte der Lokführer, dass er Licht sah nach dem endlosen Tunnel und dass er Bullay vorwarnen wollte. Wir jedoch saßen mit stehenden Haaren und einer Gänsehaut in unseren Schlafsäcken und freuten uns, als es endlich Morgen wurde.

Mit den Resten von Tinas Überraschungsgeschenken, Maria Kron und Rum-Toffies, machten wir uns ein schnelles Penner-Frühstück und taumelten dann ins Moseltal. Danach genossen wir die Mosel vom Inneren eines Zuges aus: Bullay – Cochem – Burg Eltz – Kobern – und kurz vor Koblenz, in Winnigen, raus aus dem Zug. Am kleinen Winniger Bahnhof trampte ich auf gut Glück in der Gegend herum, da es eh nur eine Sackgasse war. Und siehe da: Eine alte Oma nahm uns mit zur nächsten Autobahnauffahrt. Sie musste nur noch schnell nachhause, um ihre Wohnungstür abzuschließen. Über Andernach (Grüß dich, Hank Bukowski!) und Bonn ging's nach Köln-Deutz, wo wir beim Anblick des Kölner Doms den Rhein überquerten. Dort begann es zu regnen; und wir beschlossen, den Rest der Strecke nachhause statt im Regen weiterzutrampen lieber mit dem Zug zurückzulegen. Schließlich hatten wir während der übrigen Tramptour trotz Februar nur herrlichstes Urlaubswetter gehabt …!

Die Moseltour im Mai 1987 hieß »The last drive« … in my old Passat, denn nach dieser gemeinsamen Tour schenkte ich Harry den Wagen, den er mir für diese letzte Tour sogar chauffierte, weil ich mir beim Badminton den Knöchel verstaucht hatte. Es war wieder eine Fahrt von Gewässer zu Gewässer: von Hagen an der Volme nach Datteln an der Lippe, dort Harry abgeholt, weiter nach Wanne-Eickel am Rhein-Herne-Kanal, wo wir den Polterabend meines Cousins feierten, des Sohns meines Patenonkels Edwin; danach kam die »Rapsodie in Yello« deshalb, weil wir von Wanne-Eickel bis Kassel an der Aue nahezu in Rapsfeldern schwammen und vor so viel »Yellow« nahezu ausflippten. Wir fragten dann auch in Kassel natürlich sofort die erste Passantin nach der sagenumwobenen In-Disco »Yello«, obwohl es erst mitten am Tag war. »Aber das hat doch noch zu!!!«, schrie sie mich auch prompt an. Kassel – das hieß Matthes, unvergesslicher Matthes, der Harry und mich 13 Jahre vorher zusammengebracht hatte. Kassel waren im Mai 1987 wegen meines bandagierten Fußes nicht die endlosen Spaziergänge an der Wilhelmshöhe mit seinen

Wasserfällen und Parkanlagen, wie wir es zwei Jahre vorher gerne gemacht hatten, sondern dafür die Kasseler Stadtfeste mit »umsonst & draußen«-Konzerten, wo wir doch tatsächlich unverhofft und ungeplant Live-Musik aus der guten alten Hippie-Zeit miterlebten: Scott McKenzie sang »If you come to San Francisco, be sure to wear flowers in your hair …« und The Mamas and the Papas erfreuten uns mit »Monday, Monday …« Da es am nächsten Tag regnete, hatten Harry und ich die wundervolle Idee: »Komm, wir zelten an der Mosel.« Gesagt – getan, durchs schöne Hessenland ins Moseltal gefahren, wo die Sonne wieder schien. Wir fanden in Hatzenport einen Zeltplatz auf einer Moselinsel … … und fühlten uns gut, sehr gut: Nach einem göttlichen Abendessen mit leckerem Schwenkbraten, dazu trockenem Mosel-Weißwein und noch trockenerem Rauch kamen die »midnight confessions«, die herzallerliebsten Mitternachtsgespräche im Auto mit Musikanlage: mit Tschaikowski im Ohr (1. Klavierkonzert in b-Moll) und dem Kopf voller Frauen wie Madonna, Whitney Houston, Chrissie Hynde, Ina Deter, Nena, France Gall und Wencke Myhrre … … und am nächsten Tag weiter flussaufwärts, »the long and winding road along the Mosel«: Deutsches Eck bei Koblenz – Zeltplatz in Hatzenport – Frühstück in Bruttig-Fankel (Frühstücken und Leben wie Gott in Rheinland-Pfalz) – historische Weinprobe in Bullay (remember the 1976 Jahrhundertwein »Bullayer Brautrock«), Besuchs des »Hotel Moselblick« mit direktem Bundesbahnanschluss und inkl. Hausmaus – bei der nächsten Weinprobe in Wehlen an der Mittelmosel erlagen wir dem »Lockruf des Weines« (Original-Ton des Weinschätzers Harry) und verkosteten auf dem länglichen Weinbrett nacheinander:

- 1983er Wehlener Sonnenuhr
- 1984er Graacher Himmelreich
- 1985er Zeltinger Sonnenuhr
- 1986er Wehlerner Nonnenberg.

So beschwingt ging's weiter durchs sonnige Moseltal über Bernkastel-Kues bis nach Trier. Von dort aus entlang der Saar nach Saarlouis-Lisdorf, wo am 30. Mai 1987 im Gasthaus Brenninger das langersehnte Familientreffen startete: voller Saal, alle meine Saarländer Verwandten, Onkel und Tanten, Cousinen und Cousins und Angeheiratete waren da, natürlich auch Sister Bär-Bel mit Freund Balu und ich mit meinem Compadre Harry. Es wurde geschmaust und getrunken, geredet und zur selbst gemachten Musik der Tanzkapelle »Die Zwei« getanzt: Das Sippentreffen entpuppte sich als beschwingter Abend, bei dem ich sogar teilweise bei lateinamerikanischen Stücken auf den Bongos mittrommeln durfte! Die Musiker hatten Getränke frei: Von da an machte das Trommeln noch mehr Spaß …!

Immer wieder zog es Harry und mich zum Weindorf Bullay, dem Tor zur Mittelmosel: erstmalig im Februar 1977, wo wir ausgerechnet den 76er Jahrhundertwein genossen und dann noch den »Bullayer Brautrock« entdeckten, dabei im berüchtigten »Hotel Moselblick« bei offenen Türen schliefen. Dann Ostern 1986 bei der Moseltour mit Weineinkaufs-Stopp in Bullay.

Und zu Himmelfahrt 1987, als wir während der Deutschland-Tournee in Bullay hielten, um im Brautrockkeller zünftigst eine Weinprobe zu veranstalten. Dann kam die »Goldene Bullay-Serie« in den 90ern, als wir 1994, 1995,1996 und 1997 jährlich Bullay rituell erlebten.

1994 gab es das 20-jährige Freundschafts-Jubiläum von Harry und mir zu feiern: auf zum Land der Weinköniginnen! So wunderte es uns gar nicht, dass wir den ersten Tag an der Mosel nur mit der beliebten Mischung aus trockenem Weißwein und Guarana durchstehen konnten: Dann waren wir aber wieder »fit wie ein Turnschuh« bis spät in die Nacht …! Zwar war unser Kofferraum bis oben hin vollgefüllt mit Zeltgepäck, da wir als alte Camper lieber am »Busen der Natur« schliefen (allerdings auch an sonst jedem anderen Busen), aber der pfingstliche Wettergott meinte es 1994 nicht so gut mit uns: Regen, Regen, Regen, jede Pfingstnacht Regen; und als wir in Bullay einfuhren: Regen; aber trotzdem immer noch gut gelaunt. Schnell buchten wir in unseren Köpfen um und begannen, uns ein Zimmer zu suchen.

Nach einigen Anlaufschwierigkeiten, da es schließlich Pfingsten war, wo normalerweise immer alles ausgebucht war und ist, wurden wir im Weingut Süden fündig: super großes Zimmer mit Extra-Couch und zwei Sesseln und zwei guten Betten, und wie gewünscht: Moselblick! Dafür aber super preiswert!: inkl. Frühstück nur 23,– DM pro Person + Nacht. Außerdem war das alte Wirtsehepaar Süden total nett. Besonders freuten sie sich, als sie hörten, dass wir schon seit 1977 nach Bullay kamen. »Wo waren Sie denn da immer?«, hieß dann auch die interessierte Frage. »Zelten«, entgegnete der schlagfertige Harry rasch und ausweichend. Wir wollten schließlich nicht gleich mit der »Tür in den Tunnel« fallen, zumal das alte Bahnwärterhäuschen, wo wir 1977

direkt neben dem Tunneleingang schliefen, noch nicht einmal Türen hatte …!
Der alte Süden war früher selber Winzer und hatte inzwischen sein Weingut
an seinen Sohn übergeben. Er gab uns den Tipp, zur Marienburg hochzuwandern. So machten wir eine Fußwanderung hoch zur Marienburg, von wo aus
wir wegen einer ausladenden Moselschleife in alle vier Himmelsrichtungen die
Mosel sehen konnten: nach Zell, Alf, Bullay und Pünderich. Eigentlich wollten
wir von dort aus auch noch weiter bis zur Ruine Arras wandern, aber der üppige
»tropische« Pfingstregen machte uns pitschnass und fußfaul. Tatsächlich sahen
wir während der Fußwanderung hoch zur Marienburg üppigste Urwaldvegetation mit Lianen, dick wie Unterarme. Oben auf der Marienburg hatten wir uns
schon stundenlang in einer Holzhütte mit Schwenkbraten-Vorrichtung untergestellt und aßen dort unser Mitgebrachtes vom üppigen Frühstückstisch der
Frau Süden, wo wir übrigens immer ganz alleine tafelten – wie die Weinkönige.
Dort oben im Dauerregen aßen und tranken und rauchten wir, wo doch auf
einmal in Deutschland mittlerweile Cannabis zum Eigenverzehr legal geworden war …! Es regnete und regnete, also schwenkten wir unsere Pläne um wie
einen Schwenkbraten, wanderten zurück nach Bullay, wechselten die nassen
Kleidungsstücke und besuchten das Thermalbad Bad Bertrich: Dort hatten
wir es schön warm, konnten drinnen und draußen schwimmen, teilweise im
Regen, teils im Sonnenschein, mit dem harten Wasserstrahl unsere Rücken
massieren, im Whirlpool erotische Gedanken um die Eier sprudeln lassen und
auf der Gruppensonnenbank, eine etwa 5 m x 5 m große von künstlicher Sonne
bestrahlte Fläche, sogar ein bisschen eindösen. Danach frisch gemacht und in
die nächtlichen Abenteuer Bullays zurück, auf der Suche nach dem »ewigen
Schwenkbraten«, den wir schließlich auf der anderen Moselseite in Alf vorfanden. Ansonsten war das Nachtleben im kleinen Moselstädtchen gar nicht vorhanden: Die Kids träumten von der Großstadt und soffen lieber Bier aus Protest
gegen ihre weinanbauenden Eltern. Die üppige halb nackte Metall-Skulptur auf
dem Dorfplatz dümpelte mit ihrem gelupften »Brautrock« im Dunkeln herum.
Wir dagegen schlenderten in Bullay die Mosel aufwärts bis zur Brücke, da die an
sich praktische Personenfähre »Bullay – Alf« schon um 19.00 Uhr ihr Tagwerk
beendet hatte (Govinda, der Fährmann, wurde schon früh müde!). Dann überquerten wir die Moselbrücke, immer wieder mit wehmütigen Blicken auf die
Stelle direkt neben dem Tunneleingang, wo 1977 ein altes Bahnwärter-Häuschen
stand, jetzt aber zwei fantasielose Betonsilos Veränderung markierten …

… über die Brücke, und wieder ein Stückchen flussabwärts nach Alf, denn dort gab es den einzigen Schwenkbraten weit & breit: im Haus Beumer: lecker, dazu ein paar Schoppen Wein und ein Trester zur Verdauung …! Wenn es mal eine Regenpause gab, und die gab es auch immer mal wieder, dann konnten wir in Alf auch draußen essen, vor dem Hotel Alf, direkt an der Mosel und direkt an der B 53: speisen, trinken und einen Joint drehen, obwohl wir quasi mitten auf der Kreuzung saßen, allerdings waren wir auch die einzigen Gäste draußen, in dicker Regenjacke und mit Blick über die Mosel rüber nach Bullay … Wir hatten grandiose Winzer-Sessions mit trockenem und supertrockenem Riesling. Hier war besonders erwähnenswert im Brautrockkeller der »93er Mesenicher Goldgrübchen« vom Weingut Andree, der so trocken war, dass er uns die Grübchen nach innen zog, bis wir endlich lachten: Sauer macht lustig …!

Oder bei der nahezu andächtigen Weinprobe beim alten Süden nach einer vorherigen interessanten Weinkellerführung wurde sogar der westfälische Bierkönig Harry zum Weintrinker und -Kenner:

- Farbe des Weines prüfen
- riechen
- schlotzend in kleinen Schlucken über den Gaumen gießen.

Das alles in andächtiger Ruhe! Die »schwarze Messe« beim Winzer Süden brachte uns Erleuchtung und Heil fürs zukünftige Leben: Ja wirklich, all die wichtigen Gespräche, die wir sonst während eines Trockenen oder zwischen zwei Trockenen führten, über den Sinn des Lebens wieder mal (!), ob es alles so richtig läuft?: Mit der Liebe? Mit der Familie? Mit der Arbeit? Mit dem Leben?; Aber auf jeden Fall mit der Freundschaft …!!! So kamen wir auch nach 17 Jahren wieder mal zu einem »Zeltinger Himmelreich«. Wir schwankten erst zwischen einem Luxemburg-Trip oder dem Ürziger Pfingstfest und entschieden uns schließlich für das Weinfest in Zeltingen, wo uns die Stunde endlich schlug: Zeltinger Himmelreich unter Sonnenschein – genauso wie 1977, als wir zu Fuß von Wittlich nach Zeltingen runterkamen und unsere erste Weinprobe aus einem Gummischlauch eines heimischen Winzers bekamen: kurz, bündig und teleologisch (= zielgerichtet)!!! Jedenfalls starteten wir heuer in Zeltingen again with »a rich sky« (= Himmelreich) und trottelten danach etwas ziellos im Ort herum, bis wir endlich die Weinberge fanden:

voller Eidechsen, meinem ersten Maikäfer im Leben, Schiefergestein, zwei westfälische Wandergesellen mit Münsterländer »Skunk«. Da sahen die Zeltinger Weinberge gleich ganz anders aus: irgendwie nach einem himmelreichen »rich sky«. Davon beseelt kauften wir uns gleich ein Fläschchen, denn es war ja Weinfest, und jede Kellerei hatte »Offene Tür«. Damit setzten wir uns an die Mosel: dritte Parkbank von links, voll in die Sonne, fast bis auf das T-Shirt nackig: Der Übermut wegen des ersten sonnigen Pfingsttages packte uns grad hinterrücks im »Schalk«: Wir waren das Wandergesellenpack – par excellence – an der Haupt-Mosel-Spazierroute für den Pfingstsonntagsnachmittagsspaziergang für Großfamilien aller Art: Zwei fast nackte Burschen aalten sich mit Weinflasche ohne Gläser in der Sonne, lagermäßig auf einer Parkbank, direkt an der Mosel: Das ist Anarchie, gelle!?!?! Wir nahmen's leicht, fuhren zurück nach Bullay, guckten noch mal der Weinkönigin unter'm Brautrock und wussten wieder mal, wo's langging …!!!

Brautkleidgeschichten

Von Manfred Schloßer

»Schon seit meiner eigenen Studentenzeit in den 70er-Jahren fahre ich immer wieder gerne zusammen mit meinem Freund H. aus O. (inzwischen selber Historiker) in unregelmäßigen Abständen zum kleinen Moselstädtchen Bullay, bekannt durch den »Bullayer Brautrock«, einer hervorragenden Wein-Hanglage. Wie die Bienen vom Honig werden wir beiden Männer – wie so viele auf dieser Welt – vom Brautkleid magisch angezogen. Erst Pfingsten dieses Jahres standen wir fasziniert und staunend auf dem Bullayer Marktplatz, wo eine Metall-Skulptur in Form einer Mosel-Weinkönigin ihren »Brautrock« kokett vor ihrem schönen Körper lüpft. Das Etikett der »Bullayer Brautrock«-Weinflaschen ziert dekorativ eine Weinschönheit mit weißem Brautkleid.
Doch das Brautkleid war nicht immer weiß! Im 16. Jh. …«

Der »Bullayer Brautrock« fand dann sogar noch im gleichen Jahr 1994 Erwähnung in der wissenschaftlichen Literatur. *(Aus: »Zur steten Erinnerung – Hagener Kostbarkeiten«, Hagen 1994, S. 109)*

Im nächsten Jahr 1995 trieb es uns wieder mal zur Mosel, wo wir – wie mittelalte Männer halt so sind – nur an »Wein, Weib & Thermal« dachten …! Wir lebten zwar durchaus in der Wirklichkeit, aber manchmal konnten wir vor rauschhaftem Übermut nicht mehr Fiktion und Realität auseinanderhalten …

… als Wein gab es den 95er Bullayer Brautrock noch gar nicht, aber für Harry und mich gab's ihn schon: Er oder besser: Sie stand mit prallem Popo als Skulptur des »Brautrocks« und drehte sich auf dem Dorfplatz von Bullay: eine wohl gerundete nackte Weingöttin aus Bronze, die sich nur geschützt vom kleinen Wassergraben ihres Brunnens unmerklich, aber stetig um sich selber drehte. Die Weinkönigin lüpfte auch jenes Jahr wieder ihren Brautrock für uns, um uns ihre nackten Rundungen zu zeigen, dass uns bloß beim puren Anblick ein »Rohr im Wind« wuchs … Endlich empfing uns die Mosel mal bei Sonnenschein: gute Bedingungen, um einen angeschlagenen Moselveteranen wie mich die Rückenschmerzen vergessen zu lassen. Harry machte deshalb wie einst 1987 wieder mal den Fahrer: Hervorragend chauffierte er uns durch die Autoschlangen um Köln, wir verließen mit NRW die Regenzone, um im Kanzler-Land Rheinland-Pfalz Sonnenschein, Rapsfelder und Eifelnester genießen zu können. Auf jeden Fall waren wir da: Die »Söhne der Sonne« in unserer zweiten Heimat Bullay und wohnten in unserer neuen Klause in der Pension Café Gallup, weil bei Südens alles belegt war. Wir checkten ein und buchten sofort eine Flasche kalten Bullayer Brautrock »knübbeltrocken« (Originalton Frau Gallup). Wieder mal in Bullay, der Heimat des »Bullayer Brautrocks«. Dort sahen wir die sagenumwobene Metall-Brautrock-Stripperin von unserem Zimmerfenster unserer Pension oberhalb der Konditorei auch immer nur von einer Seite: entweder »Arsch hie« oder »Titt hie«!

… und ab über die Moselbrücke nach Alf: zum Hl. Schwenkbraten in meiner neuen Alfer Stammkneipe, Gastwirtschaft-Metzgerei Schemm, seit ich im Sommer 1994 auf dem Rückweg von der italienischen Riviera für eine Nacht in Bullay vorbeischaute und Wein nachtankte. Dort wurde es uns besorgt: der beste Schwenkbraten meines Lebens, herrlich mit Zwiebeln angemacht. Er wurde natürlich von uns mit ausreichend Wein, Trester (Danny), dunklem Weizenbier und Hefeschnaps (Harry) heruntergespült, sodass der lange Rückweg moselaufwärts von Alf zur Brücke, über die Brücke und wieder moselabwärts nach Bullay uns wie im Fluge vorkam, zumal wir ihn noch mit einem traditionellen Gras-Stick zelebrierten. Eigentlich war ich schon recht müde, der Bullayer Atmosphäre angepasst, da es dort ab 22.30 Uhr hochgeklappte Bordsteine hatte, und wäre am liebsten ins Bett gegangen. Aber Harry machte am Dorfplatz direkt neben der liebreizenden Metallnixe eine geöffnete Kneipe aus, lud uns ein, und da kamen dann auch schon die Schoppen angefegt … …

und des Nachts auf dem Gallup-Zimmer noch etwas »Bullayer Brautrock« hinterhergegossen, gepaart mit einem »kleinem Rauchopfer« wurde es dann doch wieder 02.00 Uhr morgens, bis wir unsere Betten erreichten. Morgens duftete dann der köstliche Bäckerei-Duft nach frischen Backwaren durch das ganze Haus und lockte uns zu einem üppigen Frühstücks-Büfett, das uns den ganzen Tag sättigte, inkl. »Kehrpakete« für unterwegs. Danach Kurzbesuch bei Familie Süden, die sich sogar schon telefonisch nach uns erkundigt hatten. Wir erfreuten die alten Südens durch unsere treue Bullay-Wiederkunft und wurden auch gleich von ihnen zu einem hervorragenden halbtrockenen Kabinett »Bullayer Brautrock« eingeladen, der uns morgens um 10.30 Uhr schon wieder »sphärisch dicht« machte. Alles untermalt von der reinen Weinlehre des alten Winzers zum Weintrinken: Klarheit, Farbe, Geruch, Geschmack und alles ruhig und wortlos genießen …! Unsere Androhung, Wein zu kaufen, brachte uns gleich eine Einladung zur Weinprobe: Der junge Süden, bei dem wir uns für die gelungene Fremdunterbringung bei Café Gallup bedankten, weil er dort für uns gebucht hatte, lud uns dann gleich für denselbigen Abend so gegen 17.00 – 18.00 Uhr zur Weinprobe ein: Wir würden natürlich kommen! Denn Originalzitat Harry: »Er & ich sind bukolisch. Bukolisch leben heißt: Ein paar Tage ›zarten Wahnsinn‹ genießen …!«

Also frisch gestärkt auf die Marienburg: Endlich wollten wir die seit Jahren fällige Wanderung »Bullay – Marienburg – Feuerwachturm – Burg Arras – Alf – zurück mit der Fähre nach Bullay« machen. Aber immer wenn Harry und ich zur Marienburg hochlaufen wollten, begann es zu regnen: So sagte ein altes Naturgesetz, so war's 1994, so war's dann auch 1995! Obwohl vorher und hinterher das schönste Sonnenwetter war, auf der Marienburg regnete es: ungefähr so ähnlich wie in den Regenwäldern Gomeras, wo es auch immer regnete, während man zur selben Zeit unten am Strand in der Sonne liegen konnte. Die Marienburg bei Regen war uns ein gewohnter Anblick: Regenschirm und Regenjacke gehörten zur Standardausrüstung für einen Marienburgaufstieg. Dabei war vorher bei unserer jährlichen Inspektion des Eisenbahn-Tunneleinganges durch den 459 m hohen Prinzenkopf noch alles trocken gewesen: Die beiden Silos von 1994 waren inzwischen weg; vom 1977er »Hotel Moselblick« sahen wir sowieso gar nix mehr! Jetzt machte man stattdessen an dieser Stelle auf eine golfbahnähnliche Wiese …! Also Marienburg im Regen, also wieder nix mit der Folgewanderung Marienburg – Burg Arras, sondern durchnässt zurück nach Bullay. Und siehe da: runter von der Marienburg; und die Sonne schien wieder und so blieb es den Rest unseres Moselurlaubes! Merke: »Nur wer Regen will, geht hoch zur Marienburg!« Wenn der Marienburg-Trail uns halt immer abstieß, machten wir's halt anders: Wir fuhren mit dem Auto hoch zur Burg Arras, d. h., auf halbem Berg war ein Parkplatz, den Rest gingen wir zu Fuß hoch. Oben erwartete uns nicht etwa eine Ruine, wie sie in manchen Karten beschrieben wurde, nein, eine richtige Burg: mit Turm, den wir sogar besteigen konnten, und wir hatten dort oben einen herrlichen Ausblick über die ganze Moselgegend. Dort besichtigten wir das Burgmuseum mit Ritterrüstungen und als Spezial eine Heinrich-Lübke-Sammlung: Der gehörte zur Verwandtschaft, gestand man uns. Außerdem das Verlies, die Kapelle und das Burgrestaurant: alles in allem ein gelungener Ausflug mit informativem Charakter, vor allem das Herumschlendern in wunderbar warmer sonnenerwärmter Luft passte uns gut in den Kram. Meinem geschundenen Rücken sowieso, der alle Sorten von Wärme gerne hatte!

Zurück nach Bullay machten wir uns dann auf den Weg, um unsere Verabredung mit dem jungen Süden wegen der Weinprobe nicht zu verpassen. Und es war ein bleibendes Erlebnis!: Nicht nur, dass der junge Jens Süden uns ca. ein Dutzend verschiedenster Weißweine vorführte, auf Harrys Wunsch auch noch Rotwein; nicht nur, dass sowieso alles kostenfrei war, inkl. etwas Brot zum Neutralisieren des Geschmacks zwischendurch, sondern er wusste auch total gut, locker und packend zu fabulieren, sodass wir sehr angetan von ihm waren. Er mochte uns offensichtlich auch ganz gut leiden, weil wir hinterher noch drei Flaschen mit ihm zusammen leerten, sodass wir schon ziemlich weinselig am frühen Abend die Weinstube Süden verließen. Allerdings hatten wir natürlich auch allerlei bei ihm bestellt: sieben Kisten Wein für Harry, Moni und mich für zusammen ca. 260,– DM … Nachdem wir beiden allein reisenden Single-Dachse von den sich drehenden Kurven der »Brautröckin« immer wieder scharf gemacht wurden, waren wir natürlich »spitz« wie Nachbars

Lumpi. Das wirkte sich dann besonders im nahegelegenen Thermalbad Bad Bertrich aus. Dort in Bad Bertrich wohnte übrigens auch während der Fußball-WM 2006 die Schweizer Nationalmannschaft. Es schien den Fußballern der »Nati« dort gutgetan zu haben, denn sie schafften einen neuen WM-Rekord: Als erste Mannschaft von allen bisherigen WM schieden sie aus, ohne während den regulären Spielzeiten ihrer vier Spiele bis zum Achtelfinale ein Gegentor bekommen zu haben! Erst im Elfmeterschießen gegen die Ukraine versagten ihnen dafür komplett die Nerven, und sie schafften zum Ausgleich überhaupt kein einziges Elfmetertor: was wiederum auch ein Rekord war! Zurück ins Jahr 1995, als Harry und ich im Bad Bertricher Thermalbad jede Menge Frauen sahen, mit ihnen sogar im relativ warmen Wasser badeten: alte, junge, ganz alte, ganz junge Frauen und auch ein paar mit Bikinis, oder diese eine mit dem kroatischen Gesicht und dem eng sitzenden roten Badeanzug mit goldenen Streifen auf der Brust. Als ich dann im heißen Whirlpool mit 42,3 °C Wasser saß, und überall sprudelte und gluckerte es um mich herum, massierte mir die beiden geilen »Bull-ayer«, dann dachte ich daran, wie man sich wohlig entspannen sollte in solch einem Bad.

Mir fiel dazu noch der Set damals in den 80ern im Whirlpool am Kemnader Stausee mit Jana ein, der einzig wirklichen Kroatin, dieser heißen lasziven »Mieze« aus Virovitica. Dann wunderte es niemand mehr, dass ich mich plötzlich mit geschlossenen Augen völlig entspannt im Eifel-Whirlpool der wohligen Wärme hingab … »und sich ein erregender Mund um meine riesige Latte schloss, mir die Eichel mit der Zunge umspielte und mir einen libidinösen Schock sondergleichen versetzte: geil!: Dermaßen auf Touren gebracht wunderte mich gar nix mehr! Erst recht nicht, wie sie plötzlich über mir kniete und ihr gut geschmiertes Loch über meinen Pfahl stülpte, wobei sie mir ihre beiden üppigen Brüste direkt vor meine Augen führte: die beiden ›schlagenden Argumente‹, die diese Welt mir in jenem Moment zu bieten hatte, wippten vor meinen Augen, die prall gehärteten Nippel ließen es sich abwechselnd in meinem saugenden Mund wohl ergehen. Während sie mich reitet, reitet, reitet …, brachte sie den jungen Mustang in mir auf Höchstleistung und barg ihre Muschi mit einem ›perlenden‹ Lachen den harten langen Schwanz in sich, dass ich mit meiner wahnsinnigen Sensibilität ihre inneren Organe wie Muttermund und Eileiter zur Vibration brachte, zumal ich ihren prallen Po mit beiden gut gefüllten Händen an mich und mein innerstes Eruptionszentrum presste. Trotz des gluckernden Whirlpools hörte ich ihr begeistertes Stöhnen, als sie auf ihren Höhepunkt mit mir, auf mir, ich in ihr zuritt, ein letztes Aufbäumen und dann schoss ich ihr mein geballtes Lebenselixier in ihre weit offene Muschi, danach ließen wir uns vom warmen Wasser um uns entspannen …« Als ich die Augen wieder öffnete, sah ich gerade, wie die »Rote« zurück aus der Sauna kam (»heute nur Gemeinschaftssauna!«), sich ein letztes Mal ihre goldenen Litzen auf der Brust zurechtruckte, ihr gerötetes Gesicht ein tiefes entrücktes Lächeln hervorzauberte, ihr rot gewandeter Körper mit den verführerischen Kurven vor meinen Augen herwackelte und aus dem Bad verschwand …! Als ich auf den glucksenden Wellen des Whirlpools ein einsames weißes Ejakulat-Schwänzchen reiten sah, ging auch über mein Gesicht ein zufriedenes Lächeln …! Entspannt und zufrieden verließen wir das Thermalbad von Bad Bertrich und ließen uns in Bullay noch mal nach Strich und Faden verwöhnen:

— Mit Bullayer Brautrock-Wein: trocken!
— Mosel-Trester: hart, aber gerecht!
— Der ewige Schwenkbraten: lecker!
— Sportliche Leckerbissen: Nach einem Moselspaziergang sahen wir in der Kneipe »Moselufer« einen TV-Schirm, stürmten rein und erlebten das sagenhafte Spiel HSV – 1. FC Köln, Ergebnis: 0 : 4, mit zwei Toni Polster-Toren, wie nur für uns zwei Kölle-Fans bestellt …! Während unseres gemütlichen Moselspazierganges erzählte mir Harry, dass er letztens in einem Film über eine Fußballdokumentation folgendes erstaunliche Zitat unserer berüchtigten Quasselstrippe Loddar Maddhäus gehört hatte: »Wenn ich eine Frau wäre, würde ich mir immer am Busen spielen …!« »Das passt zum Intellekt des Loddas«, entgegnete ich begeistert, »aber zur Begeisterungsfähigkeit eines Fußballpublikums kann ich noch einen draufsetzen: Bei einem Länderspiel der deutschen Nationalmannschaft in Brasilien wurden vor dem Spiel die Namen der teilnehmenden Spieler verlesen …, bis der Name des deutschen Spielers Franco Foda genannt wurde, worauf sich nämlich die brasilianischen Zuschauer in spontanen Heiterkeitsausbrüchen ausschütteten, da die direkte Übersetzung von Franco Foda ins Portugiesische ›umsonst ficken!‹ bedeutet.«
— Gemütlichkeit: ein letzter Abend im Brautrock-Keller bei Familie Andree.

- Einem üppigen Frühstück: Café Gallup.
- Und netten Rheinland-Pfälzern: Familie Süden.

… und wir waren erfolgreich auf der Suche nach den Frauen (»Arsch hie!«)
und hatten die Sonne gesehen …!

Die Liebe zum guten trockenen Riesling führte uns auch zu Pfingsten 1996
wieder nach Bullay. Nirgendwo sonst gedeiht der Riesling vortrefflicher als
an den steilen, mineralhaltigen Schieferwänden der Mosel. »Den Leyen vom
Mittelrhein« erwähnt Frank Schätzing in seinem Mittelalterkrimi »Tod und
Teufel«, wobei mit »Leyen« darin Dachschiefer gemeint sind. »Ley« oder »lay«
kommt ja aus dem Keltischen und bedeutet: Stein oder Fels. Sonst kennt man
es auch von den anderen weintopografischen Begriffen der Mosel wie »Ürziger
Schwarzlay« oder »Merler Königslay«, oder wie die Loreley am Rhein oder
Bacherlay im Westerwald. Wobei es nahe liegt, dass die Loreley mehr das
weibliche Element verkörpert, dagegen Bullay mehr das männliche.

Schließlich landeten wir beiden, Freunde und Männerliebe, schon seit 19
Jahren immer wieder in Bullay, um dort allerdings mit Vorliebe »Bullayer
Brautrock« zu schlürfen und zu genießen! Das wäre dann wiederum das weibliche Element im ewigen Yin & Yang! Und in Bullay drehte sich natürlich das
weibliche Element auch noch immer in praller Bronze auf dem Dorfplatz:
»Arsch hie!« oder »Titt hie!« … In Bullay war man & Frau gerne gut angezogen. Dafür sorgte schon seit Jahren die top-aktuelle Modeboutique auf der
Bahnhofstraße. Auch dieses Mal gingen wir dort vorbei, um ins Schaufenster
zu schauen. Und beiden gefiel uns ein schwarz gemustertes Sommer-Herren-
hemd besonders. »Das kauf ich mir!«, war dann auch meine spontane Idee,
zumal der Laden auch erstmalig geöffnet hatte, als wir dran vorbeikamen.
Das Hemd war dann auch in der für mich passenden Größe XL vorhanden,
fühlte sich wegen der Viskose gut an, passte mir und ich bekam sogar noch
wegen eines halben fehlenden Knopfes 2,50 DM Rabatt. Nun war der Bullayer
wieder gut angezogen. Also: »Weintrinken soll ja so gesund sein«, las man in
letzter Zeit immer wieder: mäßig, aber regelmäßig ca. 1 – 2 Gläser Weißwein
pro Tag soll gesund sein für den menschlichen Körper und die Seele sowieso.
Die so genannte »Kopenhagener Untersuchung« hatte sogar herausgefunden,
dass abstinent lebende Menschen eine signifikant niedrigere Lebenserwartung
hätten als Menschen, die regelmäßig, aber mäßig Alkohol tranken. Besonders

der trockene Weißwein in Bullay ist durch die Verbindung von Weinsäure und dem Mineral Kalium sehr durchblutungs- und verdauungsfördernd, was ich bei einer Weinprobe verschiedener »Bullayer Braunröcke« bei Herrn Süden feststellen konnte …!

Leider musste ich die Weinprobe alleine genießen, weil Harry noch etwas angeschlagen im Bett lag. Wir hatten nämlich am Tag zuvor eine Zugreise nach Cochem gemacht, um dem Bullayer Regen zu entweichen. Cochem war allerdings ebenfalls so verregnet, dass wir schon im erstbesten Kellergewölbe trockenen Unterschlupf bei noch trockenerem Weißwein fanden. Dort machten wir rasch Bekanntschaft mit zwei jungen niederrheinischen Paaren aus Neuß im Alter von 24 – 29 Jahren, die durch eine magische Situation sensationell eröffnet wurde. Die vier am Nachbartisch hatten bereits vier Flaschen Wein getrunken und wollten gerade ein Foto von sich machen. Ich bot mich an, sie alle vier mit ihrem Fotoapparat zu fotografieren, wobei mich eine der beiden Frauen völlig wie nebenher mit »Danny« anredete, obwohl mein Name in diesen Gewölben vorher nicht genannt worden war. Sie meinte einfach, ich sehe so aus wie »Danny«, wollte es dann aber schier kaum glauben, dass ich tatsächlich so heiße; und ich musste es dann mit meinem Personalausweis beweisen! Da ging dann aber die Post so ab, dass Harry davon noch einen Tag später das Bett hüten musste. Die Tische wurden zusammengestellt, über das Leben, über Treue, über Fußball wurde geredet. Elli, die magische Frau, hatte an diesem Tag ihren 29. Geburtstag und trank im Gegensatz zu sonst viel zu viel Wein, drehte auf wie ein ganzer Zirkus, machte draußen den Straßenverkauf unserer Weinstube zu einem Bombengeschäft, weshalb wir alle vom Weinschenk Prozente bekamen. Zur Radiomusik tanzten wir zu Willy de Ville und Fools Garden; wir tranken und tranken; und draußen goss es weiter in Strömen. Deshalb machte ich mich allein mit Regenschirm und Fotoapparat auf, die malerische Altstadt von Cochem zu besuchen. Als ich zurückkam, war die Stimmung im Weinkeller gekippt, denn das Geburtstagskind Elli lag mit dem Kopf schlafend auf dem Tisch.

So fuhren Harry und ich gut angetüdelt mit dem Zug wieder zurück nach Bullay zu unserem Apartment von Monika Monschau. Dort schauten wir uns noch das absolut langweiligste Pokalendspiel im TV an: 1. FC Kaiserslautern – Karlsruher SC 1 : 0. Da war das italienische Essen im Anschluss schon spannender. Da wir danach im Monschau'schen Apartment noch weiter tranken und rauchten, konnte ein guter Freund auch am nächsten Tag schon mal daneben liegen, zumal er bereits mit angegriffener Gesundheit den Moseltrip startete. Auch ich hatte mitten am Tag mal einen Schwächehänger, den ich aber mit Einsatz des Guarana-Power-Drinks »En Trance Guarana Power mit Vodka« erfolgreich bekämpfen konnte ...!

Durch Harrys Betttag wurde ich dann so unnötig geschont, dass mir am Nachmittag nach Aktivitäten war, zumal das Wetter auch eine gewisse Freundlichkeit an diesen Pfingstsonntag legte. Also lieh ich mir das Monschau'sche Fahrrad aus und machte eine kleine Fahrradtour nach Zell. Eine schöne Strecke – direkt an der Mosel entlang, nur für Fußgänger und Fahrradfahrer: 6 km von Bullay vorbei an Merl (»Merler Hölle«) nach Zell, wo es merklich touristischer wurde und Slalomfahren zwischen den Fußgängern angesagt war. Dort gab mir die erste Apotheke einen Hinweis auf die z. Z. praktizierende Notapotheke, wo ich rasch das von Harry gewünschte Magenmittel Riopan erstand. Zell war mir ja schon als kleines Kind durch »Zeller's Schwarze Katz« bekannt. Deshalb drehte ich noch schnell ein paar Runden mit dem Fahrrad durch Zell, machte ein paar Fotos und stand staunend an der berühmten Skulptur der »Schwarzen Katz« auf dem Marktplatz, weil dort eine etwa 5 m x 5 m lange Theke im Quadrat um dieses originelle Maskottchen aufgebaut war, wo schon am helllichten Tag gebechert wurde, was das Zeug hielt ...! Zurück nach Bullay wieder über Merl merkte ich nach 1 ¼ Stunden und 12 km auf dem harten Fahrradsattel ganz schön meine Po-Ritze. Als dann auch noch kurz vor Bullay der alljährliche Pfingstregen einsetzte, war ich schnell mit dem Dreigangrad wieder in den Boxen! Und abends brauchten wir wegen des anhaltenden Regens den großen Partnerschirm für unser Abschiedsessen im Alfer Schwenkbraten-Restaurant Schemm: Mit ein paar letzten Gläsern »Bullayer Brautrock« wurde dort die Riesling-Kur erfolgreich abgeschlossen ...!

Apropos Alf: Im vergangenen Winter 1996/97 war einmal ein Drittel des Ortes bis zu einer Höhe von 1,80 m überflutet. So kam bei den armen Alfern fast jeden Winter die Mosel in die heimischen Keller und Parterrewohnungen. Immer dann, wenn es der Mosel zu kalt wurde, schlüpfte sie in Alf schutzsuchend unter ...! Auch unser Zimmer in Bullay bei Familie Monschau war schon des Öfteren von der Mosel heimgesucht worden. Damit hatten es die Moselanwohner wirklich nicht leicht.

Zum 20-jährigen »Dienstjubiläum« unserer Moselbesuche »spielten« Harry und ich im Mai 1997 die beiden dekadenten Weinadeligen Graf Beisel & Freiherr von Ahlefeldt, benannt nach hiesigen Weinberglagen. Graf Beisel, der alte Deckhengst, wie er von seinen adeligen Freunden scherzhaft genannt wurde: »Sitz auf und reit dich in Ekstase …!«

Und die liebste Beschäftigung von Freiherr von Ahlefeldt, dem Hobbybotaniker, war das »Blumenpflücken« im Lotusteich, ob blond, ob braun, er liebte alle Frauen. Sein Lieblingsinsekt war der Schmetterling, der mit langem lustvollem Saugrüssel am feuchten fruchtbaren Nektar des jungen Lebens schleckte …: »Du Schleckermäulchen, du …!«

Maria von Beilstein sah aus wie die Unschuld vom Lande, war aber in Wirklichkeit ein ganz geiles Früchtchen: Was sie alleine mit ihrem blauen Blut in uns zum Köcheln kommen ließ, das passte auf keine Kuhhaut. Sie steckte weg, was da kam: prall, spitz & spotzend, da lachte die Eichel und grunzte die Muschi: »Glaube mir, mein treuer Freund …!«

Johanna, die uneheliche Schwester von Maria von Beilstein, verlor sich gerne im Bad Bertricher »Lustgarten« als Gespielin des Kurdoktors. Die bronzene Medaille hatte sie sich redlich durch eifriges Brustkraulen verdient …!

Ansonsten verlief die Beisel/Ahlefeldt-Tour 1997 ganz traditionsbewusst. Wir frönten wieder mal traditionellen Riten: hingen am Bullayer Eisenbahn-Tunneleingang rum, tranken Trester, verzehrten Schwenkbraten, genossen Weinproben, rauchten mit Blick über Bullay, packten an der Brautrock-Jungfer dran und schauten, ob »Titt hie« oder »Arsch hie« angesagt war …

… sie zeigte auf jeden Fall »Flagge«, unsere Weinbergschlampe …!

Ein ganz anderes Kapitel aus dem Thema »Liebe und Treue« schrieben meine Eltern im selben Jahr 1997, als sie ihre Goldene Hochzeit feierten. Dazu schenkte ich ihnen zur steten Erinnerung den dazu passenden Goldhochzeitswein »Bullayer Brautrock« mit ansprechendem Weinflaschen-Etikett, trocken & lecker und von unserem Hauswinzer Süden: viel Spaß dabei …!

Nach der »Goldenen Bullay-Serie« von 1994 bis 1997 hatte ich später noch weitere Moselaufenthalte in Bullay, wobei wir dabei überwiegend bei Familie Monschau wohnten, schräg gegenüber der Weinkellerei Süden:

Pfingsten 1998 mit Florian, der im eigentlichen Leben als Statiker Türme besteigt, und mit dem mir erstmals die Besteigung von Marienburg, Feuerwachturm und Burg Arras während einer Wanderung gelang. Außerdem entdeckten wir im Örtchen Briedel, von uns »Briegel« genannt, das »Briedeler Herzchen« …

Im August 1998 erlebte ich mit Moni den Jahrhundertsommer: 41 °C in Briedel!!! Es war so heiß, dass wir sogar in der Mosel badeten: zusammen mit fünf Schwänen. Wir »entdeckten« bei einer Fahrradtour das beschauliche Pünderich unterhalb der Marienburg; und bei einer anderen Fahrradtour flussabwärts erst Neef, dann die 1137 n. Chr. erbaute Klosterruine Stuben und gegenüber Ediger-Eller.

Im August 1999 wieder mit Moni war das keltische Weingelage in Keimt der Höhepunkt unseres Moseltrips.

Dann im November 2000 wieder mal mit Harry zur Mosel: Wir erlebten die »Mosel in Flammen«, ein Weinfest in Cochem, oberhalb von Bremm den steilsten Weinhang in Deutschland und entspannendes Wellness im Thermalbad von Bad Bertrich.

»Hör mal Harry, was ich letztens über eine gewisse Franziska zu Reventlow, genannt Fanny, eine Panerotikerin aus Schwabing der Jahrhundertwende 1899/1900, gelesen habe: ›*Die beste Vorsorge für das Alter ist, dass man sich nichts entgehen lässt, was Freude macht. Dann wird man später die nötige Müdigkeit haben und kein Bedauern, dass die Zeit um ist.*‹ «[13]

»Ja«, erwiderte Harry, » da kam uns unser Hedonismus der 60er- und 70er-Jahre sehr entgegen dafür, dass wir als Altersvorsorge viel erlebt haben …!« »Joh, das habe ich auch häufig während meiner Arbeit als Betreuer in Altenpflegeheimen erlebt«, ergänzte ich: »Wer dort viele tolle Geschichten von früher erzählen kann, der ist dort der König …!«

Im Oktober 2001 wünschte sich Moni zu ihrem 49. Geburtstag eine Mosel-Schifffahrtsreise, die wir im wärmsten Oktober seit 114 Jahren genossen, als wir von Bullay nach Traben-Trabach schipperten. Zusätzlich machten wir eine schöne Fahrradtour nach Enkirch und freuten uns, dass Sarah Süden, die Tochter unseres Winzers, die Gebietsweinprinzessin 2001/2002 geworden war. Was unsere Weinvorlieben betraf, tranken wir erstmals gerne den Dornfelder Roten von der Mosel, was sich danach zu einer regelrechten Rotweinliebe entwickelte, nachdem wir dann auch noch den leckeren Spätburgunder entdeckten …

Nicht mit allen ehemaligen Freunden hatte sich bei mir über die Jahrzehnte solch eine gute intensive und vor allem aktive Freundschaft gehalten wie die zu Harry. »*Alle Männerfreundschaften sind im Wesentlichen donquichottisch: Sie halten nur so lange, wie jeder Mann bereit ist, den Barbierschüsselhelm zu polieren, auf seinen Esel zu steigen und auf der Suche nach trügerischem Ruhm und fragwürdigen Abenteuern hinter dem anderen herzureiten.*«[14]

So ist dieses Kapitel »30 Jahre Bullayer Brautrock« auch die Geschichte meiner Freundschaft zu Harry, die schon über drei Jahrzehnte währt und fruchtbar gedeiht ... ... im Weib und auch im Weine ...!

Mittlerweile waren wir so bekannt und familiär in Bullay, dass ich auch regelmäßig von den Winzern Süden und Andree nun bereits in der dritten verschiedenen Wohnung in Hagen angesteuert wurde: Bis weit ins neue Jahrtausend liefern sie uns trockenen Riesling, vollmundigen Roten und harten Trester! ... und wenn sie nicht gestorben sind, dann spielen weiterhin die »Moseler Kellergeister« im »Bullayer Brautrock« mit »Zeller's Schwarze Katz« im »Zeltinger Himmelreich« ...!

Schließlich schloss ich am 9. März 2007 mit meiner langjährigen Lebenspartnerin Moni den Ehebund fürs Leben. Wir feierten unsere Hochzeit natürlich mit »Bullayer Brautrock« und einer großen Familienfeier an einem langen Juni-Wochenende in Bullay an der Mosel ...

Nach 30 Jahren schloss sich somit der Kreis von 1977 bis 2007 wieder in Bullay an der Mosel ...

Nachwort: Mit offenem Herzen

Vor 50 Jahren wäre er mit diesem Band noch in die Annalen der Reiseschriftsteller eingegangen. Manfred Schloßers eigene Art des Sichtwinkelnehmens auf die Orte dieser Welt besitzt Individualität und bisweilen auch eine Eigentümlichkeit, die des Nachdenkens wert sein sollte.

Die Entdeckerliteratur der Vergangenheit hatte erlebnisorientierte Autoren hervorgebracht wie Hedín und Thesiger, Heyerdal und den andere Gestade suchenden Castaneda. Sie haben die Erde und ihre Orte mit ihren eigenen Augen besucht, subjektiv, mit den von ihnen selbst formulierten Fragestellungen betrachtet. Darüber schrieben sie Bücher, die der Jugendliche verschlang und die im Erwachsenen Sehnsüchte auflodern ließen.

Reiseliteratur ist in Europa mit dem Namen Marco Polo bekannt geworden. Als der den Weg nach China ging, war das Außenseitertum. Später, als Goethe auf den Spuren des klassischen Altertums Italien bereiste, war er á la Mode mit allen, die Bildung, genügend Reisekasse und den Mut besaßen, Neues zu erfahren, selbst wenn es mit den dazu gehörenden Strapazen behaftet war.

Und in der zweiten Hälfte des 19. Jahrhunderts entdeckte das Bürgertum das Reisen. Es wurde nahezu aufgestachelt von Erzählungen wie das über Stanleys Suche und den Fund von Livingstone oder die Entdeckungen im Tal der Könige.

Für diese erste Massenbewegung des Reisens sind interessanterweise Queen Victoria und ihr Gatte, Prinzgemahl Albert, haftbar zu machen. Das königliche Paar machte in den Sommerwochen Urlaub und zog von London nach Schottland um und wanderte, vom Hofstaat gefolgt, durch die schottischen Glens. Albert von Sachsen-Coburg-Gotha, englischer als jeder britische Gentleman, ließ seiner Frau und Königin gleich Schloss Balmoral errichten, in dem noch heute Queen Elisabeth Sommerhof hält. Von dort aus stapfte die Königin, die ein Weltreich regierte, los und entdeckte zu Fuß Land und Leute und hielt einmal in ihrem Tagebuch fest: »Wir tauschen Münzen, die mein Bild tragen, sie sind Untertanen, aber sie sind so ganz anders, als ich die Menschen aus London kenne.« Sie schrieb das über die Schotten und war zur gleichen Zeit Königin von Indien.

Die Lust der Windsors ist auf das gemeine Volk übergegangen. Dem Entspannungsurlaub der 1950er folgte die Bildungs- und später die Exotismus-Urlaubsreise der 70er und 80er. Heute ist eine Flugreise in der Regel billiger zu haben als eine mit der Bahn (die Auswirkungen auf das Klima lasse ich hier einmal unkommentiert). Jeder Flecken auf der Erde besitzt scheinbar einen Flughafen: Technik hat uns Menschen die Möglichkeit aufgetan, von der vor 200 Jahren gültigen Tagesstrecke einer Kutsche mit 80 Kilometern heute aus dieser Vorgabe eine Tour nach Rio, Kapstadt oder Shanghai machen zu können.

Reisen gehört zur Selbstbestimmung des Individuums der industrialisierten Welt. Die anderen bleiben zuhause. Diese werden vom Massentourismus bestaunt und von Individualtouristen bei deren Entdeckungsreisen wahrgenommen. »Straßnroibas« erzählt mehr von der Begegnung als von der Beobachtung.

Damit kommt wieder der Begriff des Reiseschriftstellers ins Spiel. Manfred Schloßer schreibt in seinem Buch über das Leben in der Welt. Ein königlich britisches Amtsgericht urteilt an einem von unzählig vielen seiner Gerichtstage zwei junge Männer ab: zufällig die Protagonisten einer Episode. Tausende von Gerichtskammern auf der Welt taten an jenem Tag Ähnliches. Auf den Malediven gab es seinerzeit Hai-Alarm. Auch eine Form des Alltags. Mafiosi auf Sizilien, anderswo eine kuriose Reise am Haken eines Abschleppwagens – im Buch geht es um die Entdeckung der Welt und ihrer Eigentümlichkeiten.

Fernab vom Pauschal-Tourismus bewegt sich hier jemand durch die Welt. Er führt tagebuchartige Eintragungen; jedoch keinesfalls nur gefühlsbreiige Eigenreflexionen, sondern eine Erlebnissammlung aus dem Alltag.

Hier summieren sich die Resultate aus Begegnungen mit Menschen, die er unterwegs traf: Einheimische jeweils, doch irgendwie bekannt und nicht fremd.

Meist sind ihm diese Menschen auf die eine oder andere Art freundschaftlich zugetan und runden so das Einwirken des fremden Landes auf ihn ab. Aber auch von Behörden und Gerichten lesen wir, die, unmenschlich zwar, ihre uns befremdenden Tätigkeiten von Menschen ausüben lassen und wie bei uns dabei häufig tumb und infantil erscheinen.

Manfred Schloßer schlägt sich in diesem Buch eindeutig auf die Seite des Spontanen, dort, wo mit Fantasie und Unorthodoxheit kleinbürgerliche Moral über den Haufen geworfen wird. Seinem Alter nach (Jahrgang 1951) könnte er gut zu der 68er-Generation passen, doch anders als seine Kollegen (Vesper, Schröder, Fauser) lässt er gern die für diese Zeit typische Demagogie beiseite.

Ich kann ihn literarisch schwer einordnen, aber vielleicht passt er am ehesten in das Gruppenbild der amerikanischen Yippies[15], ist aber anders als diese ein frei herumziehender Weltenbürger. Mit riesigem Spaß betreibt er die Entdeckung seines Kontinents, der Erde.

Ich lernte Manfred schon vor 35 Jahren kennen. Ja, eigentlich kenne ich ihn schon seit Anfang 1972 aus den Zeiten der Dattelner Szenekneipe »Keller-Klause«.

Ich war damals wie heute fasziniert von seiner Offenheit, seiner Klarheit und seinem Sinn für Toleranz in allen Bereichen menschlicher Andersfarbigkeit. Die etwas seltsame Form unserer ersten Begegnung und sich darauf aufbauende Freundschaft wird hoffentlich bald nachzulesen sein in unserem bisher noch unvollendetem Gemeinschaftswerk »Wer andern eine Feder schenkt (Geschichte unserer Freundschaft)«.

Damit wären wir auch bei Manfred Schloßers Frühwerken: Laut eigener Aussage (aber leider heute nicht mehr nachzulesen) schrieb er 17-jährig »Die 7 Jahreszeiten eines sich für intellektuell haltenden Chamäleons« auf, welche aber jäh in einer Hammer Gosse mit »Meine Zeit als Stecknadel« abbrachen.

Vollendet, gelesen und gefallen hat anschließend daran das Kindermärchen mit dem verzaubernden Titel »Der Wurm Boris«. Das lässt zumindest die kleine Schwester seiner damaligen Freundin verlauten, und ein Lump ist, wer's nicht glaubt!

Die kurze Zeit des Studiums der Sozialwissenschaften wurde abschließend 1976 mit der Diplomarbeit »Anthropologie der Praxis« beim Bochumer Marxisten Prof. Dr. Leo Kofler gekrönt. Typisch für Manfred, war die Arbeit durchweg als Anleitung für Spontaneität im Alltag zu verstehen.

Große Feindschaft bei den Klerikern trug ihm der Zyklus »Blasphemische Geschichten« ein, die rüde und denkmalstürzend sein Wirken als aggressiver Atheist wiedergeben.

Um sich nicht nur auf einem Gleis zu betätigen, nämlich der Schriftstellerei, illustrierte Manfred das vorliegende Buch auch mit eigenen Darstellungen.

Als der Autor jahrelang seiner Arbeit als Jugendinfo-Leiter bei der Stadt Hagen nachging und dabei in seiner eigenen Freizeit nach Mitternacht auf den neonglänzenden Tanzflächen körperliche Rhythmik zur Schau stellte, arbeitete er zuhause nicht nur an seiner Erzählung, sondern er studierte und schrieb sogar noch zwei Diplomarbeiten, wie im Sommer 1987 für das Sozialarbeiterstudium an der FHS Hagen »Stresssituationen in der praktischen Sozialarbeit. Ursachen, Umgehen, Vermeidung« und 1992 für das Drittstudium als Diplom-Sozialpädagoge an der FHS Dortmund über die »Entkriminalisierung von Drogen«.

Um der Kopflastigkeit zu entgehen, die zwangsläufig durch die vielerlei intellektuellen Aktivitäten entsteht, um seinen Gefühlen, seinen Stimmungen Ausdruck geben zu können, setzte sich Manfred, sozusagen als Kontrapunkt zu allem, engagiert als Musikus ein. Auch das hat schon Tradition seit Ende der 60er-Jahre, damals bei Bands wie »Charly Brown« und »Dattelner Kanal«, später Ende der 70er-Jahre in der Gruppe »Söppel«; und 1987 gaben er und die Hagener Jazz-Rock-Formation »Vogelfrei« ihr von vielen Zuhörern bedauertes letztes Konzert nach sieben Jahren intensivster Musikerlebnisse. Danach bekämpfte Manfred jahrelang als Jongleur in einer Gruppe Keulen-Schwinger die Schwerkraft.

Wie ich hoffe, ist nun genug über Manfred, seine Arbeit und diese Erstveröffentlichung gesagt. Der Leser wird sich, an dieser Stelle angelangt, inzwischen selbst ein Bild von ihm gemacht haben, nicht alles bitterernst nehmen und die Geschichten weniger als wissenschaftliche Abhandlungen, sondern als Huldigung an die Spontaneität sehen.

Es sind Geschichten aus seinem »Alltag«, nicht unbedingt nur Reiseerlebnisse und somit an fremde Einflüsse gebunden. Sie sind ihm selbst und seiner Umgebung entsprungen, ein wirkliches Zeugnis seiner Unternehmungen »mit offenem Herzen«.

Osnabrück, im März 2007
Horst Troiza

Meine persönliche Bibliografie

Dieses vorliegende Machwerk hat sich nicht nur zu einem autobiografischen Reiseroman entwickelt, sondern gestaltete sich mehr und mehr zu einem »kulturhistorischen Werk«. Deshalb füge ich noch eine Sammlung aller im Roman vorkommenden Schriftsteller, Musiker und Bands, Sportler, Politiker und anderer Promis sowie verschiedener Einrichtungen und Institutionen hinzu. Was aber den kulturhistorischen Hintergrund besonders wertvoll und authentisch machen dürfte, sind die Aufteilungskriterien des jeweiligen Zeitgeschmacks, also 50er-, 60er-, 70er-, 80er- oder 90er-Jahre und das neue Jahrtausend, wobei die Personen aus diesem Register jeweils in der Dekade untergebracht sind, in der sie für mich ihre prägende Bedeutung hatten.

1) Die 50er-Jahre:

Adenauer, Konrad, Politiker, erster Bundeskanzler der BRD von 1949 – 1963, der gerissene alte rheinische »Fuchs« aus Bonn, * 05.01.1876, † 19.04.1967
Bertelmann, Fred, Schlagersänger (»Der lachende Vagabund«, 1957), lachte sich auf der Schellackplatte durch unser Wohnzimmer, * 07.10.1925
Blaue Mauritius, berühmte Briefmarke: indigoblaue Two Penny-Briefmarke von 1847 aus Mauritius mit dem Fehldruck »post office« statt richtig »Post paid« ausgestellt.
Blyton, Edith, englische Autorin für Kinder-Detektivgeschichten (»Geheimnis um …«): verschlang ihre Bücher als Kind. Dafür stellte ich mich vor den Öffnungszeiten an der Tür der Stadtbücherei in eine drängelnde Schlange eines lesegeilen Kindermobs.
Erhard, Ludwig, Politiker, Entwickler der sozialen Marktwirtschaft und Bundeswirtschaftsminister von 1949 – 1963, korpulenter Zigarrenraucher und angeblich Baumeister unseres deutschen Wirtschaftswunders, * 1897, † 1977

Haley, Bill & the Comets, US-amerikanische Rock-'n'-Roll-Gruppe (»Rock Around The Clock«), Bandleader Bill Haley: * 06.07.1925, † 09.02.1981. Die Comets ohne Bill Haley erlebte ich begeistert bei der Millenniumsfeier, obwohl meine lädierten Knie leider beim Rock 'n' Roll nicht mehr mitmachen konnten.

Klodt, Bernard »Berni«, Fußballspieler bei Schalke 04, Deutscher Fußballmeister 1958, mein erstes Fußballidol, als ich auf der Wiese unseres Gartens in Datteln meinen Bruder schwindelig fummelte, * 26.10.1926, † 23.05.1996

May, Karl, Schriftsteller von Abenteuerromanen und Indianergeschichten (Winnetou), wie jeder Jugendliche verschlang ich die Geschichten um Winnetou, Old Shatterhand, Kara Ben Nemsi und Hadschi Halef Omar, * 25.02.1842, † 30.03.1912

Michel, Deutschlands führender Briefmarkenkatalog: ein »Muss« für jeden Briefmarkensammler, um den Wert seiner »Schätze« nachzuschlagen

Nürburgring, Automobilrennstrecke bei Adenau in der Eifel, Autorennen seit 1927: worauf mein Vater uns Ende der 50er-Jahre mit dem ersten Familienauto fuhr, einem schwarzen DKW, dort liegen blieb und wir das »Wunder von Adenau« erlebten

Pele, Edson Arantes Do Nascimento, brasilianischer Fußballspieler und dreifacher Weltmeister (erstmals 1958), gilt als bester Fußballspieler aller Zeiten, * 23.10.1940

Presley, Elvis, US-amerikanischer Rock-'n'-Roll-Sänger und -Gitarrist, Schauspieler, erstes weißes Rockidol; später verfetteter Schmalzsänger, * 08.01.35, † 16.08.77

Quinn, Manfred »Freddy«, österreichischer Schlagersänger (»Die Gitarre und das Meer«, 1959) und Schauspieler, * 27.09.1931: unser musikalischer Draht zu meinem Seemannsbruder (»Der Klabautermann« klopft an die Bordwand der MS Schwabenstein mit Freddys »Seemann« und grüßt dabei den Leichtmatrosen …)

Rahn, Helmut »Boss«, Fußballspieler bei Rot-Weiß Essen, Weltmeister 1954, lebens- und trinklustiger Ruhri-Torjäger, * 16.08.1929, † 14.08.2003

Richard, Little, US-amerikanischer Rock-'n'-Roll-Sänger (»Tutti frutti«, »Lucille«), schnell, hart und gerecht geht da der Rock 'n' Roll ab …, * 25.12.1932

Rot-Weiß Essen, überraschender Deutscher Fußballmeister 1955 dank »Boss« Rahn

Schalke 04, Gelsenkirchen, siebenmaliger deutscher Fußballmeister, letztmals 1958: mein erster Lieblingsverein von 1958 bis 1964. Für viele blau-weiße Fans fast eine Religion: »Die Knappen vom Revier, wie lieb ich Dir ...«

Seeler, »Uns Uwe«, Fußballspieler beim Hamburger SV (Deutscher Meister 1960), Idol und Ehrenspielführer der Nationalmannschaft; Deutschlands Fußballer des Jahres 1960, 1964 und 1970; viermaliger Teilnehmer an den WM 1958 – 1962 – 1966 – 1970; erster Torschützenkönig der Fußballbundesliga 1963/64, * 05.11.1936

Tag X: 06.07.1959, Saarland: bei der Volksabstimmung am 23.10.1955 mit der hohen Wahlbeteiligung von 96,72 % entschieden sich die Saarländer in einem eindeutigen Votum mit Zweidrittelmehrheit gegen das Saarstatut mit europäischer Ausrichtung und für die Wiederangliederung an die noch junge BRD. Den »Tag X« erlebte ich am TV: Ich sollte für meine Eltern aufpassen, wie die Abstimmung lief.

2) Die 60er-Jahre:

»Alexis Sorbas«, Hauptfigur des gleichnamigen Romans von 1946 des Griechen Nikos Kazantzakis (* 18.02.1883, † 26.10.1957), der auf Kreta spielte und 1964 mit Anthony Quinn verfilmt wurde, wobei der Sirtaki-Tanz entwickelt wurde

Bach, Vivi, dänische Sängerin (»Das Leben meint es gut mit Dänen und denen, denen Dänen nahestehn ...«, sang sie zusammen mit ihrem damaligen Ehemann Dietmar Schönherr, * 17.05.1926), * 03.09.1939

Beatles, englische Musikgruppe (u. a. »Yesterday«, »Let it be«), erfolgreichste und einflussreichste Band des 20. Jahrhunderts; brachten vor allem junge Mädchen zum Schreien und in Ohnmacht fallen: »Beatlemania«; Erfinder der nach ihnen benannten Beat-Musik: Paul McCartney (* 18.06.1942), John Lennon (* 09.10.1940, † 08.12.1980), George Harrison (* 25.02.1943, † 29.11.2001), Ringo Starr (* 07.07.1940), gegründet 1960 als The Silver Beatles; Beatles trennten sich 1970

Bee Gees, australische Pop-Gruppe (»Massachusetts« von 1968, »World«, »Words«) der drei Brüder Barry, Maurice (†) und Robin Gibb, gegründet 1958: durch den Tanzkursus 1967/68 vorrübergehend meine Lieblingsgruppe

Best, George, nordirischer Fußballspieler, 1968 Europas Fußballer des Jahres, schoss in 466 Pflichtspielen 178 Tore von 1963 bis 1975 für Manchester United, für die ich ihn 1970 sogar live spielen sah. Er war ein begnadeter, aber skandalumwitterter Fußballspieler: *»Ich habe viel von meinem Geld für Alkohol, Frauen und Autos ausgegeben. Den Rest habe ich einfach verprasst.«* Wegen seiner langen Haare auch »der fünfte Beatle« genannt. * 22.05.1946, † 25.11.2005

Brandt, Willy, Politiker, Bundeskanzler von 1969 – 1974, Friedensnobelpreis für seine Entspannungs- und Ostpolitik 1971, sympathischer Whiskytrinker mit Reibeisenstimme; erlebte ihn bei einem Wahlkampf, * 18.12.1913, † 08.10.1992

CDU, Christlich Demokratische Union Deutschlands: die Konservativen

Dutschke, Rudi, Soziologe und Studentenführer in Berlin, einer der Hauptakteure der APO, 1968 durch ein Attentat schwer verletzt, wodurch die 68er Mai-Unruhen in der BRD erheblich an brisantem Zündstoff bekamen; * 07.03.1940, † 24.12.1979

Enke, Werner, deutscher Schauspieler (»Zur Sache, Schätzchen« 1968: darin sein Zitat » … alles total abgeschlafft und ausgebufft«, was zum Schlagwort für die damalige Jugendbewegung wurde; »Nicht fummeln, Liebling« 1970), * 25.04.1941

Fonda, Peter, US-amerikanischer Filmschauspieler (»Easy Rider« 1969), dem Kultfilm der aufrührerischen Jugendbewegung; * 23.02.40

Gall, France, französische Sängerin (»Der Computer Nr. 3«), gewann 1965 für Luxemburg den Grand Prix Eurovision de la Chanson; Blondine mit Sex-Appeal, die mich im jugendlichen Alter schwer anmachte; * 09.10.1947

Glas, Uschi, deutsche Filmschauspielerin (»Zur Sache, Schätzchen« 1968), gehörte erst zur 68er-Generation, wurde dann aber konservativer; * 02.03.1944

Grass, Günter, Schriftsteller (»Die Blechtrommel«, darin mit Oskar Matzerath als literarischem Hauptdarsteller, von 1959, »Katz und Maus« 1961), Literatur-Nobelpreis für sein Lebenswerk 1999; mein Abiturschriftsteller und damaliger Lieblingsschriftsteller unter den deutschen Autoren; * 16.10.1927

GW Dankersen, (jetzt GWD Minden), mein Lieblingshandballverein; 3 x Deutscher Meister 1967, 1970 + 1971 und 3 x Europapokalsieger 1968, 1969 + 1970 im Feldhandball; 2 x Deutscher Meister 1971 + 1977 im Hallenhandball; gegr.: 31.05.24

Hopper, Dennis, US-amerikanischer Regisseur (»Easy Rider« 1969) und Film-schauspieler (»Blue Velvet« 1986), * 17.05.1936

Hamburger SV, 6 x Deutscher Fußballmeister, 2 x Europapokalsieger (1983 der Landesmeister, 1977 der Pokalsieger); gegründet: 29.09.1887

James, Tommy & the Shondells, US-amerikanische Musikband (1968: »Mony Mony«, 1969: »Crimson & Clover«) von 1964 – 1970, Tommy James: * 29.04.1947

Jusos, die Jugendorganisation der SPD, wo ich ab Mitte der 60er-Jahre aktiv mitmachte; Austritt aus der SPD 1974

1.FC Köln, dreimaliger deutscher Fußball-Meister, erster Sieger der 1963 neu gegründeten Fußball-Bundesliga 1963/64, Double-Gewinner 1978, einziger Deutscher Profi-Verein, der ein lebendes Maskottchen hat: Geißbock »Hennes«; mein Lieblingsverein seit 1964 trotz mehrmaliger Auf- und Abstiege; Club der rheinischen Frohnaturen: *»Et hätt noch immer jot jejange …!«*

Kubrick, Stanley, US-amerikanischer Filmregisseur (1968 gewann er ei-nen »Oscar« für den Film »2001 – Odyssee im Weltraum«), * 26.07.1928, † 07.03.1999

Lübking, Herbert, deutscher Handballnationalspieler, 139 Länderspiele, dabei 650 Tore, 1966 Feldhandball-Weltmeister, mit GW Dankersen 1967 und 1970 deutscher Feldhandballmeister und 3 x Europapokalsieger auf dem Großfeld; * 23.10.1941

Manchester United, englischer Fußballverein, 15-maliger englischer Meister, 1968 erster engl. Europapokalsieger der Landesmeister, Champions League-Sieger 1999

McKenzie, Scott, US-amerikanischer Sänger (»If you come to San Fran-cisco …« von 1967) der Hippies, befreundet mit The Mamas and the Papas; * 10.01.1939

Myhre, Wencke, norwegische Sängerin (»Er hat ein knallrotes Gummiboot«, »Beiß nicht gleich in jeden Apfel«, »Er steht im Tor …«); die skandinavische Frohnatur gefiel mir auch als verführerische Frau optisch sehr gut, hing sie doch im kurvenreichen und engen Flower-Power-Minikleid als Poster an mei-ner Zimmerwand; * 15.02.1947

Overath, Wolfgang, Fußballspieler beim 1. FC Köln, dort erster deutscher Bundesligameister 1964 und 409 Bundesligaspiele; Weltmeister 1974; hing damals als lebensgroßer Kicker-Starschnitt an der Wand meines Zimmers; Präsident des 1. FC Köln im neuen Jahrtausend; * 29.09.1943

Quinn, Anthony, US-amerikanischer Filmschauspieler; Hauptrolle 1964 beim auf Kreta spielenden Film »Alexis Sorbas«; zwei Oscars (u. a. für »Vincent van Gogh – Ein Leben in Leidenschaft« von 1956); * 21.04.1915, † 03.06.2001

Rolling Stones, 1962 gegründete britische Rockband (»Satisfaction« 1965, Jumpin' Jack Flash« 1968); musikalisches Sprachrohr der Jugendrebellion (»Street Fighting man« 1968) um Mick Jagger (* 26.07.1943), Keith Richards (* 18.12.1943), Charlie Watts (* 02.06.1941) und Bill Wyman (* 24.10.1936)

Schäfer, Hans, Fußballspieler beim 1. FC Köln; Weltmeister 1954; Fußballer des Jahres 1963; 39 Länderspiele; erster deutscher Fußballspieler, der an drei Fußball-WM teilnahm (1954 – 1958 – 1962); sein Spitzname »De Knoll« ist ein Begriff aus dem kölschen Dialekt und bedeutet »Dickkopf«; * 19.10.1927

Schnellinger, Karl-Heinz, Fußballspieler beim 1. FC Köln und AC Mailand, dort Weltpokalsieger und Europapokalsieger der Landesmeister, nahm an vier WM teil (1958 – 1962 – 1966 – 1970), Fußballer des Jahres 1962, * 31.03.1939

Soskic, Milutin, jugoslawischer Fußballtorwart beim 1. FC Köln von 1966 – 1971, dabei 1968 Deutscher Pokalsieger, 65 Bundesligaspiele; davor Partisan Belgrad, 50 Länderspiele und 1960 Olympiasieger, 1963 Weltauswahlspieler; mein Idol als Torwart in den 60er-Jahren, als ich in Datteln selber Fußball spielte; * 31.12.1937

SPD, Sozialdemokratische Partei Deutschlands: die linke Volkspartei

Spils, May, deutsche Filmregisseurin (»Zur Sache, Schätzchen« 1968), * 29.07.1941

Strauß, Franz-Josef, bayerischer Politiker der CSU, Bundesfinanzminister innerhalb der Großen Koalition von 1966 – 1969; umstrittener »Ellenbogenpolitiker« (»Die Spiegel-Affäre« 1962, als er den Kauf von fast tausend amerikanischen F-104 Starfighter-Kampfflugzeugen forcierte und unter den Verdacht geriet, vom Flugzeughersteller Lockheed bestochen worden zu sein. Von 916 F-104 stürzten 292 ab; 115 Piloten fanden den Tod); * 06.09.1915, † 03.10.1988

Tell, Wilhelm, sagenhafter Schweizer Freiheitskämpfer, Tyrannenmörder und Armbrustschütze, lebte wahrscheinlich im 14. Jahrhundert

»Tennis, Schläger & Kanonen«, TV-Krimiserie aus den USA 1965 – 1968, in den Hauptrollen mit Bill Cosby (* 12.07.1937) und Robert Culp (* 16.08.1930)

Wedaustadion, Duisburg, Stadion des Meidericher SV, später MSV Duisburg

Wehner, Herbert, Politiker, Vorsitzender der SPD-Fraktion im Bundestag; streitbarer Rhetoriker; * 11.07.1906, † 19.01.1990

Zager & Evans, US-amerikanische Rockband, benannt nach den beiden Bandmitgliedern Denny Zager (* 14.02.44) und Rick Evans (* 20.01.1943), ihr einziger Hit »In the year 2525« erreichte 1969 die Charts von GB, Schweiz und BRD

3) Die 70er-Jahre:

ABBA, schwedische Popgruppe (»Waterloo« 1974): Agnetha Fältskog, Anni-Frid Lyngstad, Benny Andersson und Björn Ulvaes, gegründet 1972, aufgelöst 1982

Alexandra, deutsche Sängerin anspruchsvoller Chansons (»Sehnsucht«, »Mein Freund der Baum«), geb. als Doris Nefedov am 19.05.1942, † 31.07.1969

Allman Brothers Band, US-amerikanische Southern-Rockband (»Eat a Peach« 1972) um die Gebrüder Duane und Gregg Allman + Dickey Betts; gegründet: 1969

Arsenal London, englischer Fußballverein, 13-maliger englischer Meister, erstes Double (Meister und Pokalsieger) in England 1970/71, wobei ich sie beim 4 : 0-Heimsieg im »Highbury«-Stadion im Londoner Norden 1970 live erlebte

Atatürk, Mustafa Kemal, »der Vater der Türken«, General und erster Präsident der nach dem Ersten Weltkrieg aus dem Osmanischen Reich hervorgegangenen Republik Türkei, Begründer der modernen Türkei, * 1881, †10.11.1938

Avondale, Kneipe in Basseterre, St. Kitts, Karibik

Baader, Andreas, Mitglied der RAF = »Rote Armee Fraktion«, eine ehemalige deutsche 1970 gegründete linksextremistische terroristische Vereinigung um Andreas Baader (*06.05.1943, † 18.10.1977), Gudrun Ennslin und Ulrike Meinhof

Baez, Joan, US-amerikanische Folkmusikerin mit mexikanischen Wurzeln, die besonders für ihre starke, klare Sopran-Stimme und ihr politisches Engagement bekannt ist. Sie wird als »das Gewissen und die Stimme der 1960er« bezeichnet (»We shall overcome«), während ihres Auftritts im August 1970 beim Isle-Of-Wight-Festival verließen wir das Festivalgelände, ich Tropf!; geb. 09.01.1941 als Kind von Quäkern

Bakunin, Michail, russischer Anarchist + Sozialrevolutionär, * 30.5.1814, † 1.7.1876

Bankie Banks, Reggae-Gruppe aus Anguilla, Karibik, die wir live auf Nevis erlebten

Beckenbauer, »Kaiser« Franz, gilt als »Lichtgestalt« und Deutschlands bester Fußballspieler aller Zeiten: Weltmeister als Spieler 1974 und als Teamchef 1990, 1972 Europameister, 103 Länderspiele, 1972 und 1976 Europas Fußballer des Jahres, 1976 Weltpokalsieger, 1974, 1975 + 1976 Europapokalsieger der Landesmeister mit Bayern München, 5x Deutscher Meister, * 11.09.1945

Besiktas Istanbul, türkischer Fußballverein, 12 x türkischer Meister, wo u. a. Stefan Kuntz und Raimond Aumann spielten bzw. Karl-Heinz Feldkamp und Christoph Daum trainierten; gegründet am 01.03.1903 (in der Zeit des Osmanischen Reiches)

Boney M., deutsche Disco-Gruppe (»Daddy Cool« 1976), produziert von Frank Farian

Brecht, Bert, deutscher, marxistisch beeinflusster Schriftsteller, Lyriker und Dramatiker (»Das Leben des Galilei«, von 1938, Oper »Aufstieg und Fall der Stadt Mahagonny« von 1930, »Dreigroschenoper« von 1928), * 10.02.1898, † 14.08.1956

Bukowski, Charles, US-amerikanischer Schriftsteller (1974 »Der Mann mit der Ledertasche«, 1970 »Aufzeichnungen eines Außenseiters«, wobei er vielen als Mythos und Kult galt und uns in Datteln Mitte der 70er-Jahre durch seine anarchische Lebensweise bei Suff & Sex imponierte. Er selbst hat das Bild vom saufenden und krakeelenden Genie nach Kräften gefördert), * 16.08.1920, † 09.03.1994

Burroughs jr., William S., US-amerikanischer Schriftsteller (»Speed«, 1972), Sohn des berühmten Schriftstellers der Beat Generation, William S. Burroughs (»Junkie«), und Joan Vollmer Adams; * 21.07.1947 auf einer Marihuana-Farm in Texas

Canned Heat, US-amerikanische Bluesrockgruppe (»On the road again« von 1968): Sänger Bob »The Bear« (wg. seiner Körperfülle) Hite (* 26.02.1945); gegründet 1965

Capone, Al, einer der berüchtigsten Verbrecher Amerikas in den 20er- und 30er-Jahren, kontrollierte die Chicagoer Unterwelt, * 17.01.1899, † 25.01.1947

Castaneda, Carlos, peruanischer Anthropologe und Schriftsteller (»Die Lehren des Don Juan. Ein Yaqui-Weg des Wissens«, worin er 1968 berichtete, er habe im Rahmen seiner Studien über die Indianer Mexikos den Schamanen und Zauberer Don Juan Matus vom Stamm der Yaqui-Indianer kennen gelernt und in den folgenden Jahren die Kunst Don Juans als *Wissender* erlernt. Obwohl in der Ethnologie davon ausgegangen wird, dass er seine Erlebnisse erfunden habe und deshalb sein Werk wissenschaftlich nicht anerkannt ist, waren wir von seinen »anderen Wirklichkeiten« unter Einfluss von Zauberpilzen und Peyote hin & weg), * 25.12.1925, † 27.04.1998

Carlos, der Schakal, eigentlich Illich Ramirez Sanchez, Terrorist und selbsternannter professioneller Revolutionär aus Venezuela, * 12.10.1949

Charly Brown, meine erste Gruppe, alle aus Datteln, mit der ich 1971 bei der Beat-Show in Recklinghausen auftrat: Rolf »Bollo« Sonderkamp (* 1952, später Journalist, Dipl.-Ökonom), Norbert Rossa, Heiner Knop, Martin Christ + Manni Schloßer (* 1951, später Dipl.-Soz.-Wiss. + -Arbeiter) wurden gleich Publikumssieger unter 24 Gruppen

Chayyam, Omar, persischer Mathematiker, Astronom, Philosoph und Dichter, dessen Gedichtsband mir Charlotte Bagheri 1974 in Teheran lieh; * 1048, † 1123

Chicago, eigentlich Chicago Transit Authorithy, US-amerikanische Rockband (»I'm a man«), gegründet 1967, Chicago war eine der ersten Bands, die eine Bläsergruppe integrierte und damit dem rockigen Basisklang eine jazzige Klangfarbe hinzufügte

Cohen, Leonard, kanadischer Folksänger und Songwriter (»Suzanne«), der die Mädels und Frauen hinschmelzen ließ: für mich besonders 1971 die Dänin Susanne und 1972 beim Flirten mit Gabi; geb. am 21.09.1934 als Kind jüdischer Eltern

Cohn-Bendit, Daniel, deutsch-französischer GRÜNER Politiker, linker Sponti, 68er (»Der rote Danny«), Publizist + Mitglied des Europäischen Parlaments; * 04.04.1945

Dattelner Kanal, meine zweite Musikgruppe, mit der ich 1972 bei der Beat-Show in Recklinghausen auftrat: dieses Mal zusammen mit nem Kassettenrecorder, Rolf »Bollo« Sonderkamp + Klaus »Horror« Schulz. Bei der Publikumsbewertung: 4. Platz

Davis, Miles, US-amerikanischer Jazzmusiker, war ein afroamerikanischer

Jazz-Trompeter, Komponist und Bandleader. Er gilt als einer der einfluss-reichsten und innovativsten Musiker des 20. Jahrhunderts, * 26.05.1926, † 28.09.1991

Dissing, Poul, dänischer Protestsänger (»Mor Danmark, Far Kramersjael«)

Donovan, schottischer Folkmusiker und Rockpoet (»Jennifer Juniper« 1968, »Atlantis« 1969), sah ihn beim Auftritt im August 1970 beim Isle-Of-Wight-Festival, * 10.05.1946

Doors, US-amerikanische Rockband (»Riders on the storm«, 1971), gegründet 1965, aufgelöst 1973: um den Sänger Jim Morrison, den man heute in seinem Grab auf einem Pariser Friedhof besuchen kann (*08.11.1943, † 03.07.1971), dazu Ray Manzarek (* 12.02.1939), Robby Krieger (* 08.01.1946), John Densmore (* 01.12.44)

Dostojewski, Fjodor, russischer Schriftsteller (»Rodion Raskolnikoff – Schuld und Sühne« von 1866, »Die Brüder Karamasow« von 1880); * 11.11.1821, † 09.02.1881

Durrell, Lawrence, anglo-irischer Schriftsteller (mit dem »Alexandria-Quartett«: »Justine« 1957, »Balthazar« 1958, »Mountolive« 1958, »Clea« 1960 bekam er internationale Anerkennung und betörte 1972 Paula und mich durch seine Schilderungen einer von uns selbst gelebten Dreiecks-Geschichte), lebenslange Freundschaft mit dem Schriftsteller Henry Miller, * 27.02.1912, † 07.11.1990

Emerson, Lake & Palmer, britische Rockgruppe (»Lucky man«), gegründet 1970: Keyboarder Keith Emerson, vorher bei The Nice (* 02.11.1944), Bassist Greg Lake (* 10.11.1948), vorher bei King Crimson, Schlagzeuger Carl Palmer (* 20.03.1950); die Band erreichte bereits mit ihrem ersten Auftritt im August 1970 beim Isle-Of-Wight-Festival einigen Ruhm und große Bekanntheit. Sie führten dort ihr Werk »Pictures at an Exhibition«, eine Adaption von Mussorgskis »Bilder einer Ausstellung«, auf

Family, britische Rockgruppe, gegründet 1967, um den Sänger Roger »Chappo« Chapman (*08.04.1942), den ich am 14.04.1984 noch mal live in Dortmund sah

Feldman, Marty, britischer Schauspieler und Komiker, * 08.07.1933, † 02.12.1982

Flohe, Heinz »Flocke«, deutscher Fußballspieler, 1. FC Köln: Deutscher Meister 1978, Pokalsieger 1968, 1977 + 1978; 39 Länderspiele, Weltmeister 1974; * 28.01.48

Forman, Milos, tschechischer Filmregisseur, emigrierte 1968 in die USA (»Einer flog über das Kuckucksnest« von 1975, »Hair« von 1979), * 18.02.1932

Franco, Francisco, spanischer Diktator und General, unter dessen Diktatur man als Tramper besser die spanischen Straßen mied, * 04.12.1892, † 20.11.1975

Fred, John & his Playboyband, Popband mit nur einem Hit: »Judy in disguise« 1968

Free, britische Rock- und Bluesgruppe von 1968 – 1972 (»Allright now«, 1970) um den Gitarristen Paul Kossoff (* 14.09.1950, † 19.03.1976)

FSU, die Freisoziale Union, die Partei der Freiwirtschaftslehre

Gesell, Silvio, deutscher Kaufmann, Finanztheoretiker, Sozialreformer und Begründer der Freiwirtschaftslehre (»Die Abschaffung des Zinses als Quell allen Übels«, was mich 1971 polit-ökonomisch überzeugte, und ich deshalb damals ursprünglich Volkswirtschaft studieren wollte); 1919 wurde er in die Revolutions-Regierung der Münchner Räterepublik gerufen; * 17.03.1862, † 11.03.01930

Glitter, Gary, britischer Glam-Rockmusiker (»I'm the leader of the gang«), * 08.05.44

Golden Earring, erfolgreichste niederländische Rockband und die am längsten bestehende Rockband der Welt; gegründet 1961; sah sie 1971 in Recklinghausen

Golden Garudas, (»Garuda« kommt aus dem Sanskrit, in der indischen Mythologie ein schlangentötendes adlergestaltiges Reittier), südindische Musikgruppe, mit denen ich 1974 zusammen in einem Bus von Istanbul bis München reiste

Grand Ash II. Express, zwölfköpfige Calypso-Rock-Gruppe aus St. Kitts, Karibik

Hammond, Albert, britischer Sänger (»It never rains in Southern California …«), dessen Liedtext wir in Wirklichkeit im November 1978 kennen lernten, dass nämlich in Southern California tatsächlich nicht immer die Sonne scheint, sondern wenn es mal regnet, dann pisst es: » … but if, it pause …«; * 18.05.1944

Havens, Richie, US-amerikanischer Folkmusiker, der durch die Eröffnung des Woodstock-Festivals 1969 mit dem Stück »Freedom« berühmt wurde, * 21.01.1941

Heino, deutscher Schlagersänger (»Hey Capello«) und Sänger deutscher Volkslieder mit Sonnenbrille und blondem Albinohaar, dessen Liedgut wir mit unserer Gruppe »Charlie Brown« 1971 beim Recklinghäuser Beat-Festival entfremdeten; * 13.12.1938

Hendrix, Jimi, charismatischer US-amerikanischer Rockmusiker (»Hey Joe«, »Electric Ladyland« 1970 mit der Jimi Hendrix Experience), gilt als einer der hervorragendsten Gitarristen aller Zeiten, den ich beim Isle-of-Wight-Festival am 30.08.1970 noch drei Wochen vor seinem Tod live erleben durfte, * 27.11.1942, † 18.09.1970

Hesse, Hermann, deutscher Schriftsteller (im Indien-Roman »Siddhartha« 1922 fanden sich Spiritualität, indische Weisheitslehren, der Taoismus und christliche Mystik; »Der Steppenwolf« 1927, der wie alle seine Romane eine autobiografische Komponente enthielt; »Das Glasperlenspiel« 1943, worin er eine Utopie der Humanität und des Geistes zeichnete), 1946 Nobelpreis für Literatur, * 02.07.1887, † 09.08.1962

Heyerdahl, Thor, norwegischer Anthropologe und Abenteurer (»Kon-Tiki« 1949, »Expedition Ra« 1970, »Fatu Hiva« 1974), unser unerreichtes Vorbild in Sachen Abenteuer und ethnologische Entdeckungen * 06.10.1914, † 18.04.2002

Holy Flip, flippige Jugendgruppe + gleichnamige Underground-Zeitung in Herten und Recklinghausen um Laufi (* 23.03.1955), bei denen ich auch einige Zeit mitmachte

Hood, Robin, englischer Volksheld, der als historisch unbewiesene Legende im 12. Jahrhundert im Sherwood Forest als Rächer der Entrechteten gewirkt haben soll, indem er die Reichen bestahl, um damit die Bedürftigen zu beschenken

Hot Tuna, US-amerikanische Bluesrockband, Ableger von Jefferson Airplane

James Bond, 007, fiktiver britischer Geheimagent nach den Romanen von Ian Fleming (u. a. »Der Mann mit dem goldenen Colt« mit Roger Moore von 1974)

Jethro Tull, britische Rockgruppe (»Aqualung«, »Bouree«, »Locomotive breath«), gegründet 1967, um den schottischen Querflötisten Ian Anderson (* 10.08.1947)

Juarez, Benito, mexikanischer Staatsmann und Präsident (1861 – 1872);

geboren als zapotekischer Indianer in Oaxaca; gilt als einer der größten Reformer Mexicos und wird in Mexico überall verehrt; * 21.03.1806, † 18.07.1872

Kamasutra, indischer Text zum Thema erotisch-sexuelle und ethische Lebenskunst, aus dem Sanskrit (etwa 200 bis 300 v. Chr. von Mallanga Vatsyayana geschrieben), der pragmatische Anleitungen und Stellungen beim Geschlechtsverkehr beschreibt

KDV, Kriegsdienstverweigerung, verbürgtes Recht in der BRD nach Art. 4, Abs. 3 Grundgesetz, den Kriegsdienst mit der Waffe zu verweigern, was ich 1971 erfolgreich durch die staatliche Anerkennung als KDV erreichte. Die BRD war die erste Nation der Welt, die diesem Recht Verfassungsrang einräumte, und zwar noch vor der Gründung der Bundeswehr und der Einführung der Wehrpflicht.

Kerouac, Jack, US-amerikanischer Schriftsteller (»On the road« von 1957, »Gammler, Zen und hohe Berge« von 1958, »Lonesome Traveller« von 1960) mit franko-kanadischen Wurzeln und einer der wichtigsten Vertreter der Beat Generation: Sein Kultbuch »Unterwegs« hat mich ab 1971 so stark beeinflusst, dass meine abenteuerlichen Reisen mich nicht mehr losließen; * 12.03.1922, † 21.10.1969

Kiss, US-amerikanische Hardrockgruppe; geschminkte Gesichter; gegründet 1973

Kofler, Leo, österreichisch-deutscher Philosoph (»Zur Dialektik der Kultur« 1972, »Aggression und Gewissen« 1973) und Soziologie-Professor, bei dem ich 1976 meine Diplom-Arbeit als Sozialwissenschaftler schrieb; * 26.04.1907, † 29.07.1995

Kristofferson, Kris, US-amerikanischer Country-Sänger, Songwriter (»Me and Bobby McGee«) und Schauspieler (»Pat Garrett jagt Billy the Kid« von Sam Peckinpah), wurde am 22.06.1936 als Enkel schwedischer Einwanderer geboren

Laker, Sir Freddie, britischer Pionier der Billigluftfahrt (Laker Airways von 1966 – 1982), mit dessen »Skytrain« wir 1978 günstig (für 350,– DM von London nach Los Angeles) unseren allerersten Flug überhaupt machten, der auch fast gleichzeitig unser letzter gewesen wäre, weil die DC 10 wegen Motorschaden mitten über dem Atlantik wieder umkehren musste. * 06.08.1922, »Sir« seit 1979, † 09.02.2006

Lennon, John, siehe unter Beatles (60er-Jahre); Attentats-Opfer: † 08.12.1980

Little Feat, US-amerikanische Rockgruppe, Richtung Southern Rock (»Dixie Chicken« 1973), gegründet 1969 von Lowell George (* 13.04.19, † 29.0.1979)

Lynyrd Skynyrd, US-amerikanische Rockgruppe, Richtung Southern Rock (»Freebird« von 1973, »Sweet Home Alabama« von 1974), gegründet 1964

Makarios III., zypriotischer Erzbischof und Politiker: 1974 durch einen Militärputsch gestürzt, der von der damaligen Junta Griechenlands betrieben wurde. Die Abspaltung Nordzyperns und die folgende Teilung der Insel resultierten aus diesem Putsch. Wegen der Zypern-Krise 1974 konnten wir nicht wie geplant von Kreta über Rhodos in die Türkei einreisen; * 13.08.1913, † 03.08.1977

Marshall Tucker Band, US-amerikanische Southern-Rockgruppe (»Long Hard Ride« von 1976), wegen deren Konzert wir 1977 nach Hamburg trampten und ich in der ehrwürdigen Musikhalle in die Ecke kotzen musste; gegründet 1971

Melanie, US-amerikanische Sängerin (»Ruby Tuesday« 1970) und Songwriterin, die eigentlich am 03.02.1947 als Melanie Safka geboren wurde

Miller, Henry, US-amerikanischer Schriftsteller (»Wendekreis des Krebses« 1934, Trilogie »Sexus« 1949, »Plexus« 1952, »Nexus« 1960, wobei er 1972 Paula, Ringo und mich durch seine freizügigen sexuellen Schilderungen begeisterte und ob seiner provokanten Sprache und seiner nonkonformistischen Haltung und Lebensweise auf viele Autoren der Beat Generation Einfluss hatte; »Lachen, Liebe, Nächte«, »Big Sur und die Orangen des Hieronymus Bosch« von 1957), * 26.12.1891, † 07.06.1980

Mitchell, ‧ Joni, kanadische Folksängerin mit prägnanter Stimme, * 07.11.1943

Moody Blues, britische Rockgruppe (»Nights in white satin« 1967), gegründet 1964

»Montezumas Rache«, Durchfall oder medizinisch: Diarrhö; historisch deshalb so genannt, weil viele Spanier bei der Eroberung des Aztekenreiches an Durchfall erkrankten und deren Gott Montezuma sich so rächte; ereilte mich nicht nur in Mexiko, sondern auch auf Kreta, in der Türkei, im Iran und in Afghanistan

Mutlangen, baden-württembergische Gemeinde, Synonym für die dort von 1982 bis 1990 stationierten Pershing II-Raketen. Um den Abzug der Nuklear-Raketen zu erreichen, veranstalteten Raketengegner wiederholt ein Friedenscamp und riefen zur Blockade des Depots auf.

Neill, Alexander Sutherland, schottischer Pädagoge, Leiter der Demokratischen Schule Summerhill im englischen Leiston (Suffolk), Begründer der antiautoritären Erziehung, beeinflusste die 68er-Bewegung und mich durch diese völlig neue pädagogische Methode, bis ich eine differenziertere Einstellung zur antiautoritären Erziehung durch eigene Erfahrung mit Kindern bekam, * 17.01.1883, † 23.09.1973

Netzer, Günter, deutscher Fußball- und spielgestaltender Mittelfeldspieler (»Aus der Tiefe des Raumes«) bei Borussia Mönchengladbach (Deutscher Meister 1970 und 1971) und Real Madrid (2 x spanischer Meister), Europameister 1972, * 14.09.194

Nicholson, Jack, US-amerikanischer Schauspieler mit ungezügeltem Temperament: zwei Oscars u. a. einen für »Einer flog über das Kuckucksnest« 1975; »Chinatown« 1974; »Die Hexen von Eastwick« mit Cher und Susan Sarandon 1987; * 22.04.1937

Novalis, deutscher Schriftsteller der Frühromantik, Philosoph und Bergbauingenieur, geb. als Friedrich Freiherr von Hardenberg am 02.05.1772, † 25.03.1801

Ogabaia Band, karibische Musikgruppe, die in der Bar im Royal St. Kitts-Hotel in Frigate Bay, St. Kitts, Karibik spielte, aber für unseren Geschmack zu wenig Reggae

Papadopoulos, Georgios, griechischer Offizier u. Politiker, putschte am 21.04.1967, danach ein diktatorisches Regime mit Ausnahmezustand, Gleichschaltung der Presse, Massenverhaftungen und -deportationen sowie Konzentrationslagern; rief am 01.06.1973 die Republik aus und wurde selbst Staatspräsident bis November 1973, als man gegen ihn puschte: Er wurde verhaftet und später zu lebenslanger Haft verurteilt, wo er auch am 27.06.1999 starb (* 05.05.1919)

Pargen, Dorfkneipe in Bullay an der Mosel, wo wir 1977 unsere erste Flasche Moselweißwein Marke »Bullayer Brautrock« bekamen

Pentangle, britische Folkrockgruppe, gegründet 1967, Auflösung 1973. Während deren Auftritt im August 1970 beim Isle-Of-Wight-Festival hatte ich mein erstes Petting-Erlebnis mit Ann aus Leeds unter ihrem schwarzen Lackledermantel, als wir vom wunderschönen Gesang der Jacqui McShee (* 25.12.1943) betört wurden

Pink Floyd, britische Rockgruppe, Richtung Psychodelic-Rock (»Ummagumma« 1969, »Wish you were here« 1975, »The Wall« 1979), gegründet 1965; Roger Waters (* 06.09.1943), David Gilmour (* 06.03.1946)

Procol Harum, britische Rockgruppe (»A whiter shade of pale« 1967), gegründet 1967 um den Sänger Gary Brooker (* 29.05.1945)

RAF = »Rote Armee Fraktion«, ehemalige deutsche linksextremistische terroristische Vereinigung um Andreas Baader (*06.05.1943, † 18.10.1977) und Ulrike Meinhof (* 07.10.1934, † 08.05.1976), gegründet 1970, Selbstauflösung 1998

Redford, Robert, US-amerikanischer Filmschauspieler (»Butch Cassidy und Sundance Kid« 1967, »Schussfahrt« = »Down Hill Racer« 1969, »Der Clou« 1973, »Der Pferdeflüsterer« 1998), bekam einen »Oscar« als Regisseur für »Eine ganz normale Familie« 1981; engagiert sich für den Umweltschutz und für Indianer, * 18.08.1936

Reich, Wilhelm, österreichischer Psychiater, Psychoanalytiker, Sexualforscher (»Die Entdeckung des Orgons« 1940) und Freudomarxist, * 24.03.1897, † 03.11.1957

Royal Court, britisches Gericht in London

Royal Disco, Lokal für Livemusik in Basseterre, St. Kitts, Karibik

Royal St. Kitts-Hotel, Hotel in Frigate Bay, St.Kitts, Karibik, wo wir nicht wohnten, aber zum ersten Mal im Leben in ein Spielcasino »platzten«: sehr bizarre Erfahrung!

Schah von Persien, Mohammad Reza Shah Pahlavi, der von vielen verhasste letzte Herrscher auf dem iranischen »Pfauenthron« wurde 1979 von Chomeini gestürzt, womit der Iran »vom Regen in die Traufe« kam; * 26.10.1919, † 27.07.1980

Schuster, Bernd, begnadeter deutscher Fußballspieler (»Blonder Engel«), 1980 Europameister, 3 x Spanischer Meister (FC Barcelona, Real Madrid), * 22.12.1959

Scientific Church, Sekte bzw. neue religiöse Vereinigung aus den 70er-Jahren, die mir 1975 in Kopenhagen eine Persönlichkeitsanalyse machte

Shankar, Ravi, indischer Sitar-Musiker und Komponist; 1969 Woodstock-Festival; zusammen mit George Harrison 1971 »Konzert for Bangla Desh«; * 07.04.1920

Simon, Paul (* 13.10.1941) **& Garfunkel,** Art (* 05.11.1941), US-amerikanisches Folk-Rock-Duo (1968 »Mrs. Robinson« aus dem Film »Die Reifeprüfung« mit

Dustin Hoffman; »Bridge over troubled water« 1970), gegründet 1957, aufgelöst 1970

Sly & The Family Stone, US-amerikanische Funk- und Soul-Band (»Everybody is a Star« 1970), gegründet 1967 von Sly Stone (* 15.03.1943)

Söppel, meine dritte Musikgruppe (Polit-Rock-Kabarett aus Datteln, »Cadmium Reggae«), vier Auftritte 1979: Michael »Carlos« Bala, Berni Schmohlke, Theo Wächter, Doris Zöchling, Olaf Untzelmann, Manfred »Mano« Schloßer, Edgar »Sugar« Troiza, Norbert »Shiva« Hiller + Eckerhardt Weigt, teilweise mit Horst Troiza

Supertramp, britische Rockgruppe (»Breakfast in America« 1979), gegründet 1969 um die beiden Sänger Rick Davies (* 22.07.1944) + Roger Hodgson (* 21.03.1950)

Stewart, Jackie, britischer Rennfahrer und dreimaliger Formel 1-WM; * 11.06.1939

Sweet, britische Glamrockgruppe (»Fox on the Run« von 1976), gegründet 1968

Taste, irische Rockgruppe um den Gitarristen Rory Gallagher (* 02.03.1948, † 14.06.1995), 1966 gegründete, harte Bluesrockformation. Nach solistisch-instrumentalen Höchstleistungen des Gitarristen 1970 aufgelöst

Ten Years After, britische Bluesrockgruppe (»I'm Going Home«, »Love like a man«) um Alvin Lee (* 19.12.1944), der galt um 1970 als der schnellste Bluesgitarrist der Welt und ist bis heute einer der größten dieses Genres

Tetraeder, Freundschaftsbündnis in den 70er- und 80er-Jahren der vier Dattelner Michael Bala, Horst Troiza, Norbert Hiller und Manfred Schloßer; eigentlich ein pyramidenförmiger Körper mit vier Seiten, vier Ecken und vier Kanten

Todd Rundgren's Utopia, US-amerikanisches progressives Rockprojekt mit einem Sound zwischen Jazz und Hardrock, gegründet 1974, aufgelöst 1987, (* 22.06.1948)

Tolstoi, Leo, russischer Schriftsteller (»Krieg und Frieden«, »Anna Karenina«) und Reformpädagoge mit Einfluss bis nach Summerhill; * 09.09.1828, † 20.11.1910

Tommy-Weissbecker-Haus, besetztes Haus in Berlin-Kreuzberg, Wilhelmstr. 9, wo wir 1975 für drei Tage Unterschlupf bekamen; jetzt Kultur- + Veranstaltungszentrum

Traven, B., deutscher Schriftsteller sozialkritischer Abenteuerromane (»Die Baumwollpflücker« 1925, »Das Totenschiff« 1926, »Die Rebellion der Gehenkten« 1936), Akteur der Münchner Räterepublik 1919; * 1890, † 26.03.1969

Village People, US-amerikanische Disco-Band mit schwulen Themen (»YMCA« von 1978, »In the Navy« von 1979, »Go West« von 1979), gegründet 1977, aufgelöst 1986

Vogts, Berti, deutscher Fußballspieler, Weltmeister 1974, 5 x Deutscher Meister mit Borussia Mönchengladbach, Fußballer des Jahres 1971 und 1979; * 30.12.1946

Von 8 bis 8, Recklinghäuser In-Kneipe in den 70er-Jahren

Wader, Hannes, deutscher Liedermacher (»Der Tankerkönig« und »Ich bin unterwegs nach Süden« von 1972), Gitarrist und Sänger mit politischem Anspruch, * 3.06.1942

Weisweiler, Hennes, deutscher Fußballtrainer bei Borussia Mönchengladbach (Deutscher Meister 1970, 1971 und 1973, UEFA-Cup-Sieger 1973) und 1. FC Köln (Double-Gewinner 1978: also Meister und Pokalsieger in einem Jahr); bei der Gründung des 1. FC Kölns 1948 gehörte er zur ersten Elf, die jemals für den 1. FC Köln aufgelaufen ist; 1952 wurde nach ihm als damaligem Spielertrainer das Maskottchen des FC, der Geißbock, »Hennes«, genannt; * 05.12.1919, † 05.07.1983

Who, britische Rockgruppe (»Tommy«, 1969, »Quadrophenia«, 1973); zertrümmerten öfter ihre Musikinstrumente und Anlage; Idol der Motorroller fahrenden Mods; gegründet 1964: Pete Townshend (* 19.05.1945), Roger Daltrey (* 01.03.1944), John Entwistle (* 09.10.1944, † 27.06.2002), Keith Moon (* 23.08.1946, † 07.08.1978)

Zappa, Frank, US-amerikanischer Gitarrist, Komponist und Rockmusiker, Kultfigur der Undergroundmusik; ich hatte sein berühmt-berüchtigtes Poster »Frank Zappa auf'm Klo« bei mir an der Zimmerwand hängen; * 21.12.1940, † 04.12.1939

ZDL, Zivildienstleistender, der Zivildienst ist ein Ersatz für den Wehrdienst. Ein ZDL hat den Kriegsdienst an der Waffe verweigert und wird dafür zum Ersatz- oder Zivildienst herangezogen, den ich von Dezember 1971 bis Oktober 1972 absolvierte.

4) Die 80er-Jahre:

ACE, Auto-Club Europas, mein freundlicher Pannenhelfer seit 3 Jahrzehnten

Albert Grimaldi, Prinz von Monaco, vertrat das Fürstentum Monaco bei den Olympischen Winterspielen 1988 in Calgary mit seinem Bob-Team, das den 25. Platz errang, einen Platz hinter unserem thailändischen Bob SANUK II; * 14.03.1958

Allen, Woody, US-amerikanischer Filmschauspieler und -Regisseur (drei Oscars für den »Stadtneurotiker«, 1976: Drehbuch und Regie, und für »Hannah und ihre Schwestern« 1986: Drehbuch), spielte früher selber in Komödien wie »Woody, der Unglücksrabe« von 1969 oder »Der Schläfer« von 1973; * 01.12.1935

Becker, Boris, deutscher Tennisspieler und erster deutscher Wimbledon-Sieger 1985, als er 17-jährig dort gewann und damit jüngster Wimbledon-Sieger aller Zeiten, wo er insgesamt dreimal gewann; 1991 Weltranglisten-Erster; * 22.11.1967

Branduardi, Angelo, italienischer Sänger und Geiger, der uns 1984 durch den lieblichen Gesang von zwei Italienerinnen nähergebracht wurde; * 12.02.1950

Breininger, Gasthaus in Saarlouis-Lisdorf, wo wir 1987 am Sippentreffen teilnahmen

Chandler, Raymond, US-amerikanischer Krimi-Autor (»Der lange Abschied« 1954, »Mord im Regen« = der Kurzgeschichten-Band »Killer in the rain«), berühmt durch seinen melancholischen Privatdetektiv Philipp Marlowe; * 23.07.1988, † 26.03.1959

Chomeini, Ajatollah, schiitischer Geistlicher, der politische und spirituelle Führer der islamischen Revolution im Iran von 1978–1979. Mit ihr stürzte er aus dem französischen Exil die Regierung von Mohammad Reza Pahlavi, dem damaligen Schah des Iran: Chomeini gilt als der Gründer der Islamischen Republik im Iran; war bis zu seinem Tod 1989 als Oberster Rechtsgelehrter Iranisches Staatsoberhaupt; stürzte den Iran zurück ins Mittelalter; * 17.05.1900, † 03.06.1989

Cliff, Jimmy, jamaikanischer Reggae-Musiker (»The Harder They Come«, Musik und Reggae-Film von 1972, worin Jimmy Cliff auch mitspielt); * 01.04.1948

Cole, Lloyd & the Commotions, schottische gitarrenorientierte Musikgruppe (»Rattlesnakes« 1985, »Mainstream«, »Easy Pieces«), Sänger Lloyd Cole: * 31.01.1961

Cool Runnings, US-amerikanische Filmkomödie von 1993, Regie: Jon Turteltaub, der uns unsere Idee von 1988 mit dem thailändischen Bob SANUK II klaute …

Conte, Paolo, italienischer Chansonsänger (»Jimmy, balando« von 1987), Jazzmusiker und Komponist, gelernter Rechtsanwalt, * 06.01.1937

Dalla, Lucio, italienischer Sänger und rockorientierter Musiker mit meist kritischen und poetischen Texten, der uns 1984 durch den lieblichen Gesang von zwei italienischen Schwestern aus Perugia nähergebracht wurde; * 04.03.1943

Daum, Christoph, deutscher Fußballtrainer, von 1986 – 1990 beim 1. FC Köln, dabei 2 x Vizemeister, größter Erfolg: 1992 mit dem VfB Stuttgart Deutscher Fußballmeister; trainierte später erst Besiktas Istanbul (türkischer Meister 1995), wurde mit Fenerbahce Istanbul 2 x türkischer Meister 2004 und 2005; * 24.10.1953

Derwall, Josef »Jupp«, deutscher Fußballtrainer, größter Erfolg: als Bundestrainer 1980 Fußball-Europameister; trainierte danach von 1984 –1988 Galatasaray Istanbul und wurde in dieser Zeit 2 x türkischer Meister; * 10.03.1927

de Souza, Raul, brasilianischer Jazzmusiker, Posaunist und Bandleader (»Sweet Lucy« 1977), in den 60er-Jahren Bossa Nova, in den 70ern Jazz-Fusion; * 23.08.34

Deter, Ina, deutsche Rockmusikerin (»Neue Männer braucht das Land« 1982) mit der Ina-Deter-Band: war einer der Stars der Neuen Deutschen Welle; * 14.01.1947

Die Zwei, saarländische Tanzkapelle meines angeheirateten Cousins, bei denen ich während des großen Sippentreffens 1987 teilweise auf den Bongos mitspielte

Edda, germanische: altisländische literarische Werke aus dem 9. – 12. Jahrhundert

Edwards, Jango, & Friends Roadshow (»If I was a bicycle-seat …«), * 15.04.1950 als Stanley Ted Edwards in USA, zuerst Kapitalist in Sachen Rasen + Mutterboden; ab Anfang der 70er-Jahre in den Niederlanden als Clown und Dummkopf tätig

El Portillo Beach Club, Ferienanlage in Las Terrenas, Dominikanische Republik

Everything But The Girl, britisches Popduo (softjazzige Schmusemusik), gegründet 1982, bestehend aus Tracey Thorn (* 26.09.1962) und Ben Watt (* 06.12.1962)

Extrabreit, deutsche New Wave-Rockband aus Hagen, die ich selber als JZ-Leiter 1980 zu einem Gig in Hohenlimburg verpflichtete; (»Flieger, grüß mir die Sonne« 1980, »Hurra, hurra, die Schule brennt« 1981) um Kai »Hawaii« Schlasse (* 24.12.1955) und Stefan »Kleinkieg« (* 14.04.1957); gegründet 1978; die Bekanntschaft mit ihrem früheren Bassisten, Ralf Teuwen, brachte mir die Neville Brothers näher

Fehlfarben, New Wave-Musikgruppe (»Monarchie & Alltag« 1980), gegründet: 1979

Fine Young Cannibals, britische New Wave-Gruppe, die 1984 in Birmingham von Andy Cox und David Steele gegründet wurde, dazu kam noch Sänger Roland Gift

Gallo, Ernest & Julio, kalifornische Brüder; gehören mit ihren Weinfeldern in der Region Sonoma zu den bedeutendsten Weinproduzenten der Welt; geboren in Nordkalifornien als Söhne italienischer Einwanderer aus dem Piemont; in Kalifornien tranken wir 1978 und 1986 immer gerne ihre Halb-Gallonen-Flaschen Chablis

Geier Sturzflug, deutsche Reggae-Band (»Bruttosozialprodukt« 1983) aus Bochum, Neue Deutsche Welle, sorgten mit deutschen Texten für Stimmung, gegründet 1979

Hammett, Dashiell, US-amerikanischer Krimi-Autor (»Der Malteserfalke« 1930), berühmt durch Privatdetektiv Sam Spade; * 27.05.1894, † 10.01.1961

Häßler, Thomas »Icke«, deutscher Fußballspieler beim 1. FC Köln (Vizemeister 1989 und 1990), Juventus Turin, AS Rom, Weltmeister 1990, Europameister 1996, Fußballer des Jahres 1989 und 1992, 101 Länderspiele, * 30.05.1966

Hesperiden, Nymphen der griechischen Mythologie

Houston, Whitney, US-amerikanische Sängerin (»Greatest love of all« von 1986), die mit 7 aufeinanderfolgenden Nummer-eins-Hits Geschichte schrieb; * 09.08.1964

Hynde, Chrissie, US-amerikanische Rockgitarristin und -Sängerin (Frontfrau der Musikgruppe The Pretenders); * 07.09.1951

Iduna, germanische Göttin der Jugend, Unsterblichkeit, des Frühlings + des Lebens

Illgner, Bodo, deutscher Fußballtorwart beim 1. FC Köln (Vizemeister 1989 und 1990) und Real Madrid (Weltpokalsieger 1998, Champions League-Sieger 1998 und 2000, 2 x spanischer Meister), Weltmeister 1990, 54 Länderspiele, * 07.04.1967

It's Immaterial, britische Musikgruppe aus Liverpool (»Life's hard and then you die« 1986), deren Gitarrist Henry Priestman später bei The Christians spielte

Jong, Erica, US-amerikanische Autorin (»Angst vorm Fliegen« 1973), , * 26.03.1942

Joy, Restaurant am Phra Nang Beach bei Krabi, Thailand, wo wir 1988 immer lecker speisten und tranken und wo die Kongas für die Beach-Partys auf mich warteten

Kohl, Helmut »**Birne**«, CDU-Politiker und ehemaliger deutscher Bundeskanzler ab der »Wende« 1982 bis 1998; war der deutsche »Wiedervereinigungskanzler« 1989; umstritten wegen der Verstöße bei der CDU-Spendenaffäre; * 03.04.1930

Larsen, Neil, skandinavischer Jazzmusiker + Organist (»High Gear«, »Jungle Fever«)

Littbarski, Pierre »**Litti**«, deutscher Fußballspieler beim 1. FC Köln (Pokalsieger 1983, Vizemeister 1989 und 1990), Weltmeister 1990, Vizeweltmeister 1982 und 1986, 73 Länderspiele; 406 Bundesligaspiele (dabei 116 Tore); * 16.04.1960

Madonna, US-amerikanische Sängerin, Pop-Ikone und Schauspielerin (»Like a Virgin« 1984, »Material Girl« 1985, »La Isla Bonita« 1987, »Evita« 1996); * 16.08.1958

Majestic Hotel, am Rajadamnern Klang, Nähe des Democracy Monument, Bangkok, Thailand, wo wir 1988 auf dem Hin- und Rückweg wohnten

Mamas and the Papas, The, US-amerikanische Musikgruppe (»Monday, Monday« und »California Dreamin'« von 1966) der Hippiezeit, um den Sänger John Phillips (* 30.02.1935, † 18.03.2001), die wir 1987 in Kassel live erlebten; gegründet: 1964

Maradona, Diego, »**die Hand Gottes**«: weil er im WM-Spiel 1986 gegen England den Ball mit der Hand ins Tor bugsierte; argentinischer Fußballspieler; gilt als einer der besten Fußballspieler aller Zeiten: Weltmeister 1986, mit dem

SSC Neapel 1989 UEFA-Cup-Sieger und 1987 und 1990 italienischer Meister; * 30.10.1960

Marley, Bob, jamaikanischer Reggae-Musiker (»I shot the sheriff« 1973, »No woman, no cry« 1974, »Could you be loved?« 1980), den wir noch am 13.06.1980 live in der Dortmunder Westfalenhalle bewundern konnten; * 06.02.1945, † 11.05.1981

Marlowe, Phillip, Romanfigur als romantischer Detektiv, von Raymond Chandler (»Tote schlafen fest«, 1946), der im Film durch Humphrey Bogart verkörpert wurde

Mazo Mazo, meine New Wave-Gruppe aus Hagen/Menden 1982 – 1984: Karl-Heinz »Kaki« Kissing, Peter Feske, Manfred Schloßer, Uwe Rummenöhler, Christian u. Jörg

Meulenbelt, Anja, niederländische Politikerin (Mitglied der 1. Kammer der Partei der NL-Sozialisten), Autorin und Feministin (»Die Scham ist vorbei« 1976), * 06.01.1945

Mohammed, arabischer Stifter der islamischen Religion, letzter Prophet der Muslime, * 571 in Mekka, † 08.06.632 in Medina

Molsner, Michael, deutscher Krimi-Autor (»Tote brauchen keine Wohnung« 1980; die Reihe der »Euro-Ermittler«, wie z. B.: »Der Castillo-Coup« von 1985), * 23.04.1939

Montalban, Manuel Vazquez, spanischer Krimi-Autor (»Die Vögel von Bangkok« 1983), berühmt durch Privatdetektiv Pepe Carvalho; * 14.06.1939, † 18.10.2003

Nannini, Gianna, italienische Rocksängerin (»Latin Lover« 1982; komponierte mit Edoardo Bennato zur Fußball-WM 1990 in Italien »Un Estate Italiana«); * 14.06.1956

Nena, deutsche Sängerin (»Nur geträumt« 1982, »99 Luftballons« 1983) aus der Neuen Deutschen Welle, * 24.03.1960 als Gabriele Susanne Kerner in Hagen

»Only You!«: das US-amerikanische Liebeslied, ursprünglich 1955 von The Platters

Phra Nang Place, Bambushütten-Hotel bei Krabi, Thailand, wo wir 1988 wohnten

»Polonäse Blankenese«, Spaßtitel von Werner Böhm (* 05.06.1941) alias Gottlieb Wendehals, der 1981 in den Deutschen »Top Ten« 9 Wochen auf dem 1. Platz stand

Poth, Clodwig, deutscher Satiriker und Karikaturist (»Die Vereinigung von Körper und Geist mit Richards Hilfe« von 1980, die mich selber 1986 auf Gomera durch den Räuscheturm zum erotischen Slapstick animierte), Mitglied der Neuen Frankfurter Schule um die Zeitschriften Pardon und Titanic; * 04.04.1930, † 08.07.2004

Prince, US-amerikanischer Musiker, Komponist, Musikproduzent und Popstar (Musik und Film »Purple Rain« von 1984, »Sign O the Times« von 1987), vereinte in seiner Musik Rock-, Pop-, Funk-, R & B-, Soul-, Blues- und Jazz-Elemente; * 07.06.1958

Real Madrid, spanischer Fußballverein, der erfolgreichste Verein Europas: 9 x Europapokalsieger der Landesmeister/Champions-League-Sieger, 3 x Weltpokal-Sieger, 2 x UEFA-Cupsieger, wie 1986 gegen den 1. FC Köln; gegründet: 06.03.1902

Ricken, Lars, Fußballspieler von Borussia Dortmund, 16 Länderspiele; * 10.07.1976

Robbins, Tom, US-amerikanischer Schriftsteller (»Sissy – Schicksalsjahre einer Tramperin« 1981, das als »Even Cowgirls Get The Blues« 1993 mit Uma Thurmann in der Hauptrolle verfilmt wurde; »Buntspecht« 1983; »Panaroma – Jitterburg Perfume« 1985): überraschte mich immer wieder durch seine skurrilen Figuren; * 22.07.1936

Rossi, Paolo, italienischer Fußballspieler: Weltmeister 1982, Torschützenkönig bei der WM 1982 und Europas Fußballer des Jahres 1982, mit Juventus Turin Europapokalsieger der Landesmeister 1985 und der Pokalsieger 1984; * 23.09.1956

Sade Adu, nigerianisch-britische Popsängerin, die mich mit von Soul und Jazz inspirierter Popmusik begeisterte (»Smooth Operator« 1984), * 16.01.1959

Schmidt, Helmut »Schnauze«, SPD-Politiker und ehemaliger deutscher Bundeskanzler von 1974 bis zur »Wende« 1982; Verteidigungsminister von 1969 – 1972, wobei er der Vater des »Haarerlasses« war, also ein Haarnetz für langhaarige Soldaten duldete, wovon auch ich 1971 bei den Fallschirmjägern in Wildeshausen profitierte und ihm den »Orden wider den tierischen Ernst« einbrachte; * 23.12.1918

Schumacher, Harald »Toni«, deutscher Fußballtorwart; galt als einer der weltbesten Torhüter der 1980er-Jahre: Europameister 1980, 2 x Vizeweltmeister, Deutschlands Fußballer des Jahres 1984 und 1986, Deutscher Meister 1978 mit dem 1. FC Köln, spielte 1988 – 1991 bei Fenerbahce Istanbul; * 06.03.1954

Schweitzer, Dr. Albert, Missionsarzt in Lambarene (Gabun), Friedensnobelpreisträger 1952, * 14.01.1875, † 04.09.1965

Sheraton-Hotel, Frankfurt, liegt direkt neben dem Flughafen und sammelt gerne gestrandete Flugreisende ein, wie uns 1988 und später noch mal 1993

Simple Minds, schottische New Wave-Gruppe (»Sister feeling call« 1981, »New Gold Dream« 1982, »Don't you« 1985), gegründet 1978; Sänger Jim Kerr: * 09.07.1959

Sirikit Rajini, Königin von Siam, beim Volk beliebte Gattin des thailändischen Königs Bhumibol; nach ihr benannt der Sirikit-Staudamm in Nord-Thailand; * 12.08.1932

Sjöwall, Per (* 05.08.1926, † 23.06.1975)/**Wahlöö,** Maj (* 25.09.1935), schwed. marxistisches Krimi-Autorenpaar, berühmt durch die 10 Krimis in 10 Jahren mit der Romanfigur des Kommissar Martin Beck (u. a. »Die Tote im Göta-Kanal« von 1965)

Stevenson, Robert Louis, schottischer Schriftsteller (»Die Schatzinsel« von 1897) von Reiseerzählungen und Abenteuerliteratur, * 13.11.1850, † 03.12.1894

Sukhothai, leckeres thailändisches Restaurant in Dortmund, Benninghofer Str. 247

Talking Heads, US-amerikanische New Wave-Gruppe von 1975 bis 1990 (»Burning down the house« von 1983, »Stop making sense« von 1986) um ihren schottischen Sänger und Kopf David Byrne (* 14.05.1952), Chris Frantz und Tina Weymouth

Tosh, Peter, jamaikanischer Reggae-Musiker (»Legalize it« 1976, »Bush Doctor« 1978, »Mystic Man« 1979), Mitglied der Wailers; * 19.10.1944, ermordet 11.09.1987

Tschaikowski, Peter, russischer Komponist (»1. Klavierkonzert in b-Moll op.23« von 1874/75, »Manfred-Sinfonie h-Moll op.58« von 1886); * 07.05.1840, † 06.11.1883

UB 40, britische Reggae-Gruppe (»Red Red Wine« 1983) aus Birmingham, die 1978 von den Brüdern Robin und Ali Campbell gegründet wurde, wozu sie mit »UB 40« als Gruppennamen ein Formular für den Antrag auf Arbeitslosenunterstützung nahmen

van de Wetering, Janwillem, niederländischer Krimi-Schriftsteller (der Erfinder des Amsterdamer Polizisten »Brigadier de Gier«), lebt in Maine (USA), * 12.02.1931

Vogelfrei, meine Latin- und Free-Jazz-Gruppe mit Politik-Geschrei (»Helmut zuckt noch«) aus Hagen, neun Auftritte zwischen 1982 – 1987: Christian Brand, Angelika + Peter Feske, Peter Knecht, Achim Kramer, Jörg Kummetz, Norbert Reuter, Bernd Salewski, Manfred Schloßer, Manfred Stein, Martin Verborg + Andrea von Malotki

Wagner, Richard, deutscher Komponist (Vierteiler: »Der Ring der Nibelungen«, 1851 bis 1874, »Lohengrin« 1848, »Tristan und Isolde« 1859), * 22.05.1813, † 13.02.1883

White, Emil, ein alter österreichischer Freund von Henry Miller, dem Miller auch seinen Roman »Big Sur und die Orangen des Hieronymus Bosch« widmete, und den wir 1986 in Big Sur in der Henry Miller-Bibliothek erlebten; * 1901, + 1989 in Big Sur

»Why don't we do it in the road …?« – Song der Beatles von 1968, der Jana und mich 1982 auf der jugoslawischen Insel Pag anreizte, es direkt auf der Straße zu treiben, so geil waren wir aufeinander.

Yello, In-Disco in Kassel während der 80er-Jahre, die wir 1987 gerne besuchten

5) Die 90er-Jahre:

Abebe Bikila, legendärer äthiopischer Marathonläufer, zweimaliger Olympiasieger, der 1960 bei seinem 1. Olympiasieg in Rom barfuß lief; * 07.08.1932 › † 25.10.1973

Acoustic Swiftness, Latinjazz- und Rhumbaflamenco-Combo aus New Orleans, deren Percussionisten Santiago ich 1991 persönlich im Café Brasil kennen lernte

Anker, Weingut in Bullay an der Mosel, das mich jahrelang mit Trester belieferte

Ard, Leo P. = Jürgen Pomorin (* 15.01.1953)/**Junge,** Reinhard (* 22.10.1946), deutsches Krimi-Schriftsteller-Duo (»Das Ekel von Datteln« 1988, »Das Ekel schlägt zurück« 1990, »Die Waffen des Ekels« 1991), die den Ruhrgebiets-Krimi gesellschaftsfähig machten, als sie den ehemaligen und inzwischen verstorbenen Dattelner Bürgermeister Niggemeier zur Freude von uns Dattelnern »durch den Kakao zogen«; R. Junge studierte genauso wie ich an der

Ruhr-Uni Bochum; als Leiter des Hagener Jugend-Info-Zentrums engagierte ich ihn zu einer Lesung

»Bad«, Bar in Chelsea, Manhattan, New York City, USA

Baggio, Roberto, italienischer Fußballnationalspieler, Vize-WM 1994, Weltfußballer und Europas Fußballer des Jahres 1993; UEFA-Cup-Sieger 1993 mit Juventus Turin; mein italienischer Lieblingsfußballer in den 90er-Jahren; * 16.02.1967

Bennato, Edoardo, italienischer Sänger, komponierte mit Gianna Nannini zur Fußball-WM 1990 in Italien »Un Estate Italiana«; * 23.07.1949

Berndorf, Jacques = Michael Preute, deutscher Krimi-Schriftsteller (u. a. »Eifel-Blues« 1989, »Eifel-Feuer« 1995, »Eifel-Wasser« 2001): durch seine 13 Eifel-Krimis brachte er mir die Eifel näher; * 22.10.1936

Bierhoff, Oliver, deutscher Fußballnationalspieler, 70 Länderspiele, dabei 37 Tore, Europameister 1996 durch sein »Golden Goal«, das erste in der Fußballgeschichte; Deutscher Fußballer des Jahres 1998; italienischer Meister 1999 mit AC Mailand; bei der WM 2006 Manager der deutschen Nationalmannschaft; * 01.05.1968

»Big Easy« (= »Der große Leichtsinn«), US-amerikanischer Spielfilm von 1987 mit Ellen Barkin + Dennis Quaid in den Hauptrollen; Musik darin von den Neville Brothers

bin Laden, Osama, islamischer Fundamentalist und Begründer des Terrornetzwerks al-Qaida; als Mudschahid kämpfte bin Laden gegen die Besetzung Afghanistans durch die Sowjetunion; heute der weltweit meistgesuchte Terrorist (Anschläge am 11. September 2001 in New York); geb. am 10.03.1957 in Saudi-Arabien

Boyle, T. C., US-amerikanischer Schriftsteller (»Wassermusik« 1982, »Grün ist die Hoffnung« 1984, »Der Samurai von Savannah« 1990, »Drop City« 2003); entwickelte sich mit seinen wahnwitzigen Storys zu einem meiner Lieblingsautoren; * 02.12.1948

Brautrock-Keller, Straußwirtschaft der Familie Anker in Bullay an der Mosel

Briegel, Hans-Peter, deutscher Fußballspieler, Fußballer des Jahres 1985, Europameister 1980, 2 x Vize-WM 1982 + 1986, italienischer Meister mit Hellas Verona 1985; ehemaliger Zehnkämpfer (»Die Walz aus der Pfalz«); * 11.10.1955

Cabo Tibisi 1, Tauchplatz bei Las Galeras, Halbinsel Samana, Dominikanische Republik, wo wir 1998 bis auf 22 m Tiefe tauchten und dabei »the deep blue« erlebten

Caesar's Park-Hotelbar (Kenting, Taiwan): Dort erlebten wir 1992 eine hawaiianische Live-Band

Café Brasil, Musikclub in New Orleans, Frenchmen Street: besuchte ich 1991 häufig

Café Istanbul, Musikclub in New Orleans, Fenchmen Street, wo ich 1991 häufig war

Casa Linda, unser Hotel 1999 in Puerto Princesa, Insel Palawan, Philippinen

Cashewnut-Resort, Bungalow-Anlage auf der Insel Koh Chang, Südthailand

Cayacoa Beach-Hotel, Samana, Dominikanische Republik, wo wir 1998 wohnten

Cosmos New York, US-amerikanisches Soccer-Team (u. a. mit Pele und Franz Beckenbauer), 5 x US-Soccer-Meister 1972, 1977, 1979, 1980 und 1982

Dap Dap, Restaurant von Dante Ausan in Sabang, Insel Palawan, Philippinen

de Ville, Willy, US-amerikanischer Rock- und Blues-Sänger (»Victory Mixture« 1990, »Loup Garou« 1995), davor Sänger bei Mink de Ville (»Coup de Grace« 1981), seine musikalischen Einflüsse entstanden, da er in Spanish Harlem aufwuchs und viele puertoricanische Freunde hatte; lebte in den 90er-Jahren auch passenderweise in New Orleans; inspirierte MaryAnn und mich in ihrem Bett 1991, und erfreute Harry und mich bei der New Orleans-Revue live in Köln am 12.07.1992; * 25.8.1950

Dive Samana, KDI-Tauchschule in Las Galeras, Dominikanische Republik, wo wir 1998 zwei Tauchgänge machten, dabei 1 langweiliges Wracktauchen in 19,5 m Tiefe

Dr. John, US-amerikanischer Rock- und Blues-Musiker aus New Orleans; erlebte ihn am 12.07.1992 live in Köln; * 20.11.1940 als Malcolm (Mac) John Rebennack Jr.

Duarte, Juan Pablo, Unabhängigkeitsführer in der spanischen Kolonie Hispaniola, der späteren Dominikanischen Republik, der sein Land 1844 von der Macht der Haitianer befreite; * 1813, † 1876

Duke, David, republikanischer US-Politiker; kandidierte und verlor am

16.11.1991 bei den Gouverneurswahlen in Louisiana; ich beteiligte mich zusammen mit der farbigen Bevölkerung an den NO DUKES-Demonstrationen gegen den Rassisten, Neo-Faschisten und Ku Klux Klan-Mitglied mit STOP DUKES-Plakaten; * 01.07.1950

Edwards, Edwin, demokratischer US-Politiker; kandidierte und gewann am 16.11.1991 bei den Gouverneurswahlen in Louisiana gegen David Duke; vorher schon Sieger der Gouverneurswahlen in Louisiana 1972, 1976 + 1983; * 07.08.1927

El Busero, von Josie & Urs, unser Lieblingsrestaurant in Port Barton, wo wir 1999 unsere ersten Langusten im Leben aßen, Insel Palawan, Philippinen

El Dorado, ital.-australisches Restaurant in Port Barton, Insel Palawan, Philippinen

»El Nino«, 1997 mit 7 °C über normale Wassertemperatur besonders ausgeprägte, ungewöhnliche, nicht zyklische, veränderte Meeresströmung im ozeanografisch-meteorologischen System, was dadurch das tropische Korallensterben verursachte

Elsas, Restaurant in Port Barton, Insel Palawan, Philippinen

Emerson, Ralph Waldo, US-amerikanischer Philosoph, * 25.05.1803, † 27.04.1882

Evergreen, von Lita & Walter (Tauchlehrer und -schule), Restaurant in Port Barton: leckere »Fish balls«, aber direkt neben der Tankstelle, Insel Palawan, Philippinen

Finca Grants, Walbeobachtungspunkt, Halbinsel Samana, Dominikanische Republik

Fischer, Joseph »Joschka«, Politiker der GRÜNEN, Außenminister und Vizekanzler in der rot-grünen Bundesregierung 1998 – 2005; ehemaliger »Turnschuh-Minister« von Hessen 1985 – 1987; engagierte sich 1967 in der APO und bis 1975 in der militanten Gruppe »Revolutionärer Kampf«; Taxifahrer 1976 – 1981; * 12.04.1948

Fly Amero Band, Musikgruppe mit Saxofon-Begleitung des Sängers und Gitarristen Dennis »Fly« Amero aus Gloucester, Massachusetts, live 1991 erlebt

Flying Hip-Hops, meine Jongliergruppe in den 80er- und 90er-Jahren im Jugend-Informationszentrum Hagen und in der Pelmkeschule Wehringhausen: u. a. Achim Schartl, Manfred Schloßer, Oliver Cosmus, Rolf, Sven, Heino, Michael, Gudula H.

Foda, Franco, deutscher Fußballnationalspieler (2 Länderspiele); 3 x Deutscher Pokalsieger 1990 (1. FC Kaiserslautern), 1993 (Bayer Leverkusen) + 1997 (VfB Stuttgart); * 23.04.1966

Fools Garden, deutsche Poprock-Gruppe (»Lemon Tree« 1995); gegründet: 1991

Frenchmen Hotel, war 1991 mein Hotel in New Orleans für zwei Wochen

Gandhi, Mahatma, Pazifist (gewaltfreier Widerstand), Menschenrechtler und Politiker der indischen Unabhängigkeitsbewegung, * 02.10.1869, † 30.01.1948

Gebrselassie, Haile, äthiopischer Langstreckenläufer und mehrfacher Weltrekordler und Weltmeister, Olympiasieger 1996 und 2000 im 10.000-m-Rennen, * 18.04.1973

Ginsberg, Allen, US-amerikanischer Dichter der Beat Generation (»The Howl« = »Das Geheul« von 1956), homosexuell und politisch links; * 03.06.1926, † 05.04.1997

Görgen, Café und Pension in Bullay an der Mosel, wo wir 1995 gut wohnten

Gong-House (Kenting, Taiwan), wo wir 1992 frühstückten

Govinda, der Fährmann in »Siddhartha« (Erzählung von 1922) von Hermann Hesse

Green View Resort, Unterkunft und Restaurant in Port Barton, Palawan, Philippinen

GRÜNEN, die, Partei der Ökologen und Friedensbewegten

Harlem Globetrotters, Basketball-Showgruppe mit afroamerikanischer Zusammensetzung der Mannschaft; gegründet 1927 in Chicago, USA

Harlem Gospel Singers, afroamerikanischer Gospelchor aus Harlem, New York, die seit 15 Jahren mit ihrem unverwechselbaren Sound mit Einflüssen von R'n'B, Jazz und Pop unter der Leitung von Queen Esther Marrow Europas Metropolen erobern

Haus Bömer, Restaurant in Alf an der Mosel, wo wir 1994 Schwenkbraten bekamen

Himes, Chester, afroamerikanischer Krimi-Autor, begann während seiner 8-jährigen Gefängnisstrafe mit dem Schreiben, wurde mit den beiden Romanpolizisten Ed Coffin und Grave Digger im so genannten Harlem-Zyklus bekannt (u. a. »Fenstersturz von Harlem« 1959, »Lauf, Nigger, lauf« 1960); * 29.07.1909, † 13.11.1984

Hornby, Nick, englischer Schriftsteller (»Fever Pitch« 1992, »High Fidelity« 1995, »About a Boy« 1998) und bekennender Arsenal London-Fan; * 17.04.1957

Hotel Alf, Restaurant in Alf an der Mosel, direkt an der B 53

Ice Nine, US-amerikanische Musikgruppe aus New Orleans, mit deren puertoricanischem Percussionisten Santiago ich mich 1991 anfreundete

Irving, John, US-amerikanischer Romanautor (»Garp – und wie er die Welt sah« 1978; »Hotel New Hampshire« 1981; »Gottes Werk und Teufels Beitrag« 1985, für dessen Verfilmungsdrehbuch er 2000 einen Oscar bekam; »Owen Meany« 1989; »Zirkuskind« 1995; »Witwe für ein Jahr« 1998): begeisterte mich immer wieder durch seine fantastischen Geschichten und Romangestalten; * 02.03.1942

J & T Food Restaurant, dort bekamen wir 1996 Infos für Koh Chang, Südthailand

1. FC Kaiserslautern, deutscher Fußballverein, 4 x Deutscher Meister (zuletzt 1991 und 1998), 2 x Deutscher Pokalsieger (1990 und 1996); gegründet: 02.06.1900

Karlsruher SC, deutscher Fußballverein, 2 x Deutscher Pokalsieger (1955 und 1956), UEFA-Pokal-Halbfinalist 1993/94; gegründet: 06.06.1894

Kata Noi Riviera, Hotel auf Phuket, Thailand, wo wir 1994 ein paar Tage wohnten

Kataragama Kovilla-Hindutempel, Panadura, an der Westküste Sri Lankas

Kehrer, Jürgen, deutscher Krimi-Schriftsteller (»Und die Toten lässt man ruhen« 1990, »In alter Freundschaft« 1991): sein Privatdetektiv Wilsberg agiert in Münster, wovon bis 2006 im ZDF zusätzlich 17 Münster-Krimis verfilmt wurden; * 21.01.1956

Khao Nayak, Tauchgrund vor Tapla Mu (auch »Jurassic Park« genannt), Südthailand

Klinsmann, Jürgen, früher Bäckergeselle, deutscher Fußballspieler, Weltmeister 1990, als Mannschaftskapitän Europameister 1996, Welttorjäger 1995, Englands Fußballer des Jahres 1995, in Deutschland 1988 und 1994, 108 Länderspiele, dabei 47 Tore; später als Teamchef 2006 Weltmeisterschafts-Dritter; * 30.07.1964

Koh Chang Resort, bei den Schwuchteln auf der Insel Koh Chang im thailändischen Süden verbrachten wir 1996 nur eine Nacht in der dortigen Bungalow-Anlage

Kuan Yin, chinesische Göttin des Mitgefühls und Schutzpatronin der Fischer

LaBelle, Patti, US-amerikanische R & B- und Soul-Sängerin, * 24.0.1944

La Muang, Thailänderin und Inhaberin einer Garküche am Strand von Khao Lak, Südthailand, bei der wir von 1994 bis 1997 immer gerne und sehr gut aßen & tranken

Lauper, Cyndi, US-amerikanische Sängerin (»Girls just want to have fun« von 1983); * 22.06.1953

Legal Sea Foods, Restaurant in Boston, wo ich 1991 meine erste + letzte Auster aß

Leon, Donna, Krimi-Schriftstellerin (die Erfinderin des Venezianischen Polizisten »Commisario Guido Brunetti« und seiner vom Geist der 68er-Bewegung beseelten Ehefrau Paola), lebt in Venedig, * 28.07.1942

Lienen, Ewald, Fußballtrainer, der mit dem 1. FC Köln in der Saison 1999/2000 den Wiederaufstieg in die 1. Bundesliga schaffte; 333 Bundesligaspiele als Spieler, wobei sein größter Erfolg der UEFA-Cup-Sieg 1979 mit Bor. M'Gladbach war; * 28.11.1953

Loose, Stefan, Reiseführer-Autor und -Verlag, Spezialgebiet Thailand + Südostasien

»Lox«, Transvestiten-Bar in Greenvich Village, Manhattan, New York, USA, wo ich 1991 mit MaryAnn und Kathy Halloween feierte, mit als »Jesus« verkleidetem Kellner

Lübke, Heinrich, deutscher Bundespräsident 1959 – 1969, die Sammlung über den gebürtigen Sauerländer in der Burg Arras, Alf (Mosel); * 14.10.1894, † 06.04.1972

Martin, Ricky, puertoricanischer Latin-Popsänger (»La Copa De La Vida« war 1998 die Hymne bei der Fußball-WM in Frankreich; »Livin La Vida Loca«); * 24.12.1971

Matthäus, Lothar, deutscher Fußballspieler, Rekordnationalspieler mit 150 Länderspielen, Weltmeister 1990, Europameister 1980, Weltfußballer der Jahre 1990 und 1991; gilt allerdings als unsägliche + unaufhaltbare Quasselstrippe; * 21.03.1961

Milosevic, Slobodan, serbischer Politiker und Diktator, von 1989 bis 1997 Vorsitzender der Kommunistischen Partei Serbiens und Präsident Serbiens, von 1997 bis 5. Oktober 2000 Präsident der Bundesrepublik Jugoslawien. Er war der erste Präsident eines Staates, der noch während seiner Amtsausübung von einem Kriegsverbrechertribunal wegen Völkermordes angeklagt wurde. * 20.08.1941, er verstarb während des langjährigen Prozesses in Den Haag am 11.03.2006

Minuit, Peter, deutscher Kaufmann und Seefahrer aus Wesel, der 1626 den Algonkin-Indianern für 24 US-$ die Halbinsel Manhattan abkaufte, die damals Nieuw Amsterdam genannt wurde; vermeintlicher Gründer von New York; * 1585, † 1638

Morial, Marc, schwarzer Senator von Louisiana 1991, dabei erlebte ich ihn bei einer Kundgebung an der Tulane-Universität; späterer Bürgermeister von New Orleans

Moroder, Giorgio, italienischer Komponist, dafür drei Musik-»Oscars«; * 26.04.1940

Moselstrand, Kneipe in Bullay an der Mosel, mit riesigem TV für Fußballspiele

Münster, Rita, Pensionswirtin in Bullay (Mosel), wo wir seit 1996 meistens wohnten

Namasthe, (indisch und heißt »willkommen«), kleiner indischer Textilladen in Hagen

Nang Thong-Restaurant und -Resort (Khao Lak, Süd-Thailand), wo ich mit Petra Luncke 1994 – 1995 – 1996 – 1997 jeweils eine wunderschöne Unterkunft in einfachen Bambus-Bungalows und absolut leckeres thailändisches Essen hatte

Neville Brothers, US-amerikanische Musikgruppe mit vier leiblichen Brüder aus New Orleans, die R & B mit Soul und Jazz mischen (»Yellow Moon« 1989, »Brother's Keeper« 1990, »Family Groove« 1992): Aaron (* 24.01.1941), Art (* 17.12.1937), Cyril (* 10.01.1948) und Charles Neville (* 28.12.1938); gegründet 1977; meine absolute Lieblingsgruppe, die ich leider 1991 in New Orleans um ein paar Tage verpasste.

Neville, Charmaine, US-amerikanische Sängerin (mit dem Saxofonisten Reggie Houston); Schwester der Neville Brothers; ich sah sie live 1991 in New Orleans

New Orleans Saints, US-amerikanische Football-Mannschaft, gegründet 1967
New York Giants, US-amerikanische Football-Mannschaft, deren größte Erfolge die beiden Siege im Super Bowl 1987 und 1991 waren; gegründet: 1925

Niesen, Weingut und Pension in Bullay an der Mosel, von uns erst 1994 entdeckt

Noi, Resort und Restaurant des Deutschen Gerd aus Dorsten (inzwischen verstorben) und seiner thailändischen Ehefrau Noi in Khao Lak, Südthailand

PADI, US-amerikanische Tauchorganisation, bei denen wir 1995 unseren Tauchschein, den »Open water diver«, in Thailand machten: Abkürzung für: Professional Association of Diving Instructors

»Papa Joe's«, Sex-Club in der Bourbon-Street (New Orleans): besuchte ihn 1991

Peking-Hotel-Restaurant, in Kenting, Taiwan, von uns 1992 besucht

Polanski, Roman, polnischer Filmregisseur (»Rosemary's Baby« 1968 mit Mia Farrow und John Cassavetes in den Hauptrollen; »Chinatown« 1974 mit Jack Nicholson in der Hauptrolle »Der Pianist« 2001, dafür den Regie-Oscar); * 18.08.1933

Polster, Anton »Toni«, österreichischer Fußballspieler und Torjäger (44 Tore in 95 Länderspielen); 1997 Österreichs Sportler des Jahres; 1987 Europas bester Torjäger; von 1993 – 1998 beim 1. FC Köln; 90 Bundesliga-Tore; * 10.03.1964

Plantation Posse, Reggaegruppe, erlebte ich 1991 live im Café Brazil, New Orleans

Praline Connection, Cajun- & Creole-Restaurant in New Orleans: Dort bekam ich 1991 so leckeres local-food, dass es zu meinem Stamm-Restaurant wurde

Premadasa, Ranasinghe, Politiker der UNP; Präsident von Sri Lanka ab dem 02.01.1989; * 23.06.1924, † 01.05.1993: ermordet bei einem LTTE-Bombenattentat

Psychedelic Furs, britische Punkrockband, Sänger Richard Butler, gegr. späte 70er

Salk, Gastwirtschaft-Metzgerei in Alf (Mosel), Heimat des besten Schwenkbratens

Schröder, Gerhard, SPD-Politiker und Jurist, Bundeskanzler der ersten rotgrünen Bundes-Regierungskoalition von 1998 – 2005, Ministerpräsident von Niedersachsen 1990 – 1998, Bundesvorsitzender der Jusos 1978 – 1980; * 07.04.1944

Sea Dragon Dive Center, unsere PADI-Tauchschule in Khao Lak, Südthailand, wo wir 1995 innerhalb von vier Tagen unseren »Open water diver«-Tauchschein machten

Selby, Hubert, US-amerikanischer Schriftsteller (»Letzte Ausfahrt Brooklyn« 1964: in Großbritannien wegen Obszönität damals verboten); *23.07.1928, † 26.04.2004

Sinatra, Frank, US-amerikanischer Schauspieler, Sänger (»New York, New York«), genannt »The Voice« (= »Die Stimme«), und Entertainer; * 12.12.1915, † 14.05.1998

Snug Harbour, Musik-Club, 626 Frenchmen Street, New Orleans, LA 70116, USA

Spa-Inn-Hotel, eine Übernachtung in Ranong, Hafen nach Koh Chang, Südthailand

Spock, Mr., fiktiver Halbvulkanier der TV-Serie »Star Trek« auf dem Raumschiff Enterprise (gespielt vom Schauspieler Leonard Nimoy); * 2230, † 2285

Stone Talking, Strand-Bar mit Info-Kiosk von Peter und Porn, Khao Lak, Thailand

St. Peter's Club, Live-Club in Gloucester, Massachusetts, wo ich mit MaryAnn und Kathy zum ersten Mal im Leben am 25.10.1991 eine Halloween-Party erlebte

Swissippini Lodge & Resort, Port Barton, Insel Palawan, Philippinen, wo wir 1999 für 2 ½ Wochen in unserem schönen Strandbungalow Nr. 12 wohnten

Taliban, eine Gruppe in Afghanistan operierender streng islamisch-sunnitischer Fundamentalisten, wovon viele Mitglieder in islamistischen Schulen in Pakistan ausgebildet wurden; Taliban kommt aus dem Arabischen: »Talib« bedeutet »Student«

Tamil Tigers, LTTE (= Liberation Tigers of Tamil Ealam), eine paramilitärische Organisation und politische Partei, die im Bürgerkrieg in Sri Lanka für die Unabhängigkeit des von Tamilen dominierten Nordens und Ostens der Insel kämpft

Theravada, die überlebende Linie des Hinayana-Buddhismus, einer der beiden großen Hauptströme des Buddhismus in Sri Lanka und Südostasien (inkl. Thailand)

Theroux, Paul, US-amerikanischer Reiseschriftsteller (»Saint Jack«; »Mosquito Coast«, 1986 mit Harrison Ford, Helen Mirren und River Phoenix verfilmt; »Doctor Slaughter«, 1986 mit Michael Caine und Sigourney Weaver verfilmt); * 10.04.1941

Thoreau, Henry David, US-amerikanischer Schriftsteller und Philosoph (»Walden. Oder das Leben in den Wäldern« 1845): Ich besuchte 1991 mit MaryAnn und Kathy »Walden Pond« bei Concord, Massachusetts; * 12.07.1817, † 06.05.1862

Three Lions, britisches Komiker-Duo Baddiel & Skinner (»Football's Coming Home«, erstmals 1996 zur EURO in England veröffentlicht; die Stadion-Hymne der Neuzeit)

»Times Square«, US-amerikanischer Film (1980), Regie: Allan Moyle

Van Morrison, irischer Sänger (»Enlightenment« 1990, »Too long in Exile« 1993); Frontman von Them (»It's all over now, baby blue« 1964); * 31.08.1945; lernte ihn erst sehr spät, in den 90er-Jahren kennen, dafür ist er jetzt einer meiner Lieblingssänger

Velvet Underground, US-amerikanische experimentelle Rockgruppe (Lou Reed, John Cale + Nico, gehörten zu Andy Warhols »Factory«); gegr.: 1965, aufgelöst 1971

Victor Hasselblad Turtle Hatchery, Schildkrötenfarm an der Westküste Sri Lankas

Wadduwa Holiday Resort, Westküste Sri Lanka: unser dreiwöchiges Domizil 1993

Wat Chalong, buddhistischer Tempel auf Phuket, Südthailand

Wild Magnolias, US-amerikanische Musikgruppe aus New Orleans um ihren schreienden Sänger »Big Chief« Bo Dollis, die in farbenprächtigen indianischen Federkostümen auftreten; erlebte sie am 12.07.1992 live im Kölner »Tanzbrunnen«

Williams, Robin, US-amerikanischer Schauspieler (»Garp – Und wie er die Welt sah« 1982; »Der Club der toten Dichter« 1989; »König der Fischer« 1991), * 21.07.1951

Wolfe, Tom, US-amerikanischer Schriftsteller (»The Electric-Cool-Aid Acid Test«, ein Buch über Ken Kesey von 1968; »Fegefeuer der Eitelkeiten« von 1987); * 02.03.1931

Zidane, Zinedine »Zizou«, genialer französischer + mein Lieblings-Fußballspieler, Weltmeister 1998; Weltfußballer des Jahres 1998, 2000, 2003; Juventus Turin (1996 Weltpokalsieger); Real Madrid (Champions League-Sieger 2001); * 23.06.1972

»ZigZag«, Grill-Bar in Manhattan, 206 West 23 Street, New York 645 – 5060;

lecker Essen im Restaurant und jede Menge Spiegelwände unten in den Toiletten

»Zur steten Erinnerung – Hagener Kostbarkeiten«, Ausstellung des Hagener Stadtmuseums und Ausstellungskatalog beim Lesezeichen-Verlag Hagen, 1994

6) Das neue Jahrtausend:

Abu-Sayyaf, muslimisches Terroristen-Kommando, das Ostersonntag 2000 zur philippinischen Insel Jolo 22 Personen, u. a. die Göttinger Familie Wallert, entführte

Ahmadinedschad, Mahmud, iranischer Politiker und 6. Präsident der Islamischen Republik Iran; macht sich durch Atomversuche Feinde in aller Welt; * 28.10.1956

Angaga Resort, 2002 unsere Bungalow-Anlage im Süd-Ari-Atoll auf den Malediven

Apollon, griechischer Gott der sittlichen Reinheit, Klarheit, des Lichtes + der Künste

Bekele, Kenenisa, äthiopischer Langstreckenläufer und mehrfacher Weltrekordler über 5.000 m und 10.000 m, Olympiasieger 2004 im 10.000-m-Rennen, * 13.06.1982

Blue Penny Museum, im Caudan Waterfront-Zentrum, Port Louis, Mauritius, Heimat und Ausstellungsort der Blauen und Roten Mauritius: die indigoblaue Two Penny- und die zinnoberrote One Penny-Briefmarke von 1847 aus Mauritius, mit dem Fehldruck »post office« statt richtig »Post paid« ausgestellt; besuchte ich 2005

Breuckmann, Manfred »Manni«, Journalist (Roman »Mein Leben als jugendlicher Draufgänger« 2006 und Song »I'm your Radio« 2000) und Radio-Moderator im WDR II (dort bekannt als Fußball-Reporter); erlebte ihn als Moderator zusammen mit Uschi Nerke bei der Millenniums-Party in der Hagener Stadthalle; * 11.06.1951 in Datteln

Brings, deutsche Kölschrockgruppe (»Superjeilezick« von 2001); gegründet: 1991

Bush, George W., republikanischer Politiker und 43. US-amerikanischer Prä-

MDP, die demokratische Partei der Malediven ist gleichzeitig Oppositionspartei

Merkel, Angela, deutsche CDU-Politikerin; seit dem 22.11.2005 erste deutsche Bundeskanzlerin; geboren am 17.07.1954 in Hamburg als Angela Dorothea Kasner

Müngersdorfer Stadion, ab 2003 Rhein Energie Stadion, Sportstätte in Köln-Lindenthal und Heimat des Fußballvereins 1. FC Köln; gebaut 1923

Murakami, Haruki, japanischer Autor (»Mister Aufziehvogel« von 1998), * 12.01.1949

Nashed, Mohammed, Oppositionsführer und Chef der MDP (= Demokratische Partei der Malediven), deshalb jahrelang im Gefängnis, in Arrest oder im Asyl; * 17.05.1967

Nerke, Uschi, bekannt aus dem Beat-Club von Radio Bremen, von 1965 bis 1972 die beste Musik-TV-Sendung; ich erlebte sie als Moderatorin zusammen mit Manni Breuckmann bei der Millenniums-Party in der Hagener Stadthalle; * 14.01.1944

Pamplemousse, botanischer Garten auf Mauritius: In tropischer Üppigkeit bot uns 2005 die Inselflora u. a. 70 verschiedene Bambusarten oder gar die mit mehr als einem Meter im Durchschnitt messenden und schwimmenden Lotosblätter

Podolski, Lukas »Prinz Poldi«, deutscher Fußballnationalspieler beim 1. FC Köln (bis 2006), 37 Länderspiele, dabei 22 Tore, Dritter bei der WM 2006; gewann 8 x bei der ARD-Auszeichnung des »Tor des Monats«, damit Rekordhalter; * 04.06.1985

Rehhagel, Otto, deutscher Fußballtrainer, der bei der EURO 2004 in Portugal mit Griechenland überraschend Europameister wurde; vorher mit Werder Bremen Europapokalsieger der Pokalsieger 1992 und 2 x Deutscher Meister; * 09.08.1938

Ronaldinho, brasilianischer Fußballspieler (Weltmeister 2002) beim FC Barcelona (Champions League-Sieger 2006), Weltfußballer des Jahres 2004 + 2005; * 21.03.80

Schätzing, Frank, deutscher Schriftsteller (»Lautlos« 2006, »Tod und Teufel« 2006), der in seinem Science Fiction-Thriller »Der Schwarm« (2004) einen Tsunami »voraussagte«, ehe ein Tsunami kurz danach Südostasien heimsuchte; * 28.05.1957

Shakira, kolumbianische Sängerin (»Whenever, Wherever« 2001, »Hips don't lie« 2006), sozialengagierte Latin-Sängerin mit Bauchtanz-Einlagen und enormem Sex-Appeal, die rasch zu meiner aktuellen Lieblingssängerin wurde; * 02.02.1977

Sinclair, Bob, französischer Plattenproduzent und DJ (* 1967), featuring Goleo VI und The Wailers-Sänger Gary Pine (zur Fußball-WM 2006: »Love Generation« 2005)

Sportfreunde Stiller, deutsche Indie-Rockgruppe (»54, 74, 90, 2006 ...« zur Fußball-WM 2006) um den Sänger und Gitarristen Peter Brugger; gegründet: 1996

Third Eye, leckeres vegetarisches Restaurant bei den Hippies in Paleochora (Inhaber: Sideros), wo wir 2002 öfter speisten und tranken; Kreta, Griechenland

Wallert, Werner, Renate & Marc, aus Göttingen, wurden am 23.04.2000 vom muslimischen Terroristen-Kommando Abu-Sayyaf zusammen mit 22 Personen zur philippinischen Insel Jolo entführt. Renate W. wurde als erste Geisel frei gelassen, Werner W. kam nach 127 Tagen Geiselhaft frei, sein Sohn Marc W. 2 Wochen später

Zille, Heinrich, Maler + Zeichner des Berliner »Miljöhs«; * 10.01.1858, † 09.08.1929

zu Reventlow, Gräfin Franziska »Fanny«, deutsche Panerotikerin aus Schwabing (berühmt auch als »Schwabinger Gräfin« der Münchener Boheme) und Schriftstellerin (Schlüsselroman »Herrn Dames Aufzeichnungen« 1913); * 18.05.1871, † 26.07.1918

Personenverzeichnis

Achim	Freund von Danny und Mitglied des „Tetraeders"
Amy	amerikanische Freundin von Danny aus Massachusetts
Ann-Kathrin	die Norwegerin schlechthin und ehemalige Stewardess
Ann	aus Leeds (England), die Danny das erste Petting besorgte
Bär-Bel Kowalski	jüngere Schwester von Danny und Völkerkundlerin
Berit	norwegische Ehefrau von Osko
Betty	erste und ehemalige Ehefrau von Dannys Bruder Gerry
Biggy	Ehefrau von Frank
Carlos	Freund von Danny und Mitglied des „Tetraeders"
Cora	Freundin, Arbeitskollegin und frühere Geliebte von Danny
Corinna	Ehefrau von Achim und Reisebegleiterin von Danny
Danny Kowalski	autobiografisches Alterego von Manfred Schloßer
Dora	Ehefrau von Florian
Doro	Ehefrau von Harry
Onkel Edwin	Patenonkel von Danny und jüngster Bruder von Götz
Miss Eve	Freundin von Amy und MaryLou, lebt jetzt in Australien
Florian	jahrzehntelanger Freund von Danny
Francesco Cerutti	Sizilianer und Dortmunder Eisverkäufer (1977)
Frank	Dattelner Freund von Danny und Bruder von Harry
Onkel Friedrich	verstorbener Ehemann von Tante Lioba aus dem Saarland
Gerry Kowalski	älterer Bruder von Danny und früherer Seemann
Gitti	Dannys erster Zungenkuss mit der Friseuse aus Waltrop
Götz Kowalski	Vater von Danny + Stammvater einer reisefreudigen Familie
Hanno & Anna	Freunde von Danny & Moni aus Thailand- und Juistreisen
Harry	bester Freund von Danny und Mitglied des „Tetraeders"
Inger-Lise	dänische Brieffreundin von Danny (1969 – 1971)
Jake	jetziger Ehemann von MaryLou
Jana	kroatische Freundin von Lydia + Dannys frühere Geliebte
Julie	frühere Freundin von Danny aus Hagen (1988 – 1991)
Jytte	dänische Freundin von Danny und Inger-Lises Schwester
Kirsten	frühere Freundin von Danny aus Hagen (1983 –1986)
Tante Lioba	Dannys Tante aus dem Saarland und Maries Schwester
Familie Lukas	Saarländer Verwandte von Danny und seiner Mutter Marie
Lulu	erster Sex für Danny mit seiner Freundin aus Hannover
Lydia	frühere Freundin und 1979 – 82 Reisebegleiterin von Danny
Marie Kowalski	saarländische Mutter von Danny, verstorben im Nov. 2002
Marina	frühere Freundin aus Hagen und Dannys Reisebegleiterin
MaryLou	Dannys amerikanische Freundin und Ex-Geliebte
Matthes	inzwischen verstorbener Freund von Danny und Harry
Moni	Dannys Ehefrau, Lebensgefährtin + Reisebegleiterin seit 92
Nicole	erste große Liebe von Danny 1971: ein Sommer mit Nicole
Osko	früherer Freund aus Datteln, der in Norwegen wohnt
Paula	führte Danny 1972 in die Geheimnisse des Sex ein
Pia	frühere Freundin von Danny aus Recklinghausen
Roswitha	frühere Freundin von Danny aus Essen (1986)
Sigurd	norwegischer Sohn von Osko und Berit
„Tetraeder"	Dannys 70er-Jahre-Bündnis: 4 Ecken, 4 Flächen, 4 Freunde
Tim	Sohn von Corinna und Achim
Tina	frühere Freundin und 1976 – 79 Reisebegleiterin von Danny

Danke für alles

Ein großes Dankeschön für alle, die mir bei diesem Buch geholfen haben:

- Für meine alten Freunde Gerd und Hanne Lind aus Datteln, die mir trotz eigenem Stress bei der Titel- und Vorwortfindung geholfen hatten.
- Für meinen Schulfreund Franz-Josef Kusnierek aus Recklinghausen, der sich als erster meiner Freunde zu einer konstruktiven Kritik aufraffte und mir über Inhalt und Titel die Augen öffnete.
- Für die anderen alten Freunde aus Datteln, die Brüder Horst und Edgar Troiza, die mich bereits 1981 erstmals zum Schreiben der Straßnroibas animiert hatten, und die mir weiterhin wichtige Information in Wort, Bild, e-m@ils und wertvollen Gesprächen gaben, nicht zuletzt auch über das Zusammenspiel von Titel, Vorwort und Inhalt solch eines Epos.
- Schließlich ein besonderes Dankeschön an meine langjährige Reise- und Lebensgefährtin Petra Luncke, ab 2007 auch meine Ehefrau, die mich mit unendlichem Langmut in immer neue Geheimnisse unserer gemeinsamen Kommunikationsmaschinerie einweihte, als da wären PC, Scanner und Drucker, ohne die ich all diese Kapitel und Illustrationen nie zu Papier gebracht hätte …
- Und natürlich auch vielen Dank an die Mitarbeiterinnen meines Verlages Books on Demand, Frau Dr. Ulrike Bremer, Frau Sharon Ohrndorf und Frau Katrin Feindt, die sich durch meinen Roman gearbeitet haben, um diesem Machwerk erst eine verlegbare Form zu geben.

Endnoten

1 aus der Diplom-Arbeit »Anthropologie der Praxis« , Manfred Schloßer, S. 81 f.

2 aus: Frank Schätzing – Der Schwarm, Frankfurt/M. 2004, S. 402

3 Westfälische Rundschau vom 09.08.06

4 Westfälische Rundschau vom 17.10.06

5 Westfälische Rundschau vom 19.10.06 (»Gewalt auf Sri Lanka erfasst den Süden«) und vom 10.01.2007 (»Tamilen-Konflikt erreicht Süden«)

6 Leo Kofler – Zur Dialektik der Kultur, Frankfurt/M. 1972, S. 179

7 Agapi = griechisch und heißt: Liebe

8 Badische Zeitung vom 13.06.06

9 »Su wie eine Jott un Pott«: gar nicht so leicht zu übersetzen, aber im Grunde eine Zusammenfassung des urkölschen Familiencredos: »Wir beten zu einem Gott und essen aus einem Topf«. Irgendwann ist dieser Grundsatz verkürzt worden zu »Su wie eine Jott und Pott«. Soll also heißen: »Wir gehören zusammen und enger als wir kann keiner zueinander stehen!«

10 aus: Federica De Cesco – Silbermuschel, Hamburg 1994, S. 258 f.

11 Tom Robbins – PanAroma – Jitterbug Perfume, Hamburg 1985

12 Westfälische Rundschau vom 08.07.06

13 aus: Michael Molsner – Der Castillo-Coup, München 1985

14 aus: Michael Chabon – Wonderboys, 1995

15 YIP: Youth International Party; eine spontan anarchische Vereinigung amerikanischer Polit-Freaks, Stadt-Guerillas und Hippies.